Für meine Frau

Did we fly to the moon too soon
did we squander the chance
in the rush of the race
the reason we chase
is lost in romance
and still we try
to justify the waste for a taste
of men's greatest adventure

Sleeping Satellite
Tasmin Archer, John Beck, John Hughes, 1992

»Das ist das erste Mal in der modernen Geschichte, dass eine wesentliche Erweiterung der menschlichen Technologie aus politischen Gründen unterdrückt wurde.«

Freeman Dyson, 1965

Prolog

Sonntag, 15. Februar 1976, 07:57:01 Eastern Standard Time, über der Startplattform in der Labradorsee
T 0000/00:00:01 [Tage/Std:Min:Sek]

Die Atombombe explodierte. Georgina Camden spannte alle Muskeln an, als sie vom stärksten Tritt in den Arsch, den man sich vorstellen konnte, in den Sitz gepresst wurde. *Endlich*, dachte sie, *endlich passiert es!* Es gab kein Startversagen nach der Zündung des konventionellen Sprengstoffs, keinen Abbruch, keine Notevakuierung der Protector-Kapsel. Das war das große Ding, der Beginn des langen Trips und das Ende aller Laberei.

Bang! Die zweite Explosion testete die Wirksamkeit ihrer Wirbelsäule. Das dachte sie jedenfalls. Es war verrückt! Sie saß auf der Spitze dieses gewaltigen Blecheimers, der nach menschlichem Ermessen niemals fliegen würde, und hörte den tödlichsten Waffen der Menschheit beim Detonieren zu – von einer Sekunde zur anderen.

Bang!

»Treibsätze nominal«, keuchte Dave Gronowitsch zu ihrer Rechten. Warum sprach gerade er als Erster und nicht Kester? War dem Kommandanten die Spucke weggeblieben?

Bang!

Himmelherrgott, sie würde selbst während des ganzen Starts kein Wort rausbringen! Das war doch alles Wahnsinn! Die Eierköpfe konnten ihr noch ein paar Tausend Mal sagen, dass es gerade mal 2 *g* waren, die sie in die Konturliege pressten, dass sie im Schleudersitz schon das Zehnfache überstanden hatte. Sie wurde vom heißen Plasma einer explodierenden Atombombe in den Rücken getroffen! Wie gesund konnte das schon sein?

Bang!

»Houston, Anstiegskurve sieht gut aus!«, schnarrte Kester zu Ihrer Linken. Der alte Kommissstiefel brachte es tatsächlich fertig, so selbstsicher zu klingen wie beim Rummeckern am Essen in der Personalkantine des JSC. »Höhe …«

Bang!

Die Explosion klaute Kester das Wort von den Lippen und Georgina verspürte echte Schadenfreude.

»Höhe 8700 Fuß und steigend«, vollendete er seine Meldung, zittrig jetzt, aber dennoch aufreizend tapfer.

Bang!

Der wievielte Treibsatz war das? Der siebte? Der achte? *Atme, Georgina,* dachte sie, *atme, zieh deine dämliche Zentrifugenroutine durch. Beruhige dich!*

Bang!

»Treibsätze immer noch nach Plan«, keuchte Gronowitsch erneut. Hatte er nichts anderes zu melden? Nach 20 Detonationen würde das vielleicht etwas langweilig werden.

Bang!

Konnte es sein, dass das Schiff zwischen den Explosionen fiel? Nein, konnte es nicht! Georgina biss sich auf die Zunge. *Hör mit der Hysterie auf! Wir steigen in einem durch. Es läuft alles nach Plan!*

Bang!

»Wie ist euer Status, EMP?«

Das war Houston. Die wollten von ihr wissen, ob sich ihr Excursion Module Pilot gerade in die Hosen machte.

Bang!

Sie riss sich zusammen. »Alle Instrumente nominal, Houston! ECLSS-Werte nach Missionsprofil.«

Bang!

»Verdammte Scheiße, was für ein Ritt!«, fluchte sie in das Kom, sodass es jeder hören konnte. Kester grunzte.

Bang!

»Roger, BEAGLE, zwölf Treibsätze detoniert, eintausendachtundsechzig kommen noch!«

Bang!

Irgendwann war es nur noch eine Rüttelpiste. Bang, bang und nochmals bang. Georgina konnte durch das kleine Cockpitfenster verfolgen, wie sich der Himmel von Azur nach Indigo zu Schwarz verfärbte und die Sterne hervortraten. Sie zitterten mit jeder Explosion. Der Andruck war jetzt doppelt so stark – 4 *g*. Hinter der Prallplatte explodierten die Treibsätze im Vakuum mit einer Wucht, die vierzigmal so groß war wie die der ersten Bombe. Sie wusste das und es interessierte sie nicht. Ein ganz anderer Faktor war entscheidend für ihre Wahrnehmung – der Lärm. Die Druckwellen der Detonationen konnten nicht mehr durch die Atmosphäre bis an die dicke Stahlhülle der Protector-Kapsel heranbranden. *Noch so eine Erkenntnis*, dachte sie. *So eine Atombombe ist doch viel beeindruckender, wenn sie ordentlich Krach machen kann!*

»Rettungsrakete klar für Abwurf«, meldete Kester.

»Roger!«, bestätigte Houston.

Sie waren jetzt wirklich nah an der Umlaufbahn – hatten es bald geschafft. Georgina las mechanisch die Werte für die Sauerstoffversorgung ab und sah dann ihren beiden Begleitern ins Gesicht – soweit das eben ging. Sie konnte durch die Dunsthauben auf ihren Köpfen nur die Profile sehen, und auch die nicht besonders gut. Die Köpfe zitterten, wie alles an ihnen, mit den Explosionen. Wenn Kester die Zähne zusammenbiss, ließ er es sich nicht anmerken. Das glatt rasierte Gesicht unter dem blonden Bürstenhaarschnitt vibrierte, ohne dass die massiven Kaumuskeln des Kommandanten in irgendeiner Weise darauf reagierten. Georgina wünschte sich die scheinbare Ruhe und Konzentration des Colonels und gönnte sie ihm nicht. Sie wandte den Kopf nach rechts.

Gronowitsch sah angegriffen aus. Er fing jeden Stoß mit gefletschten und aufeinandergepressten Zähnen ab. Durch den teilweise beschlagenen Helm konnte sie das gerade so erkennen. Seine kurzen schwarzen Haare und das leicht oliv getönte Gesicht sahen verschwitzt aus. *Bin ich auch so erledigt?*

»Terminaler Treibsatz«, meldete Houston trocken.

Bang!

Sie waren da!

Diesmal war es der Stift. Er verabschiedete sich vom Klemmbrett mit der Checkliste, das sie zwischen die Lehne ihres Sitzes und ihr Bein geschoben hatte. Irgendetwas fing immer an zu schweben, wenn der Orbit erreicht war. Sie fing ihn ein, ehe er außer Sicht geriet.

»Erreichen LEO, Houston«, erklärte Kester, »vielen Dank für Lift hier rauf. Fluginstrumente sehen weiter gut aus.«

»Roger, Beagle, war uns ein Vergnügen.«

Schwerelosigkeit, dachte Georgina, sollte eine Erleichterung sein. Fürs Erste blieb sie an die Liege geschnallt, konnte sich weiter nicht frei bewegen.

»Puhhh!«

Sie drehte ihren Kopf wieder nach rechts. Gronowitsch blinzelte und berührte seinen Helm mit der rechten Hand, offenbar in einem erfolglosen Versuch, sich die Stirn zu kratzen.

»So einen Flug würde ich meiner Tante Marge nicht empfehlen.«

»Interne Strahlung, EMP?« Kester klang ungeduldig.

Georgina hatte das Instrument an der Unterkante der Instrumententafel bereits im Blick. Wie oft hatten sie das geübt? »9080 Becquerel, Skipper. Kein erhöhter Wert.«

»Extern?«

»Wir haben draußen behagliche 1093 rem, Skipper.« Gronowitsch hörte sich ungläubig an, während einen Wert ablas, den er bisher nur aus Simulationen kannte. »Nicht gerade Strandwetter.«

»Houston«, deklamierte der Kommandant, »wir messen 1093 rem und bleiben in Position, bis die Belastung abgenommen hat. Wiederhole: Die Crew bleibt wie geplant in der Protector-Kapsel.«

Bis zum Ende der Magnetosphäre war es ein weiter Weg. Die Ingenieure hatten ihren Aufstieg so berechnet, dass die kinetische Energie für den Eintritt in den extrem hochelliptischen Orbit gerade so ausreichte. Es sollte kein Nukleartreibsatz zu viel eingeplant werden. Die Apollo-Raumschiffe hatten 60 Stunden bis zum Mond gebraucht. Für sie waren für ein gutes Viertel der Strecke immerhin 14 Stunden vorgesehen. Aus der relativ geringen Höhe von 300 Meilen führte sie die lang gestreckte Kurve 44 000 Meilen von ihrer Heimat fort. Erst jenseits des Erdmagnetfelds sollte die zweite Serie von Explosionen beginnen, die sie endgültig von der irdischen Schwerkraft befreien würde. Durch das Magnetfeld würde keine Strahlung bis zur Erde gelangen. So lautete der Plan, so hatte es die Prometheus vorgemacht, die Discovery, die Voyager, die Endeavour, alle mächtigen Schwestern der Beagle, seitdem die Raumfahrt den

Kinderschuhen entwachsen und in ihre nukleare Phase eingetreten war. Georginas Lippen kräuselten sich, als sie darüber nachdachte. Ja – auch das eine Schiff, an dessen Namen sie nicht denken wollte, hatte einen solchen Flugplan befolgt.

Ihr war unendlich langweilig. Sie war noch nicht richtig wach gewesen, als man sie auf der Startplattform in die Kapsel hatte steigen lassen. Jetzt stellte sich die Schläfrigkeit wieder ein und würde nicht mehr weichen. Der Tag würde irgendwann zu Ende gehen – sofern man im Weltall überhaupt davon sprechen konnte – und er würde gotterbärmlich ereignislos sein. Außer einer nuklearen Rückenmassage von einigen Minuten Dauer war wirklich nicht viel passiert. Sie blieb stundenlang an die Beschleunigungsliege geschnallt und spielte ab und zu mit dem Stift, den sie in der Schwerelosigkeit schweben ließ. Sie trank nicht viel Wasser aus den Plastikbeuteln unter dem Sitz. Der nahrhafte Brei aus den Tuben hatte ohnehin nicht viel Masse. Mit etwas Selbstkontrolle konnte sie die Nottoilette hinter den Sitzlehnen ignorieren. Die beiden Männer hielten es genauso. Dass ihre kleine Gesellschaft eine gemischte war, hatte nicht viel damit zu tun. So viel war Georgina klar. Es gab keinen Grund, warum einer von ihnen die Dinge anders sehen sollte. Dies hier würde vorbeigehen. Es war nur eine Frage der langsam verrinnenden Stunden.

Die Instrumente verspotteten ihren wachsamen Blick mit ihrer einlullenden Regungslosigkeit. Auch die Becquerel wollten nicht mehr werden. In ermüdender Gleichmäßigkeit fragte Kester viersilbig nach der externen Strahlung. Gronowitsch antwortete brav. Sie fiel und sie fiel ganz allmählich.

»54 rem, Skipper«, verkündete er schließlich 11 Stunden nach dem Start.

»Houston«, erklärte der Kommandant, »wir verlassen die Kapsel und wechseln über in das IMM.«

Endlich! Sie konnte sich von der Beschleunigungsliege lösen und über Kesters Sitz hinweg Richtung Tunnel gleiten. Der Skipper drehte bereits am Öffnungshebel, der an der Unterkante der Luke saß, sofern man das Deck, auf dem die Liegen angeschraubt waren, noch als »unten« bezeichnen wollte. Ihre Orientierung würde sich bald ändern, rief sich

Georgina in Erinnerung. Sie selbst hatte das Instrument abgelesen, das den Atmosphärendruck im Tunnel bestätigte. Siebenmal drehte Kester den Öffnungshebel hin und her, wobei sich der Lukendeckel millimeterweise hob. Die Luke sah nicht anders aus wie die neben Gronowitsch, durch die sie eingestiegen waren. Der Geologe schwebte jetzt hinter ihr. Sie waren alle drei immer noch behelmt, was Georgina langsam absurd vorkam. Dies war keine Apollo-Kapsel. Es war schon schwer, sich vorzustellen, was für ein Geschoss durch die dicke, innen mit Blei gepanzerte Stahlhülle des Protector-Raumschiffs dringen sollte, um für eine Dekompression zu sorgen. Sie schwebten zu dritt zwischen den Sitzlehnen und dem Instrumentenpaneel und blickten auf die Luke wie eine Warteschlange an einem schmierigen Hotdog-Stand auf Coney Island. Endlich drückte Kester die Luke auf.

»Tunnel geöffnet, Houston«, kommentierte er. »Kein Druckabfall.«

Der Kommandant drückte auf einen Schalter an der Außenseite der Kapsel. Neonlicht flackerte auf. Dann setzte er zu einem Kopfsprung an, dem kein Sturz folgte. Langsam glitt sein Körper hinab. Georgina schwebte genauso vorsichtig hinter ihm her.

Der Tunnel sah innen so aus wie außen. Der blanke Stahl, den sie mit ihrer umhüllten Hand berührte, war genau das Material, aus dem die Hülle des Schiffes zur Gänze bestand. Mit beiden Händen gleichzeitig zog sie sich an den beiden dünnen Seilen voran, die an den angeschweißten Ösen entlangliefen. Vor sich konnte sie die weißen Stiefelsohlen des Kommandanten sehen, der sich geduldig voranzog. Ihr Visier beschlug. Die verdammten Helme! Sie schoben sich weiter voran durch die Röhre, vorbei an den Feststoffraketen, mit denen sich die Protector-Einheit vom Schiff lösen konnte. Der Kommandant hielt an und Georgina wäre beinahe mit ihrem Visier in seine Stiefel geprallt. Gronowitsch ächzte.

»Gleich sind wir da«, erklärte Kester im beruhigenden Tonfall eines familiengeplagten Autofahrers. Wieder drehte er siebenmal am Öffnungshebel. Neonlichter zuckten vor ihnen. Es ging weiter und mit einem Mal war der Körper des Kommandanten entschwunden. Georgina zwängte sich durch die Luke, die vor ihr in der Wandung des Tunnels aufgetaucht war, und schwebte in den wohlvertrauten Raum, eine Halle, deren Durchmesser von über 50 Yards sie gar nicht vollständig überblicken konnte. In der Mitte verstellte der trommelförmige Bereich, der den

Null-G-Trainingskomplex enthielt, den Blick auf die Werkstätten im hinteren Teil. Links von Georgina befand sich die Kombüse, rechts die lockenden Mannschaftskabinen, WC und Bad.

»Home sweet Home!«, freute sich Kester. Übermütig hangelte er sich an den Griffen an der Außenwand an den Kabinen vorbei. »Na, wer muss am dringendsten?«

»Na, wenn Sie schon fragen, Skipper.« Gronowitsch kam hereingeschwebt, bewegte sich an Georgina vorbei.

»Na, klar – unser Zivilist«, feixte Kester. »Nur zu! Houston, IMM in Betrieb genommen, Systeme laufen normal. Unser Missionsspezialist wird jetzt die Toilette testen.«

»Roger, BEAGLE!«

Georgina stellte ihr eigenes Bedürfnis wehmütig zurück und stieß sich vom Rahmen der Luke Richtung Wohnkabinen ab. Es war eine Lust, durch so einen weiten Raum ungehindert zu schweben! Sie beugte sich nach rechts und fing an, mit den Beinen Schwimmbewegungen zu machen, um die Tür zu ihrer Kabine zu erreichen. Durch den Anzug waren ihre Bewegungen viel schwerfälliger als bei den Trainings während der Kotzflüge. Der Helm beschlug schon wieder. Halb blind erreichte sie den Griff neben der Tür. Sie stellte sich auf die Außenwand des trommelförmigen Schiffsabschnitts, nahm zum ersten Mal den Velcro-Teppich und die dazu passenden Sohlen an den Stiefeln in Anspruch. Georgina öffnete die Tür zur Kabine. Es war alles am rechten Platz – Bett, Stuhl, Tisch, Schrank und über dem Bett das Bullauge.

»BEAGLE, wir bestätigen nominale Atmosphärenwerte.«

»Roger, Houston!« Kesters Bestätigungen fielen immer knapp aus. Diesmal, dachte Georgina, hatte er es besonders eilig damit. Ihre eigenen Hände flogen zum Helm und entriegelten den Verschluss am Anzugkragen. Endlich kam die Dunsthaube runter! Welches Bedürfnis war größer gewesen – den Helm abzunehmen oder dem Harndrang zu folgen? Egal – das eine ging, das andere blieb.

»BEAGLE, wenn ihr wollt, können wir die Rotation von hier unten aus starten.«

Georgina sah entlang der Front der Kabinentüren zum Skipper. Er schwebte links von ihr und hielt den Helm in der Hand. Sein Kopf wurde, genau wie der ihre, weiter von dem Snoopy-Helm geziert, der schwarz-weißen Gummihaube, die Kopfhörer und Mikrofon enthielt. Er wiegte den Kopf. Natürlich, dachte Georgina, der Steuerstand war nicht weit aber auch noch nicht in Betrieb genommen. Wollte der Skipper wirklich, dass Houston allein darüber bestimmte, was mit seinem Schiff geschah? Andererseits, wie lange würden die in Houston dazu überhaupt noch in der Lage sein?

»Roger, Houston«, erklärte Kester, »okay für Start der Rotation.«

Irgendjemand musste den Finger schon am Knopf gehabt haben. Georgina hörte das moderate »Klonk«, als die drei Auslegerarme aus den Seiten des Rumpfes nach unten ausklappten und einrasteten. Sie bildeten jetzt die Speichen eines Mercedes-Sterns mit dem Schiffsrumpf in der Mitte und ohne äußeren Ring. Georgina langte wieder nach dem Griff neben der Tür zu ihrer Kabine. Sie sah, dass Kester dasselbe tat. Das Schiff fing an, sich langsam gegen den Uhrzeigersinn zu drehen. Die Düsen an den Enden der Auslegerarme hatten ihr Werk getan. Der Ruck in ihrer rechten Schulter war erheblich. Sie hörte ein Grunzen und sah zur Tür des WC. Gronowitsch hatte offenbar keinen Spaß daran, was die einsetzende Bewegung mit seinen Hinterlassenschaften in der Kloschüssel anstellte. Georgina wurde gegen die Außenwand gedrückt – falsch, die Wand war jetzt der Boden. Die Schwerkraft kam wieder, langsam und nicht so stark wie auf der Erde.

»Rotation nominal.«

»Roger, Houston!«, bestätigte Kester automatisch.

Hinter der Toilettentür fluchte Gronowitsch herzhaft vor sich hin, was Kester zu einem hämischen Grinsen veranlasste. Georgina dagegen seufzte. Das konnte ja noch lange dauern! Vielleicht sollte sie in der Kabine erst einmal den Druckanzug loswerden. Sie stellte sich vor, wie Gronowitsch mit heruntergelassener Druckanzug-Hose und der geöffneten kühl- und heizbaren Unterwäsche auf dem Pott hockte, während er oberhalb des Metallrings um die Taille durch die vielfältigen Gewebeschichten weiterhin vor dem Einschlag von Mikrometeoriten geschützt blieb, vom Helm ganz zu schweigen. In ihrer Kabine war ein Schrank für den Anzug vorgesehen. Sie zögerte.

»Beagle, haben wir denn noch unser bestes Stück an Bord?«

Kester lachte. Er warf seinen Helm vor sich in die Luft und beobachtete, wie er langsam wieder in seine Handfläche sank. Er drehte sich von der Tür zu seiner Kabine weg und fing erstmals an, in der geringen künstlichen Schwerkraft zu laufen. Georgina folgte ihm die Krümmung des Ganges hinauf, noch weiter weg von der Einstiegsluke. *Jetzt ist es »hinauf« und ein »Gang«*, dachte sie bei sich. *Was das bisschen Schwerkraft doch ausmacht.* Es war idiotisch, dass sie jetzt noch ihre Stiefel mit den Velcro-Sohlen anhatten. Sie machten das vorsichtige Laufen schwieriger, als es ohnehin schon war. Hinter Gronowitschs Kabine kamen sie ans Ziel. Kester wandte sich nach links. Da, wo die Einbauten für die Küche endeten, stand es, das beste Stück.

»Houston«, begann Kester, »Ihr könnt Mr. Ted Taylor mitteilen, dass sein spezieller Beitrag zur Nutzlast den Start unbeschadet überstanden hat.«

»Roger, BEAGLE!«

Mitten auf dem Wohn- und Arbeitsdeck, fest am Boden verschraubt, stand ein bestens gepolsterter, drehbarer Friseurstuhl komplett mit Kopfstütze, Armlehnen und Beinauflage. Georgina sah auf ihre Uhr. Zwölf Stunden waren seit dem Start vergangen. Noch zwei weitere Stunden, dann würden die Atombomben wieder explodieren.

I

Dienstag, 11. Juli 1961, 10:51:41 Moskauer Zeit, Moskau
T minus 5332/05:05:19 [Tage/Std:Min:Sek]

Jenkins wollte auf keinen Fall nach Minsk zurück. Wenn man in Moskau arbeiten durfte, wurde einem erst klar, wie deprimierend Minsk war. In Minsk gab es im Stadtzentrum einige historische Backsteingebäude, die in Schuss gehalten wurden, dazu noch die Bauten für Sowjet, KP und Regierung. Der ganze Rest war Beton, Dreck und Verfall. Wie konnte man nur damit leben, dass jeder Wohnblock, jeder Büroklotz in der Umgebung verzweifelt nach Renovierung schrie? In Moskau gab es diese Gegenden auch. Sie waren aber eher in den Außenbezirken gelegen, in denen die Wohnungen für eine der am schnellsten wachsenden Städte der Welt in Betonburgen gestapelt wurden. Im Zentrum der Hauptstadt dagegen wollte die Partei zeigen, dass der Kommunismus alles vermochte, mindestens so gut wie der Westen. Moskau war das Schaufenster für die zahlreichen Ausländer, die keine Erlaubnis hatten, sich über die Grenzen der Stadt hinauszubewegen. Im Zentrum gab es zahllose Häuser, die tatsächlich so aussahen, wie sie aussehen sollten – verputzt, gestrichen, die Dekorationen aus dem 19. Jahrhundert liebevoll erhalten. In Moskau gab es gepflasterte Bürgersteige, die sich über die ganze Innenstadt erstreckten. In Minsk galt das vielleicht für zwei Quadratmeilen. Mehr noch als die fürchterlichen Löcher in den Fahrbahnen hatte Jenkins die zusammengestampfte, ungedeckte Erde auf den Gehwegen geärgert. Mit jedem einzelnen Schritt erfuhren die Menschen durch sie, in was für einer dreckigen und missratenen Stadt sie lebten. Und so sahen sie selbst auch aus. Moskowiter waren manchmal stolz, manchmal abweisend, verseucht durch die Propaganda. Manchmal waren sie freundlich, leutselig auf eine kräftige, herzliche Art, wie Jenkins sie von zu Hause nicht kannte. Sergej, der Zeitungsverkäufer am Kiosk in der Nähe seiner Wohnung war so jemand. Minsker waren oft freundlich zu ihm gewesen, viel häufiger als erwartet. Aber dafür gingen sie immer gebeugt, wenn sie ein gewisses, lediglich mittleres Alter erreicht hatten, waren von Runzeln übersät. Das Leben in ihrer Stadt hatte sie fast all ihrer Kräfte beraubt. Jenkins wollte nicht genauso enden.

Ihm fröstelte, obwohl ihm zwischen all den anderen Menschen, die mit ihm in der Bahn zusammengepfercht waren, unmöglich kalt sein konnte. Für gewöhnlich gelang es ihm nicht, seinen zu Hause gebliebenen Kollegen eine Vorstellung von der Moskauer Metro zu geben. In Minsk war er meistens mit den Oberleitungsbussen gefahren, die in Moskau genauso schwächlich voranruckelten. Oder er hatte Sammeltaxis benutzt. Mit Menschen vollgepferchte U-Bahn-Waggons gab es auch in Minsk. Aber die Moskauer Bahnhöfe! Jenkins konnte Stunden damit zubringen, Amerikanern zu Hause die mit Stuck und Kronleuchtern verzierte Decke des U-Bahnhofs am Komsomolskaya-Platz zu beschreiben, bevor er zu den anderen Stationen überging. Es war ein Barock, den sich seine Kollegen kaum vorstellen konnten, nicht nur weil er europäisch war, sondern weil er so nutzlos schien. U-Bahnhöfe waren schließlich keine repräsentativen Gebäude. Was hatte die Kommunisten nur bewogen, gerade diese unterirdischen Orte zu Palästen zu machen? Wenn er in Langley zu viel davon schwärmte, machte Jenkins sich am Ende verdächtig, Sympathien für die Sowjets zu hegen. Das hatte er bald begriffen. Er seufzte. Die Metro war an die Oberfläche getreten. Der Bahnhof in Kunzewo war oberirdisch. Endlich konnte er aussteigen und der drangvollen Enge im Waggon entkommen. Das Haus war nicht weit. Er konnte die paar Hundert Yards zu Fuß zurücklegen.

Jenkins war klar, dass Irina liefern musste, wenn er Minsk vermeiden wollte. In der Station hatte van Hurst diese Art, ihn anzusehen, wenn er bei ihm im Büro war. Dann erhob er sich hinter seinem Schreibtisch aus dem bequem aussehenden Ledersessel, wendete sich nach links, schaute aus dem Bürofenster auf den dichten Straßenverkehr vor der Botschaft, steckte die großen Pranken in die Taschen der Anzughose und fixierte ihn dann mit diesem Blick, der besagte, dass er alles wusste. Van Hurst wusste, dass Jenkins in diesen Job nur hineingeschlittert war, weil sein Vater schon mitgemacht hatte, weil er schon als Junge bei den Treffen von Skull & Bones dabei gewesen war, weil seine Familie nichts anderes von ihm erwartete. Van Hurst wusste, dass Jenkins sich nur ein bisschen von dem Einfallsreichtum, dem Geschick und der Erfahrung der anderen wünschte, um sich nicht ständig fragen zu müssen, was er als Nächstes tun sollte. Und Jenkins wusste, dass van Hurst all das wusste. Sein Chef sagte: »Wir müssen denen in Washington bald mal wieder etwas auf den Tisch legen, irgendetwas, was uns aus der Scheiße holt, irgendetwas, was nicht mit ›Schweine‹ anfängt und mit ›Bucht‹ aufhört.« Sein Blick sagte: *Hoffentlich war dein Erfolg mit der weißrussischen Unabhängigkeitsbewegung keine zufällige Eintagsfliege. Sieh zu, dass ich gut dastehe, sonst schicke ich dich zurück nach Minsk.* Es würde Minsk sein oder irgendeine andere Stadt in der kommunistischen Provinz. Der KGB investierte manchmal 30 Jahre in eine Quelle, bis diese zum ersten Mal liefern konnte. Jenkins' Vorgesetzte waren bei Weitem nicht so geduldig, so viel war klar.

Der Wohnblock kam in Sicht. Es war ein vierstöckiges Elend aus gelben Ziegeln mit gewellten Glaspaneelen anstelle von Balkonbrüstungen und je einem außen aufgehängten Ventilator pro Wohnung. Er klingelte bei Maximowna. Sie hatten mit einem kleinen Team, von der Straße aus, das Haus beobachtet, um einen Referatsleiter aus dem Landwirtschaftsministerium auszuforschen, der vielleicht eine Quelle hätte abgeben können. Dabei sahen sie dann, wie mehrere Männer in der Nacht Hohlsteine und Mörtelsäcke aus einem Lieferwagen ausluden und in Maximownas Wohnung trugen. So war es öfter. Sie legten sich auf die Lauer, beobachteten einen potenziellen Geheimnisträger, um seine Gewohnheiten, seine Liebschaften, seine finanziellen Verhältnisse, seine abseitigen Vorlieben und Ticks und seine gesellschaftlichen Kontakte auszuspähen. Sie taten mitten im Feindesland all das, was nicht in den James-Bond-Romanen vorkam, die Kennedy so gut gefielen. Und dann fanden sie plötzlich jemand ganz anderes. Jemand brauchte ein zwischenzeitliches Versteck für Material, das auf irgendeiner öffentlichen Baustelle beiseitegeschafft worden war, um zur Ausbesserung eines Privathäuschens zu dienen. Und Maximowna war geschäftstüchtig genug, ihre Wohnung für diesen edlen Zweck zur Verfügung zu stellen. Wenn ihr Mann nach Hause kam, von seiner Arbeit als Buchhalter in einem Elektronik-Kombinat, begründete sie ihm die vollgestellten Zimmer mit Rubel und Kopeken, und gut war's.

Der Türsummer brummte. Jenkins stieg die Treppen hinauf und ignorierte Risse und abgeblätterten Putz an den Wänden. Maximowna stand in der Tür. Er zückte das vorbereitete Bündel und übergab es der kleinen korpulenten Frau mit den grauen Locken. Mit ihm als Stammkunden verdiente Maximowna inzwischen wesentlich mehr Geld als ihr Mann. Sie fing an, die Rubelscheine zu zählen, und wies mit dem Kopf in Richtung Schlafzimmer, wo Irina schon auf ihn wartete.

Jenkins war zufrieden mit sich, zum ersten Mal an diesem Tag. Irina rekelte sich entspannt im Bett, dessen Sprungfedern knirschten. Er saß neben ihr und langte nach den Marlboro in der Innentasche seines Jacketts, das über der Lehne des ungepolsterten Holzstuhls hing. Er knipste die Nachttischlampe an, deren Schirm fleckig war. Beim Sex hatte er sich wieder Marilyn und die Lollo vorgestellt und war so zum Höhepunkt gelangt. Irinas wohliges Stöhnen erschien ihm glaubwürdig. Er sah sie an. Sie war nicht wirklich hässlich, nur nicht ganz sein Typ. Die Figur mit schönen Kurven, aber ein bisschen zu mollig. Mit den kurz geschnittenen roten Locken wirkte sie herbe, was man so auch über ihr leidlich hübsches Gesicht sagen musste. Ihre Augen waren einfach braun.

Sie ihrerseits hatte mit ihm vorliebgenommen, mit seiner spärlich behaarten Hühnerbrust, dem Bauchansatz, dem fast nicht vorhandenen Hintern, den dürren Armen und Beinen, der schwarz umrandeten Halbglatze und dem hageren Durchschnittsgesicht mit der etwas zu großen Nase. Er kam aus dem exotischen Westen und brachte begehrte Waren. Dafür brauchte er nicht auszusehen wie Cary Grant. So oder so ähnlich musste ihr das durch den Kopf gegangen sein, als er sie in dem Café angesprochen hatte und sie an seinem ersten Wort den Akzent erkannte. Jenkins hatte später mit seinem lückenhaften Russisch versucht, Maximowna zu erzählen, dass er und Irina ein ernsthaft romantisches Verhältnis teilten. Die Alte hatte einfach nur die Brauen gehoben. Für einen Spion war er wirklich ein verdammt schlechter Lügner. Er machte sich die Marlboro mit dem Zippo an und hielt Irina die Packung hin. Sie bediente sich mit einem dankbaren Lächeln. Er nahm den aus Aluminium gefertigten Aschenbecher vom Nachttisch und stellte ihn auf die Ritze zwischen den beiden Matratzen. Es wurde Zeit, ein paar Informationen zusammenzukratzen, irgendetwas.

»Na, wie war es denn auf der Arbeit?«, fragte er leichthin.

Irina drehte sich auf den Bauch.

»Oh, weißt du, das Übliche. Sie treffen sich ständig zu Konferenzen wegen des Siebenjahresplans, streiten sich darüber, wer zu wenig produziert. Es ist immer dasselbe.«

Gelangweilt sog er die Luft ein. »Protokolle?«

»Ja, kann ich dir alle kopieren. Ein paar habe ich schon.« Sie wies auf das Fensterbrett, wo ihre schlichte Handtasche lagerte.

Jenkins blies den Rauch aus und sah zu, wie sich die Wolke vor ihm entfaltete. Ein paar mehrfach gefalzte, leicht geknitterte und schlecht kopierte Seiten über die Engpässe in der mittelschweren Industrie und Meinungsverschiedenheiten im staatlichen Planungskomitee. Das war fast nichts. Das einzig Gute daran war, dass der Preis für diese Informationen angemessen niedrig lag – belgische Pralinen und ein paar Nylons, Dinge, die in seine Manteltaschen passten. Natürlich hatte er darauf geachtet, Nylons mit Naht auszuwählen, die bei Frauen rund um den Globus wegen Ihrer erotischen Wirkung heiß begehrt waren. Seitdem sie ihn kannte, war Irina von der lästigen Pflicht enthoben, sich mit teuren und selten erhältlichen Kajalstiften falsche Nähte auf ihre Beine zu malen. Dazu kamen noch ihre horizontalen Turnübungen, die wenigstens geeignet waren, ihn ein bisschen zu entspannen. Irina drehte sich wieder auf den Rücken. Ihre Brüste waren ganz schön, stellte er wieder einmal fest. Er hätte es auch schlimmer treffen können. Es amüsierte ihn zum wiederholten Male, dass seine Frau zu Hause auf keinen Fall erfahren würde, wie er seine Informationen beschaffte. Schließlich war das ein Staatsgeheimnis.

»Sonst irgendetwas?« Jenkins versuchte, die Verzweiflung aus seiner Stimme zu bannen.

Irina schwenkte ihre Zigarette in einer Geste der Vagheit. »Oh, nein, weißt du, nur das Übliche.« Sie nahm einen Zug, dann lächelte sie plötzlich beim Ausatmen. »Gestern ist etwas Komisches passiert.«

»Was denn?«

»Einer von den Wissenschaftlern war zu Besuch, ein ganz freundlicher Mann.« Irina schmunzelte und nahm noch einen Zug.

»Hat er was erzählt?«

»Oh, weißt du, ihm war einfach langweilig. Sie haben ihn warten lassen. Aber er war nett. Er hat mich nach meinem Namen gefragt und wie lange ich schon im Ministerium arbeite. ›Irina Alexandrowa‹, hat er zu mir gesagt, ›verstehen Sie vielleicht etwas von Physik?‹« Sie lachte.

Jenkins hatte ein Bild von ihr im Kopf, wie sie in dem karg eingerichteten Vorzimmer saß, hinter dem riesigen Schreibtisch mit der Schreibmaschine und der unübersichtlichen Telefonanlage mit ihren drei Hörern. Dann stellte er sich den älteren Herrn vor, der auf dem wenig gepolsterten Stuhl an der Wand Platz genommen hatte, um auf die Audienz beim Minister zu warten.

»Was hat er noch gesagt?«

Irina schürzte die Lippen, dann schüttelte sie heftig den Kopf. »Ach, vergiss es, es war albern.«

Jenkins sog die Luft ein, ohne an der Zigarette zu ziehen. *Wenn ich nicht so verdammt verzweifelt wäre, würde ich das auch tun*, dachte er. Er straffte sich.

»Bring mich zum Lachen«, forderte er sie schließlich auf.

Irina nahm wieder einen Zug. »Er hatte da so eine verrückte Idee. Ich kann's dir zeigen«, sagte sie mit plötzlich auflebender Munterkeit. »Er hat eine Zeichnung gemacht, auf einer der Rückseiten der Kopien. Ich hatte sie gerade fertig.« Sie stand auf und nahm nackt, wie sie war, ihre Handtasche vom Fensterbrett.

Sie hatte die Kopien der Sitzungsprotokolle offen herumliegen lassen, schoss es Jenkins durch den Kopf. Wahrscheinlich war das besser, als sie schamhaft zu verstecken und dabei bemüht unauffällig auszusehen.

»Wie heißt dieser Physiker eigentlich«, fragte er, anstatt sich über ihre scheinbare Unvorsichtigkeit aufzuregen.

Irina sagte es ihm und Jenkins reagierte mit einem: »Aaah, ja.« Dann versuchte sie, ihn zum Lachen zu bringen, und es gelang ihr nicht.

* * *

Montag, 28. August 1961, 09:38:47 Eastern Standard Time, Washington D. C.

T minus 5283/22:18:13 [Tage/Std:Min:Sek]

»Was denken sich diese Schwanzlutscher eigentlich dabei?«

Ted Sorenson machte sich einen geistigen Vermerk. Wenn es um die Reaktion des Präsidenten ging, waren die Worte »nicht druckreif« zu verwenden.

»Was ist an einem Testmoratorium nicht zu verstehen?«, wütete Kennedy weiter. »Es heißt, dass keine Seite Atombomben testet, keine! Kann mir jemand sagen, was daran nicht zu begreifen ist?« Der Führer der freien Welt schlug mit der flachen Hand auf die Mahagonitischplatte, bevor er beschloss, sich zu beruhigen.

So bekam ihn die Öffentlichkeit nie zu Gesicht, überlegte Sorenson. Und wenn es doch jemals geschehen sollte, würde vielleicht irgendjemand erkennen, dass sich der Präsident während seines Wutanfalls nicht aus seinem Sessel erhob und dass er nach vorne gebeugt oder in sich zusammengesunken manchmal keine respektable Erscheinung abgab, weil seine ständigen Rückenschmerzen dies einfach nicht zuließen.

Die kleine Runde im Kabinettssaal rang nach Antworten. Einige der Würden- oder Uniformträger besahen sich lieber die Tischplatte, die weißen Wände, die Seestücke in ihren barocken Rahmen oder die grünen Vorhänge, als ihrem Chef ins Auge zu sehen. Der Sicherheitsberater McGeorge Bundy wagte als Erster eine Antwort, wie üblich vorsichtig formulierend, was wunderbar zu seinem mondänen Ostküstendialekt passte.

»Wir wissen nicht genau, worauf die Sowjets mit diesen neuen Nukleartests abzielen, Mr. President. Möglich wäre, dass sich eine Lücke in ihrem Waffenarsenal aufgetan hat, von der sie glauben, dass sie sie unbedingt schließen müssen. Es könnte zum Beispiel sein, dass in Tscheljabinsk fehlerhafte Zünder hergestellt worden sind und jetzt Tests durchgeführt werden, um zu prüfen, ob die nächste Lieferung funktioniert. Das wäre nicht das erste Mal.«

»Oder es handelt sich um eine Offensive«, meldete sich Lyman Lemnitzer zu Wort. Der Vorsitzende des Generalstabs fixierte Kennedy, ohne zu blinzeln. »Möglicherweise testen sie Waffen, mit denen sie eine Überlegenheit erreichen wollen.«

»Ich denke, dass wir einen sehr konkreten Hinweis darauf haben, was die Sowjets mit diesen Tests bezwecken, Mr. President.« CIA-Direktor Allan Dulles gestattete sich nach dieser Bemerkung eine Kunstpause.

Und in der Tat – alle Gesichter am Kabinettstisch wandten sich ihm zu. Kennedy, der immer noch mit seiner Empörung kämpfte, musterte ihn mit zusammengekniffenen Augen, was ihm das Aussehen eines Habichts verlieh.

»Unser Dienst führt seit einiger Zeit eine Quelle im Moskauer Ministerium für mittleren Maschinenbau«, fuhr Dulles fort. »Zu ihrer Kenntnis: Es handelt sich um das Ministerium, das für Kernenergie und die Entwicklung von Atomwaffen zuständig ist. Unsere Quelle hat direkten Zugang zu Minister Slavski und genießt dessen uneingeschränktes Vertrauen. Über unsere Station in Moskau hat uns die Quelle eine technische Skizze für ein neues Geheimprojekt der Sowjets zugespielt, das in einer Konferenz im Ministerium im vergangenen Monat besprochen worden ist.«

Dulles nahm ein Blatt vom Tisch, das dort auf dem niedrigen Stapel vor ihm gelegen hatte. Sorenson konnte erkennen, dass die Rückseite mit verblassten kyrillischen Buchstaben bedruckt war.

»Die Skizze stammt direkt aus der Hand von Andrei Sacharow, dem Vater der sowjetischen Wasserstoffbombe«, verkündete Dulles mit Stolz. »Sie zeigt einen Entwurf für ein bemanntes Raumfahrzeug, das als Waffenträger eingesetzt werden kann.«

Dulles hielt das Blatt hoch, nahm seine Pfeife aus dem Mund und stellte sie auf den Tisch, wie um zu verhindern, dass ihr Rauch den Blick auf die Skizze vernebelte.

Sorenson sah, wie alle Teilnehmer des Krisentreffens sich vorbeugten, um etwas zu erkennen, alle bis auf Kennedy, der diese Haltung ohnehin schon eingenommen hatte.

»Das Rechteck hier vorne«, Dulles wies mit seinem linken Zeigefinger auf die linke Hälfte des Blattes, »ist das eigentliche Fahrzeug mit der Bombenlast. Der Strich hier am hinteren Ende stellt eine große Platte dar. Zwischen Platte und Rumpf befindet sich eine Schwingungsdämpfung, die durch diese beiden Stützbeine symbolisiert wird. Sie müssen sich diese wie Stoßdämpfer vorstellen. Das Fahrzeug stößt Sprengsätze aus, die hinter der Prallplatte explodieren. Die Platte nimmt die Energie der Explosionen auf, wodurch das Schiff vorangetrieben wird. Die Treibsätze explodieren hinter dem Fahrzeug im Sekundentakt in einem Abstand von etwa 30 Yards. Es handelt sich um Atombomben.«

An dieser Stelle war erstmals ein Raunen unter dem guten Dutzend Männer zu hören, die im Kabinettssaal anwesend waren. Der Ausdruck »unmöglich« war zu hören.

»Durch die hohe Energie der Treibsätze kann eine große Masse in die Erdumlaufbahn gebracht werden, Tausende von Tonnen. Dabei kann es sich selbstverständlich um Atomwaffen handeln, die dann aus der Umlaufbahn zum Einsatz gebracht werden können«, schloss Dulles seinen Vortrag. Er legte das Blatt in einer recht ruhigen Geste zurück auf den Stapel vor ihm und nahm seine Pfeife wieder auf.

Kennedy musterte seinen Geheimdienstchef feindselig. »Das ist doch völliger Blödsinn! Bomben sind dazu da, Dinge zu zerstören. So ein Gerät würde das doch niemals überstehen.« Der Präsident lehnte sich wieder zurück. »Sie sind einem Bluff aufgesessen.«

»Mit Verlaub, Mr. President, es gibt schon ein solches Projekt. Die Air Force verfolgt schon länger das Ziel, genauso einen Apparat zu bauen.« Das war General Curtis E. LeMay, der Chef der Luftwaffe.

»Das ist nicht Ihr Ernst!«

»Oh, doch, Mr. President. Ihr Vorgänger hat das Projekt genehmigt.« Der General zögerte leicht vor dem Wort »Vorgänger«. Und Sorenson kam es so vor, als wolle er Kennedy damit abqualifizieren. »Es wird vom Air Force Special Weapons Center in Albuquerque überwacht. Wir haben General Atomics in La Jolla, Kalifornien damit beauftragt. Sie nennen es das ›Orion-Projekt‹. Die Eierköpfe dort sind der Ansicht, dass der Antrieb so funktioniert. Sie arbeiten an einem Raumfahrzeug, das 4000 Tonnen schwer ist. Wenn die Sowjets jetzt anfangen, so etwas zu planen, sollten wir auf jeden Fall dranbleiben, um für solch einen Fall selber gerüstet zu sein.«

Das Staatsoberhaupt ließ einige Sekunden vergehen, bevor es den Kopf schüttelte. »Das ist doch Wahnsinn. Das funktioniert niemals. Und wenn doch, dann gnade uns Gott!«

»Wir können Sie gerne mit dem Leiter des Projekts bekannt machen, Mr. President«, entgegnete LeMay ungewohnt kühl. »Dann können Sie sich selbst ein Bild machen.«

Kennedy straffte sich. Er musterte die Runde. Sorenson hatte den Eindruck, dass dem Präsidenten seine eigene temperamentvolle Reaktion auf die Nachricht vernünftiger vorkam als alles, was er von seinen Beratern gehört hatte.

»Wie gehen wir jetzt mit der Wiederaufnahme der sowjetischen Tests um? Bob?«

Verteidigungsminister McNamara zuckte mit den Schultern. »Erst mal abwarten. Wenn sie Ernst machen, sind wir frei, unsere eigenen Testreihen wieder aufzunehmen, wenn wir sie brauchen sollten.«

»Dean?«

»Wir sollten auf jeden Fall bei unserer Position bleiben und erklären, dass wir Nuklearwaffentests ablehnen und auf die Einhaltung des Moratoriums bestehen.«

Die Antwort überraschte Sorenson nicht. Dean Rusk sah nicht nur aus wie ein farbloser und kahlköpfiger Bürokrat. Kennedy hatte ihn ausgesucht, weil er genau das war und ihm Spielraum für seine Außenpolitik geben würde. Er wurde überhaupt nur aus Höflichkeit gefragt.

»Wir machen unsere Position klar und behalten uns weitere Schritte vor, wenn die Sowjets ihre Tests tatsächlich durchführen.« Das war Bobby Kennedy, seines Zeichens einflussreichster Justizminister aller Zeiten und selbstverständlich Mitglied dieses Krisenzirkels, der auf Vizepräsident Johnson dagegen verzichten musste.

»Wir können im UNO-Sicherheitsrat eine Protestresolution einbringen«, schlug Adlai Stevenson vor, der UN-Botschafter.

Kennedy nickte und überlegte. Wie üblich musste die Runde nicht lange auf seine Entscheidung warten. »Ted«, der Präsident sah Sorenson direkt an, »Sie entwerfen eine Erklärung, in der wir die Wiederaufnahme der Tests verurteilen. Auf der Grundlage können Sie dann eine Protestresolution vorbereiten, Adlai. Dean, Sie halten mich darüber auf dem Laufenden.« Er sah in die Runde. Die Skizze lag vor Dulles auf dem Tisch. Der CIA-Direktor zog bedächtig an seiner Pfeife. »Ich will über jeden Schritt der Sowjets informiert werden, sobald Sie etwas darüber erfahren. Über alle weiteren Schritte unsererseits informiert Sie Kennys Büro. Danke, Gentlemen.«

Sorenson sah zu seinem Sitznachbar zur Rechten. Ken O'Donnell, Assistent des Präsidenten, quittierte die Weisungen mit einem Nicken.

Dokumente wurden vom Tisch genommen. Es wurde geseufzt und gemurmelt. Die Runde brach auf.

»Bobby, Ted, Ihr bleibt noch hier.«

Die seitlichen Türen, die der ovalen Form des Raumes angepasst waren, schlossen sich, bald nachdem der letzte Amtsträger verschwunden war, abgesehen vom innersten Kreis.

Bobby Kennedy platzte heraus, sobald Tür zu war. »Ein Raumschiff, das mit Atombomben angetrieben wird? Was soll das? Was will Dulles damit erreichen? Die Brüder sehen ihre Felle davonschwimmen. Seit der Schweinebucht suchen sie wahrscheinlich verzweifelt irgendetwas, womit sie uns beeindrucken können.« Er schüttelte den Kopf. »Jedes kleine Kind kann so eine Kritzelei fabrizieren.«

»Ich frage mich bloß, was das jetzt noch soll«, entgegnete sein älterer Bruder sinnierend. »Dulles weiß, dass er bald gehen muss, so oder so. Wieso lässt er sich jetzt so eine Ente einfallen?«

»Vielleicht ist es ja ernst zu nehmen.« Bevor Sorenson sich die Worte und ihre Wirkung überlegt hatte, waren sie schon heraus. Die beiden Brüder sahen ihn gleichzeitig an.

»Ich meine gerade deswegen, weil Dulles selbst schon alles verloren hat.«

»Ich frage mich vor allem, was es zu bedeuten hat, wenn Dulles und LeMay anfangen, miteinander zu mauscheln«, wandte Bobby Kennedy ein. »Du weißt ja, wie sie LeMay bei der Air Force nennen – den alten Eisenarsch. Wir müssen aufpassen, dass wir uns von ihm nicht irgendwo reinreiten lassen, so wie von Lemnitzer und Dulles in die Schweinebucht.«

Kennedys engste Berater saßen aufrecht vor ihm. Er selbst krümmte sich im Stuhl. »Wir müssen uns mal ansehen, was das für ein Projekt ist, von dem LeMay da gesprochen hat. Ich sage Kenny, dass er mit diesen Leuten Kontakt aufnehmen soll. Wer weiß, vielleicht sind sie ja mit ihren Atombomben schon auf halbem Weg zum Mond.«

* * *

Donnerstag, 7. September 1961, 13:07:28 Central Standard Time, TWA-Flug 1423 von Kansas City nach San Diego

T minus 5273/17:49:32 [Tage/Std:Min:Sek]

Ryan Thomasson seufzte. »Nicht schon wieder, Ted!«

Aber Ted Taylor ließ nicht locker. »Komm schon, Thommy, das macht Spaß! Außerdem können wir jede Unterstützung gebrauchen. Du wirst sehen, die Leute werden begeistert sein!«

Ryan sagte nichts mehr und ergab sich in sein Schicksal. Ted erhob sich bereits von seinem Sitz vorne rechts in der zweiten Klasse. Gott sei Dank flog die 707 nicht gerade durch Turbulenzen, sagte sich Ryan. Er selbst hätte sie kaum ruhiger bewegen können.

»Ladies und Gentlemen«, wandte sich Ted an die Passagiere in der fast vollständig besetzten Maschine, »nach dem charmant vorgetragenen Sicherheitsballett und da der Spielfilm nur in der ersten Klasse gezeigt wird, werde ich nun für Sie den Rest des Unterhaltungsprogramms übernehmen.«

In der ersten Klasse zeigten sie *Und die Nacht wird schweigen*, erinnerte sich Ryan, eine Schmonzette mit Lana Turner und Efrem Zimbalist jr. Für ihn war kaum zu entscheiden, welche Folter nun schlimmer werden würde. Er drehte sich um. Herrschaften in ihren Fünfzigern wandten träge den Kopf und blinzelten. Ein junges Paar stellte seine angeregte Unterhaltung ein und blickte irritiert nach vorn. Wenn das nur gut ging! Ted hatte wohlweislich abgewartet, bis die Stewardessen mit ihrem klobigen Servierwagen an ihrer Reihe vorbeigezogen waren. Sie schauten verwirrt zu Ted zurück, fuhren aber in ihrer Bedienungsroutine fort. Waren sie überhaupt in der Lage, etwas anderes zu tun? Immerhin, die neuen dunkelblauen Uniformen und Barette standen ihnen viel besser als die in der alten blass-grüngrauen Farbe. Aber auch daran konnte sich Ryan jetzt nicht erfreuen, weil sein Kollege dies einfach nicht zuließ.

»Mein Name ist Ted Taylor und ich bin Kernphysiker«, fuhr dieser fort. »Mein junger Kollege Ryan Thomasson und ich«, Ted wies auf Ryan, der es nicht schaffte, sich rechtzeitig zu ducken, »arbeiten an einem Apparat, mit dem man Menschen und große Lasten in den Weltraum bringen kann. Wir nutzen zu diesem Zweck die Energie von Atombomben.«

Das war der entscheidende Punkt. Von hier an durfte Ted mit der vollständigen Aufmerksamkeit seines Publikums rechnen. Ryan konnte es daran erkennen, wie sich Münder öffneten. Auf ihrem ersten Flug von Huntsville zum Umsteigen nach Kansas City war es nicht anders gewesen, als Ted die Show schon einmal durchgezogen hatte. Alles schaute nach vorne und fragte sich, wer dieser kompakte Mittdreißiger im seriösen Anzug mit dem kantigen Gesicht und dem breiten Mund eigentlich war. Und auch hier schauten die Stewardessen jetzt genauer hin. Hatte der merkwürdige Mensch da vorne gerade gesagt, dass er das Flugzeug mit einer Bombe in die Luft sprengen wollte? Durch ihr stures Festhalten an ihren Bedienungsroutinen sorgten die Stewardessen allerdings auch dafür, dass sich die Passagiere ruhig verhielten. Das Geschehen in der Kabine konnte schließlich nicht verboten oder sonst irgendwie unangemessen sein, wenn man dabei gleichzeitig Tomatensaft serviert bekam.

Ted hatte seine großformatige Konstruktionszeichnung bereits aus dem Aktenkoffer geholt, bevor er aufgestanden war. Jetzt faltete er sie auseinander.

»Ich stelle Ihnen kurz dar, wie das funktioniert, und Sie können mir am Ende sagen, ob wir Ihre Steuergelder für einen sinnvollen Zweck verwenden.«

Nach den Atombomben war das der zweite Köder. *Es ist euer Geld, das für diese verrückte Geschichte draufgeht.* Die Herrschaften in ihren Fünfzigern versuchten jetzt ernsthaft zu erkennen, was für ein Diagramm Ted vor ihnen ausbreitete. Dieser Typ schien zwar ein komischer Kauz zu sein, aber immerhin friedlich. Und dass jemand tatsächlich über die Verwendung von Steuergeldern freiwillig Rechenschaft ablegen wollte, kam auch nicht gerade häufig vor. Die beiden Stewardessen machten weiter und entschwanden langsam in die unendlichen Weiten des Mittelkorridors. Die Gefahr einer Flugzeugentführung hatten sie offenbar ad acta gelegt.

Ted hingegen spielte mit seinem Publikum. Er nahm die bereits entfaltete Zeichnung wieder herunter, so als habe er sich jetzt, in diesem Moment, überlegt, anders in sein Thema einzusteigen. Im ersten Flugzeug hatte das ganz genauso ausgesehen.

»Sie kennen vielleicht die Mercury-Kapseln, mit denen Alan Shepard und Gus Grissom die Grenze zum Weltraum jeweils für etwa drei Minuten überschritten haben. Was denken Sie, was eine solche Kapsel wiegt?«

Ryan erwartete an dieser Stelle immer noch, dass sich die fünfzig Passagiere, oder wie viele es jetzt auch waren, gegenseitig hilflos ansehen und dann die Stewardessen bitten würden, den Verrückten zu entfernen. Aber auch diesmal behielt Ted mit seiner Taktik, das Publikum einzubeziehen, recht.

Es war ein junger Mann in Anzug und Schlips zwei Reihen hinter Ryan und offenbar mit seiner Mutter unterwegs, der die Hand hob und leichthin seine Schätzung abgab: »Fünf Tonnen?«

»Das ist schon zu viel«, entgegnet Ted. »Tatsächlich sind es gerade mal zwei.« Er lächelte, so als ob er daran gewöhnt sei, genauso des Öfteren Studenten zu begütigen, was nicht der Fall war. »Sie haben vielleicht auch schon gesehen, wie eng diese Kapseln sind. Mir jedenfalls ist nicht klar, wo künftige Astronauten in diesen Dingern aufs Klo gehen oder sich auch nur eine Dose Ravioli warm machen sollen.«

Das Publikum grinste größtenteils – wie immer.

»Wenn wir jemals zum Mond wollen, so wie Präsident Kennedy dies angekündigt hat, brauchen die Astronauten nicht nur mehr Platz. Sie müssen auch mehr Ausrüstung mitnehmen, wissenschaftliche Geräte zur Erforschung der Oberfläche, Vorräte für einen mehrtägigen Aufenthalt auf dem Mond.«

Hie und da zeigte sich in den Sitzreihen ein leichtes Nicken.

»Der Flug aus dem Magnetfeld der Erde hinaus zum Mond ist mit Belastungen durch die kosmische Strahlung verbunden, die die dünne Wandung der MERCURY-Kapseln leicht durchdringen kann. Man braucht also ohnehin ein Raumschiff mit dicken Wänden. Und hier kommt unser Entwurf ins Spiel.«

Was jetzt folgte, konnte Ryan auswendig herunterbeten. Ted hielt die entfaltete Zeichnung mit der linken Hand hoch und referierte, während er Details mit der rechten Hand anzeigte. Die Bombenmagazine, das Schiffsgeschütz, das die Treibsätze nach hinten hinausbeförderte, die Prallplatte, die konzentrisch angeordneten gasgefüllten Gummireifen auf der Rückseite der Platte als erste Stufe der Schwingungsdämpfung, die Gasfederbeine.

»Für den Transport der Nukleartreibsätze von Magazin bis zur Kanone haben wir uns Hilfe von der Coca-Cola Company geholt. Sie werden also auf dieselbe Art ans Ziel befördert wie die Flasche, die Sie da hinten in der Hand halten, beim Abfüllen.«

Ted wies auf eine etwa zwanzig Jahre junge Frau in den hinteren Reihen, die verlegen lächelte und dann mit ihrer Coke schüchtern zurückwinkte. Inzwischen hatten sich viele der unfreiwilligen Zuhörer entschieden, wie Ryan vermerkte. Manche blieben neugierig, manche waren eindeutig ablehnend.

»Das, was die Regierung und die NASA im Augenblick machen, ist nichts anderes, als wenn man die Boeing 707, in der wir gerade sitzen, auf den Müll werfen würde, nachdem sie einen einzigen Flug gemacht hat. So funktioniert das mit chemischen Raketen und Sie bezahlen das alles. Unser Antrieb ermöglicht es, ein großes, robustes Schiff in einem Stück in den Weltraum zu bringen, ein Schiff, in dem die Astronauten sicher sind und das mehr als genug Platz für jede Art von Fracht bietet. Was sagen Sie? Sollte die Kennedy-Regierung unseren Entwurf gegenüber chemischen Raketen bevorzugen – ja oder nein?«

Es brandete tatsächlich Applaus auf. Ted sonnte sich nur einen Augenblick darin.

»Haben Sie Fragen?«, erkundigte er sich optimistisch.

Ein junger Mann mit Vollbart meldete sich auf der rechten Seite. »Kann man die Bomben auch benutzen, um mit dem Schiff wieder auf der Erde zu landen? Oder wollen Sie immer wieder Bomben in die Erdumlaufbahn hinaufschicken, mit denen es anschließend weiterfliegen kann?«

Ryan blickte ruckartig zu dem jungen Fragesteller. Da war jemand, der in technischen Zusammenhängen denken konnte. Die Möglichkeit des »Auftankens« in der Erdumlaufbahn beschäftigte ihn selbst seit Monaten.

»Beides ist möglich«, antwortete Ted. »Wir rechnen derzeit noch aus, welche Variante wirtschaftlicher ist. Da drüben!«

Alter Trick, dachte Ryan, mit Beantwortung der nächsten Frage schnell darüber hinwegtäuschen, dass man auf die vorherige keine Antwort hat.

»Wie ist das mit der Strahlung, die von den Bomben ausgeht? Ich habe gelesen, dass sich durch die Atombombentests bereits schädliche Stoffe in der Muttermilch ansammeln.«

Bei Gott, dachte Ryan, als er sich nach der jungen Frau umdrehte. Sie hatte tatsächlich ein Baby auf dem Schoß sitzen, das versonnen und zufrieden an seinem Schnuller nuckelte. Jedes dieser Kinder war mächtig genug, ihren Plan zu Fall zu bringen.

»Wir arbeiten daran, Treibsätze zu entwickeln, die eine wesentlich niedrigere Strahlung verursachen und dadurch ungefährlich werden. Dieses Problem wird schon bald keins mehr sein.«

Die junge Mutter reagierte nicht, schaute stattdessen noch immer finster.

»Nun, wenn es keine weiteren Fragen mehr gibt«, erklärte Ted zufrieden, »dann bedanke ich mich dafür, dass Sie mir Ihr Ohr geliehen haben. Bald werden Sie sicher mehr über den Verlauf dieses Projekts erfahren. Und wenn es so weit ist und wir Sie heute überzeugen konnten, dann wenden Sie sich an Ihre Abgeordneten, damit diese in Ihrem und in unserem Sinne abstimmen. Vielen Dank!«

Noch einmal gab es freundlichen Applaus. Eine der Stewardessen kam wieder nach vorn und schaute Ted verkniffen an, der sich schnell setzte.

Ryan gestattete sich ein ironisches Nicken. »Ihr Jungs habt doch die Air-Force-Vorschriften zur Geheimhaltung unterschrieben, Ted. Und jedes Mal im Flugzeug veranstaltest du diese Show. Wie passt das überhaupt zusammen?«

»Thommy«, sagte Ted wie zu einem Kind, das eine alberne Bemerkung gemacht hatte. »Von den Air-Force-Leuten bekommt das doch keiner mit. Ich liebe das Gesicht, das sie immer machen, wenn ich sage, dass die Regierung bei jedem Raketenstart so eine Boeing auf den Müll wirft. Wenn wir erst an die Öffentlichkeit gehen, werden sich alle hier erinnern und uns unterstützen, weil es ihnen schmeicheln wird, dass sie schon eingeweiht waren.«

Während des Fluges unterhielt sich Ted noch mit dem jungen Mann, der die Frage zur Landung gestellt hatte. Er hatte gerade am Caltech ein Studium der Kybernetik angefangen. Ted tauschte Visitenkarten mit ihm aus und stellte fest, dass der Flug ausgesprochen erfolgreich verlaufen sei. Ryan spürte, wie sanft der Pilot das Fahrwerk auf die Landebahn aufsetzen ließ, und gab seinem Kollegen im Stillen recht.

In San Diego angekommen, mieteten sie am Lindbergh Field einen Chevrolet Corvair. Ted machte das Geschäft an der Theke von Hertz perfekt und warf Ryan den Schlüssel zu. Der erinnerte sich daran, wie sein Gastgeber einmal verzweifelt versucht hatte, vor dem Firmengebäude in La Jolla einen ähnlich kleinen Wagen in eine Parklücke zu manövrieren. Er fing den Schlüsselbund mit der Linken, hob seinen Koffer mit der Rechten und begleitete den Kernphysiker auf den Parkplatz hinaus. Beim Öffnen dessen, was er für den wundersam unverschlossenen Kofferraumdeckel hielt, stutzte er dann. Richtig, der Corvair war ein Auto mit Heckmotor – so wie einer dieser deutschen Volkswagen, die man jetzt überall sah –, nur nicht so rund. Am Schlüsselring fand er das passende Exemplar für die Fronthaube, unter der für die Koffer mehr als genug Platz war. So niedrig und eng, wie der Corvair war, fühlte sich Ryan Momente später beim Einsteigen geradezu heimisch. Im Cockpit seiner F9F Panther war auch nicht mehr Platz gewesen. Nachdem Ted es sich zufrieden lächelnd auf dem Beifahrersitz bequem gemacht hatte, ließ er das Fahrzeug also anrollen, um als Erstes die drei Meilen nach Downtown zurückzulegen. Der Verkehr wurde bald dichter. Es war früher Nachmittag in Kalifornien und die Rushhour fing gerade erst an. Schließlich konnten sie sich auf den Highway 101 einfädeln und San Diego schnell hinter sich lassen. Die Unterschiede in der Landschaft kamen Ryan im Vergleich zu Alabama gering vor. Es gab hier ein paar Palmensorten, die er nicht kannte. Allerdings hätte er kaum erklären können, wie genau sie sich von Gewächsen in Alabama unterschieden. Und natürlich war es auch hier heiß. Der Ventilator unter dem Armaturenbrett jaulte vor sich hin. Auch auf dem Highway hielten sie die Fenster auf halber Höhe.

Endlich erreichten sie Torrey Pines im Norden von La Jolla. Für den frühen Abend war bereits ein Meeting angesetzt, sodass es für Ryan zunächst noch nicht ins Hotel gehen sollte. Stattdessen fuhren sie gleich Richtung General Atomics, vorbei an schicken Eigenheimen, die in der ganzen Umgebung aus dem Boden schossen. »Da hinten hat Freddy gebaut«, erklärte Ted einmal mit Blick auf die Villen, nicht ohne in den Namen die notwendige Bedeutung zu legen. Ryan sah von der Straße weg nach rechts, nahm das teure Eigenheim zur Kenntnis und brummte zustimmend. Dann bog er in die Zufahrt zum Firmengelände ein. Ted winkte dem Wachmann an der Schranke nur zu und sie konnten passieren. Sie umrundeten das Hauptgebäude, das einen Dreiviertelkreis um das Zentrum beschrieb. Ryan erinnerte sich von einem seiner früheren Besuche an Luftaufnahmen des Geländes, die in den Korridoren des H-Gebäudes hingen. Der Rundbau der Bibliothek befand sich in der Mitte. Der Dreiviertelkreis der interdisziplinär zusammengestellten Büros umgab sie wie die Eisringe den Saturn, nachdem man ein Stück aus ihnen herausgebissen hatte. Auf der anderen Seite, die der Öffnung im Ring gegenüberlag, strebten die beiden Schenkel des wegen seines Grundrisses so genannten H-Gebäudes in einem eleganten Winkel nach außen. Hätte man sie bis zur Bibliothek verlängert, wären ihre Enden dort im Zentrum zusammengetroffen.

Ryan warf einen Blick auf die Labore südlich des zentralen Kreises, den Testreaktor, den 32-Millionen-Elektronenvolt-Linearbeschleuniger, die Montagehalle für kritische Massen. Schließlich stellte er den Wagen mühelos auf einem der vielen, vielen Parkplätze am H-Gebäude ab. Sie stiegen aus und Ryan ging kurz durch den Kopf, dass auf der anderen Seite des Gebäudes der Tennisplatz und der Swimmingpool lagen. Es half nichts. Jetzt war die Arbeit dran.

Am Eingang wartete ein weiterer Wachmann der Sicherheitsfirma in seiner Pförtnerloge. Ted wies sich aus und meldete seinen Gast an. Minuten später saßen sie im Besprechungsraum am langen Konferenztisch. Ryan identifizierte auf der anderen Seite Ed Creutz, der Freddy de Hoffmann beim Aufbau von General Atomics behilflich gewesen war, und einen jungen Physiker namens Bud Pyatt. Der dritte Mann musste dann David Weiss sein – der Testpilot. So sah er also aus.

Ryan setzte sich an den Tisch, an dem die Männer warteten. Sie hatten sich nicht erhoben, als er und Ted eingetreten waren, hatten ihnen nur zugenickt. Er brachte ein simples »Hallo!« zustande und bekam direkt von Ted eine Tasse Kaffee aus einer bereitstehenden Thermoskanne gereicht. Dann ging es gleich in medias res.

Ed Creutz rührte klimpernd in seiner Tasse und wiegte seinen massigen Kopf mit der hohen Stirn und dem markanten Kinn hin und her. »Wir haben uns gefragt, was Sie in Huntsville eigentlich für uns tun können«, fing er an. »Wird es wirklich ein Projekt geben, bei dem unser Baby eine Rolle spielen wird? Bis jetzt höre ich immer nur, an welchen chemischen Raketen die NASA gerade arbeiten lässt. Warum sollten wir glauben, dass wir es mit Ihnen zusammen in den Weltraum schaffen werden?«

Ryan nahm einen Schluck aus seiner Tasse und ließ die Herausforderung kurz auf sich wirken. Er hatte gedacht, er sei unter Gleichgesinnten und musste schnell umdenken. »Was wir jetzt machen, wird irgendwann zu Ende sein. Der Wettlauf mit den Sowjets wird aber weitergehen. Wir denken, dass Orion das beste Mittel ist, um nach 1970 längere Missionen zu anderen Zielen zu fliegen. Das liegt in unserem Interesse.«

Ed Creutz legte den Löffel sorgfältig auf den Rand der Untertasse, beugte sich nach vorn und verschränkte die Finger seiner Hände ineinander. »Wer ist denn ›wir‹? Ich meine«, fügte er eine Spur verbindlicher hinzu, »wer in der NASA kann sich denn wirklich für den Antrieb erwärmen? Gibt es überhaupt Leute, die genug Einfluss nehmen können?«

»Die Unterstützung durch Dr. von Braun dürfte Ihnen bekannt sein«, erwiderte Ryan kühl. »Er hat schon mit vielen Ingenieuren über das Projekt geredet. Ich tue dasselbe. Wir sind so weit, dass inzwischen die meisten Ingenieure Orion nicht als verrückte Fantasterei abtun, sondern als echte Möglichkeit ansehen. Darauf wollen wir aufbauen, wenn es in etwa fünf Jahren um die Zeit nach der Mondlandung gehen wird.«

»Sie und Dr. von Braun?«, hakte Creutz nach. Es hörte sich mehr nach einer Feststellung als nach einer Frage an.

»Und alle, die bis dahin dazukommen.« Ryan versuchte sich einzureden, dass sich das nicht lahm anhörte.

Bud Pyatt lächelte. Der Physiker von Ende zwanzig hatte auf der anderen Seite des Tisches in der Mitte Platz genommen. »Welche Ziele haben Sie im Auge?«, fragte er.

»Mars«, erklärte Ryan, so als wäre vom Kiosk um die Ecke die Rede, »die Monde der äußeren Planeten, die Systeme von Jupiter, Saturn, Uranus, Neptun. Wir wissen ja fast nichts über die Monde dort.«

Pyatt lächelte jetzt nicht nur. Er bekam auch noch glänzende Augen. »Das wäre genau das Richtige. Genau das haben wir hier auch vor.«

»Wenn es dazu kommt«, ging Creutz seufzend dazwischen. »Wir sind nicht unbedingt begeistert darüber, dass die Schiffe nur auf Abschreckungspatrouille gehen sollen, müssen Sie wissen. Wir sind uns auch nicht sicher, ob das als Motivation zum Bau der Schiffe wirklich ausreichen wird. Wir fragen uns also, ob die zivilen Expeditionen, die Ihre Behörde plant, nicht ein besseres Mittel sind, um die Finanzierung für alle Mitarbeiter hier«, er machte eine ausholende Geste mit der rechten Hand, »dauerhaft zu sichern. Dafür brauchen wir einfach einen Partner, der die nötige Entschlossenheit hat und das nötige Engagement an den Tag legt. Wird die NASA so ein Partner sein?«

Ryan nickte bedächtig. Es wäre so einfach gewesen, »Ja« zu sagen. Das war ihm bewusst. Er widerstand der Versuchung. »Alle werden sich irgendwann fragen, wie es weitergehen soll, wenn wir auf dem Mond gelandet sind«, erklärte er. »Dann wird die Saat aufgehen, die Dr. von Braun und ich gerade ausbringen. Und die NASA wird der Partner sein, den das Projekt verdient.«

Creutz nickte und fasste sich an das markante Kinn, für einen Moment widerwillig beeindruckt.

»Wir sind hier unter Freunden«, warf Ted ein, der Einzige der Anwesenden, der auf Ryans Seite des Tisches saß. »Thommy und ich haben in Huntsville mit Dr. von Braun und anderen Kollegen darüber gesprochen, wie genau eine NASA-Beteiligung aussehen könnte. Wir sprechen hier dasselbe durch, damit alle Ideen, die wir zu einer solchen Kooperation sammeln können, Eingang in die Präsentation finden, die ich für den Präsidenten halten werde. Deshalb hat Thommy mich zurückbegleitet.«

Creutz nickte zu diesen Ausführungen. Es hatte beinahe etwas Reumütiges. Ted übergab wieder Ryan das Wort. Der konnte darlegen, welche Informationen sie vom Langley Research Center zum Thema Flugbahnen erhalten hatten. Mehrere Hohmann'sche Übergangsbahnen kamen infrage, um den Mars oder die äußeren Planeten zu erreichen. Und es gab für jede Flugvariante mindestens eine Möglichkeit, die Mission früher abzubrechen und auf einer anderen Bahn früher zur Erde zurückzukehren.

Das war nicht gerade Ryans Fachgebiet. Das einzig Gute am Fehlschlag seiner Karriere als Testpilot war, dass er jetzt die Möglichkeit hatte, selbst zu konstruieren. Er würde sich in seinem Job nie für etwas erwärmen können, was nicht aus Aluminium war oder – soweit es Orion betraf – aus Stahl. Die nüchternen Formeln zu den Flugbahnen präsentierte er, so gut es ging. Dann gönnte er seinem kleinen Publikum Einzelheiten zur Nutzlast.

»Wir denken auch, dass man das Schiff rotieren lassen kann, um durch die Zentrifugalkraft künstliche Schwerkraft zu erzeugen. Die Triebwerke an den drei Auslegerarmen, die den Drehimpuls erzeugen, können elektrische Ionentriebwerke sein. Für die Stromversorgung hatten wir an einen Kernreaktor gedacht, der sich abgeschirmt in der Nähe des Antriebs befindet.«

Für diesen Satz gab es ein beifälliges Nicken der Anwesenden.

»Der wissenschaftliche Teil beruht zurzeit noch auf dem, was wir auf dem Mond machen wollen: Sammeln von Bodenproben, Aufstellen von Sensoren für seismische Messungen, Wärmeströme, Staubablagerung, Sonnenwind, geladene Teilchen, Magnetfeld und Schwerkraft. Wir werden ja sogar die Zusammensetzung der extrem dünnen Atmosphäre auf dem Mond untersuchen. Das wäre auf dem Mars natürlich noch viel wichtiger, zusammen mit Windmessungen. Und wer weiß schon jetzt, auf welchem Gasriesenmond da draußen wir das noch brauchen können? Wir planen, das JPL in Pasadena einzubeziehen, wenn es an die Einzelheiten geht.«

»Fragt sich bloß, ob eine solche Expedition zustande kommen wird«, unkte Ed Creutz. »Es kann für uns auch so ausgehen, dass es bei der rein militärischen Anwendung bleibt.«

»Offen gestanden ist der militärische Teil genau das, was uns Mut macht, die Sache weiterzuverfolgen«, entgegnete Ryan. »Wenn die Umlaufbahn eines Orion-Schlachtschiffs weit von der Erde wegführt, so wie vorgesehen, wird die Versuchung groß sein, das letzte Stück zum Mars auch noch zurückzulegen. Wenn es Abschreckungspatrouillen im Weltraum gibt, wird es uns leichtfallen, eine solche Expedition zu planen.«

»Die NASA hofft also, dass die Air Force bei der Stange bleibt.« Ed Creutz lächelte verkniffen.

»Aber das wäre doch gut, oder nicht?« Bud Pyatt hielt seinem Sitznachbarn die nach oben geöffnete rechte Hand hin, wie um sein Argument zu präsentieren. »Was kann uns denn Besseres passieren, als dass zwei Organisationen Interesse am Projekt haben? Ich finde, wir sollten dafür sorgen, dass die Zusammenarbeit intensiver wird. Das kann doch nur zu unserem Vorteil sein!«

Creutz nickte tatsächlich zu diesen Worten, wenn auch mit hochgezogenen Brauen.

»Noch mehr Kaffee?«, fragte Ted und tippte mit den Fingern gegen die Thermoskanne, die in der Mitte des Tisches stand. Sie hörte sich hohl an. Er drehte sich um. Offenbar hatte eine diensteifrige Sekretärin bereits eine weitere gefüllte Kanne auf den Servierwagen neben der Tür abgestellt. Ted erhob sich. Ryan und David Weiss taten dasselbe, beide mit gezückten Tassen.

»Sie sollen das Ding also fliegen?«, fragte Ryan Weiss, während Ted ihm Kaffee eingoss.

Der Pilot zuckte mit den Schultern. Er war kompakt gebaut, kräftig, etwas kleiner als Ryan, wie die meisten seiner Zunft. »Wenn es etwas zu fliegen gibt.«

Bevor Ted noch dazu übergehen konnte, dem Piloten Kaffee einzuschenken, stellte Ryan seine wieder dampfende Tasse auf den Servierwagen.

Er kam sich dämlich vor. »Ich muss wohl doch erst mal eine Tür weiter, bevor wir hier weitermachen. Würde einer von euch ...«

»Oh«, erbot sich Weiss sofort. »ich muss da auch gerade hin.«

Den Geheimhaltungsvorschriften wurde Genüge getan. Ryan betrat das WC auf dem Flur in Begleitung eines autorisierten Mitarbeiters, der sicherstellte, dass er niemandem mit einer Taschenlampe durch das Klofenster die Geheimnisse zumorsen würde, die er im H-Gebäude ausgekundschaftet hatte.

»Ich habe gehört, Sie waren in Korea?«, fragte Weiss, als sie nebeneinanderstehend ihre Harnblase leerten.

Ryan nickte. »Navy, F9F.«

Weiss war fertig und zog sich den Hosenschlitz zu. Dabei verzog er den Mund, offenbar beeindruckt. »Und?«

Ryan ließ sich Zeit, bis er ebenfalls fertig war und einigermaßen sicher, dass sich kein Tropfen mehr in seine Feinrippunterhose verlaufen würde. »Eine MiG-15«, brachte er schließlich hervor.

Weiss nickte, während er zum Waschbecken hinüberging. Er verstand offensichtlich schnell, dass sein Gegenüber nicht gerne an den Krieg zurückdachte.

»Und Sie?«, erkundigte sich Ryan seinerseits, als er die Hände unter den Hahn hielt.

»Ich bin B-29 geflogen, über Japan.« Weiss ließ sich die Hände unter dem Trockner föhnen. »Große lahme Vögel.«

»Im Zweiten Weltkrieg?«, staunte Ryan. »Sie sind doch höchstens ...« Er versuchte das Alter des Piloten zu schätzen.

Der grinste und zuckte mit den Achseln, während seine Hände im warmen Luftstrom aus dem Trockner verblieben. »Ich hab denen einfach erzählt, ich sei 18. Ich konnte es nicht abwarten. Hier bin ich hauptsächlich Testingenieur. Aber wer weiß, vielleicht brauchen wir für unser Baby ja doch noch einen Piloten. Ein großer Vogel soll es ja auf jeden Fall wieder werden.«

Ryan stufte Weiss' Blick als erwartungsvoll ein. Er gewährte seinen Händen den warmen, flüchtigen Segen. Dann gingen sie zurück Richtung Konferenzraum.

»Für eine kleinere Version hätte ich allerdings auch etwas übrig«, schob

Weiss nach. »Ich denke, dass sich das System gut zur Abwehr sowjetischer Raketen nutzen ließe, nicht bloß zur Abschreckung. Lauter kleine Orions in der Erdumlaufbahn, die sich auf die erstbeste Rakete stürzen und sie rammen, wenn der Dritte Weltkrieg ausbricht. Sie sind schnell genug und hätten genug Masse, um nacheinander mehrere Raketen zu zerstören. Was meinen Sie?«

»Könnte sein«, erwiderte Ryan verblüfft. Die Idee traf ihn völlig unvorbereitet und hatte einen militärischen Grundton, der ihm missfiel. Andererseits – wenn sich dadurch ein Atomkrieg verhindern ließe ... Er ertappte sich dabei zu überlegen, wie so ein Orion-Abfangraumschiff gebaut werden müsste, ehe sie den Konferenzraum wieder erreichten, wo drei Wissenschaftler vor nunmehr fünf dampfenden Tassen saßen und auf sie warteten.

Die Herren ließen Ryan weiter über die Planungen der NASA referieren und begaben sich dabei auf ein Gebiet, auf dem schnell Übereinstimmung erzielt werden konnte. Orion war das richtige Mittel, um die Vorstellungen Dr. von Brauns zur Kolonialisierung anderer Welten umzusetzen. Man stimmte am Tisch darin überein, dass 200 Mann eine ideale Besatzungsgröße sei. Nur ein kleiner Teil sollte aus Offizieren und Technikern bestehen. Letztere sollten aber immerhin in der Lage sein, alles an Bord reparieren zu können, vom Atomreaktor bis zur Armbanduhr. Der größere Teil des Personals sollte aus den Experten der verschiedenen Wissenschaften bestehen und aus Ingenieuren, deren Kenntnisse erst am Ziel wichtig wurden, zum Beispiel für den Bau von Unterkünften oder das Schürfen nach Metallen.

Die Runde tagte noch bis in den Abend. Die theoretisch mögliche Maximalversion von Orion, ein Raumschiff mit einem Startgewicht von mehreren Millionen Tonnen, spielte kurz eine Rolle und regte die Fantasie an, ehe die Experten darin übereinkamen, dass sich eine Expedition in einer solchen Größenordnung unmöglich in einer einzigen Nacht entwerfen ließ. Nicht dass sie nicht alle fünf bereit gewesen wären, einen solchen Versuch zu starten. Sogar Creutz hatte Gefallen an den Zukunftsplänen gefunden. Schließlich wurde die Runde aber aufgehoben.

Die Kantine hatte schon lange zu, also fuhren Ted und Ryan zu einem Diner in La Jolla, um den Abend mit Fried Chicken, Baked Beans und

Bier zu beschließen. Ryan fuhr seinen Kollegen nach Hause und zog sich dann in das kleine preisgünstige Hotel zurück, in dem die NASA für ihn ein kleines, preisgünstiges Zimmer gebucht hatte.

Der Treffpunkt am nächsten Morgen war die Bibliothek. Ryan näherte sich dem Rundbau im Zentrum des Geländes um 9 Uhr morgens, einer sehr zivilen Zeit, wie er fand. Der moderne zweistöckige Rundbau mit seinen etwa 40 Yards Durchmesser und seinen umgebenden, außen angebrachten Stützen war schon belebt. Ted Taylor führte eine Gruppe, die aus drei Männern und einer Frau bestand, durch die von Regalen gesäumten Gänge. Äußerst flüssig erläuterte er die Aufteilung der Themengebiete. Die vier, alle etwa vierzig und seriös gekleidet, nickten regelmäßig zu seinen Ausführungen, ohne irgendeine besondere Reaktion erkennen zu lassen. Sie kamen gerade in der zentralen Rotunde an der Ausleihe an, als Ted so plötzlich stehen blieb, dass die nachfolgenden mutmaßlichen Würdenträger beinahe in ihn hineingelaufen wären.

»Wissen Sie«, sagte er »dieses Gebäude hat in etwa den Durchmesser einer Prallplatte, wie wir sie für die 4000-Tonnen-Standardversion des Orion-Raumschiffs geplant haben. Sie müssen sich also nur vorstellen, dass sich der Rumpf des Raumschiffs von hier aus etwa 25 Stockwerke hoch über der Bibliothek erhebt. Was würden Sie sagen?« Er breitete die Arme aus. »Sollen Menschen in einem stabil gebauten Schiff dieser Größe den Weltraum erobern oder in einem Fahrzeug«, Ted wies durch den Korridor zwischen zwei Regalen und dem Fenster an dessen Ende nach draußen, »dass so groß ist wie der Wagen dort?«

Das Auto war Ryans gemieteter Chevrolet Corvair, den er gerade erst auf dem Parkplatz abgestellt hatte. Das brachte ihn zum Grinsen. Teds Gäste dagegen folgten artig den Gesten ihres Fremdenführers, nahmen den kleinen Corvair zur Kenntnis und blickten tatsächlich alle vier hoch zur Decke der Bibliothek, so als würden sie befürchten, dass sie als Nächstes unter dem Gewicht eines gewaltigen stählernen Raumschiffsrumpfs zusammenbrechen würde.

»Kommen Sie«, fuhr Ted fort, ohne eine Antwort auf seine Frage abzuwarten. »Ich zeige Ihnen gleich einige unserer Labore.« Er nickte Ryan zu und entschwand mit der Gruppe zum Ausgang.

»Guten Morgen, Mr. Thomasson! Fühlen Sie sich wohl?«

Ryan drehte sich ruckartig um. Frederic de Hoffmann, der Herr über General Atomics, hatte sich von hinten angeschlichen. Er hielt ihm die ausgestreckte Hand hin und lächelte ihn unter seiner Hornbrille an.

»Ja, äh, ja – alles in Ordnung«, stammelte Ryan. De Hoffmann wirkte in seinem Anzug wie aus dem Ei gepellt. Auch bei warmem Wetter, so wie jetzt, verzichtete er nie auf sein Sakko.

»Sie sind gut untergebracht?« Irgendwie erwartete Ryan immer, dass bei de Hoffmann irgendein tschechischer oder österreichischer Akzent zu hören sei. Dabei wusste er, dass der Direktor schon seit 20 Jahren in den USA lebte.

»Ja«, erwiderte er schnell und nicht gerade geistreich. Die Sprungfeder, die im Hotel aus der Matratze herausstach, fiel ihm ein, der ölige Kaffee und die harten Brötchen beim Frühstück. Und dann war es schon zu spät, etwas anderes zu sagen. »Ja«, bekräftigte er, »alles in Ordnung.«

»Gut«, antwortete de Hoffmann. »Wir sind immer froh, wenn wir Gäste von der NASA da haben. Ihr Wohlergehen ist uns wichtig. Zögern Sie nicht«, beschwor de Hoffmann Ryan und legte ihm dabei beinahe seine Rechte auf die Brust »sich an mich oder einen der Kollegen zu wenden, wenn Sie irgendetwas brauchen.«

Ryan nickte artig.

»Ah«, machte de Hoffmann, »da kommt ja Ihre Begleitung für heute.«

Jerry Astl war hinzugetreten und wirkte dabei viel lässiger als sein Chef. Er gab Ryan die Hand und brachte beiläufig ein kleines Lächeln zustande.

»Dann wünsche ich weiter einen angenehmen Aufenthalt bei uns«, sprach de Hoffmann und entschwand eiligst.

Astl sah ihm nach. »Kongressabgeordnete«, erklärte er und wies mit dem Kinn auf die kleine Gruppe, die Ted inzwischen aus dem Gebäude führte.

»Wir haben hier fast jede Woche solchen Besuch. Freddy wird jetzt hinterherlaufen und aufpassen, dass Ted ihnen keinen Unsinn erzählt.« Astl runzelte die hohe Stirn, über der sich der gebändigte, lockige Haarschopf zum Hinterkopf zog. »Sie sind mit dem Wagen da?«

Das Testgelände in Point Loma war ähnlich weit entfernt wie der Flughafen, sodass sich Ryan hinter dem Steuer Gedanken zu Astls gutturalem Akzent machen konnte – einem Phänomen, das es bei Wissenschaftlern in den USA nicht gerade selten gab.

»Wo sind Sie her?«, fragte er schließlich schlicht.

»Tschechoslowakei«, antwortete Astl.

»Ihr Englisch ist gut«, erklärte Ryan.

Sein Beifahrer grinste und besah sich dabei den Highway durch die Windschutzscheibe. Erst als Ryan dachte, dass bestimmt keine Antwort mehr folgen würde, sagte Astl: »Ich hab in einer Schuhfabrik gearbeitet. Die Angestellten hatten einen Filmclub mit einem eigenen Kino, das sie sich hergerichtet hatten, mit Vorführraum und allem. Ich habe den Projektor bedient, nachdem der ursprüngliche Vorführer weggegangen war. Ich habe mir dann immer jemanden geschnappt, der Tschechisch gesprochen hat. Es gab genug davon in der Belegschaft. Der hat dann bei mir gesessen und konnte sich den Film aus dem Vorführraum ansehen. Dafür musste er mir Wort für Wort übersetzen, was die in den Filmen gesagt haben. Wenn man das mit einem Film mehrmals macht, kann man die Sprache so ganz gut lernen.«

»Wirklich?«

Astl nickte nur.

»Ich schätze, ich sollte das mal mit Mandarin versuchen.«

Astl grinste.

»Wie kommt es, dass Sie sich beim Projekt gerade mit Sprengen beschäftigen?«

»Tschechoslowakei«, sagte Astl erneut, und Ryan fragte sich, ob er überhaupt die Frage verstanden hatte. »Ich habe dort tagsüber bei Messerschmitt an der Me 262 gearbeitet. Wir haben die Produktion sabotiert, wo es ging. Aber es war schwierig. Nachts haben wir dann das Eigentliche getan.«

Der Ingenieur lächelte versonnen, als er zu diesem Teil seiner Erinnerungen kam. »Wir haben den Deutschen kaputt gesprengt, was möglich war, vor allem Bahngleise. Ich hatte in der Zeit also zwei Jobs, wenn Sie so wollen.«

Ryan ließ sich das durch den Kopf gehen. Bestimmt hätte man zu so einem aufregenden Lebensabschnitt noch einige Fragen stellen können.

Andererseits war mit Astls kurzer Erklärung das Wesentliche schon gesagt. Er hatte ein klares Bild vor Augen.

»Ted hat früher in seiner Jugend in Mexiko Sprengsätze gebaut, die er dann auf der Straße hat hochgehen lassen, einfach nur so zum Spaß«, erklärte Ryan. »Vielleicht hat er Ihnen ja schon davon erzählt?«

Astl grinste wieder. »Ja, hat er. Wir hätten ihn bei uns gut gebrauchen können.«

Es dauerte nicht mehr lange, bis sie Point Loma erreichten. Der Navy-Posten ließ sie durch, als er Astl auf dem Beifahrersitz erkannte. Die nostalgischen Gefühle, die beim Anblick der Uniform in Ryan aufkeimten, vermischten sich sofort mit den Erinnerungen, auf die er keinen Wert legte. Er schob sie alle schnell weg. Die neuen Bürobauten passten nicht auf das Gelände einer traditionellen Festung, fand Ryan. Er konnte sich kaum vorstellen, dass hier einmal Kanonen zur Verteidigung der Küste gestanden hatten.

»Da drüben arbeiten sie an Schiffsradaren«, erklärte Astl und zeigte mit dem Kopf auf eines der Gebäude. »Ein paar von den Ingenieuren dort sind mal zu uns runtergekommen, um sich anzusehen, was wir da machen. Erst wollten sie nur wissen, ob wir hier alles in die Luft jagen werden, denke ich. Dann wurden sie neugierig und wir haben ihnen vom Projekt erzählt.«

Ryan spürte, wie er blinzelte. Der Einwand zur Geheimhaltung bei der Air Force lag ihm auf der Zunge. Dann dachte er an Ted Taylor und kapitulierte sofort. Warum sollte sich ein NASA-Ingenieur überhaupt mit den Vorschriften des Militärs auseinandersetzen?

»Wir haben jetzt ein paar echte Fans bei denen«, erklärte Astl lachend. Er dirigierte Ryan zur Küstenbatterie. Dort stellten sie den Corvair neben einem Munitionsschuppen ab und stiegen aus. Astl hielt sich nicht lange damit auf, Material aus dem Schuppen zu holen. Er zog sein Sakko aus, legte es auf den Beifahrersitz, schloss die Tür und schlenderte lässig die Stufen zur Plattform hinauf. Ryan lief hinterher. Hier hatten sie also gestanden, machte er sich klar, die Geschütze vom Kaliber 16 Zoll, jedes auf seiner eigenen Plattform. Laut mussten sie gewesen sein, wenn Salut geschossen worden war. Welch passender Ort für ihre Experimente! Die Plattform war mehr als groß genug. In der

Mitte hing die Prallplatte, davor stand die Plasmakanone. Die Platte hatte einen Durchmesser von drei Fuß und war senkrecht zwischen zwei kurzen Masten aufgehängt, die in großen, kreuzförmigen Holzfüßen endeten.

»Das ist das gute Stück«, sagte Astl und tätschelte den Rand der Platte. »Wir haben schon Hunderte von Tests mit ihr gemacht und sie ist immer noch da.«

»Was für Tests sind das eigentlich, die Sie damit machen?«, wollte Ryan wissen.

»Wir benutzen Sprengstoffmatten um die Haltbarkeit der Prallplatte zu prüfen, kugelförmige Ladungen für Belastungstests der Stoßdämpfer und die hier.« Astl zeigte auf das etwa acht Zoll dicke Rohr, das vor der aufgehängten Platte auf zwei Holzblöcken auflag und mit einfachen Hanfleinen an Eisenringen im Holz festgezurrt war. »Das wird hier der letzte Test zum Abrieb durch das Plasma, der Ablation.«

»Der letzte?«

»Jedenfalls hier.« Astl lächelte schon wieder. »Die Nachbarn haben sich über den Lärm beschwert. Wir haben inzwischen fast alles auf eine Farm sechs Meilen landeinwärts von der Firma verlegt. Liegt auf einem ehemaligen Truppenübungsplatz der Marines! Die Klapperschlangen dort sind auch schon alle eingesammelt – hoffen wir jedenfalls. Na«, sagte er mit einem entschlossenen Hochzucken seiner Schultern, »dann lassen Sie uns das Schätzchen mal startklar machen.«

Astl holte einen Schlüsselbund aus seiner Hosentasche und machte einen ersten Schritt zurück zur Treppe, Richtung Munitionsschuppen.

»War das hier mit dem Hot Rod?«, erkundigte sich Ryan.

»Ja«, bestätigte Astl anerkennend. »Hat fast ein halbes Jahr gedauert, bis das 1-Meter-Modell endlich richtig geflogen ist. Bis dahin mussten wir es nach jedem Start reparieren. Als es endlich flog, habe ich da gestanden«, er zeigte auf die benachbarte Plattform, »und alles mit einer Fastax-Kamera aufgenommen. Das war der Film, den Sie mit Ted zusammen von Braun gezeigt haben.«

»Ja«, erinnerte sich Ryan erfreut. »Er war wirklich beeindruckt.«

»Wir haben das Modell nicht wirklich wegen der Erkenntnisse gebaut«, meinte Astl. »Es ging mehr darum zu zeigen, dass man mit Explosionen etwas antreiben kann, statt es zu zerstören.«

Ryan folgte dem Ingenieur, als er zum Munitionsschuppen ging und ein simples Vorhängeschloss öffnete, um die hölzernen Türflügel aufziehen zu können.

»Was denken Sie eigentlich über die Nutzung des Antriebs?«, fragte Ryan so unvermittelt, dass es ihn selber überraschte. »Wozu sollte er Ihrer Meinung nach am besten eingesetzt werden?«

Astl trat in den Schuppen. An drei Wänden standen verstaubte, grob gezimmerte Holzregale. Er drehte am Schalter neben der Tür und eine unbeschirmte Glühbirne flammte auf.

»Orion wäre das richtige Mittel, um mehrere Atombomben auf einen Schlag auf die Sowjetunion abzuwerfen.« Astl nahm mit beiden Händen ein Päckchen aus dem Regal, das mit blauer Kunststofffolie umhüllt war. Es hatte die Form eines Halbkreises, aus dem man ein Mittelstück herausgenommen hatte. Ryan begriff, dass dies der Sprengstoff war, den man ihm nun sehr lässig überreichte. Astl gab ihm ein weiteres Stück, dann ein drittes, sodass er anfangen musste, sie auf seiner rechten Handfläche übereinanderzustapeln, so als wären es Konservendosen im Lebensmittelladen.

»Stellen Sie sich vor«, fuhr Astl fort, »das Schiff ist von hier aus gestartet und auf dem Höhepunkt der Flugbahn werden alle Atombomben gleichzeitig ausgestoßen.« Er hatte jetzt selber in jeder Hand ein Sprengstoffpäckchen und breitete ruckartig die Arme aus, um zu zeigen, wie er sich die schlagartige Auffächerung der abgeworfenen Atombomben vorstellte. Beide Päckchen kamen dabei den Kanten der Regalbretter gefährlich nahe. Ryan blinzelte.

»Und zusammen mit den 30 oder 50 Bomben werden doppelt so viele selbst aufblasende Attrappen ausgestoßen, die die sowjetische Raketenabwehr täuschen, wenn sie bis dahin eine haben.«

Astl stellte das Gefuchtel ein und lud sich selbst noch zwei zusätzliche Sprengladungen auf. Eine weitere reichte er seinem Gast. Im Endeffekt hatten sie beide vier.

»Wenn sie eine haben, dann werden es die Orion-Abfangjäger sein, von denen mir David Weiss mir gestern erzählt hat«, amüsierte sich Ryan. »Sie haben sich ja alle sehr auf den Bedarf der Air Force eingestellt.«

Sie liefen aus dem Schuppen. Astl hielt die vier Sprengsätze irgendwie zusammen. »Jahrelange Übung. Für die zivile Variante haben wir ja Sie.«

Über die Treppen kamen sie wieder bei dem dicken Metallrohr an, das vor der Test-Prallplatte auf seinen Einsatz harrte. Es war hinten verschlossen, wie Ryan jetzt auffiel, nicht anders als bei einem ganz gewöhnlichen Kanonenrohr. Astl legte die Päckchen ab und platzierte dann die ersten beiden in der Mündung des Rohres. Auch Ryan legte seine Fracht auf den Boden, und dies äußerst vorsichtig. Astl drehte sofort wieder um und Ryan dackelte so schnell wie möglich hinter ihm her.

»Sie haben Dyson kennengelernt, nicht wahr?« Endlich war es mal Astl, der eine neugierige Frage stellte.

»Ja«, bestätigte Ryan. »Er hat mich dazugeholt. Er hat mir vom Projekt erzählt, nachdem er in Princeton eine Gastvorlesung über Thermodynamik in Verbrennungstriebwerken gehalten hatte. Ich war begeistert und habe ein paar Entwürfe für die Stoßdämpfer für ihn gemacht. Das ging dann per Brief so weiter. Er hat mir vom Projekt geschrieben und ich habe einzelne Komponenten für ihn gezeichnet – bis ich bei der NASA meine erste Stelle als Ingenieur bekommen habe.«

Sie waren wieder am Schuppen angekommen. Astl reichte seinem Gast noch mal vier Sprengstoffpäckchen und nahm dann eine kurze, dicke und scheinbar massive Metallstange aus dem Regal. Von der anderen Seite griff er sich Kabel und einen Detonator.

»Ted vermisst ihn.«

»Ja, das habe ich auch schon gemerkt«, antwortete Ryan. Es hörte sich an, als würden sie über das Auseinanderbrechen einer Ehe sprechen. Er fand dies durchaus passend. Damit war das Thema aber auch schon ausführlich behandelt. Sie gingen zurück zur Versuchsanordnung. Astl zauberte einen Seitenschneider aus der Hosentasche und schnitt von dem aufgewickelten zweiadrigen Draht ein langes und vier kurze Stücke ab. Dann reichte er Ryan Werkzeug und Drähte und befahl schlicht: »Abisolieren.« Der NASA-Ingenieur ließ es sich nicht nehmen, die Sprengstoffpäckchen erneut mit äußerster Vorsicht abzulegen, ehe er tat wie ihm geheißen. Astl fand in seiner Hosentasche auch noch Lüsterklemmen und fing an, den Sprengstoff zu verdrahten. Die kurzen Enden wurden mit den einzelnen Päckchen verbunden, um dann über die Klemme in Kontakt mit der langen Schnur zu gelangen. Schließlich schob Astl vier Päckchen in das Rohr.

»Das kann nicht die einzige Art und Weise sein, die Bauteile zu testen«, dachte Ryan laut. »Sie wissen ja, wie das so ist bei der NASA. Wir wollen immer das ganze Fahrzeug komplett durchtesten, bevor es losgeht.«

Astl nickte.

»Ich arbeite schon an einer Anordnung, mit der das gehen wird.«

Astl legte die dicke Metallstange auf die ersten acht Päckchen im Kanonenrohr und schob dann die verbliebenen Päckchen auf der Oberseite der Stange hinein. Das Rohr war jetzt voll. Astl ging zur Prallplatte hinüber und Ryan folgte ihm.

»Jetzt kommt das ganz große Geheimnis«, kündigte der Ingenieur an. Er nahm eine Ölkanne hoch, die links neben der aufgehängten Platte am Boden stand. Dann führte er die Tülle in einem perfekten Halbkreis über den oberen Rand der Platte.

»Wir haben festgestellt, dass die Ablation an einer Stelle der Platte nicht so stark war, weil sich dort ein Fingerabdruck eines unserer Forscher befunden hatte.« Er grinste. »Also haben wir von da an immer einen Ölfilm auf die Platte aufgebracht. Die Raumschiffe werden eine Sprühanlage bekommen, die das Öl zwischen den Explosionen der Treibsätze immer wieder neu aufbringt.«

Sie gingen zurück zum Rohr. Astl nahm die lange Schnur und den Detonator auf.

»Sie wissen, wie das funktioniert, nicht wahr?«, fragte er. »Durch die Explosion des C4 wird die Stange zu Plasma verdampft, das auf die Platte geschleudert wird«, erklärte er, ohne eine Antwort abzuwarten.

Ryan nickte schnell.

»Na, dann.«

Astl fing an, die Schnur abzuwickeln, während sie die Treppenstufen hinunterliefen.

»Sie arbeiten mit Ted seine Präsentation für den Präsidenten aus?«

»Ja«, antwortete Ryan, während sie sich am Fuß der Treppe hinhockten. Astl verband die Schnur mit dem Detonator.

»Ich hoffe, es wird überzeugend. Wir warten hier dringend auf Geld. Wir sind durch mit diesen Versuchen. Es muss jetzt in größeren Schritten weitergehen.« Er legte die rechte Hand auf den Hebel des Detonators. »Dieses Projekt braucht dringend einen Tritt in den Arsch!«

Dann legte er den Hebel um. Der Knall war ohrenbetäubend.

* * *

Dienstag, 12. September 1961, 02:26:11 Mountain Standard Time, Davis–Monthan Air Force Base, Arizona
T minus 5269/03:30:49 [Tage/Std:Min:Sek]

Howard Worthington war in blendender Stimmung. Er schaffte es immer wieder, einen Tag wie diesen hinzubekommen. Der Flug raus über den kalifornischen Golf und zurück, die Autorallye mit den Jungs zu ihrer bevorzugten Cantina, der Abend bei Steaks, Bier und Tequila, das Rauspicken der Schönsten unter den Mädels, die immer da waren, um die Nähe der Piloten zu suchen, die Fahrt zurück zur Base und die Nummer auf der Decke im Gras neben seiner F-101 A. Er nahm die Zigarette aus dem Mund und blies den Rauch senkrecht über sich in den Sternenhimmel. Die kleine Blonde mit der Marilyn-Frisur war wieder aufgestanden und hatte sich das hellblaue Kleid mit dem großen Ausschnitt übergeworfen. Das war das Einzige, was ihn gerade störte. Die Zigarette, die er ihr angeboten hatte, hatte kein Interesse ausgelöst. Stattdessen stand sie jetzt an seinem Flieger und legte ihm zärtlich eine Hand auf die Aluminium-Flanke. Nichts, was er nicht hätte verstehen können. Wie war ihr Name jetzt noch genau? Jean, Jen, Jane? Oder hatte er etwa richtig gehört und eine ihrer Freundinnen, die jetzt Eddie oder Kyle als Matratze diente, hatte sie ernsthaft »George« genannt?

Howard entschied, dass es Zeit war aufzustehen. Das fiel ihm nach dem Tequila und den Turnübungen auf dem harten Boden nicht ganz so schwer, wie er gedacht hätte. Die Zigarette im Mundwinkel, tastete er halb hingehockt nach seinem Slip. Er musste rechts neben der Decke liegen, in der Nähe des Feuerzeugs. Er fand ihn und schlüpfte schwankend hinein. Dann wankte er zu ihr. Das Streicheln über die Aluminiumhaut mit ihrer rechten Hand hatte sich in ein nervöses Trommeln mit den Fingerkuppen verwandelt. Es irritierte ihn nur ganz leicht. Er zog noch einmal an der Zigarette, entspannte dann seinen rechten Mundwinkel, der sich während der Suche nach dem Slip und der Bewegung des Hochziehens fest um den Glimmstängel gekrampft hatte. Er nahm die Zigarette zwischen die Finger und blies den Rauch aus.

»Na, Süße – wie war's für dich?«, fragte Howard, in der festen Überzeugung, dass dies das Freundlichste, Zartfühlendste und Verständnisvollste war, was er jetzt äußern konnte. Er merkte selbst, dass er leicht lallte. Umso stolzer war er auf seine Leistung.

Jean/Jen/Jane/George wandte den Blick vom Flieger ab und sah ihn an. »Man kann da einsteigen, richtig?« Sie wies unter dem Rumpf des Flugzeugs hindurch auf die andere Seite.

Howard reagierte verzögert, grinste schließlich breit. »Klar, Baby, da steht noch die Leiter. Setz dich ruhig rein.«

Das Mädchen tauchte schnell unter dem Rumpf hindurch. Howard folgte ihr und stieß sich den Kopf.

Ja, auf der anderen Seite stand noch eine der Leitern, das Pendant zu dem Kran, mit dem man mittelalterliche Ritter in voller Rüstung auf ihre Rösser gehoben hatte. Das hatte Howard in *Ivanhoe* gesehen, wenn er sich richtig erinnerte.

Das Mädchen stieg die vier, fünf Sprossen hinauf, klappte selbstständig die Haube über den zwei Sitzen hoch und kletterte ins vordere Cockpit. Howard bemühte sich hinterherzukommen und registrierte mit Missvergnügen, dass für ihn nur der hintere Platz blieb. Er schob die Leiter nach hinten und kletterte schwerfällig hinauf und auf den Schleudersitz.

Irgendetwas stimmte nicht und er kam nicht drauf, was es war. Dann wurde ihm klar, dass rund um die Instrumente die Kontrolllampen leuchteten. Die Maschine ruckelte. Hinter Howard ertönte das tiefe Bassdröhnen, das ihm immer bewies, wie viel Kraft in seinem Vogel steckte, welche Macht er unter seiner Kontrolle hatte, wenn er flog. Verdammt noch mal!

»Das hier ist der Schubhebel, oder?« Das Mädchen im vorderen Cockpit ließ die Triebwerke noch lauter aufheulen. Die Maschine ruckelte noch stärker.

»Hey, Schatz«, brachte Howard endlich über die Lippen. »Wir können die Triebwerke ruhig mal laufen lassen, aber du darfst nicht so viel Schub geben, sonst ...«

»Und das ist die Handbremse?«

Nein!

Das Mädchen im Cockpit gab Stoff. Der linke Flügel warf die Leiter um. Howard schloss schnell die lange Haube über ihren beiden Sitzen. Ihr Standplatz befand sich neben der Landebahn. Die Maschine schwenkte auf den Asphaltstreifen ein. Dieses Mädchen im vorderen Cockpit wusste, wo sich das Steuer für das Bugrad befand und wie man daran drehen musste.

»Hey, Baby«, versuchte er sein Glück, »nun mal langsam! Wir können gerne eine Runde über den Platz drehen. Dazu musst du mich nur ...«

Und dann gab sie richtig Gas. Sie gab nicht nur Gas, sondern zündete auch noch den Nachbrenner, da sie offenbar wusste, wo sich der Schalter dafür befand. Der vertraute Andruck presste Howard mit der Kraft einer mannsgroßen Faust in den Schleudersitz. Der Aufprall seines unbehelmten Brummschädels auf die Kopfstütze machte die Sache auch nicht gerade leichter. Howard fiel noch rechtzeitig ein, wie er mit der antrainierten Atemtechnik den 6 *g* entgegenwirken konnte, auch wenn sich die gezielten Luftstöße in seinem besäuselten Kopf jetzt etwas kurzatmig und heiser anhörten. Wenn die Kleine vor ihm ohnmächtig wurde, weil sie von der Kraft des Andrucks nichts ahnte, bekam er entweder seine Maschine zurück oder sie hatten ein echtes Problem – wenn sie zum Beispiel auf dem Steuerknüppel zu liegen kam.

Dann spürte er, wie die Höhenruder leicht nach oben klappten und sein Vogel abhob. Das konnte nicht sein! Das Ganze war ein Scherz! Ja, genau! Eddie und Kyle mussten sich das ausgedacht haben, um ihn reinzulegen. Bevor Howard nur entfernt dazu kam, die Plausibilität dieser Theorie zu prüfen, legte sich der Millionen Dollar teure Abfangjäger in die Kurve, weil irgendwer Querruder und Seitenruder anscheinend richtig bediente. »Hey, Kleine, nun mal ganz sachte«, meldete sich Howard endlich, nachdem die G-Kräfte etwas nachgelassen hatten. »Du brauchst nichts weiter zu tun. Ich bring uns sicher wieder runter.«

Von vorne kam ein »Juhuuu!« Howard erkannte, dass sich kein blonder Haarschopf vor der vorderen Kopfstütze abzeichnete, sondern sein Helm. Die Triebwerke waren zu laut. Natürlich war eine Verständigung so nicht möglich. Hastig legte er die Gurte an, um nicht in der nächsten Kurve gegen die Cockpithaube geschleudert zu werden. Auf der nackten Haut fühlten sie sich regelrecht fremd an. Dann suchte und fand er den Helm seines »Wizzo«, seines Waffensystemoffiziers, der die Nacht wahrscheinlich gerade wesentlich ruhiger verbrachte. Er schaltete die Sprechanlage ein. »Kleines, wir müssen wieder runter. Wir kriegen sonst richtig Ärger!«

»Das macht viel mehr Spaß, als du gesagt hast, Howie!«, schallte es aus den Kopfhörern zurück. »Das Ding fliegt sich ja wie 'ne heiße Bratpfanne im Schnee!«

Nach der ersten Rechtskurve legte das Mädchen im Cockpit eine weitere nach links hin und flog damit wieder zum Flugfeld zurück. »Das ist wirklich ganz einfach, wenn man das Handbuch gelesen hat«, begeisterte sich Howards Bar-Bekanntschaft weiter. »Und das lasst ihr Jungs ja immer im Schlafzimmer rumliegen.«

»Eff eins-null-eins über dem Flugfeld«, dröhnte es aus den Kopfhörern. »Sie haben keine Starterlaubnis. Identifizieren Sie sich!«

Da ging es schon los! Howard konnte von seinem Platz aus durchaus das Funkgerät bedienen. Aber was sollte er sagen? Dass eine Dorfschönheit, die er in einer Kneipe aufgelesen hatte, gerade die Flugeigenschaften eines äußerst kostspieligen Allwetter-Abfangjägers austestete, während er angeheitert und weitgehend nackt auf dem Rücksitz kauerte? Dann fiel ihm die AIR-2A Genie ein. Hing die Rakete immer noch abschussbereit im Waffenschacht? Soweit Howard sich erinnern konnte, war seine Maschine weiter für die Einsatzbereitschaft vorgesehen. Wenn das durchgedrehte Miststück auf dem Sitz vor ihm auf den falschen Knopf drückte, würde der Atomsprengkopf dieser Waffe keine feindlichen Bomberschwärme zerfetzen, sondern womöglich den Stützpunkt oder Tucson dem Erdboden gleichmachen. Das hieße dann für ihn nicht bloß Flugverbot, sondern Knast.

»Ist das der Knopf für die Bordkanone«, kreischte es fröhlich aus dem vorderen Cockpit, gefolgt von einem Stakkato-artigen Hämmern und den Blitzen der Leuchtspurgeschosse, die unter der Bugnase hinweg nach vorne zuckten. *Verfluchte Scheiße!*

»Eff eins-null-eins«, dröhnte es wieder aus dem Helm. »Identifizieren Sie sich oder wir lassen Jäger aufsteigen, um Sie abzufangen.«

Das Mädchen aus der Bar machte »Juhuu!« und führte die Maschine in eine weite Linkskurve von 270 Grad. Howard verstand, was sie vorhatte, und atmete auf. Als sie das Höhenruder nach unten stellte, war sie noch weit davon entfernt, den Landestreifen zu treffen, und außerdem viel zu schnell. Und sie ließ zu, dass er eingriff. »Mehr nach links!«, verlangte Howard. Erst nahm er noch einen Widerstand wahr, als er Steuerknüppel und Pedale übernahm. Dann konnte er die Maschine ganz mühelos in die

Andeutung einer Kurve überführen, die sie über die Asphaltbahn brachte. Anstellwinkel korrigieren, Fahrwerk ausfahren. Howard überschlug, dass das übereilte Manöver des Mädchens noch längst nicht genug Energie zerstört haben konnte, um eine saubere Landung hinzulegen. Sie setzen so hart auf, dass es schepperte. Schnell löste er den Bremsfallschirm aus, der für eine normale Landung nicht erforderlich gewesen wäre. Das Rollen schien ewig zu dauern, dann kam die Maschine tatsächlich unbeschädigt zum Stillstand. Jean/Jen/Jane/George oder wie immer sie hieß, ließ ihre Hände auf das Armaturenbrett im Cockpit klatschen und lachte dabei.

»Mann, war das klasse!«, rief sie. »Und ich finde, Howie, du warst gar nicht so schlecht.«

* * *

Samstag, 16. September 1961, 18:03:32 Eastern Standard Time, Hyannis Port, Massachusetts

T minus 5264/13:53:28 [Tage/Std:Min:Sek]

Es dämmerte bereits, als sich John F. Kennedy doch noch entschloss, zur Marchant Avenue 100 hinüberzugehen. Sein Vater war eisern entschlossen gewesen, das Barbecue mit den Wahlkampfspendern zu veranstalten, obwohl das Wetter schon längst nicht mehr hochsommerlich war. Also gingen Jackie und er von der vergleichsweise kleinen Villa in der Irving Avenue, die sie seit fünf Jahren bewohnten, zu seinem Elternhaus hinüber. Jackie hatte ein grünes Kostüm ausgewählt und trug statt einem ihrer üblichen Pillbox-Hüte einen hellen Haarreifen. Es war ein kurzer Weg. Die beiden Leibwächter hielten respektvoll Abstand. Schon nach wenigen Minuten erreichten sie das zweistöckige Haus mit seinen drei Dachgiebeln. Sie gingen an der kreisförmigen Auffahrt vor dem Gebäude vorbei und erreichten so direkt die große Wiese vor dem Haus, wo die Party bereits in vollem Gange war. Ja, es gab einige Geschäftsmänner und Ehefrauen, die in diesem Augenblick nicht aufsahen, sondern sich lieber an den Grillplätzen mit den gerösteten Rindersteaks und dem Grad ihrer Zartheit beschäftigten als mit der Ankunft des Präsidenten. Die meisten der rund 50 Gäste wandten sich ihnen jedoch mit großem Hallo zu. Viele winkten. Kennedy winkte zurück, Jackie ebenfalls. Und natürlich ließ sie ihr berühmtes, geschmeicheltes Lächeln aufscheinen.

»Hast du heute deine Spritze bekommen?«, erkundigte sich Kennedy verspätet. Er hatte einfach nicht daran gedacht, ob die Präparate seines Arztes Dr. Jacobson seiner Frau an diesem Tag schon zuteilgeworden waren.

»Ja«, erwiderte sie schnell. »Es ist alles gut.« Sie lächelte nervös.

Kennedy stufte ihren Zustand als stabil ein und sah wieder nach vorn. Sie waren alle da, die Geschäftsleute, Magnaten, Konzernlenker und Manager aus dem ganzen Land, Männer in ihren 30ern, 40ern, 50ern, viele korpulent, die Frauen in ihren farbenfrohen Kleidern, bereit, Jackie ihre Aufwartung zu machen. Kennedy wandte sich wahllos nach rechts, um die erste Hand zu schütteln, das erste »Schön, Sie zu sehen« von sich zu geben. Die Leibwächter blieben zurück. Jackie erspähte Bobby und Ethel und machte sich auf, durch das Meer der Gesichter und Hände in diesen sicheren Hafen einzulaufen. Irgendwo hinter den vielen Gästen grölten Bobbys drei Söhne. Offenbar spielten sie mit anderen Kindern Touch-Football.

Am Ende der sich teilenden Menge, die der Präsident durchschritt wie Moses das Rote Meer, befand sich die zentrale der fünf Feuerstellen, ein von Ziegeln umgebener, glühender Holzstoß mit einem schwankenden kreisrunden Grill, der darüber an einem wigwamartigen Aufbau aus drei Metallstangen aufgehängt war. Dort stand er, der Impresario des ganzen Unternehmens, und wendete Steaks mit einer Grillzange.

»Na«, sagte Joseph Kennedy, »hast du es doch noch geschafft, uns zu beehren?«

Sein Sohn stützte sich mit dem linken Arm auf einer der drei Stahlstangen ab. Sein jetzt gequält wirkender Gesichtsausdruck, so überlegte er selbst, konnte für einen Außenstehenden natürlich vom Qualm in seinen Augen herrühren. Dass die Rückenschmerzen auch jedes Mal beginnen mussten, wenn er seinem Vater gegenüberstand! Keine Spritze der Welt schien etwas daran ändern zu können.

»Von wo möchtest du dein Stück? Hier in der Mitte sind schon einige gut durch.«

John Kennedy brummte zustimmend und dachte noch rechtzeitig daran, ein Lächeln aufzusetzen. Es war so gut, dass es hier keine Kameras gab, weil dies der einzige Ort war, an dem er als Präsident der Vereinigten Staaten in Wahrheit nichts zu bestimmen hatte. Er ging schließlich um die Feuerstelle herum und nahm ein Steak entgegen, das Joseph vorsichtig mit der Zange auf einem kleinen Porzellanteller platziert hatte. Eines der Hausmädchen brachte gerade den nächsten Stapel Teller, stellte ihn auf dem Servierwagen neben der Feuerstelle ab und lächelte den Präsidenten dabei scheu an.

»Eine ganze Menge Leute hier wollen wissen, was du wegen der Gewerbesteuern tun willst«, erklärte Joseph und kam damit, wie üblich, ohne Umschweife zum Punkt. »Ich habe ihnen erklärt, dass auf meinen Sohn Verlass ist.« Er lächelte zuversichtlich.

Sein Sohn bewegte die Hand mit dem Teller auf und ab, wie um das Steak zu wiegen. Dann ging er zum Servierwagen, um sich Barbecuesoße und etwas Salat aufzutun.

»Na, du weißt ja, Dad«, erwiderte er. »Alles im Leben kostet Geld. Raketen gegen die Russen, Raketen für den Mond, Truppen gegen Castro, Militärberater in Indochina. Viel Spielraum haben wir da nicht, ernsthaft auf Geld zu verzichten.«

Rund um die Feuerstellen waren Klapptische und -bänke aufgebaut. Die Partygäste saßen aber nicht, zum Teil, weil sie noch nichts zu essen hatten, und zum Teil, weil es zu frisch war, wie Kennedy vermutete.

Neben Joseph standen Paul Weizman und Gordon Keller. Sie gehörten irgendwelchen Vorständen an, erinnerte sich Kennedy. Unilever, Kellogg, GM, Ford, PanAm, er kam einfach nicht mehr darauf, welche Unternehmen es genau waren. Ihre Anliegen hatten gewöhnlich weniger mit ihrer Branche zu tun, sondern waren eher allgemeiner Natur, so wie bei den Gewerbesteuern, dem naheliegendsten Problem. Weizman sah mit seiner weißen Stoppelfrisur und der Hornbrille gemütlich aus. Keller hatte seinen braunen, dünnen Seitenscheitel über die kahlen Stellen auf seinem Kopf gekämmt. Beide hielten ihre noch leeren Teller in der Hand. Joseph suchte gerade passende Stücke für sie aus.

»Heute erst hat mir ein General von der Air Force ein nicht gerade günstiges Projekt dargelegt«, fuhr Kennedy fort, »Thomas Power, Chef des Strategischen Bomberkommandos. Er glaubt fest daran, dass die Sowjets ein Raumschiff bauen, das von explodierenden Atombomben angetrieben wird.«

Weizman bekam gerade von Joseph vorsichtig ein Steak auf den Teller gelegt, als er stutzte. »Aber das ist doch völliger Unsinn! So ein«, er zögerte »Raumfahrzeug würde doch eher von den Atombomben zerfetzt.«

Kennedy beschloss, sich mit den Sitzplätzen gar nicht erst abzugeben. Er zerkleinerte das Steak auf seinem Teller, der auf dem Servierwagen stand, mit Messer und Gabel in mundgerechte Häppchen. »Das habe ich auch gesagt, als ich das erste Mal davon gehört hatte«, fuhr er fort. »Tatsächlich hat man bei General Atomics schon alles durchgerechnet und getestet. Die arbeiten schon seit vier Jahren daran. Der führende Wissenschaftler dort war auch bei mir, ein Dr. Taylor, und hat mir das alles mit glühender Begeisterung ausgemalt. Es soll funktionieren. Man kann so Tausende von Tonnen in den Weltraum bringen, natürlich auch Waffen. Und wenn es für uns klappen kann, dann auch für die Sowjets, die anscheinend schon ähnliche Pläne verfolgen. Das sagt jedenfalls die CIA.«

Kennedy ließ das Tafelmesser auf dem Servierwagen liegen, nahm den Teller hoch und fing an, sein Essen mit der Gabel aufzupicken und genüsslich zu kauen. Grillen konnte Joseph tatsächlich immer schon gut.

»So etwas«, Keller räusperte sich, »ich meine, wenn so etwas überhaupt funktioniert, dann wird das doch bestimmt ein ganz besonders teurer Spaß.«

»Und ob!«, erwiderte Kennedy, dem nicht entging, dass Weizman anfing, sein Steak genauso zu tranchieren wie er selbst. Er musste mal wieder mit seiner Rolle als Vorbild leben. Innerlich seufzte er. Wen würde Peter Lawford am kommenden Wochenende für ihn einladen? War es Angie Dickinson oder Sophia Loren? Dass er mit den aufregendsten Frauen aus Hollywood ins Bett steigen konnte, war einer der wenigen Vorteile seines Jobs.

»Teuer ist das bestimmt«, gab er schließlich zu.

»Und risikoreich erst recht«, erklärte Weizman überzeugt.

»Oh, wissen Sie«, gab Kennedy kauend zurück, »Power denkt, dass mit solchen Raumschiffen alles viel sicherer wird, weil sie in sehr großer Entfernung patrouillieren würden, Millionen Meilen von der Erde entfernt. Würden die Sowjets uns angreifen, kommt eines der Raumschiffe zwei Wochen später zurück und zerbombt ihr Land in kleine Stücke. Versuchen sie, die Raumschiffe anzugreifen, würden wir das sehen, lange bevor sie überhaupt in ihre Nähe kommen. Ich muss Ihnen sagen, dass mich die Verlängerung der Alarmzeit nachdenklich gemacht hat. Trotzdem ...«

Trotzdem können wir kein neues Wettrüsten mit den Sowjets gebrauchen, keine derartig gewaltigen Ausgaben und kein Projekt, das so viel radioaktive Strahlung in der Atmosphäre verursacht. All das hatte er noch anfügen wollen, als Joseph ihn unterbrach.

»Mein Sohn wird ganz bestimmt nicht zulassen, dass für ein derartig hirnverbranntes Projekt auch nur ein Cent unserer Steuergelder verschwendet wird«, erklärte er herzlich lächelnd. Er drehte auf dem Grill das nächste halb gare Steak um, blickte auf und grinste den Präsidenten der Vereinigten Staaten breit an. »Nicht wahr, Jack?«

Kennedy registrierte seinen gewohnten Rufnamen. Irgendwo rechts hinter ihm lärmten Bobbys Kinder immer noch beim Touch-Football. Er hatte als Kind auch dort gespielt, wenn er sich gesund gefühlt hatte, mit Bobby, Ted und Joseph jr. – Joe. Joe, dem älteren Bruder, der gesünder, größer, stärker, beliebter und in allen anderen Belangen besser gewesen war. Joe, der die väterliche Liebe auf sich allein lenken konnte, solange er am Leben war. Joe, der an seiner Stelle hätte Präsident werden sollen. Joe, dessen früher Tod im Krieg ihm den Vater kein bisschen nähergebracht hatte.

Weizman, Keller und andere Umstehende hatten zusammen mit Joseph in das leichte, verständnisinnige Gelächter über das absurde Projekt mit eingestimmt. Kennedy spürte, wie seine Rückenschmerzen wieder stärker wurden, als die Wirkung der letzten Spritze schneller als erwartet nachließ. Er nickte, mit seinem allzeit einsatzbereiten, breiten Lächeln und sagte: »Ich denke nicht.«

Am Montag nach der Barbecueparty erwachte Kennedy in seinem Schlafzimmer im Weißen Haus. Er ließ Jackie schlafen, nachdem er den Wecker abgestellt hatte, und bewegte sich in Richtung Toilette. Alle morgendlichen Dinge gingen ihm automatisch von der Hand, wie immer. Das Rendezvous, das Peter Lawford für ihn am Sonntag arrangiert hatte, war sehr zufriedenstellend verlaufen. Wie hatte die Schauspielerin gleich wieder geheißen? Egal. Seine Gedanken schweiften zur Party ab, den Gästen, ihren Erwartungen, seinem Vater, dessen Erwartungen.

Eine halbe Stunde später ging er zum Oval Office. Er begrüßte die drei Sekretärinnen, die gerade die Aktenschränke aufschlossen.

»Guten Morgen, Mr. President!«, erwiderte die älteste der drei, Darleen, die als einzige vor seinen Nachstellungen sicher war und gerade deshalb eine so große Souveränität ausstrahlte. »Ihre Mappe liegt schon drin.«

Kennedy grüßte Ken O'Donnell, der schon hinter seinem Schreibtisch Position bezogen hatte, und nickte dem Marine zu, der vor seinem Büro unbewegt Wache hielt. Dann öffnete er die geschwungene Tür, die in die Wand des Allerheiligsten eingepasst worden war. Er ging an der Konferenz-Sitzgruppe vorbei über den blauen Teppich mit dem Amtssiegel zum Schreibtisch. Der Briefbeschwerer befand sich an seinem üblichen Platz links neben der Tischlampe. Es handelte sich um die von einer hölzernen Halterung umgebene Schale einer Kokosnuss. Auf ihrer Innenseite war immer noch die Botschaft zu erkennen, die er im Krieg hineingeritzt hatte und die der verschollenen Mannschaft seines Schnellboots das Leben rettete. Dahinter lag die Mappe penibel ausgerichtet auf der Schreibunterlage. Kennedy nahm Platz und öffnete den grauen Aktendeckel. Das erste Dokument war der Antrag zur Finanzierung des Orion-Projekts. Der Text enthielt keine besonderen Begründungen, keine detaillierten Beschreibungen. Es war nur von einem Raumfahrzeug mit nuklearem Antrieb die Rede, vom Bau eines Prototyps und der praktischen Demonstration des Antriebs. Und natürlich war der dreistellige Millionenbetrag aufgeführt, mit der Bitte, der Kongress möge die Mittel bewilligen.

Kennedy fuhr mit dem Daumen über die Seiten der vielen Dokumente, die anschließend noch dran waren. Dann nahm er den Füllfederhalter aus seiner Halterung und unterschrieb.

Auf der diesjährigen Detroit Auto Show wimmelt es vor neuen Modellen, auf den ersten Blick jedenfalls. Statt die bisherigen Fahrzeugprogramme einfach weiterzuführen, haben sich Ford, GM und Chrysler entschieden, neue Namen auch für solche Entwürfe zu verwenden, die lediglich eine Weiterentwicklung bestehender Modelle sind. Chrysler geht mit dem Discovery-Pick-up an den Start. Cadillac nennt sein neues Oberklasse-Modell »Orion«. Ford wird eine Camping-Variante des Econoline vorstellen, die auf den Namen »Endeavour« getauft worden ist. Beim Design überrascht Chevrolet mit einem Element, das schon lange tot geglaubt war, dem separat angebrachten Reserverad. Am Heck der Familienlimousine Prometheus wird ein Behälter für das fünfte Rad am Wagen an Streben angebracht. Damit ähnelt die Aufbewahrungslösung der Prallplatte eines Orion-Raumschiffs.

Nach Angaben aus dem Ford-Konzern ist die Entwicklung einer Limousine mit einem Antrieb auf Basis eines kleinen Kernreaktors bereits weit gediehen und die notwendige Zulassung durch die Atomic Energy Commission erteilt. Ein 1:1-Modell des Fahrzeugs ist bereits jetzt am Stand des Fahrzeugbauers zu bewundern.

Car and Driver, März 1976

II

Donnerstag, 4. März 1976, 04:36:17 Central Standard Time, kurz vor Jupiter
T 17/21:39:17 [Tage/Std:Min:Sek]

Das Abbremsmanöver war nicht wirklich schlimm. Georgina war in ihrem Raumanzug aus der Kabine gekommen und hatte Gronowitsch passend vorgeschlagen, dass sie sich etwas »den Rücken durchrubbeln« lassen sollten. Der hatte bereits völlig vorbereitet mit dem Helm auf den Knien auf dem Friseurstuhl gesessen, seinem Lieblingsplatz. Kester kam hinzu und sie hangelten sich zur Protector-Kapsel hinauf. Von dort starteten sie die Bremssequenz exakt zu dem Zeitpunkt, den ihnen Houston mit dem letzten Funkspruch vom Vortag mitgeteilt hatte. Es war die dritte Schubsequenz des Antriebs. Die letzte war gerade mal knapp drei Wochen her. Und trotzdem hatte Georgina das Gefühl, dass sie sich langsam an den Gedanken gewöhnt hatte, dass hinter der Prallplatte Atombomben explodierten wie eine lange Salve von Silvesterknallern. Das Schiff ließ sich nach der Schubsequenz von der Schwerkraft des Jupiters einfangen, wie schon die ENDEAVOUR vor ihm. Das Manöver kam wie geplant zum Ende, und sie kletterten zurück in ihre Wohntrommel, wo sie sich in ihre Kajüten verkriechen und einander aus dem Wege gehen konnten. Kester zog sich tatsächlich zurück, und Georgina hatte eine Ahnung, dass er als Nächstes Anflugbahnen und Landemanöver für eine Teilmission paukte, die sie fliegen sollte.

»Nur für den Fall, dass er einspringen muss«, erklärte sie Gronowitsch, nachdem sie ihre Druckanzüge verstaut und sich am zentralen Esstisch wieder getroffen hatten. »Und nur, damit er besser überwachen kann, ob ich etwas falsch mache!«

»Über Peterson musst du dir mehr Gedanken machen«, entgegnete Gronowitsch. »Der überwacht die Landung ja tatsächlich, wenn er uns hereinholt. Und auf der Oberfläche hat er dann sowieso das Sagen.«

»Na, bestens«, erklärte Georgina, »Kommissstiefel, wo immer man hintritt!«

Für den Eintritt in die Umlaufbahn um Europa brauchten sie zwei Tage später nur einen kurzen weiteren Bremsschub. Noch einen Tag später kam Kester aus seiner Kabine und nickte seiner zweiköpfigen Mannschaft knapp zu.

»Na, bereit für Ihren großen Tag?« Sein Lächeln sah ein wenig gezwungen aus.

»Yes, Sir!«, antwortete Georgina automatisch und ergeben. *Das solltest du auch*, sagte sie sich im Stillen. *Das ist tatsächlich der Tag, auf den du gewartet hast.* Gronowitsch nickte nur und schob dabei leicht den Unterkiefer vor. Er sah tatsächlich zuversichtlich aus.

»Na großartig, dann mal ab mit Ihnen!« Kester nickte und ging zum Kontrollterminal um sich dort auf einem der Sitze festzuschnallen. Die drei Arbeitsplätze lagen nebeneinander und waren mit Schaltern, Lämpchen und Instrumenten übersät. Zwischen dem Mobiliar des Aufenthaltsbereichs sahen die Terminals aus wie neumodische Automaten in einer Flipperhalle, an denen gelangweilte Feierabend-Astronauten ihr Glück versuchen konnten.

Georgina und Gronowitsch setzten ihren Helm auf und gingen zur Seitenwand jener Trommel, in der sich ihr Zuhause befand. Sie stellten sich direkt vor die Leiter.

»Stopp der Rotation in drei ... zwei ... eins!«, verkündete Kester. Dann spürten sie, wie der Boden unter ihnen weggerissen wurde, während sie sich beide an den Holmen der Leiter festhielten. Die Schwerkraft entschwand. Kester drehte sich in seinem Sitz zu ihnen um und winkte. Diesmal sah sein Lächeln freundlicher aus.

Georgina fiel ein, das sie führen sollte. Sie war die Pilotin. Hatte sie das nicht immer gewollt? Jetzt, als der Moment da war, kam ihr das unwirklich vor.

»Auf geht's!«, erklärte sie, und achtete dabei darauf, so wortkarg zu bleiben wie ihr Skipper. Dann hangelte sie sich die Leiter hoch. Das Teil, das mit seinen Sprossen nur auf ihre Füße gewartet hatte, wurde jetzt Zeuge ihrer absurden, albern aussehenden Kletterei in der Schwerelosigkeit. Gronowitsch folgte ihr. Das Gefühl des freien Falls war ein alter Bekannter. Georgina öffnete die Schleusenluke, die sich etwa sechs Fuß über dem Boden in der Rückwand befand. Sie schlüpften hindurch, schlossen die erste Luke und öffneten die nächste vor ihnen. Kester hatte das Tunnelsystem bereits unter Atmosphärendruck gesetzt. Durch das erste Verbindungsstück ging es parallel zur Rückwand zum Verteilerknoten. Dort wählten sie von drei möglichen Tunneln den linken zum Weiterkriechen.

»Schon komisch«, ließ sich Gronowitsch hören.

»Was denn?«, fragte Georgina ungeduldig zurück.

»Zu wissen, dass wir hier genau in der Nähe des Kernreaktors sind. Ich hoffe, der ist dicht.«

»Wir bleiben ja nicht lange hier«, stellte Georgina fest und tauchte durch das Ende des Tunnels ab Richtung Fähre. *Ist das jetzt unten?*, fragte sie sich, als sie durch den Knick im Tunnel schwebte. *Für den Moment ja*, entschied sie. Mit einem weiteren Zug an den Seilen links und rechts im Tunnel gelangte sie in das OEM.

Das Cockpit war schrecklich klein und eng. Sie widerstand der Versuchung, in die große Trommel der Wohneinheit zurückflüchten zu wollen.

Das Odyssey Excursion Module war eine Weiterentwicklung des Lunar Module aus dem Apollo-Programm. Die Kabine unterschied sich in nichts von dem, was schon Armstrong und Aldrin zur Verfügung gestanden hatte.

Georginas Finger flogen sofort über das Instrumentenbrett. Sie startete die Systeme, während Gronowitsch über ihnen die Luke schloss. Dann schob er sich neben sie an seinen Stehplatz im Cockpit. Durch die Cockpitfenster sahen sie hinaus in die sternenbesetzte Schwärze, die sie schon von den Bullaugen in ihren Quartieren her kannten. Kester hatte die Türen der OEM-Ladebucht bereits geöffnet. Sie gingen die Checkliste durch.

»Beagle, hier Jason«, meldete sich Georgina bei Kester. »Alle Systeme klar zum Abkoppeln.«

»Roger, Jason, guten Flug!«

Georgina tauschte einen kurzen Blick mit Gronowitsch. »Abkoppeln!«, befahl sie.

Gronowitsch langte über sich zum Schalter. Dann hörten sie das metallische Geräusch, das ihnen sagte, dass sie ganz vom Schiff getrennt waren.

Georgina drückte den Steuerknüppel leicht nach vorn. Die Manövrierdüsen in ihrem Rücken zündeten. Mit einem leichten Rucken schob sich die JASON raus aus der Ladebucht ins All.

»BEAGLE, wir haben die Startposition verlassen.«

Georgina spielte weiter an der Steuerung herum. Sie ließ die Fähre um zwei Achsen kreisen.

»Hör auf damit, wenn ich nicht kotzen soll«, beschwerte sich ihr Kopilot.

»Spielverderber!« Sie fing die Bewegung ab. Ihr Mutterschiff war jetzt in Sicht, angestrahlt vom Licht, das der Jupiter reflektierte. *Wir sind wirklich hier*, dachte Georgina. *Wir sind wirklich so weit gereist, bis zu diesem riesigen Gasball.* Der Planet schwebte über ihnen, jedenfalls war dort im Augenblick »oben«. Sie hatten die BEAGLE zuletzt auf der Startplattform in voller Länge gesehen. Also ließ sie die Fähre in beide Richtungen gieren, um eine kurze Inspektion durchzuführen.

Der Turm des Protector-Raumschiffs mit der konischen Kapsel an der Spitze war weit entfernt. Zu ihrer Linken sah Georgina den eigentlichen Schiffsrumpf, der in einer Kurve den Übergang vom Protector-Turm mit seinem seitlich angeflanschten Tunnel zum vollen Schiffsdurchmesser von 62 Yards herstellte. In diesem klobigen Rumpf war ihr Zuhause. Das Hangardeck, aus dem sie mit der JASON gestartet waren, bildete den oberen Abschluss des Antriebsteils. Die Doppeltüren, hinter denen sich die Ladebucht der JASON verbarg, waren immer noch geöffnet. Zwei weitere OEM und eines der größeren TEM, warteten weiter darauf, so wie die JASON ihr Mutterschiff verlassen zu können. Die Kammern für die Fähren wirkten geradezu winzig im Vergleich zum gesamten Durchmesser des Schiffs, an dessen Peripherie sie lagen. Auf der riesigen Fläche des Frachtraums waren etliche Landesonden auf eigenen Antriebsstufen verstaut, die auf der Mondsonde Lunar Surveyor basierten, an die zwanzig Stück. Dazu kamen die Companion-Sonden, die die Gasriesen umkreisen sollten, und natürlich die beiden großen Prospector-Sonden. Die Hauptaufgabe der Crew an Bord hatte bisher darin bestanden, all diese unbemannten Apparate rechtzeitig zu starten. *Wir werfen mit diesen teuren Teilen im Sonnensystem herum, wie ein Forschungsschiff im Meer Messbojen rauswirft*, dachte Georgina. Zu ihrer Rechten waren die klobigen Säulen der Bombenmagazine zu sehen, die um die Mittelachse angeordnet waren, außerdem die Gasfederbeine und die Platte.

»JASON, hier ULYSSES!« Das war Peterson. Immer wenn er den Namen ihrer Fähre aussprach, hörte es sich an, als ob es unter seiner Würde sei, einen ganz gewöhnlichen Männervornamen als Bezeichnung für ein Raumschiff verwenden zu müssen. Wahrscheinlich hatte er während des Projekts zum ersten Mal von den Argonauten erfahren und dieses Wissen sofort als überflüssig eingestuft.

»Wir haben beide Prallplatten inspiziert und keine Schäden vorgefunden.« Peterson sagte das ruhig und sachlich. Aber die Bedeutung war klar: »Hör auf rumzutrödeln und kümmere dich um das Wesentliche.«

Georgina ließ die Fähre einmal um die Querachse taumeln. Da war er, der Mond Europa, eine bleiche, von gelblichen Kratern und Furchen durchzogene Kugel.

»Da haben wir ja das Prachtstück!«, entfuhr es Gronowitsch.

Georgina sah zu ihm hinüber. Ja, seine Miene hatte sich deutlich aufgehellt.

»Mal sehen, wie nett das Prachtstück zu uns ist«, gab sie zurück. »Ich bremse uns jetzt aus der Umlaufbahn, ULYSSES. Einleitung des Landeanflugs«, gab sie über Funk bekannt. Dann ließ sie das Landetriebwerk Brennstoff verfeuern. Das Gefühl des Sinkens stellte sich im Magen nur ganz allmählich ein. Georgina ließ Gronowitsch Messdaten in den Computer eingeben, der ihnen im Gegenzug Angaben zum notwendigen Bremsschub ausspuckte. Währenddessen wurde die bleich-gelbliche Kugel größer und größer. Alles, wofür Georgina in den letzten fünf Jahren gearbeitet hatte, war, nicht auf dieser Kugel aufzuschlagen und zu zerschellen. Gronowitsch dagegen interessierten andere Dinge, wie sie wohl wusste. Er gab die von Georgina angegebenen Zahlen in den Rechner ein, der sich an der rechten Seite des Cockpits befand, und starrte anschließend immer wieder auf die sich mittlerweile schnell nähernde Oberfläche.

»Wehe, du vertippst dich, weil du zwischendurch Vulkane zählst«, fuhr Georgina ihn an. »Dann landest du schneller da unten, als dir lieb ist!«

»Das ist Eis und kein Vulkangestein«, gab Gronowitsch beleidigt zurück.

»Entschuldige, das ändert natürlich alles.«

»Sie kommen ziemlich flach rein, JASON!« Das war Peterson, der ihre Flugbahn verfolgte.

Georgina überschlug die Dauer des notwendigen Bremsschubs, gab mit dem Schubhebel kurz Gas und ließ Gronowitsch die neue Sinkrate eingeben. Der Peilsender der ARGO piepte in ihrem Empfänger immer lauter vor sich hin. Das Landeradar zeigte keine ungewöhnlichen Bodenformationen.

»Bahnwinkel stimmt jetzt, JASON!«

»Roger, ULYSSES!«, bestätigte Gronowitsch eilfertig.

Verdammt!, dachte Georgina. *Das hier ist der große Moment und trotzdem nicht gerade das Neil-Armstrong-Gefühl.* Es war eher so, als ob sie noch mal in Muroc mit einem Hubschrauber üben würde, während ihr Ausbilder ihr Anweisungen ins Ohr träufelte.

Die Oberfläche kam immer näher. Sie konnte jetzt die ARGO und die ULYSSES als geduckte Gestalten auf der Ebene erkennen. Sie gab Schub, um die Fähre in den Schwebeflug zu überführen, zündete die Steuerdüsen, um den angepeilten Landeplatz neben den beiden anderen Fähren zu erreichen. Die Flamme aus dem Triebwerk verdampfte bereits das Eis und ließ faustgroße Brocken in alle Richtungen davonfliegen. Jetzt den Schub richtig drosseln! Die Landedetektoren meldeten alle vier Kontakt. Die langen Spinnenbeine, die sich von jedem der vier Landeteller ausstreckten, hatten den Boden bereits erreicht. Georgina ließ die Fähre noch einen Moment schweben, ehe sie den Schub wieder herunterfuhr. Die Teller setzten auf. Die Fähre sackte in sich zusammen, als die Federbeine ihr Gewicht abfingen. Sie hielten sich am Armaturenbrett fest, gingen kurz in die Knie. Das war's!

»ULYSSES, wir sind da!«, meldete Georgina.

»Willkommen auf Europa!«, gab Peterson zurück.

Gronowitsch starrte mit offenem Mund aus dem Cockpitfenster. Ob sie in Houston jubeln würden, wenn sie sahen, dass auch die zweite bemannte Fähre sicher gelandet war? Genau wie Peterson würde Georgina anderthalb Stunden warten müssen, bevor sie diesen Jubel über Funk nachträglich eingespielt bekam. Das Licht der Sonne war schwach hier draußen. Sie konnte kaum etwas sehen. Ihre Kollegen hatten die Flutscheinwerfer noch nicht fertig aufgebaut.

Georgina betrat die Oberfläche des Mondes Europa, eine Stunde nachdem Team 1 bereits aufgesetzt hatte. Die ULYSSES stand etwa 30 Yards von der JASON entfernt. Direkt vor ihr befand sich der Metallständer mit dem Sternenbanner. Peterson und Perreira waren zwei bleiche Gestalten, die direkt dahinter an den Instrumenten der OSEP-Plattform arbeiteten, der Messstation, die dauerhaft auf Europa zurückbleiben sollte. Peterson trug die Armbänder, die die Astronauten unterscheidbar machten, als Kommandant der gesamten Mission in der roten Variante. Für Georgina und Gronowitsch blieben Blau und Grün.

»Nimmst du gleich die Eventualtitätsprobe, George?«, fragte Gronowitsch.

Georgina musste grinsen. Diese Frage war tatsächlich das Erste, was sich Neil Armstrong von Buzz Aldrin anhören musste, nachdem er auf dem Mond seinen berühmten Satz von Stapel gelassen hatte. Seine zweite Äußerung auf dem Erdtrabanten war also ein genervtes »Ja, ja!« gewesen.

»Mach dir nicht gleich in die Hosen, kleiner Steineklopfer«, gab sie zurück. »Wenn wir wieder aufbrechen, hast du genug Proben im Gepäck, um von hier bis zum Pluto ununterbrochen über dem Mikroskop zu hängen!«

Gronowitsch seufzte hörbar. Dann nahm Georgina den Hammer vom Gürtel, kniete sich hin und schlug auf Europas Oberfläche ein, um sicherzugehen, dass auch an Bord ihrer Fähre wenigstens eine Eisprobe war, sollte es zu einem Notstart kommen.

»Eine schöne Begrüßung für Europa ist das«, murmelte sie vor sich hin.

Da war ein Kichern.

»Wer lacht denn da?«

Georgina konnte sehen, wie sich die Helme von Peterson und Perreira in ihre Richtung drehten.

»Lass dir nichts anmerken«, sagte die Stimme in ihren Ohren. »Ich sitze auf der ENDEAVOUR, langweile mich und rede mit dir über deine Privatleitung.«

Alle Funkgeräte, die sie verwendeten, waren doppelt ausgelegt. Neben dem Hauptkanal gab es einen persönlichen für jeden von ihnen.

»Wenn du jetzt antwortest, hören dich alle«, erklärte die Stimme. »Du müsstest schon dein Mikro für den Hauptkanal zumachen, damit wir unter uns reden können. Und das ist natürlich verboten.«

Georgina fingerte am Kontrollgerät ihres Anzugs herum. Keiner der drei Männer hatte auf die für sie seltsame Bemerkung reagiert. Sie nahm ein paar von den Eisbrocken in die Hand, die sie aus der Oberfläche des Mondes geschlagen hatte, und verstaute sie in der Tasche, die an ihrem rechten Bein festgeschnallt war.

»McKenzie, du Blödmann!«, begrüßte sie ihren Gesprächspartner herzlich. »Du kannst mir doch nicht auf die Nerven gehen, während wir hier unten Geschichte schreiben.«

»Du hörst ja, dass es geht«, kam es knapp zurück. »Ich hätte nicht gedacht, dass du tatsächlich das Mikro zumachst. Du bist ja schließlich sonst so brav.«

»Was?« Das konnte sie nun nicht auf sich sitzen lassen. Allerdings nahm Peterson auf ihren Dialog, von dem er nichts wusste, keinerlei Rücksicht.

»Wir haben noch 41 Stunden Zeit«, verkündete er. »Beginnen Sie sofort mit dem Ausladen des mobilen Kernreaktors.«

»Hast du gehört? Mach gleich mal die Strahlung an, bevor ihr vom Jupiter zu viel Strahlung abbekommt!« McKenzie gluckste.

Statt ihr allgemeines Mikro wieder zu aktivieren, salutierte Georgina bloß ironisch. Wer ein angedeutetes, protestierendes Brummen hören ließ, war Gronowitsch. Das Ausladen würde ihn daran hindern, selbst Bodenproben zu nehmen. Wahrscheinlich hatte er vom Fenster in der Fähre aus schon Dutzende geeignete Entnahmestellen erspäht und Maß genommen. Die Jason hatte den kleinen Reaktorkern an der Außenseite der Landestufe mitgeschleppt, in dem selben Stauraum, in dem sich auf dem Mond der zusammengefaltete Lunar Rover befunden hatte. Weitere Teile waren von der Ulysses und vor allem von der unbemannten Argo transportiert worden. Die drei Fähren warfen multiple Schlagschatten auf Europas Oberfläche. Neben den Flutlichtscheinwerfern hatten sie alle ihre Anzuglampen eingeschaltet. Jenseits des kleinen Areals, in dem sie arbeiteten, wartete nur die Dunkelheit auf sie.

Georgina aktivierte wieder ihr allgemeines Mikro. »Komm schon, Gronowitsch, du faule Socke, raus aus der Fähre! Es gibt Arbeit.« Sie grinste. Niemand wollte so dringend die Oberfläche dieses gottverlassenen Mondes betreten wie ein gewisser Geologe aus Wyoming. In dieser Ansicht wurde sie sofort bestätigt, als sich ein weißer Schemen aus der Luke der Jason schob. Sie wartete, bis ihr Kopilot sicher auf der Leiter stand, und machte dann ein Foto. Er drehte sich so lange nicht zu ihr um, bis er selber einige Brocken aus dem Boden geschlagen und in seine Probentasche gesteckt hatte. Peterson und Perreira waren zu ihnen aufgerückt.

Verrückt, dachte Georgina. Sie hatte diese Männer fast vier Monate lang nicht gesehen und sah sie hinter ihren verspiegelten Visieren immer noch nicht.

»Wenn Sie fertig sind, können wir ja anfangen«, bemerkte Peterson, während er in Gronowitschs Richtung sah.

Der Geologe brummte und schob dann ein »Aye, Sir!« hinterher. Das Eis musste jetzt warten.

»Unser lieber Kommandant von der Air Force«, grummelte McKenzie in Georginas Ohren. »Wie immer ist er so charmant!«

»Gott sei Dank haben Sie es ja geschafft, nahe genug herunterzukommen«, fuhr Peterson fort. »Wir hatten schon befürchtet, wir müssten die Einzelteile über etliche Meilen hinweg zusammenbringen.«

»Er sprüht ja geradezu vor lauter Zutrauen zu dir!«, kommentierte McKenzie. Noch während er sprach, gab Peterson Anweisungen. »Wir holen erst Ihre Komponenten zur Absetzstelle, dann die restlichen Teile aus der Ulysses und der Argo.«

»Aye!«, bestätigte Georgina schnell. Dann wandte sie sich so rasch wie möglich zu ihrer Fähre um und stellte dabei so unauffällig wie möglich das allgemeine Mikro wieder ab.

»Hast du nichts Besseres zu tun, als ständig reinzuquatschen, McKenzie!«, fauchte sie. »Ich komm hier so schon kaum klar.«

»Nein, habe ich nicht«, kam es zurück und es hörte sich beinahe gekränkt an.

»Mir egal, halt den Rand!«

Georgina fing tatsächlich an, die kleine Frachtsektion im Landeteil der Fähre zu öffnen. Zusammen mit den Männern brachte sie die Teile des Reaktors zu einem Punkt zwischen den Fähren, der von den Scheinwerfern bereits optimal ausgeleuchtet wurde. In der Mitte hatten Peterson und Perreira mit einer Spitzhacke ein Kreuz als Markierung in das Eis geschlagen. Darüber sollte der Reaktor aufgebaut werden. Drum herum standen schon die fünf senkrechten Aluminiumstangen des Gerüsts, die von den Kreisbögen am Boden und auf halber Höhe zusammengehalten wurden. Georgina und die anderen brachten als Erstes die Metallteile, aus denen sich die keilförmige Spitze des Geräts zusammensetzen ließ. Peterson ging in die Knie und montierte. Perreira reichte ihm alles an. Georgina und Gronowitsch liefen hin und her, um die Teile zu bringen. Vor der ULYSSES stand die Fernsehkamera, die jeden historischen Moment geflissentlich, wenn auch mit Zeitverzögerung, zur Erde übertrug, mit der ENDEAVOUR als Relaisstation.

»Na, wenn das mal nicht aussieht wie bei Familie Jones in der Heimwerkergarage! Daddy schraubt alles zusammen und die Kinderchen reichen Hammer und Zange.«

Georgina prüfte ihr allgemeines Mikro. »Mein Gott, McKenzie! Du gehst mir auf den Senkel! Läuft gerade nichts anderes im Fernsehen als das, was wir hier unten machen?«

»Nein«, kam es wahrheitsgemäß zurück. »Die ganze Zeit nur Landesimulationen und Landkarten pauken – Ihr seid da unten die erste richtige Abwechslung seit Monaten. Und das lass ich mir doch nicht entgehen! Außerdem sind wir, ich hier und Kester auf der BEAGLE, das einzige Livepublikum, das ihr gerade habt. Und das Ganze ist eine einzige große Tragödie!«

»Wieso das denn?« Georgina reichte Perreira gerade einen von den Uranbrennstäben und merkte erst gar nicht, dass sich das Bauteil noch in seiner strahlungs- und stoßsicheren Umhüllung befand. Perreira gab es ihr sofort zurück und zischte »Auspacken!«

Grimmig machte Georgina sich an die Arbeit.

»Du sagst nichts, George!«, erklärte McKenzie. »Diese Durchschnittsmachos behandeln dich die ganze Zeit wie Dreck, weil Mama ihnen vorgeschrieben hat, dass du mitspielen darfst. Und du lässt dir ihren ganzen Mist bieten, obwohl du ganz anders kannst.«

»Was du nicht alles weißt, McKenzie!« Georgina gelang es nicht, gelassen oder amüsiert zu klingen. Sie fühlte echten Ärger in sich aufsteigen. »Bleib mal schön da oben und schau anderen beim Arbeiten zu!« Sie war zurück zur Jason gegangen und griff sich den nächsten Uranbrennstab, um ihn zur Absetzstelle zu bringen. Wo andere ihn einbauen würden. McKenzies Botschaft war bei ihr angekommen. Das ärgerte sie noch mehr.

»Ja, wahrscheinlich hast du recht. So wie du jetzt bist, hast du es auf die Oberfläche geschafft.«

»So wie du jetzt bist ...« Der Ärger bohrte sich weiter in ihren freifallerprobten Magen.

»Ich dachte nur, du würdest so bleiben wie damals ...«

Sie wollte nicht nachfragen und tat es dann doch. »Wann damals?«

»Als du wegen der Simulatorzeiten Rabatz gemacht hast. Damals standen noch Bob Crippen und Harrison Schmitt auf der A-Liste und haben mehr Zeit im Simulator bekommen als wir. Ich wollte mich damit abfinden. Und dann hast du auf den Putz gehauen – das volle Programm! Du hast Deke Slayton angekeift, er solle mal unsere Stunden zusammenzählen und dann die der anderen, falls er das mal in der Schule gelernt haben sollte.« McKenzie gluckste vergnügt. »Dann hast du gebrüllt, dass Bob Crippen sogar Zeit im Simulator gebucht bekommt, wenn er sich nur mal den Steuerknüppel in den Arsch schieben will. Du hast richtig Ärger gemacht, so lange, bis wir endlich mehr Stunden bekommen haben. Und ich habe daneben gesessen, gegrinst und an den richtigen Stellen genickt – so als hätten wir das abgesprochen.«

Georgina ertappte sich dabei, wie sie lächelte. Ja, diese kleine Ansprache gefiel ihr. Inzwischen hatte sie Teile der Reaktorummantelung zur Absetzstelle gebracht, die dort von Peterson gewissenhaft zusammengeschraubt wurden. Sie würden es noch im Laufe dieser EVA schaffen, den Reaktor hochzufahren. Peterson schnarrte immer neue Anweisungen, rief nach Teilen, die er als Nächstes brauchte.

»Du hast Armstrong angefaucht!« McKenzie kicherte glücklich. »Du hast ihm beim Landetraining gesagt, dass du keine Ratschläge von jemandem brauchst, der mal mit dem Trainer eine Bruchlandung gemacht hat. Ich weiß noch genau, was für ein Gesicht er damals gemacht hat!«

Georgina hielt das letzte schwere Teil der Bleiummantelung vor sich. Sie konzentrierte sich darauf, auf der von tiefen Furchen durchzogenen, dunklen Eisoberfläche nicht über irgendeine kleine Erhebung zu stolpern, während sie das Stück an Ort und Stelle brachte. Sie hatten das alles in Houston in einer Halle so lange geübt. Hier waren keine Veränderungen im Ablauf möglich. Es würde alles so weiter gehen.

»Ich mache das hier nicht, damit du deinen Spaß hast, McKenzie. Ich versuche hier, meinen Job zu machen!« Sie übergab Perreira das Bauteil.

Es rauschte in der Privatleitung. McKenzie atmete scheinbar etwas schwer. »Ich habe das auch nur gesagt, weil ich dich vermisst habe.«

Kein Zweifel – dieser Satz lenkte Georgina ab. Sie stand für eine Minute auf der Oberfläche still, bis Peterson rief: »Ist alles in Ordnung mit Ihnen, Camden? Wir brauchen hier noch die letzten Teile!«

Georgina antwortete nicht sondern zeigte nur den hochgereckten Daumen. Das war einfacher, als das allgemeine Mikro wieder zu aktivieren. Dann ging sie weiter. »Du hast mich vermisst?«

»Mmh, ja.« McKenzie hörte sich verdattert und schuldbewusst an.

Die von Peterson vermissten letzten Teile gehörten zum Kran, der über dem Reaktor aufgebaut wurde. Georgina ging zu Petersons Fähre, der Ulysses, um sie dort aus dem Stauraum zu kramen.

»Du hast eine kleine, schicke, reichlich interessante Frau, McKenzie.« Georgina schluckte runter, was ihr zu Lucienne noch auf der Zunge lag. »Was würde die wohl zu unserer Unterhaltung sagen?«

»Ich bin hier«, gab McKenzie sofort zurück. »Wir sind ganz schön beschissen weit weg von zu Hause. Und Lucienne ist nicht einverstanden mit dem, was ich tue. Es mag alles nicht richtig sein, was ich zu dir sage, aber es ist wahr.«

Georgina ging mit dem Querarm des Krans an Perreira vorbei. Der gab tatsächlich ein protestierendes »Hey!« von sich.

»Ich bin hier«, sagte sie. »Du sitzt da oben in einem riesigen Blecheimer und guckst uns beim Basteln zu. Und wenn wir wieder von hier losfliegen, können wir uns die ganze Zeit über Funk was zuflüstern. Das wird toll.«

Sie setzte den Querarm selbst auf den kurzen Mast des Krans. Peterson nahm die Veränderung im Ablauf mit einem Zucken seines Kopfes in ihre Richtung zur Kenntnis. Dann setzte er die passenden Schrauben an.

Ja, Georgina ärgerte sich. Gleichzeitig konnte sie nicht anders, als sich vorzustellen, wie es gewesen wäre, McKenzie in der Crew der Beagle dabeizuhaben statt in der Endeavour.

»Kommt drauf an, wie gerne du flüsterst«, gab McKenzie zurück. »Sonst bleibt uns immer noch Titan.«

»Titan …« Sie hatte das Wort gesagt, träumerisch. Sie hätte sich ohrfeigen können. »Du spinnst doch!«

Ja, sie hatten dort einige gemeinsame EVAs, dachte sie. Und dann fing sie an, sich zu fragen, ob das etwas Schlechtes sei oder nicht ausreichend oder einfach nur dämlich.

»Wir sind hier fertig«, verkündete Peterson. »Zurück in die Fähren!«

Georgina beeilte sich, das allgemeine Mikro wieder einzuschalten. »Aye, Sir!«

Sie beendeten die EVA und stiegen zurück in die Ulysses und die Jason. Kaum dass Georgina den Helm abgenommen hatte, baute sie schon Gronowitschs Klagen vor.

»Ja, ich weiß, du konntest keine Proben nehmen, weil wir die ganze Zeit an dem Ding herumgeschraubt haben.«

Der Geologe blieb zu ihrer Überraschung völlig gelassen. Er drückte sich in seine Ecke des Fährencockpits, nahm den Helm ab und erklärte: »Ich weiß. Wir haben das ja alles geübt. Ich habe mir nur ein paar Stellen ausgesucht, die dann drankommen. Alles klar bei dir?«

»Wieso?«, fragte Georgina irritiert.

»Du warst draußen irgendwie ein bisschen abgelenkt.«

Sie antwortete nichts, zog bloß die Brauen hoch.

»Na, ja«, meinte Gronowitsch, »schließlich war das unser erster Spaziergang auf einer fremden Welt – fantastisch, oder?«

Sie nickte bloß.

»Reaktor gestartet.«

Das war Petersons Stimme, die aus dem Funkgerät kam. Wenn sie aus den Cockpitfenstern auf die Absetzstelle schauten, konnten sie genau sehen, wie sich unter dem zusammengeschraubten Edelstahlkegel, in dem sich der Reaktor befand, Wasserdampf bildete und als schmales Fähnchen aufstieg. Dann wurde das Fähnchen dichter, begann den Apparat einzuhüllen, der sichtbar in den Boden einsackte. Schließlich war nur noch Nebel zu sehen.

»Sinkrate zwei Zentimeter pro Sekunde.« Das war Perreira über Funk. Sie vergewisserte sich, dass sie das Funkgerät in ihrem Rucksack komplett abgestellt hatte.

»Findest du, dass ich mich verändert habe?«, fragte sie Gronowitsch.

»Äh, wieso das denn?« Das gewöhnlich unbekümmerte Jungengesicht des Geologen war ganz dem seltsamen Schauspiel draußen auf der Oberfläche zugewandt gewesen. Jetzt zuckte sein Kopf ruckartig in ihre Richtung. Er war völlig verblüfft.

»Sagen wir mal, irgendjemand erzählt dir: ›Georgina war früher auch mal frecher als jetzt.‹ Würdest du dann sagen: ›Ja, genau, so ist es‹?«

»An wen hast du denn gedacht«, fragte Gronowitsch zurück, »an den Verkäufer in dem Kiosk, den ich eben hinter dem zweiten Krater links gesehen habe?«

»Dave!«

Die Anrede mit dem Vornamen verfehlte ihr Ziel nicht. Gronowitsch zuckte mit den Schultern. Eine Geste, die von dem dicken Anzug mit dem Kragenring fast völlig verschluckt wurde. »Ich weiß nicht, was du meinst. Ja, vielleicht hast du früher ein bisschen häufiger deine Meinung gesagt, aber schließlich bist du jetzt dabei. Du musst nicht mehr kämpfen. Du bist hier an Bord, wir sind auf Europa und alles ist super, oder nicht?«

»Mhmhm.«

»Zehn Zentimeter pro Sekunde«, verkündete Perreira. »Sinkrate steigt weiter.«

»Ich schlage vor, dass sie sich vor der zweiten EVA ein bisschen erholen«, befahl Peterson. »Legen Sie sich hin!«

Kester und McKenzie schlugen sich auf den Mutterschiffen abwechselnd die Schlafperiode um die Ohren, um die Telemetriewerte der Kryosonde im Auge zu behalten. Der vom Kernreaktor auf 1300 Kelvin aufgeheizte Stahlkegel schob einen Hitzekeil vor sich her, der das Eis bereits in etlichen Fuß Entfernung vor der Sonde verflüssigte, bevor es letztlich in Form von Dampf an ihrem Rumpf vorbeischoss. Die Sinkrate war auf einen halben Meter pro Sekunde angestiegen.

Georgina hörte erst Gronowitsch beim Schnarchen zu, der unter ihr und quer zu ihrer eigenen Hängematte in der seinen hing. Dann schlief sie endlich ein und hatte wirre Träume, in denen sie mit einem Hängegleiter über Brombeerhecken hinwegschwebte.

Der nächste Tag brachte kaltes Frühstück aus der Dose und die zweite EVA. Peterson und Perreira waren schon da, als Georgina in ihrem

Raumanzug an der Absetzstelle eintraf. Sie hatten gerade die Lift-Plattform auseinandergefaltet und am Haken befestigt. Neben ihnen stand der Kernreaktor. Peterson stand vielleicht drei Fuß von ihm entfernt. Georgina las von ihrem Instrument am linken Unterarm eine um ein paar Becquerel erhöhte Strahlung ab. Vor der kosmischen Strahlung, der sie bereits ausgesetzt waren, nahm sich das lächerlich gering aus. Der Reaktor war jetzt inaktiv und befand sich immer noch in seiner Ummantelung aus schweren Bleiplatten, die sich an Bord der Argo befunden hatte. Daneben lagen die demontierten Einzelteile des Stahlkegels. Kleine Dampffahnen stiegen dort auf.

»Schön, Sie zu sehen«, gab Peterson sich leutselig. Oder wollte er sich nur über ihr spätes Erscheinen beschweren? »Die Sonde ist bei 15 700 Metern durchgebrochen. Wir fahren jetzt runter«, erklärte er unnötigerweise. Er stieg auf die Plattform, die am Kranhaken hin und her schwankte. Perreira tat es ihm gleich. Sie hielten sich beide am Aluminiumrahmen fest, an dessen oberem Ende sich die Öse zum Einhaken befand.

»Wären Sie so freundlich?«, befahl der Kommandant.

»Klar«, erwiderte Georgina. Sie ging zur Winde, die sich neben der Absetzstelle am Boden befand und mit Eisdübeln verankert war. Sie startete das Gerät. Peterson konnte es jetzt mit dem Bedienteil am Kabel selbst steuern. Die Plattform senkte sich und die beiden bleichen Gestalten verschwanden. Vorsichtig beäugte sie die Instrumente, während die Geschwindigkeit allmählich auf 20 Kilometer pro Stunde stieg. Sie würden so etwa eine Dreiviertelstunde brauchen, bis sie unten ankamen.

Georgina drehte sich um und sah Gronowitsch beim Einsammeln von Bodenproben zu. Sie seufzte. Es wurde jetzt Zeit, sich den weniger aufregenden Aspekten dieser Mission zuzuwenden. Sie ließ sich von Gronowitsch zeigen, wo sich seiner Ansicht nach verschiedene mineralische Einschlüsse im Eis befinden mussten, die durch Meteoriteneinschläge entstanden waren. Sie nahmen dort Proben und auch an Stellen, von denen er vermutete, dass das Wasser dort vorübergehend flüssig gewesen und aus verschiedenen Richtungen zusammengeströmt war. Er war ganz aufgeregt, als er ihr das erklärte.

Zwischendurch hörten sie, wie Peterson und Perreira im Schacht miteinander sprachen, auch wenn der Empfang nicht sonderlich gut war.

Sie achteten darauf, von der Eiswand fernzubleiben. Dann sprachen sie darüber, wie sie mit der Spitzhacke einen Unterstand in das Eis hacken konnten.

»Na, wie geht's uns denn heute an der Schneeballfront?«

Georgina machte den Mund auf, biss sich dann schnell auf die Zunge, was ihr immer schwerfiel, und stellte das allgemeine Mikro aus. »McKenzie, du Blödmann«, sagte sie dann. »Hast du endlich ausgepennt? Bist du heute wieder mein persönlicher Stalker?«

Er schnaubte. »Weißt du«, setzte er dann an, »ich hab mir da was überlegt ...«

Das letzte Wort wurde bereits von einer gleichzeitigen Meldung Petersons überlagert: »Wir haben Schwierigkeiten raufzukommen, Camden! Eis vom Rand bröckelt ab!«

»Fuck!« Als Erstes schaute Georgina auf ihre Uhr. Selbst bei den für sie so langweiligen Erkundungen, die sie durchgeführt hatten, war die Zeit so schnell vergangen, dass sie den Rückstart ihrer Kollegen vom Ende des Schachts nicht mitbekommen hatte. Hier unten Eisbrocken einzusammeln war immer noch etwas anderes als die Langeweile im Schiff. Jetzt hatten sie noch Sauerstoff für zehn Minuten. Inzwischen war sie daran gewöhnt, in der schwachen Schwerkraft, mit den Spikes an ihren Stiefeln über die Oberfläche zu tänzeln. Die Öffnung des Schachts erreichte sie schnell. *Verdammt!* Der Rand war nicht mehr gleichmäßig rund, sondern auf der entfernten Seite abgebröckelt. Es mussten große Eisbrocken gewesen sein, die auf die Männer hinuntergeprasselt waren, größer als Hühnereier. Ein Einschlag ins Visier wäre ihr Tod gewesen. Peterson und Perreira waren zwei winzige Gestalten im Schacht, die langsam, aber stetig aufwärts schwebten, während die Seilwinde sich über ihr mühsam weiterdrehte.

Gronowitsch war hinter ihr herangekommen und besah sich die Bescherung. »Die Abkühlung war nicht gleichmäßig«, vermutete er. »Da kann jederzeit mehr runterkommen. Und wir können nicht alle Brocken am Rand gleichzeitig festhalten.«

»Wir holen so viele Eisdübel zusammen, wie wir finden können«, kommandierte Georgina. »von der OSEP und wo wir sie sonst noch entbehren können. Die holst du.«

»Okay.«

Gronowitsch verstand bestimmt nicht, was sie vorhatte, verschwendete aber keine Zeit und sprang davon. Es ging nur noch um die wenigen Minuten, die der Lift brauchte, um die beiden Männer nach oben zu bringen. Sollte sie einfach dableiben und versuchen, abstürzende Brocken abzufangen? Sie entschied sich dagegen und griff sich einen Eispickel, der neben dem Rand des Schachtes lag. Dann sprang sie zur JASON und schwang das Werkzeug, um große Stücke der goldbedampften Folie aus der Verkleidung der Landestufe herauszuhacken. »Wir sichern den Rand!«, verkündete sie.

Drei Minuten später waren sie wieder am Schacht. Georgina breitete die Folienstücke an der Kante aus. Gronowitsch stieß Eisdübel durch die Metallfolie und befestigte sie an der Oberfläche und im Schacht zwei Hände breit unter dem Rand. Sie waren gerade fertig, als Peterson und Perreira eintrafen und sich sofort zur ULYSSES begaben. Bevor Peterson sich wegdrehte, konnte Georgina sehen, wie der Kommandant den rechten Arm hob, an dem der rote Ring um den Bizeps verlief, und salutierte.

»Gut hast du das gemacht, George«, kommentierte McKenzie, »wirklich gut.« Es war die einzige Stimme, die sie zu hören bekam.

Gronowitsch verbrachte in der drangvoll engen JASON etwa eine halbe Stunde mit dem Versuch, den Kommandanten von der relativen Gefahrlosigkeit eines zweiten Abstiegs in den Schacht zu überzeugen und vom wissenschaftlichen Wert einer fachkundigen glaziologischen Untersuchung.

»Nein, ich will nicht noch mal hören, dass die provisorische Sicherung des Randes funktioniert«, polterte der inzwischen hörbar genervte Peterson durch das Bord-Funkgerät. »Jederzeit kann sich mitten im Schacht Eis aus der Wand lösen. Das haben Sie selbst eben gesagt, Mr. Gronowitsch. Ein weiterer Abstieg kommt nicht infrage.«

»Mit Verlaub, Sir, ich habe nie gesagt, dass der ganze Schacht einsturzgefährdet ist, nach dem, was wir jetzt wissen. Ich habe nur gesagt, dass es kleine Instabilitäten geben kann. Wenn wir aufpassen, nicht nach oben schauen ...«

»Es ist zu gefährlich, Mr. Gronowitsch! Diese Debatte ist beendet!«

Georgina hatte eine Dose mit irgendeinem gewürzten, nahrhaften Brei ausgelöffelt. Es war schon ein schöner Mist, dass man in der Fähre einfach nichts warm machen konnte. Eine Sitzgelegenheit vermisste sie dagegen nicht. In der schwachen Schwerkraft konnten sie ewig stehen.

Gronowitsch barg verzweifelt sein Gesicht in den Händen. Da war endlich Luft für sie.

»Skipper«, sagte sie, als sie die Sendetaste am Armaturenbrett drückte. »wir sind nur heute hier. In ein paar Stunden werden wir verschwinden, bevor Jupiter sein Strahlungsgewitter runterschickt. Hier kommt so bald niemand mehr hin. Gronowitsch und ich fahren da runter, holen uns die Antworten, die nur er finden kann, und kommen wieder rauf. Wir machen das oder wir haben den ganzen Trip hierhin umsonst gemacht, was das angeht.« Sie ließ einfach die Taste los.

»Die Proben, die Mr. Perreira gesammelt hat, müssen reichen. Wenn es hier Leben gibt oder jemals gab, werden wir es mithilfe dieser Proben rausfinden. Es findet kein Abstieg mehr statt.«

»Er versteht nichts von Geologie«, zischte Gronowitsch hervor. »Er hat keine Ahnung, was uns entgeht!«

Georgina nickte langsam. Dann setzte sie ihren Helm auf, schloss den Kragen und das Visier. Gronowitsch starrte sie verständnislos an.

»McKenzie, du Blödmann, hörst du mich?«, sagte sie, unhörbar für ihren Nachbarn.

Es knackte in der Privatleitung. Sekunden vergingen.

»Ja, klar, die ganze Zeit.«

»Und, was rätst du mir?«

McKenzie schmunzelte. »Ich dachte, alles ist klar. Ihr dürft nicht runter.«

»Was rätst du mir, Mann?«

Er schnaufte. »Kein Disziplinargericht, keine unehrenhafte Entlassung, kein Stubenarrest. Houston hat nichts zu sagen. Die können dich nicht mal wirksam daran hindern, in eine Fähre zu steigen und sie zu fliegen, wenn du das unbedingt willst. Die brauchen dich. Ich sage dir nur so viel, George: Du kannst tun, was immer du willst.«

Natürlich hatte Peterson sie über Funk zusammengefaltet, als sie ausgestiegen und gegen seinen direkten Befehl zum Schacht gelaufen waren. Dann schwieg er einfach, wahrscheinlich, weil er wusste, dass jedes seiner Worte potenziell auf dem ganzen fernen Planeten Erde zu hören war, wenn auch mit Verspätung. Schlagzeilen wie »Meuterei auf Europa« würden sich in seiner Biografie nicht gut machen.

Jetzt fuhren sie mit 20 km/h den Schacht hinunter. Ihre Helmlampen huschten genauso schnell über die Eiswände hinweg. Gronowitsch verzweifelte an dem Tempo, während er versuchte, irgendwelche Einschlüsse oder sonstige Strukturen zu erkennen. Georgina konnte ihn davon abhalten, mit einem Löffel, den er mitgenommen hatte, während der Fahrt ein paar Proben aus dem Eis zu kratzen. Das hätte die Plattform zum Schwanken gebracht. Natürlich konnten sie anhalten. Aber ihre Zeit war begrenzt.

»Außerirdisches Leben ...«, murmelte Georgina. »Denkst du echt, die haben von hier schon irgendwelche Bakterien mitgenommen?«

»Keine Ahnung«, gab Gronowitsch angespannt zurück. Die Eiswände forderten seine ganze Aufmerksamkeit.

»Leben, genau, ihr findet da unten Krebse, Spinnen oder Krabben.« Das war McKenzies Stimme in ihren Ohren. Der Funk reichte also doch vom Relais in der Fähre bis runter in den Schacht. Seine Stimme hörte sich ein bisschen spöttisch an, aber das überzeugte Georgina nicht. Auch er war angespannt.

»Interessiert dich das gar nicht?«, fragte Georgina Gronowitsch, weil das leichter war, als sich mit McKenzie auseinanderzusetzen. »Vielleicht sehen wir ja irgendetwas, was krabbelt oder schwimmt.«

Gronowitsch zuckte mit der dick eingepackten linken Achsel. »Klar, das wäre cool. Ich habe nichts gegen Biologie, hab sogar mal ein paar Vorlesungen gehört. Fragt sich bloß, wie wahrscheinlich das ist.«

»Na, da sprüht ja einer vor Enthusiasmus!«, kommentierte McKenzie ungebeten aus der Entfernung.

Georgina sah das Ende des Schachts näher kommen. Sie musste im richtigen Moment die Winde abstellen, damit sie nicht unsanft aufprallten. Sie drückte auf den Knopf. Auf den letzten Metern sahen sie den Unterstand. Peterson und Perreira hatten ihn mühevoll in das Eis gehackt. Er war etwa vier Fuß tief und einen Fuß breit. Sie hatten gerade genug Platz zum Stehen. Gronowitsch ging zuerst rein und besah sich das Eis an der Decke und der entfernten Wand.

»Kann sein, dass die Hitze hier weniger Einschlüsse zerstört hat«, dozierte er. »Auf jeden Fall ist die maximale Tiefe interessant. Hier könnte etwas sein.« Er zog einen Beutel aus der Tasche in seiner Hüfte und zückte aus einer anderen den gewöhnlichen Löffel, den er zu seinem Lieblingsinstrument erkoren hatte. Vorsichtig kratzte er Eis aus der Wand in den Beutel und machte den Klettverschluss zu. Dann steckte er den Löffel ein und beschriftete den Beutel mit einem Folienstift, den er aus einer Tasche am linken Oberarm hervorzog. Schließlich wanderte der Beutel in die Probentasche, die er umgehängt vor der Brust trug.

»Hält alles«, stellte er fest, während er noch mal zur Decke schaute. Den Unterstand ins Eis zu schlagen, war ein Versuch gewesen, eine Vorwegnahme des Baus von großen, nuklear beheizten Forschungsstationen tief im Eis von Europa, von denen aus sich der Mond kontinuierlich würde erkunden lassen.

»Jetzt runter«, schlug Gronowitsch vor und stellte die Probentasche vor sich auf den Boden des Unterstands.

Georgina stieg zurück auf die Plattform und klappte die von ihr entfernte Bodenluke hoch. Da war er zu sehen, jener Stoff, wegen dem sie hauptsächlich hier waren, das Wasser. Gronowitsch legte sich im Unterstand auf den Bauch, was in der Enge nicht so einfach war, und robbte rechts an ihren Beinen vorbei zur Öffnung. Sie stieg mit dem rechten Fuß auf die andere Seite des Plattformrands und machte sich über das obszöne Aussehen dieses Schritts weiter keine Gedanken.

»Wenn du so weit bist, lass ich dich jetzt in die kalte Suppe runter.«

Er zeigte ihr den abgespreizten Daumen. Sie drückte auf den Knopf. Durch das gelochte Bodenblech, auf dem Georgina stand, drängte das kalte Wasser nach oben. Sie sah, wie Gronowitsch in seinem Raumanzug langsam umflossen wurde. Er hielt sich an der Kante des Eises fest, als diese in Sicht kam, um dem Auftrieb des Anzugs entgegenzuwirken. Dann schob er sich schließlich unter das Eis, um mit dem Löffel Proben abzuschaben.

»Weißt du was, McKenzie«, sagte Georgina aus einer Eingebung heraus und nicht ohne vorher das allgemeine Mikro abzustellen, »das, was ich hier gerade tue, ist so ziemlich das Bekloppteste, was ich mir vorstellen kann. Ich stehe hier breitbeinig über einem Kerl, der auf einem gottverlassenen kalten Mond 15 000 Meter unter der Oberfläche in einer kalten dunklen Brühe herumplanscht, um kleine Bröckchen einzusammeln. Für was habe ich mir eigentlich die ganze Zeit den Arsch aufgerissen? Ich bin in Arizona Jets geflogen. Da war es warm und es gab Sonne.«

McKenzie ließ sich etwas Zeit mit seiner Antwort. »Kommt ihr beide da sicher wieder rauf?«

»Klar, wenn die Winde kaputtgeht, müssen wir eben hangeln. Der Schacht hält bestimmt. Und wenn Gronowitsch seinen Arsch schön auf der Plattform behält, geht er uns auch nicht verloren. Selbst wenn er ins Wasser fallen sollte, treibt er im Anzug wieder nach oben und ist angeleint.«

Innerlich schauderte Georgina bei dem Gedanken, dass sie die Oberfläche eines globalen, 60 Meilen tiefen, dunklen Ozeans erreicht hatten, der mehr Wasser führte als alle Meere der Erde. Sie kratzten an der Haut einer flüssigen Welt und würden mit ein paar Schuppen auskommen müssen, um sie zu verstehen.

»Wie wär's, wenn wir heute Abend in die Eisdiele gehen?« McKenzie stellte die Frage genau so, wie er es in Houston auch getan hätte.

Georgina kicherte. Konnte das wahr sein? Sie gehörte zur wissenschaftlichen Speerspitze der Menschheit und alles, womit sie sich gerade befassen wollte, war albernes Teenager-Geflirte. Sie dachte tatsächlich daran, wie McKenzie ihrer Erinnerung nach aussah, an seinen kleinen drahtigen Körper, an den schwarzen Kinnbart und die großen braunen Augen. Das konnte doch nicht wahr sein! Sie antwortete nicht.

Gronowitsch schob seine behandschuhte Linke aus dem Wasser und winkte wild. Er hatte sich ganz zurück auf die Plattform geschoben. Georgina fuhr die Plattform hoch und stieg in Unterstand zurück. Gronowitsch stand auf. »Hörst du mich?«, fragte er.

»Laut und deutlich«, gab Georgina zurück. Dann machte sie das allgemeine Mikro an und sagte es noch mal.

»Alles klar«, entgegnete Gronowitsch. »Ich hab alles.« Er barg die Probe in seiner behandschuhten Linken. »Wird reichen, um ein Buch zu schreiben.«

»Cool.«

Sie gab ihm die Probentasche zurück und stieg auf die Plattform. Er bückte sich, um mit der Rechten die offene Bodenplatte zu schließen.

»Halt!«, schrie Georgina. »Da war was!«

»Wo war was?«, fragte Gronowitsch.

»Da hat was gezuckt.« Sie ging in die Knie, nah an die Öffnung heran, drehte den Kopf mehrmals leicht, um die Scheinwerfer hin und her zu schwenken.

»Das hast du dir eingebildet«, sagte Gronowitsch.

»Nein, ganz bestimmt. Da hat sich was bewegt.«

»Hmhm.«

»Fuck!«

Sie erhob sich wieder. Sie wusste, dass sie jetzt keinen Beweis finden würde.

»Leben«, sagte McKenzie zu ihr, während sie wieder hinauffuhren. »Wenn du es gesehen hast, dann war es auch da. Alles ist möglich!«

Während sie unten gewesen waren, hatten Peterson und Perreira Proben aus dem Eis eines nahe gelegenen Doms genommen, einer Erhebung, von der die Wissenschaftler glaubten, dass sie durch eine Magmakammer nach oben gedrückt worden war.

Sie schliefen einige Stunden in den Fähren. Die beiden Teams redeten weder vorher noch nachher viel miteinander. Am nächsten Tag machten sie die JASON startklar. Sie standen im Cockpit und schlossen die Helme, bevor Georgina das Triebwerk für den Rückstart zündete. Sie legte die Hand auf den Schalter, zog sie dann wieder zurück.

»Moment mal«, sagte sie zu Gronowitsch und fummelte dann am Bedienteil ihres Anzugs herum. Der Geologe hörte bis zum Start nichts mehr von ihr.

»Hey, McKenzie, hörst du mich?«, fragte sie auf der anderen Leitung.

»Klar, George! Was gibt's? Alles klar für den Trip hier rauf?«

»Ich hab dich auch vermisst, du Blödmann!«, sagte sie und drückte auf den Knopf.

Orion Space Adventure Set

Big Jim und Big Jack im Interplanetary Mission Space Suit. Zweisitziges Orion-Raumschiff mit Prallplatte und Stoßdämpfung. Auf Knopfdruck bewegt sich die Prallplatte, um den Rückstoß abzufangen. Gleichzeitig ertönt das Detonationsgeräusch. Batterien nicht enthalten. Landeplatzpanorama, US-Flagge, Handkarren und Werkzeug zum Sammeln von Bodenproben.

Mattel-Spielzeugkatalog, deutsche Fassung, Herbst 1976

III

Mittwoch, 8. November 1961, 16:46:26 Central Standard Time, Offut Air Force Base
T minus 5211/13:10:34 [Tage/Std:Min:Sek]

Gebäude 500 auf dem Gelände der Basis war ein lang gestreckter, beiger Zweckbau, der aus einem Zentrum mit quadratischem Grundriss und zwei Seitenflügeln bestand. Es sah sehr nüchtern aus, nicht gerade so, wie Ryan sich eine Zwingfestung vorstellte, die der Abwendung eines Atomkriegs diente. In der obersten von drei Etagen befand sich das Büro des Kommandeurs. Ryan hatte umständlicherweise von Huntsville nach Washington D. C. fliegen müssen, um von der Anacostia Air Force Base mit einem Hercules-Transporter anreisen zu können. Der Pilot selbst hatte ihm den Weg zum Gebäude gewiesen. Das Hauptquartier des Strategischen Bomberkommandos sollte unzugänglich sein, mitten auf dem Kontinent gelegen, damit feindliche Bomber es nicht erreichen konnten. Dass sowjetische R-7-Interkontinentalraketen dies inzwischen fertigbrachten, hatte nicht zur Verlegung in eine stärker bewohnte Gegend geführt. Er legte die letzten paar Yards zum Eingang zurück und betrat die Empfangshalle. Ein Militärpolizist der Air Force hatte im Schalterhäuschen Stellung bezogen, das sich frei stehend mitten im Raum befand. Es war eine Art Tresen aus Mahagoni, auf dem mehrere schmale und silbern gerahmte Fenster emporragten. Der Soldat hatte ein blasses Gesicht, flachsblonde Haare im Bürstenhaarschnitt und trug einen Schnurrbart. Auf die Unterstützung des MP war Ryan aber offenbar gar nicht angewiesen, wenn es darum ging, zum Kommandeur vorgelassen zu werden. Am linken Rand des Tresens stand ein weiblicher Lieutenant. Die langen brünetten Haare trug sie im Nacken zusammengebunden. Die für Offizierinnen vorgesehene Kappe saß perfekt. Ryan entsann sich aller seiner guten Vorsätze und spürte, wie sie vor der blendenden Erscheinung der jungen Frau dahinschmolzen. Ihre langen Beine, die harmonischen Proportionen bis hinauf zur angenehm breiten Schulterlinie, die Ebenmäßigkeit des ovalen Gesichts – es gab einfach nichts, was an ihr nicht perfekt aussah. Sofern sie das von sich selbst wusste, gab sie sich nicht den Anschein. Ryan war nahe genug herangekommen, um ihren Namen vom Schild an der linken Seite der Uniformjacke ablesen zu können. Lieutenant Kollek sah zu ihm auf, lächelte und entblößte dabei zwei ebenfalls völlig perfekte Zahnreihen.

»Mr. Thomasson?«, fragte sie erwartungsvoll.

Sein »Ja« entrang sich einer plötzlich trocken gewordenen Kehle. Seinen NASA-Ausweis legte er in vorauseilendem Gehorsam auf den Tresen des MP.

»Willkommen beim SAC, Sir!«, begrüßte ihn der Lieutenant. »Ich hoffe, Sie hatten einen angenehmen Flug.«

Viele Chancen, sich passend zu seinen spontan entstandenen Wünschen vorwärtszubewegen, würde es nicht geben. Gott sei Dank verfügte er über genug Übung. Und die Stimme funktionierte auch wieder. »Tatsächlich, Lieutenant, war es ein sehr anstrengender Flug.« Er verglich den ereignisarmen Transfer mit der Hercules mit den schlimmsten Dogfights, die er im Krieg mitgemacht hatte, und musste über die Dreistigkeit seiner Lüge innerlich grinsen. »Ich habe mich schon gefragt, wo ich mich heute Abend am besten entspannen kann, bevor es morgen wieder nach Hause geht. Haben Sie da einen Tipp für mich?«

Ihre Augen waren haselnussbraun und harmonierten ausgezeichnet mit der brünetten Haarpracht und der oliv getönten Haut. Sie waren schmal geworden. Gleichzeitig lächelte sie weiter, in einer Weise, die auch die Augenwinkel erreichte. Makelloses Aussehen und echte Herzlichkeit – gab es eine solche Kombination wirklich?

»Natürlich!«, gab sie zur Antwort. »Es gibt hier einige Lokale in der Umgebung.« Sie zögerte für eine Sekunde und legte den Kopf leicht schief, bevor sie fortfuhr. »Ich kann Ihnen nach Ihrem Termin etwas Passendes zeigen.« Dann sah sie zum Sergeant der MP hinunter, mit einem spöttischen Blick und hochgezogenen Brauen. Dessen Miene blieb auf eisige Weise unbewegt, während er Ryan seinen Ausweis zurückgab und einen Besucher-Badge zum Umhängen anreichte.

So, so, schlussfolgerte Ryan, *die beiden hochprofessionellen Offiziere haben etwas miteinander laufen und gerade Zoff im Paradies. Jetzt will der fesche Lieutenant gerne mal aufzeigen, dass es Alternativen gibt.* Störte ihn das? Nein.

»Sehr gern«, gab er äußerlich gelassen zurück.

»Der General erwartet Sie bereits«, fuhr sie fort, mit einem dienstbeflissenen Blick auf die Armbanduhr. »Wenn Sie bereit sind, können wir gleich zu ihm.«

»Warten lassen will ich ihn auf keinen Fall!«

»Perfekt!« Lieutenant Kollek streifte den MP mit einem weiteren, selbstbewussten Seitenblick. Dann wandte sie sich zum Korridor, der den Weg ins Innere der Kommandozentrale freigab. »Folgen Sie mir einfach.«

»Gern.«

Eine Fahrstuhlfahrt und fünf Korridorecken weiter wusste Ryan schon mehr über sein Empfangskomitee. Der Lieutenant stammte aus Bangor in Maine, wo ihr Vater zur Zeit ihrer Geburt selbst bei der damaligen Army Air Force Dienst getan hatte. Folgerichtig war sie als typisches Soldatenkind über die Flugfelder gezogen, je nachdem, wo ihr Erzeuger gerade hinkommandiert worden war. Der Schritt zur eigenen Militärkarriere war nicht weit. Ryan dehnte die Grenzen der Geheimhaltung etwas aus, als er seiner Begleiterin erklärte, dass die künftige interplanetare Raumfahrt ihn zu General Power führte. So freigiebig wie Ted Taylor ging er mit den Informationen nicht um. Sie staunte trotzdem angemessen. Dann erreichten sie das Büro. Ein weiterer MP-Posten und eine Sekretärin ließen sie passieren.

»Dr. Thomasson für Sie, General!«, meldete sich der Lieutenant, nachdem sie den Eingang zum Allerheiligsten durchschritten hatten.

Thomas Power stand nah an der Rückwand des Büros und hatte ihnen den Rücken zugewandt. Er drehte sich um. Erst dadurch wurde offenbar, dass er gerade telefonierte. Der Apparat stand auf einer Reihe halbhoher Schränke hinter dem wuchtigen Schreibtisch. Er winkte sie beide in sein Büro hinein. Lieutenant Kollek machte einen Schritt voran, allerdings ohne sich etwa in einen der graubeigen Ohrensessel zu setzen, die einen Beistelltisch und eine darauf platzierte, verkümmerte Büropflanze flankierten. Ryan passte sich an und blieb stehen. Immerhin – seinen Aktenkoffer abzustellen, getraute er sich schon.

»Ja«, rief der General laut ins Telefon, »lassen Sie die Neuen weiter Schichten mit den erfahrenen Offizieren mitmachen, bis sie ganz sicher sind. Die Urlaube der Stammbesatzung schieben Sie so lange auf. In Ordnung!« Er legte auf, ohne sich lange eine Entgegnung anzuhören. »Mr. Thomasson!« Er reichte ihm die Hand. »Der Mann von der NASA! Mal sehen, was wir heute für Sie tun können. Nehmen Sie doch Platz!« Seine rechte Hand gab einen der Sessel frei.

Ryan zögerte nicht länger. »Gerne!«

Power nahm eine hellblaue Aktenmappe vom Schreibtisch und reichte sie dem Lieutenant. »Diesen Bericht hier habe ich heute erhalten, Nathalie. Es geht um die Fortschritte im Cheyenne Mountain. Bitte schauen Sie ihn doch mal durch, ob Ihnen auf Anhieb irgendwelche Ungereimtheiten auffallen, und sagen Sie mir dann Bescheid!«

»Jawohl, General! Ich melde mich sofort bei Ihnen.« Damit verließ die Offizierin das Büro.

Power ließ sich auf den anderen Sessel fallen und seufzte. Ryan hatte sich so schnell wie möglich im Raum umgesehen. Das Büro ähnelte dem so vieler anderer kommandierenden Offiziere, die er im Laufe seiner Karriere getroffen hatte. Die US-Fahne stand links neben der niedrigen Schrankzeile an der Rückwand, zwei Truppenfahnen rechts davon. Die sorgfältig gestalteten tellergroßen Dienstsiegel, die zu drei militärischen Formationen gehörten, zierten die ansonsten freie Fläche darüber. Die vergoldeten Füllfederhalter, die in ihren Halterungen vom Rand des Schreibtischs aus auf den Amtsinhaber zielten, der beleuchtete Globus auf seinem Standfuß, das alles hatte er schon oft gesehen. Der General hatte darauf verzichtet, Bilder der Flugzeuge, die er mal gesteuert hatte, an den Wänden aufzuhängen, das war dann doch ein signifikanter Unterschied. Im Ganzen konnten die Insignien administrativer und militärischer Macht die Schäbigkeit der Bausubstanz nicht kaschieren. Gebäude 500 war kein Palast, sondern ein gesichtsloser Büroblock.

Power grinste, er hatte den schweifenden Blick seines Gastes genau erfasst. »Ich fürchte, es wird nicht besser werden.«

Ryan stutzte. »Was denn?«

»Die Schönheit dieses Büros. Von Cheyenne Mountain haben Sie vielleicht ja auch schon gehört. Der Kommandeur von NORAD wird es dort noch weniger heimelig haben als ich. Er wird dauerhaft Dienst in einem

Bunker tun, den wir in den Berg hineingebaut haben. Da lobe ich mir meinen Blick aus dem Fenster. Das NORAD-Personal wird Tag für Tag nur Beton und Granit zu sehen bekommen.«

»Schöne Aussichten«, brummte Ryan mitfühlend.

»Immerhin werden wir dann dort auch vor direkten Atombombentreffern geschützt sein«, erwiderte der General.

»Wirklich?«, zweifelte sein Gast.

»30 Megatonnen, glauben Sie's mir! Wir haben eine 25 Tonnen schwere Tür installiert. Das ganze Innenleben der Kommandostelle wird sich in einem Stahlskelett befinden, das auf Federbeinen im Bunker steht.« Power hielt die rechte Hand flach vor sich. »Wenn der Berg getroffen wird, kann die ganze Konstruktion durch die Erschütterung mehrere Fuß in die Luft gehoben werden.« Er machte mit der Hand eine schlagende Bewegung nach oben und ließ sie wieder sinken. »Die Federbeine werden den Stoß abfangen und alles wird weiter normal funktionieren.«

Ryan nickte beeindruckt. »Hört sich ganz ähnlich an wie Dinge, die in La Jolla geplant werden. Vielleicht sollten Ihre Ingenieure und die bei General Atomics mal die Konstruktion der Federbeine vergleichen.«

Power grinste verkniffen. Ryan sah sich den General genauer an. Mit Mitte fünfzig war er fast völlig schlank geblieben, beinahe drahtig. Das Haar bildete einen weißen Kranz um die Halbglatze. Der Ausdruck in seinem Gesicht war überaus lebhaft. Das war keiner der üblichen Kommissstiefel, wie er sie sonst kennengelernt hatte.

»Wie kommt jemand wie Sie eigentlich zur NASA?«, wollte Power seinerseits wissen. »Navy, Nachtjägerpilot, einen Abschuss in Korea. Sie hätten auch weitermachen können.«

Ryan hob die Schultern. »Das technische Interesse hat überwogen, nehme ich an.« *Er hat sich informiert*, dachte er im Stillen. *Darin sind sie alle gleich.* »Ich habe mich immer gefragt, unter welchen Umständen die Strömung unter den Flügeln wohl abreißen wird, bevor ich in eine Kurve gegangen bin. Wenn Sie das ständig im Kopf haben, müssen Sie Ingenieur werden, schätze ich.« Er grinste und sah im Gesicht des Generals ein schwaches Echo.

»Nun, Mr. Thomasson, Sie haben mir in Ihrem Brief mitgeteilt, dass Sie sich gerne im Auftrag der NASA mit mir über das Orion-Projekt unterhalten möchten. Soweit ich weiß«, Power runzelte die Stirn, »ist

Orion ein militärisches Geheimprojekt und sollte Ihnen als Mitarbeiter einer zivilen Behörde gar nicht bekannt sein.« Er lehnte sich zurück und fing an, sich mit der rechten Hand das Kinn zu massieren, so als wäre er ein bisschen verwirrt oder nachdenklich und nicht etwa besorgt.

Auf ins Minenfeld!, dachte Ryan. »Ich habe Dr. Dyson in Princeton bei einigen Berechnungen unterstützt, bevor der Regierungsauftrag erteilt wurde. Das macht mich bei der NASA jetzt wohl zu so einer Art Verbindungsmann zum Projekt. Bei der NASA gibt es einige Leute ...«, Ryan merkte selber, wie er zögerte, »die sich den Antrieb für einige unserer Programme vorstellen können. Dr. von Braun hat sich deshalb die bisherigen Ergebnisse zeigen lassen.« Den letzten Satz hatte er schnell hinzugesetzt. »Wir möchten uns auch auf den Bedarf der Air Force einstellen können, sollte es zu einer Zusammenarbeit kommen, die auf einem gemeinsamen System aufbaut.«

Power runzelte die Stirn. »Konkrete Pläne gibt es aber noch nicht, oder?«

Ryan war überrascht, wie leicht ein bedeutender General in diesem Fall zu durchschauen war. Das »Hat mir das Weiße Haus irgendetwas nicht erzählt?« stand ihm deutlich ins Gesicht geschrieben.

»Nein«, antwortete Ryan einfach. »Das sind nur erste Gedankenspiele.«

»Für den Mond?«

»Möglich.«

»Hmhm.« Power verschränkte die Hände im Nacken und machte ein zweifelndes Gesicht, so als traue er sich kaum zu, seinen Standpunkt einem Zivilisten einleuchtend darlegen zu können.

»Wissen Sie, was ich manchmal gerne tun möchte?«

»Nein, was?«

»Ich möchte den Sowjets manchmal alles darüber erzählen, was wir hier tun. Ich weiß nicht, ob es so gut ist, dass wir unseren Funkverkehr verschlüsseln. Dass wir sie nicht angreifen wollen, uns aber für einen Gegenschlag rüsten, sollten sie wissen. Wann immer wir öffentlich machen, dass wir nichts Böses planen, uns aber wehren werden, wenn es nötig sein sollte, wird uns das nützen.«

Ryan nickte. »Für Sie geht es um Abschreckung.«

»Und zwar um eine, die funktioniert.« Power nahm die Hände runter, stand auf und baute sich vor seinem Gast regelrecht auf. Offenbar saß er nicht gerne lange auf einem Stuhl. Ryan stellte sich vor, wie er sonntags mit seinen vier Kindern oder sechs Enkeln, die er vielleicht alle gar nicht hatte, Baseball trainierte und ihnen dabei Fairness beibog. Genau so ein Typ war er.

Der General ballte die rechte Faust. »Wenn das die Erde ist ...« *Oh nein!*, flehte Ryan innerlich. Wie viele Demonstrationen, die so anfingen, sollte er in seinem Leben eigentlich noch sehen? »... und sich ein Orion-Raumschiff auf Patrouille so weit draußen befindet«, der General hielt die flache linke Hand so weit von der Faust weg wie möglich, »kann es keine Annäherung an das Raumschiff geben, die nicht mehrere Tage vorher bemerkt werden wird. Im Falle eines Angriffs der Sowjets mit Atomwaffen«, der General ließ das imaginäre Raumschiff erst rückwärts fliegen, wie um zu einem tödlichen Stoß auszuholen, »nimmt das nächstgelegene Schiff Kurs auf die Erde und zerstört die Sowjetunion mit seinen Bordwaffen.« Die Hand stieß auf die Faust herab.

»Wie viele wollen Sie an Bord nehmen?« Ryan fragte sich, ob er selbst schon über Zahlen verfügte, die ihm eine Schätzung erlaubt hätten. Das war nicht der Fall, wie er feststellte. Er verstand einfach zu wenig von Atombomben.

»Auf die Zahl wird es gar nicht ankommen.« Power entspannte sich nach dem imaginären Angriff seiner Hand auf die Erde sichtlich. »Die Kernphysiker in Los Alamos sagen mir, dass eine Bombe möglich ist, die allein das halbe Land zerstören würde. Nicht dass wir das wirklich wollen würden. Wir müssen es nur glaubhaft androhen können. Dass die Waffen so weit weg von ihrem Ziel sind und erst in Tagen in Stellung gebracht werden können, erhöht die Sicherheit. Es kann nicht so leicht zu einem Krieg aus Versehen kommen. Und die Waffen selbst sind vor einem Angriff völlig sicher. Deshalb«, erklärte der General mit einem gewissen Stolz in der Stimme, während er sich wieder in den Ohrensessel fallen ließ, »habe ich dem Präsidenten erklärt, dass Orion für unsere zukünftige Verteidigung unerlässlich ist. Die Welt wird durch dieses System viel sicherer sein. Stellen Sie sich das mal vor!« Er setzte sich wieder hin und stützte sich mit beiden Ellenbogen auf den Sessellehnen ab. »Statt in U-Booten unter Wasser in der Dunkelheit zu sitzen und ständig Angst vor

Wasserbomben zu haben, werden unsere Jungs da draußen sein und durch die Bullaugen Sterne und Planeten sehen. Das sind doch ganz andere Voraussetzungen, oder?« Er breitete die Hände aus und lehnte sich zurück.

Ryan entschloss sich, die kleine Spitze gegen die Navy zu ignorieren. Er gehörte nicht mehr dazu. »Die Argumentation mit der langen Alarmzeit hat Dr. Taylor dem Präsidenten auch dargelegt«, merkte er an. »Was für Distanzen möchten Sie mit den Schiffen zurücklegen?«

»Nach dem, was mir die Experten in La Jolla gesagt haben, können wir in Orbits rund um die Sonne die Umlaufbahn des Mars überschreiten und trotzdem jederzeit innerhalb von zehn Tagen zur Erde zurückkehren. Das sind jetzt unsere Anforderungen an das System.«

Ryan nickte bedächtig. »Der Mars und damit der halbe Weg zum Jupiter.«

Power gestattete sich ein kleines Lächeln. Er war offenbar in der Lage, die Träume und den Ehrgeiz eines anderen zu erkennen. »Ja, die äußeren Planeten wären nicht so weit weg. Schwer, dem Gedanken an eine Expedition zu widerstehen, nicht wahr?«

Ryan schmunzelte. »Wäre das denn in Ihrem Sinne?«

Power zuckte mit den Achseln. »Früher hat es viele Forschungsreisen auf Kriegsschiffen gegeben. James Cook, die Antarktis-Forscher, bis hin zu Admiral Byrds Expedition vor ein paar Jahren. Warum sollte das jetzt nicht wieder so sein?«

Ryan nickte, nach und nach überzeugt. »Die Waffen werden etwas wiegen.«

Power nickte. »Natürlich. Ich höre aus La Jolla immer etwas von 10 000 Tonnen Gesamtgewicht. Aber, wissen Sie, vor allem sagen mir die Ingenieure dort, dass Zuladung kaum ein Problem darstellt, je mehr, je lieber. Da sollte doch für ihre Zwecke etwas möglich sein. Ein kleines Beiboot sozusagen. Glauben Sie mir, unsere Leute hier hätten Spaß an einer solchen Expedition.« Power brachte es fertig, freundlich zu lächeln, ehe dieses Lächeln ganz plötzlich wieder verschwand. »Natürlich geht die nationale Sicherheit vor.«

»Natürlich!«, antwortete Ryan beflissen, ehe er sich fragte, wie sich dies in der Praxis auswirken würde. »Wenn vor einer Landung auf Ganymed der Dritte Weltkrieg ausbricht, hat man nicht mehr ganz so viel Spaß an der Wissenschaft.«

Power schob sein Kinn vor und zeigte ein eher emotionsloses Grinsen. »Ich erhoffe mir, dass Sie dies wegen Ihres militärischen Hintergrunds verstehen werden. Wie dem auch sei – die Möglichkeiten, wie wir uns gegenseitig unterstützen können, sind groß. Das Orion-Programm wird nicht auf ungeteilte Zustimmung stoßen. Deshalb wäre Beifall von einer zivilen Behörde, wie der NASA, durchaus hilfreich. Unsere beiden Organisationen sind schließlich beide noch recht jung.«

Die Abspaltung der U.S. Air Force von der Army war ein großes Thema gewesen, als Ryan noch in Annapolis gewesen war. Er erinnerte sich. Die neue Teilstreitkraft war bei der Navy häufig verspottet worden. Ihm selber war die nunmehr gültige Aufteilung immer sinnvoll vorgekommen. Bei den Briten hatte es sie schließlich schon lange vorher gegeben.

»Mir geht es um den Antrieb«, erklärte er schließlich. »Dass ich den für nützlich halte, werde ich immer gerne sagen – intern oder öffentlich. Innerhalb der NASA sieht das aber nicht jeder so. Da muss ich noch viel Lobbyarbeit betreiben.«

Power nickte. »Da wünsche ich Ihnen viel Glück. Brauchen Sie heute von mir weitere Angaben?«

»Nein, ich denke, ich kann etwas mit dem anfangen, was Sie mir dargelegt haben.«

Nochmals ein knappes Nicken. Power stand auf, ging um den Schreibtisch herum, und drückte auf einen Knopf der Gegensprechanlage. »Lieutenant Kollek kann unseren Gast wieder abholen.«

Ryan widerstand der Versuchung, sich hinausgeworfen zu fühlen. Ja, das Gespräch nach dem langen Flug war sehr kurz gewesen, aber auch sehr fruchtbar. »Haben Sie einen Namen für sie?«, platzte es dann aus ihm heraus.

»Für was?«, fragte der General irritiert.

»Für die Raumschiff-Flotte.« Ryan räusperte sich. »Hat sie schon eine eigene Bezeichnung?«

»Wir nennen sie die Deep Space Force.« Er grinste wieder und diesmal hatte es einen Zug ins Jungenhafte. »Möglicherweise wird die Air Force irgendwann nicht mehr die jüngste Teilstreitkraft sein.«

Ryan erhob sich. Ein selbstverständlich knapper und fester Händedruck des Generals, dann nahm er seine Aktentasche wieder auf und ließ sich von dem inzwischen eingetretenen Lieutenant hinausgeleiten. Die haselnussbraune Attraktivität der jungen Frau beschäftigte Ryan in diesem Moment überhaupt nicht. Er folgte ihr durch die Korridore und dachte an kleine Beiboote, mit denen man von einem militärischen Orion-Raumschiff auf verschiedenen Monden im Sonnensystem landen konnte. Wie schwer oder leicht konnte man sie machen? War ein Modell für mehrere Himmelskörper möglich? Und was war mit dem Mars? Er musste sich unbedingt in dem für ihn gebuchten Hotelzimmer hinsetzen, ein paar Berechnungen anstellen und erste Entwürfe zeichnen.

»Ich habe bis achtzehnhundert Dienst«, merkte Lieutenant Kollek im militärischen Jargon an, als sie die Eingangshalle erreicht hatten. Sie klang beinahe schüchtern.

»Ich denke, ich werde den Abend doch mit Arbeit verbringen«, erwiderte Ryan und zog bedauernd die Brauen hoch.

»Dann wünsche Ihnen einen guten Tag, Sir!«, verabschiedete sich die Offizierin etwas kleinlaut.

Ryan zögerte. Er warf noch einen Blick zurück in die grauen Korridore. Hatte er einen verzerrten Blick auf die Dinge, weil er selber Soldat gewesen war? Da war ein Mann, der drohte, gewaltige Wasserstoffbomben auf ein feindliches Land regnen zu lassen, und gleichzeitig anbot, NASA-Forscher neben den Bomben an Bord zu den Jupitermonden zu schippern.

»Vielleicht hatte ich den ja schon, Lieutenant. Ihnen auch einen schönen Tag!«

Ryan nickte der jungen Frau zu und ging hinaus in dem Bewusstsein, das Wissenschaftler auf einem todbringenden Schiff für ihn von jetzt an eine völlig normale Vorstellung waren.

* * *

Montag, 8. Januar 1962, 06:28:13 Moskauer Zeit,
Moskau, Lubjanka
T minus 5152/9:28:47 [Tage/Std:Min:Sek]

Das Schlimmste für Irina war, dass sie keinen Mantel trug. Es waren vielleicht zwei Grad unter null. Sie konnte ihren Hauch sehen, wenn sie ausatmete. Die beiden Wachen trugen Mäntel und Pelzmützen. Sie war eine Moskowiterin, sie konnte mit Kälte umgehen. Trotzdem ging niemand bei zwei Grad minus mit nichts als einem Kittel auf die Straße. Die Kälte fuhr mühelos durch die weite Öffnung des Kleidungsstücks um ihre Beine an ihrem Körper hoch, der ansonsten ungeschützt war. Ein Stich mit einem Messer wäre einfacher zu ertragen gewesen. Die Kälte war überall. Man hatte ihr zur Anstaltskleidung Schuhe aus dünnem grauen Stoff gegeben, die keiner Nässe standhalten würden. Es war diese Sorglosigkeit, die sie in diesem Moment wie ein Schlag ins Gesicht traf. Am meisten schockierte sie, dass sie selber so dachte wie ihre Wächter vom KGB. Ihr war kalt. Na, und? Warum sollte man sich jetzt noch darum kümmern? In ihrer kleinen Zelle hatte sie aufgehört, sich mit der kleinen Bürste mit Holzgriff und brüchig gewordenen, krummen Borsten die Zähne zu putzen. Das ergab eh keinen Sinn mehr.

Sie hatten ihr an diesem Tag keine besondere Mahlzeit angeboten. Offenbar war ihr Verbrechen dafür nicht ehrenhaft genug. Sie hatte sich nicht verabschieden können. Es gab so viele Menschen, denen sie fehlen würde. Sie war das einzige Kind ihrer Eltern. Da gab es Cousinen, Tanten, Freundinnen ... Es hatte so viele fröhliche Momente in ihrem Leben gegeben, die ihr wichtig waren. Und dennoch – wie sehr würden die anderen sie vermissen? Wie oft hatten ihre Worte, ihre Blicke damals gesagt: »Sieh dich vor, wenn er Nylons oder Schokolade mitbringt.« Wie oft hatten sie misstrauisch ergründen wollen, ob Irina sich für etwas Besseres hielt? »Selber schuld«, konnten sie jetzt sagen. »Was ist dir auch eingefallen, an eine Welt zu glauben, die schöner, angenehmer, luxuriöser ist als der ganze unzulängliche Sowjet-Alltag? Warum warst du nur so dumm? Und wo ist er jetzt, dein ausländischer Verführer? Wie soll er dich jetzt noch retten? Will er das überhaupt?«

Sie hatte so viele Geständnisse unterschrieben, Schriftstücke, die sie nicht verstand, die ihr von bösartig dreinblickenden Männern in Zivil vorgelesen und hingeschoben worden waren. Sie hörte nicht zu, wenn sie verlesen wurden. Sie unterschrieb sie alle widerstandslos, nachdem ihr einer der KGB-Männer mit seiner kräftigen Hand mehrmals ins Gesicht geschlagen hatte. *Ich bin ein leichter Fall*, hatte sie gedacht. *Sie müssen sich nicht viel Mühe geben, um mich parieren zu lassen.* Sie ahnte, dass sie mit den Geständnissen andere Menschen in Schwierigkeiten gebracht hatte,

Menschen, deren Namen vorgelesen wurden und die sie nicht kannte. Es war ihr egal. Dieser Staat konnte nicht weiterexistieren, wenn er seine Menschen auffraß. Wie er zusammenbrechen würde, war ihr gleich.

Es hatte keinen Prozess gegeben. Schauprozesse mit Kameras und großem Publikum waren etwas, das westliche Spione bekamen. Jenkins hätte einen bekommen, wenn man ihn erwischt hätte und wenn er kein Diplomat gewesen wäre. Und dann hätte man ihn ausgetauscht, gegen sowjetische Agenten, die im Westen gefangen genommen worden waren. Sowjetbürger hatten gefälligst keine antisowjetischen Verbrechen zu begehen. Und wenn es doch geschah, erfuhr niemand etwas davon.

Sie hatten ihr nichts über die Außenwelt gesagt, über ihre Familie, den Westen oder Jenkins, Jenkins, den sie jetzt hasste. Irina vermisste ihre Eltern. Sie hatte sie seit ihrer Festnahme nicht mehr gesehen. Hatte man sie auch verhaftet? Mussten sie für ihre Dummheit büßen?

Die beiden KGB-Männer packten sie an den Oberarmen und zerrten sie voran in den Innenhof des Gefängnisses. Der Schnee durchfeuchtete die dünnen Stoffschuhe. Dann drückten sie sie auf den Boden, ließen sie knien. Der Himmel über ihr war grau. Die Sonne zeigte sich nicht. Sie banden ihr eine weiße Augenbinde um. Sie wurde nicht gefragt, ob sie sie umlegen wollte, so wie sie es aus den alten Propagandafilmen kannte. *Wahrscheinlich, weil ich eine Frau bin*, sagte sie sich. Sie hörte also nur, wie der linke der beiden KGB-Wächter stapfend hinter sie trat und sein Gewehr bereit machte. Die Kälte aus dem Boden fuhr ihr durch die Oberschenkel hinauf in den schmerzhaft zusammengezogenen Magen. Sie zitterte. Der Wind blies ihr ins Gesicht. Sie spürte das Metall der Mündung im Nacken. Dann fiel der Schuss.

* * *

Mittwoch, 21. Februar 1962, 09:48:52 Western Standard Time, La Jolla, Kalifornien

T minus 5105/23:08:08 [Tage/Std:Min:Sek]

George Dyson warf Kieselsteine ins Wasser und sein Vater schaute ihm zu. Der Pazifik zeigte sich von der ausdauernden Bombardierung mit Mineralien völlig unbeeindruckt. George überlegte, wie es wäre, in diesen schaumgekrönten Wellen mit einem Kanu zu fahren, einer Konstruktion aus Knochen, Leder und Harz. Waren die asiatischen Vorfahren der Indianer genau so auf dem Kontinent angekommen, in leichten Kanus, die nach langer Fahrt auf den Strand aufliefen? Oder waren es schwere Einbäume gewesen?

»Wir müssen langsam los, mein Junge!«, verkündete sein Vater. George drehte sich um. Auf dem wohlvertrauten hageren Gesicht mit der großen Nase hatte sich ein ebenfalls vertrautes Lächeln ausgebreitet, geduldig, aber distanziert, verständnisvoll und Verständnis heischend. George kämpfte mit sich den alten Kampf aus. Sollte er einfach tun, was sein Vater sagte? Würde er ihm dann demnächst wieder irgendetwas verbieten, was er machen wollte? George fand kein Ziel, auf das er seine rebellischen Gefühle richten konnte. Er warf noch einen Kieselstein ins Meer, um zu zeigen, wie unabhängig er war. Dann erst wandte er sich um und ging trotzig auf seinen Vater zu. Die Straße lag vielleicht 100 Yards entfernt. Sie waren nicht weit weg von der Stadt, hatte sein Vater gesagt. Sie waren früh genug unterwegs, um sich ein paar Minuten lang den Pazifik anzuschauen. Der Wagen wartete auf dem Standstreifen, ein gemieteter dunkelgrüner Impala. George sah etwas Blaues, als sie zum Auto liefen. Es lag links, ein paar Yards entfernt, auf dem Standstreifen.

»Was ist das?«, fragte er seinen Vater, halb neugierig, halb lustlos. Gleichzeitig versuchte er, sich die Antwort selbst zu geben. Es sah wie etwas aus, das von einem Wagen herabgefallen war. Die Farbe glänzte auf jeden Fall wie der Lack eines Autos. Es musste aus Metall sein.

»Das«, sagte sein Vater, während er versonnen und hintergründig lächelte, »ist ein Produkt der Sonne.«

George blinzelte und stapfte seinem Vater weiter hinterher. Was sollte das nun wieder bedeuten? Dann erreichten sie den Wagen, der nicht abgeschlossen war, und schoben sich von zwei Seiten auf die vordere Sitzbank. Sein Vater startete den Impala und sie fuhren los. Der blaue Kotflügel, als den George ihn jetzt eindeutig erkannte, blieb zurück. Alle vorstellbaren Geschichten über Verkehrsunfälle oder Diebstahl von Ersatzteilen, die mit seiner derzeitigen Lage auf der Straße hätten enden können, blieben unerzählt.

Es dauerte einige Minuten, bis sich George wieder an seinen Vater wandte. Da waren sie schon weit vom Strand entfernt, auf dem Weg in die Stadt, in die sein Vater musste, um dort zu arbeiten. Es fiel ihm nicht leicht, diese Frage zu stellen. Es bedeutete, den mühsam hergestellten Frieden zwischen ihnen wieder infrage zu stellen, den mehrere Jahre alten Zorn wieder zuzulassen und die Versöhnungsgesten zu missachten, die sein Vater seit dem Ausbruch ihres Streits gemacht hatte. George hätte dies alles nicht in Worte fassen können, dennoch spürte er sein eigenes Zögern, die Angst vor Ärger, vor Gefühlen, die nicht schön waren.

»Wenn du wieder an dem Raumschiff arbeitest, nimmst du mich dann mit, wenn du damit fliegst?«

Jetzt war es also raus! Dann konnte er ebenso gut noch das eine hinterherschicken, den Hinweis auf den einen Umstand, der die frühere abschlägige Entscheidung seines Vaters so ungerecht gemacht hatte.

»So wie Dr. Taylor das mit seinen Kindern machen wollte?«

Sein Vater zog die Mundwinkel herunter, wiegte den Kopf und hielt den Blick weiter auf die Straße gerichtet.

»Ich glaube nicht, dass einer von uns fliegen wird.« Er blickte kurz zu George. »Ted, ich, unsere Kinder, die anderen Wissenschaftler und Ingenieure. Sie suchen jetzt nach Testpiloten, die in den Weltraum fliegen sollen, Leuten, die für so etwas viel besser ausgebildet sind.«

»Aber ihr könnt doch das Schiff reparieren, wenn es zwischendurch kaputtgeht. Ihr habt es doch gebaut!«

»Das kann man auch anderen Leuten beibringen. Ich glaube nicht, dass sie mit einem Schiff 200 Leute losschicken wollen, so wie wir das mal geplant haben. Und wenn doch, werden es nur Wissenschaftler sein, die die Monde und Planeten erforschen sollen.«

George ging alle Bilder durch, die er in seinem Innern abgespeichert hatte, die Sandwüsten des Mars, den roten Fleck des Jupiter, die Ringe des Saturn, die Stein- und Eiswüsten auf den Gasriesen-Monden und dem Pluto. All das hatte er in den Büchern seines Vaters, auf Zeichnungen und astronomischen Aufnahmen gesehen. Alle diese Welten zu besuchen und mit eigenen Augen zu betrachten, musste die großartigste Erfahrung sein, die ein Mensch überhaupt machen konnte. Nicht nur, dass er unglaubliche Dinge sehen würde, wenn er mitfliegen durfte. Eine solche Reise würde sein ganzes Leben verändern. Er wäre für immer George, der Junge, der zu den Planeten geflogen ist. Seine Klassenkameraden würden ihn für immer ganz anders ansehen, bewundernd oder neidisch.

George wusste, dass seine Lage einzigartig war. Kein anderes Kind konnte von sich sagen, dass ihm eine solch einzigartige Erfahrung vorenthalten worden war. Zwischen ihm und der großartigsten Reise aller Zeiten stand nur die konstante Neigung aller Erwachsenen, jeden Spaß zu verderben.

Freeman Dyson hatte seinen Sohn in dem Strandhaus abgesetzt, das er für seinen Aufenthalt gemietet hatte. Die Fahrt bis zum Sitz von General Atomics war nicht lang. Im H-Gebäude wurde er vom Pförtner angekündigt und von Ted Taylor in Empfang genommen. Ted stieg aus dem Lift in der Lobby und zeigte ein breites, erwartungsfrohes Lächeln. Freeman wusste, wie sein eigenes schiefes Grinsen in seinem habichtartigen Gesicht in solchen Momenten aussah. Sie gingen aufeinander zu, schüttelten sich die Hand, sagten: »Hallo!« Ted tätschelte mit der Linken Freemans Unterarm. Eine Umarmung konnten sie gerade noch vermeiden.

»Seid ihr gut angekommen?«, fragte Ted. »Ist George gut untergebracht?«

»Du weißt ja wahrscheinlich, was du mir angetan hast, als du deinen Kindern versprochen hast, sie zum Saturn mitzunehmen?!«

»Geht das schon wieder los?«, lachte Ted.

»Du hast keine Ahnung«, stöhnte Freeman. »George liest alles über die Planeten. Er weiß genau, was ihm entgeht.«

Sie stiegen in den Lift. Ted deutete mit dem Kinn auf das, was Freeman unter dem Arm hielt. »Du hast deine Aktentasche dabei.« Er drückte auf den Knopf.

Freeman grinste schwach und nickte. Die abgeschabte braune Tasche war ein Markenzeichen von ihm. Es gab Fotos, auf denen er mit Kollegen Versuchen an Ein-Meter-Modellen in Point Loma zu sehen war. Die Aktentasche war immer dabei. Sie jetzt mit sich zu führen, war für ihn so selbstverständlich, dass es keiner besonderen Erklärung bedurfte.

»Ihr habt Mittel bekommen«, stellte Freeman überflüssigerweise fest. Genau das war ja der Grund für seine Rückkehr nach La Jolla.

Ted nickte zufrieden. »Umfangreiche Mittel.« Die Türen gingen auf. Sie traten auf den Korridor hinaus. »Wir sollen alles fertig entwickeln, bis hin zu einem einsatzfähigen Prototyp.« Er ließ seine Hände lebhaft mitreden, während sie durch den Korridor auf eines der Büros zusteuerten.

Freeman schmunzelte. »Dasselbe Büro? Du erzählst mir jetzt nicht, dass ihr den Platz die ganze Zeit für mich freigehalten habt, für den Fall, dass ich noch mal zurückkomme?«

Ted schürzte die Lippen, breitete die Hände aus und sagte nichts. Dann öffnete er die Tür.

Schicksalsergeben umlief Freeman den einfachen Schreibtisch, zog den Bürostuhl zurück und stellte seine Aktentasche auf die Platte. Ganz langsam ließ er sich auf den Stuhl sinken und trommelte mit den Fingern der rechten Hand auf dem Tisch herum.

»Ihr habt jetzt für einen Physiker wie mich wirklich mehr zu tun?«, fragte er Ted.

»Na, klar!«, rief der aus. »Es war so schon nicht einfach ohne dich. Aber jetzt wird es erst richtig spannend! Wir werden in Jackass Flats ein Modell mit einem Nukleartreibsatz starten und dann erst mal sehen können, wie sich eine echte Kernexplosion auf die Prallplatte auswirkt. Da kommen deine thermodynamischen Gleichungen ins Spiel. Wenn man dann die gemessene Abnutzung der Platte nimmt und auf die Explosionsstärke zurückrechnet, bekommt man dann die Explosion, die tatsächlich stattgefunden hat, oder müssen unsere bisherigen Formeln irgendwie verändert werden? Das brauchen wir, um die Platte leicht, aber trotzdem stabil genug zu bauen. Und dann müssen Fehlzündungen berücksichtigt werden, Material aus nicht explodierten Bomben, das von der nächsten auf die Platte geschleudert wird. Alle diese Details – das ist etwas für dich!«

Freeman zog die Brauen hoch, so als sei er indigniert darüber, dass seine Gleichungen in Zweifel gezogen worden waren. »Sind sie in Livermore inzwischen weiter?«, fragte er dann.

Ted stutzte. »Womit?«

»Mit der Entwicklung einer strahlungsärmeren Bombe«, erklärte Freeman, so als sei es das Selbstverständlichste auf der Welt. »Wir können die Schiffe so unmöglich starten, wenn anschließend irgendwo auf der Welt zehn Menschen an Krebs erkranken. Das geht nicht!«

Ted zuckte regelrecht zusammen. Einen rigorosen Einwand gleich zu Anfang ihres Zusammentreffens hatte er nicht erwartet.

»Wir haben diesbezüglich eine neue Idee«, entgegnete er schließlich. »Es geht darum, in der Nähe des magnetischen Pols zu starten. Das

Erdmagnetfeld wird dann einen großen Teil des radioaktiven Fallouts in sich aufnehmen.«

»Bis es ganz damit aufgeladen ist«, ergänzte Freeman skeptisch.

»Es sei denn, dass man den Fallout von dort ableiten kann, mit geeigneten Gerätschaften im Orbit. Wir planen da schon etwas.«

Freeman überdachte das und nickte langsam. »Das müsste man durchrechnen.«

Ted grinste. »Genau deshalb bist du ja hier, weil wir wieder viel zu rechnen haben.« Er sah zur Tafel hinüber, die die Wand gegenüber dem Schreibtisch einnahm. Er kontrollierte, ob tatsächlich Kreide in der Ablage neben dem Schwamm lag. Dann sah er wieder zu Freeman. »Ich lass dich mal einen Augenblick allein«, erklärte er und ging zur Tür.

»Ted?«, protestiere Freeman.

»Ja?«

»Wolltest du nicht mit mir über meinen neuen Vertrag sprechen?«

»Das hat ja noch Zeit«, reagierte Ted. »Ich sehe die Einzelheiten durch und komme deswegen noch mal vorbei.« Damit verschwand er.

Freeman seufzte. Er war allein in einem Büro mit einer Tafel, der Kreide und Dingen, die man ihm über das Projekt erzählt hatte. Er hatte sich noch nicht entschieden, dem Projekt wieder beizutreten. Seine Skepsis war groß. Welchen Umfang konnte die Prallplatte eines Modells haben, das man für Testzwecke in die Atmosphäre schoss, welche Sprengkraft die dazugehörige Bombe? Wie viel Strahlung konnte das Erdmagnetfeld am magnetischen Nordpol aufnehmen? Wie viel Fallout wurde dadurch kompensiert? Welche Sprengkraft würde dazu passen? Freeman stand auf, nahm das erste Stück Kreide in die Hand und wickelte es an einem Ende aus seiner weiß-grünen Umhüllung. Ted lief an seinem Büro vorbei, sah ihn durch den offenen Türspalt an der Tafel stehen und grinste, ehe er wieder entschwand. Dann fing Freeman an, die erste Formel aufzuschreiben.

Bestsellerliste der New York Times, Oktober 1977
Sachbücher

1. *Art Buchwald*
   Der Mensch fliegt zum Pluto, und …
   Gesammelte Satiren über die Tücken der Technik

2. *James F. Fixx*
   Das komplette Buch vom Laufen

3. *Popular Mechanics*
   Strahlenschutz für Dummies
   Ratgeber

4. *Robert A. Caro*
   Burt Peterson – ein Mann erschließt das Sonnensystem
   Biografie

5. *Zbigniew Brzeziński*
   Die Risiken amerikanischer Überlegenheit im Orion-Zeitalter

IV

Donnerstag, 11. März 1976, 15:32:07 Central Standard Time, Callisto
T 25/08:35:07 [Tage/Std:Min:Sek]

Dave trat das Strompedal durch. Der Rover schüttelte sich und bezwang mit Mühe den nächsten, mit Kratern übersäten Hügel. Jede kleine Unebenheit war für ihn und Kester spürbar. Er fluchte. Auf dem Erdmond war es wahrscheinlich deutlich einfacher gewesen, das Fahrzeug zu bewegen. Da war er sich sicher. Kester grunzte neben ihm, während das Fahrzeug schon wieder über einen kleinen Krater ruckelte.

»Na«, fragte er ironisch, »sind Sie sicher, dass diese Rüttelpiste Sie wissenschaftlich schon viel mehr weitergebracht hat als der Landeplatz?«

»Hundertprozentige Sättigung mit Kratern«, entgegnete Dave knapp.

»Was?«

»Auf der Oberfläche gibt es keinen Ort, der keinen Einschlagskrater aufweist. Jetzt wissen wir das. An der Landestelle war ich dessen noch nicht sicher.«

»Ist ja großartig!«, gab Kester gelangweilt zurück. »Dann hat sich dieser verrückte Ausflug ja schon gelohnt.«

Dave hatte schon auf der Erde verstanden, dass der Kommandant, ähnlich wie Peterson, für die meisten wissenschaftlichen Ziele der Mission nicht zu begeistern war. Er hatte sich damit abgefunden. Manchmal fragte er sich, wie ihre Gespräche sich wohl anhören würden, wenn Houston in Echtzeit hätte mithören können wie bei fast allen Missionen vorher. Das eigentliche Ziel ihrer Fahrt immerhin schien ganz nach Kesters Geschmack zu sein.

Der Wagen ruckelte und der Kommandant gab ein sarkastisches Lachen von sich. »So wie Sie fahren, könnte ich jetzt auch mit meiner F-105 Luftlöcher jagen.«

Eigentlich wollte sich Dave mit der Oberfläche befassen, mit der Größe der Krater und ihrem Winkel. Stattdessen drängte es ihn ausgerechnet jetzt, eine Frage zu stellen, die ihm schon länger auf der Zunge lag.

»Als Sie in Europa geflogen sind, hatten Sie da eigentlich Atomwaffen an Bord?«

»Nein.« Wenn Kester über die Frage verwundert war, ließ er es sich nicht anmerken. »Wir haben die Abwürfe trainiert. Aber aufsteigen musste ich mit diesen Dingern nie. Es war vorgesehen, dass wir weit in den Warschauer Pakt vorstoßen sollten, um dort Ziele anzugreifen – nachrückende Bodenstreitkräfte. Für eine Rückkehr hätte es nicht genug Treibstoff gegeben. Wir wären also bei der Explosion draufgegangen.«

»Und das war in Ordnung für Sie?«

»Wenn es so weit gekommen wäre, wär uns das sowieso egal gewesen. Wenn man den Angreifer nicht abschrecken kann, ist schon alles zu spät. Um ihn abzuschrecken, muss man allerdings glaubwürdig sein und die Nummer durchziehen, wenn es dazu kommt.«

Dave schüttelte den Kopf. Er hatte nicht zum ersten Mal Schwierigkeiten, sich mit dieser Logik abzufinden.

»Sie leben, Sie sind frei, Sie machen diese Mission mit. Heutzutage sitzen andere als ich in Europa und machen meinen Job von damals. Wenn Sie mich fragen, gibt es da einen Zusammenhang.«

Daves Unbehagen wich nicht. Entgegnen konnte er aber auch nichts. Er sah nach vorn und konzentrierte sich darauf, den nächsten Krater so anzufahren, dass sie nicht umkippten.

»Die Sonde müsste bald in Sicht kommen«, stellte Kester fest.

Dave antwortete mit einem: »Hm.«

Der Rover rüttelte über einen weiteren Krater und Kester fluchte, als sein Steißbein einen weiteren Stoß abfangen musste.

»Sorry«, murmelte Dave und nahm das Tempo des Fahrzeugs zurück.

»Schon gut«, knurrte der Kommandant. »Vielleicht erzählen Sie mir ja mal, wie das bei Ihnen aussieht.«

»Was denn?«

»Was treibt Sie an? Ich wäre auch mit einer strategischen Patrouille für die Air Force zufrieden gewesen. Wissenschaftler durch die Gegend zu schippern ist auch okay. So ein Schiff zu steuern ist einfach das Richtige für mich. Wie ist das bei Ihnen?«

Dave überfuhr einen Krater, räusperte sich, ließ sich Zeit und sagte schließlich: »Ich bin nicht blind.«

»Wie meinen Sie das?«

Dave widerstand der Versuchung, anzuhalten und sich dem Skipper zuzuwenden, damit er auch mit den Händen reden konnte. Das hier war kein Spaziergang mit Janine oder den Freunden zu Hause. Er schluckte und verdrängte die Hoffnungslosigkeit, die ihn immer befiel, wenn er zu dieser Erklärung ansetzte. »Ich meine, ich bin nicht blind, aber alle anderen sind es schon.«

»Ach, wirklich?«

Da war sie wieder, diese Feindseligkeit, mit der er immer zu rechnen hatte. Da musste er jetzt durch. Schon wieder.

»Auf der Erde sehen Sie eine Wiese zwischen zwei Hügeln und Geröll. Ich kann sehen, dass die Gegend noch lange nach der Eiszeit unter Wasser gestanden hat, mit Ausnahme der Gipfel, die schroffer aussehen als der Rest. Ich kann sehen, dass ein Stückchen Steilküste mal mit einem anderen Kontinent oder einer Insel verbunden war. Ich kann sehen, dass unter diesem Eis Wasser sein muss, weil sonst die Meteoriten tiefere Einschlagskrater zurücklassen würden. Das Wasser federt die Einschläge ab. Fragt sich bloß, wie dick die Eisschicht ist und wie tief das Wasser. Da sind mehrere Kombinationen möglich. Der Punkt ist ...« Dave überfuhr einen weiteren Krater und suchte nach dem Punkt, auf den er hinauswollte. »... alle anderen sehen eine Landschaft, vielleicht, aber sie sehen die Bedeutung nicht. Ich habe meine Eltern als Kind gefragt, warum die Berge bei uns in Wyoming so sind, wie sie sind. Und sie haben mich nur mit diesen großen Augen angesehen. Alle können sehen, was früher auf der Erde passiert ist, wenn sie nicht in einer Stadt leben, und manchmal sogar da. Aber – sie sind blind dafür.«

Der Wagen ruckelte über einen weiteren Krater.

»Sie hatten bestimmt nicht so viele Freunde, die mit ihnen spielen wollten, oder?«, vermutete Kester.

»Doch klar«, gab Dave zurück, »ich habe einfach irgendwann gelernt, die Klappe zu halten.«

Sie hatten den Kamm des Hügels erreicht, der vor ihnen lag. Kester sah zuerst eine dünne Struktur, die vom Boden senkrecht in den Himmel zeigte.

»Da ist die Sonde«, verkündete er, »auf 11 Uhr.«

Dave brauchte einen Moment, um aus dem Pilotenjargon abzuleiten, dass er seinen Kopf nur ein wenig nach links zu drehen brauchte, um die Prospector-Sonde zu sehen. Dann entdeckte er sie auch. Das Geschaukel über die kraterübersäte Rüttelpiste würde nur noch wenige Yards lang anhalten, dann waren sie da. Die Sonde wurde größer. Dave konnte den plumpen Tank vom Landegestell und der Triebwerksdüse immer besser unterscheiden. Die Sonde stand auf fünf ausgeklappten Beinen. Der Greifarm stand links vom Torso ab, fast bis zum Boden herabgelassen, wie der Schwinger eines entspannt dastehenden Boxers, abgesehen davon, dass er spindeldürr war. Das Schlauchende befand sich außerhalb seiner Reichweite. Dave sah auf den Geigerzähler. Die Werte waren nicht erhöht. Das Triebwerk musste tatsächlich aus sein.

»EVA 2 an Beagle!«, meldete sich Kester. Dave registrierte, dass der Skipper selbst immer noch dazu neigte, lauter ins Funkgerät zu sprechen, wenn er jemanden rief, der sich nicht in Sichtweite befand. »Wir haben die Sonde erreicht. Schauen uns jetzt die Störung an.« Er beendete den Ruf mit »Over« und bekam keine Antwort.

»EVA 2 an Beagle, können Sie mich hören, Camden?« Kester seufzte und wandte sich an Gronowitsch. »Sie müssten beide über dem Funkhorizont sein, oder habe ich das falsch im Kopf?«

Dave ging kurz durch, was er über die augenblicklichen Orbits der beiden Schiffe wusste, und nickte eher unsicher, dafür verstärkt durch den Helm. Dieses Wissen war für ihn unwillkommen, aber notwendig, machte er sich klar.

»EVA 2 an Endeavour, können Sie mich hören, McKenzie?« Kester bekam erneut keine Antwort. »Was treiben die beiden da oben eigentlich die ganze Zeit? Halten die auf der Privatfrequenz ein Kaffeekränzchen ab?«

Dave zog die Augenbrauen hoch. Er spürte, wie irgendein Gedanke in seinem Kopf Gestalt annehmen wollte. Irgendeine Beobachtung, die er während des gemeinsamen Trainings gemacht hatte, wollte eine Rolle darin spielen.

»ENDEAVOUR, melden Sie sich!«

Der Moment ging und der Gedanke in Daves Kopf zerstob, als Kester nochmals ungeduldig das Schiff rief.

»Hier BEAGLE, Skipper. Was ist los?« Georginas Meldung hörte sich reichlich desinteressiert an, so sehr, dass es seiner Unverschämtheit glich, fand Dave. Er musste grinsen und tat es auch ungeniert, als ihm klar wurde, dass Kester dies hinter seinem verspiegelten Visier nicht sehen konnte.

»Ich hoffe wirklich sehr, dass wir Sie nicht allzu sehr stören bei, was immer Sie gerade tun«, gab Kester zurück. »Wir wollten Sie nur wissen lassen, dass wir die Sonde erreicht haben und jetzt mit unserer kleinen Reparatur anfangen.«

»Roger!«, quittierte Georgina.

Dave sah, wie Kester langsam nickte. Er stellte sich dazu eine ironische Grimasse vor.

Kester ging mit jenen kleinen, unbeholfen aussehenden Hüpfern, die sie bei dieser Schwerkraft machen mussten, auf die Sonde zu. Er steuerte die dünne Linie an, die links von ihr über das Eis lief. Dave folgte ihm.

»Ich habe jetzt die Leitung vor mir, über die Houston uns informiert hat, den Schlauch. Was genau sollen wir jetzt reparieren?«

Dave hatte eine klare Vorstellung davon, wie Georgina jetzt auf die Frage des Skippers reagierte. Der Funkspruch über die Sonde war nachts eingegangen – in der Freischicht, korrigierte Dave sich sofort, für die sie schon lange keine Wache mehr eingeteilt hatten. Es war leicht, den Anweisungen aus Houston zu trotzen, wenn die Funksprüche mit immer größerer zeitlicher Verzögerung eingingen. Das Anwachsen der Distanz erodierte die Autorität der Controller. Wie würde das alles wohl auf dem Rückflug sein? Auf jeden Fall hatte der Akustomat bei Eingang des Funkspruchs das Tonband eingeschaltet und die Mitteilung aufgezeichnet. Sie hatten das Band abgehört – wie jeden Morgen. Und Kester hatte Georgina befohlen, den Spruch auf der Schreibmaschine abzutippen. Sie hätten die Aufnahme zwar mit einem Wandler digitalisieren und anschließend abspeichern können. Die Computerfestplatten wurden aber so weit wie möglich von solchen Daten freigehalten. Sie sollten die automatisch gesammelten Messdaten der Schiffsinstrumente aufnehmen. Also erfassten sie wichtige Funksprüche mit der mechanischen Schreibmaschine, die an sich nur als Notbehelf vorgesehen war. Es war durchaus vernünftig, Georgina diese Aufgabe zu geben, während Kester und er die Landung auf Callisto vorbereiteten, dachte Dave. Aber natürlich hasste sie den »Tippsen-Job«. Kester konnte sich dagegen zu der Sache ein Grinsen nicht verkneifen, wenn er nicht in ihre Richtung sah. Also saß sie da, die großen Kopfhörer auf den Ohren, den Fuß am Pedal, das das zweite Tonbandgerät steuerte, und tippte ab. Die Aufgabe wurde zusätzlich dadurch erschwert, dass sich das Tonband nicht mehr richtig löschen ließ. Dave hatte etliche Male versucht, durch Aufnahmen von rein gar nichts die Geistergeräusche der vormaligen Aufnahmen zu beseitigen. Das von Telefunken stolz zur Verfügung gestellte Gerät magnetisierte die Bänder aber einfach nicht mehr gleichmäßig. Weitere Ersatzbänder gab es nicht. Also musste Georgina bei diesem verhassten Job auch noch ganz genau hinhören, um zu verstehen, was Houston ihnen mitzuteilen hatte.

Dave sah also im Geiste, wie Georgina die mühsam erkämpfte Abschrift des Funkspruchs zur Hand nahm.

»Richten Sie den selbstfahrenden Roboter am Ende des Schlauchs so auf, dass er wieder fahrbereit ist«, rezitierte sie. »Setzen Sie das Schlauchende am Roboter so an, dass die Oberfläche des Eises geschmolzen werden kann.«

Kester brummte hörbar. Dann schritt er in dem schwankenden, tapsigen Niedrig-G-Gang, den sie hier an den Tag legen mussten, nach links, an der Leitung entlang. Der Roboter war etwa so groß wie ein Schuhkarton. Er war mit seinen stählernen Raupenketten in einen der Krater gefahren, der vielleicht zehn Zoll tief war. Jetzt lag er im inneren Abhang des Kraters auf der Seite, halb eingewickelt in den Schlauch.

Kester winkte Dave heran. Das kleine Gefährt, an dem sonst nur die geringe Schwerkraft auf Callisto ein bisschen zog, wieder auf die Raupenketten zu stellen, war die Arbeit einer Sekunde. Dave nahm den Schlauch und legte ihn über den Arm, der sich auf der Oberseite des Fahrzeugs befand. Über Rollen auf dem Arm konnte der Roboter den Schlauch einige Zoll vor sich zur Erde herablassen. Dave besah sich das sorgfältig positionierte Schlauchende und nahm zur Kenntnis, was er schon wusste. Es handelte sich um zwei ineinandergeschobene Schläuche. Zwischen dem inneren und dem äußeren war genug Abstand, um, wie geplant, Dampf austreten zu lassen.

Kester ging einen Schritt zurück und breitete die Arme aus. »War das schon alles?«, fragte er, ohne sich vorschriftsmäßig bei der BEAGLE zu melden. »Sind wir den ganzen, weiten Weg bloß gefahren, um ein Matchbox-Auto wieder richtig hinzustellen?«

»Im Funkspruch stehen keine weiteren Anweisungen, EVA 2«, gab Georgina zurück.

Kester machte eine wegwerfende Bewegung mit der linken Hand. »Tja, dann hätten wir's ja. Kommen Sie, Mr. Gronowitsch. Die Rückfahrt übernehme ich.«

Der Skipper ging zum Rover und zwängte sich hinter das Steuer. Dave quetschte sich eiligst auf den Beifahrersitz. Er sah auf die Uhr. Sie hatten zweieinhalb Stunden bis hierher gebraucht und lagen jetzt gut in der Zeit. Kester trat auf das Strompedal und das Geruckel ging wieder los. Dave drehte sich einmal zur Sonde um, in dem Bewusstsein, dass er dieses Stück Technik nicht wiedersehen würde. Dann schaute er nach vorn. War es möglich, dass einige Bodenformationen durch die Beobachtung auf der Rückfahrt andere Schlüsse zulassen würden als auf der Hinfahrt? Das wäre nicht gut. Sie brauchten eindeutige Ergebnisse. Vielleicht sollte er jetzt einfach nicht so genau hinschauen? Dave verwarf diese Idee als albern. Immerhin saß er jetzt nicht mehr hinter dem Steuer und konnte sich die eisigen Krater ansehen, ohne abgelenkt zu sein. Sollte er also den Beobachtungen, die er jetzt machte, im Zweifelsfall gegenüber denen auf der Hinfahrt den Vorrang einräumen?

Der Wagen wurde auf eine Weise erschüttert, die Dave bisher noch nicht registriert hatte. Dann hielt er an.

»EVA 2 an BEAGLE«, rief Kester. »Der Rover ist stehen geblieben. Er reagiert nicht auf Stromzufuhr.«

»Roger, EVA 2!«, bestätigte Georgina ziemlich knapp und ziemlich ratlos.

Kester stieg aus, kniete sich hin und sah unter das Fahrzeug. Er verharrte so für mehrere Sekunden, drehte nur manchmal leicht den Kopf, was an den stets übertrieben wirkenden Bewegungen des Helms zu sehen war. Dave rührte sich nicht und überließ sein Schicksal der technischen Kompetenz des Skippers.

»Eine Radaufhängung ist gebrochen, vorne links«, verkündete der Kommandant unheilvoll. »Wir sind über einen frei liegenden Eisbrocken gefahren. Dabei hat es sie erwischt.«

Natürlich. Die einzelnen Brocken wurden durch die Einschläge von Meteoren in das Eis hochgeschleudert. Wenn der Brocken noch beweglich und nicht durch einen weiteren Einschlag erodiert war, konnte das höchstens ein paar Tausend Jahre her sein. Dann erinnerte Dave sich daran, dass es um ihrer beider Leben ging, und stieg aus dem Rover aus.

»Können wir das reparieren?«, fragte er dringlich.

»Ich wüsste nicht, wie«, gab Kester nach einer kurzen Denkpause zurück. Dave hockte sich neben dem Kommandanten hin. Der wartete seine nächste Frage nicht ab und wies mit dem Zeigefinger auf die Gabel, die sich um den Radnabenmotor im linken Vorderrad schmiegen sollte. Das Rad stand schräg, zum Fahrzeug hin gelehnt. Der untere Teil war gegen den innen liegenden Brocken gepresst, den Übeltäter in diesem Fall. Dave erkannte sofort, dass es der Überrest eines Meteoriten war. Die Verlängerung der Gabel war durchgebrochen. Das abgetrennte Stück wies verbindungslos zum abgetrennten Rad.

Kester war schon wieder aufgestanden. »EVA 2 an Beagle«, meldete er sich. »Wie stehen unsere Chancen, ohne den Rover zum Landeplatz zurückzukommen?«

»Hier Beagle. Sie haben zwei Stunden für den Trip gebraucht, Skipper.« Georgina hatte offenbar schon angefangen, ihre Lage zu analysieren. »Selbst wenn Sie den Sauerstoff aus dem Rover heraus wieder auffüllen, werden sie es nicht in sechs Stunden zurückschaffen. Die Strecke ist einfach zu lang.«

Kester fluchte. Einen zweiten Rover gab es nicht. Schon die Apollo-Missionen hatten auf Raketen verzichten müssen, mit denen ein einzelner Astronaut vom Mond wieder hätte starten können, wenn seine Mission dort in der Falle saß. Das »Lunar Escape System« wäre zu schwer geworden.

»Wir sitzen fest!«, entfuhr es Dave.

Kester reagierte nicht.

Dave stand auf, sah zu den Sternen über ihnen hinauf, als ob es zwischen ihnen eine Antwort geben könnte, und hockte sich wieder hin. Er sah erneut unter den Rover.

»Können wir das Teil nicht durch ein anderes ersetzen?«, fragte er und kam sich sofort dämlich dabei vor.

»Kein Ersatzteil da«, brummte Kester. »Wenn Sie denken, dass Sie etwas improvisieren können, dann nur raus damit!«

»Ich rechne gerade etwas für Sie aus, Skipper!« Die ohne formelle Meldung gemachte Durchsage von Georgina kam überraschend.

Dave registrierte, dass der Kommandant nicht antwortete, sondern zu Boden starrte. Wusste er, welche Art von Lösung der Pilotin vorschwebte? Improvisieren ...

»Eis!« Dave sprach das Wort einfach aus, ohne zu überlegen.

»Was?«, fragte Kester konsterniert nach.

»Es liegt hier überall herum. Und es ist fest.«

»ULYSSES an EVA 2!« *Was will Peterson denn jetzt?*, dachte Dave. Als Kester antwortete, hörte es sich für ihn an, als würde er dasselbe denken.

»Kester hier.«

»Schaffen Sie es zurück zum Landeplatz?«

»Das ist unsicher ULYSSES. Im Moment weiß ich nicht, wie wir wieder mobil werden sollen.«

Sie hatten nur einen Rover und den für diese Spezialmission verwendet. Selbst wenn man drei Mann auf einen Rover hätte packen können – es gab einfach nichts, womit die Mannschaft der ULYSSES sie hätte abholen können.

»Roger, EVA 2! Geben Sie jede Änderung der Lage durch!«

Kester schnaubte ob dieser Demonstration von Hilflosigkeit und antwortete: »Verstanden.« Dann schwieg er einen Augenblick und fragte schließlich: »Was haben Sie eben über Eis gesagt?«

»Dass es fest ist und hier überall herumliegt.«

Kester seufzte. »Hilft uns das jetzt irgendwie weiter, möglichst bevor uns der Sauerstoff ausgeht?«

Dave produzierte eine jener Denkpausen, von denen er längst wusste, wie verhasst sie dem Kommandanten waren. »Die Sonde kann Wassereis schmelzen, oder?«

»Ja«, pflichtete Kester ihm ungeduldig bei. »Sie tankt geschmolzenes Wasser, das dann im nuklearthermischen Antrieb verdampft wird, wodurch der Vortrieb entsteht. Wieso?«

»Wenn wir die beiden Bruchstücke mit flüssigem Wasser umgeben können, das anschließend gefriert, können wir sie reparieren.«

Dave wartete die Sekunden ab, in denen seine Gesprächspartner normalerweise immer Unglauben, Ablehnung oder Zweifel ausformulierten, der Kommandant sowieso.

»Reden Sie weiter«, drängte Kester.

»Wir haben zwei Bohrer«, erklärte Dave. Die Idee fing jetzt erst an, in seinem Kopf genauere Gestalt anzunehmen. Krampfhaft versuchte er, sich räumlich vorzustellen, wie der Plan umzusetzen war – und scheiterte ein ums andere Mal. Ein halbwegs erfasstes Detail führte zum nächsten. Immer wieder ließ er den Film ablaufen, bis doch alles passte. Er hielt die Lösung in seiner Vorstellung als Standbild fest, kniff die Augen zusammen und sprach weiter: »Bohren Sie mit dem dünnen Bohrer ein tiefes Loch und setzen Sie mit dem dicken ein nur halb so tiefes drauf. Das schmale Bruchstück kommt in das kleine Loch. In dem breiten darüber halten wir die beiden Teile aneinander und gießen das Ganze mit Wasser aus. Dann legt sich das Eis fest um beide Teile und hält sie zusammen.« Dave ballte die Finger seiner Rechten zu einer Faust.

»Kommt das überhaupt irgendwo flüssig raus?«, fragte Kester. »Ohne den Atmosphärendruck und bei der Temperatur erstarrt es doch sofort, oder nicht?«

»Fragen Sie einen Physiker. Ich habe keine Ahnung!«

Kester seufzte wieder. »Kein Verlass auf Zivilisten«, schien Dave die passendste Übersetzung zu sein.

»Beagle von EVA 2!«, rief der Kommandant.

Georginas »Hier Beagle!« ließ einige Sekunden auf sich warten.

»Wie viel Latenz haben wir zur Erde?«

Diesmal kam die Antwort schnell: »Eine Stunde, 46 Minuten.«

»Nehmen Sie Ihren Bohrer, Dave«, befahl Kester. »Mir fällt jetzt auch nichts Besseres ein. Und ehe wir von der Erde irgendwelche Ideen bekommen, sind wir schon tot.«

Ich bin in Lebensgefahr, dachte Dave. *Es fühlt sich nicht so an, aber ich bin es tatsächlich. Scheiße!* Es war leicht, zum Heck des Rovers zu gehen und den Bohrer auszupacken. Er hatte den Plan gemacht, der sie retten sollte, und Kester verließ sich darauf. Konnte das gut gehen? Dave nahm den großen Bohrer von der Ladefläche, fluchte innerlich, legte das Gerät wieder hin und nahm den kleinen. *Konzentrier dich*, dachte er. *Es ist dein Plan!*

»Beagle von EVA 2«, rief Kester.

»Hier Beagle.« Georgina klang neutral.

»Können Sie die Eisverdampfung der Sonde ferngesteuert starten?«

Die Pilotin der Beagle zögerte. »Roger, EVA 2!«, kam es schließlich zurück. »Ich kann das checken. Wenn wir damit anfangen, während Sie da sind, werden Sie gegrillt wie Brathähnchen!«

»Falls Sie die radioaktive Strahlung damit meinen – wir werden in Deckung gehen. Ich denke nicht«, ergänzte Kester gedehnt und ausdrucksvoll, »dass Sie einen Plan haben, bei dem weniger Strahlung freigesetzt wird, oder?«

Dave registrierte, dass Kester ganz offenbar auf etwas Bestimmtes anspielte, eine andere Lösung für ihr Problem, die irgendeinen gewaltigen Haken hatte. Was konnte das sein? Er hatte jetzt keine Zeit, das herauszufinden. Sie hatten keine Zeit! Sie mussten zum Landeplatz zurückkommen und dabei noch Sauerstoff übrig haben. Es wurde auf jeden Fall knapp. Den Weg zurück zur Sonde mussten sie zu Fuß antreten, und zwar so schnell wie möglich! Er legte sich den kleinen Bohrer, der in die pistolenförmige Maschine eingespannt war, über die Schulter. Den größeren nahm er mit der Linken. Er ging los, ohne auf Kesters Anweisung zu warten, und sagte: »Die Bruchstücke müssen noch mit.« Tatsächlich beeilte sich der Kommandant, die beiden Teile der Aufhängung am Rover aufzusammeln und hinterherzulaufen.

»EVA 2, hier Ulysses. Was haben Sie eigentlich vor?«

Kester antwortete Peterson sofort. »Mr. Gronowitsch hat einen Plan entwickelt, mit dem wir eine Reparatur des Rovers improvisieren können, Sir. Wir fangen gerade damit an.«

Es knackte und knarzte auf der Frequenz. Dave konnte sich das Rauschen für über eine Minute anhören, ehe sich Peterson wieder meldete. »Roger, EVA 2, halten Sie mich auf dem Laufenden!«

So macht man das eben als Expeditionskommandant, dachte Dave. *Wenn einem zur Rettung des eigenen Personals selbst nichts einfällt, kann man immer noch Berichte anfordern.*

»EVA 2 von Beagle.«

»Hier EVA 2«, meldete sich Kester korrekt und genervt.

»Wir können die Sonde fernlenken. Ich habe die Dokumentation dazu ganz unten im Aktenschrank gefunden, unter ›U‹ wie ›unwichtig‹. Von mir aus kann's losgehen.«

Kester brummte: »Wie schön, dass Sie unsere kleinen Probleme hier unten so ernst nehmen, Camden!«

Ich bin in Lebensgefahr, versuchte sich Dave innerlich zu überzeugen. *Mir droht auf diesem verdammten Mond die Luft auszugehen. Dann werden sie mich hierlassen, statt mich auf der Erde zu begraben. Der Kommandant fängt an, sich auf meinen fadenscheinigen Plan zu verlassen. Und die beiden frotzeln noch über Funk über die Situation. Wer weckt mich auf aus diesem Albtraum?*

»Lassen Sie den Reaktor hochfahren und beginnen Sie mit dem Schmelzen von Eis«, befahl Kester, während er Dave weiter hinterherlief. »Wir nähern uns unter Deckung an, so weit es geht.«

»Unter Deckung?« Georginas Stimme transportierte Unglauben und Spott. »Da ist überall offenes Gelände. Wo wollen Sie denn dort unterkriechen? Haben Sie da irgendwo eine Skihütte gesehen?«

Dave fand es bereits schwierig, sich auf das Laufen über die kraterübersäte Ebene und auf das Tragen der Bohrausrüstung zu konzentrieren. Auf der Innenseite seines Helmvisiers bildete sich ein erster nebliger Film. Hoffentlich beschlug es nicht völlig! Dennoch – es ging nicht anders. Er musste reden.

»Erinnerst du dich an den Krater rechts hinter der Sonde, Georgina?«

»Du meinst, im Südwesten? Du bist doch sonst immer so pingelig mit den Himmelsrichtungen, Mr. Geoscience!«

Muss sie jetzt wirklich witzig sein? Dave riss sich zusammen. »Wir umgehen die Sonde«, erklärte er, »und legen uns im Krater hin, während der Reaktor arbeitet. Dann reparieren wir das Teil und verschwinden so schnell wie möglich.«

Georgina schnaubte. »Keine Ahnung, wie viel Strahlung ihr dabei abbekommt. Wird schon reichen, um ein paar Spareribs zu grillen, schätze ich.«

Sie wird immer in diesem schnodderigen Tonfall reden, dachte Dave. *Machen wir einfach ein Mantra daraus: Ja, du bist in Lebensgefahr, ja du bist in Lebensgefahr. Das hier passiert wirklich. Das ist keine Pokerrunde mit Georgina und den Jungs im Aufenthaltsraum in Houston.*

»Wie viel hat die Sonde getankt, bevor der Roboter ausgefallen ist?«, erkundigte sich Kester.

»Augenblick!«

Dave überwand den nächsten Krater und stellte sich vor, wie Georgina vom Funktisch mit seinem Schwanenhalsmikrofon aufstand, um an der Konsole mit den Telemetrieanzeigen Werte abzulesen, die sie über Funk von der Sonde abrufen konnte. Und wie sie dann bei der geringen Bordschwerkraft wieder vorsichtig zum Funktisch zurücklief.

»Der Tank ist etwas mehr als halb voll.«

Dave sah das Instrument vor seinem geistigen Auge. Die Position der Nadel zwischen den Teilstrichen so lässig anzugeben, fiel tatsächlich leichter, als eine konkrete Zahl in Gallonen oder gar Litern anzugeben.

»Das reicht, um die Sonde zu starten, nachdem sie das Wasser geschmolzen hat«, erklärte Kester. »Wir müssen erst zwei Löcher bohren. Dann lassen Sie vom Reaktor so viel Wasser schmelzen wie möglich. Noch bevor das alles getankt ist, starten Sie die Sonde.«

»Ohne den Roboter an Bord zu nehmen?«

»Genau, dann holen wir das restliche Wasser aus dem aufgetauten Reservoir im Boden und gießen es ins Loch. Die Strahlung sollte gering sein, wenn der Reaktor weg ist.«

»Aus dem Antrieb kommt Wasserdampf raus, der direkt im Reaktor erhitzt worden ist!«, wandte Georgina ein.

»Die Strahlung wird geringer sein als die direkte Abstrahlung aus dem Reaktor«, gab Kester zurück.

Georgina schnaubte wieder. Dave zuckte zusammen, als das Geräusch in seinem Kopfhörer ein lautes Knacken verursachte. Beinahe wäre er über den nächsten Krater gestolpert. Kesters Vermutung hing jetzt über ihnen im Äther. Hätten Sie eine direkte Verbindung zu Houston gehabt, hätten ihnen die Controller bereits mitgeteilt, wie viele Millisievert sie bei welchem Vorgehen abbekommen würden. Die göttlichen Eingebungen aus Mission Control aber waren knapp zwei Stunden außer Reichweite.

»Wir machen es so«, entschied Kester.

Mangels Alternativen, dachte Dave.

»Sie dürfen nicht mit dem Eis in Kontakt kommen, das aus dem Triebwerk herunterrieselt.« Georgina schien sich mit dem Plan abzufinden.

»Wir decken das Loch ab, in dem das Wasser flüssig bleiben soll«, ergänzte Kester. »Wir nehmen den Bohrer dafür und lassen ihn hier.«

Ein Glück, dachte Dave, während er weiter über die Krater stolperte. *Den muss ich nicht zurückschleppen.*

Die Sonde kam schemenhaft in Sicht. Ihre Helmlampen waren gerade hell genug, um sie zu erahnen.

Kester stolperte angestrengt an Dave vorbei und gab die Richtung vor. Links von der Sonde sammelten sie den fahrbaren Roboter und das Ende des Wasserschlauchs ein. Kester umklammerte beides mit der behandschuhten Linken. Dann liefen sie nach rechts um die Sonde herum zum großen Krater. Kester stellte den Roboter ab, als sich der Schlauch straffte und keinen weiteren Schritt mehr zuließ. Dann fädelte er das Ende wieder in den Arm des Roboters ein. Dave spürte, wie er den Bohrer abnahm und auf dem Eis am Boden aufstützte. Er war sich nicht sicher, dass er selbst den Entschluss gefasst hatte, das zu tun. Er wartete Kesters Weisung nicht ab und bohrte wenige Zoll tief. Dann kniete er sich hin, tauschte den Bohrsatz aus und setzte den breiten Bohrer auf das schmale, schon vorhandene Loch. Das Eis spritze heftig weg, als er kurz auf den roten Knopf drückte. Kester brachte ihm die beiden Bruchstücke der Aufhängung. Dave schob das Stück, das nur noch aus einer dünnen Stange bestand, in das Loch. Es verschwand fast ganz darin. Nur die ausgefaserte Bruchstelle ragte noch hervor. Dann ließ er sich das Teil mit dem gegabelten Ende anreichen und hielt es an das Gegenstück. Im breiteren Loch war genug Platz für das Wasser, das sich gefrierend um die Bruchstelle legen sollte.

»Wie kriegen wir das da wieder raus?«, fragte Kester. »Das Eis wird sich an den Wänden des Lochs festsetzen.«

»Der Meteorit, der fünf Yards von hier eingeschlagen ist – in dem Krater muss Kies sein! Können Sie davon etwas holen?« Dave zeigte nach Südosten.

»Woher wissen Sie das?« Kester ließ sich seine Verblüffung anmerken.

»Er ist schräg eingeschlagen. Der Kamm da drüben besteht aus Eis, das beim Einschlag hochgeschleudert worden ist. Er wurde noch nicht von anderen Meteoriten getroffen. Der Einschlag muss also vor kurzer Zeit passiert sein.«

Kester winkte ab und machte sich in die angegebene Richtung auf.

Dave spielte mit dem Bruchstück der Aufhängung, das er in der Hand hielt, herum. Würde das Wasser lange genug flüssig bleiben? Wer konnte ihnen garantieren, dass der Rover mit dem dicken Eisklotz an der Radaufhängung überhaupt fahren konnte? Sie mussten jetzt alles auf diese Karte setzen. Einen anderen Weg gab es nicht. Und wenn es doch einen geben sollte, war offenbar niemand bereit, ihm zu erklären, wie der aussehen sollte. Kester kam zurück. Sein vorsichtiges Hüpfen über die Krater wirkte noch komischer als sonst, da er die beiden Hände zu einer mit Kies gefüllten Schale geformt vor sich hielt.

Dave griff sich einige Brocken und stopfte sie rund um das ins Eis gesteckte Bauteil in das kleinere Loch – und merkte, dass sie nicht nach unten durchrutschten.

»Das Eis darf nirgendwo festfrieren«, bemerkte Kester dringlich.

Dave nahm die beiden Bruchstücke wieder raus, schüttete Kiesel in das Loch und verpresste sie mit dem Finger in dessen Wandung, mit dem Erfolg, dass nur vereinzelt Brocken herunterfielen. Dann schob er das Bruchstück wieder hinein. Das untere glitt nicht mehr weit genug hinein.

Dave fluchte, tauschte die Bohraufsätze aus und vertiefte das schmale Loch um eine Winzigkeit. Dann stopfte er die Teile wieder hinein und umgab sie mit dem Meteoritenkies. Es sah anders aus als vorher. Das in den Boden gesteckte Stück stand leicht schief. Es schien aber zu passen. Von der Bruchstelle war so viel zu sehen, dass das Wasser drum herumlaufen konnte. Dave fing an, das größere Loch mit Kies auszukleiden, und achtete vorsichtig darauf, das Bruchstück nicht zu erschüttern.

»Kommen Sie«, rief Kester. »Wir gehen in Deckung.« Sie liefen den Abhang des großen Kraters hinauf.

»Starten Sie die Sonde, Beagle!«, befahl Kester.

»Reaktor wird hochgefahren«, gab Georgina zurück. »Bleibt schön mit dem Kopf unten, Leute. Sonst werdet ihr gebrutzelt.«

Dave fühlte, wie sich die Kälte des Eises, auf das er sich legte, sich durch den Raumanzug fortpflanzte. Die Heizung des Anzugs reagierte sofort und versuchte gegenzuhalten. Dennoch wurde ihm kalt. *Wie lange werden wir das aushalten?*, fragte er sich.

»Reaktor ist kritisch«, meldete sich Georgina. »Auftanken der Sonde beginnt gleich.«

Dave widerstand der Versuchung, über den Kraterrand zu schauen. Die Strahlung aus dem Reaktor breitete sich jetzt aus.

Das »Matchbox-Auto«, wie Kester es getauft hatte, der kleine fahrbare Roboter, sollte jetzt den doppelten Schlauch mit seinem Arm auf die Eisoberfläche pressen. Vom Kernreaktor erhitztes Wasser wurde als Dampf aus dem äußeren Schlauch heraus auf die Oberfläche gedrückt. Das dadurch geschmolzene Eis wurde durch den inneren Schlauch in den Tank der Sonde geleitet. Im Kernreaktor überhitzter Dampf war das, was die Sonde antrieb, wenn sie von Eismond zu Eismond hüpfte, um auf ihnen Proben zu sammeln und damit letztendlich zur Erde zurückzufliegen. Die HERA genannte Sonde hatte auf diese Weise drei natürliche Satelliten des Jupiters abgeklappert, nachdem die BEAGLE sie vor Wochen ausgesetzt hatte. Monde, die sie als bemannter Teil von Odyssey nicht besucht hatten, standen im Mittelpunkt dieses Teilprojekts. Die Chance, zusätzliche Bodenproben auf Callisto einzusammeln, wollten sich die Wissenschaftler aber auch nicht entgehen lassen.

»Machen Sie ruhig komplett voll, BEAGLE, wenn das irgendwie hilft«, befahl Kester. »Wenn der Rover am Ende wirklich fährt, werden wir es auf jeden Fall schaffen. Kritisch ist jetzt der Zeitraum nach dem Abheben, die Zeit, in der das Wasser wieder gefriert.«

»Aye, Skipper!«, gab Georgina ungerührt zurück.

»Wir hätten jetzt Zeit zum Beten«, bemerkte Kester und wandte den Kopf zu Dave.

»Keine Ahnung, wie das geht«, entgegnete der Geologe. »Hab mir nie Gedanken darüber gemacht. Und Sie?«

Kester ließ sich einen Moment Zeit mit der Antwort. »Immer wenn die Maschine kurz vorm Absturz war, ging das ganz automatisch. Ich habe keine Ahnung, was genau ich da eigentlich vor mich hin gebrabbelt habe.«

»Vielleicht kriegen Sie es gleich raus!«

»Ritzen Sie meine Worte doch ins Eis, wenn Sie sie interessant finden!«, gab Kester zurück.

»Die Sonde wird es so bis zur Erde schaffen«, meldete sich Georgina. »Das Wasser im Tank wird dafür reichen. So können wenigstens die Scheißproben zurück, die sie schon gesammelt hat. Ich kann den Roboter mitsamt Schlauch nicht an Bord nehmen. Wenn er dem Dampfstrahl beim Start hinterherklappert, steht er das nicht lange durch. Also programmiere ich den Rückflug zur Erde ein. Woanders wird das Ding nicht mehr tanken können. Bin gleich fertig damit. Steht alles im Handbuch.«

»Mit Handbüchern kennen Sie sich ja aus, Camden!«, grummelte Kester. Georgina schnaubte durch den Funk. Dave fragte sich, welche Anspielung er verpasst hatte, und kam nicht drauf.

»Drei, zwei, eins, Start!«, verkündete Georgina lakonisch.

Unwillkürlich blickte Dave nach oben. Die Sonde war in der Dunkelheit ein verschwommener Schemen, der sich schnell, lautlos und senkrecht durch das Bild bewegte, ehe er am oberen Rand seines Visiers verschwunden war. Sie konnten nicht so rennen wie auf der Erde. Dave erinnerte sich erst daran, als er aufstand. Sie stießen sich mit jedem Schritt weit genug ab, um ein paar Fuß schwebend zu überbrücken und dann weiter zu hüpfen. *Wenn du jetzt stolperst, reißt du dir den Anzug auf,* dachte er.

»Was nehmen wir für das Wasser?«, keuchte Kester hektisch.

»Probenbeutel«, presste Dave hervor. Das »Die Frage fällt Ihnen ja reichlich früh ein« ließ er unausgesprochen.

Sie erreichten das Loch, aus dem die Sonde Wasser gezogen hatte. Um sie herum fiel der Schnee, einzelne, winzige Flocken, die aus radioaktiv verseuchtem Eis bestanden, wie Dave sich erinnerte. Sie hatten an den Anzügen keinen Geigerzähler, der ihnen die Stärke der Strahlung ins Ohr knattern konnte. Er musste gleich auf das Rundinstrument an seinem Arm schauen, wenn er Zeit dazu hatte. Sie mussten das Hüpfen rechtzeitig zu Ende bringen, bevor sie das Eisloch erreichten. Dave verkleinerte die Sprünge und ging leicht in Rückenlage. *Nur nicht zu viel,* dachte er. *Jetzt nur nicht hintenüberfallen.* Er machte die letzten Trippelschritte hin zum Eisloch, als er den Reißverschluss am Oberarm aufzog und einen Probenbeutel herauszog. Sein Visier war fast vollständig beschlagen. Er roch seinen eigenen Schweiß, hörte sein Keuchen und spürte das Hämmern seines Pulses. *Wir sind zu spät,* dachte er. *Das Wasser ist längst wieder gefroren. Wie soll es anders sein? Das ganze Unternehmen ist umsonst. Wir werden hier jämmerlich ersticken.*

Was er in den Probenbeutel füllte, war etwas, was er noch nie gesehen hatte, eine gallertartige Masse, die er nie im Leben als Wasser erkannt hätte. Die Kälte fuhr ihm in die Fingerknochen, als er die Handschuhe darin eintauchte. Kester hatte auch einen Probenbeutel herausgeholt und tat es ihm gleich. Gemeinsam stapften sie zu dem Bohrloch, in dem sie ihren jämmerlichen Konstruktionsaufbau zurückgelassen hatten. Dave konnte sehen, wie sich Eiskristalle im Beutel ausbreiteten, während er ihn wieder öffnete. Was er in das Loch schüttete, war eine feuchte, bröckelige Eismasse. Sorgfältig stopfte er das größere Loch aus. Kester tat auf der anderen Seite dasselbe und hielt dabei das Bruchstück fest, das sie oben angesetzt hatten. Eiskristalle klebten an Daves Handschuhen. Radioaktives Eis, erinnerte er sich. Er war mit Wasser in Kontakt gekommen, das durch den Reaktorkern geleitet worden war. Noch konnte er die Bröckchen abrupfen, ohne dadurch die Handschuhe zu zerreißen. In das aufgefüllte Loch ließ sich nichts mehr hineinstopfen. Die letzten Eisbrocken verbanden sich nicht mehr mit der Oberfläche, die sie geschaffen hatten. Kester nahm das obere Bruchstück zwischen seine behandschuhten Finger und zog vorsichtig daran, rüttelte, zog erneut, zog den sich langsam lösenden Eispfropf aus dem mit Kies aufgefüllten Loch und hielt ihre seltsame Konstruktion vor sein Visier.

Sie sah lächerlich aus. Die beiden Bruchstücke standen nicht in einer Linie. Die Aufhängung hatte jetzt einen Knick. Das Eis war ein zerbrechlicher Zylinder mit einer amorphen Oberfläche, nicht länger als eine Hand, nicht dicker als eine Espressotasse. Die beiden Stücke rutschten nicht heraus. Das gallertartige Eis war offenbar auch in das Innere der Rohrstücke geflossen und hielt sie erst mal zusammen. Dave war erleichtert und besorgt zugleich.

»Das wird halten?«, sprach Kester ihre gemeinsame Frage aus.

»Keine Ahnung« erwiderte Dave. »Ich bin Geologe und kein Ingenieur.«

»Auf geht's, Doc McCoy!« Kester erhob sich. »Wir müssen hier weg.«

Sie waren etwa 100 Yards in Richtung des liegen gebliebenen Rovers gelaufen, als Kester anfing, sich mit der freien linken Hand den Schnee vom Anzug zu wischen, den radioaktiven Schnee. Dave sah auf den Geigerzähler.

»Radioaktivität leicht erhöht gegenüber der Hintergrundstrahlung. Das ist hier ohnehin kein Paradies für Körperzellen.«

»Schauen Sie mal, ob ich noch Schnee auf dem Tornister habe«, befahl Kester. »Auf der Oberseite muss ja noch welcher sein.«

Dave klopfte die Flocken herunter. Es war eine dünne Schicht aus trockenen Kristallen, die vor seinen Handschuhen davonflogen und, mangels Luftwiderstand, blitzschnell zu Boden schossen. Kaum vorstellbar, dass sie gefährlich waren.

»Drehen Sie sich um«, befahl Kester, um ihm anschließend denselben Dienst zu erweisen.

Sie gingen weiter, hüpften von Kraterrand zu Kraterrand, bis sie den Rover erreichten. Sie redeten ohnehin nicht viel. Dave fiel auf, dass sie gar nichts mehr sagten, als Kester sich daranmachte, die mühevoll wieder zusammengebastelte Aufhängung am Rover zu befestigen. Der Schraubenschlüssel lag immer noch da, wo sie ihn auf dem Boden liegen gelassen hatten. »Festhalten!«, schnappte der Kommandant auf einmal.

Dave tat wie ihm geheißen und umklammerte den Rahmen des Fahrzeugs, hielt ihn an der versehrten Ecke so weit nach oben, dass er wieder parallel zum Boden stand. Kester setzte ihre merkwürdige, erschreckend fragil aussehende Konstruktion auf und schraubte. Und fluchte. Sie befestigten das abgetrennte Rad mit seinem schweren Radnabenmotor an der Aufhängung und ließen den Wagen stehen. Die Aufhängung hing durch. Das Rad stand nach innen leicht schräg.

Tod auf Raten, dachte Dave. Kester fluchte und setzte sich hinter das Steuer. Der Wagen brach nicht zusammen, auch nicht, als Dave sich auf seinen Platz schob. Kester trat auf das Strompedal und fuhr an. Dave fixierte das Rad. Es eierte.

»EVA 2 an ULYSSES«, meldete sich Kester beim Expeditionschef. »Der Rover fährt. Wir haben ihn behelfsmäßig repariert.« Kester sprach das letzte Wort mit besonderer Verachtung aus. »Keine Ahnung, wie lange er bei welcher Geschwindigkeit durchhalten wird. Wir können jedenfalls nicht langsam fahren. Uns läuft die Zeit davon.«

»Roger, EVA 2!«

Wenn wir hier sterben, wird es einsam und ohne jeden menschlichen Zuspruch sein, realisierte Dave. *Wir verrecken einfach. Roger, EVA 2!* Peterson überlegte wahrscheinlich gerade, wie er nach einem Scheitern der Mission im Falle einer Rückkehr zu Hause den Kopf aus der Schlinge ziehen konnte.

Der Wagen rumpelte vor sich hin.

»Das ist jämmerlich!«, beschwerte sich Kester. »Das Material ... Wir können viel robusteres Material an Bord nehmen! Fahrzeuge, die nicht kaputtgehen, mit gepanzerten Druckkabinen, strahlengeschützt!«

Dave wunderte sich. Er hatte Kester noch nie irgendetwas Negatives über das Programm sagen hören. Bisher war er immer davon ausgegangen, dass der Kommandant stets die Fahne der NASA hochhalten würde, sogar gegen die eigene Überzeugung. Andererseits, in ihrer Lage ...

»Auf dem Mars könnten sie einen ganzen Schiffsrumpf voll mit Material mit dem Fallschirm runtergehen lassen. Alles könnten sie mitnehmen – große Fahrzeuge, Gebäudeteile aus Stahl und Beton, einen größeren Kernreaktor zur Stromversorgung, was sie wollen! Wir gehen hier nur zugrunde, weil sie uns diese zerbrechlichen Apollo-Klamotten mitgegeben haben, die vielleicht drei Tage halten. Das ist wirklich – überflüssig!«

»Was denken Sie, was wir beim Gebrauchtwagenhändler für diese Karre noch kriegen, Skipper?«, fragte Dave, weil ihm gerade nichts Dämlicheres einfiel.

»Keine Ahnung«, gab Kester zurück. »Ich schätze, er könnte mal wieder eine Dose Lack vertragen.«

Sie schwiegen. Kester ließ den Rover Krater für Krater überwinden. Sie fuhren, das Rad eierte und die Zeit verging. Kester meldete ihre vermutliche Distanz zum Landeplatz in regelmäßigen Abständen an die Ulysses. Sie wurde in quälender Langsamkeit kleiner – aber sie wurde kleiner.

»Wenn das klappt, Mr. Gronowitsch, dann gebe ich Ihnen ein Softeis aus, wenn wir zurück sind«, witzelte Kester. Danach dauerte es eine Weile, bis die Radaufhängung erneut brach und der Wagen nach rechts wegsackte.

Dave fand sich mit seinem Tod ab. *Ich habe das alles hier gesehen*, sagte er sich, *Dinge, die vorher nie ein Mensch gesehen hat. Schade, dass ich niemandem davon erzählen kann.* Er dachte an Janine. Sie würde es nicht leicht haben. Das Risiko aber hatte sie gekannt.

»Ulysses, her EVA 2«, meldete sich Kester. Und es klang schlicht, als hätte er einfach keine Lust, irgendetwas zu sagen. »Der Wagen kann nicht mehr weiter. Wir sitzen fest.«

»Ihre Position, EVA 2?«, fragte Peterson.

»Wir sind noch weniger als eine Meile entfernt. Der Sauerstoff reicht aber nur noch für zwei Minuten.«

»Verstanden.«

Kester fluchte. »Vielleicht ist es besser, wenn Sie den Helm lösen, sobald Sie merken, dass die Luft knapp wird, Mr. Gronowitsch. Dann geht es schneller.«

Dave ging im Kopf durch, wie die Klammern zu öffnen waren, als er merkte, dass die Symptome schon längst eingesetzt hatten. Die Luft im Helm war noch stickiger geworden als sonst. »Ich schätze, dass wir ohnmächtig werden, Skipper«, erklärte er. »Wenn der CO_2-Gehalt steigt, werden wir dadurch betäubt.«

»Na, großartig!«, blaffte Kester. »Sie können ja gerne so lange warten, bis es bei Ihnen so weit ist.«

»EVA 2, hier ULYSSES!« Petersons Stimme klang etwas gehetzt. »Wir sind gleich in Sichtweite.«

»Was?« Kester drehte sich um, in die Richtung, in die er hatte rennen wollen. Zwei Gestalten in voluminösen weißen Anzügen kamen den Hügelkamm herunter, der sich am Horizont entlangzog.

»Hätten Sie uns nicht sagen können, dass Sie uns entgegenkommen?«, beschwerte sich Kester. Seine Stimme wurde rauer.

»Wir wussten nicht, ob wir Sie rechtzeitig erreichen.« Dave erkannte Perreiras Stimme durch den Funk, noch bevor ihm die gelben Armbänder auffielen, die der zweite Raumfahrer trug.

»Machen Sie Ihre Ventile für die Zuführung von Sauerstoff klar«, befahl Peterson.

Dave sah an sich herunter, fasste das Ventil ins Auge, über das er gleich Sauerstoff erhalten würde, ehe sich die Schwärze von rechts und links über seine Augäpfel legte und er spürte, wie er fiel.

Kirk: »Mr. Scott, wie schnell können wir das Schiff mit dem Impulsantrieb abbremsen?«

Scott: »Innerhalb von vier Minuten bis zum Erreichen des Standardorbits, Captain. Wenn wir sechs Prozent mehr Energie auf das Prallfeld legen, wird es nicht kollabieren, wenn wir mehr Sprengsätze pro Sekunde abwerfen. Sollte es jedenfalls nicht.«

Kirk: »Fangen Sie an! Miss Uhura, melden Sie der Kolonie, dass wir eintreffen werden, ohne mit ihr zu kollidieren.«

Uhura: »Aye, Captain.«

Scott: »Bremsmanöver gestartet.«

Die Brücke ruckelt.

Aus dem Drehbuch der Episode
»Lord Bobby's Obsession« der Fernsehserie
Star Trek – The New Adventures, *Dezember 1977*

V

Samstag, 23. März 1962, 11:28:54 Western Standard Time, Vandenberg Air Force Base, Kalifornien
T minus 5076/23:28:06 [Tage/Std:Min:Sek]

Sie hatten schon große Teile des Geländes besichtigt und Kennedy hatte viele Fragen gestellt, ungeduldige Fragen. Fragen nach der Sicherheit der Standleitungen, Fehlern, die in den SAGE-Computern auftauchen konnten, nach Übermüdung bei Controllern oder Piloten. Fragen, die auf die Möglichkeit eines versehentlich ausgelösten Atomkriegs abzielten. Power hatte ihnen seine Kenntnisse und seinen Optimismus entgegengestellt.

»Ich denke, dass wir so etwas wie die Kuba-Krise zukünftig vermeiden können«, erklärte er. »Alle Abmachungen, die wir mit den Sowjets diskutieren, gehen dazu in die richtige Richtung. Der heiße Draht zwischen den Verteidigungsministerien, keine Maßnahmen gegen Frühwarnsatelliten – das wird uns helfen, die Lage zukünftig unter Kontrolle zu halten. Und – ja!«, rief er aus. »Dann haben wir noch das hier!«

Der General schritt zu dem Modell, das in der Mitte des kleinen Raumes aufgestellt war, den sie gerade betreten hatten. Sein Präsident folgte ihm mit skeptischem Blick. Das Modell stand auf einem quadratischen Sockel, war etwa fünf Fuß hoch, bestand aus einem gedrungenen, bombenförmigen Rumpf, zahlreichen Stützen darunter und einer kreisrunden Platte, auf der das Schaustück stand. Es war an der Außenhaut mit zahlreichen Details versehen.

»Das ist unser Schlachtschiff«, verkündete Power. »10 000 Tonnen schwer«, ergänzte er, als Kennedy das Modell zweifelnd in Augenschein nahm, ohne zu reagieren.

»Sie kennen ja das Prinzip. Die Bombenmagazine sind im Innern. Von da werden die Nukleartreibsätze hinter die Prallplatte geschleudert, wo sie explodieren und das Schiff antreiben. Was ich faszinierend finde«, Power trat näher an das Modell heran und öffnete eine kleine Tür im Rumpf, »sind diese kleinen Details, die für das Modell angefertigt worden sind.«

In der winzigen Kammer hinter der Tür lag kleines Flugzeug mit Deltaflügeln, das aus schwarzem Plastik hergestellt war. Der General nahm es heraus, hielt es hoch und drehte es im Lampenlicht.

»Wir nennen sie die Beiboote«, erklärte er. »Mit ihnen soll der Mannschaftsaustausch stattfinden, ohne dass das Raumschiff dafür selbst auf der Erde landen muss. Sie sollen auf Basis der X-20 entwickelt werden, die Boeing gerade plant.«

Kennedy nahm das kleine Modell mit einem Zwinkern beider Augen zur Kenntnis.

»Das Ganze sieht für mich immer noch wie völliger Wahnsinn aus«, bemerkte er.

Powers Kopf zuckt ruckartig zu seinem Oberbefehlshaber herum.

»Nun, ich denke, die Vorteile liegen ganz klar auf der Hand«, entgegnete er vorsichtig. »Niemand kann diese Schiffe angreifen, bevor sie gegebenenfalls in Aktion treten. Niemand wird *uns* angreifen, wenn wir sie haben. Unsere Wissenschaftler haben inzwischen weitere Pläne zur Bewaffnung gemacht. Neben nuklear bestückten Raketen wird es auch eine Strahlenwaffe geben, eine Plasmakanone, die einen starken Schuss abfeuern kann, wenn man sie vom Schiff abgesetzt hat. Sie verfügt über einen eigenen Atomsprengsatz, dessen Detonation ein Metallrohr verdampft. Dadurch entsteht der konzentrierte Plasmastrahl. Das Schiff kann sich damit besser verteidigen und auch einzelne ausgewählte Ziele auf der Erdoberfläche zerstören.«

Kennedy machte eine angewiderte Grimasse. »Wie sicher sind wir überhaupt, dass die Sowjets so ein Ding bauen?«

»Nun, Mr. Dulles hat an seiner Einschätzung keine Zweifel gelassen, Sir«, entgegnete Power. Dabei legte er das kleine, schwarze Plastikflugzeug mit einer akkuraten Bewegung in das Fach am Raumschiffsmodell zurück. »Wenn die Sowjets umgekehrt herausfinden wollen, wie weit wir schon mit Orion sind, könnten sie auf ihren Satellitenbildern nichts Besonderes erkennen. Dafür sind wir noch zu weit im Anfangsstadium. Umgekehrt wird uns das also auch so gehen. Dass sie ein Orion-Raumschiff haben, erfahren wir also erst, wenn sie mit dem Bau begonnen haben und wenige Monate von dessen Start entfernt sind.«

»Und wenn sie das ganze Projekt nur verfolgen, weil wir so ein monströses Ding bauen? Was ist, wenn wir an diesem weiteren Wettrüsten schuld sind?«

Power schloss die kleine Tür, hinter der das zukünftige Raumflugzeug wieder seinen Platz gefunden hatte, und trat einen Schritt vom Modell zurück. »Ich denke, die Berichte sind klar. Sacharow ist auch ohne unsere Unterstützung auf diese Idee gekommen. Die Sowjets wissen, dass eine solche Konstruktion möglich ist. Also werden sie sie irgendwann bauen. Wollen Sie in einer Welt leben, in der die Sowjets über solche Raumschiffe verfügen und wir nicht?«

Power sah seinen Präsidenten an, der, wieder einmal, in dieser leicht nach vorn geneigten Haltung dastand, die unmöglich gesund sein konnte. Kennedy fletschte in der für ihn typischen Weise die Zähne, während er nachdachte.

»Was ich nicht will, ist ein weiteres Wettrüsten«, antwortete er.

»Selbst wenn es das gibt«, gab Power leichthin zurück, »muss das unbedingt schlecht sein? Sie haben ja mein Memoranden zur Verlängerung der Alarmzeiten bekommen. Die Welt könnte so sicherer werden. In jedem Fall gilt:« Er ließ sich Zeit damit, den abschließenden Satz in den Raum hineinzusprechen, damit er in der Luft hängen bleiben und sich ausbreiten konnte. »Wer Orion beherrscht, beherrscht die Welt.«

* * *

Donnerstag, 9. August 1962, 16:32:44 Central Standard Time, Sheppard Air Force Base, Texas

T minus 4937/14:24:16 [Tage/Std:Min:Sek]

Der berühmte Gast saß im Büro des Kommandanten – wo auch sonst? Georgina wusste nicht, was diese eine Frau gerade jetzt auf dem Stützpunkt zu tun hatte, aber das war ihr auch egal. Es war Jackie! Wer sollte ihre eigene Situation besser verstehen als diese Frau?

Jackie saß dort in ihrer Air-Force-Uniform samt Rock und Mantel. Sie drehte gerade den gläsernen Aschenbecher des Kommandanten im

Uhrzeigersinn durch die Finger ihrer linken Hand. Vor ihr lag eine aufgeschlagene Akte auf dem Tisch, in der mit einer großen Büroklammer ein Passbild befestigt war. Georgina erkannte sich, obwohl das Bild von ihr aus gesehen verkehrt herum lag. Sie hasste das Foto. Sie hatte mit dem Air-Force-Schiffchen auf dem Kopf besonders streng ausgesehen, als es gemacht worden war, und auch so geschaut.

Sie hatten Jackie Cochran ihre Personalakte gegeben, der Frau, die als erste die Schallmauer durchbrochen hatte. Das konnte doch nur etwas Gutes bedeuten, oder nicht?

»Kommen Sie rein, Kadett!«, befahl die berühmte Pilotin, als Georgina schon im Büro stand.

Georgina trat noch einen Schritt näher an den Tisch heran.

»Wie ich sehe, haben Sie sich gut eingelebt?«

»Sir?« Sie hätte auch ganz einfach ›Ja‹ sagen können. Letztlich wollte sie aber doch wissen, wie eine völlig fremde Frau zu dieser Erkenntnis kommen konnte.

Jackie Cochran sah zum ersten Mal von Georginas Akte zu ihr auf. »Sie wissen bei den theoretischen Tests die richtigen Antworten, Sie machen so viele Extra-Flugstunden wie möglich. Colonel Wylie sagt, dass Ihre Flugleistungen über dem Durchschnitt ihrer Klasse liegen.«

Sie hatte es ja gewusst! Das hier war etwas Gutes.

»Was wir uns jetzt noch fragen, ist, ob Ihnen klar ist, in welcher Organisation Sie sich befinden.«

»Sir, in der U.S. Air Force, Sir.«

»Entscheidend ist dabei, dass Sie sich auch danach verhalten!« Jackies Stimme war jetzt deutlich schneidender, so als hätte Georginas simple und zweifellos zutreffende Antwort sie verärgert. »Denken Sie, dass Sie sich danach verhalten?«

Wenn Georgina eines in den ersten Wochen bei der Air Force gelernt hatte, dann war es, dass Schweigen oder Rumeiern sie nicht weiterbrachten. Sie musste immer so antworten, als sei sie völlig überzeugt von dem, was sie sagte, selbst wenn der Ärger deswegen schon abzusehen war. Im anderen Fall waren die Konsequenzen einfach noch schlimmer.

»Sir, ja, Sir.«

»Wie kam es eigentlich dazu, dass Lieutenant Worthington Sie für die Flugausbildung empfohlen hat, Kadett?«

Also das! Die Antwort hatte sie einstudiert.

»Wir haben in einem Lokal über das Fliegen geredet und er hat gemerkt, dass ich schon einiges darüber gelernt hatte. Später hat er mich auf den Stützpunkt eingeladen und mir die F-101 vorgeführt. Da habe ich ihm erzählt, was ich schon alles über die Maschine wusste.«

»Lieutenant Worthington hat in seiner Empfehlung geschrieben, dass Sie sich zu einer Gefahr für die nationale Sicherheit entwickeln werden, wenn Sie keine Pilotenausbildung bekommen. Was hat er damit gemeint?«

»Keine Ahnung.« Das war kein von zwei »Sir« eingerahmter Antwortsatz, wie ihn die Air Force gerne hatte. »Ich glaube, der Lieutenant hat bloß einen Scherz gemacht, Sir«, schob Georgina mit festerer Stimme hinterher.

Jackie Cochrans Blick war intensiver geworden. Sie wandte sich ab, machte einen Schritt zum Stuhl des Kommandanten, schaute auf den Boden, sah dann wieder Georgina an.

»Sie kennen die Dienstvorschriften der Air Force in Bezug auf Ehebruch?«

»Sir?«

»Kennen Sie sie oder nicht?«

»Sicher, Sir. Wir sind darauf hingewiesen worden.«

»Dann sollte Ihnen ja bekannt sein, dass Sie vor einem Militärgericht schlechte Karten haben werden, wenn Sie Offiziere oder andere Kadetten in irgendeiner Weise ... ermutigen.« Sie zögerte vor dem letzten Wort und schaute Georgina in diesem Moment besonders streng an.

Georgina seufzte innerlich. Klar hatten Vorgesetzte und Kameraden bei ihr landen wollen, aber so dämlich war sie nicht. Alle ihre Eskapaden fanden im Urlaub zu Hause statt, auch wenn ihr diese Zurückhaltung schwerfiel. Dafür durfte sie fliegen! Da war nur die Zeit vor der Akademie, Howard und die anderen.

»Ja, Sir, das ist mir bekannt«, antwortete sie.

Jackie Cochran trat dicht an sie heran, sie blieb eine Handbreit entfernt von ihr stehen. »Frauen in der Air Force haben es besonders schwer, besonders wenn sie fliegen. Wir können niemanden gebrauchen, der es uns unnötig schwer macht, weiter in dieser Organisation zu bestehen. Das sollten Sie wissen! Sie stehen unter Beobachtung.«

Jackie Cochran entfernte sich wieder von ihr und ging zum Stuhl am Schreibtisch zurück, ohne sich darauf zu setzen. Sie stützte sich nur mit dem linken Arm auf der Lehne ab.

»Ich habe das mit Colonel Wylie entsprechend besprochen. Ich werde monatliche Berichte darüber erhalten, wie Sie sich führen. Haben Sie noch Fragen, Kadett?«

Hatte sie? Georgina stutzte. Ganz offensichtlich wurde kein »Ja« von ihr erwartet. Was für Fragen hätte sie an Jackie Cochran gehabt, bevor sie sich hier erstmals begegnet waren? Wie war der Überschallknall? Welches Muster fliegen Sie heute? War die Überführung von Flugzeugen im Zweiten Weltkrieg gefährlich? Schließlich öffnete Georgina nach einer immer länger werdenden Schrecksekunde, die Cochran zunehmend irritierte, den Mund. Und es kamen Worte heraus. »Haben Sie ... haben Sie echt ...« Sie stammelte. Stammeln war nicht gut. »Haben Sie wirklich gesagt, dass Sie nicht fliegen können?«

»Wer?«, fragte Cochran scharf.

»Die Mercury 13. Haben Sie wirklich gesagt, dass Frauen nicht in den Weltraum fliegen können und dass die NASA deshalb kein solches Projekt verfolgen soll?«

Die berühmte Pilotin Jackie Cochran sah jetzt nicht mehr irritiert, sondern verblüfft aus. »Das ist komplizierter«, brachte sie unsicher hervor. »Es ging bei meiner Aussage vor dem Ausschuss darum, dass die Kandidatinnen kein Ingenieursdiplom hatten, so wie die Astronauten bisher. Deshalb ...«

»Weil da nämlich Gerüchte im Umlauf sind«, ging Georgina schnell dazwischen. »Sie wissen schon, Gerüchte, ich meine – fuck!«

Jackie Cochran zuckte zusammen.

Georgina fluchte nochmals innerlich. Anscheinend konnte sie tatsächlich nie mit einem Offizier sprechen, ohne zu fluchen, so wie man es ihr immer nachsagte.

»Alle sagen, dass Sie diese Aussage nur gemacht haben, weil Sie sonst nicht mehr die beliebteste Pilotin der USA wären, sondern eine Astronautin«, brachte Georgina schließlich hervor.

Jackie Cochrans Augen wurden schmal. Ihr Mund stand halb offen und ihr Unterkiefer schob sich vor, ehe sie antwortete. »Es gibt so vieles, was Sie nicht wissen, Kadett. Außerdem reden wir hier über Sie. Wenn Sie nicht aus der Air Force fliegen wollen, rate ich Ihnen, ganz schnell Ihren Tonfall zu ändern und sich einzufügen, viel besser einzufügen als bisher!« Die letzten Worte hatte sie fast geschrien. Georgina wusste aus leidvoller Erfahrung, wie solche Empfänge im Zimmer des Kommandanten normalerweise zu enden pflegten, mit einem hingeschnarrten: »Wegtreten!« Jackie Cochran, die berühmte Pilotin, machte heute eine Ausnahme. Sie atmete einmal heftig ein, lief schnurstracks zu Tür und zischte: »Wir behalten Sie im Auge, Kadett! Sie wissen, was Sie zu tun haben.« Dann war sie verschwunden.

Und Georgina antwortete: »Ja, weiß ich.«

* * *

Mittwoch, 17. Oktober 1962, 07:18:15 Central Standard Time, Huntsville, Alabama

T minus 4868/23:38:45 [Tage/Std:Min:Sek]

Was Ryan an Huntsville gefiel, war, dass sie sich ein Haus leisten konnten. Nicht dass es besonders luxuriös gewesen wäre – ein geducktes, mit weißen Holzlamellen verkleidetes Eigenheim mit Schieferschindeln auf dem Dach. Die meiste Zeit über ließen sie tagsüber die Haustür offen, sodass der Eingang nur durch das Fliegengitter versperrt war, ein Detail, das genauso war, wie Ryan sich das als Teil seines Lebens im Süden vorgestellt hatte.

Wegen des Fluges musste er nicht zur Arbeit. Der Flug wiederum ging so spät, dass er an einem Mittwoch länger schlafen konnte, so lange, wie die Kinder es zuließen. Sohn und Tochter machten eben ganz schön Lärm, während sie das Frühstück vorbereiteten. Sybil versuchte hörbar und vergeblich, ihr Getöse zu dämpfen. Das »Ssschh – Daddy schläft noch!« drang bis zu ihm. Also erhob er sich gottergeben, schlurfte in seinem gestreiften Pyjama und den Pantoffeln die offene Treppe hinunter zum Klo, wobei er der Familie in der Wohnküche zuwinkte und ihr »Guten Morgen!« verschlafen erwiderte. Nach dem Toilettengang blieb er so angezogen, wie er war, und setzte sich an seinen angestammten Platz.

»Kaffee, Schatz?«, fragte Sybil mit der Geschäftsmäßigkeit einer Truck-Stop-Bedienung.

»Hmhm«, stimmte er zu.

»Warum fliegst du noch mal nach Kalifornien, Dad?«, meldete sich Paul.

»Euer Dad hat da zu arbeiten, Schatz«, erklärte Sybil die professionelle Kinderdompteurin, um ihren müdigkeitsgeschwächten Ehemann von der Pflicht zur Abgabe einer Antwort zu entlasten.

»Wir sprechen dort über den Raumschiffsantrieb, von dem ich euch erzählt habe«, antwortete Ryan dennoch und erhielt dadurch sofort einen skeptischen Seitenblick von seiner Frau.

»Der bum, bum macht?«, hakte Paul sofort nach, während er sich noch eine Löffel Cornflakes in den Mund schob. Loren tat gerade dasselbe und brachte es fertig, gleichzeitig zu kichern.

»Rede nicht so über die Arbeit deines Vaters!«, befahl Sybil streng.

Paul öffnete Augen und Mund weit, so wie er es immer tat, wenn er sich keiner Schuld bewusst war und den Tadel seiner Mutter nicht verstehen konnte. Von irgendwoher hatte Sybil eine mit Kaffee und Milch gefüllte Tasse hergebracht und vor ihm abgestellt. Ryan konnte erstmals an diesem Morgen seine Hände um den Keramikbecher mit dem indianischen Schmuckmotiv legen und durchatmen. Es bestand noch Hoffnung für diesen Planeten.

»Ja, den, der bum macht«, antwortete er schließlich. Sybil zog einen Flunsch.

»Bum!«, machte Loren und kicherte.

»Wir reden in La Jolla darüber, ob die NASA das Schiff gebrauchen kann, so wie es jetzt gebaut werden soll, und wofür.«

»Toll!«, sagte Paul mit echter Begeisterung.

»Es wird Zeit«, verkündete Sybil. »Macht euch für die Schule fertig.«

Paul trank hastig seinen Kakao aus und Loren ließ enttäuscht ihren Löffel in den Teller sinken.

Seltsame Momente, dachte Ryan, *in denen man feststellt, wie sehr man seine Kinder liebt. Mehr Kaffee, ich brauche mehr Kaffee.* Er nahm noch einen Schluck und gähnte anschließend herzhaft. Dieser Morgen war anders als die übliche Fahrt ins Büro. Er nahm sich von Anfang an nicht so zusammen, wie er sollte.

»Weißt du schon, ob du die neue Stelle in dem Zentrum in Houston bekommen wirst?«, fragte Sybil, nachdem die Kinder lärmend davongezogen waren, um ihre Schulsachen zu holen.

Ryan schüttelte den Kopf, bevor er eine Sekunde lang über eine Antwort nachgedacht hatte. Dann versuchte er erneut, genug Konzentration für ein vernünftiges Gespräch zusammenzubringen.

»Enders hat gesagt, dass es nicht schlecht aussieht. Entschieden ist aber noch nichts. Wahrscheinlich können Sie mir in zwei Wochen mehr sagen.«

»Wenn du dich ins falsche Projekt verrennst, könnte jemand anders die Stelle bekommen«, erklärte Sybil dringlich und nicht zum ersten Mal.

Ryan nickte angestrengt. Unfreiwillige Ausflüge in die Welt der normalen Erwachsenen verursachten ihm in solchen Momenten stets zusätzliche Kopfschmerzen. Raumfahrt war für Sybil keine Leidenschaft, sondern etwas, das Kellogs-Flocken auf den Tisch brachte. Daran erinnerte sie ihn immer wieder. Die Kinder kamen zurück, mit ihren Ranzen auf den Rücken, und nahmen von ihrer Mutter die fertig bestückten Brotboxen entgegen. Sybil hatte daran gedacht, Paul seine geliebte Astronauten-Box herauszusuchen. Das Motiv auf dem Köfferchen zeigte eine bemannte und geflügelte Rakete, eine rotierende Raumstation und Raumfahrer auf der Oberfläche eines mit einem blauen Himmel gesegneten Planeten. Lorens Gegenstück war mit einem Schneewittchen-Motiv bedruckt. Sybil gab ihnen einen vorsichtigen Kuss auf die Wange. Paul und Loren winkten Ryan ein fröhliches »Bye, Dad!« zu und ließen sich dann von ihrer Mutter zur Tür hinausschieben. Etwas Kaffee hatte er noch.

Während des Fluges nach Los Angeles hatte Ryan diesmal keinen Ted Taylor bei sich, der einem konsternierten Publikum in der Passagierkabine den Orion-Antrieb erklärte. Er ertappte sich dabei, dies zu bedauern. Die meiste Zeit über legte er jedoch im Geiste seine Hand auf den Steuerknüppel der Boeing. In seinem Kopf bog sich das Metall an den Flügelwurzeln, wenn Turbulenzen auftraten. Er wusste genau, welche Spanten am Rumpf in diesen Momenten besonders belastet wurden – und dass sie halten würden. *Warum fliege ich nicht selber wieder?*, fragte er sich. *Weil diese Entwürfe zu machen sogar spannender ist als das Fliegen*, antwortete er sich.

Das Treffen in La Jolla bei General Atomics war diesmal für den folgenden Tag eingeplant. Ryan traf am Empfang Ted wieder, der ihn freudig begrüßte. Und dann war da noch jemand, an den er sich gut erinnern konnte. Ted begleitete ihn in den Konferenzraum. Nach wie vor durfte er aus Geheimhaltungsgründen im Gebäude keinen Schritt allein zurücklegen. Freeman Dyson saß schon am Tisch und war ehrlich begeistert.

»Mr. Thomasson, wie lange ist das her? Ich habe schon gehört, dass Sie es zur NASA geschafft haben. Wie wunderbar!«

Der schmale Mann mit dem Habicht-Gesicht, der großen Nase und dem britischen Akzent stand vom Stuhl auf, kam Ryan entgegen und schüttelte ihm die Hand. Sie nahmen Platz. Ted stellte gefüllte Kaffeetassen auf den Tisch. Und Dyson fing an, den anderen Sitzungsteilnehmern über ihre Bekanntschaft zu berichten, während Ted beiläufig nickte. Bud Pyatt gehörte wieder zur Runde, ebenso Astl, der Ryan von seinem Platz aus mit einer gehobenen Hand begrüßte.

»Als Ted gerade erst anfing, über den Antrieb nachzudenken, und mir erste Briefe dazu an das Institut in Princeton schickte, habe ich diesen jungen Mann hier kennengelernt.« Ryan zog eine gequälte Grimasse. Ihm war nicht klar, wie drei Jahre Altersunterschied gegenüber Dyson ihn zum ›jungen Mann‹ machen konnten. »Ich habe damals ein paar Vorlesungen an der Universität gehalten, auf deren Einladung«, fuhr Dyson fort. »Tatsächlich war ich damals am Institute for Advanced Study. In einer der Vorlesungen habe ich den Orion-Plan dann vor meinem Publikum erwähnt.«

»Noch so ein Bruch der Geheimhaltung«, schmunzelte Ryan.

»Von Geheimhaltung hat mir damals noch niemand etwas gesagt«, gab Dyson zurück.

»Das hätte Ted vielleicht tun sollen«, erwiderte Ryan und grinste Ted dabei an. Der grinste schief zurück und setzte sich endlich an den Tisch.

»Wie früh war das denn«, fragte Dyson, »56, 57? Na, jedenfalls …« Er wandte sich an sein dreiköpfiges Publikum, das erste Anzeichen von Langeweile zeigte. »Jedenfalls haben wir damals schon nach einer Schwingungsdämpfung für die Prallplatte gesucht. Mr. Thomasson ist nach der Vorlesung, während der ich so indiskret war, auf mich zugekommen, hat mir erklärt, wie interessant er das Projekt findet, und mir weitere Fragen gestellt. Und schließlich habe ich ihm angeboten, dass er mir Entwürfe für entsprechende Stoßdämpfer zukommen lassen kann. Als er sie mir tatsächlich gebracht hat, schickte ich sie Ted.«

»Sie sind als verantwortlich für die Auto-Lösung?«, meldete sich Bud Pyatt zu Wort. »Das wusste ich noch gar nicht.«

»Konzentrisch angeordnete Gummireifen zwischen der Prallplatte und ihrer Halterung«, nickte Ryan. »Gasfederbeine zwischen Halterung und Raumschiffsrumpf. Ich dachte mir, wozu etwas Neues erfinden, wenn die Autoindustrie das Problem schon gelöst hat.« Die Umsitzenden schmunzelten.

»Die ersten Zeichnungen waren tatsächlich schon zwei Tage später fertig«, ergänzte Dyson und nickte, beeindruckt von Ryans lange zurückliegenden Leistung. »Ich habe Ted damals gesagt, dass wir Sie uns warmhalten müssen, bevor Sie uns jemand anders wegschnappt.«

Es wurde Zeit, das Steuer in die Hand zu nehmen, bevor es noch mehr Äußerungen gab, die Ryan in Verlegenheit brachten. »Ich nehme an, dass es heute um mögliche wissenschaftliche Missionen der NASA geht, die mit den Raumschiffen durchgeführt werden können, richtig?«

Die Runde nickte. Dyson grinste schwach und ließ sich darauf ein, den persönlichen Small Talk wieder zu verlassen.

»Ich habe mit Thomas Power vom Strategischen Bomberkommando gesprochen.« Ryans Verkündung löste rund um den Tisch Verblüffung aus.

»Darüber hast du mir noch gar nichts erzählt!«, protestierte Ted.

»Ich bin eben manchmal für eine Überraschung gut«, grinste Ryan. »Ich habe dann in Huntsville berichtet und ein Memo verfasst, das an alle NASA-Zentren verschickt worden ist. In Kurzfassung lautet deren Reaktion: Die NASA kann sich vorstellen, Wissenschaftler auf Patrouillenflüge der Air Force mitzuschicken, die dann mit eigenen Raumfahrzeugen von dort aus den Mars ansteuern oder die Monde von Jupiter und Saturn. Militärische Schiffe für Forschungsreisen zu nutzen, hat eine lange Tradition. Das wird nicht als problematisch angesehen. Ich glaube, die sind dort ganz froh, wenn sie ihre Ziele erreichen können und dabei selbst nichts mit Atombomben zu tun haben müssen.«

»Das heißt, wir bleiben im ersten Schritt mit der Air Force im Geschäft«, erklärte Astl.

Ryan nickte. »Es sieht so aus.« Dann schaute er zur Seite und schüttelte den Kopf.

»Was ist denn?«, fragte Ted nach.

Ryan nahm einen Kugelschreiber auf und fing an, ihn zwischen den Fingern zu drehen. »Ich habe mir die ältesten Entwürfe und Aufzeichnungen angesehen, die ich damals von Ihnen bekommen habe.« Er nickte Dyson zu, der ihn, so wie die anderen, aufmerksam und fragend ansah. »Und ich denke, wir können eins mit diesen Raumschiffen nicht tun, auf der Erde nicht und auch sonst nirgendwo.«

»Und was wäre das?«, fragte Bud Pyatt ungeduldig.

»Landen.« Ryan wiegte den Kopf. »Wir können auf keinen Fall so landen, wie wir starten. Bis Politiker daran glauben, dass man mit Atombomben etwas antreiben kann, ist noch einiges an Überzeugungsarbeit zu leisten. Und jetzt stellen Sie sich mal vor, wie sich ein Schiff auf die Erde herabsenkt und dabei reihenweise explodierende Atombomben abwirft, um abzubremsen. Das macht niemand mit!«

»Wir hatten vor, die Start- und Landeplattformen in der Arktis zu verankern«, erwiderte Ted.

Ryan entging nicht, wie Dyson dazu eine säuerliche Grimasse machte. »Mit welcher Präzision wird das gehen?«, fragte der Brite sofort. »Was passiert, wenn Treibsätze im Wasser explodieren und die Plattform zerstören?«

»Die Air Force will ihre Crews mit Raumflugzeugen austauschen«, warf Astl ein. »Es gibt davon Modelle. Ich habe eins auf der Vandenberg Air Force Base gesehen. Die haben nicht vor, mit den großen Orion-Schiffen auf der Erdoberfläche zu landen. Die starten mit schön explosiven chemischen Treibstoffen«, ein Grinsen ging über Astls Gesicht, »und kommen im Gleitflug wieder zurück, so wie das für die X-20 geplant ist.«

»Ja, ich habe die Entwürfe gesehen, trotzdem«, ergänzte Ryan fast missmutig, »ein Mehrfacheinsatz eines Orion-Raumschiffs wie bei jeder x-beliebigen Boeing kommt nicht infrage. Ich habe es ausgerechnet: Neue Nukleartreibsätze mit chemischen Raketen zu starten, lohnt sich einfach nicht. Die Schiffe erst zu starten und dann auf diese Weise zu ›betanken‹, wäre viel zu teuer und umständlich. Eine Landung kommt, wie gesagt, auch nicht infrage. Was also tun?«

»Arbeite einfach weiter am Konzept, Thommy«, sagte Ted mit einem begütigenden Lächeln. »Dir fällt schon eine Lösung ein.«

»Meinst du?«, murrte Ryan.

»Na, klar! Ich kann doch sehen, dass du dich an dem Problem festgebissen hast. Du kriegst das schon hin. Und während du dich um die Treibstoff-Logistik kümmerst, sehen wir zu, dass wir hier den Antrieb einmal zum Laufen bekommen. Wir können bald Prallplatten auf einem Teststand mit chemischen Sprengstoffen durchprüfen, wie du vielleicht schon weißt. Als Nächstes werden wir einen Orion-Flugkörper in der Atmosphäre mit einem Nukleartreibsatz testen, damit wir endlich vorankommen! Die Vorbereitungen dafür laufen schon. Ich habe für dich die Einzelheiten zusammengestellt, damit du sie der NASA berichten kannst.«

Während Ted zufrieden mit den Fingern der Linken auf einen lindgrünen Pappdeckel klopfte, der auf dem Tisch vor ihm lag, fing Dyson neben ihm an, sich ungeduldig auf dem Stuhl zu winden. Ryan sah ihn fragend an. In Teds Leitung der Runde wollte er keineswegs eingreifen. Der britische Physiker kam wieder zur Ruhe, kaute dabei an seiner Unterlippe und sah aus dem Fenster. Es herrschte einen Augenblick lang Schweigen. Ted öffnete den Aktendeckel und besah sich das zu oberst liegende Blatt.

»Gibt es irgendein Problem?«, fragte Ryan schließlich doch.

»Es ist die Strahlung«, antwortete Dyson und schüttelte dabei den Kopf.

»Wir sind das alles durchgegangen, Freeman«, gab Ted zurück und drehte ungeduldig seine Handflächen nach oben. »Ein Start in der Nähe des magnetischen Nordpols senkt die Belastung um das Zehnfache.«

»Bei jedem Start erkrankt irgendwo ein Mensch an Krebs«, erwiderte Dyson scharf und ließ seine flache Rechte dabei nachdrücklich auf den Tisch fallen, anscheinend resigniert darüber, dass er immer wieder dasselbe Argument vorbringen musste, ohne beim anderen etwas damit zu bewirken.

»Das kannst du so nicht sagen«, widersprach Ted. »Du hast nur ein Risiko von 0,1 % festgestellt. Das heißt: Normalerweise wird überhaupt niemand krank.«

Dyson schüttelte den Kopf. »Es gibt das Risiko.«

Astl wiegte den Kopf. »Es gibt immer Tote, wenn man eine neue Technik ausprobiert.«

»Sie meinen die Piloten«, konterte Dyson.

»Ja«, gab Astl widerwillig zu.

»In diesem Fall geht es darum, dass irgendein unbeteiligter Mensch durch die Strahlung krank wird, der keine Chance hat, sich das auszusuchen.«

»Schauen Sie sich die Verschmutzung der Luft mit Industrieabgasen an«, reagierte Bud Pyatt heftig. »Oder die Unfälle im Straßenverkehr. Ich gebe Ihnen Brief und Siegel darauf, dass durch diese Techniken viel mehr Menschen ums Leben kommen, als dies bei den Orion-Raumschiffen jemals der Fall sein wird. Deswegen haben wir aber auf die auch nicht verzichtet.«

»Entscheidend ist, dass wir über das Risiko Bescheid wissen. Wir können jetzt nicht guten Gewissens eine Technologie verfolgen, durch die die Bevölkerung einer höheren Strahlenbelastung in der Atmosphäre ausgesetzt ist«, antwortete Dyson. »Sie können das nicht und ich auch nicht, weil wir wissen, dass wir irgendjemandem damit schaden werden.«

Ted presste seinen Mund zu einer schmalen Linie zusammen. Er stützte sich mit den Ellenbogen auf dem Tisch auf, eine geballte Faust erhoben. »Und was sollen wir deiner Meinung nach tun, Freeman? Alles einstellen?«

Es wurde still im Raum.

»Das musst du selbst wissen«, gab Dyson schließlich zurück, etwas ruhiger als zuvor.

»Es ist nicht mal sicher, ob der eine Fall pro Start eintritt. Eine Chance von 0,1 % bedeutet, dass es mit einer Wahrscheinlichkeit von 90 % nicht zu einer Krebserkrankung kommt. Ich finde das Risiko«, er zögerte »eher hypothetisch.«

»Wenn ich dir aufgrund meiner thermodynamischen Berechnungen sagen konnte, dass die Prallplatte die Belastungen aushalten wird und das Schiff überhaupt fliegen kann, hast du das nicht als ›hypothetisch‹ angesehen«, erregte sich Dyson.

Ryan blickte in die Runde. Astl und Pyatt sahen sehr betreten aus. Er hatte den Eindruck, dass sie nicht zum ersten Mal sahen, wie sich die beiden maßgeblichen Persönlichkeiten des Projekts miteinander stritten.

Ted ließ sich keinen Ärger anmerken. Er breitete die Hände aus und lächelte, bevor sich seine Finger fanden und ineinander verschränkten. »Ich weiß«, sagte er ruhig. »Diesmal schon.«

* * *

Samstag, 20. Juli 1963, 13:28:49 Eastern Standard Time, Washington D. C.
T minus 4592/18:28:11 [Tage/Std:Min:Sek]

Pflugscharen, dachte Freeman Dyson, *sind wirklich ein zu schwaches Bild.* Der neueste Bericht von Averell Harriman über den Fortgang der Verhandlungen in Moskau lag vor ihm. Es war seine Aufgabe, den Bericht auf technisch-wissenschaftliche Fehler durchzusehen, bevor er zum Präsidenten geschickt wurde, auf Fehleinschätzungen, auf etwaige falsche Formulierungen Harrimans, die vor den Augen eines Physikers keinen Bestand haben konnten. Gott sei Dank wusste der lang gediente Politiker und Diplomat, worum es in den Verhandlungen ging. Dyson konnte allenfalls mit winzigen Spitzfindigkeiten seinen Wert als Fachmann unter Beweis stellen. Er hatte den Job in der Abrüstungs- und Rüstungskontrollbehörde des State Departments angenommen, weil man ihn gebeten hatte und weil es ihm sinnvoll erschien. Einen Vertrag über den Stopp von Atomtests auszuhandeln, war das Mittel der Wahl, um die Ansammlungen von Strontium 90 in der Muttermilch aufzuhalten, die die Öffentlichkeit so besorgte. Er dachte nicht viel darüber nach, warum er dem Orion-Projekt erneut den Rücken gekehrt hatte. Der Streit über den Fallout der Bomben in der Atmosphäre ließ ihm keine andere Wahl. Es wäre einfach gewesen, zum Mond, zum Mars oder zum Saturn abzuheben, wenn die Strahlung nicht gewesen wäre.

Jetzt hatte er »Pflugscharen« zu bewerten, die aus atomaren Schwertern geschmiedet werden sollten. »Atome für den Frieden« war eine der Überschriften, die Politiker sich dafür ausgedacht hatten, neben den besonders widersinnigen »Friedlichen Explosionen«. Der Einsatz von Atombomben im Tunnelbau ergab definitiv keinen Sinn, wie Dyson festgestellt hatte. Statt Erde oder Fels bloß umzupflügen, sorgten sie für ihre Verseuchung. Die Probleme mit austretender Strahlung und abzutragendem

Erdreich voller radioaktiver Isotope waren einfach zu groß und trieben die Kosten in die Höhe. Unter ähnlichen Voraussetzungen ein Raumfahrtprojekt voranzutreiben, ergab ebenfalls keinen Sinn.

Jetzt hatte er sich dabei ertappt, wie er doch über seinen Weggang vom Projekt nachdachte. Dyson versuchte, sich wieder auf den vor ihm liegenden Bericht zu konzentrieren. Es gelang ihm nicht. Durch das große Fenster sah er hinüber auf die C Street, auf der nach der Rushhour der Straßenverkehr sehr entspannt vorbeizog. Es hätte Dyson nicht gewundert, wenn von irgendeinem Gebäude auf der anderen Straßenseite jemand durch das große Fenster hineingespäht hätte, um zu sehen, was für ein Schriftstück er auf dem Tisch liegen hatte. Das alte Gebäude des State Department wirkte so antiquiert wie die Diplomaten, mit denen er hier zu tun hatte. In mancher Hinsicht wirkten beide arglos. Dyson und seine Kollegen hatten die ganze Vorarbeit für den Abschluss des Teststopp-Vertrages geleistet, hatten technische Einzelheiten, die mit den Bomben und den Kernexplosionen zusammenhingen, in maximale und minimale Forderungen umgemünzt, die der Vertrag enthalten sollte, hatten den Forschungsbedarf ermittelt. Er staunte immer noch darüber, wie groß sein Einfluss tatsächlich war.

Auch andere Dinge waren neu für ihn. Man musste zwischen den Zeilen der Dokumente lesen, um zu erkennen, wie Harriman und Long sich durch die zähen Verhandlungen kämpften. Dann erst verstand man, welchen Wert diese Diplomaten für jede Administration hatten, unabhängig davon, was deren politische Ziele waren. Jetzt waren die Unterhändler in Moskau und gingen ihrer Arbeit nach. An diesem sonnigen Samstag hielt Dyson im Büro die Stellung, für den Fall, dass irgendwelche Rückfragen per Ferngespräch hereinkamen. Und um Berichte zu lesen und sich über die Idee von nuklearen Pflugscharen zu mokieren.

Das Telefon klingelte. Das laute, mechanische Schellen ließ erahnen, wie im Innern des dicken schwarzen Bakelitgehäuses ein fleißiger Blecharm auf den Gong hämmerte. Der Apparat war aus dem vergangenen Jahrzehnt, so wie fast alles hier. Die Wählscheibe lag auf einem Zylinder auf, der aus dem Gehäuse hervorlugte. Dyson ergriff den großen Hörer mit dem ergonomisch geformten Griff, der in kreisrund geformte Hör- und Sprechmuscheln auslief.

»Ja«, meldete er sich einfach.

»Freeman, sind Sie es? Hier ist Ryan.«

»Mr. Thomasson?« Dyson war wirklich überrascht. Die Stimme gehörte zu einer anderen Welt außerhalb dieses Gebäudes, einer kreativen, erwartungsvollen Welt, die noch an Wunder glaubte.

»Wie haben Sie denn meine Nummer hier erfahren?«

»Über die Zentrale des State Departments«, gab Ryan sofort zurück. »Ted hat es mir erst in seinem letzten Brief mitgeteilt.«

»Was denn?« Dyson lachte. »Dass ich wieder ausgestiegen bin? Na, das ist ja keine große Sache. Ich denke, mit den Berechnungen, die ich angestellt habe, werden Sie zurechtkommen.«

»Ich denke, dass Ted das anders sieht«, antwortete Ryan zögerlich.

»Oh, ganz bestimmt sogar.« Dyson lachte nochmals. »Im Geiste sieht er uns immer noch beide auf den Saturnmonden herumwandern. Es gibt aber nun mal ein paar grundsätzlich unterschiedliche Ansichten. Und deshalb kann ich nicht weitermachen.«

»Ja, schade.« Das Bedauern in Ryans Stimme hörte sich echt an. »Wissen Sie, dass Kennedy Mittel für das Projekt freigegeben hat, ist meiner Ansicht nur passiert, weil er befürchtet, dass uns die Sowjets mit einer bewaffneten Orion zuvorkommen. Abgesehen davon gefällt ihm das Projekt überhaupt nicht, nach dem, was man so hört. Er befürchtet, dass wir ein neues Wettrüsten erst auslösen.«

»Ein weiser Mann.« Dyson klang nicht ironisch, wie er selbst feststellte.

»Na, ja, ich wollte sie jedenfalls anrufen, um Ihnen zu sagen, dass ich es schade finde, dass Sie vom Projekt wieder weggehen. Schließlich haben Sie mich dazugeholt.«

»So gut es ging.«

»Ohne Ihren Gastvortrag in Princeton hätte ich nie davon erfahren. Ich hoffe, Ihnen gelingt alles, was Sie jetzt vorhaben.«

»Ich gebe mir Mühe.«

»Ich habe übrigens Ihren Artikel in *Science* gelesen«, ergänzte Ryan lachend, »den, der vor drei Jahren erschienen ist.«

Dyson gab ein ratloses Geräusch von sich.

»Sie hatten mir davon erzählt«, fuhr Ryan fort. »Es ging um eine künstliche Kugel, die fortgeschrittene fremde Zivilisationen um ihre Sonne errichtet haben, um deren Energie besser nutzen zu können. Sie hatten geschrieben, dass man nach solchen Bauwerken Ausschau halten kann, um fremde Intelligenzen zu finden, nach großen Infrarotquellen, weil nur noch die abgeleitete überschüssige Hitze gemessen werden kann.«

»Ach, das!« Dyson schmunzelte. »Das war doch nur ein Witz!«

»Na, warten Sie mal ab! Orion ist ja auch gar nicht von allen als Quatsch abgetan worden, obwohl sich die Idee am Anfang unglaubwürdig anhört. Wahrscheinlich werden diese Kugeln irgendwann als ›Dyson-Sphären‹ berühmt sein.«

»Das glaube ich kaum.«

»Na ja.« Einen Moment kam von Ryans Seite aus nur ratloses Schweigen durch die Leitung. »Jedenfalls wollte ich mich noch mal gemeldet haben, da wir uns in La Jolla ja nicht mehr sehen werden. Wer weiß, vielleicht treffen wir uns stattdessen ja doch noch auf dem Mars oder dem Titan.«

Dyson gluckste. »Man kann ja nie wissen.«

Sie wünschten sich alles Gute und legten auf. Dyson starrte aus dem Fenster und entdeckte keinen russischen Spion.

Es war schwer, aus jener hoffnungsvollen Welt der hochfliegenden Pläne des Orion-Projekts wieder in die Wirklichkeit der Abrüstungsverhandlungen zurückzufinden. Er seufzte und wandte sich vom Bericht auf dem Schreibtisch ab. Es war jetzt wohl besser, Mittagspause zu machen. Was würden Sie heute in der Kantine servieren? Wieder diese undefinierbaren Klöße mit roten Bohnen? Es war Samstag, fiel ihm ein. Die Kantine hatte zu. Er würde sich in der Bar gegenüber ein Club-Sandwich bestellen müssen. Das hatte dann noch Zeit. Rumlaufen auf dem Mars und dem Titan, dachte er. Die Suche nach einzelligem, primitivem Leben auf anderen Welten. Er seufzte. Sie waren vor ein paar Jahren wirklich davon ausgegangen, dass sie diese Reisen selber machen würden, Ted und er. Was war inzwischen alles passiert?

Das Telefon klingelte erneut. Das Club-Sandwich musste wohl noch warten. Wieder nahm er den schweren Hörer in die Hand, legte ihn ans Ohr und meldete sich.

»Long hier.« Frank Long war Dysons direkter Vorgesetzter und assistierte Harriman bei den Verhandlungen in Moskau. »Gut, dass ich Sie erreiche, Mr. Dyson«, sagte er dringlich. »Wir haben hier eine Frage:

Können die USA im Vertragstext auf Ausnahmen für zivile Anwendungen verzichten?«

»Natürlich können wir das!« Die Antwort kam Dyson schnell über die Lippen. Und sie entsprach völlig seiner Überzeugung. Man musste nicht verzichten, aber man konnte. Dadurch würde dem Land kein irgendwie gearteter Schaden entstehen. Wenn das der Weg war, den Vertrag über den Teststopp zustande zu bringen, konnte man ihn gehen. Bilder schossen ihm durch den Kopf, Bilder von Menschen, die auf dem Mars und dem Titan herumspazierten und dabei Bodenproben sammelten.

»Ich meine«, stammelte Dyson, »wir können das ohne Weiteres tun. Die Frage ist eher, ob wir das wollen. Präsident Kennedy hat gerade erst eine weitere Finanzierung für das Orion-Projekt beantragt und der Kongress hat sie genehmigt. Wenn wir also dieses Forschungsprojekt nicht gefährden wollen, müssten wir vorher einen gewissen Umfang von Megatonnen für diesen Zweck reservieren.«

»Wie viel?«, kam die prompte Frage zurück.

»Zehn etwa.« Dyson wusste, dass es im Vertragstext kein »etwa« mehr geben würde. Aber er war nun mal ein bedächtiger, britischer Wissenschaftler. Er konnte »etwa« sagen.

Long sagte »Danke« und legte auf.

Dyson legte den Hörer auf seine Gabel aus schwarzem Bakelit zurück. Er dachte an Menschen, die auf Mars und Titan spazieren gingen. Und er dachte an den Fallout. Genug Strahlung, um bei jedem Start eines Orion-Raumschiffes einem Menschen vorzeitig Krebs zu bescheren. Und wenn er tausendmal die Verantwortung auf andere abschob – Kennedy, die Unterhändler, die Sowjets –, gerade hatte er womöglich einen riesigen Fehler begangen.

* * *

Freitag, 22. November 1963, 11:34:02 Central Standard Time, Air Force One, über Texas

T minus 4467/19:22:58 [Tage/Std:Min:Sek]

Die Maschine ging zum Landeanflug auf das Love Field über. Kennedy wusste, dass ihn die Stadt langweilen würde, bevor er auch nur einen

Fuß auf das Flughafengelände gesetzt hatte. Was ihm bevorstand, war ein Wahlkampfauftritt, einer in einer langen Reihe, die sich durch das ganze kommende Jahr ziehen würde, bevor, Ende 1964, eine Entscheidung anstand, die jeder in seinem Team auf die leichte Schulter nahm. Die Wiederwahl sei sicher, erklärte Ted Sorenson immer gerne wieder. Er, der Präsident, dürfe nur nichts völlig falsch machen, keinen dummen Fehler begehen, sich nicht an der falschen Stelle engagieren.

»Hast du damals die Vorlage für das Raumschiff mit den Atombomben gesehen, David?«

David Jones stutzte. Er saß Kennedy schräg gegenüber am Fenster und hatte bis jetzt mit Jackie über das Hotel geplaudert, in dem sie übernachten würden. Jetzt versuchte er sich mit halb offenem Mund daran zu erinnern, wovon der Präsident, für den er arbeitete, gerade sprach.

»Orion?«, formte der Mund schließlich. »Ja, ich erinnere mich daran.«

»Du auch, Ken?«

Ken O'Donnell nickte. Es war wie so oft, dachte Kennedy. Seine beiden persönlichen Berater saßen vor ihm und er konnte sie als argumentative Punchingbälle benutzen. Ein Blick in Jackies Gesicht verriet ihm ihre sofort einsetzende Langeweile. Ja, es war besser geworden mit ihrer Ehe. Er flog nicht mehr zu Peter Lawford und den Schauspielerinnen nach Kalifornien. Marilyn war nicht mehr da und würde weder ihn noch Bobby irgendeiner peinlichen Situation aussetzen. Ja, sie hatten gestern in Hyannis Port mit den Kindern einen guten Tag verbracht. Mehr als alles andere hatte ihre gemeinsame schmerzvolle Erfahrung sie wieder zusammengeführt, jene, über die Kennedy nicht lange nachdenken wollte. Ihr vor drei Monaten zu früh geborener Sohn Patrick hatte nicht leben können. Die Fehlgeburt lag gerade so lange zurück, dass Jackie jetzt bereit war, sich aufzurichten, dem Schmerz zu trotzen und sich auf einen öffentlichen Auftritt einzulassen. Trotzdem würde sie den Job ihres Mannes immer langweilig finden. Und natürlich konnte er darauf keine Rücksicht nehmen.

»Ich habe nichts mehr über einen solchen Plan der Russen gehört«, erklärte Kennedy nach einer kurzen Denkpause. »Ihr vielleicht? Habe ich irgendeinen Geheimdienstbericht übersehen?«

Ken und David sahen sich erst gegenseitig an und schüttelten dann den Kopf.

»Wir geben eine ganze Menge Geld für dieses Monstrum aus, und das nur, weil der CIA-Direktor, der uns die Schweinebucht eingebrockt hat, mit einem Zettel vor meiner Nase rumgewedelt hat. Wenn die Russen keinen solchen Plan haben, bedrohen wir sie irgendwann mit einem Raumschiff, das über ihren Köpfen schwebt und mit Atombomben vollgestopft ist. Wie würde uns das umgekehrt gefallen?«

»Wir wissen nicht, ob sie ein Orion-Raumschiff haben. Wir erfahren einfach zu wenig aus der Sowjetunion«, gab O'Donnell zurück. »Du weißt ja, was die Militärs immer sagen. Es wäre eine böse Überraschung, wenn sie eins starten und wir im Hemd dastehen.«

»Wo ist diese sowjetische Orion denn?«, gab Kennedy ungeduldig zurück. »Alle erklären mir, wie verdammt groß diese Dinger sein müssen. Da ist nichts auf den Satellitenbildern. Wenn sie so ein Schiff hätten, könnten sie es nicht verstecken.«

»Vielleicht sind sie noch nicht so weit«, antwortete David Jones. Genau wie Ken war er daran gewöhnt, für den Präsidenten öfter den Advocatus Diaboli zu spielen. »Von unseren Forschungen bei General Atomics sieht man jetzt auch noch nicht viel. Vielleicht bauen sie es ja auch unter der Erde.«

Kennedy schnaubte verächtlich und Jones widerstand der Versuchung, diese Äußerung persönlich zu nehmen. Er grinste stattdessen. Der Präsident war schon lange sein Freund.

»Wenn sie sehen, wie wir so ein Monstrum auf unserem Grund und Boden errichten, haben wir ein Problem.« Kennedy schüttelte den Kopf. »Dieser ganze Rüstungswettlauf ist überflüssig. Wir brauchen nicht mehr Atomwaffen, sondern weniger. Es kann ja sein, dass es gut ist, vorbereitet zu sein, für den Fall, dass wir uns mit den Sowjets nicht einig werden«, gestand der Präsident mit einem Nicken zu O'Donnell ein. »Es ist aber möglich, mit Chruschtschow Verträge zu schließen, an die sich die Sowjets halten. Vor zwei Jahren hätte ich das noch nicht gedacht.«

Der Pilot sagte über die Lautsprecher die bevorstehende Landung auf dem Zielflughafen an.

»Wir müssen dem ganzen Spuk ein Ende machen«, erklärte Kennedy. »Wenn wir zurück sind, will ich mit der Air Force sprechen, mit LeMay.«

Die Maschine setzte sanft auf und rollte aus, als ihr prominentester Passagier sein Notizbuch aus der Innentasche seines Sakkos holte. Ken

O'Donnell hatte bereits auf ein Zeichen von Jones dasselbe getan, um den Wunsch des Präsidenten zu notieren, hielt jetzt aber inne, weil er keine entsprechende Weisung erhielt. Kennedy schlug stattdessen sein Büchlein auf, das in schwarzes Leder eingeschlagen war und einen eingesteckten Stift enthielt. »Orion streichen«, schrieb er schlicht auf.

Die Maschine blieb stehen. Alle schnallten sich ab und suchten ihr Handgepäck zusammen. David und Ken nahmen die Koffer des Präsidentenpaares aus ihren Fächern, die sie kaum selber tragen konnten, wenn sie Menschenmassen zuzuwinken hatten. Kennedy richtete sein Sakko. Einer der Secret-Service-Männer hatte bereits einen misstrauischen Blick durch die geöffnete hintere Kabinentür geworfen und nickte jetzt dem Anführer des Leibwächtertrupps zu. Mit aufgesetzter Sonnenbrille und über die Schulter gelegtem Mantel erhob sich mehr als ein Dutzend der weiter vorne sitzenden Secret-Service-Agenten von ihrem Sitz, um durch die vordere Tür über die eiligst herangefahrene Gangway nach unten zu paradieren. Kennedy ging durch das Spalier seiner Mitarbeiter zum Heck der Maschine. Jackie folgte ihm. Sie hatte sich einen der Pillbox-Hüte aufgesetzt, die die Frauen weltweit immer noch verrückt machten. Hut und Kostüm waren in einem abgestimmten Pink gehalten. Jackie nickte ihm zu und sah dabei immer noch gelangweilt aus. Lächeln musste sie ab jetzt noch ganz viel. Kennedy ließ sie vor, wie er es immer tat. Über ihre Schulter hinweg sah er nach außen. Viel Zeit, um sich umzusehen, hatte er nicht. Der Himmel war fast wolkenlos. Auf dem Flugfeld hatte der übliche Trubel schon begonnen. Eine der riesigen Menschentrauben, die er sehen konnte, bestand aus den Passagieren, die mit Lyndon Johnson in der Air Force Two mitgeflogen waren. Und dann waren da die zahlreichen lokalen Würdenträger, die Aufstellung genommen hatten, um ihn zu begrüßen, die meisten in Zivil, einige in Uniform. Die Secret-Service-Agenten verteilten sich hinter ihnen bereits auf ihre umstehenden Fahrzeuge. Noch weiter hinten warteten Tausende von Menschen, die texanische Flaggen und Südstaatenflaggen hochhielten.

»Der Gouverneur heißt Connolly«, flüsterte David Jones von hinten in Kennedys linkes Ohr. »Er ist kein Fan von dir.«

Jackie holte tief Luft und entschloss sich, die Gangway hinunterzugehen, begleitet von einem unvermeidlichen, entzückten Aufschrei der Menge. Er folgte ihr. Sie winkten. Gouverneur Connolly war leicht am

Ende der Gangway zu finden, weil seine Frau mit einem Blumenstrauß neben ihr stand, den sie Jackie geradezu hektisch überreichte. Der Gouverneur schüttelte erst Jackie die noch freie Hand, mit einem herzlichen Lächeln, das wahrscheinlich sogar echt war, bevor er sich ihm zuwandte und über das laute, aufgeregte Raunen der Menge hinweg ausrief: »Mr. President, willkommen in Dallas!«

In einem Interview mit dem »Hollywood Reporter« hat Stanley Kubrick enthüllt, dass die Verwendung des Orion-Antriebs in seinem Meisterwerk »2001: Odyssee im Weltraum« beinahe aus dem Drehbuch getilgt worden wäre. »Wir hatten damals bei der NASA recherchiert und wussten ganz gut über die Planspiele zu Orion Bescheid«, so Kubrick. »Ich hatte damals allerdings gerade ›Dr. Seltsam oder wie ich lernte, die Bombe zu lieben‹ abgedreht und wolle eigentlich nicht mehr mit Atomwaffen in Verbindung gebracht werden.« Durch ein Gespräch mit dem Wissenschaftler Ted Taylor bei General Atomics sei dem Regisseur dann aber klar geworden, wie dicht der Antrieb vor der Verwirklichung stand. Daraufhin entschied er sich, das Konzept im Film zu verwenden. Dass ein NASA-Raumschiff mit dem Namen DISCOVERY mithilfe des Orion-Antriebs zu einer interplanetaren Mission aufbricht, haben Filmfans oft als eine prophetische Vision Kubricks angesehen.

Cinema-Magazin, April 1978

VI

Sonntag, 27. Juni 1976, 09:41:52 Central Standard Time, Titan
T 133/02:44:52 [Tage/Std:Min:Sek]

Bill McKenzie sah das Boot plötzlich. Er sah, wie sich aus der schummrigen Dunkelheit der Wolken über ihnen eine noch schwärzere, runde Form herausschälte und sich langsam nach unten senkte, immer weiter, bis sie ins Längliche überging. Es war wirklich da! Georgina und er hatten in den Himmel gestarrt und ihren eigenen Unglauben bekämpft, sich dagegengestemmt, dass ihr gesunder Menschenverstand, jede Vision von einer stählernen Masse, die sich von oben in diese öde und leere Landschaft absenken würde, als Blödsinn abtun musste. Er schrie: »Da!«, hob den linken Arm und zeigte hin.

Georginas Kopf ruckte. Bis jetzt hatte McKenzie etwa siebenmal falschen Alarm gegeben. Sie seufzte. »Wo?«

»Schau hin! Es kommt direkt aus den Wolken.«

»Hier sind überall Wolken, McKenzie. Oh!«

Sie hatte es auch entdeckt, stellte er befriedigt fest. Immer weiter senkte sich das Boot herab. Innerhalb kurzer Zeit war die schwarze, längliche Form so unübersehbar geworden, dass jeder Zweifel von ihm abfiel.

»EVA 1 für CHRONOS«, meldete er sich. »Boot gesichtet. Sinkrate sieht normal aus.«

»Roger, EVA 2!«, bestätigte Peterson.

»Wir nähern uns an, um die Entfernung des Aufsetzpunktes zu messen.«

»Roger!«

»Wieder mal sehr gesprächig, der Herr Expeditionskommandant«, beschwerte sich Georgina.

»Du hast heute auch noch nicht viel gesagt«, gab Bill zurück.

»Ach, was, McKenzie! Ich bin dir also heute zu still? Das hat mir ja noch kein Mann gesagt und du sowieso nicht! Man kann's dir auch wirklich nicht recht machen!«

»Mal sehen«, erwiderte Bill leichthin. Natürlich sprachen sie über die private Frequenz.

Das Boot hatte die Wolkendecke komplett durchstoßen. Der ganze Rumpf war jetzt zu sehen. Und wenn er die Augen zusammenkniff, konnte Bill die dicken Seile sehen, die vom Rumpf zu den Lastenfallschirmen führten.

»Auf geht's!«, befahl Georgina.

Sie verließen ihren Posten im Geröllfeld und liefen den Abhang hinunter, der zum Ufer des Methansees hinabführte. Bill drehte sich noch einmal um. Die beiden Apollo-Kapseln, mit denen sie gelandet waren, saßen auf den Wiederaufstiegsstufen, die ihre Kegelform nach untern verlängerten. Kapseln und Startstufen bildeten zusammen die Titan Excursion Modules, die TEM. Ihre Landefallschirme hatten sich weiter westlich um Gesteinsbrocken gewickelt. Der Wind zerrte an ihnen. Der Expeditionsleiter und der Geologe fummelten an Instrumenten herum, die sie auf dem Titan zurücklassen würden. Sie kamen zurecht. Er wandte sich wieder um und folgte Georgina. Durch die Nachtsichtgeräte, die sie trugen, bekam alles einen grünlichen Schimmer, auch der See, der sich vor ihnen ausbreitete. Als sie das Ufer erreichten, konnte Bill nicht anders, als mit seinem Stiefel die schwarze Flüssigkeit zu berühren. Die kleine Welle schwappte langsamer durch ihr Medium, als dies bei Wasser der Fall gewesen wäre.

»Es setzt gleich auf«, verkündete Georgina. Bill sah nach vorn. Tatsächlich rechnete er noch mit einigen Minuten, die es dauern würde, bis das Boot den See erreichen würde. Der Fallschirm war jetzt ebenfalls ganz zu erkennen. Rein subjektiv sah die Sinkrate für ihn nicht normal, sondern reichlich hoch aus. Die Atmosphäre auf dem Titan war dichter als die der Erde. Deshalb konnte der Fallschirm kleiner sein. Die Ingenieure hatten seinen Durchmesser noch mal verringert, weil beim Aufsetzen keine Insassen an Bord waren. »Ohne euch Weicheier können wir härter aufklatschen«, hatte einer der Konstrukteure gescherzt, wie Bill sich erinnerte. Trotzdem, es dauerte.

»Wow!«, machte Georgina einfach zwischendurch, während sie zusahen. Bill wusste, was sie meinte. Schließlich hatten sie nicht dabei zusehen können, wie die Landefähren, in denen sie gesessen hatten, sich langsam zum Boden hinabließen. Auf den anderen Monden hatten sie nie derartig schweres Material dabeigehabt, weil dort alles mit chemischem Treibstoff abgebremst werden musste. Zuzusehen, wie diese riesige Masse sich herabsenkte, war ein Symbol für die Möglichkeiten ihres Projekts. Das Boot hatte während der ganzen Reise im Frachtabteil der BEAGLE gelegen, kreisförmig umstanden von den zahlreichen Raumsonden, die sie mitgenommen hatten, ihrem TEM, den OEM und deren Landestufen. Es war das schwerste Teil an Ausrüstung, das dieses Schiff geladen hatte. Die Fracht der ENDEAVOUR erschöpfte sich dagegen hauptsächlich in zwei der drei TEM-Landemodule.

Georgina öffnete die Umhängetasche, deren Riemen auf ihrer rechten Schulter lag. Sie war aus demselben weißen Material gefertigt wie ihre Anzüge. So holte einen schwarzen Kasten heraus, der ungefähr so groß war wie zwei nebeneinander gelegte King-James-Bibeln. Das lange Umhängeband, das an dem Quader befestigt war, legte sie sich umständlich über den Helm und hielt sich das Gerät vor den Oberkörper. Dann zog sie die Teleskopantenne heraus.

»Na«, machte Bill grinsend, »rollst du heute mit dem kleinen Sherman-Panzer durch den Park? Oder soll es doch gleich die rote Fokker aus dem Ersten Weltkrieg sein?«

Georgina schaltete die Funkfernsteuerung mit einem roten Schalter ein, der wie alles an diesem Gerät, viel zu groß wirkte – geeignet für dicke Handschuhe.

»Mensch, McKenzie«, sagte sie seufzend. »Auf solche Sprüche von dir habe ich echt gewartet.«

Er schnaubte amüsiert. Gleichzeitig gab ihm ihre Replik einen Stich. Worauf hatte er gewartet? Seitdem sie beide wussten, dass sie gemeinsam für eine Mission auf der Oberfläche eingeteilt waren, dass sie zum ersten Mal während einer Mission persönlich aufeinandertreffen würden, was hatte er sich seitdem eigentlich vorgestellt? Neben ihm stand eine Gestalt in einem unförmigen weißen Anzug, der nicht erkennen ließ, ob es sich um einen Mann oder eine Frau handelte. Und jetzt?

Er sah wieder auf den See hinaus. Endlich setzte das Boot auf der Oberfläche auf. Bill sah schnell durch den Sucher der Kamera auf dem Stativ vor ihm. Sie hatten das Bild drin. Es gab keinen Schaum beim

Aufsetzen, keine hohen Wellen. Der Bug berührte die Oberfläche. Beim weiteren Absinken legte sich der Rumpf horizontal über den schwarzen Spiegel des Methansees. Der Fallschirm erschlaffte. Der Turm schwankte etwas hin und her. Es schien keine Strömung zu geben. Das Boot lag still, während sich der Fallschirm nun langsamer senkte und schließlich den Rumpf halb bedeckte.

»Na, und«, fragte Bill, »kriegst du Kontakt?«

Georgina betätigte einen der Hebel auf der riesigen Fernsteuerung. Zuerst fiel Bill nichts auf. Er seufzte innerlich. Wenn der Motor des Bootes die Reise nicht überstanden hatte oder Ähnliches, konnten sie große Teile der Erkundung, die sie vorhatten, vergessen. Dann sah er eine winzige Bewegung.

»Es fährt«, verkündete Georgina.

»Okay«, gab Bill zurück. Dann holte er den Koffer, der wenige Fuß rechts von ihnen am Ufer bereitstand. Er hatte ihn als ersten hierhergeschleppt, obwohl »schleppen« bei der geringen Schwerkraft als Begriff ja nicht hinkam. Er legte das Behältnis mit der Aluminiumschale auf den Boden, ließ die Schlösser aufschnappen und zog den Deckel hoch. Das Gelb des hervorquellenden Kunststoffs stach in die Augen. Das Schlauchboot nahm die Füllung aus der eingebauten Gasflasche auf. Bill zog es vom Koffer weg. Die Hülle war schließlich stramm aufgebläht. Er nahm den kleinen elektrischen Außenborder aus dem Koffer und befestigte ihn hochgeklappt an der gelben Nussschale.

Er sah hoch. Die schwarze Masse des U-Bootes hielt auf sie zu. Jetzt konnte er schwarze Wellen sehen, die der Bug hochschwappen ließ, natürlich immer noch ohne Schaumkämme. Er packte das Schlauchboot und schob es ein Stück weit in den schwarzen Spiegel hinein.

»Komm an Bord« forderte er Georgina auf.

Die Pilotin ließ sich nicht lange bitten. Mit der umgehängten Fernsteuerung stapfte sie zum Schlauchboot, setzte mit einem kleinen Sprung beide Stiefel hinein und kauerte sich am Bug auf die Knie. Ein paar Male hatten sie das geübt, in Houston, auf einem fernen Planeten. Und trotzdem sah es für Bill äußerst ungewohnt aus, einen Menschen in einem so unförmigen Anzug in einem so schwächlich aussehenden Boot kauern zu sehen.

»EVA 2 sticht in See«, meldete Bill.

»Mast- und Schotbruch!«, kam es gut gelaunt von Gronowitsch zurück.

»Verstanden«, ergänzte Peterson leicht indigniert.

Bill nahm ein Tau, das am Boot befestigt war in seine dicke behandschuhte Faust. Er merkte, wie er das Wort *Tau* dachte. Würde er den Kunststoffstrick als »Seil« bezeichnen, wenn er auf der Erde nicht die Einweisung durch die Navy bekommen hätte? Wahrscheinlich. Er stützte sich mit beiden Fäusten rechts neben dem Außenborder auf. Das mit CO_2 gefüllte Boot ließ sich leichter schieben, als er dachte. Er hielt das Tau fest und watete in das Methan. Die Kälte schnitt sofort in seine Füße. Er gab ein überraschtes Aufstöhnen von sich.

»Alles klar?«, fragte Georgina und drehte sich um.

»Ja«, gab er einfach zurück. Es hörte sich aus gutem Grund angestrengt an. Er beeilte sich, einen Fuß in das Boot zu setzen, bevor die Kälte seine Anzugheizung stilllegte. Dann ließ er sich auf die Knie hinunter. Er kauerte hinter Georgina, drehte sich so weit um, wie der Anzug das zuließ, und legte die linke Hand auf den Griff des Außenborders.

Georgina hatte aus einer Tasche im Boden des Bootes ein zweiteiliges Stechpaddel herausgeholt und zusammengesetzt. Sie stakte das Boot mit zwei Stößen voran. Bill konnte den Außenborder herunterlassen und mit einem Druck auf dem Knopf am Griff starten. Das elektrische Gerät begann, sie gemächlich voranzuschieben. Bill spürte, wie der Griff in seiner Hand vibrierte. Durch seinen Helm drang ein ganz leises, monotones Brummen. Er versuchte, sich vorzustellen, wie ihre Aktion eigentlich aussah, das winzige, gelbe Boot, der schwarze Spiegel des Sees, ihre beiden klobigen, aufgeblähten Gestalten, der kleine elektrische Motor, der das Methan tapfer vor sich hin quirlte wie ein Moulinex-Küchenmixer. Auf der Erde hatte er zahlreiche Zeichnungen und Trickfilme von genau diesem Teil der Mission gesehen, der Passage zum U-Boot. Das hatte immer wie heroisches Kanufahren durch die Stromschnellen des Niagara-Flusses ausgesehen. Jetzt würde niemand eine solche Ansicht von ihnen genießen. Von der gemächlichen Schipperei würde es nur Bilder aus ihren Anzugkameras geben. Bill suchte das U-Boot, das inzwischen hinter dem herumwehenden Landefallschirm nicht mehr zu sehen war. Georgina nahm das Paddel wieder auseinander und verstaute die Teile im Boden. War unter diesen dicken weißen Schichten tatsächlich ein Mensch, den er lieben konnte? War das möglich?

Der Landefallschirm wurde zur Seite geweht und das U-Boot kam näher. Schließlich kollidierte der gelbe Kunststoff mit dem schwarzen Rumpf. Wenn man sonst nicht »gelandet«, sondern »gewassert« sagte, dachte Bill, was hatte das U-Boot gerade getan? War es »methanisiert«?

»Hier EVA 2, haben das U-Boot erreicht«, meldete Georgina.

Peterson bestätigte den Empfang der Nachricht. Georgina stand auf. Das Boot schwankte etwas. Keiner von ihnen durfte jetzt in das Methan fallen. Der Kältetod würde schnell kommen. Bill stand vorsichtig auf. *Erfroren im Methansee*, dachte er. *Was für ein jämmerliches Ende bei dieser großen Expedition.* Das Boot schwankte. Tatsächlich fiel es ihm leicht, sich auszubalancieren. Er ging vorsichtig über den vom Druck des CO_2 aufgespannten Kunststoffboden. Georgina streckte ihre Hand aus. Ein großer Schritt, und er stand auf dem festen Deck. Seine Reisegefährtin meldete, dass sie an Deck gelangt waren, während er ihre aufgeblähte Nussschale an Bord zog. Er nahm den Außenborder ab und ließ das CO_2 aus der Hülle entweichen. Georgina drehte das Schleusenschott auf, klappte es hoch und sah in den Schacht.

»Ganz schön dunkel und eng da unten.«

»Richtig gemütlich«, gab Bill zurück. Es fühlte sich an wie ihre Neckereien über Funk. Das machte ihm Mut.

»Na klar«, blaffte sie zurück. »Ein Sofa, ein Fernseher, ein Sechserpack Bier und Johnny Carson. Ich sehe schon, wie gemütlich das wird.«

»Carson ist langweilig«, antwortete Bill. »Wir machen Merv Griffin an.«

»Auf keinen Fall!«

Georgina hatte sich in den Schacht manövriert und stieg die Sprossen hinunter. Bill wartete, bis sie unter Deck angekommen war. Dann schob er den Außenborder hinterher. Sie verstaute das Gerät. Dann kam die entleerte Hülle des Schlauchboots dran. Schließlich kletterte Bill hinein. Er zog das Schott hinter sich zu und verschloss es.

»Schott ist dicht«, stellte Georgina fest. Sie saß bereits an der vorderen Station und nahm das passende grüne Lämpchen zur Kenntnis. »Ich flute das Boot mit der Standardatmosphäre.«

Sauerstoff und Stickstoff strömten aus den verteilten Düsen. Bill schaltete das Funkgerät an seiner Station an. Hinter Georginas Pilotensessel saß er quer zu ihr und blickte auf die Seitenwand, die neben dem Funkgerät noch den kleinen runden Sonarbildschirm zu bieten hatte. Er stopfte das Spiralkabel des Funkgeräts in die entsprechende Buchse seines Anzugs und meldete: »Hier EVA 2. Wir sind an Bord des U-Bootes. Nehmen Systeme in Betrieb und starten ersten Tauchgang.«

Das übliche trockene »Roger!« von Peterson kam unweigerlich zurück.

»Ich flute die Zellen«, meldete Georgina nur ihm über den Anzugfunk. Bill drehte sich um. Die neun Fuß lange Röhre war reichlich eng. Die Neonlampen an der Decke hatte Georgina schon beim Hereinkommen angeschaltet. Die mit Geräten und Instrumenten vollgehängten Wände überforderten auf die Dauer jeden Betrachter. Er wusste, wo alles war, wollte sich darüber aber jetzt keine Gedanken machen.

»Tiefe zwei Meter, wir sinken.«

Bill zuckte zusammen. Sie waren abgetaucht. Das ging schnell! Er schaltete das Sonar ein, indem er zur anderen Wand hinüberlangte.

»Atmosphärendruck hergestellt.« Georgina meldete es und griff sich an den übergroßen Helm. Bill sah auf ihren Hinterkopf, als die strohblonde Kurzhaarfrisur zum Vorschein kam, die sie selbst an Bord ihres Schiffes mit einer Schere in Form hielt. Sie drehte den Kopf nicht. War ihr dieser Moment überhaupt so wichtig wie ihm? Er setzte den Helm ab, legte ihn weg, zog die Handschuhe aus. Das Nächste war die Aufzeichnung. Er entriegelte eine Schublade an dem Schrank neben dem Sonar, indem er an ihrem Knauf drehte. Dann holte er eine Magnetbandspule heraus und brachte sie an dem Bandgerät an, das auf dem Schrank befestigt war. Das Bandende greifen, an den Tonköpfen vorbeiführen und in die leere Spule am anderen Arm einfädeln, bis das weiße Vorlaufband von braunem Magnetband abgelöst wird, fertig. Bill drückte gleichzeitig auf Aufnahme und Start.

»Aufzeichnung läuft«, meldete er erstmals nicht über Funk. Es war ein seltsames Gefühl, die spröden Worte einfach nur in die Bordatmosphäre hineinzugeben, damit sie ausschließlich Georginas Trommelfelle erreichten, albern, aber notwendig. Sie drehte sich um. Er sah ihr Gesicht. Davon hatte er geträumt. Und – nein, sie sah nicht so aus, wie er sie in Erinnerung hatte. Es lag nicht daran, dass sie nicht lächelte. Das war er gewohnt. Das Neonlicht ging nicht gerade freundlich mit ihrem Gesicht um. Und es lag eine Müdigkeit in ihren Zügen, die er vorher nie an ihr gesehen hatte. Und dann hatten sie beide immer noch ihren voluminösen Raumanzug an. Ihr Kopf versank beinahe in der Halskrause, auf der der Helm aufgesetzt wurde.

»Was guckst du so?«, fragte sie nicht gerade freundlich. »Noch nie 'ne Pilotin beim U-Boot-Fahren gesehen?«

Bill grinste. »Lass mich nachdenken. Nein. Aber du machst das ja ganz gut bis jetzt.«

Sie zog diesen Flunsch, den er schon tausendmal bei ihr gesehen hatte.

»Der Kollisionsalarm ist an. Das Boot wird jetzt automatisch in Schleifen über den Boden des Sees fahren und alles abtasten, damit wir nachher die schlauen Bänder mitnehmen können.«

Bill nickte. »Wir müssen nur die Geräte überwachen.« Er versuchte zu lächeln.

»Guck mich nicht so an, als wär Weihnachten!«, herrschte ihn Georgina an. »Alles, was du jetzt im Kopf hast, ist, wie wir in diesem engen Ding die Anzüge auskriegen, oder vielleicht nicht?«

»Das habe ich mir schon überlegt, als wir in San Diego mit dem Prototyp tauchen waren.« Er nickte scheinbar ernsthaft. Nur sein leichtes Lächeln transportierte die Ironie.

»Du bist ein Arsch, McKenzie!«, antwortete sie mit ein klein wenig Anerkennung in der Stimme.

Trotzdem machten sie beide keine Anstalten, sich aus den Anzügen zu schälen, wie er wohl bemerkte. Wollte er das überhaupt? Er überlegte kurz, sehr kurz. Ein Teil von ihm wollte das ganz dringend, so viel stand fest. Er versuchte ein Lächeln, irgendeins.

»Hast du dir das wirklich so vorgestellt, dass wir sofort übereinander herfallen?«

Was sollte er sagen? Bill war weder ein Trottel noch wollte er auf seinen Geschlechtstrieb reduziert werden. Jede ehrliche Antwort wäre jetzt fehl am Platze gewesen.

»Was hast du dir denn gedacht?«

Die Gegenfrage – das hatte auch bei seiner Frau immer gut funktioniert. Den Gedanken an sie schob er gleich schuldbewusst wieder weg.

Georgina verhielt sich so, wie er es von ihr kannte. Sie schlug mit der Faust gegen den Metalltisch, auf dem sich die Steuerung befand.

»Das gibt's doch nicht! Ich fliege über Jahre hinweg hierhin und tauche in diese dreckige Brühe ab, nur um mit einem Typen hier zu sitzen, der bloß Vögeln im Kopf hat!«

»Manchmal.«

»Was?«

»Ich habe manchmal Vögeln im Kopf. Die meiste Zeit denke ich an Football.«

»Na großartig!«

Bill schmunzelte. Dann war es still. Georgina starrte ihn ärgerlich an. Die Spulen des Tonbandgeräts drehten sich mit einem fast unhörbaren gelegentlichen Klackern. Das Neonlicht war hart. Die Belüftung verbreitete den Geruch der Stahlflaschen, aus denen die Sauerstoffmixtur einfloss. Das Innere des U-Boots war keine Eisdiele, nicht mal entfernt, so viel stand fest. Bill überlegte, was er sagen sollte. Und dann kam etwas heraus, was er sich nicht überlegt hatte: »Ich habe mit Lucienne gesprochen.«

»Aha, hast du ihr gebeichtet, dass du monatelang Süßholz geraspelt hast, mit einer Kollegin aus dem anderen Team.«

»Gesprochen – na, du weißt ja, wir haben uns private Sprachnachrichten geschickt. Sie hat ein Tonbandgerät zu Hause, mit dem sie ihre Antworten aufnehmen kann. Und neulich haben sie eine Videobotschaft übertragen. Ihr Onkel liegt im Sterben, Typhus. Sie ist quasi bei ihm aufgewachsen.«

»Scheiße!« Georgina legte den Kopf schief, überlegte kurz. »Das heißt, du sitzt hier und willst mir in Wirklichkeit sagen, dass, weil deine Frau so traurig ist, du ...«

»Nein, nein, überhaupt nicht!« Bill atmete tief ein. »Sie ist sauer. Sie wirft mir vor, dass ich so lange weg bin, während sie zu Hause alle möglichen Probleme am Hals hat.« Er breitete die dick eingepackten Arme aus und ließ sie wieder fallen. »Daran kann ich jetzt nichts mehr ändern. Ich glaube auch, dass ihr ihre Mutter auf die Nerven fällt, mit der Art, wie sie mit der Krankheit ihres Bruders umgeht. Voodoorituale, nicht auf den Arzt hören wollen und das ständige Klagen.« Er lachte kurz auf. »Lucienne glaubt auch nicht an die Spontanheilung durch die Loa. Aber der Punkt ist, dass sie sowohl verzweifelt als auch genervt ist und ich nicht da bin. Dann sagt sie: ›Du denkst nur an dich! Wir haben hier echte Probleme, während du zwischen Steinen rumkletterst.‹«

»Hast du Dave gesagt, dass er den U-Boot-Einsatz mit dir tauschen soll, damit du dich mit mir von deiner Frau erholen kannst?« Georgina sprach leiser als vorher. Aber sie hörte sich immer noch so streng an wie eigentlich immer.

»Was möchtest du gerne?« Die Gegenfrage – da war sie wieder.

Und diesmal sagte Georgina nichts. Sie drehte sich um und sah auf die Instrumente. Vielleicht hoffte sie ja, dass ein Kollisionsalarm aufblinken würde.

Bill schaute sich die Spulen des Tonbandgeräts an, die sich langsam und gleichmäßig drehten, dabei immer schleifende und klackernde Geräusche von sich gaben und gleichgültig alle Signale aufzeichneten, die das Sonar empfing.

Beneidenswert, wenn man immer weiß, was man tun soll, dachte er.

»Na, schon einen Methanfisch entdeckt?«, versuchte er es.

Georgina schnaubte.

»Wie sind sie denn jetzt so?«, fragte er als Nächstes.

»Wer?«

»Kester und Gronowitsch.«

Sie drehte sich halb um. »Hab ich dir ja letztes Mal erzählt. Dave beschäftigt sich mit seinen Steinen. Ist auch nicht gesprächiger geworden, seitdem er auf Callisto ohnmächtig geworden ist. Und der Skipper macht ab und zu auf Obermotz und lacht über seine eigenen Scherze.« Sie seufzte. »Das Schiff ist groß genug. Wir gehen uns aus dem Weg. Aber das ist so verdammt langweilig. Zu Hause denken sie doch alle, wir machen hier die aufregendste Sache der Welt. Haben die eine Ahnung! Hätte nie gedacht, dass ich einmal mehr Bücher lesen will, als die Bibliothek zu bieten hat!«

»Was für Bücher?«

Georgina schwieg.

»Was für ein Buch hast du gelesen?«

»Lady Chatterleys Liebhaber«, grummelte sie zurück.

Georgina konnte sein Grinsen nicht sehen. Er versuchte trotzdem sofort, es unter Kontrolle zu bringen. »Und? Noch was Neues gelernt?«

Sie schnaubte wieder.

Ein Signal aus dem Inneren ihres Armaturenbretts meldete sich unangenehm laut.

»Scheiße!« Georgina zog den Schubhebel nach hinten und drückte auf die Knöpfe zum Ausblasen der Tauchzellen. Dann kam der laute metallische Knall von rechts unten und der Ruck, durch den Bill von seinem Sitz fiel. Er wiederholte ihren Fluch.

»Kein Leck bis jetzt«, verkündete Georgina. »Die Pumpen springen nicht an.«

Bill dachte wieder daran, dass die Brühe da draußen zu kalt war, um ein Leck zu überstehen. Schwimmen würde nicht helfen.

Er sah auf die Anzeigen rechts von ihm. »Heizung läuft«, teilte er mit. »Beim Reaktor sieht alles normal aus.« Dann sah er nach links. Der Sonarbildschirm flackerte am unteren Rand.

»Sonar zeigt eine Bewegung unten am Boot.«

»Klar«, reagierte Georgina sofort. »Wir haben so einen blöden Brocken mitgenommen. Der treibt jetzt in der Gegend rum.«

»Noch mal Glück gehabt, wie's aussieht.« Bill pfiff durch die Zähne. »Hab keinen Bock, die verdammte Boje hochzuschicken, um die Daten zu übertragen, während wir absaufen.«

Die Boje war so ein Detail, die unbemannten Rückkehrkapseln waren es auch. Was war wertvoller bei dieser Mission – die Rettung von Menschenleben oder von Forschungsdaten?

»Ich stelle jetzt den Abstand höher ein«, entschied Georgina. »Wir werden dem Grund und dem Ufer nicht noch mal so nahe kommen.«

»Okay!«

Das Boot patrouillierte weiter und sammelte artig seine Daten. Sie schwiegen für eine Weile.

Dann drehte Georgina sich zu ihm um, nachdem sie zwanzig Minuten lang nur auf die Instrumente gestarrt hatte. Sie schlug mit ihrer flachen rechten Hand auf das Armaturenbrett, so als müsse sie sich geschlagen geben.

»Sie hat die ganze Zeit gekeucht.«

»Wer?«, fragte Bill verblüfft.

»Meine Mutter, als sie gestorben ist. Sie hat ihre Tabletten nicht genommen.«

»Oh!«

»Wir sind zu ihr gefahren, in dieses dämliche Nest, wo sie immer noch gelebt hat. Alle Schwestern. Und dann haben wir sie die ganze Nacht keuchen gesehen und gehört, haben sie umgedreht, auf rechts, auf links, und irgendwann hat sie mit dem Keuchen aufgehört. Dann haben wir wieder den Doc angerufen.«

»Das heißt, sie war zu Hause und ihr wart alle da.«

»Zu spät. Wir haben ja nicht mehr mit ihr reden können.«

»Vielleicht gab es ja nicht mehr so viel zu sagen?«

»Hast du nicht zugehört, McKenzie? Sie hat ihre Tabletten nicht genommen. Wir hätten ganz gerne gewusst, warum nicht!«

»Hmhm, verstehe. Vielleicht hätte euch die Antwort nicht gefallen.«

»Worauf du einen lassen kannst!«

»Oder sie hätte gelogen.«

Darauf sagte Georgina nichts.

»Du sagst mir ja im Grunde, dass ich Lucienne schreiben soll, sie kann froh sein, dass ihr Onkel und ihre Mutter mit ihr reden. Und du sagst, dass ich mit dem Jammern aufhören soll, weil es dir damals schlechter gegangen ist.«

»Ach, fuck! Ich sage einen Dreck! Wir können nichts machen, das ist die Kacke. Das passiert, ob du willst oder nicht. Gewöhn dich dran!«

»Na, wir sind ja direkt mal weise, heute!«

»Willst du 'nen Glückskeks?«

Er musste lachen. Die Gespräche mit Georgina gingen immer so aus, dass er lachen musste.

Für eine Weile schauten sie auf ihre Kontrollen. Bill beobachtete das Echolot. Sie tauchten in Methan! Das hatte noch nie jemand vor ihnen getan. Vielleicht sollte er ja mal die Einzigartigkeit dieses Moments genießen! Er sah auf den Bildschirm, genoss und langweilte sich. Es würde nicht leicht sein, zu Hause zu erzählen, wie banal ihnen das alles manchmal vorkam.

Er erhob sich, ging die zwei Schritte zu ihrem Platz, stand hinter ihr. Er überlegte, was er sagen sollte, öffnete den Mund und atmete ein.

»Ich sollte ihr sagen, dass ich sie liebe«, brach es aus Georgina hervor. »›Sag ihr, dass du sie liebst‹, hat der Arzt zu mir gesagt. ›Dann ist es egal, was sie sagt.‹« Sie hielt inne, wandte sich zu ihm um. »Vielleicht ist das ja auch etwas für deine Frau?«

Bill wollte nicht mit ihr über Lucienne reden. Er stand einfach da.

Georgina erhob sich von ihrem Sitz und küsste ihn.

Es war ein einziges Chaos, fürchterlich unbequem. Sie hatten sich aus den Raumanzügen und dem Unterzeug geschält und die Teile auf den Sitzen und den Instrumentenbords gestapelt. Das zusammengefaltete Schlauchboot diente ihnen als Unterlage und stank nach Gummi. Als sie schließlich darauf lagen, fielen Anzugteile auf sie herab, ohne sich besonders als Zudecke zu eignen. Und dennoch konnte Bill sehen, was für einen herrlichen Körper Georgina hatte. Sie grinste, als er seine Augen an ihr hinauf und hinunter wandern ließ. Später küsste er ihr Schlüsselbein, spürte dabei ihre Hand an seinem Nacken und begriff, dass sie wohl die meiste Zeit mit Männern zusammen gewesen war, die größer waren als er. Es war nicht schlimm. Nicht, dass sie sich irgendetwas anmerken ließ. Sie lagen da, in ihrem engen Stahlkokon, umgeben von einem tödlich kalten Ozean, geschützt durch nukleare Wärme, und versicherten sich, dass sie selbst hier draußen Menschen waren.

Als sie etwa anderthalb Stunden später wieder auf die Instrumente schauten, hatte es keinen Knall und kein Leck gegeben. Die Tonbandspulen waren nicht aus ihren Halterungen gefallen oder stehen geblieben. Wenn jetzt aus irgendeinem Grund keine Sonarsignale eingegangen oder aufgezeichnet worden wären, hätten sie auch nichts mehr daran ändern können. Die Sauerstoffreserven waren schneller zur Neige gegangen als ursprünglich vorgesehen. Georgina gab ihren Beschluss bekannt aufzutauchen. Sie fuhren später mit demselben Schlauchboot, das zwischenzeitlich ganz anderen Zwecken gedient hatte, zur Küste zurück, die bespielte Tonbandspule im Gepäck. Das jetzt führerlose U-Boot blieb zurück, ewiges Zeugnis für die Existenz der menschlichen Zivilisation und ihrer Reichweite.

Bill hielt die Ruderpinne des kleinen Außenborders fest, der tapfer vor sich hin surrte und mit der kälteresistenten Keramikschraube das flüssige Methan verquirlte. Er konnte das Surren tatsächlich durch den Helm gerade noch hören. Wie vorhergesagt, war das Geräusch in der dichten Atmosphäre dieses Mondes tiefer als auf der Erde. *Wie ein Pekinese, der versucht, wie ein Bernhardiner zu kläffen*, dachte Bill und fragte sich dann, woher diese Gedanken kamen. Er sah Georgina vorne sitzen, sah, wie sie sich darauf konzentrierte, die Balance zu halten, damit sie nicht in die tödliche Kälte fiel. Sie hatten nicht miteinander gesprochen seitdem, nur das Nötigste. Sie würden sich auf Jahre hinaus trennen. Er konnte durchaus ein Gespräch mit ihr darüber anfangen, wie sie sich das Leben auf der Erde vorstellte, wenn sie wieder zurück waren. Er kam sich nur lächerlich dabei vor, sich über ihre kleinkarierten, bürgerlichen Existenzen Gedanken zu machen, während sie auf dem Titan über einen Methansee schipperten.

»CHRONOS von EVA 2!« Georgina rief über Funk die Landefähre, mit der McKenzie und Petersen auf dem Mond aufgesetzt hatten.

»Roger, EVA 2!«, kam Petersons Antwort prompt. »Wir hören Sie.«

»Sind auf dem Rückweg vom U-Boot zum Ufer. Messungen durchgeführt.«

»Roger!«

»EVA 2, hier Gronowitsch!«, kam es noch hinterher, gerade als McKenzie dachte, mit dem ausdruckslosen »Roger!« des Expeditionsleiters wäre mal wieder alles gesagt.

Gronowitsch, dachte er. Gronowitsch war der leidlich gut aussehende Geologe, der an Bord der BEAGLE viel Zeit mit Georgina verbringen und außerdem alle Landungen mitmachen durfte. *Na ja*, sagte er sich. *Wenn ich jetzt schon eifersüchtig reagiere, weiß ich immerhin schon mehr über meine Gefühlslage.*

»Wir haben für Sie das nächste Experiment bereitgestellt. Das Paket liegt am Ufer.«

»Dave, du elender Streber«, kam es von Georgina zurück und Bill musste lachen. »Was soll das denn? Ich habe kein weiteres Experiment im Plan. Wir haben gerade in kaltem, flüssigem Methan rumgeplanscht. Das sollte für heute reichen!«

»Roger, EVA 2! Es handelt sich um die Dragonfly.«

»Roger, CHRONOS!«, antwortete Georgina. Es klang vergnügt.

Bill spürte, wie seine Eifersucht weiter stieg, ehe er sich innerlich zur Ordnung rief. *Alles Unsinn*, sagte er sich. Das Rendezvous im U-Boot sprach doch für sich, oder nicht? Dann senkte sich Traurigkeit über sein Inneres. Sie würden die Chance nicht noch mal bekommen. Sie erreichten das Ufer. Bill fuhr heran, bis sie auf Grund liefen. Georgina hüpfte von Bord. Die geringe Schwerkraft ließ sie für einige Momente in der Luft schweben. Er folgte ihr, zog das Boot mit dem hochgeklappten Außenborder aus dem Methan und ließ es liegen, wo es war. Damit hatte es seine endgültige Bestimmung gefunden. Kein Mensch würde jemals wieder etwas damit anfangen.

Georgina lief zu dem Behälter, den Gronowitsch wie ein pflichtbewusster Paketbote für sie hingestellt hatte. Sie öffnete die beiden an den Seiten festgemachten Deckel des länglichen Quaders. Die Dragonfly entfaltete sich sofort.

»CHRONOS von EVA 2«, meldete sich Georgina fröhlich. »Dragonfly bereit.«

»Roger!«, antwortete Gronowitsch. »Guten Flug!«

Georgina schnallte sich das Schwingenpaar auf den Rücken, machte einen ersten Probeschlag mit den Flügeln und hob bereits zwei Fuß hoch ab. Bill sah, wie sie die beiden Griffe an den Vorderkanten der Flügel fester umklammerte. Dann bewegte sie die Schwingen mit voller Kraft, sodass die Flügelenden auf den Boden schlugen. Bill löste die Kamera von der Aufhängung an der Vorderseite seines Anzugs und nahm Georgina auf, als sie in der geringen Schwerkraft und der dichten Atmosphäre abhob, sich nach vorne neigte, in den Vorwärtsflug überging und dabei die Beine nach hinten ausstreckte. Die Kunststoffschwingen mit der einem Albatross nachgeahmten Federgeometrie machten einen Wind, den er spürte, während er draufhielt.

Wo willst du hin?, wollte er sie fragen. *Wie willst du leben, wenn du zur Erde zurückgekehrt bist? Mit wem?* Der Wind wurde erst stärker und ebbte dann plötzlich ab. Georgina schlug heftiger mit den Flügeln, stieg weiter auf.

»Hier EVA 2«, rief sie schnaufend ins Mikrofon, sodass es in den Kopfhörern schepperte. »Das ist Wahnsinn!« Er folgte ihr mit der Kamera. Dann verschwand die seltsame Silhouette nach rechts aus dem Bild. Er nahm die Kamera runter. Der Himmel war dunkel und leer.

Im neuesten James-Bond-Abenteuer »Moonraker« wird es den von Roger Moore gespielten Agenten nach mehreren Anläufen endgültig in den Weltraum verschlagen. In dem Film, der am kommenden Freitag in den deutschen Kinos anläuft, startet der größenwahnsinnige Industrielle Sir Hugo Drax (Michael Lonsdale) ein Orion-Raumschiff, um damit eine von Übermenschen gebildete Kolonie in die Erdumlaufbahn zu bringen. Den Rest der Menschheit will er mit Giftgasgloben auslöschen. Der Plot ähnelt dem des Films »Diamantenfieber« von 1971, in dem SPECTRE-Bösewicht Ernst Stavro Blofeld ein Orion-Raumschiff benutzen will, um Bomben auf Washington D. C. abzuwerfen. Hauptdarsteller Sean Connery blieb damals am Boden. Das atomgetriebene Raumfahrzeug war unbemannt und selten im Bild. Diesmal will Regisseur Lewis Gilbert offenbar ein Feuerwerk der Spezialeffekte abbrennen und so auch das junge Publikum der Science-Fiction-Epen »Krieg der Sterne« und »Unheimliche Begegnung der dritten Art« für die schon lange laufende Bond-Reihe begeistern.

Der Spiegel, Ausgabe 35, 1979

VII

Dienstag, 3. März 1964, 07:58:24 Eastern Standard Time, Arlington, Virginia
T minus 4365/23:58:36 [Tage/Std:Min:Sek]

Kevin Soames war gerne Adjutant. Er machte überhaupt gerne Stabsdienst. Er war der Ansicht, dass seine Talente bei dieser Arbeit am besten zur Geltung kamen. Wozu hatte er schließlich West Point absolviert? Nicht, um irgendwo in Asien im Schlamm zu liegen. Natürlich, er hatte in Korea seinen Teil beigetragen, hatte sein Platoon geführt. Und sie waren fast alle wieder nach Hause gekommen. Das hier aber war etwas anderes. Im Pentagon lag die Macht. Hier wurde über das Schicksal ganzer Länder entschieden. Hier gehörte er hin, das war für Soames völlig klar.

Es kam natürlich darauf an, bei wem man Adjutant war. Wenn Soames Offizierskollegen in der Messe traf, gab es manchmal Blicke voller Respekt. Manchmal waren sie aber auch mitleidig. Keine Frage Soames' derzeitige Position war gut für seine Karriere. Andererseits war der Mann, den er unterstützte, kein Offizier. Viele seiner Kollegen bezweifelten, dass er überhaupt irgendetwas von militärischen Fragen verstand. Soames hatte oft genug mit anderen Adjutanten zu tun, mit Abteilungsleitern und Offizieren, die versuchten, ihn zu beeinflussen, damit er ihre Ideen seinem Chef einflüstern würde. Damit hatten sie dessen Starrsinn stets unterschätzt. Soames hatte sich mit dieser Situation abgefunden. An der Spitze zu sein, hatte seinen Preis.

Er hatte seinen Schreibtisch auf Vordermann gebracht, bevor sich sein Chef im Türspalt aufstellte, wie an jedem Morgen. Es war der Moment der ersten Befehle, auch wenn sie nie so klangen, wie sich das Militär Befehle vorstellte. McNamara hatte wieder einen seiner marineblauen Anzüge an. Das Haar war, wie immer, glatt gegelt.

»Guten Morgen, Major!«, grüßte er mit einem Kopfnicken und kurz angebunden. Soames blieb kaum Zeit für eine Erwiderung. »Ich will diese Orion-Sache auf den Tisch bekommen, alles, was wir darüber haben. Ich will wissen, warum wir dafür so viel Geld ausgeben. Und wenn es etwas Neues zu Indochina gibt, sagen Sie mir auch gleich Bescheid.«

»Yes, Sir!«, reagierte Soames routiniert, obwohl er wusste, dass McNamara die typische Army-Disziplin nicht nur egal, sondern sogar unwillkommen war. Er musste noch daran arbeiten, ziviler zu werden. Dann fing er an, mit verschiedenen Fachabteilungen zu telefonieren, um dem Minister die gewünschten Akten zu beschaffen. Orion – das hatte er noch im Kopf – war ein Projekt der Air Force. War die Höhe des Budgets, die McNamara Kopfzerbrechen machte, vielleicht dem Geltungsbedürfnis der jungen Teilstreitkraft geschuldet? Soames klingelte nacheinander bei jedem infrage kommenden Referat des Departments of the Air Force an und gab den Wunsch des Ministers durch. Orion, dachte er, war dazu nicht gerade erst ein Dokument über seinen Tisch gegangen? Indochina war natürlich wichtiger. Auf Soames' Tisch lagen einige Meldungen und Berichte, die noch nicht von den gelochten Streifen an den Seitenrändern befreit worden waren, Routinebeobachtungen der sowjetischen Streitkräfte in Berlin und an der tschechoslowakischen Grenze, vom 38. Breitengrad in Korea und über chinesische Schiffsbewegungen rund um Taiwan. Nichts Aufregendes. Die U.S.-Navy-Patrouillen, die der südvietnamesischen Sache heimlich Unterstützung zukommen ließen, hatten sich in der Nacht nicht gemeldet. Diese Schiffe spielten im Auftrag des Ministers zweifellos ein gefährliches Spiel. Ihre Versenkung musste man aber kaum befürchten.

Die Akten zu Orion wurden eine halbe Stunde später von einer jungen Zivilangestellten auf einem Bürowagen hereingerollt. Soames würdigte das jugendlich-frische Aussehen der Sekretärin nur beiläufig. Er hatte andere Dinge im Kopf. Er bedankte sich bei der jungen Frau, übernahm den Wagen und schob ihn an der Phalanx der tippenden Sekretärinnen vor dem Ministerbüro vorbei, von denen eine aufsprang, um ihm die gepolsterte Tür zu öffnen. Dann schob er ihn in das weitläufige Büro, in dem der Minister hinter seinem festungsartigen Mahagonischreibtisch thronte. McNamara arbeitete sich gerade durch die Mappe mit den nächtlichen Berichten. Beiläufig schaute er zu den gut drei Dutzend Aktenordnern hinunter, die auf den beiden Etagen des Bürowagens, Rücken an Rücken aufgereiht waren. Die Fülle des Materials ließ ihn seufzen. Am rechten Rand der Schreibtischplatte konnte Soames ein Dokument erkennen, das am Tag zuvor über seinen Tisch gegangen war. Er erkannte es wieder. Es gab bestimmt noch eine Kopie davon.

»Danke«, entließ ihn McNamara.

Soames zog sich kopfnickend zurück.

Als Nächstes bat er Beth Meyerson, seine unentbehrliche Sekretärin, vorsorglich um Verzeihung und fragte dann nach dem Ausgangskorb auf ihrem Tisch im Vorzimmer des Adjutanten. Beth, über fünfzig und grauhaarig, blickte ihn durch ihre Brillengläser nur kurz an. Dann stellte er sich neben sie hinter ihren Tisch und fing an, den Korb zu durchwühlen. Da war es! Ein unscheinbares Memo, das er gestern bestimmt zur Kenntnis genommen hatte. Die Durchschlagkopie war für die Ablage vorgesehen. Der Autor war ein Captain namens Donald M. Mixson, der im Air Force Special Weapons Center in Albuquerque Dienst tat. Eine Sekunde lang fragte sich Soames, ob mit seiner Karriere irgendetwas schiefgelaufen war. Gab es nicht viel interessantere Posten als seinen? Dann schob er den Gedanken schnell wieder weg. Er war schließlich der Adjutant des Verteidigungsministers! Was für einen interessanteren Job konnte es schon geben? Er bedankte sich bei Beth und ging mit der Kopie des Memos in den Händen in sein Büro.

Das SWC der Air Force hatte die Entwicklung des Orion-Raumschiffes in Auftrag gegeben, überwachte den Prozess und lieferte Fortschrittsberichte wie den, den Soames wiedergefunden hatte. Er verstand nicht viel von der Technik, hatte nur von Gesprächen mit anderen Adjutanten davon gehört, dass das Schiff mithilfe explodierender Atombomben angetrieben werden sollte – eine verrückte Vorstellung. Soames beugte sich an seinem Schreibtisch über das Memo und las. Wenn man sich ansehen konnte, wie die Idee in dem Papier in Zahlen und einzelne Projektteile zergliedert wurde, hörte sie sich ernst zu nehmend an. In dem Memo war von Tests und Untersuchungen die Rede, von Prüfungen, die sicherstellen sollten, dass die Prallplatte, welche die Energie der Explosionen aufnehmen sollte, den Belastungen standhalten würde. Dafür sollte ein

Teststand gebaut werden, in dem man die Platten Tausenden von Explosionen aussetzen konnte, mit konventionellem Sprengstoff. Soames betrachtete sich nach der Lektüre als eingelesen. Er wandte sich den anderen Berichten zu, die Beth inzwischen längst auf seinem Schreibtisch abgeladen hatte.

Soames hatte mehrere Stunden Arbeit hinter sich, er hatte in der Messe mit anderen Adjutanten geplaudert und kam gerade wieder in sein Büro zurück, als Beth ihn abfing und diskret krächzte.

»Er will Sie sprechen.«

Soames betrat das Ministerbüro und betrachtete das Aktenchaos. Mehr als die Hälfte der grauen Ordner stand noch auf dem Bürowagen. Die meisten von ihnen waren zur Seite gekippt. Mehrere Exemplare stapelten sich auf McNamaras Schreibtisch, aufgeteilt in drei Türme, die nachlässig aufgeschichtet und wieder zusammengestürzt waren. Vier Ordner lagen geöffnet auf dem Tisch. Einen hatte der Minister in der Hand, während er sich parallel zur Tischplatte in seinem Sessel in einem abenteuerlichen Winkel zurücklehnte.

»Es steht nirgendwo drin, dass die Russen so ein Ding haben«, schimpfte er. »Der ganze Krempel ist über Ihren Tisch gegangen. Können Sie sich an *einen* Bericht erinnern, in dem dazu irgendetwas Konkretes drinsteht, nur einen?«

Soames merkte, wie sein Blutdruck stieg. Er musste in sich gehen. Das Memo von gestern würde ihm jetzt nicht helfen. Er überflog die offen herumliegenden Ordner, deren aufgeschlagenen Seiten Briefköpfe von CIA, DIA und GMAIC enthielten. In einem lag ein unbeschriftetes Blatt Papier. Soames zeigte darauf.

»Wir haben das von der CIA erhalten.«

»Oh, das!«, entfuhr es McNamara genervt. »Ich war dabei, als Dulles dieses Gekritzel auf den Tisch gelegt hat. Das kann doch nicht alles sein!« Der Minister machte sich die Mühe, den augenblicklich begutachteten Aktenordner wegzulegen, das fragliche Blatt auszuheften und hochzuhalten. »Wir können doch nicht Milliarden und Abermilliarden von Dollar für ein absurdes Projekt ausgeben, nur weil irgendein unterbeschäftigter Klempner in Moskau aus Langeweile auf einem Fetzen Papier herumgemalt hat! Das ist doch völliger Wahnsinn!«

Soames betrachtete sich selbst als nicht dafür zuständig, eine solche Einschätzung abzugeben oder zu bestätigen. Er deutete ein schüchternes Nicken an.

»Haben Sie irgendeinen Bericht im Kopf, irgendein Memo, das besagt, die Russen würden so ein Ding bauen, so ein Raumschiff?«

»Nein, Sir!« Soames hätte noch einmal in sich gehen können, bevor er diese Antwort gab. Das aber hätte zu unsicher gewirkt.

»Lassen Sie eine Anfrage an die CIA aufsetzen. Fragen Sie das! Wir werden die Mittel für Indochina dringend nötig haben.«

»Ja, Sir!«

»Wir werden diesen ganzen Wahnsinn stoppen. Und lassen Sie den Krempel wieder rausschaffen!« McNamara warf seine rechte Hand in Richtung des Bürowagens.

»Ja, Sir«, bestätigte Soames ein weiteres Mal brav.

Der Minister schob seinen Sessel wieder näher an die Tischplatte heran. Dann zog er die geöffneten Aktenordner zu sich heran und klappte sie einen nach dem anderen zu.

* * *

Dienstag, 12. Mai 1964, 09:22:18 Western Standard Time, Area 25, Jackass Flats, Nevada Test Site

T minus 4296/05:34:42 [Tage/Std:Min:Sek]

Ryan duckte sich, obwohl er wusste, dass dies unnütz war. Er presste die Hände auf die Ohren, die bereits durch Ohrenstöpsel und die Ohrenschützer am Helm gegen den Schalldruck gewappnet waren. Der Knall dröhnte in seinen Gehörgängen, trotz des mehrfachen Schutzes. Er ging ihm durch Mark und Bein, massierte sein Zwerchfell auf eine heftige und sehr unwillkommene Art und Weise. Astl stand ihm gegenüber, die Hände in derselben Position, und grinste. Soweit Ryan das sagen konnte, taten die an den Waschbetonwänden aufgestapelten Sandsäcke sehr wenig, um den Knall zu dämpfen. Wahrscheinlich täuschte er sich darin. Wahrscheinlich wären seine Trommelfelle ohne sie schon perforiert worden. Er nahm die Hände von den Ohrenschützern und widerstand der Versuchung, sich den ganzen lästigen Helm vom Kopf zu reißen.

Astl winkte ihm. Sie gingen um die Ecke und folgten dem schlecht beleuchteten Gang bis ans Ende, standen dann am Durchgang zu dem kreisrunden Raum, der etwa zehn Yards im Durchmesser groß war. Am Boden beförderte das spiralförmige Magazin die nächste Sprengladung zum Katapult im Mittelpunkt. Ryan sah die gespannten Sprungfedern, die nur darauf warteten, die nächste zylinderförmige Ladung nach oben zu schleudern. Die Spirale mit den aufgereihten Ladungen endete ihnen gegenüber in einer Öffnung in der Wand. Dahinter befand sich der gut isolierte Raum, in dem die Sprengladungen gelagert und nachgeschoben wurden.

Astl deutete nach oben. Ryan bekam die Prallplatte genau in dem Moment zu Gesicht, als sechs Düsen Öl auf die Unterseite sprühten und die abgenutzte Oberfläche mit ihren Flecken aus unterschiedlichen Grautönen unter dem Schwarz verschwand. Er zählte auch sechs bewegliche Aufhängungen, die von der Wand des runden Schachts bis unter die Platte ragten und sie an der Oberseite festhielten.

Astl winkte hektisch. Sie rannten weg, wieder hinter ihre Ecke, wo sie sich duckten und die Hände auf die Ohrenschützer pressten. Der nächste Knall kam. Ryan schüttelte sich. Astl winkte erneut, diesmal in die andere Richtung. Sie gingen durch den Tunnel, der aus der Anlage herausführte. Einmal blieb der Ingenieur vor Ryan stehen und schützte sich erneut vor dem Lärm. Der Knall war jetzt schon deutlich weniger brutal. Sie folgten dem leichten Anstieg des Tunnels und erreichten das Tageslicht. Die Hitze Nevadas hüllte sie ein. Ryan drehte sich um. Die Prallplatte wurde durch eine weitere Detonation mehr als fünf Yards über den Schacht hinaus in die Höhe katapultiert, eingehängt an den sechs Masten, die über die Öffnung hinausragten. Ebenso ruckartig fiel sie wieder runter. Astl nahm den Helm mit den Ohrenschützern ab und entfernte die Stöpsel. Ryan tat es ihm gleich.

»30 Sekunden«, sagte er. »So haben wir die Intervalle in der Testreihe jetzt getimt. Als Nächstes starten wir eine Reihe mit 10 Sekunden Abstand und gehen dann runter auf eine Sekunde, der eigentliche Härtetest.«

Ryan schüttelte benommen den Kopf. »War das eben nicht gefährlich?«

»Nicht, wenn man die Sekunden richtig zählt«, entgegnete Astl. »Und so sehen Sie mehr von der ganzen Anlage, als man auf den Bildern der Kameras da drinnen erkennen kann. Bis jetzt halten die Prallplatten durch.« Astl nickte überzeugt. »Sie werden auch die Sekundentests überstehen. Das ist hier eh nur ein Provisorium. Die Anlage war leicht und schnell zu bauen und gibt uns jetzt erst mal mehr Sicherheit, wenn es um die langfristige Stabilität der Platten geht, um den ganzen Lebenszyklus.«

Er wandte sich von der Anlage ab, an der die Platte wieder in die Höhe schnellte. »Noch 'nen Kaffee?«, fragte er seinen Gast.

»Oh, ja!«

»Gut.« Astl ging voran, auf die Nissenhütte zu, die vielleicht hundert Yards entfernt war.

Ryan zog die Luft ein. In dieser Wüste roch sie leicht erdig. Er vermisste die harzigen und leicht süßlichen Noten, die er von der Vegetation in Alabama kannte. Und während er sich noch diese dramatisch trockene und karge Landschaft ansah, zerstörte die hinter ihm stattfindende Testserie den Eindruck von beschaulicher Abgeschiedenheit. Eine Sprengladung nach der anderen flog in die Luft. Das Knallen wurde nur allmählich leiser, während sie sich vom Teststand entfernten. Ryan sah nach links. In einer bis zwei Meilen Entfernung stand ein Komplex aus Industriegebäuden mit zwei schlanken Schornsteinen und einem Wasserturm.

»Was ist denn das?«, erkundigte er sich.

»Die liebe Konkurrenz«, gab Astl sofort zurück, »die Nuclear Rocket Development Station der NASA, Ihres Vereins. Da läuft Projekt NERVA, der Bau eines nuklearthermischen Triebwerks, das keine Bomben braucht, um zu laufen.« Astl schmunzelte freudlos. »Kennedy war vor zwei Jahren da und hat sich das angesehen. So viel Aufmerksamkeit von der Regierung müssen wir erst einmal bekommen.«

»Die werden schon merken, dass Orion mehr leisten kann.«

»Hoffentlich.« Astl schüttelte den Kopf und machte eine ungeduldige Geste, wie um einem Gedanken auf die Spur zu kommen, den er gerade noch im Kopf hatte.

»Auf die letztendliche Testanlage soll jedenfalls ein ganzes Raumschiff mit einer Platte von zehn Metern Durchmesser passen. Es wird bei jeder Explosion in einen Schacht eintauchen«, Astl stieß seinen rechten Arm durch die Luft nach unten, um die Bewegung zu verdeutlichen, »und dann wieder von der Aufhängung zurück in Position gebracht – im

Sekundentakt. So können wir auch Ihre Schwingungsdämpfung testen und sehen, ob sie hält, was sie verspricht.« Der Ingenieur zeigte mit dem Finger auf Ryan und grinste.

»Hoffentlich tut sie das«, gab er nickend zurück.

»Dafür muss noch mehr Geld kommen«, fuhr Astl fort und öffnete die Tür zur Nissenhütte, nicht ohne dabei ein gehöriges Quietschen zu verursachen. Drinnen standen einige verlassene Holztische, einfache Sperrholzmöbel, die die Verwaltungsleiterin des Projekts günstig eingekauft hatte, wie Astl gleich anfangs erzählt hatte. Das Personal, das an ihnen sitzen sollte, war noch nicht eingetroffen. Astl griff sich die Glaskanne, die an der Seitenwand in der Spüle der schlichten Küchenzeile stand, spülte sie aus und fing an Kaffee zu machen. Die Moulinex-Maschine stand gleich daneben. Es lag sogar noch die Gebrauchsanleitung neben dem Apparat, mit dem Slogan »It's so simple when you Moulinex it« auf dem Cover.

»Die Dinger sind praktisch«, sagte Ryan mit einem anerkennenden Nicken zur runden Decke der Nissenhütte. »Hab mal in England eine gesehen, die bei der RAF als Kapelle für Gottesdienste eingerichtet war, irgendwo in Yorkshire.«

»Das Budget für den Teststand ist noch nicht durch«, kehrte Astl zum Thema zurück. »Wir können einen Test in der Luft machen, mit einer zwei Meter großen Platte, die sich in der Nähe eines Treibsatzes befindet, wenn er explodiert.« Bedächtig füllte er das Kaffeepulver aus einer Dose in das Filterpapier. »Das würde denen oben mal zeigen, dass die Platte eben nicht zerlegt wird, wenn die Atombombe detoniert. Wenn wir dann die Mittel bekommen, meinen Sie es wirklich ernst. Dann wird das Schiff gebaut.«

»Und wie stehen die Chancen?« Ryan fuhr sich durch die Haare, um sich eingebildeten Wüstenstaub auszukämmen. Er spürte, wie das geräuschvolle Brühen des Kaffees in seinem Hals eine sehnsuchtsvolle Enge erzeugte. Er zwang sich, Astl anzusehen, während der mit ihm redete, und nicht nur auf die Kaffeemaschine zu starren.

»Ich weiß es nicht«, gab Astl zurück. »Ted und de Hoffmann kümmern sich um die Finanzierung, kommen dabei aber an die Entscheider nicht heran.«

»Sie meinen, in der Regierung?«

»Genau! Sie berichten an das Air Force Special Weapons Center in Albuquerque. Ob sich einer von den hohen Herren in Washington vorstellen kann, was mit so einem Raumschiff alles möglich ist, kann ich wirklich nicht sagen.«

»Wollen wir's hoffen!«, sagte Ryan.

»Und bei Ihnen?«, erkundigte sich Astl höflich. »Wie läuft's in Huntsville?«

»Ach, Sie wissen schon«, entgegnete Ryan in einem beschwichtigenden Tonfall. »Immer dasselbe! Wir müssen sehen, dass wir das F1-Triebwerk zum Laufen bringen. Das ist die Grundlage für alles andere. Dr. von Braun lässt mich die Berechnungen zur Verteilung der Gase in der Brennkammer machen. Bei der kleinsten Veränderung des Designs machen wir das immer wieder und wieder. Es ist nicht halb so aufregend, wie Sie sich das vorstellen.« Er grinste gequält. »Ein dressierter Affe könnte die Formeln anwenden. Im Grunde genommen wissen wir längst, dass das Triebwerk zuverlässig funktionieren wird. Es geht einfach nur um den allerletzten Grad an Unsicherheit.«

Die Kaffeemaschine gab ein gluckerndes Geräusch von sich und verriet so, dass sie fertig war. Astl ließ Wasser über zwei schlichte Aluminium-Kaffeebecher laufen, um so den Sand abzuwaschen, der sich auf ihnen angesammelt hatte. Dann schenkte er ein.

»Würden Sie jetzt lieber etwas anderes machen?«, fragte er und grinste verschmitzt.

Ryan genoss den ersten Schluck Kaffee und hielt dann inne, um etwas verwundert durch die offene Tür der Nissenhütte auf die Einöde des Testgeländes hinauszuschauen.

»Was ich will?«, fragte er verwundert zurück.

»Genau«, bekräftigte Astl.

Ryan ließ sich noch mehr Zeit mit der Antwort, ließ seinen Blick weiter über die Landschaft schweifen. »Ich denke, dass ich wirklich davon fasziniert bin, was Ihr Antrieb kann.« Er sah wieder zu Astl zurück, der immer noch grinste. »Ich denke, ich will wirklich Nutzlasten für solche Schiffe entwickeln, schwere Sachen, die viel Spaß machen. Und ich denke, dass es zahllose Möglichkeiten für Zwecke gibt, die viele Menschen faszinieren könnten.«

»Bestimmt!«, stimmte Astl zu. »Wann fangen Sie damit an?«

Ryan war noch verblüffter als zuvor. »Womit?«

»Ich würde solche Entwürfe von Ihnen gerne mal sehen. Wenn das, was Sie jetzt machen, Sie nicht genug fordert, sollten Sie sich mal daransetzen.« Astl nahm entspannt einen Schluck Kaffee.

Ryan schnaubte. »Wir müssen jetzt erst mal den Mond schaffen. Alles andere ordnet sich dem unter. Ich glaube nicht, dass Dr. von Braun mich jetzt an irgendetwas anderem als den F1-Triebwerken arbeiten lässt.«

»Manchmal muss man sich den Freiraum dafür eben selbst schaffen.« Astl nahm einen weiteren Schluck. »Sie wissen schon, bei den Vorgesetzten läuft das immer unter ›Initiative zeigen‹. Ich würde heute nicht diese Versuche machen, wenn ich immer brav die Belastungsgrenzen für die Federbeine ausgerechnet hätte. Ich habe mir mein Gebiet gesucht.«

»Bestimmt haben Sie recht«, entgegnete Ryan schnell. »Irgendetwas muss sich ändern.« Er nippte vom Kaffee und sah durch die geöffnete Tür in die Wüste hinaus. Er sah, wie die Prallplatte nach oben geschleudert wurde und wieder sank, wieder und wieder.

Ryan erreichte Huntsville am übernächsten Tag, holte seinen Wagen vom bewachten Parkplatz ab und fuhr nach Hause. In der heimatlichen Diele angelangt, küsste er Sybil kurz, umarmte Lauren und Paul und ließ sich von ihnen das Neueste aus der Schule berichten. Er hatte einen frühen Flug genommen. Es war erst Nachmittag.

»Ich packe eben aus«, sagte er zu Sybil. »Dann mache ich ein paar Notizen für morgen.«

Sybil seufzte. Im Kopf rechnete sie schon nach, wie viel Nudeln sie weniger machen sollte, weil sich ihr Mann kaum für das Dinner interessieren würde.

»Wenn du jetzt nach der Reise noch stundenlang aufbleibst, weiß das bei der NASA eigentlich irgendjemand zu schätzen?«, fragte sie bissig.

»Ich muss morgen auf jeden Fall berichten«, tat Ryan ihren Einwand ab. »Die werden nicht mit Fragen warten, bis ich im Büro alles habe tippen lassen. Die möchten gleich Bescheid wissen.«

Sybil schüttelte kapitulierend den Kopf, sie wie Ryan es bei ihr in letzter Zeit oft gesehen hatte. Er nahm seinen Koffer wieder auf und ging die Treppe hinauf, um das kleine Zimmer anzusteuern, in dem sein

Schreibtisch stand. Während er die Stufen erklomm, konnte er hören, wie Lauren mit Paul verhandelte.

»Klar, können wir noch mal Basketball spielen. Dad kommt bestimmt nicht zum Essen herunter. Dann braucht Mum immer länger mit dem Dinner.«

Waren Sybil und er wirklich so leicht zu durchschauen? Dann zuckte er innerlich mit den Achseln. Er hatte schon gesagt, was er machen wollte. Also setzte er sich an den Bericht.

Am nächsten Tag saß Ryan im Marshal Space Flight Center mit den anderen Ingenieuren am Konferenztisch und trug vor. Dr. von Braun saß ihm gegenüber und sah, wie immer, auf freundliche Weise konzentriert aus. Masson saß neben Ryan, wie immer. Und ausgerechnet er grummelte am Ende: »Na, und?«

»Was meinst du mit ›Na, und?‹«, gab Ryan zurück.

»Na, du weißt schon, das Entscheidende!« Masson breitete die Hände aus. »Werden Sie früher auf dem Mond sein als wir? Wir schicken dich dahin, damit du das für uns im Auge behältst!«

Der etwas klein geratene Ingenieur mit der kahlen Stelle am Hinterkopf zog noch die Brauen hoch, um der Frage mehr Nachdruck zu verleihen. Ryan sah, wie von Braun ihren Dialog mit einem zurückhaltenden Grinsen bedachte.

»Nein, werden sie nicht«, antwortete er gelangweilt. »Die Tests sind in einem viel zu frühen Stadium. Abgesehen davon ist das überhaupt nicht ihre Absicht. Das Projekt verfolgt militärische Zwecke.«

Masson nickte. Den Teil hatte er von Ryan schon öfter dargelegt bekommen.

»Wir sollten uns darüber Gedanken machen, wie wir diesen Antrieb in der Zukunft nutzen können.« Er sah von Braun an, der ihn von seinem Ende des Tisches aus musterte. »Wir könnten mit solchen Raumschiffen das ganze Sonnensystem bereisen und erforschen, in vertretbarer Zeit!«, fuhr er fort. »Kann schon sein, dass erst einmal die Air Force dafür Verwendung hat. Unsere Zwecke sind aber mindestens genauso gut. Wir sollten in dieses Projekt mit einsteigen!«

Von Braun lächelte leicht. »Es gibt da ein Potenzial.« Der deutsche Experte, an dessen Lippen sie hier alle hingen, lehnte sich zurück und strahlte mit seinem entspannten Lächeln jene joviale Wärme aus, für die er berühmt war. »Aber Sie wissen ja, wie die offizielle Position der NASA aussieht. Es gibt das Rover-Projekt. Kennedy hat es angekündigt. Unsere Pläne für bemannte Marsmissionen nach Apollo beruhen darauf.«

»Sie wissen, dass Orion leistungsfähiger ist«, antwortete Ryan. »Sie haben sich die Versuche angesehen.«

Von Braun nickte. Sein Lächeln bekam einen nostalgischen Zug. Ryan vermutete, dass er an seine eigenen ersten Experimente in den 30er Jahren auf einem Raketenflugplatz bei Berlin dachte.

»Es muss in Washington, bei der NASA und im Kongress einen Fürsprecher für dieses Projekt geben«, beharrte er. »Wir kommen mit diesem Antrieb bis zum Pluto, das wissen Sie genau – aber nur, wenn die Leute auch an das Projekt glauben.«

»Ja, da haben Sie sicher recht«, antwortete von Braun ruhig. »Allerdings haben wir hier zu viel zu tun, bis wir auf dem Mond gelandet sind. Und es müssen ja nicht immer dieselben sein, die sich für ein Projekt einsetzen.« Jetzt lächelte er mokant, fragte dann, was für Punkte noch auf der Tagesordnung standen. Masson konnte es ihm sagen.

Als das Dutzend von Ingenieuren in weißem Hemd wieder auseinanderstrebte, blieb einer stehen und fing Ryan an der Tür ab. Er hatte in der Runde nichts gesagt. Ryan wusste nicht, wo er das hagere Gesicht hintun sollte.

»Mr. Thomasson«, hob der Fremde an, während er ihm die Hand reichte. »Ich habe Ihnen eben zugehört. Mein Name ist John Houbolt.«

Ryan schüttelte die hingehaltene Hand und hielt dann verblüfft inne. »Sie sind der Mann, der sich das Lunar Orbit Rendezvous hat einfallen lassen!«

»Nein«, beschied ihm der Mann mit dem hageren Gesicht mit einem Kopfschütteln. »Das war ein russischer Theoretiker namens Yuri Kondratyuk.« Mit einem Gesichtsausdruck, der zeigte, dass er Erstaunen darüber schon gewohnt war, fügte er hinzu: »Vor dem Kommunismus. Tom Dolan hat seine Arbeiten gefunden und das Verfahren bei uns in Langley vorgeschlagen.«

Ryan ließ endlich Houbolts Hand los.

»Ich bin heute hier, um mit Dr. von Braun über die Integration der Landefähre in die Saturn V zu sprechen«, fuhr der fort. »Sie wissen vielleicht, dass es gar nicht so einfach war, das LOR zu etablieren. Mir ging es so wie Ihnen jetzt mit Orion. Es gab keinerlei Unterstützung.«

»Wie haben Sie das geschafft?«, fragte Ryan spontan.

Houbolt lächelte leicht.

In diesem Moment fiel Ryan auf, dass sie recht unbequem am Eingang zum Konferenzraum herumstanden. »Wollen wir vielleicht in der Kantine darüber sprechen?«

»Es tut mir leid, ich muss gleich nach Langley zurück.« Houbolt straffte sich. »Wie wir das geschafft haben? Ich habe dem stellvertretenden Administrator einen Brief geschrieben, einen langen Brief. Und in dem stand einfach die Wahrheit – dass mit dem LOR viel weniger Masse bewegt werden muss, als wenn man mit ein und demselben Raumschiff von der Erde aus startet und auf dem Mond landet. Ich habe nur dargelegt, was andere schon entdeckt hatten. Ich habe Robert Seamans geschrieben, dass wir aufhören müssen, uns so zu verhalten, als ob der Direktflug die beste Lösung wäre, obwohl wir es besser wussten. Das hat ein bisschen Eindruck gemacht und zu der modularen Lösung geführt, die wir jetzt verfolgen.«

Ryan stutzte: »Modulare Lösung!«

Houbolt lächelte wieder. »Ja, sie wissen schon, Landefähre mit Lande- und Wiederaufstiegsstufe und so weiter.«

Ryan war einen Moment lang nicht ganz bei sich. Dann erinnerte er sich daran, dass er sein Gegenüber aufhielt. »Ja, also das mit dem Brief ist interessant. Das muss ich mir merken!«

»Stehen Sie für das ein, wovon Sie überzeugt sind«, empfahl Houbolt ihm. »Manchmal funktioniert das sogar.« Er reichte Ryan nochmals die Hand. »Alles Gute!«

Ryan wünschte ihm eine gute Reise. Dann ging er, versonnen vor sich hin grübelnd, in sein Büro und setzte sich dort an seinen Schreibtisch. Masson war da und blickte kurz von seinem Platz zu ihm hoch.

»Modulare Lösung.« Ryan murmelte die Worte halblaut vor sich hin.

Masson hörte ihn und machte ein entsprechend fragendes Gesicht, ließ ihn aber in Ruhe.

»Modular«, sagte Ryan nochmals. Dann drehte er sich zum Reißbrett um, das rechts neben seinem Platz stand, und fing an zu zeichnen.

Als Paul nach Hause kam, spürte er sofort, dass etwas nicht in Ordnung war. Der Tag war ohnehin nicht gut gelaufen. Er hatte zu Chris Hansen, der in der Klasse zwei Plätze vor ihm saß, gesagt, dass sein Vater an einem großen Raumschiff arbeitete. Chris hatte dagegengehalten, dass sein Vater wichtiger sei, weil er bei Murphy's im Parkway City Shoppingcenter stellvertretender Filialleiter war. Außerdem hatte er erklärt, dass sein Vater alle NASA-Wissenschaftler zu »Spinnern« erklärt hatte. Dann kamen der Faustkampf, das unwirsche Eingreifen der unbeliebten Biologielehrerin Mrs. Bodjanski und das Nachsitzen. Kein guter Tag im Ganzen bis jetzt. Obwohl die Stunden im Raketenmodellclub nach dem Unterricht ihn ein bisschen besser gemacht hatten. Das irgendetwas ganz bestimmt nicht in Ordnung war, konnte Paul schon daran erkennen, dass sowohl das Fliegengitter am Hauseingang als auch die eigentliche Tür offen standen. Das war sonst nie so. Einbrecher, dachte er. Die würden beide Türen offen lassen und dann alles rausschaffen, was sie stehlen wollten. Am helllichten Tag? Waren sie an seinen Spielsachen gewesen? Er würde sie verprügeln wie Chris Hansen. Also schlich er sich ganz vorsichtig in die Diele. Keine Spur von Einbrechern, keine Geräusche. Paul erwog in seinem Herzen, dass die offenen Türen vielleicht auch eine ganz normale Ursache haben könnten, die keine heroisches Einschreiten erforderlich machen würde. Er schloss das Fliegengitter hinter sich und ging langsam voran. Das Esszimmer mit dem großen Tisch war leer. Niemand kam die Treppe herunter, die rechts von ihm in das Obergeschoss hinaufführte. Paul ging weiter voran. Durch die höhere Tür gelangte er direkt in das Wohnzimmer. Seine Mutter saß auf dem Sofa rechts und stützte ihren Ellenbogen auf die seitliche Lehne. Sie trug ein einfaches, hellbraunes Kleid. Die rechte Hand an ihrer Wange verschwand hinter den Strähnen der brünetten Bubikopf-Frisur. Sie blickte auf den Couchtisch vor ihr und sah traurig aus. Der Fernseher, der hinter dem Tisch auf seinem fahrbaren Gestell stand, war aus. Paul dachte darüber nach, wann die nächste Episode von »Twilight Zone« laufen würde. Es war Freitag, fiel ihm ein. Freitags kam Dad dann doch immer etwas früher nach Hause. Hier allerdings war er nicht.

»Ist Dad da?«, fragte Paul seine Mutter.

»Mhmh«, machte sie und starrte ungerührt weiter auf den Tisch.

Paul fand es komisch, dass sie ihn nicht ansah und auch nicht von sich aus angesprochen hatte, so wie sie es immer tat, wenn er nach Hause kam. Kein: »Hallo!« Kein: »Dinner gibt es pünktlich um sechs. Wehe, du kommst zu spät!« Er ahnte, dass er vielleicht mehr Fragen stellen konnte, dass seine Mutter dann mehr erklären würde. Er wusste nur nicht, was er fragen sollte. Also gab er sich mit der Antwort zufrieden und lief ohne ein weiteres Wort ins Esszimmer. Von da lief er die Treppe hinauf und gelangte in den Flur, der zu den kleineren Zimmern führte, seinem, dem Schlafzimmer, dem Arbeitszimmer seines Vaters. Die Tür zum Zimmer seiner Schwester stand offen. Lauren hockte am Boden und zog eine Barbiepuppe um. Paul rümpfte die Nase und ging weiter zum Arbeitszimmer. Sein Vater arbeitete am Reißbrett. Paul konnte sehen, dass das große Blatt in der unteren rechten Ecke mit einem NASA-Logo bedruckt war. Es handelte sich also um Arbeit, die sein Dad aus dem Büro mit nach Hause genommen hatte. Paul versuchte zu erkennen, was sein Vater zeichnete. Auf der rechten Seite wirkte das Ganze wie die abgerundete Spitze einer Rakete, einer besonders dicken und plumpen Rakete allerdings. Die linke Hälfte der Zeichnung war noch lange nicht fertig, wie es schien. In der rechteckigen Form waren mehrere einzelne Bauteile enthalten, angeordnet entlang einer Mittelachse. Dann gab es die Federbeine und die von der Seite wie ein einzelner Strich wirkende Platte ganz links. Paul wusste schon, wozu die da waren. Er räusperte sich, um sich bemerkbar zu machen.

Sein Vater drehte sich um und grinste. »Hallo, Sportsfreund!«, rief er. »Na, alles klar?«

Paul machte ein zustimmendes »Mhmh«. Eigentlich hatte er ja viel über die Dinge zu erzählen, die nicht ganz in Ordnung waren. Er wollte seinem Vater gerne berichten, dass er sich mit Chris Hansen geprügelt hatte, um ihn zu verteidigen, seinen Dad! Aber irgendwie sahen die Erwachsenen an diesem Tag alle so aus, als ob sie ihm überhaupt nicht zuhören wollten.

»Weißt du was? Dein Dad hat's geschafft! Ich weiß jetzt, wie wir das Raumschiff immer wieder verwenden können, selbst wenn es wegen der Strahlung nicht auf der Erde landen darf. Willst du wissen, wie das geht?«

Paul wollte eine ganze Menge. Aber weil sich das so spannend anhörte, was sein Vater zu erzählen hatte, machte er nochmals »Mhmh«.

Sein Dad deutete mit der flachen Hand auf die Mitte des Bildes, so als wollte er die Zeichnung dort durchstechen. Die Hand zitterte leicht. »Es sind zwei Teile«, verkündete er und hörte sich dabei leise, aber gleichzeitig furchtbar aufgeregt an. »Den rechten Teil lassen wir immer in der Umlaufbahn. Da sind die Räume für die Besatzung drin, alles, was immer wieder gebraucht wird. Der linke Teil ist der, der immer wieder ersetzt wird. Das sind die Prallplatte und die Magazine mit den Atombomben, aber auch Sauerstoff, Wasser und Proviant sind an Bord, alles, was sich verbraucht. Nicht wiederverwendbare Landefähren, unbemannte Sonden, die unterwegs abgesetzt werden – das alles kommt von der Erde in diesem Teil nach oben, in dem der Antrieb ist. Und natürlich die Astronauten! Die sind auch mit an Bord, wenn dieser Teil startet.«

Pauls Dad fasste sich mit der zitternden Hand ans Kinn. »Ich weiß noch nicht, wie wir sie am besten evakuieren, wenn beim Start etwas schiefgeht. Es sollen ja viele sein, bis zu 200. Das muss ich mir noch überlegen. Na, jedenfalls«, er deutete wieder auf die Mitte der Zeichnung, »werden die beiden Teile hier in der Mitte in der Umlaufbahn miteinander verkoppelt und die nächste Mission kann beginnen. Es ist ganz gut, wenn wir die Prallplatte und die Federbeine nach jedem Flug ersetzen. Sie werden stark verschlissen sein. Mit dem Antriebsteil schaffen wir die Nukleartreibsätze nach oben, die für den nächsten Flug gebraucht werden. Das ganze sonstige Drumherum, das Schubgerüst und so weiter, sind nur ein paar Tonnen. Und das eigentliche Schiff«, er ließ seine Hand über die rechte Hälfte der Zeichnung hinweg schweifen, »können wir immer wieder verwenden. Wie gefällt es dir?«, fragte er schließlich Paul.

»Gut!«

Sein Vater sah ihn an, grinste und zog die Brauen hoch, als sein langer Vortrag durch ein so knappes Urteil für würdig befunden wurde.

»Wie gefällt es Mum?«

Da gefror das Grinsen im Gesicht seines Vaters. »Weißt du, deine Mutter denkt, dass ich mich auf der Arbeit auf die Dinge konzentrieren sollte, die meine Chefs von mir erwarten, du weißt schon, Dr. von Braun und die anderen. Sie denkt, dass ich, wenn ich mich mit so einem verrückten Projekt, wie sie sagt, beschäftige, nie befördert und nie mehr Geld verdienen werde. Und das macht ihr Sorgen.«

Pauls Vater hatte einen seiner Zeichenstifte in die Hand genommen und ließ ihn zwischen den halb geschlossenen Fingern auf und ab hüpfen.

»Das stimmt doch aber gar nicht, oder?«, vermutete Paul.

»Niemand kann das genau sagen. Das ist das Dumme, wenn man erwachsen ist. Du musst selbst wissen, was du willst.« Er seufzte. »Manche sagen dir natürlich trotzdem, was angeblich gut für dich ist. Entscheiden musst du trotzdem selber.«

»Ich find' das Raumschiff toll!«, äußerte Paul seine Meinung.

Sein Dad nickte.

»Kommst du heute zum Dinner runter?«

Jetzt schluckte sein Dad und überwand sichtlich einen inneren Widerstand. »Ich denke schon.«

»Prima! Ich geh noch mit Pete Basketball spielen und dann bin ich zum Essen da!«

»Erst machst du deine Hausaufgaben«, erwiderte Pauls Vater desinteressiert. »Und sag deiner Mutter Bescheid!«

»Klar!«

Paul verließ das Zimmer schnell und in der festen Gewissheit, dass sich an seiner Welt nichts ändern würde.

»Ich halte das für eine Chance, die unsere Organisation sich nicht entgehen lassen darf! Ausrufezeichen. Neuer Absatz.«

Ryan legte die Hände in den Nacken und verschränkte die Finger. Vor ihm saß Nancy Harwicke, die neue Sekretärin, die er und Masson zugeteilt bekommen hatten. Sie nahm alles, was wer sagte, auf ihrem Stenoblock auf. Als er das erste Mal das Wort »Atombombe« diktiert hatte, waren ihre wasserblauen Augen vor Erstaunen groß geworden. Das hatte er deutlich sehen können. Jede weitere Zeile nahm sie mit einer gewissen Grundfröhlichkeit hin, die Ryan schon vorher an ihr wahrgenommen hatte. Als Nancy vor wenigen Tagen ihre Stelle angetreten hatte, war es zu den unvermeidlichen Szenen gekommen. Noch bevor er sie überhaupt zu Gesicht bekommen hatte, konnte Masson ihn bereits mit einem erhobenen Daumen über das ansprechende Äußere der »Neuen« informieren. Die Geste hatte sich noch ein paarmal wiederholt, wenn

Kollegen unter irgendwelchen Vorwänden in ihr Büro gekommen waren, um einen neugierigen Blick hineinzuwerfen. Ryan seufzte innerlich, als er sich daran erinnerte. Dann rief er sich selbst zur Ordnung. Einen wichtigeren Brief hatte er in der NASA noch nicht schreiben lassen.

»Eine zivil-militärische Zusammenarbeit ist in meinen Augen der beste Weg, um die Vorteile dieses Systems für die Vereinigten Staaten in vollem Umfang verfügbar zu machen«, diktierte er weiter, »bevor es jemand anders tut.«

Ryan grinste über seinen rhetorischen Einfall und von Nancy kam ein Lächeln zurück. »Ich würde mich freuen, wenn Sie diese Gedanken in Erwägung ziehen. Für eine genauere Erörterung stehe ich gerne zur Verfügung. Mit freundlichen Grüßen und so weiter.«

»Und das funktioniert?«, fragte Nancy, als sie mit einem überraschten Lächeln vom Block aufsah.

Ryan legte seine Arme auf die Tischplatte. »Es fehlen nur ein paar praktische Tests.«

»Wahnsinn!«, staunte sie.

»Stört es Sie nicht, dass der Antrieb mit Atombomben funktionieren soll?«, fragte Ryan und sah sie prüfend an.

»Wieso? Dann sind die mal zu was nütze!«, antworte Nancy prompt. »Meinen Sie, die lassen das Ding so wirklich bauen?«

»Mal sehen, wenn der Brief alle erreicht – den Administrator, die Leiter der Zentren –, dann haben wir eine Chance.«

Nancy nickte schnell, klappte an ihrem Block die vollgeschriebenen Seiten wieder nach vorne und wandte sich zum Gehen.

Ryan grinste. Sie hatte seine Antwort anscheinend als Aufforderung verstanden, sich schnell an die Schreibmaschine zu setzen und mit ihrer Arbeit anzufangen. Und er ließ sie ziehen, beinahe jedenfalls.

»Wann gehen Sie eigentlich in die Kantine?«, fragte er nach einem Moment des Zögerns, als seine Sekretärin ihre Hand bereits auf die Türklinke gelegt hatte. Er bemühte sich, die Frage harmlos klingen zu lassen.

»Um halb eins.« Sie sah ihn fragend an.

»Wir können ja mal zusammen gehen. Dann kann ich Ihnen mehr darüber erzählen, was ich von dem Projekt schon gesehen habe, wenn Sie wollen.«

»Gern.« Sie lächelte überrascht.

»Und Sie erzählen mir etwas über Delaware!«

»Aber nur so viel, wie Sie ertragen können«, lachte Nancy. »Gut.« Sie winkte mit dem Block. »Dann bis nachher!«

Ryan legte wieder die Hände in den Nacken und verschränkte die Finger. *Aufmucken gegen die Führungsetage*, dachte er, *ein verrücktes Projekt, Flirten mit der Sekretärin. Was kommt wohl als Nächstes?*

* * *

Mittwoch, 27. Mai 1964, 10:22:03 Eastern Standard Time, Washington D. C.
T minus 4280/21:34:57 [Tage/Std:Min:Sek]

Harold Finger saß in seinem Büroraum im Space Nuclear Propulsion Office und sah die Hauspost durch. *Das Übliche*, dachte er. Fortschrittsberichte von den Außenstellen in Albuquerque, der Nevada Test Site und dem Lewis Research Center in Cleveland. Er musste sie später durcharbeiten. Ein länglicher Umschlag war mit dem Absender des stellvertretenden NASA-Administrators gekennzeichnet. Das war eher ungewöhnlich. Er riss ihn auf. »Zu Ihrer Information«, las sich der Text auf einer kleinen Karte, unterschrieben vom Vizeadministrator persönlich. Der hauptsächliche Inhalt war ein zwölf Seiten langer, getippter Brief. Finger zählte die Seiten zweimal. Dieser Brief kam nicht aus der NASA-Zentrale in Washington, sondern von einem Ingenieur in Huntsville aus von Brauns Team. Finger überflog den Text und stutzte. *Das kann doch alles nicht wahr sein*, dachte er.

»Arleen«, rief er seiner Sekretärin zu, die darauf mit fragendem Gesicht in sein Büro kam. »Bringen Sie das hier bitte zu Mr. Klein.«

Er händigte ihr den Brief aus, den schlichten zwölfseitigen Stapel, dem er nicht einmal eine Büroklammer gönnte.

»Soll ich ihm etwas sagen?«, frage Arleen.

Finger schüttelte den Kopf.

Sie verließ das Büro. Finger versuchte, sich auf die Berichte zu konzentrieren, die von den Außenstellen eingegangen waren. Albuquerque meldete, dass der Bau des neuen Phoebus-Reaktors in Los Alamos planmäßig vorankam. Er würde bald zum ersten Mal kritisch werden. Cleveland berichtete, wie weit das Lewis Research Center mit der Entwicklung von Düse und Pumpen für das NERVA-Triebwerk gekommen war. Auf der Nevada Test Site beschäftigten sich die Ingenieure mit den letzten Testdurchläufen des Kiwi-Reaktors und warteten bestimmt schon sehnsüchtig auf Phoebus.

Es dauerte nicht lange, bis das Telefon klingelte.

»Sind die wahnsinnig?«, kam Kleins Stimme aus dem Hörer.

»Ich weiß auch nicht, was das soll«, antwortete Finger. »Ich kann mir nicht vorstellen, dass dieser Thomasson die Rückendeckung von von Braun hat. Vielleicht steckt das Militär dahinter.«

»Der Plan ist doch völlig lächerlich!«, ereiferte sich Klein.

Finger stellte sich vor, was sein Stellvertreter dazu für ein Gesicht machte. Er selbst spiegelte sich unvollkommen in der Glasscheibe, die in der Tür zu seinem Büro eingelassen war. Arleen hatte sie wieder geschlossen. Das Licht fiel durch die Bürofenster erst auf ihn, ehe ein Teil der Photonen die Tür erreichte. Also sah er in groben Zügen sein habichtartiges, von schwarzem, welligem Haar umrahmtes Gesicht, zusammen mit dem Telefonhörer, den er an sein Ohr drückte. Er sah weg. Er vermied es, sich beim Telefonieren selber zuzusehen. Es kam ihm albern vor. Gelegenheit dazu hätte er häufiger gehabt. Er und Milton Klein bevorzugten es, Dinge schnell durch Telefonate zu klären, statt Zeit mit gegenseitigen Besuchen im Büro des anderen zu verlieren.

»Das geht nicht!«, wütete Klein weiter. »Allein die Strahlung die beim Start auftritt! Das kann die Regierung doch unmöglich wollen!«

»Wir müssen denen das klarmachen«, reagierte Finger, »der Regierung, dem Präsidenten – dass wir das bessere Programm haben! Ich meine«, er bemerkte, wie er den rechten Arm ausbreitete, die Handfläche nach oben gedreht, so als könnte sein Gesprächspartner ihn sehen, »Rover ist Kennedys Projekt! Er hat uns direkt an zweiter Stelle erwähnt, nachdem er die Mondlandung angekündigt hatte. Das steht seit Jahren fest. Das kann sich jetzt nicht auf einmal ändern, nicht durch ein Projekt, das so gefährlich ist!«

»Ich hab das hier ja erst kurz überflogen«, erklärte Klein. »Aber dieser Thomasson schreibt hier etwas über Starts vom Nordpol, um den

Fallout zu verringern. Das Erdmagnetfeld soll Strahlung aufnehmen, die dann über orbital platzierte Kabel weiter in den Weltraum abgeleitet wird.«

»Mumpitz!«, schimpfte Finger. »Eine Krücke, um das Ganze harmlos aussehen zu lassen.« Er räusperte sich. »Wir brauchen Argumente für den Fall, dass das jemand für bare Münze nimmt. Kümmere dich darum. Sammle alles, was dagegenspricht!«

»Klar, fang ich gleich mit an!«

Beide Männer legten auf.

Finger lehnte sich zurück und blies die Backen auf. *Als ob das Projekt an sich nicht schon schwierig genug wäre*, dachte er.

* * *

Mittwoch, 8. Juli 1964, 15:26:48 Central Standard Time, Houston, Texas

T minus 4238/15:30:12 [Tage/Std:Min:Sek]

Ryans Brief brachte ihm Arbeit. Er wurde zu Dutzenden von Meetings eingeladen und durfte weiter auf Kosten der NASA reisen. Im neu gegründeten Manned Space Flight Center in Houston war man an den Möglichkeiten für den Mars interessiert, am JPL ging es um unbemannte Raumsonden mit Orion-Antrieb für das äußere Sonnensystem. In Langley gab es Ingenieure, die Orion als eine Alternative zur Saturn V ansahen, eine Möglichkeit, schneller zum Mond zu gelangen. Ryan vermied es, sich an dieser Stelle zu weit aus dem Fenster zu lehnen. Er hatte durchaus nicht vor, der Arbeit seines Chefs zu schaden. »Wir brauchen noch Zeit«, sagte er. »Apollo wird es früher schaffen.«

Die Frage war: Wie oft hatte man ihm Unterstützung zugesagt und dies auch so gemeint, und wie oft war er angeschwindelt worden? Er wusste es nicht. Er flog weiter, redete weiter, um das Beste für das Projekt rausholen zu können. Er nahm Nancy mit, wann immer ihre Arbeit im Büro dies zuließ. Sie machte bei den Konferenzen Notizen, hatte Statistiken griffbereit, aus denen Ryan vortrug, und schlief immer in ihrem eigenen Hotelzimmer. Jedes Mal, wenn ein weiterer »Trip« anstand, freute sie sich. Jedes Mal, wenn sie zurück nach Huntsville flogen, gingen sie durch, wie der Plan bei den Zuhörern angekommen war, welcher von ihnen ein zukünftiger Unterstützer für Orion sein könnte und wer nur so tat.

Es gab den Abend, an dem Ryan merkte, dass er eine Schulaufführung von Lauren verpasst hatte, obwohl er sich einstmals geschworen hatte, dass ihm so etwas nie passieren würde. Und natürlich musste er sich von Sybil so einiges anhören. Lauren dagegen nahm seine Entschuldigung sehr gelassen hin. Es gab Verabredungen mit Freunden, die Ryan absagte, weil er zu tun hatte. Es gab Basketballspiele von Paul, zu denen er nicht hinging, nicht zuletzt begründet durch seine fast schon perverse Auffassung, er dürfe seinen Sohn nicht weniger vernachlässigen als seine Tochter. Sybil nahm seine Berichte zur Arbeit entgegen, ohne Fragen zu stellen, ohne jemals wieder Einwände zu äußern, ohne sich mit ihm zu freuen. Sie hatten weiter einmal bis zweimal die Woche pflichtgemäß Sex und redeten darüber nicht.

Es war ein Meeting in Houston, das Ryan als »das Meeting« in Erinnerung blieb, die Konferenz, die alles änderte. Er konnte dem Leiter des Zentrums, Bob Gilruth, und den Chefs verschiedener Arbeitsgruppen sein Konzept vortragen, einer Runde mittelalter Herren in weißen Hemden, die ihn skeptisch und schmallippig anstarrten, als er begann. Nancy legte passend zu seinen Worten die Folien auf den Overheadprojektor, die er vorbereitet hatte. Und als er erklärte, wie das von ihm so getaufte Missionsmodul mit dem Antriebsmodul zusammengekoppelt werden sollte, konnte er sehen, wie sich ein Wiedererkennen in den Gesichtern seiner Zuhörer ausbreitete. Modularer Aufbau – das war etwas, was sie selbst Tausenden von Menschen erklärt hatten, als es um das Apollo-Kommando und Servicemodul und die Mondfähre ging. Wenn Orion solche Elemente enthielt, wirkte es doch gleich viel vertrauter!

Es gab durchaus skeptische Fragen, etwa zum nuklearen Fallout. Also erklärte Ryan alles zum Start vom Nordpol, dem geringen Gesundheitsrisiko, den orbitalen Kabeln und dem Schutz der Astronauten hinter der dicken Stahlhülle des Raumschiffs. Und dann ging er zu den Möglichkeiten über, zu der schier unbegrenzten Fracht, die ein Orion-Raumschiff zum Mars und zu weiter entfernten Zielen bringen konnte – Dutzende von Menschen, ganze Wohnhäuser, Vorräte, die auf Jahre hinaus reichen würden, Bodenfahrzeuge mit Druckkabine, Sonden, die unterwegs abgesetzt werden konnten.

»Wenn Sie wissen wollen, ob es für Nutzlasten irgendwelche Grenzen gibt, müssen Sie Ihre Fantasie fragen«, schloss Ryan seinen Vortrag. Applaus gab es nicht. Er konnte jedoch sehen, wie es hinter der Stirn seiner Gesprächspartner arbeitete, wie sie im Kopf eigene Teilprojekte vorbereiteten, die sie als Nutzlast auf das Raumschiff packen konnten.

»Fehlt nur noch ein Schwimmbad für die Besatzung!«, ergänzte Gilruth, der ruhige, weißhaarige Gastgeber der Konferenz. Die Zuhörer grinsten darüber, lachten aber nicht. Ryan breitete die Arme aus. »Wenn Sie es haben wollen – es wird sich einbauen lassen!«

Wieder allgemeines Grinsen.

»Vielen Dank für Ihre Ausführungen …«, begann Gilruth seine Abmoderation.

»Eine Frage noch, bitte!« Einer der jüngeren Ingenieure hatte die Hand gehoben.

»Ja«, gestattete Gilruth zögerlich.

»Denken Sie, dass auch eine Marslandeeinheit mitgeführt werden kann, die gegen kosmische Strahlung geschützt ist?«

Ryan lächelte. »Es geht nur darum, wie viel Tonnen insgesamt zusammenkommen werden. Die Schubkraft wird für alles völlig ausreichen, was Ihnen einfällt. Je mehr Nutzlast dazukommt, desto stabiler wird der Flug.«

Es kamen noch so einige Fragen mehr, immer von derselben Sorte, ob das eigene, selbst entworfene Lieblingsspielzeug, an dem gerade gearbeitet wurde, von einem solchen Raumschiff an Ort und Stelle gebracht werden konnte und wie schnell. Jedes Mal konnte er Antworten geben, die mehr als zufriedenstellend waren. Ryan spürte, dass seine Kollegen im Geiste schon im Raumschiff saßen, auf dem Weg, sämtliche Planeten des Sonnensystems zu erobern. Er zwinkerte Nancy zu, während er auf die nächste erhobene Hand deutete.

Am Abend lagen sie im Hotelzimmer im Bett. Ryan wunderte sich darüber, wie zielstrebig er letztlich darauf zugesteuert war. Nicht, dass er unter den Umständen viel hätte tun müssen. Der Abend im Steakhouse mitten in Houston, die anhaltenden Fragen und Glückwünsche der Kollegen, die sie eingeladen hatten, die Scherze, die immer alberner wurden, und mittendrin Nancy, die die Zuwendung der anwesenden Herren genoss und ihm dabei nicht von der Seite wich.

»Wir gehen dann mal«, hatte sich Ryan mit einer lässig erhobenen Hand verabschiedet, bewusst kurz nach elf Uhr, als er noch nicht völlig benebelt war. Und die versammelten Kollegen in ihren weißen Hemden und gelockerten Krawatten winkten feixend zurück, als sie sahen, wie sich seine Sekretärin im selben Augenblick erhob. Nur einer protestierte dagegen, dass er auf ihre Gesellschaft jetzt verzichten sollte. Der Weg ins Hotel war nicht weit. Unterwegs witzelten Nancy und er noch angetrunkenermaßen über das Schwimmbad an Bord des Raumschiffs und darüber, dass die Ingenieure auch noch »ihr eigenes verdammtes Footballstadion mitnehmen würden, wenn sie könnten«. Dann kamen sie an. Nancy kicherte, als sie die Schlüssel von einem verständnisvoll lächelnden Portier ausgehändigt bekamen. Sie kicherte wieder, als sie die nebeneinanderliegenden Zimmer erreichten und schließlich wahrheitswidrig behauptete: »Ich krieg die blöde Tür nicht auf!«

Als sie am nächsten Morgen in einem unverdächtigen Abstand nacheinander im Frühstücksraum ankamen, sah Ryan sich Nancy wieder an. Ja, sie sah gut aus. Sie hatte dieses kleine Mehr an Weiblichkeit in ihrer Figur, das Männer an Marilyn Monroe erinnerte. Jetzt wünschte sie ihm einen guten Morgen, zwinkerte ihm zu, grinste, setzte sich und fing an, sich einen Kaffee einzugießen. Wann immer sie ihn ansah, lag Begeisterung in ihrem Blick. Die strenge Eleganz von Sybil hatte sie aber einfach nicht.

»Gut geschlafen?«, fragte sie und sah ihn über die Kaffeetasse hinweg schelmisch an.

Ryan schluckte sein Unbehagen hinunter. Wann sollte er die Situation genießen, wenn nicht jetzt? Ein schlechtes Gewissen konnte er noch zu Hause haben.

»Ich hoffe, ich habe nicht zu laut geschnarcht!«, gab er zurück.

Und Nancy kicherte tatsächlich wie eine ertappte Vierzehnjährige.

Ryan grinste zeitverzögert. Ja, er hatte Spaß. Die Frage war nur: Auf was musste er in Zukunft für den Spaß verzichten?

* * *

Dienstag, 4. August 1964, 9:28:13 Eastern Standard Time, Washington D.C.
T minus 4211/22:29:47 [Tage/Std:Min:Sek]

Harold Finger war wütend. Der Umstand, über den er sich ärgerte, war nun schon einige Wochen alt, nichts Neues für ihn. Dennoch kam die Wut wieder hoch. Seitdem er bei der NASA arbeitete, hatte er die Fähigkeit erworben, seine Emotionen hintanzustellen. Dafür kochten sie umso häufiger wieder hoch. Heute allerdings konnte er sich keine unkontrollierten Ausbrüche erlauben, heute ging es um das Ganze. Mit seinem Aktenkoffer in der Hand stieg er in das Taxi, das vor dem NASA-Gebäude auf ihn wartete, und schnarrte: »Pennsylvania Avenue 1600.« Die vom Mützenschirm beschatteten Augen des Fahrers wurden groß. Er fing sich aber auch schnell wieder. Das hier war Washington. Es gab mehr als einen Menschen, der einen Termin an dieser Adresse hatte.

Finger lehnte sich zurück, ohne sich dabei zu entspannen. Das Taxi zog er dann seinem Wagen vor, wenn er während der Fahrt noch zu arbeiten hatte. Die Kosten konnte er mit diesem Argument in Rechnung stellen. Alle relevanten Unterlagen waren in einem Ordner abgeheftet, der sich im Koffer befand. Er zerrte ihn hervor und ging alles durch, was sie bisher über Orion erfahren hatten. Dass der Quatsch überhaupt in Erwägung gezogen wurde! Finger erkannte die Fakten wieder, mit denen er sich längst vertraut gemacht hatte. Dies führte nicht dazu, dass er sich irgendetwas besser merken konnte. Das wiederum steigerte seinen Ärger. Er ging die Liste mit den Gegenargumenten durch, die sie erarbeitet hatten, um sich zu beruhigen. Er wusste, dass es bei diesem Meeting nur auf ihn ankam. Ihre Gastgeber hatten die Runde klein halten wollen. Er konnte keine Unterstützer mitbringen und musste allein kämpfen.

»Da wären wir«, brummte der Fahrer.

Finger raffte hastig sein Material zusammen und entrichtete den angesagten Fahrpreis. Der Haupteingang, so viel wusste er, war nur etwas für Touristen und besonders illustre Gäste. Das Tor an der rechten Seite des Gebäudes wurde von einem Marine bewacht, dem Finger sein Einladungsschreiben und seinen Führerschein zeigte. Nach der üblichen Kontrolle auf Waffen durfte er hinein, wo eine Sekretärin des Wissenschaftsberaters schon auf ihn wartete. Minuten später saß er an dem ovalen Tisch mit der Mahagoniplatte. Die Sekretärin fragte brav, ob er Kaffee wolle. Finger gab automatisch sein Einverständnis und bekam aus einer der Kannen eingeschenkt, die auf dem Tisch standen. Er war als Erster da und fragte sich, ob das ein schlechtes Zeichen war. Seiner Uhr zufolge startete der Termin in vier Minuten. Er packte den Aktenordner aus. War er wirklich gerüstet? Das Nächste, was er sah, war eine Prozession. Etliche mittelalte Männer betraten den Raum, offenbar schon länger in angeregte Gespräche vertieft. Zwei Uniformträger von der Air Force waren dabei, der Wissenschaftsberater Donald Hornig und mehrere weitere Herren, die Finger nicht kannte. Sie folgten den hierhin und dorthin weisenden Händen der Sekretärin, schenkten Finger, der eigens aufgestanden war, ein Kopfnicken oder einen Händedruck, wenn sie an ihm vorbeiliefen. Alle nahmen Platz und bedienten sich am Kaffee.

»Zahlreiche Tests!«, intonierte gerade einer der Air-Force-Leute gegenüber Hornig, einem breitschultrigen, weißhaarigen General mit vier Sternen auf den Schulterklappen. »Wir haben damals viele Tests an der Oberfläche gemacht und die Nachbarn haben sich nie beschwert!« Der Offizier schmunzelte. »Müssen mehrere Tausend Tests gewesen sein. Klar – heute haben Sie das Strontium-90-Thema. Man muss es ja nicht gleich wieder übertreiben.«

Hornig nickte und zwang sich ein halbes Lächeln ins Gesicht.

Eine weitere Personengruppe kam herein, Männer in korrekten Anzügen, etwa fünf. Finger erhob sich, schüttelte Hände und erlebte so, dass Ryan Thomasson sich persönlich bei ihm vorstellte. Er sah sich das ebenmäßige Gesicht des großen Mannes an und entdeckte nichts Ungewöhnliches. Der Ingenieur lächelte freundlich. Finger merkte, wie seine eigene Erwiderung eher verkniffen ausfiel. Und als er sich wieder setzte, zum wiederholten Male, spürte er genau, welche Gefühle ihn durchströmten. *Der große, sportliche, sympathische, nichtjüdische Junge punktet dich wieder mal aus.* Er schalt sich selbst innerlich für diesen Gedanken. *Du hast fertige Versuchsreihen, ein funktionierendes Programm. Die andere Seite hat nur ein paar Fetzen Papier, auf denen ein paar vage Vermutungen stehen.* Finger sammelte sich.

»Sieht aus, als wären wir vollzählig«, erklärte Hornig nach einem Blick in die Runde.

»Mit zwei Ausnahmen«, erwiderte der Luftwaffengeneral und schmunzelte wieder entspannt. Finger sah genauer hin und erkannte, dass er es mit dem Kommandeur des Strategischen Bomberkommandos, Thomas Power, zu tun hatte. Es gelang ihm, den Namen vom Schild an der Uniform abzulesen.

»Er wird gleich kommen«, reagierte Hornig, »nach allem, was ich weiß, jedenfalls.« Er sah auf seine Uhr. An der südlichen Tür zum Kabinettssaal, die zu den Arbeitsräumen des Präsidenten führte, war plötzlich Bewegung erkennbar. Von seinem Platz aus erhaschte Finger im spitzen Winkel das Zucken eines Armes. Der Mann, zu dem er gehörte, drehte sich schließlich um und kam herein. Lyndon Johnson war offenbar gedanklich in andere Dinge vertieft und nickte den Anwesenden abwesend zu. Robert McNamara ging einen Schritt hinter ihm und blickte ernst. Beide nahmen die Plätze ein, die ihnen an diesem Tisch zustanden.

»So. Heute geht es also um den Mars«, murmelte der Präsident vor sich hin. Er sah McNamara zu seiner Linken an. Der nickte ungeduldig.

Finger spürte, wie in ihm Widerstand hochkochte. Der Mars war nur ein Planet. Projekt Rover konnte dem Präsidenten so viel mehr geben, wenn er wollte.

Die ansonsten versammelten Herren quittierten Johnsons lässige Einleitung dagegen mehrheitlich mit einem verhaltenen, amüsierten Grinsen. *So als ob wieder alle beliebten Jungs aus der Schule zusammenstehen und schon wissen, dass du nicht mit ihnen spielen wirst.* Finger schob den albernen Gedanken schnell beiseite.

»Der Mars und wie wir dorthin kommen. Vielleicht beginnen wir einmal mit«, Johnson runzelte die Stirn, »den grundsätzlichen Plädoyers.«

Hornig nickte. »Es liegt uns ja ein Konzept vor, das sozusagen die Rolle des Herausforderers spielt. Ich dachte mir, das sollten wir uns zuerst anhören. Dr. Thomasson, bitte.«

Der NASA-Ingenieur, der so gut im Briefeschreiben war, erläuterte den Orion-Antrieb, die Nuklear-Treibsätze, die Prallplatte, die Schwingungsdämpfung. Er berichtete sehr ruhig und stellte natürlich die Vorteile heraus, die hohe Energieausbeute, die kurze Flugzeit zum Mars, die Erreichbarkeit von Jupiter und Saturn. Die Strahlenbelastung brachte er geschickt zwischendurch unter und erklärte sie durch die Starts am

Nordpol für marginal. Die Kabel zur Ableitung von Partikeln blieben auch nicht unerwähnt.

Als Thomasson geendet hatte, schaltete sich der zweite Vertreter der Luftwaffe ein, ein deutlich dienstjüngerer Offizier mit zwei silbernen Streifen auf den Schultern – die Insignien eines Captains, wie Finger sich zu erinnern glaubte. Auf dem Namensschild stand »Mixson«.

»Nicht nur die zivilen Nutzungen sind für uns interessant«, merkte er an. »Dass ein solches Raumschiff nach einem nuklearen Schlagabtausch auf der Planetenoberfläche zum Schlag gegen den feindlichen Aggressor ausholen kann, ist eine Fähigkeit, die die Sowjets vermutlich schon entdeckt haben.«

Johnson ließ die ganze Zeit über seinen Blick zwischen der Tischplatte und dem jeweiligen Redner hin- und herwandern, nickte zwischendurch gravitätisch und bedächtig, als würde er alles verstehen.

Finger bekam seine Chance zur Entgegnung. Er sprach über die Entwicklung der Reaktoren für das Rover-Programm, ihre Beherrschbarkeit, den Einschluss der Strahlung in einer festen Hülle rund um die Triebwerke, die hohe Effizienz, die bei den Bodentestserien bereits lange gesammelten Daten, die Zuverlässigkeit, die die Reaktoren jetzt schon zeigten. Er versprach, dass es kaum Widerstand gegen diese Technik geben werde, dass die Öffentlichkeit sie so annehmen werde wie Kernreaktoren in U-Booten. Johnsons Reaktion sah überhaupt nicht anders aus als bei Thomassons »Plädoyer«. Er nickte nochmals ernst.

»Ist noch jemand anderes von der NASA da?«, wollte der Präsident wissen.

Hornig schüttelte den Kopf.

Finger spürte, wie sich sein Gesicht erhitzte. Ja, es waren auch nicht mehr Vertreter zugelassen. Trotzdem: Dass diese Anhörung stattfand, war doch schon ein Zeichen, dass seine Organisation ihn offenbar im Stich gelassen und vorab keine Partei für das schon lange laufende Programm ergriffen hatte.

»Hmhm«, machte Johnson und trommelte mit den Fingern auf die Mahagonitischplatte. Etwas am Südeingang fing seine Aufmerksamkeit ein, nicht etwas, sondern jemand. Ein dunkelhaariger Offizier der Army ging um den Tisch herum und flüsterte auf Johnsons linker Seite

McNamara etwas ins Ohr. Der Präsident wartete ab. Der Verteidigungsminister wirkte auf Finger jetzt etwa fünfmal so aufmerksam wie bisher.

»Was Neues?«, fragte Johnson scheinbar beiläufig.

»Nichts Entscheidendes«, gab McNamara zurück und schüttelte den Kopf.

»Hmhm.« Johnson nickte, sah irgendwohin, ließ Zeit verstreichen, ohne jemanden aus der Runde anzusehen.

Finger konnte sehen, wie Hornig anhob, etwas zu sagen. Der Präsident jedoch legte im nächsten Moment mit den Fingern seiner rechten Hand einen Trommelwirbel auf der Tischplatte hin und entschied: »Wir verlegen das Ganze.« Dann stand er auf.

Alle in der Runde schauten verblüfft drein, McNamara am meisten, das war deutlich zu erkennen. Dem Verteidigungsminister lag der Protest schon auf der Zunge. Er war auch der Letzte, der aufstand, als die Runde dem Präsidenten zögerlich folgte. Johnson drehte sich um. »Sie halten mich auf dem Laufenden – über jede Kleinigkeit«, beschied er McNamara mit der ausgestreckten rechten Hand. Der setzte sich sofort wieder. Der Präsident bewegte sich behäbigen Schritts zum Ausgang, ohne die Runde einer Erklärung zu würdigen. Die Sekretärin, die sie hineingeführt hatte, erschien, lächelte und geleitete sie mit den Worten »Kommen Sie, meine Herren« und einer Geste hinaus. Auf dem Korridor trippelte sie auf ihren Stöckelschuhen schnell wieder an den Zweierreihen der würdevoll einherschreitenden männlichen Verantwortungsträger vorbei und erklärte dabei: »Der Präsident möchte das Meeting gerne im Pool fortsetzen.«

Finger sah sich schnell um. Er war sich sicher, dass sein Gesichtsausdruck so ratlos und irritiert war, wie er es bei den anderen beobachten konnte.

»Also ich habe keine Badehose dabei«, beschwerte sich der Viersternegeneral Thomas Power.

»Dafür ist gesorgt«, erwiderte die Sekretärin. Johnson war längst hinter einer Abzweigung des Korridors entschwunden.

War das alles ein schlechter Scherz? Hatten sich alle anderen verschworen, um ihn zu foppen, ihn und seine Arbeit der Lächerlichkeit preiszugeben? Finger verwarf den Gedanken schnell wieder, als ihm erneut auffiel, wie konsterniert die anderen Männer aussahen. Nein, eine Verschwörung konnte das nicht sein, nur eine kleine Laune des Staatsoberhaupts, die auch für McNamara überraschend gekommen war.

Die Sekretärin schritt jetzt tüchtig voran. Das gute Dutzend an Staatsdienern in militärischer und ziviler Uniform folgte im Gänsemarsch. Einige der Herren hielten ihre Aktentasche in der Rechten und die kostbaren Unterlagen, die sie hastig wieder vom Kabinettstisch zusammengerafft hatten in der Linken.

Tue ich das hier gerade wirklich?, fragte sich Finger.

»Wie weit will sie uns eigentlich noch führen? Bis in die Kabine?«, witzelte einer der Männer, den Finger nicht ausmachen konnte – offenbar in der Annahme, die Sekretärin könne sie nicht hören. Finger wünschte sich nach Hause. Schnell erreichten sie das Bad. Die Kabinen mussten sie dann schon allein aufsuchen. Die Sekretärin wies ihnen nur fürsorglich den Weg. In seiner fand Finger eine ganze Auswahl von Badehosen in verschiedensten Größen und Farben vor. Er seufzte, hängte seine Kleidung über einen Bügel, der an einem Haken an der Wand befestigt war, legte die Unterwäsche auf die Bank und begann mit dem Anprobieren. Rechts und links von ihm waren die übrigen Teilnehmer des Meetings mit Sicherheit mit denselben Dingen beschäftigt. Er hörte jemanden pfeifen. Jemand anders gab verblüffte Laute von sich, offenbar bei dem Versuch, in eine von den Hosen zu steigen. Schließlich öffnete Finger die entgegengesetzte Tür und trat hinaus. Hornig stand unter der Dusche und nickte ihm zu. Die anderen Duschplätze waren noch frei. Seife lag überall in den kleinen Schalen bereit, die in der Wand eingelassen waren. Also duschte sich Finger, während immer mehr Männer ihre Kabinen verließen und Witze über ihre schlecht sitzenden Badehosen machten. Außerhalb des Duschraums wartete das große Becken auf ihn, das karibische Segelbootpanorama, das Bernard Lamotte vor wenigen Jahren auf Wunsch des alten Joe Kennedy auf drei der Wände gepinselt hatte, und die Reflexion des größten Bildes durch die gegenüberliegenden Spiegel. Der Präsident machte ein paar Züge und erreichte gerade den Beckenrand links von Finger. Er winkte grinsend mit einer nassen Pranke. Finger beeilte sich, seinen abgebrausten Körper zur Leiter tapsen zu lassen, ohne dabei auf den Kacheln auszurutschen. Dann stieg er zögerlich über die weiße Treppe mit dem flachen Winkel in den Pool hinab. Hinter ihm hatte sich schon eine Schlange gebildet.

»Kommen Sie, kommen Sie rein!«, rief der Präsident, erneut winkend. »Das Wasser ist herrlich.« Finger fand das Nass eher kalt. Er fasste sich ein Herz und machte ein paar Schwimmzüge um den Standort des Präsidenten herum. Dann testete er die Tiefe mit den Füßen. Er konnte gerade so den Beckenboden erreichen. Die anderen würden dagegen völlig entspannt stehen können. Er begann mit dem Hundepaddeln.

»Das ist doch viel angenehmer als in irgendeinem Büro, oder?« Johnson lächelte entspannt.

Die Teilnehmer des Meetings hatten sich im Halbkreis um den Präsidenten verteilt und rangen sich alle ein Nicken oder Lächeln ab. Durch das Wasser konnte Finger sehen, dass Johnson ein schwarzes Bermuda-Modell als Badehose trug. Es war geeignet, so viel wie möglich von seiner massigen Gestalt zu verdecken. Der behaarte, nasse Oberkörper des Präsidenten war nun allerdings ein Anblick, an den Finger sich jetzt wohl gewöhnen musste. Er tänzelte mühevoll über den kaum erreichbaren Boden hinweg, um, unterstützt durch Schwimmbewegungen der Arme, eine Position mehr hin zur Mitte des Halbkreises hin anzustreben. Als einer der beiden hauptsächlichen Präsentatoren wollte er Johnson doch direkter ins Auge schauen können.

»Wir haben also gleich zwei Methoden«, intonierte der Präsident und gab damit erstmals etwas von sich, das mit dem Thema des Tages zu tun hatte. Finger atmete auf, soweit das Strampeln dies zuließ.

Kaum dass der Staatschef so begonnen hatte, betrat jener Colonel der Army das Bad, der McNamara schon im Kabinettssaal über irgendetwas informiert hatte. Er schritt zügig zum Präsidenten, beugte sich zu Johnson hinunter und flüsterte ihm etwas ins rechte Ohr. Der hob die Rechte und ließ sie flach ausgestreckt auf die Wasseroberfläche klatschen.

»Wir schlagen zurück! Noch heute!«, rief er. »Bob soll das vorbereiten.«

Der Offizier richtete sich schnell wieder zur vollen Größe auf, um sich von der heftigen Reaktion seines Oberkommandierenden nicht zu stark beschallen lassen zu müssen. Johnson zeigte mit dem rechten Zeigefinger auf ihn. »Ich gehe noch heute Abend damit ins Fernsehen. Sagen Sie das Bob! Bis dahin müssen wir wissen, wie wir vorgehen.«

Der Colonel nickte und machte schnurstracks kehrt, mit einer Hast, die kaum zu seiner Uniform, dem entspannten Ambiente des Schwimmbades oder zu dessen glattem und feuchtem Kachelboden passte. Er rutschte nicht aus.

Finger merkte, wie ihm das Wasser in den Mund lief. Er hatte zwischendurch das Hundepaddeln vergessen und fing wieder damit an. Die anderen Umstehenden versuchten, ein neutrales Gesicht zu machen, sahen dabei aber eher unbehaglich aus.

»Also«, seufzte Johnson. »Wir haben zwei mögliche Methoden, den Mars zu erreichen. Beide sind teuer, wie mir scheint.«

»Eins von beiden ist das Teurere!«, platzte es tatsächlich aus Finger heraus.

Johnson quittierte das mit einem schwachen Lächeln.

»Es muss darum gehen, was das amerikanische Volk für sein Geld bekommt«, warf Ryan ein. »Sie können mit den Orion-Raumschiffen weit jenseits des Mars Ziele erreichen.«

»Das gilt auch für nuklearthermische Antriebe«, konterte Finger.

Links neben Johnson hob Wissenschaftsberater Hornig beschwichtigend die Hände. »Gentlemen, ich denke, der Worte sind genug gewechselt. Die Argumente liegen inzwischen alle auf dem Tisch.«

In diesem Moment, der für Finger und seine weitere berufliche Karriere so wichtig war und in dem er verzweifelt versuchte, sein Kinn über der Wasseroberfläche zu halten, grinste Johnson entspannt und amüsiert. Der Präsident kam dennoch nicht gleich zu Wort.

»Bedenken Sie auch bitte die strategischen Fragen, Mr. President«, bat General Power. »Wir wissen nicht, wie weit die Sowjets auf diesem Gebiet sind.«

Johnson runzelte die Stirn, schürzte die Lippen und nickte bedächtig. Er öffnete den Mund, um etwas zu sagen, als McNamara das Schwimmbad betrat. Der Präsident wandte sich zu seinem Minister um und wartete ab, bis der ihn am Beckenrand erreichte. McNamara kniete sich hin und flüsterte Johnson hektisch etwas zu, nur einen Zoll von dessen nasser Ohrmuschel entfernt.

»Das ist alles in der Ansprache für heute Abend enthalten?«, fragte Johnson durchaus nicht leise zurück.

»Ich kümmere mich darum«, versicherte McNamara nickend.

»Und was den Ausgang angeht, sind Sie sich völlig sicher?« Johnson wandte sich McNamara zu und schaute ihn intensiv an. Niemand in diesem Schwimmbad konnte ihm Dinge sagen, die ihn jetzt mehr interessieren würden. So viel war klar.

»Das ist ein reines Zahlenspiel«, erklärte der Minister. »Ihre Abnutzung von Soldaten wird höher sein als unsere.«

»Gut«, reagierte Johnson. »Der Name des Schiffs war …«

»USS Maddox, Mr. President«, ergänzte McNamara.

»In Ordnung«, erklärte Johnson und wedelte mit der rechten, feuchten Hand. »Geben Sie die notwendigen Befehle!«

»Ja, Mr. President.« McNamara verließ das Bad, ganz offenbar zufrieden mit dem Verlauf des Gesprächs. Johnson starrte einen Augenblick lang über die Köpfe der im Wasser stehenden Anwesenden hinweg, dem Anschein nach absorbiert von dem, was sich gerade abgespielt hatte.

Finger war klar, dass sie Zeugen der Ausübung von Macht geworden waren. In diesem Moment wollte er sich lieber nicht vorstellen, wozu sie eigentlich dienen sollte. Schließlich planschte er ja auch gerade im Pool des Weißen Hauses, weil es um ein völlig anderes Thema gehen sollte, sein Thema.

»Sie können sich das alles heute Abend im Fernsehen anschauen«, verkündete Johnson schließlich grinsend. Dann sah er plötzlich sehr angestrengt in die Runde. »Zwei Methoden«, nahm er den Faden wieder auf. »Wir wissen, vereinfacht gesagt, nicht, welche besser ist und was die Russen vorhaben.« Johnson legte die zunehmend verschrumpelt aussehenden Fingerspitzen aneinander. »In zwei Jahren werden wir die Spitze der Ausgaben für Gemini und Apollo überschreiten. Wie wäre es, wenn wir einen Plan machen«, er nickte Hornig auffordernd zu, »der die Ausgaben nur so weit zurückführt, dass wir uns beide Optionen offenhalten können. Die NASA testet weiter Rover. Die Air Force testet weiter Orion. NASA und Air Force prüfen, wie sie in einem gemeinsamen Projekt mit Orion zum Mars fliegen können oder zu irgendeinem anderen verdammten Planeten, auf dem die Russen noch nicht waren.« Johnson grinste freudlos. »Wenn Sie alle weitergeforscht haben, meine Herren, werden wir wissen, welche Methode praktisch ist und weiterverfolgt werden soll. Würden Sie einer solchen Entscheidung zustimmen?« Der Präsident fuhr sich mit seiner Linken unter Wasser über die Wölbung seines Bauches und dann durch das durchfeuchtete Brusthaar.

Das runde Dutzend mittelalter, unsportlicher weißer Männer in Badehose, die im lauwarmen Wasser um das Staatsoberhaupt herumstanden und sich dabei nicht entspannten, fing an zu nicken. Finger würde niemandem sagen müssen, dass alle Forschungserfolge bisher umsonst gewesen sein sollten. *Raus!*, dachte er. *Ich will raus aus diesem präsidialen Planschbecken!*

»Gut«, schloss Johnson »Sie arbeiten die Details aus und legen mir alles auf den Tisch.« Sein Kopf zuckte in Hornigs Richtung. Der nickte sofort ergeben. »Wir kriegen das schon durch den Kongress!«, gab sich Johnson überzeugt. »Bob wird das alles nicht gefallen.« Er machte eine Geste in Richtung des Ausgangs, durch den McNamara entschwunden war. Er seufzte. »Wir werden aber ohnehin in nächster Zeit viel mehr Mittel lockermachen müssen. Da fällt ein weiteres Forschungsprojekt der Air Force nicht weiter auf.« Er lächelte. »Tja, meine Herren, dann vielen Dank, dass Sie sich die Mühe gemacht haben, mich ins Bild zu setzen. Vielleicht möchten Sie ja rechtzeitig aufbrechen, um die Abendnachrichten nicht zu verpassen.«

Der eindeutige Rauswurf wurde von den Mitarbeitern des Präsidenten optimal begleitet. Sekretärinnen mit Handtüchern auf den Armen erschienen sofort am Beckenrand. Sogar auf diese Entfernung konnte Finger erkennen, dass auf den marineblauen Frotteetüchern das Logo des Weißen Hauses eingestickt war. Zögerlich löste sich der Halbkreis auf. Die versammelten Herren nickten ihrem obersten Vorgesetzten höflich zu, bevor sie sich zum Gehen wandten. General Power äußerte dabei ein mit fester Stimme vorgetragenes »Sir!«, was anschließend von den vielen hilflos dreinschauenden Zivilisten in einer lächerlich wirkenden Häufung wiederholt wurde. Johnson nahm das mit einem ironischen Lächeln zur Kenntnis und brachte es fertig, gleichzeitig huldvoll zu nicken. Dann ließ er sich bis zum Hals unter die Wasseroberfläche sinken, offenbar entschlossen, das Bad so lange zu genießen wie möglich.

Harold Finger ließ sich von einem Taxi zurück ins Büro bringen. Er setzte seine Arbeit am Rover-Projekt fest entschlossen fort. Er dachte noch oft an die Konferenz im Weißen Haus, dann nach und nach immer weniger. Er hatte jede Erinnerung daran fast vollständig verdrängt, als die jungen Männer in seiner Nachbarschaft ihre Einberufungsbefehle erhielten.

»Ich bin das so oft gefragt worden, überall, von Freunden, Bekannten und sogar im Ausland. Tatsächlich war es einfach nur ein Zufall.«

Dietmar Schönherr zu Hans Rosenthal
in der Sendung »Dalli Dalli«, Zweites Deutsches Fernsehen,
Donnerstag, 3. Dezember 1981

VIII

Donnerstag, 24. Februar 1977, 16:22:08 Central Standard Time, Houston, Texas
T 376/09:25:08 [Tage/Std:Min:Sek]

»Unverantwortlich«, schnaubte Freeman Dyson, »die Raumschiffe auf diese Weise zu starten, ist unverantwortlich.« In dem kleinen Fernseher, der in Ryans Büro auf dem Sideboard stand, wirkte sein Gesicht noch schmaler und hakennasiger, als er es von ihren persönlichen Begegnungen in Erinnerung hatte. *Er macht das gut*, dachte Ryan. *Schön ernsthaft, schön ruhig gucken, nicht fanatisch wirken, wie ein verantwortungsbewusster Wissenschaftler, der weiß, wovon er spricht.*

»Der nukleare Fallout, der nach der Explosion der Bomben in der Atmosphäre verteilt wird, reicht bei jedem Start aus, um bei einem Menschen Krebs zu verursachen, statistisch gesehen.« Dyson blinzelte und sah dabei so aus, als wäre er es leid, immer wieder dieselben Argumente zu wiederholen. »Das Problem ist, dass man nicht vorher bestimmen kann, wen dieses Risiko trifft. Sie können nicht sagen, dass der Fortschritt eben Opfer fordert, und dann in Kauf nehmen, dass eine Hausfrau in Wisconsin oder ein Yanomami-Indianer am Amazonas durch den Start eines Orion-Raumschiffs tödlich erkrankt. Keiner dieser Opfer hat sich das Risiko selbst ausgesucht. Sie sind keine Testpiloten oder dergleichen.«

»Kaum zu glauben, dass der Mann mal in unserem Team gespielt hat«, wunderte sich Masson und schüttelte den Kopf.

Ryan gab ein zustimmendes »Hm« von sich und dachte daran, wie Dyson ihn ins Projekt geholt hatte. Die Dinge lagen manchmal nicht ganz so einfach.

Masson drehte sich auf seinem Bürostuhl zu ihm um. »McKenzies Frau ist im MCC. Er hat wohl seine PP.« Er lächelte, erst verschwörerisch, dann leicht wehmütig, ehe das Lächeln ganz starb und einem Ausdruck von Resignation Platz machte, mit dem er sich wieder dem Fernseher zuwandte.

Ryan machte nochmals »Hm«, öffnete die Tür und stakste auf den Korridor hinaus. Masson lauschte weiter kopfschüttelnd den Anklagen gegen ein System, das sie zusammen geschaffen hatten. Ryan kam an seinem eigenen Büro vorbei, die Tür war offen. Das Telefon stand völlig harmlos auf dem Schreibtisch, tat so, als wäre es ein ganz gewöhnliches, unschädliches Gerät. Ryan hielt inne, dachte kurz nach und spürte dann jene Zufriedenheit, die sich immer im Körper ausbreitet, wenn man beschlossen hat, einer Versuchung nicht länger zu widerstehen. Er lächelte schon, bevor er den Beschluss richtig gefasst hatte. Es war bestimmt noch genug Zeit. Also setzte er sich auf den billigen Bürostuhl, zog den Apparat zu sich, nahm den Hörer ab und drehte an der Wählscheibe.

»Thomasson«, meldete sich die müde und gestresste Stimme am anderen Ende.

»Sybil, ich bin's.«

»Du sollst doch nicht mehr hier anrufen!«

»Sybil, ich weiß einfach nicht, was das soll. Wir haben über alles gesprochen. Mein altes Leben – das ist vorbei. Es gibt keine anderen mehr. Vor zwei Wochen hast du mir gesagt, dass wir es wieder versuchen können. Und jetzt – kein Wort! Was soll das?«

»Ist das Grandpa?«

Die Frage der kleinen Joan musste irgendwo vom hinteren Teil des Wohnzimmers gekommen sein, einem Zimmer, das mal zu seinem Zuhause gehört hatte. Die Kleine war wahrscheinlich irgendwo in der Nähe des Fernsehers. Ihre Frage kam für Sybil wieder einmal unwillkommen.

»Geh wieder spielen, Schatz!«

»Was ist los, warum hat sich alles wieder geändert?«, bohrte Ryan weiter.

Sybil fing an zu schluchzen. »Ruf nie wieder an!«, verlangte sie schließlich mit neu erstarkter Härte in der Stimme.

Das Telefon beklagte die Unterbrechung der Verbindung mit dem bekannten, melancholischen Dauerton. Er legte auf. *Zum Teufel!* Nach der Illusion über das Gespräch, das endlich alles klären würde, kam immer die Ernüchterung.

Die Tür zu Massons Büro war noch offen, als er über den Flur ging. Das Interview mit Dyson war wohl vorbei. Der Autor des Beitrags referierte jetzt aus dem Off über die Strahlengefahren für die Inuit, die in der Nähe der polaren Startplattform lebten, während Bilder von der aufsteigenden Endeavour gezeigt wurden und Masson das Ganze finster beäugte.

Ryan lief durch das Treppenhaus, dessen fleckigen Wände einen Eimer Farbe gut vertragen hätten. Es hatte seinen Grund, warum Masson ihn auf Lucienne McKenzie aufmerksam gemacht hatte. Wenn die Ehefrauen und Kinder zu Besuch kamen, um mit den Besatzungsmitgliedern in deren »Privacy Period« zu sprechen, sollte immer jemand aus den höheren Chargen da sein, um sie zu begleiten, zu beruhigen, ihnen Mut zuzusprechen – ein Flugleiter vielleicht oder eben einer der Ingenieure, die das Schiff gebaut hatten. Lucienne McKenzie war ein Gast, auf den sich alle Männer freuten, jedenfalls so lange, bis sie merkten, dass sie bei ihr nicht weiterkamen. Alle anderen möglichen Kandidaten waren schon dran gewesen, hatten vermutlich alle ihr Glück versucht. Ryan sollte endlich sein Recht in Anspruch nehmen, ihre Gesellschaft zu genießen. Wenn es nach Masson und einigen anderen Kollegen ging, sollte er ganz sicher stellvertretend die Sehnsucht erfüllen, die sie selber heimlich hegten.

Er stieg in einen der Elektro-Buggys, die vor dem Gebäude an den Ladestationen warteten, und fuhr los, Richtung Mission Control Center. Der glänzend schwarze Würfel schimmerte in der Sonne.

Ryan zeigte der gelangweilten Wache seinen Ausweis, obwohl sie sich täglich sahen. Controller kamen ihm entgegen, standen auf den Gängen und saßen im großen Raum an ihren Plätzen, als er hereinkam. Überall gab es für ihn respektvolles Kopfnicken. Er ging neben den Sitzreihen die Treppe hinauf, in Richtung der mit Glas abgeschlossenen Logen. Der Durchgang am Ende der Treppe führte ihn zu dem Gang, über den er die Rückseite der Logen erreichen konnte. Lucienne McKenzie saß in der mittleren, die speziell für Familienmitglieder und NASA-Führungspersonal vorgesehen war. Respektvoll blieb er an der Glastür stehen. So, wie es aussah, hatte sich Masson reichlich spät gemeldet, um ihm über den Besuch Bescheid zu geben. Ryan sah Bill McKenzies Gesicht auf dem kleinen Monitor, der mittig vor der Glaswand aufgestellt war. Er winkte gerade zum Abschied. Das einstündige Gespräch musste schon vorüber sein. Das Bild verschwand und die Ehefrau des Raumfahrers erhob sich.

Sie trug ein weinrotes Kleid. Er wagte es jetzt, die Tür zu öffnen und einzutreten.

»Na, wie geht es unserem großen Abenteurer denn heute?« Ja, er hatte sich den Satz zurechtgelegt. Und – ja, er war eine Spur zu vertraulich.

Mrs. McKenzie schaute zu ihm auf und fragte: »Vous êtes qui?«

»Thomasson«, stellte Ryan sich vor. Die Reaktion reichte immerhin, um zu demonstrieren, dass aus der Zeit an der Marine-Akademie noch ein paar Brocken Französisch hängen geblieben waren. Vorführen wollte er seine lückenhaften Kenntnisse aber auf keinen Fall.

»Ich bin einer von den Ingenieuren.« Mrs. McKenzies Blick wurde etwas weniger durchdringend, graduell. »Sie kennen das ja schon.« Ryan zuckte mit den Schultern. »Ich wollte Sie fragen, ob Sie in der Kantine einen Kaffee mit mir trinken möchten.«

Die schlanke Frau, die zwei Köpfe kleiner war als er, maß ihn mit einem Blick, nickte gelangweilt und ging an ihm vorbei zur Tür, wohl wissend, wo die Kantine war.

Ryan holte schnell auf und beobachtete sie so diskret wie möglich von der Seite. Ihr Gesicht war verschlossen und wenig amüsiert. Das konnte ja heiter werden! Er fragte sich zum wiederholten Mal, was an ihr anders war als an den anderen Ehefrauen. War es denn wirklich nur die Farbe der Haut?

Für die ganze PR rund um die Astronauten war Lucienne McKenzie eine Katastrophe gewesen. Die Fotografen machten immer noch diese Bilder von der perfekten Vorstadt-Familie – Mann, Weib, zwei, besser drei glücklich lächelnde Kinder. Und mittendrin, zwischen dem arrangierten Glück der anderen fünf gesegneten Crewmitglieder, stand Bill McKenzie, Arm in Arm mit einer kleinen, zierlichen, zweifellos hübschen und kakaofarbenen Frau aus Haiti. Nach allem, was Ryan aus der PR-Abteilung gehört hatte, gab es wohl tatsächlich solche Reaktionen. Leute aus dem Bible Belt, die McKenzie nur von den Fotos kannten, überhaupt nichts über sein Privatleben wussten, riefen bei der NASA an, um zu fragen, was denn diese fremde Frau bei ihm auf dem Foto zu suchen habe. Er hatte es trotzdem in die Besatzung der ENDEAVOUR geschafft. Leicht allerdings konnte es für sie beide nicht gewesen sein.

Sie waren in der Kantine angekommen. Mrs. McKenzie dachte gar nicht daran, sich an den Tisch zu setzen, um sich von ihm bedienen zu lassen. Sie musste dieses Verhalten schon bei den anderen Astronauten-Ehefrauen gesehen haben und imitierte es nicht. An der Theke suchte sie sich einen Kaffee, eine kleine Schale mit Salat und einen Cheeseburger aus. Ryan hatte sich höchstens auf einen kleinen Snack eingerichtet, spürte aber jetzt, dass er tatsächlich Hunger hatte, und griff zu einem Steak und Corn Fritters. Sie setzten sich an einen Tisch nicht weit weg von der Kasse. Sie hatte sich schnell für den Platz entschieden. Jetzt konnten sie mit dem unbeholfenen Teil fortfahren. In Französisch jedenfalls würde er die Konversation auf keinen Fall fortsetzen können.

»Und, was würden Sie sagen, klappt alles an Bord?«

Sie hob den Kopf, der von der Pagenfrisur sehr passend umrahmt wurde, wie Ryan fand.

»Oui«, sagte sie. Sollte das Gespräch in ihren beiden Muttersprachen ewig so weitergehen? »Alles läuft gut.« Aha, sie konnte es also doch. »Alles ist ganz prima. Die letzte Exkursion war aufregend und toll.« Sie hatte nur einen ganz leichten Akzent. Die Konsonanten waren weicher und die Vokale manchmal zu kurz und mit einem vorgesetzten »h« behaucht. Sie nickte, wie um ihren Standpunkt zu unterstützen. An ihrem Sarkasmus hatte Ryan allerdings keinen Zweifel. »Er hat viel Spaß, da draußen, viel mehr als zu Hause.« Daher wehte der Wind!

»Das ist ganz normal«, erklärte Ryan und tat so, als wüsste er, wovon er sprach. »Die Landungen nehmen sie jetzt alle voll in Anspruch. Auf dem Rückflug setzt die Langeweile ein. Dann wird er sich schon zu Ihnen zurückwünschen.«

Es hatte bisher keine Expedition wie diese gegeben, keine, die so lang war, keine, die drei äußere Planeten abklapperte. Die ganze Welt wusste das. Wie konnte er so tun, als gäbe es Erfahrungswerte? Ob McKenzie sich auf dem Rückflug begeistert in die Gesteinsproben vertiefen würde, konnte jetzt noch niemand wissen.

Im Hier und Jetzt kaute die Ehefrau des heldenhaften Astronauten lustlos an ihrem Burger herum und schaute aus dem Fenster. »Sie – wären Sie gerne geflogen?«, fragte sie schließlich.

»Ja, klar!« *Brems deine Begeisterung*, ermahnte Ryan sich innerlich. »Ich meine, das wären wir alle gerne.« Er machte eine vermittelnde Geste mit der linken Hand, die die Gabel hielt.

»Warum wollen Sie fliegen?« Sie sah ihm forschend ins Gesicht, geradeso als ob sie bei ihm etwas durchschauen könnte, was sie woanders vergeblich versucht hatte zu verstehen.

Ryan merkte, wie er den Mund öffnete, ohne gleich sprechen zu können. Er sah in diesem Augenblick wahrscheinlich nicht besonders intelligent aus. Wie konnte man etwas in Worte fassen, was sich so dermaßen eindeutig von selbst verstand?

»Es sind andere Welten«, sagte er schließlich, »mehrere andere Welten, die sie als Erste betreten und erkunden können. Sie werden dort Dinge finden, die noch nie ein Mensch gesehen und vielleicht niemand dort vermutet hat, Dinge, die hässlicher oder schöner sind als alles, was es hier gibt. Ich kann mir nichts Aufregenderes vorstellen.«

»Es gibt aber kein Leben dort«, wandte sie ein.

»Vielleicht ja doch«, gab er zurück. »Vielleicht haben wir es ja nur noch nicht entdeckt. Und wenn sie keins finden, haben wir darüber Gewissheit.«

Sie schürzte die Lippen. Er hatte sie für diesen Traum bereits verloren. Sie biss wieder ohne jede Begeisterung in den Burger, er fuhr damit fort, das Steak zu zerlegen. »Meine Frau hätte im Augenblick jedenfalls gar nichts dagegen, wenn ich fliegen würde«, brummte er nach einigen Augenblicken.

Mrs. McKenzie sah ruckartig von ihrem Teller hoch, kniff die Augen zusammen, maß ihn wieder mit einem langen Blick, seine ganze kräftige Figur, den Bürstenhaarschnitt und sein jungenhaftes Gesicht, so als sähe sie ihn zum ersten Mal.

Ryan zuckte mit den Schultern. »Na, ja, Sie wissen schon – der Beruf.«

Sein Gast dachte offenbar intensiv nach. Was den Burger anlangte, hatte sie wohl aufgegeben. Er selbst hatte auf einmal keinen Appetit mehr auf die Reste des Steaks und schob den Teller von sich. Das Fleisch war für ihn wieder mal nur der Vorwand gewesen, die Corn Fritters zu genießen. Sie sah auf die Uhr.

»Wissen Sie, wann der Bus fährt?«

Er brauchte einen Moment, um die Frage einzuordnen. »Sie sind mit dem Touristenbus hier rausgekommen?«

Sie nickte vorsichtig.

»Wo wohnen Sie denn?«

»East 26th Street.«

»In der Northside?«

Sie nickte.

»Das dauert ja Stunden! Sagen Sie bloß, Sie durften die ganzen lärmenden, nervtötenden Schulkinder ertragen, die zum Space Camp gefahren sind?«

Sie nickte wieder, diesmal mit einem leidgeprüften Lächeln.

»Ich habe sowieso gleich Feierabend«, behauptete er nach einer kurzen Kunstpause. Tatsächlich machte er nie vor sechs Uhr abends Schluss. In letzter Zeit konnte es auch deutlich länger werden. »Soll ich Sie nach Hause fahren?«

Sie starrte ihn wieder an, bevor sie reagierte. Dann zog sie ihre Unterlippe zurück, biss darauf und nickte wieder.

Gut, sagte er sich, dann würde er seinen Betreuungsjob eben zu Ende bringen. Was war schon dabei? Er erhob sich. »Lassen Sie mich das machen«, bot er schnell an. Er brachte das Geschirr zum Abräumwagen.

Mrs. McKenzie sah regelrecht beklommen aus, als sie aufstand. Dann erklärte sie, dass sie noch zur Toilette gehen müsse. Er brachte sie hin und blieb auf dem Gang stehen. Dort war ein Telefon an der Wand angebracht. Controller nutzten es manchmal, um zu Hause anzurufen und Bescheid zu geben, dass es später werden würde. Der Apparat lockte. Er brauchte nur den Hörer abzunehmen und an der Wählscheibe zu drehen, um Sybil zu erreichen. Er würde ihre Stimme hören, auch wenn sie nichts Freundliches zu sagen hatte. Er erwog die Möglichkeit aufs Genaueste und erfreute sich bereits an dem Gedanken, dass er es vielleicht wirklich tun würde. Dann kam Mrs. McKenzie von der Toilette zurück und sie gingen zu seinem Wagen.

Der Elektro-Karren, den Ryan benutzt hatte, war noch da. Also fuhren sie mit ihm zum Parkplatz. Seinen '74er Ford Callisto musste er nicht lange suchen. Die rot-weiße Zweifarbenlackierung war nicht zu übersehen. Ryan drehte den Schlüssel im Schloss und die Haube, die aus Wagendach und Heckscheibe bestand, fuhr nach hinten und oben weg, um ihnen den Einstieg zu erleichtern. Mrs. McKenzie lächelte über das Männerspielzeug und versuchte gleichzeitig, beeindruckt zu erscheinen.

»Im Sommer kann man sie ganz abnehmen«, erklärte Ryan mit Blick auf die Haube und öffnete die Beifahrertür. Bevor sie einstieg, fixierte

Mrs. McKenzie den hinteren Teil des Wagens mit einem Blick, den Ryan schon kannte. Hinter den beiden Notsitzen streckte sich der Wagen noch ganze sechs Fuß weit bis zum Heck. Die Fronthaube, unter der sich der Gepäckraum befand, war nicht so lang. Ryan schloss die Tür, ging vorne um den Wagen herum, stieg ein und schob den Schlüssel in das Schloss am Lenkrad. Die Haube senkte sich über sie hinab. Mrs. McKenzie sah immer noch nach hinten, wo es scheinbar nichts Interessantes zu sehen gab.

»Ja«, sagte Ryan schließlich, während er auf den Startknopf drückte, »da ist der Kernreaktor drin, gut eingekapselt. Die Hülle kriegen Sie mit einem Vorschlaghammer nicht kaputt. Das hier«, er deutete auf eine Skala über der Mittelkonsole, »ist ein Geigerzähler. Wenn irgendetwas passiert, was nicht der Fall sein wird, können wir einfach die Sonderwarnlampe anmachen, den Wagen stehen lassen und rechtzeitig verschwinden. Ich kann hier alles steuern.« Er zeigte auf senkrechte Skalen und auf Schalter, die alle unterhalb des Geigerzählers angeordnet waren. »Die Kühlung, die Moderatorstäbe.« Er schob einen Regler nach oben, was zu einem deutlich hörbaren Summen im hinteren Teil des Wagens führte. »Glauben Sie mir, da passiert nichts.« Sein Fuß trat auf das rechte Pedal. Ein hohes Sirren kam als neues Geräusch hinzu, was aber immer noch deutlich leiser als ein gewöhnlicher Motor war. Mrs. McKenzie entschloss sich, nach vorne zu schauen.

Die Rushhour hatte noch nicht begonnen. Der Verkehr war zwar dicht, aber sie kamen ohne Stau über die Interstate 45. Ryan vermerkte, das unter den Hunderten von Fahrzeugen, die sie sahen, zwei Ford Callisto waren und ein Buick Proton. Immerhin. Wenn er nach den ersten 5000 Meilen die Brennstäbe auswechseln lassen würde, sollten schon etliche weitere Fahrzeuge dieser Art auf den Straßen sein.

»Haben Sie ein Hobby?«, fragte Ryan seinen Gast völlig unvermittelt. Mrs. McKenzie schien zunächst mit der Frage nichts anfangen zu können. »Ich meine«, ergänzte er schnell, »womit verbringen Sie denn so die Zeit, wenn Bill zwischen den Planeten herumgondelt?«

»Sie waren noch nie auf Haiti, oder?«

»Nein«, bestätigte er etwas verwirrt.

»Da glauben die Menschen noch an Voodoo.«

»Tatsächlich, so mit Baron Samedi und allem?« Der James-Bond-Film *Leben und Sterben lassen* war vor einigen Jahren in den Kinos gelaufen und stellte für den Moment die einzige Verbindung zu den Worten seiner Beifahrerin dar, die er herstellen konnte.

Sie lächelte und zog gleichzeitig die Brauen hoch. »Es ist anders.« Wahrscheinlich hatte sie den Film auch gesehen. Das Lächeln und die in verzweifelte Falten gelegte Stirn waren der Ausdruck eines Menschen, der mit Vorurteilen vertraut war. »Es gibt nicht nur böse, sondern auch gute Geister. Wenn Sie so wollen – ich beschäftige mich viel mit meiner Religion.«

Ryan nickte und war ratlos. Da er diesen Zustand nicht besonders lange aushielt, schaltete er mit einem Griff zur Mittelkonsole den Fernseher ein. Das kleine Farbgerät war für die Beifahrerseite gedacht und dort im Armaturenbrett eingelassen. Er selber nutzte den Apparat eher wie ein Radio. Auf CBS liefen die Nachrichten.

»Der Physiker Freeman Dyson hat heute erneut auf die nach seiner Ansicht unvertretbaren Strahlungsgefahren hingewiesen, die beim Start von Raumschiffen mit Orion-Antrieb auftreten. Der Wissenschaftler, der früher selbst an der Entwicklung des nuklearen Antriebs beteiligt war, äußerte sich vor dem geplanten Start des ersten militärischen Orion-Raumschiffs der U.S. Air Force. Das Schiff mit dem Namen HOYT S. VANDENBERG soll am kommenden Dienstag gestartet werden und im tiefen Weltraum patrouillieren. Es wird mit Kern- und Strahlenwaffen ausgestattet sein. Gegenüber CBS erklärte Mr. Dyson …« Und dann spielten sie wieder den O-Ton ein, den Ryan schon kannte und der mit dem Wort »Unverantwortlich« begann.

»Er hat gearbeitet mit Ihnen?«, fragte Mrs. McKenzie verblüfft.

Ryan nickte. »Von ihm habe ich überhaupt erst vom Orion-Projekt erfahren. Kaum vorstellbar, nicht wahr?« *Menschen können ihre Ansichten ändern*, dachte er. *Physiker, Ehefrauen.*

»Und was er gesagt hat über die Gefahr der Strahlen – ist das wahr?«, wollte die Ehefrau des Astronauten wissen.

»Ihrem Mann geht es gut«, antwortete Ryan automatisch. »Er war immer hinter dicken Schichten aus Stahl geschützt, wenn die Bomben explodierten.«

»Und die Menschen am Boden?«

»Die Gefahr wird völlig übertrieben«, erklärte Ryan überzeugt. »Kann schon sein, dass ein einziger Mensch Krebs bekommt, wenn ein Orion-

Raumschiff am Nordpol startet. Das ist aber keinesfalls sicher. Für Freeman ist das trotzdem zu viel.« Er sah Mrs. McKenzie kurz von der Seite an. »Sie sitzen gerade in einem Wagen mit Atomantrieb. Fühlen Sie sich sicher?«

Sie antwortete nicht und er verfolgte das Thema nicht weiter.

Über die Interstate 45 gelangten sie in die Nähe der Northside, wo Ryan abfuhr und den leise surrenden Wagen bis zur East 26th steuerte. Das Haus war nicht kleiner als die anderen Astronauteneigenheime, in deren Gärten er schon an zahlreichen Barbecuepartys teilgenommen hatte. Es war zweifellos modern, einer der neumodischen Kreuzbauten, die auf einem kleinen Würfel aufgesetzt waren, in dem sich der Eingang befand. Im ersten Stock zweigten die Flügel in alle vier Richtungen ab. Diese Häuser schossen jetzt wie Pilze aus dem Boden und die Bewohner freuten sich über das Mehr an Rasenfläche, das sie in ihren Gärten nutzen konnten.

Ryan kam es allerdings so vor, als wäre bei der Konstruktion mehr Kunststoff als Beton oder Holz verwendet worden. Es sah auf den ersten Blick nach einem Billigheim von der Stange aus, einem, das man in einem weniger vornehmen Vorort wie diesem haben konnte, wo ein gemischtrassiges Paar weniger auffiel. Bill McKenzie hatte zu einem Barbecue eingeladen, erinnerte sich Ryan, so wie die anderen, es waren nur nicht so viele Kollegen gekommen wie bei den anderen.

Er beschloss, den auffälligen Wagen in einer Nebenstraße anzuhalten. Dann fragte er sich, warum er so vorsichtig sein wollte, und kam in seinen Gedanken über ein ›Man kann ja nie wissen‹ nicht hinaus.

Im Fernsehen war inzwischen ein Baseballbericht angelaufen. Mrs. McKenzie stellte ihn mit einem sicheren Griff zum richten Schalter ab, beugte sich leicht vor, sah ihn mit zusammengekniffenen Augen an, was ihr das Aussehen eines Habichts auf der Jagd verlieh, und fragte: »Möchten Sie gerne im Haus einen Kaffee trinken?«

»Ja«, sagte er. In seinem Magen bildete sich ein Knoten. In der Nebenstraße konnte er problemlos parken. Mit einem Knopfdruck fuhr er den Reaktor herunter. Er ließ die Haube nach oben wegfahren und sie stiegen aus. Über den Kühlrippen, die sich hinter den Sitzen über die ganze Länge der Karosserie zogen, waberte die erhitzte Luft.

»Ich war noch nie in einem solchen Haus«, sagte er, während sie durch den Garten gingen, eigentlich nur, um irgendetwas zu sagen.

Mrs. McKenzie lächelte unsicher. Sie drehte den Schlüssel im Schloss und die Tür schob sich automatisch auf. Sie ließen den Lift unbeachtet und stiegen über zwei Treppen in die Wohnung hinauf. Der Flur erinnerte Ryan an den zentralen Knoten einer Raumstation, die er vor Jahren geplant hatte. Mrs. McKenzie zeigte nach links. »Das ist meins.«

Ryan trat artig ein. Der lang gestreckte Raum mit großen Fensterflächen zu beiden Seiten war von einer dünnen Zwischenwand durchzogen, die aber sechs Fuß vor der Eingangstür endete. Man konnte nach rechts oder links gehen. Auf der linken Seite standen recht normale, moderne Möbel, ein Sessel, ein Sofa, ein Couchtisch mit Glasplatte und Tischläufer. An der Trennwand hingen ein halbes Dutzend Bilder, die verschiedene Personen zeigten. Dazu standen zu beiden Seiten der Wand mannsgroße Figuren in roter Kleidung mit Masken anstelle von Gesichtern. Ryan trat näher an die vordere Figur heran. In die glatte Oberfläche des Torsos waren silberfarbene Metallplättchen eingearbeitet. Ryan fragte sich, aus welchem Material der Torso eigentlich bestand. Er sah aus, als sei er aus Lehm gemacht worden, den jemand nach dem Trocknen rot angestrichen hatte.

»Was sind das für Gestalten?«, fragte er schließlich.

»Das sind Loa«, antwortete Mrs. McKenzie. »Sie gehören zu meiner Religion.«

»Loa?«, wiederholte er stutzig.

»Der erste Gott, Bondieu, ist zu groß und mächtig. Man kann ihn nicht erreichen. Deshalb schickt er Loa, damit sie sich um alles kümmern auf der Welt. Sie sind wie die Heiligen der Christen.«

Ryan schaute sich die Bilder genauer an. »Das ist doch ein Madonnenbild.« Er zeigte auf ein Bild rechts von der Mitte.

»Die heilige Madonna von Tschenstochau«, Mrs. McKenzie nickte. »Sie sieht aus wie die Loa Erzulie Dantor. Das glauben die Leute. Sie beschützt Frauen und Kinder. Man hat diese Madonna genommen dafür, weil sie schwarz ist.« Die Astronauten-Ehefrau feixte. »Jeder Loa ist verbunden mit einem katholischen Heiligen.«

»Sie glauben wirklich an dieses Voodoo«, dämmerte es Ryan verspätet.

»Ich habe keine Puppen, in die man sticht Nadeln«, erklärte sie sofort. »Es ist ein Glaube, keine Hexerei.«

»Wer ist er denn da, in dem Seeräuber-Aufzug?« Die Figur im Bild links an der Wand trug einen Dreispitz und einen passenden Mantel aus dem 18. Jahrhundert.

Seine Gastgeberin schmunzelte. »Das ist Agwe, Loa der Seefahrer.«

»Na, sagen Sie bloß, dass sie ihm Schweine opfern, damit Bill wohlbehalten wieder nach Hause kommt?«

»Kein Schwein, Obst und Gemüse.«

»Gesund«, nickte er.

»Die beiden sind ein Paar.«

»Was, er und die Madonna?«

»Ja, und sie haben Kinder. Es gibt mehrere Familien von Loa.«

»Haben Sie Bill so etwas wie einen Talisman mitgegeben?«

Ihr Gesicht zuckte, als er zum wiederholten Male ihren Ehemann erwähnte. »Ja, eine kleine Flasche mit Flüssigkeit.«

»Einen Zaubertrank?«

»Nein, mehr so wie Weihwasser. Es nimmt die Kraft auf von Loa, die uns beschützen, von diesen beiden hier zum Beispiel.« Sie zeigte auf die mannshohen Figuren ganz rechts und links. »Das sind Petwa. Die sind gefährlich. In meiner Heimat glaubt man, dass sie dabei waren beim Kampf um die Unabhängigkeit. Und wenn das nicht stimmt, sind jedenfalls Knochen von echten Kämpfern da drin.«

Ryan schaute sich die Gestalt genauer an. »In den Figuren? Sie machen Witze!«

Sie schüttelte den Kopf. »Alles importiert legal.«

Thomasson nahm etwas Abstand von der Wand. Mrs. McKenzie grinste.

»Sie werden nicht wieder lebendig. Wir beten nur zu ihnen. Wie finden Sie das alles?«

»Es ist fremd, interessant, seltsam.« Kaffee, dachte Ryan, sie hatte keinen Kaffee gemacht.

Mrs. McKenzie machte ein paar leise, vorsichtige Schritte um ihn herum, bis sie zwischen ihm und der Wand stand.

»Es ist wie eine andere Welt«, sagte er.

Ihre Lippen waren halb geöffnet.

Lucienne kratzte, biss und schrie. Sie hatte sich entschlossen um alles geschlungen, was sein Leib ihr zu bieten hatte und was sie so lange hatte entbehren müssen. Sosehr ihr kleiner, schlanker, kakaofarbener Körper ihn auch erregte, das spielte jetzt kaum noch eine Rolle. Es ging nur noch darum, was sie wollte, und um ihr Temperament. Am meisten irritierte ihn, wenn sie ihn kaskadenartig auf Französisch beschimpfte. Er glaubte jedenfalls, dass es Beschimpfungen waren. Die Laute, die sie ansonsten von sich gab, waren ein wütendes Stöhnen und Keuchen, als würde sie gegen die früheren französischen Unterdrücker auf ihrer Insel kämpfen. Erst wenn ihr Körper von Orgasmen geschüttelt wurde, hörte sie sich überrascht und leidend an.

Sie streichelte seine Brust, nachdem sie sich voneinander getrennt hatten, sagte nichts, bettelte wortlos darum, das alles zu wiederholen. Sie begannen von Neuem, wechselten die Positionen. Schließlich drang er von hinten in sie ein und hielt sie an beiden Armen auf der Matratze fest, damit sie endlich aufhörte, seinen Rücken zu zerkratzen oder ihre winzigen Zähne in seinen Brustmuskel zu schlagen. Sie jammerte wie ein verwundetes Tier.

Natürlich hatte sie keinen Wecker gestellt. Als er zum ersten Mal aufwachte, lag sie auf ihm und gab ein geradezu absurd leises Schnarchen von sich. Die Sonne schien bereits. Er überlegte sich, welche Krankheit er dem Büro angeben sollte, um sein Fernbleiben zu entschuldigen. Oder sollte er etwas über eine Autopanne erzählen? Masson war wahrscheinlich eh schon alles klar. Er würde ihn morgen, oder wann auch immer, mit allen möglichen unwillkommenen Glückwünschen empfangen.

Er wollte nicht aufstehen, solange Lucienne auf ihm lag. Er merkte nicht, wie er wieder wegdämmerte.

Als er zum zweiten Mal erwachte, war sie aufgestanden. Sie kam ins Schlafzimmer mit seinen weißen Wänden und weißen Möbeln und trug ein orange-blau-grün gestreiftes Nachthemd.

»Guten Morgen!«, sagte er. »Ich werde mich mal auf den Weg zur Arbeit machen. Irgendeine Geschichte wird mir schon einfallen. Wo ist die Dusche?«

Er hatte es noch nicht geschafft, seinen trägen Körper einen Zoll weit in die Höhe zu bewegen, da war sie schon unter die Decke geschlüpft, um ihren kleinen Mund über sein Organ zu schieben.

Ryan hatte beschlossen, dass er am Vorabend in der Dusche des Hotelzimmers, das er zur Zeit bewohnte, ausgerutscht war und sich am Waschbecken einen Zahn ausgeschlagen hatte. Er choreografierte die Szene im Kopf und hielt sie für plausibel. Sein Zahnarzt würde bei der Komödie mitmachen. Es war nicht das erste Mal. Lucienne ließ ihn im Wohnzimmer telefonieren, das sich in der Einrichtung sehr vom Voodoo-Zimmer unterschied – Perserteppich, Bücherregale aus Fichtenholz, Rattansessel. Ryan schaute um die Ecke in die Küche hinein, so weit das Spiralkabel das zuließ, während er Masson seine Geschichte darlegte. Sein Kollege unterdrückte hörbar überraschte Bewunderung. »Na, klar«, versicherte er, »ich sag Bescheid«, während Lucienne grinste. Sie stand an einer dieser Anrichten, über denen die Regale in Kästen an der Decke versteckt waren. Sie drückte auf Knöpfe, ließ die Regale elektrisch herunterfahren und nahm sich, was sie für das Frühstück brauchte. Sie trug jetzt ein einfaches blaues Kleid. Teller mit kleinen Pfannkuchen standen schon auf dem zentralen Tisch mit der weißen Kunststoffplatte und den Chrombeinen. Der Kaffee dampfte in der Glaskanne. Einige exotische Gewürze fanden auf der Anrichte ihren Weg in das Rührei. So viel konnte er sehen und riechen. Er verabschiedete sich, legte auf und starrte das Telefon auf dem hölzernen Beistelltisch an. Er konnte von hier aus Sybil anrufen – auch wenn ihm gerade nichts einfiel, was noch unpassender gewesen wäre. Er setzte sich in die Küche und fing an zu essen. Lucienne erkundigte sich artig danach, wie es ihm schmeckte. Er antwortete wahrheitsgemäß, dass alles sehr lecker war. Sie aß wenig, beugte sich letztlich nur noch mit aufgestützten Ellenbogen über die schlichte Keramiktasse in ihrer Hand. Sie war genauso ratlos wie er. Schließlich stellte sie mit der Fernbedienung den Fernseher lauter, der die ganze Zeit lief. Er hing an der Wand links neben der Anrichte und zeigte den Kommandanten des strategischen Bomberkommandos, General Richard Ellis vor einer Reihe Mikrofone. »… bleiben wir bei unserem Standpunkt«, erklärte er gerade. »Seit der Übergabe des Kommandos an mich gab es keinen Grund, diese Position zu revidieren. Dadurch, dass die Starts der Orion-Raumschiffe nahe am magnetischen Nordpol stattfinden, reduziert sich die Strahlungsgefahr auf einen rein akademischen Wert, der in der Praxis keine Bedeutung hat – ganz gleich was Dr. Dyson dazu sagt. Das amerikanische Volk ist durch die Starts nicht bedroht, die Einwohner in der Nordpolarregion ebenfalls nicht.« Die Arbeit war überall.

Ryan aß auf und leerte seine Tasse. Er stand auf und fragte sich, wo er sein Sakko gelassen hatte. Er fand es schließlich, als er noch mal ins Schlafzimmer ging. Lucienne lächelte befangen, als sie ihn über die Treppen zur Tür brachte. Dort spähte sie erst hinaus, offenbar um zu sehen, ob irgendwelche Nachbarn seinen Abgang beobachten würden. Er ging hinaus, drehte sich um, fragte sich, ob er sie küssen sollte. Aber es kam nicht dazu. »Mach's gut!«, wünschte sie ihm schlicht, nickte und verschwand hinter der Tür, die sich automatisch zuschob. Zum Wagen war es nicht weit.

Wer hat hier wen benutzt?, fragte Ryan sich, als sein Wagen durch den verschlafenen Stadtteil glitt. Der Mangel an Romantik am Ende dieses Abenteuers unterbot so ziemlich alles, was er bis jetzt erlebt hatte, so viel war sicher. Er war seinen Instinkten gefolgt, ebenso wie sie. Hatte sich dadurch irgendetwas geändert?

Vor dem Gebäude einer öffentlichen Bibliothek sah er eine Telefonzelle. Er hielt auf dem Bordstein im Parkverbot und verscheuchte mit diesem Manöver eine mit Einkaufstaschen behangene Passantin, die ihn böse anblickte, bevor sie weiterzog. Er stieg aus, ohne, wie sonst üblich, den Reaktor herunterzufahren, ging vorne um den Wagen herum, trat in die Kabine ein und versorgte den Einwurfschlitz mit passenden Münzen, die er immer griffbereit hatte. Dann nahm er den Hörer ab und wählte die Nummer.

»Thomasson.« Sybil meldete sich mit einer Stimme, die andeutete, dass sie seine Anrufe erwartete. Sie hörte sich leidgeprüft und deprimiert an.

»Gib mir nur einen Grund«, flehte Ryan. »Gib mir nur einen Grund, warum du nicht mehr mit mir reden willst. Es muss doch einen Grund geben! Lass es mich doch endlich verstehen! Dann rufe ich auch nicht mehr an.«

Sybil schluchzte erst, dann fing sie an, hemmungslos zu weinen. Das war neu. Im Hintergrund konnte er hören, wie Joan mit dem Hund sprach. Sie schien ihm gerade Futter zu geben.

»Was ist denn?«, fragte er. »Was hast du denn?«
»Es geht um Joan«, brachte seine Frau zwischen zwei Schluchzern hervor. »Sie hat Leukämie.«

Abschied von den grauen Boliden

Die amerikanische Eisenbahngesellschaft Amtrak hat heute die baldige Stilllegung ihrer nuklear angetriebenen Züge bekannt gegeben. Diese sei für Ende 1983 geplant. Die über 300 Tonnen schweren Nuketrak-Lokomotiven mit den charakteristischen Kühltendern bedienen seit 1978 die Strecke Washington D. C.–New York–Boston mit Geschwindigkeiten von über 200 Kilometern pro Stunde. Durch das Reaktorunglück von Three Mile Island ist der nukleare Antrieb allerdings schon früh nach der Indienststellung ins Gerede gekommen. Ein Sprecher von Amtrak gab die Betriebskosten als Hauptgrund für die Ausmusterung der Züge an. Bahnen, die elektrische Energie jeglicher Art aus Oberleitungen beziehen, seien heutzutage auch in der Lage, die hohen Geschwindigkeiten der Nuketrak-Züge zu erreichen. Man sei zu diesem Thema mit den Firmen Bombardier und Alsthom, den Herstellern des französischen Hochgeschwindigkeitszuges TGV, in Gespräche eingetreten.

Handelsblatt, Dienstag, 21. September 1982

IX

Mittwoch, 3. August 1966, 16:47:10 Mitteleuropäische Zeit, Genf, Schweiz
T minus 3482/21:09:50 [Tage/Std:Min:Sek]

Patricia langweilte sich. Die Ausschusssitzungen waren nun wirklich nicht das, was ihr als aufregend vorgeschwebt hatte, als sie sich für ihren Beruf entschied. Ihrem Gefühl nach war es einfach zu viel Zeit, die sie auf Korridoren vor verschlossenen Türen verbrachte, hinter denen die Entscheidungen fielen. Sie war ausgesperrt, wenn die wichtigen Dinge passierten, und musste sich hinterher mit einer geschönten, gefilterten Version der Ereignisse zufriedengeben, vorgetragen aus mindestens zwei entgegengesetzten Blickwinkeln. Im Genfer Völkerbundpalast mit seiner Mischung aus Neoklassizismus außen und abgerundeter Frühmoderne innen sahen die Türen, auf die sie starren durfte, oft schöner aus als im Hauptsitz der UN in New York. Auch das europäische Flair der Stadt hatte Patricia anfänglich fasziniert, als sie zum ersten Mal zu den Sitzungen geschickt worden war. Dann stellte sie schnell fest, dass Genf weitaus langweiliger war als New York, zu brav, zu spießig, zu leise. Und dann war da natürlich Brad. Er war vielleicht zwei Jahre älter als sie, blond und lächelte ständig. In ihren Augen war er ein Vorort-Casanova, der nur in seine eigene, angenommene Unwiderstehlichkeit verliebt war. Im Augenblick versuchte Brad, den chinesischen UN-Botschafter zu erwischen, um ihm einen Kommentar zu Indochina zu entlocken. Dass aus einer der Delegationen ein so hochrangiger Vertreter nach Genf angereist war, erschien Patricia so ungewöhnlich, dass sie mit Brad gerne über den Grund spekuliert hätte. Ihr Kollege sah jedoch ausschließlich die Chance auf ein Interview zum aktuellen Tagesgeschehen – einfallslos, wie sie fand. Mit den Worten »Du hältst hier Wache, Sweetheart« war er im Nu weg. Sweetheart! Patricia kämpfte ihren Ärger herunter. Sie sah sich um.

Das hier war eine hochkarätige internationale Konferenz. Wenn sie sich umsah, erkannte sie aber nur wenig Kollegen. Auf dem Korridor standen Bänke, auf denen die wartenden Pressevertreter Platz nehmen durften. Mikrofonträger und klobige Kameras suchte sie vergebens. Sie wunderte sich letztlich nicht darüber. Das Thema, über das hinter den Türen debattiert wurde, war für die meisten Medien zu abseitig, zu exotisch, um dafür in eigene Recherchen zu investieren. Radio- und Fernsehsendungen konnten daraus immer noch eine Studiomeldung machen, die sich auf Agenturmaterial stützte. Die Kollegen von AP, UPI und Reuters hatte Patricia erkannt, als sie auf der Bank Platz genommen hatte, und ihnen zugenickt. Es waren alles Männer, genau wie das gute Dutzend mutmaßlicher Zeitungsjournalisten aus verschiedenen Ländern. Wenn sie gut gelaunt war, machte Patricia sich oft einen Spaß daraus, aus den Reaktionen der Herren auf das Erscheinen einer Frau ihre nationale Herkunft abzuleiten. Machte das ölige Grinsen des dritten Reporters von rechts aus ihm einen Italiener vom »Corriere della Sera«? War der Kollege zwei Plätze links von ihr ein Franzose vom »Figaro«, weil er ihr zugezwinkert hatte? Für die meiste Zeit allerdings war derartige Aufmerksamkeit für sie einfach nur enervierend. Patricia glaubte ihre Erscheinung ganz gut einschätzen zu können. So wie sie war, dunkelhaarig, schlank, eins siebzig groß, sah sie einigermaßen hübsch aus, ohne besonders auffällig zu sein. Leider reichte das schon, um die Männer um sie herum in Idioten zu verwandeln. Rechts von ihr, am Ende des Korridors, kam Brad um die Ecke. Er näherte sich, erkannte sie und lächelte sein Lächeln. Er war schon fast am Sitzplatz angelangt, als Patricia ihn fragte: »Na, hast du den Botschafter erwischt?«

Gleich wurde das Lächeln eine Spur schmaler. Brad hielt mit der Rechten eine Visitenkarte hoch. »Ich kann jederzeit direkt in seinem Büro anrufen!«

»Wow!«

»Vielleicht wird noch was aus der Geschichte. Ansonsten machen wir etwas daraus, dass Botschafter nur zu UN-Konferenzen anreisen, um Urlaub am Genfer See zu machen.«

»Wahnsinn!«

Brad grinste verkniffen mit jener Variante seiner Mimik, die sagen sollte: »Ich nehme jede Herausforderung, die du mir hinblätterst, an. Ich krieg dich schon noch!« Patricia war sich sicher, dass sie ihn inzwischen lesen konnte wie ein anspruchsloses Buch.

»Hmhm«, machte sie.

»Und was war hier?« Brad setzte sich neben sie auf die Bank.

»Nichts.«

»Prima, dass du die Stellung gehalten hast, Sweetheart!«

Patricia ließ die vertrauliche Anrede an sich vorüberziehen, ohne im Mindesten zu reagieren. Sie wartete eine halbe Minute lang. »Bradlee hat uns zu zweit hierhergeschickt, damit wir mehrere Geschichten auftun, die zusammengenommen nur halb so langweilig sind wie eine langweilige Geschichte«, äußerte sie schließlich. »Jetzt sitzen wir immer noch mit derselben langweiligen, einzelnen Geschichte da!«

Brad grinste wieder ob dieser Kritik. »Kontakte pflegen zahlt sich langfristig aus«, gab er zurück.

»Sie werden dich nicht wieder reisen lassen.«

Wieder dieses Grinsen. Obwohl – wirkte Brad jetzt vielleicht ein bisschen genervt, ein bisschen weniger siegessicher?

Die Tür ging auf. Die Reporter erhoben sich synchron von der Bank, versuchten dann, unterschiedliche Delegierte abzupassen, je nach ihrer Herkunft. Patricia genoss für eine Sekunde den Moment, in dem sie registrierte, dass die afrikanischen Delegierten zum Teil in ihrer Landestracht erschienen, dass Asiaten und Lateinamerikaner an ihrem Aussehen zu erkennen waren, das Flair von Internationalität. Harry Kimball kam durch die Tür, der große, stämmige und grau melierte Vertreter der USA im Ausschuss. Neben Brad und Patrica reihten sich die Kollegen der New York Times, von AP und UPI auf, um ein wertvolles Statement zu erhaschen.

»Mr. Kimball, wie sehen die Ergebnisse aus?«, fragte Brad, wiederum nicht besonders einfallsreich, bevor ein Kollege ihm zuvorkommen konnte.

»Nun, ja«, äußerte Kimball, um sich, wie es typisch für ihn und für andere oft Befragte war, erst einmal einen Moment Zeit zu verschaffen. »Ich denke, dass wir bei der Frage der Eigentumsrechte an Himmelskörpern gut vorangekommen sind. Der Weltraumvertrag wird jeden Anspruch eines Landes, ein Besitzrecht an einem Himmelskörper oder Teilen davon auszuüben, ausschließen. Darüber besteht breite Einigkeit.

Ebenso bei der Haftung nach Raumfahrtunfällen.« Kimball räusperte sich und führ sich mit der Zungenspitze kurz über die Lippen. »Ich glaube allerdings auch, dass wir beim Verbot von Waffen im Weltraum noch gemeinsam Einzelheiten prüfen müssen, um zu einem Ergebnis zu kommen.«

Seltchuk schob sich an Kimballs linker Seite vorbei. Der etwas kleinere, gedrungen wirkende Delegierte der Sowjetunion blickte ernst und entschlossen. Er sagte etwas auf Russisch und legte dabei seine rechte Hand auf Kimballs linke Schulter. Der nahm das nur geringfügig irritiert hin.

»Geht es um bestimmte Arten von Waffen, über die noch keine Einigung erzielt worden ist?«, richtete Brad seine nächste Frage an den US-Gesandten.

Seltchuk wandte sich ab, ging nach rechts den Korridor entlang, wo er wahrscheinlich die Leute von der Prawda und TASS vermutete. Patricia folgte ihm.

»Mr. Seltchuk«, sprach sie ihn an. »Was haben Sie damit gemeint?«

Der Russe drehte sich zu ihr um und schaute überrascht.

»Bitte?«

»Sie sagten vorhin zu Mr. Kimball: ›Ihr baut es und wir werden es auch bauen.‹ Was haben Sie damit gemeint?«

Es dauerte buchstäblich eine ganze Sekunde, bevor Seltchuk ein hilfloses Grinsen über sein Gesicht zwingen konnte. Die sowjetischen Journalisten hatten ihn jetzt erreicht und stellten eigene Fragen.

»Sie sprechen unsere Sprache«, stellte der Delegierte das Offensichtliche fest.

Patricia versuchte es mit ihrem Lächeln der Marke »reizend«. »Was haben Sie gemeint? Was wird gebaut?«

»Das war nur ein Scherz.« Seltchuk hob abwehrend die rechte Hand und wandte sich dem Prawda-Journalisten zu. Die beiden Männer begannen Russisch in einer Geschwindigkeit zu sprechen, der Patricia nicht folgen konnte.

Sie biss sich auf die Unterlippe, wandte sich widerstrebend um und lief zurück zu Kimball und Brad. Der amerikanische Delegierte erläuterte gerade, dass die Sitzungen im Herbst fortgesetzt werden würden, als Patricia, mitten in seinen Redefluss hinein, die gleiche Frage noch mal stellte. »Mr. Seltchuk hat zu Ihnen vorhin gesagt: ›Ihr baut es und wir werden es auch bauen.‹ Was hat er damit gemeint?«

Kimball konnte ebenso gut die flache Hand heben wie sein Kollege. »Tut mir leid, das müssen Sie ihn, denke ich, selber fragen.«

Ben Bradlee rühmte sich, stets die Tür für seine Mitarbeiter offen zu halten. Patricia nahm ihren Mut zusammen und drückte die Klinke der Glastür nach unten, ganz langsam. Und als sie die Tür einen kleinen Spalt weit geöffnet hatte, streckte sie die Hand hinein und klopfte mit der Faust auf die Innenseite des Türrahmens. *War das nicht idiotisch?*, fragte sie sich. Hätte die Reihenfolge nicht andersherum sein sollen? Der Chefredakteur der Washington Post hatte bereits von der Lektüre eines Manuskripts abgelassen und zu ihr aufgesehen.

»Patricia«, rief er. »Kommen Sie herein!«

Sie war eine Anfängerin im Hause, gestand sie sich ein. Sie hatte nicht damit gerechnet, dass er ihren Namen noch wusste. Bradlee deutete auf den schlichten Stuhl vor seinem schlichten Schreibtisch. Patricia setzte sich.

»Was kann ich für Sie tun?«

Sie fasste alles zusammen, die Recherche zum Weltraumvertrag drei Tage zuvor, das Interview mit Kimball, den russischen Satz, vom dem sie genau wusste, wie er gelautet hatte. Seltchuks Unwillen, sich dazu zu äußern. Bradlee runzelte die Stirn. Patricia fühlte die Angst, von der sie schon vorher gewusst hatte, dass sie aufkommen würde, die Angst davor, dass der Chefredakteur ihre Ahnung als Lappalie abtun würde.

»Das ist wirklich sehr dünn«, erklärte Bradlee. »Es kann sehr gut sein, dass das wirklich nur ein Scherz war. Wenn Kimball zu Seltchuk gesagt hat: ›Wir eröffnen nächste Woche einen McDonald's-Laden auf dem Jupiter‹, und Seltchuk antwortet: ›Wir auch‹, woher wollen Sie wissen, dass das nicht schon alles war?«

Patricia biss sich auf die Lippen. Dann öffnete sie den Mund wieder. »Er sah so ernst aus.«

»Vielleicht war es trotzdem nur ein Scherz.«

»Sie haben beide nicht gelächelt, nicht mal ein bisschen.«

»Wo haben Sie eigentlich Ihr Russisch her, Patricia?«

»Von meiner Mutter. Sie hat es zu Hause immer mit mir gesprochen. Seltchuk war nicht schwer zu verstehen. Es waren ganz einfache Worte.«

»Ich verstehe. Was sagt denn unser lieber Ressortchef für Außenpolitik dazu?«

»Dasselbe wie Sie, Ben. Ich irre mich aber nicht. Irgendein echtes Projekt steht dahinter.«

Bradlee schloss einen Moment lang die Augen und legte sein Kinn auf die Rechte, den Ellenbogen auf die Tischplatte gestützt.

»Gesetzt den Fall, es wäre so, wo wollen Sie dann ansetzen?«

Patricia zog die Brauen hoch. Der Rechercheplan hatte bisher nur ganz vage in ihrem Kopf Gestalt angenommen. »Als Erstes könnte ich von der Air Force ein paar offizielle Statements einholen, damit wir etwas haben, was wir widerlegen können.«

Bradlee lächelte schwach.

»Dann könnten wir an die Mitglieder der beiden Haushalts-Unterausschüsse für Verteidigung herantreten und sehen, ob einer sich irgendwie verrät.«

»Versuchen Sie es einfach mal«, entschied Bradlee schnell. »Ich sage Ihrem Ressortchef Bescheid.«

Patricia lächelte.

»Sie haben Glück«, fügte Bradlee an. »Ich glaube wirklich, dass wir mit exklusiv recherchierten Geschichten diese Zeitung nach vorne bringen können – allerdings nur, wenn Sie wirklich etwas finden!«

Sie nickte. »Danke, Ben!«

»Raumstationen, Kernwaffen im Weltall!« Bradlee schnalzte mit der Zunge. »Bin ja mal gespannt, *was* Sie finden werden!«

In den folgenden Tagen saß Patricia vor gut einem Dutzend Abgeordneter und Senatoren. Fast alle beantworteten ihre Fragen mit einem erstaunten: »Nein.« Jedes Mal fragte sie sich selbst, ob ihr das Erstaunen authentisch vorkam. Jedes Mal entschied sie sich für: »Nein, tut es nicht!«

Stansfield Henderson war einer der beiden Senatoren aus Kalifornien und Demokrat. Patricia mochte es, die 100 Senatoren abzuklappern, weil es schlichtweg weniger Arbeit war als bei den 435 Abgeordneten des Repräsentantenhauses. Die Zugehörigkeit zu den richtigen Ausschüssen half natürlich dabei, die Liste zu verkürzen. Die Sekretärinnen in den

Vorzimmern taten das Ihre, um Patricias Aufwand weiter zu verringern. Und wer sich am Ende in seinem Büro doch fünf Minuten Zeit für sie nahm, schützte Nichtwissen vor. Henderson wollte das entweder nicht oder war schlichtweg der Schlechteste in dieser Disziplin. Das runde, bartlose Jungengesicht mit dem schütteren hellen Haar obendrauf, das in so vielen kalifornischen Wählern Sympathie erweckt hatte, trug einen ratlosen und bestürzten Ausdruck zur Schau, der viel zu dick aufgetragen war.

»Was für ein Bauprojekt?«

»Ein militärisches«, wiederholte Patricia. »Etwas, das durch den Weltraumvertrag, so wie er ursprünglich entworfen worden ist, verboten werden würde. Der Vertrag hat Ihnen ja im Ausschuss vorgelegen. Sie wissen, was da für außergewöhnliche Dinge drinstehen.« Patricia ertappte sich dabei, wie sie lächelte, als wolle sie um Verzeihung bitten. »Raumstationen, Atomwaffen in der Umlaufbahn und so weiter. Es geht in meinem Artikel darum, was im Einzelnen davon tatsächlich von der Regierung gebaut wird.«

Die alte Taktik – in der Frage von Dingen ausgehen, als ob sie schon feststehen, damit sie durch eine Antwort indirekt bestätigt werden. Patricia kannte bei der *Post* mehrere Journalisten, von denen sie sich diese Technik hatte abschauen können. Das Dumme war nur, dass Henderson nicht antwortete. Er saß nur da, in seinem Bürosessel, starrte sie an und presste die Lippen aufeinander.

»Waren Sie schon mal in Kalifornien?«, fragte der Senator schließlich unvermittelt.

»Nein«, antwortete Patricia geduldig lächelnd.

»Jeder weiß ja, dass es eine schöne Gegend ist.« Henderson sprach mit Nachdruck, ohne dass seine Worte irgendwie beiläufig klangen. »Sie sollten mal nach La Jolla fahren. Am Strand dort kann man wirklich gut Urlaub machen.« Er legte beide Hände flach auf den Schreibtisch. »Es tut mir leid, ich weiß nichts über Regierungsprojekte, wie Sie sie beschreiben. Entschuldigen Sie mich bitte. Ich habe heute noch Termine.«

»Wo?«, fragte Brad später, als Patricia anfing, an ihrem Schreibtisch das Branchenbuch des Ortes zu durchsuchen.

»La Jolla«, antwortete sie. »Kalifornien.«

»Und wonach genau suchst du?«

»Industrieunternehmen. Alles, was einen Regierungsauftrag für das Militär ausführen kann, Forschungslabore vielleicht oder wenigstens einen Thinktank.«

»Du weißt schon, dass du Hirngespinsten hinterherläufst«, fragte Brad in der aufgesetzt väterlichen Variante seiner Stimme, »oder, Schätzchen?«

»Das sehen wir dann«, gab Patricia kühl zurück. »Du hilfst mir bei dieser Recherche. Ich helfe dir bei deiner Story. Deal?«

»Okay«, seufzte Brad. »Nicht, dass ich dringend Hilfe bräuchte.«

»Hier«, reagierte Patricia schlicht und schob ihm das zweite Exemplar des Branchenbuches über die Tischplatte. »Ich habe schon A bis F. In dem Buch hier fehlen ein paar Seiten. Vielleicht machst du bei G weiter und überspringst«, sie ließ die mit den Buchstaben markierten Seitenränder durch ihre Finger gleiten, »M.«

»Hmhm«, machte Brad. Augenblicke später fragte er: »Zählt Atomtechnik dazu?«

Jocelyn öffnete die Tür und lächelte. »Hi!«

Patricia spürte, wie ihr die Kinnlade herunterfiel.

»Du hast dir doch nicht etwa eines von diesen verrückten Papierkleidern geholt?«

Jocelyns Grinsen bekam einen verkniffenen Zug. »So verrückt sind die gar nicht. Komm rein!«

Das Kleid war überwiegend weiß und mit einem bunten Muster bedruckt, grüne und rote Flächen mit schwarzen Details. Es war schmal und passte zweifellos zu Jocelyns schlanker Gestalt. Ihr Haar war immer noch dick, gewellt, lang, dunkelblond mit einem leichten Kupferstich. Patricia überschritt die Schwelle zur Wohnung ihrer Freundin.

Es war alles, wie sie es kannte. Die beiden Rattansessel im Wohnzimmer waren, so schien es, immer noch ihr ganzer Stolz. Dazwischen stand ein quadratischer kleiner Tisch mit einer losen Glasplatte auf einem Metallgestell. Sie hatte Pappteller mit Chips und Crackern drauf gestellt, zwei Becher und drei Flaschen Coke.

»Sag mal, seh ich das richtig?«, fragte Patricia. »Ist auf den Pappbechern das gleiche Muster drauf wie auf deinem Kleid?«

Jocelyn lachte. »Ja, das gibt es alles zusammen! Kleid, Teller und Becher. Und alle sehen gleich aus.« Auf den skeptischen Blick ihres Gastes reagierte sie mit einem »Ich finde das lustig.«

Patricia unterdrückte ein Seufzen und setzte sich in einen der Rattansessel. Jocelyn nahm ebenfalls Platz, goss ihnen Cola in die Becher und warf die ersten Cracker ein. »Was macht dein Job bei der Zeitung?«, fragte sie kauend.

»Ach, weißt du, das Übliche. Ich schreibe ein paar kleine Meldungen zusammen und Brad geht mir auf die Nerven.«

»Der sieht doch eigentlich ganz süß aus.«

Patricia schnaubte. »Vor allem sagt er immer ›Schätzchen‹ zu mir, der Idiot. Du weißt schon, er ist einer von der Sorte, die sich selbst am tollsten finden.«

»Hmhm«, machte Jocelyn mitfühlend, sah dabei aber nicht so aus, als könnte sie sich Brads Charakterzüge ausmalen. »Und sonst?«

»Was – und sonst?«

Jocelyn zwinkerte. »Na, hast du irgendeinen anderen Typen an der Angel?«

»Nein, zu viel Arbeit.«

»Schade.« Jocelyn tätschelte Patricias rechtes Knie. »Dafür ziehen wir ja gleich los. Da, wo wir hingehen, treiben sich auch vernünftige Typen rum, nicht nur die verwöhnten Politikersöhnchen. Ich war schon mal in dem Laden.«

»Wie geht es Bob?«

Jocelyn grinste schief. Bei der Planung eines Seitensprungs ertappt zu werden, hatte für sie offenbar nur den humoristischen Aspekt. »Ach, du weißt schon ...«, leitete sie ein. »Ich kriege immer Feldpost. Er schreibt, wann sie angegriffen haben, wie wenig man im Dschungel sieht, solche Sachen. Wahrscheinlich hat er in jedem Dorf da drüben ein kleines schlitzäugiges Mädel.« Sie lachte leicht und hob dabei die Schultern. »Trotzdem wäre es besser, sie würden den ganzen Scheiß lassen.« Jetzt sah sie zu Boden, dann schnell wieder hoch. »Denkst du, wir sollten nicht ausgehen, irgendwohin, wo Jungs sind? Ich meine ... Ich will ihm nicht untreu werden. Hast du das gedacht?« Ihr Gesicht zeigte einfach nur Angst.

»Du kannst auf gar keinen Fall in diesem Kleid ausgehen«, schmunzelte Patricia.

Und das reichte, um ihre Freundin anscheinend wieder in beste Laune zu versetzen. »Quatsch!«, reagierte Jocelyn. »Da habe ich etwas viel Besseres! Zeige ich dir gleich!« Sie sprang auf, verschwand durch die offene Tür in eines der anderen Zimmer, um in einem Kleiderschrank zu kramen. »Und was macht der Job sonst bei dir?«, rief sie ihrer Freundin zu. »Lässt du bei der *Post* bald eine Bombe platzen?«

Ihr Gast lächelte im Wohnzimmer in sich hinein und antwortete »Wir werden sehen!«

La Jolla war nicht groß, sagte sich Patricia, als sie sich in einem Taxi zum Unternehmen fahren ließ. Wenn es nicht groß war, dann hingen fast alle Jobs von ein paar örtlichen Firmen ab, schlussfolgerte sie. Wenn dann eine davon einen großen Regierungsauftrag an Land ziehen konnte, bedeutete das für gewöhnlich, dass die örtlichen Behörden dessen Durchführung decken würden, egal wie gefährlich dies war. Hauptsache, Jobs!

Da La Jolla nicht groß war, dauerte es auch nicht lange, bis das Taxi das Haupttor des Unternehmens erreicht hatte. Patricia ließ sich vom Fahrer eine Quittung ausstellen und klärte den uniformierten Wächter über ihren Termin auf. Sie wurde von einer freundlich lächelnden Sekretärin abgeholt und saß schon bald im Büro von Frederic de Hoffmann.

»Ich habe gehört, dass es sich um ein Firmenporträt handeln soll?«, fragte er.

»Für unsere Wissenschaftsseite«, stimmte Patricia zu und mobilisierte dabei ein gehöriges Maß an Begeisterung. »Unsere Leser interessiert, was ein Unternehmen wie das Ihre heute so tut. Ich meine«, sie fasste sich in gespielter Verzweiflung an den Kopf, »Atomtechnik – wer kennt sich da schon aus? Für die meisten Menschen ist das immer noch Zauberei!«

De Hoffmann lächelte dieses kleine geschmeichelte Lächeln, das Patricia schon als Reaktion auf diese Bemerkung vorhergesehen hatte.

»Sie würden darüber staunen, wie simpel manche Prozesse sind, mit denen wir uns hier befassen.« Dann schob er seine Brille zurück. »Wären Sie mit einem kleinen Rundgang einverstanden? Dann könnte ich Ihnen alles direkt zeigen.«

»Sehr gerne.«

Auf dem Weg raus aus dem Verwaltungsgebäude verriet de Hoffmann Patricia alles über seine Karriere, seine österreichische Herkunft, die Kontakte, die er bei den Vereinten Nationen geknüpft hatte, die Arbeit am Manhattan-Projekt, durch die er eine große Zahl von Kernphysikern kennengelernt hatte. In einer hellgrau gestrichenen Halle präsentierte er ihr das erste Ausstellungsstück. Für Patricia war es nicht mehr als ein quadratischer Swimmingpool an dessen Boden im Wasser Stapel aus schwarzen Quadern aufgeschichtet waren.

»Das ist der TRIGA-Reaktor«, verkündete de Hoffmann. »Keine Sorge«, setzte er mit einem vorauseilend beruhigenden Lächeln hinzu. »Diese Anlage hier verursacht schon lange keine Strahlung mehr. Wir haben diesen kleinen Reaktor sozusagen als Standard-Einstiegsmodell entwickelt.« De Hoffmann schmunzelte. »Er wird von vielen Ländern und Universitäten als Forschungsreaktor verwendet. Sie erwerben so die notwendigen Kenntnisse in der Atomtechnik, um anschließend eine kommerzielle Stromversorgung aufzubauen.«

Patricia würdigte das still daliegende, quadratische Planschbecken mit einer beeindruckten Miene.

»Gibt es auch militärische Zwecke, für die Sie forschen?«, fragte sie unvermittelt.

De Hoffmann stutzte kurz. »Aber ja«, gab er dann lächelnd zurück. »Wir befassen uns auch mit der Entwicklung kompakter Reaktoren, die in militärischen U-Booten zum Einsatz kommen sollen. Dabei arbeiten wir eng mit unserem Schwesterunternehmen zusammen, der Electric Boat Company.«

»Für Atomwaffen wird hier nicht geforscht?«, setzte Patricia nach.

Zum ersten Mal sah de Hoffmann so aus, als hätte ihm die Frage spontan Zahnschmerzen verursacht. »Nein, das ist ja nicht unsere Aufgabe.« Er gewann schnell sein Lächeln zurück und konnte so sein offenkundiges Unbehagen wegschieben. »Die Kernwaffenforschung ist Aufgabe der Atomic Energy Commission.«

»Sie haben aber viele Physiker im Unternehmen, die am Manhattan-Projekt beteiligt waren.«

»So ziemlich alle«, gab de Hoffmann zurück und lachte dabei. »Das sind die besten Leute auf diesem Gebiet, die Sie heutzutage kriegen können«, erklärte er und straffte sich dabei mit einem Ausdruck vom

Stolz im Gesicht. »Alles, was Rang und Namen hatte, war damals beim Manhattan-Projekt dabei. Heute sind die meisten bei uns.«

Patricia nickte ergeben und beeindruckt. De Hoffmann setzte die Führung fort und zeigte ihr das Synchrotron, den Teilchenbeschleuniger und andere Anlagen. Patricia machte Fotos und stellte Verständnisfragen. Der Vormittag ging schnell vorbei. Ihr Gastgeber lud sie in die Kantine ein, die sich in dem modernen Rundbau im Zentrum des Firmencampus über der Bibliothek befand. Viele, aber längst nicht alle Tische waren besetzt, meistens von Männern in Anzughose und weißem Hemd, die ihr Sakko über die Stuhllehne gehängt und die Krawatte gelockert hatten. An der Essensausgabe stand eine schwarze Matrone und blickte sie auffordernd an. Patricia entschied sich gegen Steak und Bohnen und wählte stattdessen die hastig erspähten Spagetti Carbonara. *Weltküche*, dachte sie spöttisch. *Es gibt sie überall.* De Hoffmann nutzte das Lächeln des leitenden Managers als Bezahlung für sie beide. Er führte Patricia zu einem freien Tisch in der Mitte der Kantine. Sie vermutete sofort, dass dieser Platz offiziell für ihn reserviert war. Patricia stellte ihr Tablett ab und fing einen Blick vom Tisch rechts neben ihr auf, der durch einen Gang von ihr getrennt war. Dort saßen sich zwei mutmaßliche Ingenieure gegenüber. De Hoffmann hatte auf dem Weg zur Essensausgabe und zurück vielen Mitarbeitern freundlich zugelächelt. War es nicht so, dass er diesen beiden besondere Beachtung schenkte, dass sein Lächeln breiter wurde? Oder bildete Patricia sich das ein? Standen diese beiden Männer weiter oben in der Rangordnung des Unternehmens, weil sie in seiner Nähe einen Tisch hatten?

Der Mann, der Patricia schräg gegenübersaß, war einigermaßen klein und rundlich, auch im Gesicht, das sie an den Mond erinnerte. Der andere, direkt neben ihr, war ein breitschultriges, größeres Exemplar derselben Gattung. Er sah sie nicht an, sondern konzentrierte sich auf sein Gegenüber.

De Hoffmann fing an zu essen, ohne auf den Nebentisch einzugehen. »Das Essen ist viel zu fett hier, sagt jedenfalls meine Frau.« Er grinste schelmisch und spießte mit seiner Gabel ein Kotelettstück mit Schwarte auf.

»Es ist lecker«, antwortete Patricia die unausgesprochene Frage, während sie die Spagetti um ihre Gabel wickelte. »Sie haben es nett hier«, fügte sie mit einem Blick über den Kantinen-Rundbau hinzu.

»Ja«, bekräftigte de Hoffmann kauend. »Wir versuchen, das ganze Umfeld für unsere Wissenschaftler so angenehm wie möglich zu gestalten. Nur so kommt man zu den besten Ergebnissen.«

Patricia konnte sehen, wie der kleine, korpulente Wissenschaftler schräg gegenüber von ihr sie und de Hoffmann mit einem verschmitzten Lächeln beobachtete, eher er wieder mit seinem Gegenüber sprach.

»Die sind gut«, führte sie an de Hoffmann gewandt das Kantinenthema fort. »Meine Mutter bekommt die nicht so gut hin.«

»Ist Ihre Mutter Italienerin?«, fragte ihr Gastgeber tatsächlich interessiert.

»Nein, Russin.«

»Oh!«

»Sie lebt seit den Dreißigern hier. Ich bin hier geboren.«

»Natürlich«, beeilte sich de Hoffmann mit der Entgegnung. »Na, ja, Sie haben ja schon von mir gehört, wie viele Physiker aus verschiedenen Ländern wir hier haben. Für uns ist das etwas ganz Normales. Würden Sie mich bitte für einen kurzen Moment entschuldigen?«, bat er unvermittelt.

Patricia nickte automatisch und de Hoffmann stand auf, um sich in Richtung der ausgeschilderten Toiletten zu entfernen. Sie grinste kurz über die untadeligen Manieren des gebürtigen Österreichers, die eine namentliche Erwähnung des Lokus offenbar völlig ausschlossen. Dann wandte sie sich wieder ihren Spagetti zu.

Auf einmal saß der kleine rundliche Mann, der einen Tisch weiter seinen Platz hatte, auf de Hoffmanns Stuhl.

»So gut war das Kotelett jetzt glaube ich auch wieder nicht«, begrüßte ihn Patricia mit einem vielsagenden Blick auf die Reste, die auf dem Teller ihres Gastgebers lagen. Das reichte, um den Fremden zum Schmunzeln zu bringen.

»Keine Bange«, entgegnete der. »Ich bin völlig satt. Sie müssen die Reporterin sein, von der Freddy erzählt hat. Dr. Ted Taylor, nett, Sie kennenzulernen!«

»Ganz meinerseits«, gab Patricia automatisch zurück. »Nennen Sie mich Patricia. Was tun Sie hier bei General Atomics, Dr. Taylor?«

Ihr neuer Gesprächspartner ließ seine rechte Faust in die flache linke Hand klatschen. »Direkt auf den Punkt, ohne Umwege! Das gefällt mir. Nun wissen Sie ...« Dr. Taylor lehnte sich zurück und schenkte dem Kollegen, den er am Nebentisch zurückgelassen hatte, einen Seitenblick. Der schien das Gespräch, das sich zwischen ihnen entwickelte, deutlich zu missbilligen. Sein Gesichtsausdruck war ausgesprochen säuerlich.

»Ich mache mir Gedanken«, erklärte Taylor schließlich. »Ich werde dafür bezahlt, mir für die Firma neue Projekte auszudenken.«

»Was Spannendes dabei?«

Taylor leckte sich die Lippen, sah sich ruckartig um und fing wieder einen Blick seines Gesprächspartners vom anderen Tisch auf. Patricia konnte sich davon überzeugen, dass dessen Miene sich von mürrisch zu misstrauisch gewandelt hatte.

»Na, wissen Sie«, setzte er dann an und umfasste mit einer Bewegung des linken Arms die ganze Rotunde des Kantinengebäudes, »ich stelle mir manchmal vor, wie es wäre, wenn man mit einem Raumschiff durch das All fliegen könnte, das denselben Durchmesser hätte wie diese Kantine. Stellen Sie sie sich das mal vor!« Er zeigte mit der Rechten auf die Mitte des Tisches und dann nach oben. »Ein Raumschiff so groß wie ein Passagierjet mit jeder Art von Annehmlichkeit, die Sie sich unterwegs wünschen können! Von der Dusche bis zum Fernsehzimmer. Wäre das nicht besser, als sich in einer kleinen Kapsel durch die Gegend schießen zu lassen?«

»Und mit Atomkraft geht das?«

Taylor breitete die Arme aus, die Handflächen nach oben gedreht. »Aber natürlich! Sie müssen nur …«

Sein Begleiter tauchte jetzt genau neben ihm auf und ließ einen seiner schweren Oberarme auf seine schmalen Schultern sinken.

»Hey, Ted!«, sagte er ein bisschen lauter als notwendig. »Wir müssen Masson noch von seinem Rundgang abholen und dann noch mal alles durchgehen. Lass uns aufbrechen!«

Taylor breitete in einer hilflosen Geste die Arme aus. »Ich unterhalte mich gerade hervorragend, Thommy! Vielleicht setzt du dich einfach dazu, bis Freddy wieder da ist.«

Freddy war unversehens wieder da. Er erschien im Gang zwischen den beiden Tischen. »Wie ich sehe, haben Sie einen unserer Wissenschaftler schon kennengelernt, Miss Kellerman. Dr. Taylor betreut bei uns bestimmte Projekte zur zukünftigen Energieversorgung.«

»Ja, spannend. Genau so etwas interessiert unsere Leser!«

»Leider haben unsere Wissenschaftler immer viel zu tun. Das liegt in der Natur der Sache, denke ich.« De Hoffmann nickte bekräftigend und zeigte dabei eine Miene des Bedauerns. Taylor wandte sich ihm zu, die Rechte ausgestreckt, damit sie einen Protest unterstützen konnte. De Hoffmann kam ihm zuvor. »Stan kommt vorbei.«

»Was?«, reagierte Taylor. »Wann?«

»Zum Test.«

Taylor lehnte sich zurück und versank in den Tiefen seines Verstandes.

»Wenn Sie wollen, zeige ich Ihnen noch die übrigen Labore, Miss.«

»Natürlich«, willigte Patricia ein. Sie wusste, dass aus dieser Situation jetzt nicht mehr herauszuholen war. »Meine Karte«, erklärte sie nach einem Griff in ihre Handtasche. Sie schob das bedruckte Stück Pappe in Taylors Richtung. »Falls Sie mir einmal mehr über Ihre Gedanken erzählen wollen.«

Taylor steckte die Visitenkarte ein und sah dabei ausgesprochen abwesend aus.

Patricias Hotel war nicht gerade eine Luxusherberge. Der Bau war schlicht, die Gänge dunkel, die Matratze hart und der Kaffee bitter. Sie hatte schon öfter damit gehadert, dass sich die *Post* nicht mehr leisten konnte. Die Theke, auf der im Frühstücksraum ein Teil des morgendlichen Buffets präsentiert wurde, stand am Abend als Bar zur Verfügung. Also verzichtete Patricia nach ein paar unentschlossenen Minuten in ihrem Zimmer darauf, das vermutlich ganz fantastische Nachtleben von La Jolla zu erkunden. Stattdessen bestellte sie bei dem erschreckend jugendlich aussehenden Barkeeper einen Gin Tonic, schob sich auf den Hocker und sah sich um. Ein Mann saß zwei Hocker von ihr entfernt und nickte ihr zu. Sie schätzte ihn auf Anfang dreißig. Er war dunkelhaarig und sah leidlich gut aus. Er trug ein dunkles Sakko und keine Krawatte. Sie entschloss sich, das Nicken einstweilen zu ignorieren.

Ein Mann und eine Frau betraten den Raum und setzten sich lachend an einen der niedrigen Tische. Sie war blond, trug ihr Haar bis zu den Schultern und war etwas rundlich, wenn auch auf eine gewiss attraktive Weise.

Ihn erkannte Patricia wieder. Er war Dr. Taylors Begleiter beim Mittagessen in der Kantine gewesen. Er trug noch dieselben Anzughosen und das kurzärmlige weiße Hemd.

Patricia nahm kurz entschlossen ihren Gin Tonic, stand vom Hocker auf und bewegte sich zum Tisch hinüber. Im letzten möglichen Moment entschied sie sich, eine Miene des Erstaunens an den Tag zu legen.

»Hab ich Sie nicht bei GA in der Kantine gesehen?« *Sehr gut,* lobte sie sich selbst innerlich. *Die beiden Buchstaben gehen dir schon über die Lippen als würdest du jeden Tag dort ein und aus gehen.*

Der Mann mit den breiten Schultern und den schwarzen gewellten Haaren nickte zögerlich.

»Ich hatte ganz vergessen, mich vorzustellen«, erklärte sie unterwürfig, so als ob dies ein unverzeihliches Versäumnis sei. »Patricia Kellerman von der Washington Post. Ich mache einen Bericht über das Unternehmen.«

Der Mann nickte noch einmal zögerlich. »Thomasson«, stellte er sich vor. Es klang wie ein Seufzen. Die blonde Frau nickte nur. Ihr Blick war besonders misstrauisch. Und dann stand Patricia da und wurde nicht eingeladen. Alles, was ihr dazu einfiel, war eine direkte Frage.

»Woran arbeiten Sie mit Dr. Taylor?«

»Nehmen Sie doch Platz«, gestand ihr Thomasson mit einer resignativen Geste zu, die auf einen freien Stuhl verwies. »Das ist Miss Harwicke, meine Sekretärin.« Die Blondine maß ihren Chef mit einem Ausdruck indignierten Staunens. Patricia nahm Platz und blickte Thomasson erwartungsvoll an.

»Ich bin bei der NASA und ...«

»Wow!«, ließ Patricia hören.

Thomasson nickte bescheiden und zeigte damit deutlich, wie sehr er sogar unter diesen Umständen geschmeichelt war. »Bei dem, was wir tun, geht es um die Energieversorgung kleiner Raumfahrzeuge. Sie wissen schon ...« Er zuckte mit dem Kopf leicht nach links. »Generatoren, die durch nukleare Zerfallswärme interplanetare Raumsonden mit Strom versorgen, kleine Kernreaktoren für Satelliten und ähnliche Dinge.«

»Ähnliche Dinge!« Patricia lachte glucksend. »So alltäglich kommt mir das nicht vor!«

»Kann schon sein«, gestand Thomasson zu. »Im Endeffekt ist dies für Ihre Leser bestimmt nicht besonders aufregend. Jeder fragt uns nach den

Raketen, niemand, woher die Astronauten ihren Strom herbekommen. Aber auch das muss geklärt werden.«

»Also auch für bemannte Missionen?«

»Vielleicht, wir prüfen das noch. Schreiben Sie für die Wissenschaftsseite der *Post*?«

»Ja«, log Patricia, »für die paar Leute, die so etwas doch lesen. Und?«, fuhr sie fort und zog die Rolle der Fragenden wieder an sich.

»Werden die Sowjets vor uns auf dem Mond sein?«

»Kaum«, entgegnete Thomasson knapp. »Wenn Sie mehr über mein Arbeitsgebiet wissen wollen, frage Sie am besten einfach Harold Finger vom Space Nuclear Propulsion Office. Die NASA-Zentrale kann Ihnen die Nummer geben. Und jetzt ...«

Er setzte sich halb auf, als plötzlich ein anderer Mann durch die Tür des Frühstücksraums wankte und mit der Zielsicherheit eines mit einem Drehwurm gesegneten Pinguins auf ihren Tisch zuwatschelte. Thomasson lächelte bei dem Anblick. Die Augen allerdings machten das Lächeln nicht mit. Die blonde Sekretärin schürzte die Lippen.

»Hallo!«, rief der Neuankömmling eine Spur zu laut und zur bierselig. »Das ist nicht fair, Thommy! Ich muss den ganzen Tag eine Führung von Bud Pyatt ertragen und du sitzt hier mit diesen entzückenden Ladys!«

»Du hast ja deinen Kummer schon ertränkt«, gab Thomasson zu bedenken, leutselig, gutmütig und gleichzeitig tadelnd. »Ich leg mich hin, Roger. Und du bist, denke ich, auch so weit. Darf ich vorstellen:«, fügte er an Patricia gewandt hinzu. »mein Kollege Roger Masson.«

Der Genannte setzte sich auf der gepolsterten Bank so nah an Patricia heran, dass sie ihm, zur Seite rückend, ein Stück Platz machen musste.

»Sehr angenehm«, log sie.

Thomasson erhob sich nun endgültig. »Ich wünsche dann eine gute Nacht!«

»Gute Nacht!«, schloss sich seine Sekretärin an, deutlich weniger mürrisch, als sie bisher gewesen war.

»Ach, Quatsch«, protestierte Masson. »Die Party fängt doch gerade erst an!«

»Morgen müssen wir wieder fit sein, du auch!« Thomasson zeigte seinem Kollegen die offene linke Hand, während er mit der rechten nach seiner Aktentasche griff. Er und Miss Harwicke zogen von dannen.

»Spielverderber«, grummelte Masson.

Patricia seufzte. Dann straffte sie sich und setzte ein Lächeln auf. »Ein paar Kneipen in La Jolla haben Sie heute schon gesehen, oder?«

»Und ob!« Masson schüttelte energisch den Kopf. Patricia fürchtete um seine Halswirbel. »Keine ist so wie unser Stammlokal in Huntsville. Da müssen wir mal zusammen hin. Sie müssen ...« Masson fuchtelte mit seinem Zeigefinger vor Patricias Nase herum und gab sich große Mühe, deutlich zu artikulieren. »Sie müssen uns mal besuchen kommen! Eine so hübsche Frau wie Sie ...«

»Haben Sie heute Dr. Taylor kennengelernt?«

»Ja, klar!«, antwortete Masson sofort in enthemmter Begeisterung. Er schüttelte nochmals den Kopf und hob erneut den rechten Zeigefinger, um die Bedeutung seiner Erkenntnisse zu betonen.

»Dieser Mann ... ich meine, dieser Mann ... das ist einfach ...« Er breitete beide Arme aus, sodass sich Patricia wegducken musste. »Bum!« Dann stützte er sich mit den Ellenbogen auf dem Tisch ab, nickte mehrfach bedeutungsvoll und gab seinen Ausführungen Zeit zu wirken.

»Das, was er macht, macht bum?«

»Genau!«, artikulierte Masson mühevoll und deutete dabei mit dem Zeigefinger in ihre ungefähre Richtung. »Es macht bum! Die werden sich alle wundern.«

»Wie kriegt er das hin?«, versuchte Patricia ihr Glück.

Masson gluckste. »Mit der Abo. Mit einem Ding, dass ... richtig knallt! Hey!«, gab der Ingenieur mit einem plötzlich gequälten Gesichtsausdruck von sich. »Ich muss mal für kleine ...« Er stand auf, bemerkenswert schnell für einen Mann in seinem Zustand, und wankte davon. Patricia blieb sitzen, unschlüssig, ob sie auf ihn warten oder ihn vielleicht begleiten sollte.

»Das wird heute eh nichts mehr.« Der mittelgroße, braunhaarige Mann, der an der Theke auf einem Hocker gesessen hatte, war unbemerkt hinter Patricia aufgetaucht. »Sehen Sie die Bedienung hinter der Theke?«

Patricia schaute sich um. Der junge Mann war nicht mehr da. Die mittelalte, etwas mollige Frau mit den schwarzen Locken, die jetzt dort stand, war ihr bisher nicht weiter aufgefallen. Einmal hatte sie wohl mal hinter der Rezeption gestanden. Jetzt verzog sie den Mund und bewegte sich schnell zur Tür.

»Die Ärmste wird ihm jetzt dabei helfen, sich zu übergeben, und ihn dann in sein Bett bugsieren. Das war gestern auch schon so.«

Bei Patricia stellte sich sofort ein Gefühl ein, als hätte man ihr bei einem Volleyballspiel an der Highschool vor dem entscheidenden Wurf den Ball abgenommen. Sie wollte schon »Verdammt!« sagen, zwang sich aber stattdessen zu einem: »Und wer sind Sie, geheimnisvoller Mann?«

»Charlie Hunstedt von ›Science in Action‹.«

»Fernsehen!«, reagierte Patricia und kam sich dämlich dabei vor.

Er lächelte. »Kann ich mich dazusetzen?«

»Klar«, beschied Patricia huldvoll. »Das ist so ein Kommen und Gehen an diesem Tisch. Einer mehr oder weniger ...«

Also setzte sich Charlie Hunstedt ihr gegenüber. »Wie es aussieht, sind wir von derselben Zunft. Was machen sie bei GA?«

Patricia überlegte. Es war eine Sache, eine Story an die Konkurrenz wegzugeben. Etwas anders standen die Dinge, wenn man noch gar keine Story hatte.

»Dieser Typ ...«, sie wies mit einer Hand unsicher zum Ausgang, »Masson – er sagte etwas über eine Atombombe, eine Bombe, mit der Dr. Taylor sich beschäftigt.«

»GA forscht nicht an Atomwaffen«, gab Charlie Hunstedt sogleich sehr sachlich zurück. »Wenn Sie mehr darüber wissen wollen, was er genau sagen wollte, müssen Sie wohl warten, bis Mr. Masson morgen oder in den nächsten Tagen wieder betrunken ist, und ihm alle Geheimnisse entlocken, bevor er wieder über der Kloschüssel hängt.«

Patricia seufzte. *Sie sind da. Sie wissen alles und sagen dir nichts.* Das war nicht die erste Story, bei der sie mit dem Schweigen einer Gruppe von Männern konfrontiert war. »Worüber schreiben Sie denn?«, fragte sie, um irgendwie das Thema wechseln zu können.

»Wir machen eine Sendung über die Anfänge der Kernenergie in den USA. Deshalb haben wir den TRIGA-Reaktor abgefilmt.«

»Das Schulungsding, das sich jeder in den Keller stellen kann.«

Hunstedt grinste. »Ja, genau. Von da aus geht es zu den Reaktoren an Bord von U-Booten, die ja eine Spezialität von General Dynamics sind. Zum Mutterkonzern gehört ja auch Electric Boat, wie Sie vielleicht wissen.«

»Hmhm«, machte Patricia. »Masson und dieser arrogante Typ, Thomasson, sind doch von der NASA. Was haben die überhaupt mit GA zu tun? Und warum ist ein NASA-Ingenieur fasziniert von einer Atombombe, die ein GA-Ingenieur bauen kann? Was haben die vor?«

Charlie Hunstedt zog die Augenbrauen zusammen. »Vielleicht ist da gar nichts. Vielleicht haben sie sich heute nur über frühere Projekte von Dr. Taylor unterhalten. In dem Fall jagen Sie Gespenstern nach.«

»Werden Sie dafür bezahlt, frühzeitig aufzugeben?«, fragte Patricia und Charlie Hunstedt lächelte.

»Sie haben sich auf Dr. Taylor konzentriert?«, fragte Bradlee, als Patricia zwei Tage später in seinem Büro saß und über ihre Recherchen Bericht erstattete.

»Nicht nur«, gab sie zurück. »Aber ja, ich habe alle in seinem Umfeld angerufen und mir von allen erzählen lassen, wen ich als Nächstes anrufen kann. Seine Kollegen bei GA, seinen Doktorvater, die Leute bei der Army, für die er die er den Sprengkopf der *Davy Crockett* entwickelt hat ...«

»Der was?«

»Der *Davy Crockett*«, wiederholte Patricia, in einem Tonfall, als müsse der Chefredakteur bereits an dem historischen Namen erkennen können, worum es sich handelte. »Einen kleinen transportablen Granatwerfer der U.S. Army, der Atomgranaten verschießt.«

Bradlee verschränkte die Hände hinter dem Nacken und sah dabei entsetzt aus der Wäsche. »Ich wusste nicht, dass wir so etwas haben!«

»Die Waffe wird seit letztem Jahr wieder aus West-Deutschland abgezogen, weil Kommandeure befürchten, dass ein einzelner Unteroffizier mit ihr einen ausgedehnten Atomkrieg auslösen könnte«, erwiderte Patricia sachkundig.

»Kein Erfolg für Dr. Taylor!«, schlussfolgerte Bradlee.

»In der Tat!« Patricia seufzte. »Keiner hat mir irgendetwas über sein aktuelles Projekt gesagt – oder sagen wollen.« Nach einer kurzen Pause fügte sie hinzu: »Ich habe sogar seine Kinder ausgehorcht.«

»Wirklich – und?«

Patricia verarbeitete eine Sekunde lang den Umstand, dass der Chefredakteur in keiner Weise gegen ihr Vorgehen protestierte.

»Sein Sohn hat mir erzählt, dass Dad mit ihm in den Weltraum fliegt, zu allen Planeten im Sonnensystem. Er konnte sie aufzählen. Und was ganz wichtig dabei war, ist«, Patricia genoss es, an dieser Stelle todernst zu bleiben, »dass der Sohn von Dr. Dyson nicht mitfliegen darf.«

Bradlee grinste. »Kinder!«

»So richtig klein ist er gar nicht mehr. Egal! Sie wissen entweder nichts oder rücken nicht damit heraus.«

»Verbreitern Sie Ihr eigenes Wissen!«, schlug Bradlee vor. »Gehen Sie mal ganz klassisch in die Bibliothek, um sich schlauzumachen! Versuchen Sie, Fachaufsätze von Taylor zu finden und von anderen Leuten, die über dieselben Dinge geschrieben haben! Sie haben recht. Das Ganze riecht nach einer echten Story, weil zu viele Leute nicht reden wollen. Bleiben Sie dran und schauen Sie, wo Sie einen Hebelpunkt finden können!«

Patricia nickte beflissen.

»Atombomben im Weltraum«, entfuhr es Bradlee während er sich zurücklehnte und nach seiner Kaffeetasse griff. »Großer Gott!«

Patricia ackerte sich durch das Who is Who, durch die Encyclopaedia Britannica und die Encyclopaedia Americana. Sie las alle Einträge, die mit »Atom« oder »Nuklear« anfingen und suchte dann nach allen erwähnten Personen. Sie arbeitete sich durch die Inhaltsverzeichnisse jeder einzelnen Ausgabe der »Physical Review«, die seit 1945 erschienen war. Sie ging in diesen Tagen morgens gar nicht erst in die Redaktion, sondern verbrachte ihre ganze Arbeitszeit in der Bibliothek. Nicht mit den Kollegen die üblichen Scherze austauschen zu können, trug sehr zu ihrer Langeweile bei. Die örtliche grau gelockte Bibliothekarin mit der an einer Kette befestigten Brille, der sie am Abend die Folianten und Magazinhefte zurückbrachte, sah stets verdrießlich drein. Sie sah nicht so aus, als könnte man gut mit ihr über das Wetter plauschen. Und wenn sich Patricia zu ihrer selbst verordneten Mittagspause auf die Stufen am Empfang setzte, um die beiden Sandwiches und die Thermoskanne auszupacken, kam ihr ihre Isolation albern, umständlich und melodramatisch vor. Nach Tagen des Stöberns in allen möglichen Druckwerken kannte sie sich jetzt sehr viel besser in Kernphysik aus und hatte einige Themen ausgelassen in der Hoffnung, schon in die richtige Richtung geführt zu werden. Dann kam jedes Mal die Ernüchterung. Diese weltfremde Detailverliebtheit der Wissenschaftler! Wie sollte sich aus der thermisch bedingten Ausdehnung von Kernbrennstäben die Existenz eines geheimen militärischen Superprojekts der USA ableiten lassen? Patricia hatte noch immer kein greifbares Ergebnis irgendwelcher Art. Im Kopf ging sie durch, wie es wäre, Bradlee gegenüber einzugestehen, dass eine Fortsetzung der Recherche zwecklos war. Jedes Mal, wenn sie daran dachte, war das wütende Nagen wieder da. Warum hat mich der Senator nur nach La Jolla geschickt? Irgendetwas ist doch da!

»Hallo!«

Patricia zuckte tatsächlich zusammen, als der Mann sich über sie beugte und sie begrüßte. Ihr linkes Bein versetzte der Thermoskanne einen Schubs, worauf sie sofort die Stufen hinunterkullerte und die braune Flüssigkeit über die Stufen verteilte.

»Oh, Mist!«

Charlie Hunstedt, den Patricia erst auf den zweiten Blick erkannte, lief die Stufen hinab, fing das polternde Behältnis ein und stellte es neben Patricias Sitzplatz auf den Boden.

»Entschuldigung«, seufzte sie, während sie sich erhob und das angebissene Brot zurück in die Handtasche schob.

»Meine Schuld! Ich hätte Sie nicht so erschrecken sollen. Was machen Sie hier?«

»Ich jage Gespenstern nach!« Mit abwesendem Blick streifte Patricia die peinliche Kaffeelache auf der Treppe. Die Stadtreinigung würde sich darum kümmern müssen. Dann schaute sie Charlie Hunstedt ins Gesicht. »Und Sie?«

Er zuckte mit den Achseln. »Wir machen eine Sendung über Computer. Da bringen wir uns noch mal auf den neuesten Sachstand, bevor wir vor den Interviewpartnern wie totale Deppen dastehen.«

»Und dafür kommen Sie extra von New York hier herüber?«

»Ja«, erwiderte er fröhlich. »So schlecht ist der Ruf dieser Bibliothek ja nicht.«

Patricia wandte sich zu dem vierstöckigen grauen Gebäude mit der zitadellenartig hochgereckten Kuppel um, das sie als kleines Kind zum ersten Mal angestaunt hatte. »Nein, schlecht ist sie wirklich nicht«, stimmte sie zu. »Wollen wir rein?«

Er nickte. Also erklommen sie beide die Stufen um ins Innere der Congress Library zu gelangen.

»Um was für Gespenster geht es denn genau?«

Sie seufzte. Natürlich kam sie mit dieser einfachen Erklärung nicht davon. »Nukleare Gespenster!«

»Interessant!«

Bis sie wieder durch das Drehkreuz gelangt waren und vor den Regalen standen, hatte Patricia die Grundzüge zusammengefasst, den Weltraumvertrag, den hingeworfenen Satz des russischen Delegierten in der UNO, die Andeutung des Senators im Hinblick auf La Jolla.

»Atomwaffen im Weltraum?«, benannte Charlie Hunstedt das zentrale Motiv mit hochgezogenen Brauen.

»Irgend so etwas muss es ja sein«, beharrte Patricia. »Natürlich habe ich darüber nachgedacht, ob GA die richtige Spur ist. Sofern der Hinweis richtig war, kann es sich nur um diese eine Firma handeln.«

»Nur, dass sie nicht an Waffen forschen.«

»Das sagt de Hoffmann jedenfalls ständig. In der Lage dazu wären sie weiß Gott. Viele von ihnen waren bei Manhattan dabei.«

»Natürlich. Und jetzt durchforsten sie alles, was mit Atomtechnik zu tun hat, um auf gut Glück auf eine Spur zu stoßen?«

»Ja«, antworte Patricia. In diesem Moment hielt sie ihre Strategie selbst nicht für besonders clever.

»Na, dann – viel Glück!« Charlie Hunstedt nickte freundlich und machte sich auf den Weg zur Computerliteratur. Patricia seufzte erneut und überlegte, wo sie vor der Mittagspause beim Durchforsten stehen geblieben war.

Es ging schon auf den Abend zu, als Charlie an dem Tisch auftauchte, den sie sich ausgesucht hatte, um Bücher und Zeitschriften aufzustapeln. »Na, fündig geworden?«, fragte er mit einer leisen Ironie in der Stimme.

Sie sah ihn nur mit hochgezogenen Brauen an.

»Offenbar nicht?«, schob er nach.

»Noch so einen ergebnislosen Tag kriege ich auf gar keinen Fall von Bradlee genehmigt!« Sie breitete ihre Arme über die versammelten Bände aus. »Ich meine, wahrscheinlich steht die Wahrheit wirklich hier irgendwo drin und ich erkenne sie bloß einfach nicht! Das ist das, was mich am meisten verrückt macht. Oder sie schaffen es, ihr Projekt so geheim zu halten, dass nirgendwo etwas zu finden ist und ich hier einfach nur meine Zeit verschwende!« Sie ließ sich in den Stuhl zurücksinken. »Und bei Ihnen?«, fragte sie deprimiert.

»Ich weiß jetzt so ziemlich alles über integrierte Schaltkreise, was ich wissen muss.«

»Hmhm.« Patricia ließ die Hände auf die Tischplatte klatschen. »Ich habe jeden Namen nachgeschlagen, genau nachgesehen, was alle diese Physiker, die jetzt bei GA arbeiten, in ihrem Leben bis jetzt getrieben haben. Und ich komme nicht zum Ziel. Nichts, was den Weltraumvertrag betreffen könnte, war dabei.«

»Vielleicht sollten Sie sich das ansehen, was sie nicht finden.«

»Na, das ist ja mal ein kluger Tipp!«

»Nicht wahr? Ganz im Ernst – vielleicht sind ja bei dem Projekt Personen und Fakten wichtig, von denen Sie jetzt noch nicht wissen, dass sie bei GA eine Rolle spielen. Und Sie sehen das jetzt nicht, weil Sie sich ganz auf die bekannten Personen konzentrieren. Ist mir schon so gegangen.«

»Und was haben Sie gemacht?«

»Ich bin einen Schritt zurückgetreten, um mir das ganze Bild anzusehen.«

»Hmhm«, machte Patricia erneut. »Ich glaube, für heute mache ich Schluss! Ich muss nur noch die Ladung abliefern.« Sie fing an, Bücher und Zeitschriften aufzustapeln.

»Hätten Sie noch gerne einen Kaffee zum Abschluss des Ganzen?«

Patricia maß Charlie Hunstedt mit einem langen Blick, diesem Blick einer Frau, der sagte: »Ich habe dies als Äußerung von Interesse an mir erkannt.«

»Ich bin so müde. Tut mir leid.«, antwortete sie, ohne weiter darüber nachzudenken.

Das übliche Nachsetzen ließ nicht lange auf sich warten. »Dann vielleicht ein anderes Mal? Sie können mich ja anrufen, wenn Sie Zeit für einen Kaffee haben und Ihre Erkenntnisse an das Fernsehen verscherbeln möchten.« Er zwinkerte ihr zu und legte eine Visitenkarte auf den Tisch.

Ihm ihre zu reichen, war für Patricia eine völlig automatische Geste. »Hier, darunter können Sie mich anrufen.«

Sein Lächeln wurde eine Spur breiter. »Na gut, dann bleiben wir also in Kontakt. Viel Glück für Sie mit dieser Sache!« Er winkte ihr in einer kleinen Geste scheu zu, bevor er sich auf den Weg machte.

Patricia steckte die Visitenkarte in ihr Portemonnaie und stellte sich erstmals seit Wochen Fragen, die nichts mit ihrer Story zu tun hatten.

Am nächsten Tag gestand sie Bradlee in einem kurzen frühmorgendlichen Gespräch, dass sie mit der Recherche vermutlich in eine Sackgasse geraten war. Er reagierte verständnisvoll und versprach, ihr für die Angelegenheit wieder mehr Zeit einzuräumen, sollte sich etwas Neues ergeben. So starb eine Geschichte nicht selten.

Bradlee schickte Patricia in die Morgenkonferenz des Politikressorts, das wegen des Wahlkampfs für die Midterm-Wahlen des Kongresses dringend Verstärkung brauchte. »Das ist keine Strafversetzung«, scherzte er. »Ich habe Brad auch hingeschickt.«

Und gerade dieser letzte Hinweis löste bei ihr keinerlei Erleichterung aus.

»Na, bist du zurück von der Geisterjagd, Schätzchen?«

»Klar, ich habe den Kadaver deines Gehirns gefunden.«

Die Replik brachte ihr anerkennendes Gelächter aus der gemütlichen Herrenrunde, aus der die Konferenz bestand. Und doch – würde Brad jemals eine andere Reaktion zeigen als diese hochgezogenen Augenbrauen, mit denen er ihre Kratzbürstigkeit als sexuell anziehend bewertete? Er und die alten Kollegen grinsten sich zu und Patricia hatte das Gefühl, dass ihr speiübel wurde. Sie setzte sich neben einen der Lokalreporter, die auch anwesend waren, einen harmlos wirkenden Typen namens Weinstein oder Bernstein, der gerade frisch angefangen hatte.

»Schön, dass Sie alle erschienen sind!« Frank Weathers, der glatzköpfige und korpulente Leiter des Politikressorts eröffnete die Sitzung.

Patricia erfuhr im Verlauf der nächsten halben Stunde, in welchen Bundesstaat man sie schicken würde, damit sie dort über die Vorwahlen berichten würde. Sie und Brad würden nicht an derselben Stelle auflaufen. Sie war erleichtert. Als sie zu ihrem Schreibtisch zurückkehrte, klingelte das Telefon.

»Kellerman, Washington Post«, meldete sie sich. Was sie am anderen Ende hörte, war nur ein Schluchzen.

Am Abend ging sie die Treppen zur Wohnung hinauf und sah, dass die Tür offen stand. Männer standen im Flur, einer weiß, einer schwarz. Sie grinsten sich, in irgendein Gespräch vertieft, verständnisinnig zu. Sie rauchten. Musik war zu hören, Sitarklänge.

Patricia schaute auf das kleine Namensschild über der Türklingel. Nein, sie war nicht im falschen Stockwerk.

»Hey!«, rief der Schwarze. »Komm rein!« Er wies mit der Rechten den Weg und schickte damit Rauchschwaden in die Diele. Der Geruch kam bei Patricia an. Nicht nur Tabak, analysierte sie. Sie hielt die Luft an und lief zwischen den beiden entspannt wirkenden Gentlemen hindurch.

Im Wohnzimmer waren noch viel mehr fremde Besucher, zwei Männer und drei Frauen. Patricia sah sich nur kurz um. Jeansjacken, Stirnbänder, geblümte Kleider, das alles nahm sie nur am Rande zur Kenntnis. In der Mitte war Jocelyn, der einzige Mensch, der sie jetzt interessierte. Sie saß auf ihrem Rattansessel, trug Bluse und Rock, so als wäre sie gerade erst von ihrem Bürojob nach Hause gekommen. Sie starrte auf die Tischplatte und sah verheult aus, was ja kein Wunder war.

Patricia trat noch einen Schritt heran. Und erst in diesem Augenblick reagierte ihre Freundin, stand auf, breitete in einer schwach und hilflos wirkenden Geste die Arme aus. Patricia lief um den Tisch, um die ihrigen um sie zu schließen.

»Irgendwo im Kim Son Tal«, schluchzte Jocelyn. »Sie schreiben in dem Brief, dass Bob irgendwo im Kim Son Tal gefallen ist.«

Patricia hielt sie jetzt auf Armeslänge von sich weg, damit sie ihr ins Gesicht sehen konnte. Ihre Freundin wischte sich Tränen von den Wangen, die sofort wieder von neuen ersetzt wurden.

»Ich weiß nicht einmal, wo dieses beschissene Kim Son Tal liegt! Kannst du mir erklären, warum er jetzt tot ist? Du weißt doch immer so viel!«

»Nein«, gab Patricia zurück. Jeder Versuch, jetzt über Johnsons Politik zu sprechen, wäre ihr wie hohles Geschwafel vorgekommen. Dann meldete sich ihr journalistischer Ehrgeiz und fügte an: »Noch nicht.«

Jocelyn ließ sich wieder auf den Rattansessel fallen.

»Das ist einfach nur Gier und Hass, der Hass des weißen Mannes.« Die Stimme kam von unten. Ihr Inhaber war ein schmächtiger, weißer Mann mit langen schwarzen Locken, der am Boden saß und versonnen zur Zimmerdecke schaute. Vier Glaubensgenossen machten zustimmend: »Hm!«

»Wer sind denn deine Gäste?«, fragte Patricia vorsichtig.

»Bob hat mit ihnen rumgehangen, bevor er einberufen worden ist. Jetzt sind sie hier, weil sie auch um ihn trauern.«

Das Ende des Satzes ging in einem erneuten Schluchzen unter, weil er Jocelyn offenbar mit der unabweisbaren Wahrheit konfrontierte.

»Willst du was abhaben?« Die Frage wurde von einer blonden, jungen Frau gestellt, die Jeansjacke und Stirnband trug und mit einer viel zu dicken Zigarette vor ihrem Gesicht herumwedelte. Der schwere, süßliche Geruch wehte zu Patricia hinüber.

»Danke, erst mal nicht«, antwortete sie und ärgerte sich darüber, dass sie sich schüchtern anhörte. Dann wandte sie sich Jocelyn zu, streichelte ihre rechte Schulter, akzeptierte ihre eigene Sprachlosigkeit und verstand, dass ihre Anwesenheit helfen konnte, wenn auch nur wenig.

»Sie sagen gar nichts darüber, wie es passiert ist. Ich meine, im Krieg ist es doch immer furchtbar, oder? Sag doch was! Du weißt doch Bescheid über so etwas!«

Mit ihrer Erfahrung in Kriegsberichterstattung in Höhe von 0,0 wasauchimmer schüttelte Patricia den Kopf und murmelte: »Kann schnell gegangen sein.« Sie fing an, nach einem Sitzplatz für sich zu suchen. Es gab keinen. Für sieben Leute war es einfach zu eng im Zimmer. Die Sitarklänge kamen von einem echten Instrument. Sein Besitzer trug einen langen, ungepflegten Vollbart. In sich selbst versunken entlockte er ihm eine entspannt dahinplätschernde Folge von Akkorden, die zum Meditieren einlud.

»Kannst du mal was anderes spielen?«, fuhr Patricia ihn an. Sie hörte sich harscher an, als sie selber wollte. »Was zum Mitsingen?«, fragte sie milder.

Der Sitarspieler hörte tatsächlich auf und glotzte sie verblüfft an.

»Ihr singt doch viel auf Demos, habe ich gehört. Was könnt ihr jetzt singen?«

Die Frau in der Jeansjacke ließ sich einen Moment lang Zeit. Dann stimmte sie an. Der Sitarspieler fiel mit ein. Patricia begrüßte die Songauswahl mit einem lakonischen Kopfnicken. Aus sieben Kehlen erscholl in Jocelyns Wohnung: »We Shall Overcome!«

In ihrer eigenen Wohnung hatte Patricia das Telefon direkt auf dem Nachttisch stehen. Ihre Kleidung und ihre Handtasche hatte sie auf dem Stuhl am Schreibtisch gelegt, der nur zwei Schritte von ihrem Bett entfernt war. Das wenige, was sie an Haschischschwaden abbekommen hatte, war in seiner Wirkung längst verflogen. Auch das Budweiser aus Jocelyns Kühlschrank waberte nicht mehr durch ihr Hirn. Sie war viel zu wach. Schließlich gab sie jeden Widerstand auf, angelte sich im schummrigen Licht der Straßenlaterne vor ihrem Apartment ihre Handtasche und daraus das Portemonnaie. Um die Visitenkarte zu finden, musste sie letztlich doch die Nachttischlampe anknipsen. Sie kauerte sich auf ihre Matratze und legte nacheinander das Kopfkissen und darauf das Telefon auf ihre gefalteten Beine. Der Dauerton des Telefons summte ihr monoton ins Ohr, bis sie anfing, an der Wählscheibe zu drehen. Das verheißungsvolle Rufgeräusch drang fünfmal an ihr Ohr, ehe es von einem geräuschvollen Scheppern abgelöst wurde und einem müden, verwunderten und einigermaßen verunsicherten: »Hallo?«

»Hallo, Charlie!«, antwortete sie. »Patricia hier.« Sie war im ersten Moment davon ausgegangen, dass er sie allein am Klang ihrer Stimme erkennen würde. Das fand sie selbst einen kurzen Moment lang interessant. »Wer ist Stan?«

»Wissen Sie, wie spät es ist?«, kam es zurück.

»Irgendwas so um fünf Uhr, nehm ich an. Bei mir klingelt bestimmt gleich der Wecker.«

»Es ist Viertel nach drei«, beschwerte sich Charlie Hunstedt.

»Oops!«, machte Patricia. »Ich kann nicht schlafen.«

»Weil Sie an einen anderen Mann denken müssen.«

»Stimmt! Wissen Sie's?«

»Wer Stan ist?«, stöhnte Charlie.

»Genau!«

»Ich habe keine Ahnung, von wem Sie da reden!«

»Taylor und de Hoffmann waren ganz aufgeregt darüber, dass dieser Stan zu einem Test kommen wird. Das muss etwas zu bedeuten haben! Es gibt ein besonderes Projekt bei GA. Und Stan steht damit in Verbindung, wer immer er auch ist!«

»Sonst geht es Ihnen gut?«

Patricia beschloss, die äußerst gequält vorgetragene Frage wörtlich zu nehmen. »Na, wissen Sie, abgesehen davon, dass meine beste Freundin von einer Hippiekommune gehijackt worden ist und mir das seltsam vorkommt ...«

»Oh!«

»Es hat mit ihrem Freund zu tun. Er ist in Vietnam gefallen.«

»Oh!« Das zweite »Oh« wirkte deutlich wacher und mitfühlender als das erste. »Tut mir leid.«

»Schon gut. Ich habe ihn kaum gekannt. Ich mache mir jetzt aber um sie Sorgen.«

»Sie werden das schon im Auge behalten.«

»Haben Sie irgendeine Idee?«

»Sie meinen zu Steve?«

»Stan!«, korrigierte Patricia etwas zu laut.

»Tja, also ich weiß auch nicht mehr als Sie. Wenn Sie sonst nichts zu dem Mann sagen können ...«

»Ach, kommen Sie schon, Charlie! Sie haben die Namen der ganzen Atomphysiker viel besser drauf als ich. Zu wem passt er?«

»Na, mal sehen«, brummte er. »Stan Einstein, Stan Meitner ...«

Patricia musste gegen ihren Willen lachen.

»Stan Hahn, Stan Oppenheimer ...«, fuhr Charlie fort. »Nein, jetzt nicht!«, setzte er halblaut hinzu.

»Entschuldigen Sie, Charlie, sind Sie nicht alleine?« Das Bild, das Patricia vor ihrem inneren Auge sah, versetzte ihr einen Stich ins Herz. Auch das vermerkte sie innerlich mit einem eigentümlichen, distanzierten Interesse.

»Das war Oscar, mein Kater. Er will Futter.«

Konsequenterweise nahm Patricia bei sich ein Gefühl der Erleichterung zur Kenntnis. Und dann skeptische Gedanken. War der Kater den ganzen Tag allein in der Wohnung, wenn Herrchen viel arbeitete? Oder gab ihm dann jemand anders Futter?

»Kein Stan bis jetzt«, seufzte Charlie.

»Sie haben doch noch gar nicht alle aufgezählt!«, feuerte Patricia ihn an. »Sie können jetzt eh nicht mehr schlafen. Also können Sie auch bis zum Weckerklingeln weitermachen, bis Sie alle durch haben.«

»Oh, ja«, seufzte Charlie. »Verlockend! Stan Szillard«, gab er nach. »Stan Teller. Vielleicht versuchen wir es auch mal mit jemandem von der Gegenseite? Stan Sacharow. Wenn der zu einem Test von uns kommt, wäre das schon sensationell. Stan Laurel. Ah, hab ihn!«

Patricia schnaubte.

»Stan Fuchs, Stan ...« Er stockte.

»Charlie?«

»Ulam.«

»Heißt der Stan mit Vornamen?«

»Stanislaw, er ist Pole, ein polnischer Mathematiker.«

»Er arbeitet für die Sowjets?«

»Nein, er ist in die USA geflohen und war beim Manhattan-Projekt dabei. Er hat mit Edward Teller an den Entwürfen zur Wasserstoffbombe gearbeitet und dafür gesorgt, dass sie heute so kompakt gebaut werden kann. Ihre Idee ist bekannt als das Teller-Ulam-Design. Dadurch wurde die Wasserstoffbombe überhaupt erst möglich.«

»Sehr verdienstvoll!« Patricia beschloss sofort, ihre Ironie wieder beiseitezulassen. »Hier in Amerika reden ihn seine Kollegen bestimmt mit ›Stan‹ an.«

»Vom Personenkreis her könnte das passen«, fuhr Charlie unbeirrt und mit einer gewissen Aufregung in der Stimme fort. »Ulam und Dr. Taylor sind beides Leute, die an kompakten Bauformen gearbeitet haben, um Bomben zu verkleinern. Es kann durchaus sein, dass sie sich gut kennen.«

Patricia ging im Kopf durch, was sie in der Bibliothek über Ulam gelesen hatte. Sie erinnerte sich langsam und gab Charlie innerlich recht. »Wie finde ich jetzt am besten heraus, woran sie arbeiten?«

»Wenn Ulam eine Idee entwickelt hat, die sie jetzt verfolgen, sollte er ein Patent angemeldet haben. Sonst würde man ihn jetzt kaum als den Urheber betrachten und ihn einladen, wenn die Idee getestet wird. Sie können sich also vom Patentamt schicken lassen, was die von ihm haben, und sehen, ob etwas Passendes dabei ist. Ich kann Ihnen die

Telefonnummer von jemandem geben, der Ihnen das schneller schickt als auf dem normalen Weg.«

»Das wäre toll!« Patricia erhob sich, klemmte sich den Hörer unter das Kinn, nahm das Telefon hoch, zerrte dessen Anschlussschnur unter dem Bett hervor und wankte im Halbdunkel zu ihrem Schreibtisch. Sie funktionierte den Prospekt einer Boutique zum Notizzettel um und nahm die Nummer auf.

»Vielleicht ist Ulam dieser Stan, vielleicht auch nicht«, orakelte sie.

»Ich kann Sie ja wieder anrufen, wenn mir noch einer einfällt«, gab Charlie zurück. »Jetzt allerdings werde ich mich lieber wieder hinlegen.«

»Natürlich. Danke, dass Sie nicht einfach aufgelegt haben.« Patricia fragte sich, was sie als Nächstes sagen wollte. Ich mag Sie? Ich kann Sie gut leiden? Guter Gott, nein! Bloß das nicht! Sie holte tief Luft.

»Sie gefallen mir, Charlie. Wir sollten uns wiedersehen.«

Zwei Sekunden Stille.

»Wenn ich dafür nicht nachts um halb vier aus dem Bett muss, sehr gerne.«

Patricia verspürte einen Stich ihres schlechten Gewissens. Gleichzeitig entging ihr nicht, dass Charlie ein geschmeicheltes Schmunzeln über die Lippen ging, welches die scheinbare Abgeklärtheit seiner Antwort Lügen strafte.

»Ich komme diesmal zu Ihnen nach New York«, schlug sie vor. »Am Samstag, wenn Sie Zeit haben.«

»Klar!«

»Ich rufe noch mal wegen der Uhrzeit an, nach Sonnenaufgang – versprochen! Werden Sie jetzt noch schlafen können?«

»Keine Ahnung«, lachte er. »Mal sehen.«

»Gute Nacht, Charlie! Und – danke schön!«

»Gute Nacht!«

Patricia legte auf, blieb am Tisch sitzen und beschloss, den Sonnenaufgang abzuwarten.

Am nächsten Morgen telefonierte sie mit Charlies Kontaktperson im Patentamt. Dann stürzte sie sich, übermüdet, wie sie war, in die schöne Welt der Agenturberichterstattung und passte Meldungen auf die Bedürfnisse der Washington Post an. Wie üblich landeten auf ihrem

Schreibtisch wieder Berichte, deren Wahrheitsgehalt sie durch eine Sichtung der russischsprachigen TASS-Meldungen prüfen sollte. Gelegentlich konnte sie die Pressestelle des State Department anrufen und um einen passenden Kommentar bitten. Der Tag verlief so recht ruhig, was ihr zur Abwechslung gefiel. Manchmal dachte sie an den kommenden Samstag. Am nächsten Tag bereitete sie sich auf die Reise zu den Wahlkampfveranstaltungen in Ohio vor. Sie las alles, was sie über die Kandidaten, die dort zu den Midterm-Wahlen antraten, im Archiv finden konnte. Einer der Praktikanten kam mit dem Rollwagen vorbei und legte ihr die Post in den Korb. Ein großer brauner Umschlag mit dem Absender des Patentamts war dabei. Patricia runzelte die Stirn und riss ihn auf. Sie richtete sich auf eine weitere fruchtlose Episode ihrer im Grunde längst abgearbeiteten Recherche ein. »Was hat Stan erfunden?«, fragte sie sich halblaut. »Das innen beleuchtete Stopfei oder die ultimative Frühstücksmaschine?« Die eng beschriebenen Bögen rutschten aus dem Umschlag. Patricia nahm sie auf und lehnte sich zurück. Es handelte sich um mehrere Patente. Also würdigte sie die Überschriften der verschiedenen Deckblätter und seufzte innerlich bei dem Gedanken, dass sie tatsächlich vorhatte, sich in die komplizierte und kompliziert formulierte Materie zu vertiefen. Dann las sie den Titel einer Patentschrift, die vergleichsweise wenig Seiten hatte, und legte den Rest zur Seite. Das Dokument trog die Nummer GB877392 und war auf dem Deckblatt mit der Zeichnung eines gedrungen wirkenden Projektils versehen. Anmelder war nicht Ulam selbst, sondern die Atomic Energy Commission.

Zehn Minuten später rannte Patricia in Ben Bradlees Büro, durch die geöffnete Tür, ohne anzuklopfen. Einer der Sportredakteure, dessen Name ihr nicht einfiel, stand im Büro und redete gerade mit dem Chef, der entspannt hinter seinem Schreibtisch saß.

»Es geht um ein Raumschiff!«, rief Patricia laut und unterbrach damit das Gespräch der beiden Männer. »Ein Mathematiker namens Stan Ulam hat ein Patent für ein Raumschiff angemeldet, das durch explodierende Atombomben angetrieben wird! Das ist es, was sie bei GA bauen. Dr. Taylor hat mir eine Andeutung gemacht, die von der Größe her genau passt. Die Atombomben werden nach hinten ausgestoßen, explodieren und verdampfen dabei Kunststoffmatten. Der zum Raumschiff geschleuderte Dampf treibt es an …«

Ben Bradlee stand von seinem Stuhl auf, wechselte einen Blick mit dem Sportredakteur, lächelte nachsichtig und sagte: »Ich weiß.«

Patricia spürte, wie der Luftstrom, der ihre Worte tragen sollte, im Hals stecken blieb und dort einen plötzlichen Schmerz verursachte. »Sie wissen das?«, fragte sie nach zwei Schrecksekunden.

Bradlee nickte beflissen. »Die Pressekonferenz im Pentagon hat gerade angefangen. Es gibt auch schon erste Tickermeldungen.« Er ging zur Bürowand, die seinem Schreibtisch gegenüberstand, schaltete den in dem schlichten Regal abgestellten Fernseher ein und drückte auf die Nummerntaste für das erste Programm. Die Rückwand im Pressesaal des Pentagon war zu sehen, mit ihrer blauen Wandbespannung, davor an dem Rednerpult mit dem Amtssiegel des DoD der Kommandeur des Strategischen Bomberkommandos, John D. Ryan. »Wir haben die Regierungen der Sowjetunion und Chinas sowie unsere Verbündeten vorab über den Start informiert«, erklärte er gerade. »Die Explosion von 200 schwachen Nukleartreibsätzen hat das Aurora-Testfahrzeug auf eine Höhe von 130 000 Fuß gebracht, über die Stratosphäre hinaus. Das Gerät konnte vollständig geborgen werden, nachdem es an einem Fallschirm hängend in der Mojave-Wüste niedergegangen ist. Das Air Force Special Weapons Center hat durch diesen Test genug Daten sammeln können, um als Nächstes Flüge in die Erdumlaufbahn zu starten. Letztlich werden auch bemannte Raumfahrtmissionen auf diesem Wege möglich werden. Ihre Fragen!«

Ryan erteilte selbst einem Journalisten das Wort, hörte sich seine Frage an, machte ein verdutztes Gesicht und antwortete: »Nein, ein Einsatz dieses Systems in Vietnam ist nicht vorgesehen, weder jetzt noch in Zukunft. Alle Anwendungen dieses Antriebs, die wir zurzeit betrachten, sind zur Verbesserung unserer strategischen nuklearen Abschreckung vorgesehen.«

»Schöne Frage!«, erkannte Bradlee an. »Also, Patricia«, setzte er mit strengem Blick an. »Brad wird die Story schreiben.«

»Brad wird was?«

»Wir haben ihn zur Pressekonferenz ins Pentagon geschickt, weil gerade niemand anderes frei war.«

»Es ist meine Story!«

»In der Einladung stand kein Thema drin. Es ist gut, dass Sie so viel darüber recherchiert haben. Damit haben wir Hintergründe zur Meldung, die exklusiv sind. Geben Sie Brad nach der PK telefonisch Fakten und Notizen durch.«

»Ich soll was?«

»Kommen Sie schon«, versuchte sie Bradlee lächelnd zu begütigen. »Wir spielen alle für dasselbe Team! Außerdem können Sie Statements von Abgeordneten und Senatoren einholen, Henderson und die anderen. Es gibt jetzt schon mehrere, die das Projekt als blanken Wahnsinn bezeichnet haben. Vielleicht haben wir es hier mit einer Totgeburt zu tun, die den Steuerzahler viel gekostet hat.«

»Lassen Sie mich die Story schreiben, Ben!«

»Brad ist schon dran. Er macht den Aufmacher für morgen vom Presseraum des Pentagon aus. Machen Sie die Anrufe im Kongress!« Bradlees Stimme war eine Spur fester geworden.

Patricia verließ das Büro, ohne die Männer noch einmal anzuschauen. Als Brad später in der Redaktion anrief, stellte man ihn zu dem Apparat auf ihrem Tisch durch.

»Hallo, Schätzchen!«, kam es aus dem Hörer.

»Hallo, Arschloch!«, gab sie zurück und sorgte so wenigstens einen kurzen Moment lang für Stille. »Der Erfinder ist Stanislaw Marcin Ulam«, sprach sie weiter und referierte im Folgenden sorgfältig, alles, was sie herausgefunden hatte.

Mit Atombomben zur neuen Heimat im All?

Am gestrigen Donnerstag hat Jeff Bezos, Gründer von Amazon und Blue Origin und Inhaber der Washington Post, seine Vision einer menschlichen Besiedelung des Weltraums dargelegt. Er sieht die Ausbreitung der Menschheit im Weltraum als Chance, um auf der Erde die Belastung der Umwelt zu verringern und den Klimawandel abzuschwächen. Im Mittelpunkt der Pläne steht der Bau von gewaltigen zylinderförmigen Weltraumhabitaten, wie sie der Physiker Gerard K. O'Neill in den Siebzigerjahren vorgeschlagen hat. Bezos hat während seiner Studienzeit in Princeton Vorlesungen des Raumfahrtpioniers gehört. In einer Präsentation am Hauptsitz von Blue Origin in Kent/Washington hat Bezos insbesondere Entwürfe vorgeführt, die zeigen, wie das Innenleben einer solchen O'Neill-Kolonie aussehen würde. Anders, als die ursprünglichen Pläne dies vorsahen, will der Unternehmer die Raumstationen auf der Erde bauen lassen und mit einem weiterentwickelten Orion-Antrieb ins All starten. »Die maximale Nutzlast eines solchen Systems ist bereits Ende der Fünfzigerjahre errechnet worden und beträgt mehrere Millionen Tonnen«, erklärte Bezos dazu während der Präsentation. »Das reicht aus, um uns ein neues Heim im Weltraum zu schaffen, wann immer wir das wollen.«

Washington Post, Freitag, 10. May 2019

X

Freitag, 25.02.1977, 07:56:28 Central Standard Time, Zwischen Neptun und Pluto
T 376/00:59:28 [Tage/Std:Min:Sek]

Georgina saß in einem der festgeschraubten Ohrensessel in der Schiffsbibliothek. Dieser Teil des Aufenthaltsbereichs war ihr der liebste. Es gefiel ihr einfach, dass die Regale ihr Sichtschutz boten. Natürlich konnte sie sich in ihre kleine Kajüte verkriechen. Aber wer hielt das schon ewig aus? Manchmal konnte sie für Gronowitsch ein paar Tabellen mit Messwerten auswerten und ihn so in seiner Forschung unterstützen. Dies waren aber kurze Phasen. Sie hatte keine Möglichkeit, sich, wie er es tat, dauerhaft in der geologischen Forschung zu vergraben und die nächsten wissenschaftlichen Publikationen zu entwerfen. Die NASA-Planer hatten sich wahrscheinlich gedacht, dass der Bereich mit den Trainingsgeräten von den Astronauten stark bevorzugt werden würde. Doch da lagen sie falsch. Vor allem Georgina hatte aus Gründen, die durchaus naheliegend und dennoch nicht beachtet worden waren, etwas dagegen, beim Training beobachtet zu werden. Ihre Sportklamotten konnten noch so weit und labberig sein. Wenn sie sich an den Expandern oder auch nur auf dem Fahrrad-Ergometer abmühte, gab es immer einen Seitenblick von Kester oder Gronowitsch mit einem Gesichtsausdruck, der Schuldbewusstsein und das Gefühl des Kontrollverlusts miteinander verband. Es wurde schlimmer, es kam häufiger vor, je länger ihre Reise dauerte. Georgina hatte damit gerechnet und verlegte ihre Trainingszeiten in exotische Abschnitte des Tages, manchmal mitten in die Nacht, um den Männern ein Schnippchen zu schlagen. Sie empfand es im Übrigen als eine völlig falsche Regung von ihr selbst, dass sie für ihre Kollegen sogar innerlich Verständnis aufbringen konnte, als Verrat an ihren Geschlechtsgenossinnen. Tatsache aber war, dass es Dinge gab, die auch sie vermisste. All diese Fragen kamen nicht auf, wenn sie in der Bibliothek saß.

Nicht, dass sie je eine begeisterte Leseratte gewesen wäre. Die angeordnete Schullektüre blieb immer nach ein paar Seiten liegen. Was sie anging, waren die Ausgaben von »Flying«, die sie bei ihrem Vater entdeckt hatte, normalerweise absolut ausreichend. Aber jetzt ... Die Bücherschränke im Schiff waren an drei Seiten eines gedachten Karrees angeordnet. Sie standen jeweils zwischen vier Stahlrohren, an die man sie angeschraubt hatte. Die Bücher waren beim Start, während der Schwerelosigkeit und der Bahnkorrekturmanöver nur deshalb nicht durch die Gegend geflogen, weil die handelsüblichen Schränke mit Holzrolladen verschlossen werden konnten. Während des Fluges und der Rotation der Wohntrommel war es möglich, sie offen stehen zu lassen. Sie hatten Hunderte von Büchern an Bord. Für drei Mann Besatzung reichten sie aus, um während der ganzen Expedition Zerstreuung zu bieten. Sie lasen alle drei sehr viel, weil ihnen im Grunde keine andere Wahl blieb. Nach ein paar Monaten konnte Georgina bereits kein Exemplar mehr finden, das nicht zumindest Spuren des Durchblätterns aufwies. Sie verdächtigte Gronowitsch, sich an »Krieg und Frieden« vergriffen zu haben. Wahrscheinlich hatte er mal gehört, dass es ein gutes Buch sein sollte, und sich für nichts anderes entscheiden können, weil Bücher über Geologie in den Regalen des Karrees Mangelware waren. Churchills Memoiren hatten sicherlich auf Kesters Leseliste gestanden. Bestimmt erwarteten beide Teamkameraden von ihr, dass sie sich »The Stars at Noon« von Jackie Cochran vornahm. Der Band blieb allerdings völlig unberührt stehen. »Lady Chatterleys Liebhaber« hatte sie anfänglich gelesen und reichlich gelangweilt wieder zurück ins Regal gestellt. Den »Wendekreis des Krebses« fand sie verwirrend. Jetzt saß sie über einer Ausgabe von »A Sense of Life« von Antoine de Saint-Exupéry. Seit ihrer Bekanntschaft mit Howard Worthington wusste sie, dass der gute Saint-Ex der allseits proklamierte Lieblingsautor der Piloten war. Die Gründe dafür waren gut. Wie er das Fliegen beschrieb, nicht das Fliegen durch den leeren Weltraum, sondern über echte, belebte Landschaften, musste jeden begeistern, der Ähnliches schon selbst versucht hatte. Alle Piloten fühlten wie Saint-Ex, sie konnten es nur nicht in dieselben Worte fassen – Howard Worthington schon mal gar nicht. Das Einzige, was Georgina diese Lektüre verderben konnte, war der Gedanke daran, wie sehr sie diese ursprüngliche Art des Fliegens vermisste. Sie befand sich in einem riesigen Stahlungetüm, merkte nichts von der eigenen Bewegung und konnte die meiste Zeit nicht hinausschauen. Wenn sie hinaussah, war da nicht viel, was anzuschauen sich lohnte.

Sie hörte, wie jemand über den Boden der Wohntrommel lief, um in dem nicht von Wänden durchzogenen Teil der Konstruktion von einem Bereich in den anderen zu gelangen. Sie hörte sich die Schritte an. Gronowitsch. Sekunden nachdem sie ihn erkannt hatte, ließ er sich im Sessel neben ihr nieder und hielt ihr hastig ein Blatt Papier hin.

Georgina pfiff spöttisch durch die Zähne. »Ein Funkspruch! Kester hat dich doch nicht etwa dazu verdonnert, den Akustomaten auszuwerten und die Funksprüche abzutippen? So was Gemeines!« Ihre eigene »Tippsen-Episode« hatte Georgina noch nicht vergessen.

Gronowitsch allerdings ließ sich auf ihren Humor nicht ein. »Lies mal!«, drängte er.

Georgina legte »A Sense of Life« auf den am Boden festgeschraubten, quadratischen Couchtisch und wandte sich ganz dem Blatt Papier zu.

»Wo ist diese Strebe?«, fragte sie einen Augenblick später tonlos.

Gronowitsch antwortete gar nicht, sondern schaute nur verblüfft.

»Du hast die technischen Einweisungen genauso bekommen wie ich, Dave«, reagierte Georgina auf sein Schweigen. »Komm mir jetzt nicht mit: ›Ich bin bloß Geologe!‹«

»Ich weiß es trotzdem nicht aus dem Kopf.«

»Fuck!« Georgina biss sich auf die Lippe. »Wie lange noch bis zum Bahnkorrekturmanöver?«

Alles, was Gronowitsch darauf zu erwidern wusste, war: »Kester wartet auf dich.«

Georgina fing an, in der geringen Schwerkraft der Wohntrommel zu laufen, eine Fähigkeit, die sie während des langen Fluges erworben hatte. Sie konnte mit jedem Schritt einen längeren Satz machen als auf der Erde. Den Sportbereich hatte sie schnell durchquert. Die drei Kontrollterminals tauchten vor ihr auf. Kester saß im linken Stuhl und drehte sich zu ihr um, als er ihre Schritte hörte.

»Eine verdammte Schlamperei ist das!«, schimpfte er und reagierte damit in gewohnter Weise auf Dinge, bei denen andere ihre Angst offen gezeigt hätten. »Streben aus diesem Produktionslos sind in beide Schiffe eingebaut worden. Wir haben eine, die ENDEAVOUR hat eine. Peterson weiß Bescheid. Houston schlägt vor, dass wir eine zusätzliche Metallrippe an ihr festschweißen. Sie sind sich ziemlich sicher, dass die Stoßdämpfer nicht halten werden, wenn der nächste Nukleartreibsatz explodiert. Und dann sind wir am Arsch!«

So weit hatte Georgina den Spruch schon verstanden. Den Skipper in seinem Vortrag zu bremsen, hätte allerdings mehr Zeit gekostet, als ihn einfach gewähren zu lassen.

»Was ist mit der Bahnkorrektur?«, wollte sie jetzt wissen. »Für wann war die vorgesehen?«

»In weniger als einer Stunde«, gab Kester zurück.

»Fuck!«, wiederholte sich Georgina.

Kester brachte es auch in dieser Situation fertig, vor der unsoldatischen Reaktion zusammenzuzucken und missbilligend die Lippen zusammenzupressen, wie er es immer tat, wenn sie ungebremst fluchte.

Gronowitsch traf jetzt am dritten Kontrollterminal ein und nahm mit besorgtem Gesicht auf seinem Stuhl Platz.

»Ich werde rausgehen, mich um die Schweißarbeit kümmern und rechtzeitig wieder reinkommen«, erklärte Kester. »Peterson macht parallel dasselbe für die ENDEAVOUR. Sie lösen die Bahnkorrektur aus, unabhängig davon, ob ich zurück bin oder nicht, damit wir auf Kurs bleiben. Wenn ich rechtzeitig fertig bin, haben wir alle Glück gehabt.«

»Sind Sie bescheuert?«, wehrte sich Georgina sofort. »Ich werd' Ihnen doch keine Atombombe an Ihren Dickschädel schmeißen, während Sie da draußen noch löten! Das können Sie nicht von mir verlangen!«

Kester zog ein säuerliches Gesicht. »Vom Rest der Kommandocrew ist gerade niemand anderes da. Wenn Sie die Bremsung nicht rechtzeitig einleiten, gibt es nicht einen Toten auf dieser Expedition, sondern drei. Dann verpassen Sie den Eintritt in den Orbit um Pluto und werden nicht mehr genug Nukleartreibsätze haben, um das noch zu korrigieren. So einfach ist das!«

»Fuck!«

Kester verdrehte die Augen. »Ich muss mich auf Sie verlassen können, Camden!«

»Was ist mit einer Rückkehr?«, wollte Gronowitsch wissen.

Seine beiden Mannschaftsgefährten sahen ihn verwirrt an.

»Ich meine, wenn die Strebe ein Problem ist und sie auch nach der Reparatur jederzeit brechen kann, wäre es nicht richtig, die Bahnkorrektur so zu verändern, dass wir direkt zur Erde zurückfliegen?«

Georgina ließ die Emotionen, die dieser Vorschlag auslöste, durch sich hindurchströmen. Zurück zur Erde. Wälder, Seen, Hochhäuser, Footballspiele und Pommes Frites. Andere Menschen. *Konzentrier dich!*, rief sie sich selbst zur Ordnung. *Du bist in Lebensgefahr.*

»Die Treibsätze reichen dafür nicht«, antwortete Kester nach kurzem Stirnrunzeln. »In der Gesamtkalkulation brauchen wir Plutos Schwerkraft, um so stark zu verzögern, dass genug Treibsätze für den Rückflug übrig bleiben.« Der Kommandant nickte, offenbar um seine Aussage vor sich selbst zu bekräftigen. »Ich mache mich fertig für die EVA«. Und damit bewegte er sich in Richtung Luftschleuse hinweg.

»Fuck!« Georgina schlug mit der Faust auf das Pult des Kontrollterminals.

Gronowitsch registrierte das Aufleuchten einer Lampe am Funkrufsystem. »Die ENDEAVOUR meldet sich.«

Georgina drehte das Mikrofon am Schwanenhals zu sich und drückte auf die Sprechtaste auf dem Pult. »Hier BEAGLE. Was gibt's?«

»Bei uns geht gleich die EVA los. Wie steht's bei euch, George?« McKenzie verwendete ihren üblichen Spitznamen, so wie immer, wenn die anderen zuhörten.

Georgina haute auf die Sprechtaste. »Bringst du Peterson um, wenn er nicht rechtzeitig wieder reinkommt, oder ist das Perreiras Job?«

Es blieb zwei Sekunden still.

»Job des Ersten Offiziers, denke ich«, gab McKenzie schließlich zurück.

»Glückspilz!«, grummelte Georgina.

»Status, George? Peterson will das wissen.«

»Kester ist auf dem Weg«, gab sie widerwillig zurück. »Hoffentlich verbockt der Alte die Nummer nicht.«

»Nett, dass Sie sich Sorgen um mich machen, Camden!«, quäkte es aus dem Lautsprecher. Der Skipper hatte es offenbar in Rekordzeit geschafft, in den Anzug zu schlüpfen. »Voratmen beginnt.«

Es würde 20 Minuten dauern, den Druck im Anzug allmählich so zu reduzieren, dass er durch die Atmosphäre in seinem Innern nicht zu straff aufgebläht wurde. Die EVA konnte auf keinen Fall vorher starten.

»Mr. Gronowitsch, Sie bringen mir aus der Werkstatt das Schweißgerät und ein Stahlstandardrohr, abgesägt auf Länge 40 Zoll«, befahl Kester.

Der Geologe machte sich auf den Weg.

Georgina dachte diesmal daran, auf dem zweiten Funkgerät die private Leitung einzustellen. »Ich wusste ja, dass wir mit einem Schrotthaufen fliegen!«, schimpfte sie.

»Und trotzdem hast du dich freiwillig gemeldet«, gab McKenzie zurück.

»Du bist so ein Klugscheißer.«

»Die schaffen das schon. Wäre eher schlecht, wenn auf der Erde keiner den Produktionsfehler bemerkt hätte und uns beim Manöver die Stützen weggebrochen wären.«

»Ja, McKenzie, immer positiv denken. Habe ich auch so gelernt. Trotzdem würde ich jetzt gerne die Arschlöcher, die uns diese defekten Streben eingebrockt haben, vor dem Manöver an der Prallplatte festbinden, damit sie mal sehen, wie das ist, wenn das Plasma an der falschen Stelle einschlägt.«

»Kann dir keiner verdenken.«

»Verdammt noch mal keiner!«

Schweigen. Wenn Georgina sich über etwas wunderte, dann darüber, dass die intensiven Situationen bei dieser Mission genauso mit Stille und Langeweile angefüllt sein konnten wie die entspannten Phasen. Worüber sollten sie sich jetzt am besten unterhalten? Wie zäh die dehydrierten Steaks gestern waren? Da gab es bestimmt andere Möglichkeiten.

»Ich habe die Meldungen vom letzten Wochenende durchgesehen, McKenzie. Mein Team liegt vorne.«

»Fantasy-Baseball, George? Wirklich jetzt?«

»Klar! Wenn ich sterbe, habe ich wenigstens das hingekriegt! Ich habe John Blödmann McKenzie im Fantasy-Baseball geschlagen. Das kommt unbedingt noch vor der Entdeckung außerirdischen Lebens.«

McKenzie stöhnte hörbar ins Mikrofon. Dann fuhr er in einem anderen Tonfall fort. »Perreira sagt gerade, dass Peterson alle einzelnen Schritte als Erster machen will. Wir geben dann durch, dass er das umgesetzt hat. Dann soll Kester das nachmachen. Wenn irgendwas nicht klappt, weil er was falsch zusammengeschweißt hat, könnt ihr das noch korrigieren.«

»Mein Gott, das ist doch keine Bombenentschärfung!«, entfuhr es Georgina.

»Immerhin sind die Bomben im Spiel. Und du weißt ja – Befeh…«
»Mach's dir selber, McKenzie!«
»Tue ich in dieser Büchse jeden Tag. Und an wen denke ich dann?«
»Halt's Maul!«
»Okay, ich merke schon, das wird hier zu romantisch.«
»Hmpf!« Um dieses lautmalerische Geräusch abzusetzen, drückte Georgina eigens auf die Sprechtaste.

Es blieb still auf der Frequenz. Erstmals hatte Georgina Zeit, sich zu vergegenwärtigen, wie gefährlich ihre Lage wirklich war. Und das gefiel ihr nicht. Gronowitsch kehrte zurück.

»Und?«, wollte Georgina von ihm wissen.

Der Geologe gab auf die wenig zielgerichtete Frage keine Antwort.

»Ich bin jetzt im Tunnel«, kam es aus dem Funk. »Fange gleich mit dem Spaziergang an.«

Im Anzug war es wieder stickig. Frank Kester nestelte an der Temperatureinstellung herum, ohne dass dies viel half. Es war immer dasselbe! So richtig abgeleitet würde die Körperwärme erst, wenn er das Raumschiff verlassen hatte. Und auch dann konnte er nicht auf frische Seeluft hoffen. Das Visier war nur teilweise beschlagen. Er konnte noch etwas sehen. Er zog sich weiter voran, merkte, wie sich die einsetzende Schwerelosigkeit in ihm langsam bemerkbar machte. Durch das Hochsteigen der Leiter von der Seitenwandung aus und das Sich-Einfädeln in den zentralen senkrechten Schacht des Schiffes hatte er den Bereich verlassen, in dem durch die Rotation der Wohntrommel eine geringe Schwerkraft von 0,3 *g* herrschte. Sein Magen quittierte dies mit Unwohlsein. Der Plan der NASA hatte vorgesehen, dass sich immer ein Crewmitglied permanent in der Protector-Raumkapsel aufhielt, um jederzeit an die Schwerelosigkeit gewöhnt und für Ausstiege vorbereitet zu sein. Dieses rigide Regime gehörte zu den ersten Regelungen, die sie mit der gestiegenen Entfernung von der Erde über Bord geworfen hatten. Sollte er das etwa jetzt bereuen? *Bloß nicht in den Anzug kotzen!*, wies er sich innerlich an. Von der Luftschleuse aus, die sich von der Prallplatte aus betrachtet unterhalb des Wohnbereiches befand, führte der Tunnel zur Ausstiegsluke an der Flanke des Schiffes. Die Zugänge zu den beiden seitlichen Tunneln, über die die Landefähren auf dem Frachtdeck erreicht werden konnten, ließ

Frank an sich vorbeiziehen, während er sich weiter mit der rechten Hand über das am Boden festgemachte Seil voranzog. In der linken hielt er das Metallstück, das er, abgesehen davon, mit einem einfachen Riemen am Arm festgebunden hatte. Das Schweißgerät hatte er sich vor den Bauch geschnallt. Es machte im Vakuum keinerlei Geräusch, während es bei jeder seiner Bewegungen gegen seinen von Übelkeit geplagten Verdauungsapparat schlackerte. Die rhythmische Berührung nervte ihn trotzdem. Endlich kam die Luke in Sicht. Mit ausgestreckten Händen fing er seinen Anprall ab. »Luke erreicht!«, gab er bekannt. »Roger!«, kam es von Camden zurück. Das Sicherungsseil hing fein säuberlich aufgeschossen neben dem Ausstieg an der Wand. Die Länge der dünnen, reißfesten Schnur war auf der Erde für genau das Manöver berechnet worden, das er jetzt vorhatte. Er löste den Knoten, hakte den Karabiner am Anzug ein und zog am Öffnungshebel der Luke. Der Rumpf hatte an dieser Stelle Hitze, Radioaktivität und Mikrometeoriten abhalten müssen. Der Bereich, in dem er sich befand, war aber nicht druckbeaufschlagt. Die Luke musste nicht gegen unabsichtlichen Atmosphärenverlust gesichert sein und schwang sofort auf. Durch einen Blick auf den Rand konnte Frank ein weiteres Mal den zweieinhalb Zoll dicken Stahl zur Kenntnis nehmen, aus dem der Rumpf gefertigt worden war. Er kletterte hinaus. Die Haltegriffe waren Streben am Rumpf, die über Mulden in der Rumpfoberfläche verliefen, ohne über den Durchmesser des Schiffs hinauszuragen. Frank schaltete die Lampen am Helm ein. Er sah nach rechts und links und erblickte dort, wo der Lichtkegel die Oberfläche streifte, nichts als grauen, schartigen Stahl. Er dachte an seine frühere Mission Apollo M1 und spürte, dass ihm der Anblick der Erde fehlte. Die Sterne konnte er nicht sehen, solange er die Scheinwerfer am Helm eingeschaltet ließ. *Was suchen wir eigentlich hier draußen, wo es kaum Licht gibt?*, fragte er sich. *Eigentlich geht es doch darum, dass wir uns immer wieder unseren eigenen Heimatplaneten ansehen wollen und sonst nichts.* Dann rief Frank sich innerlich zur Ordnung. Sein Job hier war lebenswichtig und musste schnell erledigt werden. Er fing an, sich entlang der eingelassenen Haltegriffe Richtung Prallplatte zu hangeln. Nach der Flanke des Frachtdecks folgten die Streben, die seitlich an den Bombenmagazinen festgemacht waren. Nach der Absprengung der Schutzverkleidung direkt nach dem Start des Schiffs waren die sechs runden Türme, die die explosive Fracht bewahrten, freigelegt worden und einzeln zu erkennen. Frank hangelte weiter. Die Scheinwerfer schleuderten ihre Kegel nach vorne. Die Prallplatte kam dennoch nicht schnell in Sicht. Das Schweißgerät hämmerte weiter mit jeder seiner Bewegungen gegen seine Bauchdecke. Selbst der dicke Anzug vermochte nicht, das entscheidend zu dämpfen. Er fing an zu schwitzen. Das Visier beschlug und gab den klaren Blick nur nach immer länger währenden Momenten frei. Frank fluchte erstmals und fragte sich, ob das Mikro für den Zweikanalfunk dauerhaft offen stand.

»Status, Skipper?«, fragte Camden mit aller Fürsorglichkeit, zu der sie anscheinend fähig war. Das ärgerte ihn umso mehr.

»Bin gleich da!«, nörgelte er zurück.

»Roger!«

Er musste sich konzentrieren, ermahnte er sich selbst. Sonst würde ihre Mission im Ganzen scheitern. Er hangelte weiter und ächzte. Über dem Horizont des Bombenmagazins schälte sich eine graue Sichel aus der Dunkelheit. Die Prallplatte kam in Sicht. Sogleich wurden seine Bewegungen wieder schneller. *Als hättest du vor deiner Nase eine Karotte gesehen*, analysierte Frank spöttisch. Er kam voran und erreichte den unteren Rand der Magazinsektion keuchend in wenigen Minuten. Sein Magen rebellierte weiter gegen die Schwerelosigkeit und das Gefühl des Fallens. Er ließ das Licht der Scheinwerfer über den Rand des Magazins, an dem er sich entlanggehangelt hatte, auf den Raum zwischen Prallplatte und Rumpf fallen. Hier saßen die beiden Federbeine, die jeden Anprall von Plasma abdämpften. Er konnte sehen, wie sie als bleiche Schemen aufschienen, wenn die Scheinwerferkegel über sie hinwegstrichen. Um Sie herum waren die Streben angeordnet, die, ausgestattet mit eigenen Stoßdämpfern, weiteren Druck von der Platte wegnahmen und am Heck des Rumpfes auf die Peripherie verteilten.

»Bin an den Stoßdämpfern angekommen«, meldete Frank. Gleichzeitig schaltete er die Kamera ein, die er vor die Brust geschnallt hatte. »Welche von den Streben ist das faule Stück?«

Georgina brachte es in dieser Situation fertig, seinen Spruch mit einem amüsierten Schnauben ins Mikro zu honorieren. »Sie müssen auf die andere Seite, Skipper«, erklärte sie. »Houston hat gemeldet, dass es sich um die Strebe handelt, die an Steuerbord eingebaut worden ist.«

Frank blies Luft durch die Zähne. »Wie viel Zeit noch bis zum Manöver?«

»28 Minuten«, kam es prompt zurück.

Frank ging im Kopf durch, wie lange er gebraucht hatte, bis zu diesem Punkt zu kommen. *Knapp*, dachte er. Dann sprang er von der Rückwand des Rumpfes zu Strebe rechts neben ihm. Sein Magen rebellierte im Flug. Er konnte mit der Rechten zugreifen, als er sein Ziel erreichte, und mit einiger Kraftanstrengung seinen Körper so drehen, dass Kamera und Schweißgerät nicht mit der Strebe kollidierten. Mit der Linken hielt er weiterhin das rettende Metallstück fest. Georgina verfolgte auf ihrem Bildschirm, wohin er sich als Nächstes wandte.

»Sie müssen sich am Rand der Rückwand entlanghangeln, Skipper«, meldete sie sogleich ihren Einspruch an. »Anders kommen Sie da nicht hin.«

»Das dauert zu lange«, widersprach Frank mit gepresster Stimme. Er brachte sich in Position und sprang erneut ab. Er segelte durch die dunkle Leere zu dem an Backbord stehenden Haupt-Federbein. Es war zu dick und zu glatt, um sich daran festzuhalten. Also flog er vorbei und stieß sich auf der abgewandten Seite mit der Rechten weiter, zum zweiten Federbein. Die so vertraut aussehende Konstruktion, die zu Hause jeder als Stoßdämpfer in Autos kannte, wirkte durch ihre schiere Größe wie etwas grotesk Übertriebenes. Frank wiederholte sein Manöver, stieß sich weiter ab und konnte sehen, dass er die fragliche Strebe knapp verfehlen würde. Natürlich konnte er die Sicherungsleine verwenden, um wieder zurückzugelangen, und einen neuen Anlauf versuchen. Aber das würde Zeit kosten, die das Schiff nicht mehr hatte. Das Metallstück wechselte von seiner linken in die rechte Hand. Er konnte es gerade so im spitzen Winkel zwischen zwei Metallstangen stoßen, die zur Gitterstruktur der Strebe gehörten. Die Verzögerung war schmerzhaft für seinen rechten Arm. Er fluchte.

»Alles klar, Skipper?«, wollte Camden schon wieder mit ihrer untypischen und lästigen Fürsorglichkeit wissen. Dass ihn das ärgerte, zeigte ihm selbst, dass er den Ernst der Lage noch nicht richtig erfasst hatte. *Du musst das hinkriegen*, ermahnte er sich. *Sonst wird das Schiff zerstört.*

»Bin in Position«, gab Frank grummelnd und unter Schmerzen zurück. Sein Magen rebellierte erneut. Er kämpfte ein Würgen nieder. Dann zog er sich zur Strebe und nahm den Bruchpunkt ins Visier, der Houston zufolge die hauptsächliche Schwachstelle war. Mit einer kurzen Leine, deren Karabiner am Anzuggeschirr eingehakt war, konnte er sich an der Strebe festmachen. Er schaltete das Schweißgerät ein und presste das als Verstärkung gedachte Metallstück auf das gefährdete Rohr. »Ich fang jetzt an«, brummte er dabei ins Mikrofon.

Von Camden kam ein hoffnungsvolles: »Roger!« Sie unternahm keinen Versuch, seine Aktion mit denen von Peterson auf der ENDEAVOUR abzustimmen. Sie wussten alle, dass die Zeit nicht reichte.

Die eigentliche Arbeit war einfach für ihn, solange er die eigenen Bewegungen auf ein Minimum reduzierte. *Zeit genug, das verdammte Heftpflaster anzubringen,* dachte er. *Aber der Rückweg …* Es musste okay für ihn sein, das Schiff retten zu können aber nicht sich selbst. Das sagte er sich. Mehrmals. Helen war mit den Kindern letzten Sommer auf Barbados gewesen, ohne ihn. Der Gedanke schob sich in seinen Verstand, ohne zu erklären, wo er auf einmal hergekommen war. Die von zwei Gasen genährte blaue Flamme leckte, von seiner Hand geführt, beständig an den beiden ungleichen Metallen, die sich gefälligst miteinander verbinden sollten. Die kleine Tina hatte im vergangenen Monat Geburtstag gehabt.

»Wie lange bis zum Manöver?«, fragte er.

»21 Minuten«, gab Camden mit kontrollierter Stimme zurück.

Du musst dich aufs Wesentliche konzentrieren, dachte er, *auf die eigentliche Arbeit.* Wann hatte er es schon mit so einem einfachen Prozess zu tun? Metall erhitzen, bis es zerfließt und anschließend wieder härtet. Es dauerte eben ein paar Minuten. Die Zeit musste er sich schon nehmen, um ein Raumschiff zu retten. Und dann feuerte er innerlich wütend das Material an, damit es endlich schmelzen mochte, in der mehr als eisigen Kälte des äußeren Sonnensystems. Verlangte, dass es in Sekunden tun solle, was nur in Minuten möglich war. *Einfach die Flamme draufhalten. Einfach löten.* Die Frage »Wie lange noch bis zum Manöver?« ließ er sich in unregelmäßigen, immer kürzer werdenden Abständen von Camden beantworten.

»17 Minuten.«

»13 Minuten.«

»11 Minuten.«

»10 Minuten.«

Du musst damit aufhören!, beschwor er sich und rechnete nicht mit wirklicher Besserung. *Einfach löten.* Er hielt das Schweißgerät auf das Material und bewegte die Flamme langsam über die volle Länge des Flickwerks hinweg. Zoll für Zoll musste die Verbindung zwischen den beiden Bauteilen hergestellt werden. Er war überzeugt, dass er sich lange zusammengenommen hatte und eine weitere Frage nach der verbleibenden Zeit ihn darin bestätigen würde.

»8 Minuten«, kam Camdens Antwort zurück.

Frank seufzte. *Einfach löten.*

Er ergab sich dem Lauf der Zeit, starrte auf die Stelle, die als nächste weich werden sollte, blickte zwischendurch immer wieder schnell zum Ende der kurzen Strecke, die noch blieb. Er würde keineswegs alles schaffen, wenn er denn vorhatte, sich rechtzeitig zurückzuziehen, so viel war klar. In dem Fall mussten sie mit dem auskommen, was er jetzt hinbekam. Konnte er den Versuch, sein eigenes Leben zu retten, unter diesen Umständen verantworten? Vielleicht sollte er mal an dem Werkstück ziehen, um zu testen, ob es schon hielt. Wenn er es dann in seiner behandschuhten Hand halten sollte, konnte er allerdings wieder von vorne anfangen oder die Aktion und damit das ganze Schiff gleich aufgeben. *Einfach löten.*

Er zwang sich zur inneren Ruhe und Konzentration und schaffte es tatsächlich, länger nicht mehr nach der verbleibenden Zeit zu fragen.

»Drei Minuten, Skipper«, meldete Camden von sich aus.

Frank zuckte innerlich zusammen. Er schätzte die verbliebene Strecke, die er noch zu schweißen hatte, auf vier Zoll. *Weitermachen!*, befahl er sich.

»Peterson ist zurück«, meldete Camden als Nächstes.

»Schön!«, presste Frank zwischen zusammengebissenen Zähnen hervor.

»Zwei Minuten, Skipper!« Camdens Meldung hörte sich zweifellos dringlich an.

Weitermachen!

»Eine Minute.«

Ach verdammt!

Da war noch Selbsterhaltung in ihm. Er wusste, was er zu tun hatte, hatte das dutzendfach in seiner Vorstellung durchgespielt. Er ließ das

Schweißgerät fahren und zog an der Sicherungsleine, hangelte sich Hand über Hand an ihr voran, mit schnellen, harten Zügen, die seine Armmuskeln auf die Probe stellten. Immer mehr Seil schoss hinter ihm vorbei. Am ersten Haupt-Federbein kam er so vorbei. Das zweite kollidierte mit seiner linken Schulter. Auf Schönheit kam es jetzt nicht an. Die Kollision verpasst ihm einen Spin gegen den Uhrzeigersinn. Er konnte sich an nichts anderem orientieren als dem Seil. Er zog sich einfach weiter voran.

»45 Sekunden«, kam es von Camden. »Frank!«

Die Kacke muss schon reichlich am Dampfen sein, wenn sie jetzt anfängt, mich beim Vornamen zu rufen, zuckte es durch sein Hirn. Wütend über seine ausweglose Lage, zog er in wilden Bewegungen weiter an der Leine. Die Bewegung über das Heck hinweg hatte ihn weit nach außen getragen. Er musste noch stärker ziehen, um seinen eigenen Schwung abzufangen. Die lange Flanke des Schiffs lag im Dunkeln, während er sich an ihr entlangbewegte und gleichzeitig näher kam. Viel zu langsam, wie er fand.

»30 Sekunden.«

Einfach hangeln.

Die Arme schmerzten. Er prallte auf der Flanke auf und stieß sich beide Knie.

»Zehn Sekunden.«

Er hielt sich am Rand der Luke fest und versuchte, sich hineinzudrehen, schwerelos, wie er war. In seinem Magen wummerte es.

»Fünf Sekunden.«

Würde Camden auf den Knopf drücken? War sie fähig, ihn zu opfern? Oder würde sie versagen und das Schiff preisgeben? Die Beine gelangten endlich hinein. Hastig löste er die viel zu lange Leine von sich und dem Schiff, sodass sie ins Weltall davontrieb.

»Drei!«

Er konnte den Rand der Luke greifen und sie schließen.

»Zwei ... eins.«

Frank schloss die Augen. Alles wurde hell. Dann fühlte er, wie der Stahl sich in die Dichtung schmiegte. Eine Sekunde später stürzte er mit der Wucht seines doppelten Körpergewichts gegen die flexible, stoffartige

Hülle des Korridors und, abgebremst durch diese, auf die stählerne Decke des Frachtmoduls. Die Hülle bremste ihn so weit ab, dass er sich beim Aufprall nichts brach. *Eine Sekunde*, dachte er. Dann kam schon der nächste, genauso schlimme Tritt in die Seite. Das Bahnkorrekturmanöver war im vollen Gange und er weit weg von jeder Beschleunigungsliege. Ein dritter Schlag gegen die Seite. Frank wagte es nicht, sich auf den Rücken zu legen. Der Tornister mit den Lebenserhaltungssystemen wurde hier auch nicht durch die angepasste Form einer Liege oder deren pneumatische Federung aufgefangen. Und dass er zerquetscht wurde, war nicht wünschenswert. Der vierte Schlag kam. Frank breitete die Arme aus und versuchte, die Folgen aller weiteren, bevorstehenden Nuklearexplosionen in Bauchlage abzufangen. Nach zwei weiteren Stößen überlegte er sich, welche Folgen das Hochgeschleudert-Werden und Wieder-Aufprallen für seine inneren Organe haben müsste. Einen Milzriss oder Ähnliches wollte er jetzt auch nicht riskieren. Also musste wieder die Seite ran. Wie ein unruhiger Schläfer wälzte er sich in die Seitenlage zurück, ließ seinen linken Arm aushalten, wofür eigentlich sein Rücken geschaffen war. Frank schaffte es tatsächlich, die Explosionen so abzuzählen, dass er sich nach genau der Hälfte der Sequenz auf die andere Seite legen konnte, um so die Belastung zu verteilen. *So machst du erst die eine Schulter kaputt, dann die andere, nicht beide gleichzeitig*, konstatierte seine innere Stimme ironisch. Jeder überstandene Schlag bedeutete, dass die Streben an den Federbeinen einmal mehr standgehalten hatten. Frank stellte sich vor, wie Camden und Gronowitsch im Kontrollzentrum in ihren aufrecht gestellten Liegen das Manöver absolvierten. Die Vorschrift, sich dafür in die enge Protector-Kapsel zurückzuziehen, wurde auf keinem der beiden Schiffe mehr beachtet. Seine beiden Kollegen hatten es sicher bequem genug. Und dann war es vorbei. Er trieb schwerelos und erschöpft im Korridor und wunderte sich darüber, wie sich sein gemartertes Gehirn anfühlte, wenn es von jeder Spur von Adrenalin und jedem greifbarem Gedanken befreit war.

»Skipper?«, kam die Frage aus den Kopfhörern.

»Ich komme rein«, gab Frank zurück.

Bevor er anfing, sich an den Leinen entlangzuziehen, mit denen der Stoffkanal, in dem er steckte, bespannt war, drehte er sich zu der verschlossenen Luke. Er streckte den rechten Arm aus und hielt ihn in einem bestimmten Winkel, um sich selbst an die Situation zu erinnern, auf die es ankam. Wie genau waren die Verhältnisse in diesem kritischen Moment gewesen? Als er einigermaßen sicher war, wandte er sich wieder um. Die Crew wartete auf ihn. Nachdem Frank der Luftschleuse entstiegen war und sich umgezogen hatte, ließ er sich zum Durchstieg in der Mittelachse treiben. Die schwache Schwerkraft der Wohntrommel ergriff wieder Besitz von ihm, als er die Leiter hinunterstieg. Er ging zum Kontrollzentrum, so als wäre es der normalste Spaziergang auf der Welt, wie ein Gang zur Dusche nach einem anstrengenden Squashmatch. Camden und Gronowitsch sahen von den Instrumenten hoch, als er sie erreichte, blickten ihn an und lächelten.

»Es sieht gut aus«, meldete der Geologe sogleich. »Genug Delta v, um in Plutos Umlaufbahn abzubremsen. Kein Alarm von den Sensoren. Auf der Kamera sieht alles gut aus. Die Platte war die ganze Zeit normal geölt.«

Frank quittierte das mit einem Nicken, zu erschöpft, um erleichtert zu sein.

»Die Faulpelze von der ENDEAVOUR haben sich noch nicht gemeldet«, ergänzte Camden. Sie beugte sich über das Schwanenhalsmikrofon und drückte die Sprechtaste. »ENDEAVOUR von BEAGLE, kommen!« Sie seufzte unwirsch, als es still blieb. »McKenzie, du alte Napfsülze, melde dich! Wir hängen hier nicht den ganzen Tag am Funk rum.«

Es blieb still.

»ENDEAVOUR von BEAGLE, kommen!« Als sie jetzt innehielt, schüttelte Camden den Kopf, ungeduldig und mit streng aufeinandergepressten Lippen.

»ENDEAVOUR von BEAGLE, kommen!«

»Wann haben sie sich das letzte Mal gemeldet?«, fragte Frank.

»Das war, als Peterson zurück an Bord gekommen ist. Da haben Sie noch geschweißt, Skipper.« Camden gab ihm die Antwort, sachlich, beinahe beiläufig, völlig arglos. Sie sah dabei in sein Gesicht. Und erst in diesem Moment, als sie seine Zweifel erkannte, zeichnete sich Panik in ihren Zügen ab.

»ENDEAVOUR von BEAGLE, kommen!«

Stille.

»ENDEAVOUR von BEAGLE, kommen!«

Gronowitsch wiegte den Kopf, so als müsse er ein Stück Information neu beurteilen. »Ich habe die Blitze ihrer Explosionen durch das Bullauge im Sportbereich gesehen. Aber nicht über die ganze Zeit.«

Camden schüttelte den Kopf, als sei sie über diese Äußerung empört. »ENDEAVOUR von BEAGLE, kommen!«

Frank wusste, dass das andere Schiff zu weit weg war und die Dunkelheit zu dunkel, um eine optische Bestätigung zu bekommen.

»ENDEAVOUR von BEAGLE, kommen! ENDEAVOUR von BEAGLE, kommen!«

Sie hörten zu, wie Camden ihren Ruf absetzte, immer wieder, eine Viertelstunde lang. Frank setzte sich nicht.

»ENDEAVOUR von BEAGLE, kommen!«

»Lass es sein, George. Es hat keinen Zweck.« Gronowitschs Versuch zeigte bei der Pilotin keinerlei Wirkung.

»ENDEAVOUR von BEAGLE, kommen! ENDEAVOUR von BEAGLE, kommen!«

Frank malte sich die Implikationen aus und wusste, dass seine Stellvertreterin, nicht bereit war, mit ihm darüber zu sprechen. War er es?

»ENDEAVOUR von BEAGLE, kommen! ENDEAVOUR von BEAGLE, kommen!«

Er drehte sich um, ging langsam in Richtung seiner Kabine. Je weiter er ging, desto leiser wurde der unvermeidliche Ruf.

»ENDEAVOUR von BEAGLE, kommen! ENDEAVOUR von BEAGLE, kommen!«

Frank betrat seine Kabine und beschloss zu schlafen, so gut es eben ging.

»ENDEAVOUR von BEAGLE ...«

Palo Alto/Kalifornien, Mittwoch, 14. Februar 2024

Der Interessent verspätete sich. Angela und Ken blieben im Wagen sitzen und hatten noch Zeit für die Vorbereitung – zu viel Zeit, wie Angela fand. Ken wurde immer nervös, wenn er seine angestaute Energie nirgendwo hinleiten konnte. Angela sah ihn neben sich sitzen mit seinem dunkelblauen Lodenmantel, den gewellten schwarzen Haaren, seinem dunklen portugiesischen Teint, wie er im Sitz in Abständen von etwa zehn Sekunden vor- und zurückruckte, sein eigenes Exposé auf den Knien.

»Das passt alles«, versicherte er sich selbst. »Er ist genau der Typ für so ein Gebäude. Es ist renoviert. Es gibt ein Statement ab. Und dann ist das dieses echt coole, historische Detail. Das muss ihm einfach gefallen.«

Angela fragte sich, warum genau ihr Boss so unruhig war. War seine Firma doch nicht so erfolgreich, wie er es immer dargestellt hatte? Brauchte er diesen Deal dringend? Oder ging es nur darum, dass er ihr unbedingt vorführen wollte, wie ein ordentlicher Abschluss zustande kam, damit sie sich seine Technik zu eigen machen konnte?

»Da kommt er!«, rief sie aus.

Kens Kopf ruckte hoch. Hayden Shay hatte sich vor ihrem Fahrzeug platziert, mit einem ganz gewöhnlichen Mietwagen, einem Chevy Impala, wie Angela mit einem kurzen Blick registrierte. Er stieg aus und legte sofort das ungeduldige Bewegungsrepertoire an den Tag, das man von all seinen öffentlichen Auftritten, seinen Produktpräsentationen her kannte. Er lief sofort mehrere Schritte auf das Gebäude zu, dessen Äußeres er ja schon aus dem Exposé kennen musste. Er blieb stehen und fixierte es. Ken und Angela waren sofort ausgestiegen, um zu ihm zu eilen. Kens fröhliches »Guten Morgen!« würdigte er nur mit einem kurzen Nicken, das die skeptische Betrachtung des Hauses nicht unterbrach. Ken ließ sich davon nur eine Sekunde lang bremsen.

»Schön, nicht wahr?«, stieg er in die Präsentation ein. »Baujahr 1977. Alle Böden, Fenster und Türen sind gerade frisch renoviert worden. Wie Sie sehen, haben wir unten die Eingangsrotunde mit dem Empfang. Darüber angeordnet sind die größeren, ebenfalls kreisförmigen Bürostockwerke, die über die zentral angeordnete Rotunde hinausragen. Diese Säulen«, Ken machte die wenigen Schritte zum Gebäude hin und legte seine rechte Hand auf eine der scheinbar aus Backsteinen gemauerten Rundpfeiler, »stützen

die höher gelegenen Stockwerke. Statisch ist das alles durchgecheckt. Die halten.«

Hayden Shay sah Ken zum ersten Mal ins Gesicht und hob dabei irritiert die Brauen. Dass ein Bürogebäude, das man verkaufen will, nicht einstürzen wird, empfand er wohl als selbstverständlich.

Ken klopfte mehrmals auf die Säule. »Sie werden kaum glauben, wodurch der Architekt zu dieser Form inspiriert worden ist! Das ist so cool! Er hat nämlich ...«

»Das sieht aus wie ein Orion-Raumschiff«, unterbrach ihn Shay. »Sie wissen schon, diese dreckigen Dinger aus den Siebzigern, die so viel Strahlung in die Gegend geschleudert haben. Hiroshima war ein Dreck dagegen.«

Angela sah schnell zu Ken, den großen Meister des Immobilienverkaufs, von dem sie sich alle Tricks und Kniffe abschauen sollte. Die Verblüffung zuckte schnell über sein Gesicht, dessen Mund offen blieb. Dann zwinkerte er mit dem linken Auge. Hayden Shay fixierte ihn jetzt mit einem festen Blick. Das Gesichtsmuskelballett konnte ihm nicht entgehen.

»Ü... Überhaupt nicht!«, brachte Ken schließlich hervor. »Der Architekt hat die runde Form als Ausdruck universaler Harmonie bevorzugt. Den gleichen Abstand aller Punkte in der Peripherie zum Zentrum hat er als demokratisch und als Symbol für flache Hierarchien angesehen.«

Der Gründer von Shay Information Inc. stutzte kurz, ehe er an der Fassade hinauf und hinunter sah und äußerte: »Cool, ich kaufe es.«

Angela sah vor ihrem inneren Auge, wie Hunderte von Angestellten die Räume bezogen, um von dort aus dafür zu sorgen, das Millionen von Nutzern rund um die Welt die Livefeeds ihrer Brillenkameras miteinander teilen und gegenseitig kommentieren konnten. Das würde tatsächlich geschehen.

Ken versuchte, seine erneut auftretende Gesichtsakrobatik in den Griff zu bekommen. Natürlich hatte er sich auf einen Rundgang eingerichtet. »Oh, okay!« Er breitete die Arme aus. »Mein Büro schickt Ihnen die Docs.«

»Prima!« Hayden Shay kam auf sie zu und schüttelte Angela und Ken die Hand, die erste persönliche Geste, zu der er sich herbeiließ. »Ich muss noch zu drei anderen Meetings.« Er ging zum Wagen. »Nettes Haus, wirklich.« Er verschwand im Fahrzeug und ließ es sofort lossurren.

Angela sah Kens Gesicht dabei zu, wie es versuchte, den überraschenden Verkaufserfolg zu verarbeiten.

»Na«, äußerte sie, »das ist ja gerade noch mal gut gegangen.«

XI

Dienstag, 24. März 1970, 11:07:12 Mountain Standard Time, Air Force Special Weapons Center, Kirtland Air Force Base, Albuquerque, New Mexico
T minus 2253/18:49:48 [Tage/Std:Min:Sek]

Captain Donald Mixson umklammerte mit der linken Hand den Telefonhörer und hörte intensiv zu. Er nickte quasi ununterbrochen, mit kleinen, ruckartigen Bewegungen seines Kopfes. In rhythmisch exakten Abständen gab er ein »Ja« oder ein »Hmhm« von sich. Ted, Astl, Pyatt und Ryan beobachteten ihn dabei genauso intensiv, wie Mixson zuhörte.

»Ja«, gab der Captain schließlich von sich. »Ja, wir sprechen dann wieder darüber. In Ordnung!« Er legte auf und ließ die Linke auf dem Hörer ruhen. »Das war General Kevin Soames«, erklärte Mixson seinem Publikum. »Von der Army«, fügte er in abschätzigem Tonfall hinzu. »Er bereitet im Stab der Joint Chiefs die Beschlussvorlagen für den Haushalt vor, für alle Teilstreitkräfte gemeinsam.«

Ryan Thomasson und die drei Physiker neben ihm saßen auf den Kanten der billigen Stahlrohrstühle, die in Mixsons spartanischem Büro für sie bereitgestellt worden waren. Sie waren hier mehrfach in dieser Runde zusammengekommen, gemeinsam darum bemüht, die Finanzierung des Projekts sicherzustellen. Jetzt ging es um das Ergebnis.

»So, wie er es mir erklärt hat«, äußerte Mixson vorsichtig, während er endlich die Hand vom Hörer hob, »werden keine weiteren Mittel eingeplant.«

Da war diese Stille und die konsternierten Gesichter, auf die Ryan sich einen kurzen Seitenblick erlaubte. Die Nichtreaktion seines Publikums nötigte Mixson dazu, in ratlosem Tonfall etwas hinterherzuschieben. »Das ist noch nicht endgültig. Bis zur Verabschiedung des Budgetentwurfs sind es noch ein paar Wochen. Der General hat aber keinen Zweifel daran gelassen, dass am Projekt kein Interesse mehr besteht.«

Eine weitere Runde Schweigen. Mixson machte ein betretenes Gesicht.

Ted Taylor war derjenige, der den unvermeidlichen ersten Einwurf äußerte. Ryan konnte sich nicht vorstellen, wer von ihnen es sonst hätte sein sollen.

»Denken Sie, wir können da noch in den Prozess eingreifen, Captain?«, fragte er. »Vielleicht, wenn wir auf den Verteidigungsminister zugehen? Vielleicht ist ja noch Zeit genug ...«

Mixson winkt ab. »Minister Laird hat keinen Zweifel daran gelassen, dass er Entscheidungen dezentralisieren will. Er verlässt sich auf die Expertise von Offizieren. Und wenn die sagen, sie brauchen Orion nicht, sind wir raus.«

In Teds Gesicht konnte Ryan erste Spuren der unvermeidlichen Kümmernis erkennen, die jetzt folgen musste. Dann war da wieder sein Trotz.

»Ich nehme das nicht so einfach hin. Wir werden mit jemandem darüber reden, bevor die Frist abläuft.«

Mixson hob ratlos die Hände. »Gut. Ich kann Sie noch rausbringen.«

»Wir finden den Weg schon.« Astl unterstrich seine Worte mit einer flachen Hand, die nach unten wies und einem leichten Rucken des Kopfes zur Seite.

»Danke für den Kaffee«, ergänzte Bud Pyatt. Ryan nickte dem Captain zu.

Sie standen gleichzeitig auf. Für Ryan war es, als sei das Gehen plötzlich viel schwerer geworden, als wate er durch einen zähen Brei aus flüssigem Kautschuk. Sie verließen das Büro des Captains und traten hinaus auf den Korridor der schmucklosen Flughafenbaracke, in der sich das AFSWC befand. An der fleckigen, einstmals weißen Wand gegenüber der Tür prangte das gelb-rote Emblem der Einrichtung, mit der Darstellung einer Pilzwolke in der Mitte. Ryan erschauerte stets innerlich, wenn er sie sah. War es nicht so, dass er die falschen Geister beschworen hatte? Sollte er nicht froh sein, wenn es jetzt vorbei war?

Ted sah sich um und entdeckte in der Flucht von Büros keinen Ort, an dem er sich jetzt aufhalten wollte. Nichts in diesem Gebäude schien dafür gemacht zu sein, dass vier Ingenieure sich zusammensetzten, um ihrer Enttäuschung Luft zu machen. Ted stürmte voran, Richtung Ausgang, und ließ die Glastür aufschwingen. Zehn Fuß vor dem Gebäude kam er endlich zum Stehen und legte in der Hitze das Sakko ab. Er drehte sich um.

»Ich nehme das nicht so hin!« Der finstere Blick, den Ted seinen drei durchweg größer gewachsenen Kollegen entgegenschleuderte, ließ keinen Zweifel an seiner Entschlossenheit zu. »Es gibt in der ganzen Kerntechnik nichts, was ich sonst noch erreichen möchte – nur das, dass diese Fahrzeuge starten!«

»Immerhin, wir haben die AURORA hochgebracht«, warf Astl ein.

»Das reicht nicht, Jerry!«, konterte Ted sofort und streckte die flache noch oben gedrehte Hand aus, wie um etwas zu aufzuzeigen, was völlig offensichtlich war. »Das sind Raumschiffe! Die gehören ins All! Wir können überall damit hin, bis zum Saturn und darüber hinaus! Und wir müssen dafür sorgen, dass sie fliegen können!«

Pyatt und Astl schenkten Ryan sorgenvolle und demoralisierte Seitenblicke, denen Ted folgte.

»Schaut mich nicht so an, Jungs!«, reagierte Ryan sofort. »Die NASA hat keine Atombomben und will selbst auch nichts mit ihnen zu tun haben. Ohne militärische Mittel kommen wir hier nicht weiter.« Er nickte nachdrücklich. »Und die kriegen wir nicht.«

»Das Budget hat für den Bau der PROMETHEUS gereicht«, erinnerte Astl die anderen. »So weit sind wir immerhin gekommen. Sie steht da und kann fliegen. Wir müssten das doch hinkriegen, dass sie einsehen, dass die bisherigen Mittel verschwendet worden sind, wenn sie jetzt nicht startet.«

Ted schüttelte den Kopf, ließ seinen Blick ungeduldig und frustriert über die Einöde schweifen, reagierte so, als habe Astl das Wesentliche nicht verstanden. »Sie müssen das Ganze begreifen! Sie müssen verstehen, dass es nicht um den Einsatz von Waffen geht, sondern um die Zukunft!« Er wandte sich an Pyatt. »Weißt du noch, ab wann ich wusste, dass ich dieses Projekt machen will, Bud?«

Der Physiker lächelte zaghaft. »Du hast über der Karte von Moskau gestanden.«

Ted nickte bekräftigend. »Ich stand über der Karte von Moskau und ärgerte mich darüber, dass es nicht möglich war, die Stadt mit nur einer Atombombe zu zerstören statt mit zweien. Das habe ich getan, während meine Tochter zur Welt gekommen ist, anstatt im Krankenhaus zu sein. Und ich sagte mir hinterher, so geht es nicht weiter.« Er breitete die Hände aus, wie um einen Geist zu beschwören, der seinem Publikum zu einer anderen Denkweise verhelfen würde. »Das, was wir getan haben, in der Atomphysik, muss eine andere Wirkung bekommen. Wir können nicht irgendwann abtreten und sagen, dass wir der Welt Bomben gebaut haben, mit denen sie sich vernichten kann. Bis zum Saturn zu fliegen ist etwas anderes. Es ist eine Zukunft!«

»Vielleicht müssen wir einfach auf Zeit spielen«, schlug Astl vor. »Wir können die PROMETHEUS so lange in einen Hangar stellen, bis genug Leute sagen, dass sie sehen wollen, wie sie fliegt. Wir versuchen, so viele Leute zu überzeugen wie möglich.«

Ted verschränkte die Hände im Nacken, wandte sich wieder von seinen Kollegen ab und der Einöde des Flugplatzes zu. »Ich weiß es nicht«, murmelte er. »Ich mache das schon so lange. Die Menschen sind so misstrauisch.«

Ryan gab ihm einen Klaps auf den Rücken. »Irgendwo gibt's hier ein paar Burger. Lass uns futtern, während wir nachdenken.«

Und das taten sie. Und sie redeten. Und warteten darauf, dass Ihnen irgendetwas einfallen würde, was sie noch nicht gesagt hatten. Und natürlich war dem nicht so. Das gemeinsame Essen im Restaurant eines abgeranzten Motels war im Prinzip nur der nach einer solchen Entscheidung unausweichliche Austausch über ihre allseitige Enttäuschung.

»Das war die Ansprache von John Ryan«, erklärte Ted, als sie sich von der Lösungsfindung wieder wegbewegt hatten, um der sachlich fruchtlosen Ursachenforschung zu frönen. »Seine Pressekonferenz am Tag, als die AURORA gestartet ist, hat uns den Rest gegeben. Er hat von den nuklearstrategischen Vorteilen gesprochen. Die Reporter haben ihn gefragt, ob er mit dem Schiff Atomwaffen auf Vietnam abwerfen will. ›Ist der General verrückt geworden?‹, war so eine Artikelüberschrift in den Zeitungen am nächsten Tag. Dabei hat er das Projekt nur geerbt. Und es hat sowieso keiner verstanden, was wir damit vorhaben. So kommen wir nicht weiter. Wir müssen den Leuten zeigen, dass wir einen Traum haben. Und da *Star Trek* nicht mehr läuft, wird das gar nicht so einfach.«

Astl, Pyatt und Ryan schmunzelten bei der Erwähnung der Fernsehserie, zum ersten Mal an diesem Tag.

»Wir müssen selbst noch mal in die Medien gehen«, schlug Pyatt vor. »Wir sind nicht mehr an die Geheimhaltung gebunden. Wir sollten *Life* und *Time* erzählen, wie wir die Dinge sehen, so wie von Braun das im Collier's-Magazin gemacht hat.«

Ted nickte. Und es schien, als würde er erstmals an diesem Tag, wieder etwas Zuversicht spüren. »Darüber müssen wir uns Gedanken machen«, erwiderte er. Und dennoch – Ryan konnte sehen, dass der Physiker zu sehr an seiner Enttäuschung zu knabbern hatte. Das Gedankenmachen würde bei ihm noch etwas warten müssen.

Ted drehte sich in Richtung Bedienung um. »Die Rechnung bitte!«

Als Ryan am Abend dieses Tages wieder in Huntsville eingetroffen war, schlief Sybil bereits tief und fest. Er kam nicht in Verlegenheit, sie zu stören. Er war schon vor langer Zeit einem Vorschlag seiner Frau gefolgt und hatte in seinem Arbeitszimmer ein Klappbett aufgestellt. »Da gefällt es dir doch sowieso am besten«, hatte Sybil die Idee schnippisch begründet. Falsch war das nicht. Nachzuschauen, ob Loren schon selig schlief, kam bei einer Fünfzehnjährigen nicht infrage. Paul war auf seiner ersten Spring-Break-Reise.

Nach einer etwas kurzen Nacht, wankte Ryan die Treppe hinunter, um den Frühstückstisch in der großen Wohnküche anzusteuern. Er sah – niemanden. Wahrscheinlich hatte er verpasst, wie Loren schnell ein paar Happen verschlungen hatte, um sich für den Tag in der Schule zu rüsten. Er konnte sich vage erinnern, bei einer ähnlichen Gelegenheit einmal die ganze Familie frühstückend angetroffen zu haben. Sybil hatte den Kindern die Brotdosen gefüllt. Wie lange war das her? Immer noch müde steuerte er die Kaffeemaschine an, fragte sich, in welchem Schrank sich wohl Filter und Kaffeepulver befanden. Er hatte sie zu selten selbst bedient, um dessen wirklich sicher zu sein. Er hatte beide Hängeschränke über der Anrichte erfolglos durchsucht, als Sybil hinter ihm auftauchte.

»Noch nicht im Büro?«

Was soll ich sagen? Stellt sie die Fragen mit Hintergedanken? Wie kann ich meine unbekümmert wirkende Fassade aufrechterhalten? Welche Fehltritte aus der letzten Zeit muss ich ihr unbedingt verschweigen? Wie lässt sich das aufkommende Gefühl von Verlegenheit und Ratlosigkeit in der

Kommunikation mit meiner eigenen Ehefrau überwinden? Ryan spürte, wie all diese Fragen aufkamen, ohne dass er sie alle hätte ausformulieren können. Es war so wie immer, wenn sie versuchten, miteinander zu reden. Musste eine Ehe sich zwangsläufig so entwickeln? War das unausweichlich? War das etwa richtig so?

»Es ist wegen des Fluges. Ich muss heute nicht so früh dort auftauchen.«

»Hm.« Sybil stützte eine Hand in die Hüfte. Sie war tadellos angezogen, in einer rosa Bluse und einem violetten, knielangen Rock, während er in seinem schäbigen, fusseligen, ausgewaschenen und dennoch schlecht riechenden Pyjama in der Küche stand. Das allein verschaffte ihm schon das Gefühl, unterlegen zu sein.

»Sie stellen das Programm ein.«

Da war etwas in ihrem Gesicht, was ihn überraschte. Ein Zucken des Mundwinkels, ein Verengen der Augenlider, die zusammen sowohl Überraschung als auch Mitgefühl ausdrückten.

»Es sieht jedenfalls so aus. Es werden keine neuen Mittel eingeplant«, erläuterte Ryan weiter.

»Tut mir leid«, sagte Sybil.

Er glaubte ihr und fragte sich, wie er mit dieser Bekundung umgehen sollte. Waren seine Träume jemals ihre Träume gewesen? Er wusste es nicht. Er hatte nicht oft darüber nachgedacht.

Stille. Ryan drehte sich um, weil er sich jetzt fast sicher war, dass Kaffee und Filter hinter dem Brotkasten standen und es ihm mehr behagte, sich darüber Gedanken zu machen. Er zog den Blechbehälter mit der kupferfarbenen Frontplatte ein Stück nach vorne und wurde fündig. Ein Karton Chemex-Tüten und eine offene Dose Lyons-Kaffee standen bereit.

»Wie geht es jetzt weiter?«

Sybils Frage erreichte seine Ohren. Ryan analysierte sie einen Augenblick lang automatisch und gestattete sich dann ein abwehrendes, beruhigendes Auflachen. »Oh, nein – ich werde nicht gefeuert. So einfach ist das nicht. Sie werden mir irgendwas anderes geben. Sie wissen, dass ich die F1-Triebwerke mit konstruiert habe, mit denen wir zum Mond geflogen sind. Ich werde eben nur nicht mehr an meinem eigenen Projekt arbeiten.« Und nach einer mehrsekündigen Pause fügte er hinzu: »Das Gehalt fließt weiter.«

Ryan schaffte es, eine Chemex-Papiertüte in den ausgeschwenkten Filterbehälter der Kaffeemaschine hineinzupraktizieren. War überhaupt Wasser in der Maschine? Egal, erst mal das Kaffeepulver einfüllen. Die jetzt einsetzende Stille brachte ihn dazu, sich umzudrehen. Sybils Augen waren immer noch schmal. Sie verschränkte die Arme. Sollte er sie falsch verstanden haben?

»Irgendjemand wird dich trösten.« Sie sprach den Satz aus, drehte sich zur Seite und stolzierte durch die Fliegengittertür davon.

Einkaufen, soufflierte sich Ryan innerlich selbst. Sie ging bestimmt Einkaufen, Kleider oder Lebensmittel. Er sog Luft in seine Lungen und straffte sich dabei. *Was hast du schlimmer verbockt, Beruf oder Familie?* Die Frage tauchte einfach so in seinem Gehirn auf, ohne vorab höflich um Einlass gebeten zu haben. Ryan drehte sich um, füllte den Wassertank der Kaffeemaschine und schaltete sie ein.

Der Tag begann damit, treue Mitarbeiter über den Bericht zu den Budgetverhandlungen in eine niedergedrückte Stimmung zu stürzen. Ryan erledigte das in einem Konferenzraum. Rund zwölf Ingenieure rutschten erst nervös auf ihren Stühlen herum, bevor sie anfingen, Halt an der Lehne zu suchen. Es war die Art, wie Masson den Kopf schüttelte, die Ryan als das Echo seiner eigenen Gedanken erkannte. *All die Mühe, die ganze Zeit, die wir darauf verwandt haben, dieser ganze entscheidende mittlere Teil unserer Karriere – alles umsonst.* Er redete mit von Braun, der jetzt in der Washingtoner Zentrale stellvertretender NASA-Direktor für Planung geworden war. Er weilte auf Besuch an seiner alten Wirkungsstätte in Huntsville.

»Die denken dort alle, dass wir das Rennen gewonnen haben«, erklärte er Ryan. »Ich predige die ganze Zeit darüber, wie wir zum Mars kommen. Aber das interessiert die Bande nicht. Fingers Programm für die nuklearthermische Oberstufe wird gerade drastisch zusammengestrichen.«

Ryan hatte davon noch nichts läuten hören und sog erschrocken die Luft ein. »Dann geht's der Konkurrenz ja auch nicht besser!«

»Leider«, erwiderte von Braun. »Sie und ich wissen, dass die Zukunft der Menschheit im Weltraum liegt. Aber erklären Sie das mal den Politikern in Washington!« Er zuckte mit den Achseln. »Dieser neue Posten ist nur ein Abstellgleis, auf dem sie mich geparkt haben. Für mich sind die guten Zeiten wohl vorbei.«

»Tut mir leid, das zu hören«, gab Ryan schon fast automatisch zurück.

»Ach, wissen Sie, ich beklage mich ja nicht. Nach dem Krieg hätte ich mir kaum träumen lassen, dass ich doch noch einmal Menschen zum Mond schicken werde. Das war genau das, was wir uns immer ausgemalt hatten«, von Braun lächelte versonnen, »damals, als wir mit Hermann Oberth angefangen haben, auf dem Flugplatz in Tegel.« Er straffte sich. »Ich habe meine Chance bekommen. Wenn es weitergehen soll, müssen Jüngere als ich die Chancen nutzen, die sie bekommen.«

Wenn wir sie bekommen, ergänzte Ryan nüchtern im Kopf. Die Plauderei mit seinem ehemaligen Chef ging so noch eine Weile weiter. Er konnte sehen, wie grau von Brauns Haare geworden waren. Und vor allem war da dieser ebenfalls graue Vollbart, den er so an dem stets korrekt auftretenden Ingenieur noch nie gesehen hatte. Mit ihm sah er noch schwermütiger und resignierter aus. *So wird das also sein*, dachte er.

Und dann war da noch der andere Gedanke, jener, den er in von Brauns Gegenwart in letzter Zeit öfter gehabt hatte: *Es gibt dann doch noch einen Unterschied. Mich wird niemand nach Zwangsarbeitern fragen, die in Deutschland bei der Montage der V2 gestorben sind.*

Der neue Leiter des Marshall-Raumfahrtzentrums in Huntsville, Eberhard Rees, würde sich überlegen, wo er Ryan einsetzen wollte. Das war so weit klar. Ryan traf den langjährigen Vize von Brauns kurz auf dem Korridor. Er solle in Ruhe darüber nachdenken, woran er in Zukunft arbeiten wolle, und könne sich dann dazu äußern, erklärte ihm Rees in gewohnter Ruhe und mit dem gewohnten deutschen Akzent. Ryan verbrachte den ganzen verbleibenden Tag in seinem Büro in einem Gefühl der zunehmenden Wahrnehmungstaubheit. Er hatte eine neue Sekretärin und ließ sich von ihr Anrufe durchstellen, ohne sich den, von ihr angekündigten, Anrufer auch nur einen Moment gemerkt zu haben. Er verbrachte viel Zeit damit, solchen Gesprächspartnern darzulegen, dass die Mittel für Orion tatsächlich gestrichen wurden. Und wenn sie es dann endlich begriffen hatten, endete das Gespräch auch sehr bald, jedes Mal auf dieselbe unbeholfene Art und Weise, unter beiderseitiger Äußerung von guten, optimistischen Wünschen, an deren Realisierung keine der beiden Seiten glaubte. Zwischen diesen Gesprächen war Stille. Ryan merkte, wie die üblichen Routinen in seinem Hirn aufzuckten, neue Entwürfe machen, Einzelheiten des Projekts zu Papier bringen, Angebote lesen, Fortschrittsberichte durcharbeiten ... Jedes Mal, wenn eine dieser Alternativen sich in geduckter Manier in seinem Geist an ihn heranschob, stieß er auf dieselbe, verwirrende Erkenntnis. Da war nichts. Es war nichts mehr zu tun. Es war die Untätigkeit, die Leere, die ihm Schmerzen verursachte, mehr als jeder abstrakte Verlust an zukünftigen Möglichkeiten, die das Projekt versprochen hatte.

Was soll ich in Zukunft bei der NASA machen?, fragte er sich. Die Leere blieb. An diesem Tag konnte er auch früh Schluss machen, so komisch sich das auch anfühlte. Das konnte aber nicht jeden Tag so gehen.

Sybil stutzte, als er die Haustür öffnete und die Wohnküche betrat. Sie rührte in einem Topf und drehte sich dabei um. Ryan schloss das Fliegengitter und die Tür und stellte seine Aktentasche ab, so wie er es immer tat, normalerweise nur nicht unter Beobachtung.

»Du bist schon da«, bemerkte sie zutreffend. Dann ließ sie ihren Blick besorgt über den Herd schweifen, über die Steaks in der einen Pfanne, die Kartoffelecken in der anderen und die selbst gemachte Barbecuesoße, die sie gerade in Bewegung hielt. Würde das reichen, wenn es noch einen zusätzlichen, unerwarteten Esser gab?

»Lauren kommt gleich«, kündigte Sybil an.

Ryan reagierte mit »Hmhm« und schälte sich aus dem Sakko. Er gestand sich ein, dass er keine Ahnung hatte, ob seine Tochter von der Schule oder von anderswoher nach Hause kam. Und er merkte, dass es ihm nicht egal war. Er hängte das Sakko an die Garderobe und sah zu, wie Sybil drei Teller aus dem Schrank nahm, die beiden Steaks sorgfältig drittelte, und die Happen zusammen mit den Kartoffelecken entsprechend anrichtete, ehe sie alles mit der Soße übergoss. Ryan betrachtete sich jetzt als eingeladen, zog den Stuhl zurück, an dem er immer gesessen hatte, wenn in den letzten Jahren auch allein, und nahm Platz. Als Sybil ihm den ersten Teller brachte, überbrachte sie ihm gleichzeitig ein drittes Besteck, das er dankbar auf der Tischplatte platzierte. Im Schloss der Haustür wurde ein Schlüssel umgedreht. Lauren trat ein und zog das Fliegengitter hinter sich zu. Sie wollte ganz offensichtlich zu einem »Hallo, Mum!« ansetzen und kam nur bis: »Hallo, M...«

Ryan winkte schüchtern. Während Sybil die anderen Teller zum Tisch transportierte, fragte er sich, ob das Timing immer so perfekt ablief. Er sah Sybils kontrollierten, entschlossenen Gesichtsausdruck und entschied, dass es so sein musste. Lauren schloss endlich die Tür, stellte die Umhängetasche ab und setzte sich an den Tisch. Ryan nahm zur Kenntnis, wie hübsch seine Tochter aussah, wie sehr sie nach der jungen Sybil geraten war. Bluse und Rock standen ihr gut. Zum ersten Mal in seinem Leben ging ihm durch den Kopf, dass seine Tochter Ziel männlichen Interesses werden könnte. Seine Rechte umklammerte das Tafelmesser deutlich fester. *Beruhige dich*, rief er sich innerlich zu Ordnung. *Das hat ja noch Zeit.* Sybil stellte Pfannen und Topf in die Spüle, setzte sich ebenfalls an die gedeckte Tafel und fing an zu essen. Also machte sich Ryan über seine zerstückelten Steakbrocken her. Lauren schob sich zwei Kartoffelecken in den Mund, ehe sie endlich kauend die auf der Hand liegende Frage stellte. »Warum bist du so früh zu Hause, Dad?«

»Ich habe ein bisschen weniger zu arbeiten und deshalb mehr Zeit für euch, Schatz. Das ist alles.« Ryan lächelte, so wie es ihm angemessen erschien. Lauren akzeptierte die Antwort mit einem artigen Kopfnicken und stocherte weiter auf ihrem Teller herum. Sybil lächelte auch. Es sah gezwungen aus. Gemeinsam sorgten sie schweigend für die immer weiter voranschreitende Reduktion der Lebensmittel auf ihren Tellern. Ryan ließ ein krampfhaft lobendes »Gut!« hören, um die Künste zu rühmen, die seine Frau bei der Zubereitung des Alltagsgerichts unter Beweis gestellt hatte. Gesättigt lehnte er sich zurück, mit sich und der Welt zufrieden.

»Lauren und ich wollen noch mit dir etwas besprechen«, war der Satz, der in diesem Moment an sein Ohr drang. Mutter und Tochter wechselten über die Diagonale des Tisches hinweg einen besorgten Blick, Sybil mit Entschlossenheit und Lauren ängstlich – was Ryan am meisten verstörte. Hatte sie etwa Angst vor ihm?

»Sie hat diesen Jungen kennengelernt, Timmy.« Sybil entschuldigte mit einer umfassenden Bewegung der linken Hand Dinge, die sie nicht explizit ausgesprochen hatte. »Das war schon vor vier Monaten. Und …«

»Ich bin schwanger.« Lauren unterbrach ihre Mutter, die jetzt noch konsternierter dreinschaute.

Ryan schnappte nach Luft. War das ein Scherz? Anscheinend nicht. Hier stimmte doch ganz offenbar etwas nicht. Wann hatte Lauren das letzte Mal auf seinem Schoß gesessen und sich aus dem *Zauberer von Oz* vorlesen lassen? War das nicht letzte Woche gewesen?

»Wie ist das denn passiert?«

Sybil blickte ihn an, mit einem Funken Spott in ihrem ansonsten angespannten Gesicht.

»Dieser Junge.« Ryan packte die Erinnerung an Sybils Hinweis beim Schopf. »Was ist mit ihm?«

Lauren gab ein Schluchzen von sich.

»Er will nichts damit zu tun haben«, stellte ihre Mutter klar.

Ryan sog die Luft ein. Die Bilder, in denen er einen dafür sicher viel zu großen Timmy, dessen Aussehen er nicht kannte, übers Knie legte, um ihn den Hintern zu versohlen, kamen und gingen wieder. Er wandte sich einem anderen Aspekt seiner Ratlosigkeit zu und sah wieder Sybil an.

»Will sie ... Ich meine, soll es ...«

Sybil schaute unglücklich drein.

Ryan blickte seine Tochter an. Ihre Augen hatten sich schon mit Tränen gefüllt. Und die waren wirksam wie eh und je. Er schob seinen Stuhl neben ihren, legte einen Arm um sie und rang zunächst nach Worten.

»Wir machen das zusammen«, brachte er schließlich hervor. »Es ist dein Kind. Wir geben dir alle Unterstützung, die du brauchst. Wir kümmern uns um dich, wir kümmern uns um das Kind. Du wirst nicht damit allein sein. Wir stehen dir bei.«

»Ich war so dumm!«, klagte Lauren.

Ryan wiegte den Kopf. »Du hast dich in einen Teenager verguckt. Machen alle in deinem Alter. Die Jungs umgekehrt auch. Habe ich getan, hat deine Mutter getan.«

Lauren stutzte kurz und blickte Sybil an, die verständnisvoll lächelte.

»Die anderen haben einfach nur mehr Glück gehabt«, fuhr Ryan fort. »Aber das macht nichts. Wenn wir dir helfen, wirst du sehen, dass das Kind ein Glück für dich sein wird, egal wo es hergekommen ist.«

Lauren blickte auf und lächelte schwach. »Ich muss noch für morgen lernen, Dad.«

»Ja, klar«, stimmte Ryan etwas überrascht zu und ließ sie los.

Lauren stand auf, schob noch ein »Danke« hinterher, nahm ihre Tasche und ging die Treppe hinauf.

Als Ryan seine Frau ansah, registrierte er erstmals, dass sie die Miene positiver Überraschung zur Schau trug. Er dachte keinen Moment lang darüber nach, weil ihn etwas anderes mehr beschäftigte. »Wie lange weißt du schon darüber Bescheid?«, fragte er sie.

Wochen später veranstalteten sie einen Grillabend. Es sollte eine der After-Work-»Montagspartys« werden, mit denen sich die Mitarbeiter des NASA-Zentrums schon seit Jahren den harschen Start in die Arbeitswoche versüßten. Die meiste Zeit über hatte Ryan solche Geselligkeiten eher als Pflicht denn als Vergnügen empfunden. Diesmal war es anders. Er gab seine Einladung über die üblichen Flurfunk-Kanäle ab und beschaffte sich einen neuen Smoker. Wenn man, so wie er, nach einer Jugend in Montana nach Huntsville eingewandert war, konnte man sich für einen gewissen Zeitraum erlauben, das Barbecue-Phänomen in den Südstaaten distanziert zu belächeln. Auf immer mehr Grillpartys war es dann geboten, sich lieber zusammenzunehmen, bevor man anfing, die Besessenheit, die der jeweilige Gastgeber in Bezug auf das optimale Garergebnis an Tag legte, spöttisch zu kommentieren. Auf die Dauer war Widerstand zwecklos. Das Fleisch roch einfach zu gut und war zu saftig. Ryan ließ seinem Erstaunen Raum und fing an zu lernen. Verblüfft nahm er zur Kenntnis, dass es nicht etwa um Rindersteaks ging, sondern Schwein und Hühnchen. Und dann war da noch dieser quasireligiöse Eifer, mit dem wirklich jeder eingeborene Bewohner von Huntsville versuchte, die berühmte weiße Soße des allseits vergötterten großen Idols zu imitieren. Bob Gibson, Betreiber des nach ihm benannten Big Bob Gibson Barbecue-Restaurants im benachbarten Decatur, hatte sie in den Zwanzigerjahren aus Essig, schwarzem Pfeffer und weiteren Zutaten zusammengemixt, die er wohl zum Teil geheim hielt. Die Wissenschaftler und Ingenieure, die nach Alabama »zugereist« waren, mussten in der Angelegenheit so viel neu lernen, wie Ryan auch. Typische Barbecuefans und selbst ernannte Meister ihres Fachs waren demnach die Angestellten, die die NASA örtlich für das Zentrum gewonnen hatte. Dick Helms war so einer, der recht füllige und klein geratene Chef der Finanzbuchhaltung, ein bebrillter Mittvierziger, der die meiste Zeit große Ruhe ausstrahlte – nur nicht beim Grillen. Da konnte er ehrgeizig und nervös werden. Der hagere, schon etwas ältere Kollege Milo Santini kümmerte sich um den Einkauf und die Erhaltung der Gebäude. Von ihm ging die Kunde, dass er als junger Mann schon an örtlichen Barbecue-Wettbewerben teilgenommen hatte, mit nicht mal geringem Erfolg. Milo brachte es fertig, auf Partys darüber zu dozieren, wie das Wort »Barbecue« aus dem in verschiedenen Indiosprachen bekannten Begriff »Barabicu« entstanden war. Glaubte man ihm, war seit dem Schmoren von Fleisch auf Holzgestellen über Feuergruben nichts grundsätzlich Besseres mehr erfunden worden. Dick dagegen gehörte zur technokratischen Fraktion – nicht wirklich verblüffend für einen NASA-Manager. Er schwor auf die aktuelle Generation der Smoker mit ihrem Zwei-Kammer-Konzept, in denen sich der Rauch von der Brennkammer durch Öffnungen in die Kammer mit dem Grillgut bewegte. Wenn Wernher von Braun und die anderen Triebwerksingenieure auf Dicks Partys rund um den Smoker und die mit Tellern vollgestellten Tische herumstanden, zuckten sie reflexartig zusammen, wenn in diesem Zusammenhang das Wort »Brennkammer« fiel, an einem Ort und in einer Gesellschaft, in der sie sich von ihrer Arbeit erholen wollten. Solche Probleme traten nicht auf, wenn Ryan zum Barbecue einlud. Er hatte bisher immer mehr schlecht als recht das Programm abgespult, das er bei den anderen beobachtet hatte, mit Soßen aus dem Supermarkt und einem gewöhnlichen Grillrost über der Holzkohle. Am Ende saßen dann Dick und Milo in seinem und Sybils Garten an einem der hastig aufgebauten Klapptische, kauten das gebratene Fleisch mit einem gewissen, reduzierten Vergnügen und quittierten den Geschmack mit einem freundlichen und völlig desinteressierten: »Lecker, Ryan!« Dann fuhren sie mit ihrem alten Streit fort, wer von ihnen beiden an den Geschmack von Big Bob Gibsons weißer Barbecuesoße mit seiner Imitation näher herangekommen war, und zeigten so sehr subtil, wie genau sie wussten, dass Ryan nie vorgehabt hatte, in ihrer Liga zu spielen. Bisher hatte ihn das durchaus gestört, allerdings nicht genug, um in seiner so gut wie nicht vorhandenen Freizeit Maßnahmen zu ergreifen. Jetzt, als die Lage sich geändert hatte, wusste Ryan ganz genau, auf welches Pferd er setzen wollte. Sein Name lautete Lin Washington.

Lin war ein Nachbar, wie mehrere andere auch, die mit den Ryans in derselben Straße wohnten. Er betrieb eine Vertretung der NALAC-Lebensversicherung in der Innenstadt. Und er verstand etwas vom Barbecue. Wenn Ryan eine Nachbarschaftsparty bei ihm besucht hatte, war es kaum anders zugegangen als bei Milo oder Dick. Der Punkt war allerdings, dass das nur ein- bis zweimal vorgekommen war. Mehr hatte seine Zeit nicht zugelassen. Sybil hatte ihn oft entschuldigen müssen. Sie berichtete immer genau, welcher Aspekt seines Projektes ihn so in Atem hielt, und unterrichtete anschließend Ryan über ihre diplomatischen Bemühungen, normalerweise immer in einem indignierten Tonfall, der andeuten sollte, wie unbequem sein Desinteresse an der Nachbarschaft für sie war. Dennoch, sie gab die richtigen Erklärungen ab und zeigte Präsenz, damit Lin und seine Frau seine häufige Abwesenheit nicht etwa auf ihre afroamerikanische Herkunft bezogen. Er tat ein Übriges mit freundlichen Begrüßungen, wenn sie sich auf der Straße begegneten. Und dann schlossen sie natürlich ihre Lebensversicherungen bei Lin ab. Sie waren also Bekannte, aber keine Freunde. Deshalb kam Ryan sein Ansinnen doch etwas waghalsig vor. Zwei Sekunden nachdem er an seiner Tür geklingelt hatte, wurde er von Lin herein und auf das Sofa gebeten. Über sein Ansinnen, »diesmal ein richtiges Barbecue« für seine Kollegen veranstalten zu wollen, musste sein Nachbar allerdings kurz grinsen.

»Hast du jetzt einen Smoker?«, fragte er, mit einem kleinen Anflug von Herablassung.

»Ja, gerade besorgt«, verkündete Ryan mit einem kleinen Anflug von Stolz.

»Von wo?«, hakte Lin nach.

»Piggly Wiggly.«

»So ein Supermarkt-Gerät?«

»Hmhm«, machte Ryan und seine gute Stimmung sank bereits wieder, angesichts des mäßigen Eindrucks, den die Bezugsquelle bei Lin hinterlassen musste.

»Na, ja«, machte der dann. »Besser als nichts. Dann lass uns mal über die weiße Soße reden.«

Sybil und er hatten zuerst vorgehabt, die Feier noch Ende März stattfinden zu lassen und Paul vorzeitig von seinem Spring-Break-Urlaub in Fort Lauderdale nach Hause zu locken, um so wieder mehr von ihrem Sohn zu haben. Alle dafür infrage kommenden Termine waren aber schon von anderen Ingenieuren oder Mitarbeitern mit Einladungen blockiert. Sie mussten sich bis Mitte April gedulden. Und dann geschah das

Vorhersehbare, das dennoch unerwartet kam. Paul hatte sich in Florida einen Magen-Darm-Virus eingefangen und hütete in Huntsville zwei Wochen lang das Bett unter der nachsichtigen Pflege seiner Eltern. Zum Partytermin stand es schon besser um ihn. Die Krankschreibung lief aber noch. Er konnte, so, wie es seine Eltern sich erhofft hatten, bei der Vorbereitung der Party mithelfen.

Sybil hatte sich um das Salatbuffet gekümmert und auf den im Garten platzierten Klapptischen zahlreiche Schüsseln mit verschieden angemachten Gemüsevariationen ausgebreitet, durchmischt mit Pilzen, Reis und Orangenspalten. Loren hatte aus der Stadt Pappteller und Plastikgeschirr besorgt. Die Schweinefilets und Hähnchen hatte Ryan zusammen mit Lin eingekauft, ebenso das in seiner Bedeutung nicht zu unterschätzende Hickory-Feuerholz. Zwei Stunden vor Beginn der Party rollten sie den Smoker in den Garten und heizten an. Am Grill wollte Lin seinen Nachbarn lediglich coachen, »damit jeder sehen kann, dass du das alles zusammengezaubert hast«, wie er einfühlsam erklärte. Dann grinste er breit, als er hinzufügte: »Das Wesentliche kommt ja noch.« Die Zubereitung der Soßen erfolgte dann doch in der Küche, die Sybil nach der Salatschnippelei bereitwillig geräumt hatte. Lin hatte Platz, seine Magie zu entfalten, und durchwühlte die Piggly-Wiggly-Papiertüten, die sie nach dem Einkauf auf dem zentralen Esstisch der Thomassons abgeladen hatten.

»Mayonnaise«, fing er an die herausgefischten Zutaten durchzugehen, »Weißweinessig, scharfer Meerrettich, schwarzer Pfeffer, Zitronensaft, Cayennepfeffer ...« Er verzog erschrocken das Gesicht. »Wir haben doch nicht etwa ... Haben wir an den Apfelsaft gedacht?«

»Haben wir noch«, beruhigte ihn Ryan sofort. Dann öffnete er den richtigen Schrank und winkte mit einer der Flaschen. »Deshalb haben wir keinen mitgenommen.«

»Gut«, nickte Lin erleichtert. »Wenn ihr noch Salz im Haus habt, ist alles da.«

»Sollen wir nicht auch ein paar andere Soßen anbieten, ich meine so eine dunkle Barbecuesoße, oder ...«

Ein strafender Blick Lins ließ ihn sofort verstummen. »Glaub mir«, versicherte sein Nachbar, »wenn du auffährst, was ich gleich für dich fertig machen werde, will sowieso niemand mehr etwas anderes essen!«

Ryan nahm das so hin. In der Tür drehte sich der Schlüssel. Paul trat ein und stellte einen Kasten mit Colaflaschen vor dem Tisch ab. »Hi!«, grüßte er knapp und außer Atem. Seine Gesichtsfarbe war wieder ganz gesund, befand Ryan, als er den Gruß ebenso knapp erwiderte. Paul in der Wohnung zu haben war normal und doch schon so fremd, nach der kurzen Zeit, die er bis jetzt am College verbracht hatte. Ein seltsamer, kurzer Aufschub in einer Entwicklung, die nicht aufzuhalten war.

»Hallo, Mr. Washington!«, begrüßte Paul artig ihren Nachbarn.

»Tag, Paul!«, gab Lin zurück. »Bereit für das große Grillen?«

»Guck mal, wo deine Schwester steckt«, entschied Ryan. »Sie deckt im Garten die Tische ein.«

»Okay!«, erwiderte Paul unkompliziert und entschwand.

»Sie werden groß, sie gehen weg und du fragst dich, wo die Zeit geblieben ist. So erzählen es mir alle meine Geschwister«, erklärte Lin. »Ich bin ein vielfacher Onkel.«

»Ich habe so viel gearbeitet«, gab Ryan zurück. »Es war einfach falsch. Ich habe so viel verpasst.«

Lin nickte bedächtig. »Und dann kommen die Enkelkinder. Für meinen älteren Bruder ist das eine gewisse Entschädigung. Für die hat er jetzt mehr Zeit.«

»Tja, und die werde ich brauchen!«, nickte Ryan. »Kaum zu glauben. Ich werde Opa! Ich glaube, ich sollte mal im Garten schauen, ob alles läuft«, fügte er hinzu und überließ Lin seinem Voodoo.

Im Garten hatte Paul bereits begonnen, Mutter und Schwester von der Arbeit abzuhalten, indem er von den Härten des Getränkeeinkaufs berichtete. Und dann trafen pünktlich die ersten Gäste ein, die Lin von seinem Platz in der Küche aus hineinließ. Milo Santini war schon da, begrüßte Ryan mit einem »Hallo!« und warf einen ersten, neugierigen Blick auf den neuen Smoker. »Hast du schon was zu trinken?«, fragte Ryan sofort und ahmte damit Gastgeberqualitäten nach, die er sich bei anderen abgeschaut, aber nie selbst ausgeübt hatte. Dann erkannte er die Überflüssigkeit der Frage. Milos Hände waren leer. Paul lief wie gerufen vorbei und schleppte dabei ächzend eine weitere rote Plastikbox mit bauchigen Colaflaschen, deren gläserne Wandungen bei jedem seiner Schritte aneinanderklirrten. »Da kommt ja schon alles«, moderierte Ryan.

»Ich hol mir gleich ein Glas, Ryan«, winkte Santini ab. »Mach dir keine

Sorgen. Du hast einen neuen Smoker?«, fügte er an und wies mit der Hand neugierig auf den Standort des Geräts.

Ryan zuckte mit den Schultern und nickte gleichzeitig. »Piggly Wiggly.«

Santini machte ein abschätziges Gesicht, nickte aber auch gleichzeitig. »Den schaue ich mir gleich mal an.«

Ryan nickte ebenfalls und beschloss, als Nächstes die Versorgung mit Alkoholika zu beschleunigen.

Immer mehr Gäste trafen ein und bedienten sich an Cola, Root Beer und Shiner Bock, während Ryan die Flaschen auf mehreren Gartentischen in Stellung brachte. Lange konnte er sich dadurch nicht vor seiner Hauptaufgabe drücken. So viel war ihm klar. Lin tauchte mit einer gläsernen Bowle aus der Küche auf, in der er die Soße abgefüllt hatte. Er zwinkerte Ryan zu und stellte sie ab. Zeit, die Temperatur in der Brennkammer zu überprüfen. Lin kam dazu, als Ryan die kleine Tür am Smoker öffnete und die glühende und rauchende Holzkohle in Augenschein nahm.

»Ich hol mal die Päckchen mit dem Fleisch aus der Küche«, kommentierte er den Anblick des Feuers. »Dann kannst du loslegen.«

Ryan nickte und beschloss, in der Glut noch ein bisschen herumzustochern, um so wie ein Grillmeister auszusehen, der weiß, was er tut. Als er dafür die Würstchenzange zur Hand nahm, konnte er sich noch im letzten Moment bremsen. Stattdessen griff er nach dem kleinen Schürhaken, der mit dem Smoker mitgeliefert worden war. Er sah vom Feuer auf und stutzte. Sein Chef stand vor ihm. Eberhard Rees hatte den Kopf leicht in den Nacken gelegt und begutachtete Ryans Bemühungen mit einem verschmitzten Lächeln.

»Das sieht ja alles wieder sehr entspannt aus bei Ihnen, Ryan. Erster Einsatz für das neue Gerät?«

»Genau!«, gab Ryan schlicht zurück.

»Als wir auf Dicks letzter Party waren, hat er mir alles Mögliche über die Technik seines Smokers erzählt, so als ob es Raketenwissenschaft wäre.« Rees grinste. »Sie kennen das ja. Ich bin gespannt darauf, ob der der da gute ›Schnitzel‹ macht.« Das deutsche Wort für das Fleischgericht rutschte ihm offenbar unbedacht heraus.

»Heute sprechen Sie vielleicht eher über die Mission als über das Grillen«, vermutete Ryan.

Rees winkte gleich ab. »Ach, was. Das läuft doch alles gut. Die in Houston haben alles im Griff. Ich werde mich heute Abend bestimmt nicht über Flugbahnparameter unterhalten.« Dann zuckte sein Kopf nach rechts. »Ah, ich sehe, ein paar von uns sind schon hier. Ich denke, zu denen geselle ich mich mal hinzu, damit Sie in Ruhe grillen können.«

»Der Garten gehört Ihnen«, erwiderte Ryan mit einer einladenden Bewegung und Rees schmunzelte. Dann nahm er von Lin Washington Notiz, der mit einem in beschichtetem Einpackpapier eingewickelten Fleischpaket auf den Armen auftauchte. Rees nickte Ryans Nachbarn höflich zu und machte sich auf den Weg zu den Arbeitskollegen, die er erkannt hatte.

»Du hast mir gar nicht gesagt, dass so viele Leute zu deiner Party kommen«, beschwerte sich Lin bei Ryan in verschwörerisch leisem Ton. »Das sind ja jetzt schon viel mehr als bei unseren Nachbarschaftsfeten. Auf der Straße ist schon alles zugeparkt. Ich weiß gar nicht, ob das Fleisch so reicht. Ein bisschen Soße kann ich noch machen. Es sind fast alle Zutaten noch da.«

»Das wird schon gehen, bei den bisherigen Feten haben sie auch nicht mehr gegessen.«

»Wenn es jetzt besser schmeckt, tun sie das vielleicht schon«, wandte Lin ein.

Ryan stutzte, daran hatte er tatsächlich nicht gedacht. Dann nahm er mehrere Hähnchenbrustfilets aus dem Paket, das Lin auf den Tisch neben den Smoker gelegt hatte. Er schaute Lin fragend an.

Der öffnete das Türchen der Brennkammer und sah hinein. »Ja, ich glaube, du kannst sie auflegen.«

Das ließ Ryan sich nicht zweimal sagen.

Paul trat hinzu. »Die Getränke sind alle da«, vermeldete er.

Lin blickte vom Smoker auf, um sich den jungen Mann, den er so oft »den Nachbarsjungen« genannt hatte, näher anzuschauen. »Na und, Paul?«, fragte er neugierig. »Läuft es am College mit der Geisteswissenschaft? Englisch, Geschichte, Rechtswissenschaft, das wolltest du doch machen!«

»Ja, schon«, gestand Paul zögerlich zu. »Aber irgendwie ...« Er drehte den Oberkörper weg und sah zur Seite und hatte damit die Aufmerksamkeit seines Vaters bereits eingefangen. Ryan hatte ein Hähnchenbrustfilet mit der Grillzange aufgenommen, wollte es auflegen und hielt in der Bewegung inne.

»Irgendwie ist das einfach nichts für mich. Ich hab mich für Angewandte Ingenieurswissenschaften eingeschrieben. Ich schaue mir das jetzt mal an.«

»Das ist ja toll!«, rutschte es Ryan heraus. »Ich meine ...«

»Ja, Dad«, unterbrach ihn Paul sofort ungeduldig. »Ist mir klar, dass dir das gefällt. Ich will aber nicht genau das machen, was du machst. Ich weiß nicht ...«

Ryan merkte, wie ihm das Hähnchenbrustfilet aus der Zange rutschte, deren Griffe er immer nachlässiger zusammengehalten hatte. Er konnte gerade noch durch einen schnellen Griff verhindern, dass es auf den Rasen fiel.

»Meine Güte, Ryan!«, beschwerte sich Lin.

Paul feixte nur kurz. »Ich meine, Technik muss doch noch für ein paar andere Sachen gut sein, als Leute in den Weltraum zu schießen. Vielleicht für gute Sachen in der Dritten Welt. Ich weiß es noch nicht.«

»Wenn du drüber reden willst ...« Ryan korrigierte sich sofort hastig. »Aber da sind ja erst mal deine Dozenten am College. Es ist so, wie du sagst, du kannst dir in Ruhe anhören, was sie zu sagen haben.«

»Klar, Dad!«

»Okay!« Ryan nickte und versuchte, es beiläufig aussehen zu lassen, ziemlich erfolglos.

Paul grinste und sagte »Ich helfe Lauren beim Ausschenken.« Dann war er weg.

Ryan schaffte es endlich, das Hähnchenbrustfilet in die Grillkammer des Smokers zu legen, und fing an, weitere Stücke darin zu verteilen.

»Ich dachte, er macht dir Kummer, weil er nicht, du weißt schon, in die technische Richtung will. Wodurch hat sich das geändert?«, fragte Lin.

»Ich weiß es nicht«, gab Ryan zu. »Ich habe auch vorher nicht mit ihm darüber geredet. Sybil hat mich auf dem Laufenden gehalten, meistens jedenfalls. Ich habe ... gearbeitet.«

Lin runzelte die Stirn.

Der Smoker wurde voll.

»In der Brennkammer die Glut noch ein bisschen schüren, dann kannst du sie erst mal ein paar Minuten drin liegen lassen«, riet Lin. »Ich sag dir schon Bescheid.«

Ryan besah sich den Garten. Er wurde tatsächlich voll. Die meisten seiner Kollegen hatten ihre Ehefrauen mitgebracht. Sie waren in üblicher korrekter Kleidung gekommen und ließen die Krawatten nach und nach verschwinden. Er nahm den Schürhaken und tat wie ihm geheißen. Dann stellte er das Werkzeug ab und fing an, die unvermeidlichen Menschentrauben, die sich schon gebildet hatten, abzulaufen, mit Hallos, Schulterklopfen, Hinweisen zum Standort der Drinks, wo die Hände noch leer waren. Durch den Hintereingang des Hauses konnte er den Korridor entlang bis nach vorne schauen. Sybil hatte die Haustür längst offen gelassen, damit die Gäste ungehindert hineinkonnten. Manche tauchten auch winkend auf, nachdem sie das Haus durch den Garten umlaufen hatten. Ryans Kinder standen hinter dem mit weißem Wegwerfpapier gedeckten Tisch, der die Getränke trug, und sorgten durch das Bereitstellen gefüllter Plastikbecher dafür, dass sich nicht Dutzende durstige Ingenieure gleichzeitig an den Flaschen zu schaffen machen mussten.

Laurens Schwangerschaft konnte niemandem entgangen sein. Sie selbst strahlte eine völlig gelassene Freude aus, die ihn stolz machte.

»Paul, wenn es ein Junge wird«, insistierte sein Sohn gerade. »Ich habe ein Mitspracherecht!«

»Du bist nur sein Onkel!«, gab Lauren schnippisch zurück. »Außerdem wird es ein Mädchen.«

»Kannst du ja nicht wissen«, beharrte Paul. »Wenn es ein Junge wird, nennst du ihn nach seinem coolen Onkel. Das wird ihm gefallen.«

»Seit wann bist du cool?«, gab seine Schwester zurück. »Ist doch völlig albern, zwei Pauls gleichzeitig in der Familie zu haben. Es wird ein Mädchen. Und ich nenne sie Joan, wie Joan Baez.«

»Niemals!«

Ryan wandte sich schmunzelnd ab. Die Menschentrauben hatten bereits die erste Phase einer üblichen Party durchlaufen und angefangen, sich entsprechend zu transformieren. Das korrekte, befangene Zusammenstehen in Paaren, die sich gegenseitig begrüßen, war bereits der Aufteilung in männliche und weibliche Trauben gewichen, aus denen immer wieder Lachen in der jeweiligen geschlechtsspezifischen Tonlage zu hören war. Masson und Hendriks standen nicht weit weg. Hendriks, fast so groß wie Ryan, blond und bebrillt, sah gerade zu Lauren. Er hatte offenbar die Wölbung ihres Bauches wahrgenommen. Ryan stellte sich freundlich lächelnd vor ihn, klopfte Masson grüßend auf die Schulter und wartete auf einen Kommentar.

»Gutes Wetter habt ihr erwischt«, äußerte Hendriks schließlich. Und dann wandte er seinen Kopf ruckartig zu Lauren, lächelte vorsorglich, um die Wirkung seiner Frage abzufedern. »Ist sie, ich meine ...«

»Sie bekommt ein Kind«, assistierte Ryan.

»Und der ...?«

»Vater? Wir kümmern uns darum.« Ryan nickte bekräftigend.

»Oh!«, machte Hendriks.

»Sie ist glücklich. Sie freut sich darauf.«

»Das ist gut«, kam Masson zu Hilfe. »Klasse, dass Ihr ihr so beisteht.«

Ryan nickte erneut und fand einen Weg, das Thema zu beenden. »Und wie sieht es bei dir zu Hause aus?«

»So weit gut«, behauptete Hendriks, schaute einen Augenblick lang zum Horizont und schob dann nach: »Kenny ist jetzt in Đà Nẵng angekommen. Natürlich machen wir uns Sorgen.«

»Verstehe ich gut.« Eine Erinnerung zuckte durch Ryans Kopf. »Ich hab die Lotterie letztes Jahr im Fernsehen gesehen, als sie ausgelost haben, wer einberufen wird. Das ging dann ja anschließend schnell.«

Hendriks nickte. »Sie werfen alles an die Front, was gerade ein paar Wochen Grundausbildung durchlaufen hat. Marjorie und ich beten viel.«

»Paul ist möglicherweise nächstes Jahr dran, wenn sie eine weitere Lotterie machen«, erklärte Ryan mit einem sorgenvollen Blick zu seinem Sohn. »Er hat sich für die Nationalgarde beworben. Die werden sie ja kaum jemals nach Vietnam schicken. Die Warteliste ist allerdings lang.«

»Ich wundere mich, dass ausgerechnet du das so siehst!« Hendriks sah Ryan direkt an, mit einer Spur von Kampfeslust in seinen Zügen.

»Wie meinst du das?«

»Na, ich meine, du hast in Korea gegen die Kommunisten gekämpft. Du solltest dafür sein, dass alle ihre Pflicht tun. Gut für deinen Jungen, wenn er nicht hinmuss. Es haben aber nicht alle Familien das Glück. Sollte nicht jeder etwas beitragen? Würdest du Paul unterstützen, wenn er sich freiwillig meldet?«

»Ich bin in Korea über Reisfelder geflogen, auf denen Hunderte von Toten lagen. Vielleicht sehe ich es deshalb anders.« Ryan wiegte den Kopf, als ringe er mit dem unerwartet ernsten Thema. »Ich weiß einfach nicht, ob das der richtige Weg ist. Die Vietnamesen werden uns hier nicht angreifen. Vielleicht hätten uns auch andere Wege offengestanden als dieser Krieg.«

»Bin ich froh, dass ich als Vater von zwei Töchtern nichts dazu zu sagen habe«, warf Masson ein.

Die beiden anderen Ingenieure lachten sofort entspannt.

»Ja, da hast du Glück gehabt«, gestand Hendriks zu. Und als er fragte: »Was hast du denn so auf den Grill gelegt?«, war Ryan völlig klar, dass der Ingenieur das konfliktträchtige Thema gerne wechseln wollte.

»Nur gute Sachen«, antwortete er. »Ich schau mal weiter, ob alle was zu trinken haben.« Ein Schulterklopfen, und Ryan ging weiter.

Er sah Sybil. Sie stand zwischen den Ehefrauen von drei Ingenieuren, sprach angeregt mit ihnen und lächelte ihm zu. Er konnte erkennen, wie ihr der Auftritt als Gastgeberin gefiel, wie gerne sie sich mit den anderen unterhielt und seinen Einsatz an der sozialen Front schätzte. Sie lächelte ihm zu. Er nickte und erinnerte sich, dass er Pflichten am Smoker nachzukommen hatte.

Der rauchte bereits ordentlich, als er zum Grillplatz zurückkehrte. Lin schaute gerade in die Grillkammer, blickte auf, und grinste, als er den Gastgeber sah.

»Bis jetzt ist nichts angebrannt. Wir machen schon noch einen Barbecuekünstler aus dir! Ich denke, die ersten Stücke können wir auch schon rausgeben.«

Ryan nahm ein paar Plastikteller zur Hand, die aufeinandergestapelt auf dem Tisch neben dem Smoker bereitlagen. Die Schüssel mit der weißen Soße stand auch schon bereit. Als er mit der Zange das erste von Lin favorisierte Hähnchenbrustfilet herausgefischt und drapiert hatte, brauchte er nur mit dem Teller Richtung Menschenmenge zu winken, um sofort den ersten Interessenten anzulocken. Mehrere Ingenieure begangen die Prozession vom Smoker zur Soße und zum Salattisch. Die

Ehefrauen ließen sich, wie üblich, mehr Zeit damit. Was Ryan an Fläche in der Grillkammer frei machte, füllte Lin wieder auf. Er lächelte den Gästen beiläufig zu. Ryan kam zum ersten Mal zum Bewusstsein, wie unerfreulich Lins Rolle bei dieser Party für seinen Nachbarn hätte sein können. Waren sie bei ihm zu Gast gewesen, waren die Anwesenden selbstverständlich nach Hautfarben gemischt. Und er war der Herr im Hause. Kam Lin sich hier wie ein schwarzer Dienstbote vor, der den traditionell privilegierten Weißen das Essen zu machen hatte? Bisher hatte Ryan nur wahrgenommen, dass ihm seine Rolle als Grilltrainer ganz gut gefiel.

»Sag mal, Ryan, deine Kollegen ...«

»Ja?«

»Die sind doch zum Teil aus ...«

»Ja?«

»... aus Deutschland. Ich meine, sind sie dann nicht auch, du weißt schon ...«

»Nazis?«

»Ja.«

Ryan richtete sich auf, nachdem er weitere Hähnchenteile fein säuberlich in der Grillkammer platziert hatte. Er sah Lin direkt an »Sie haben sich damals mit dem Teufel eingelassen. Wenn man sie danach fragt, weichen sie aus. Sie haben offenbar wirklich ein schlechtes Gewissen deswegen. Jeder einzelne Deutsche, den ich im Zentrum kenne, will, dass Menschen zum Mond, zum Mars und den anderen Planeten fliegen. Wer das sein wird, ist ihnen dabei fast völlig egal. Sie haben diesen Traum. Und jetzt müssen sie eben keine V2-Raketen auf England abschießen, um ihn irgendwann wahr zu machen – weil sie bei uns sind.«

»Hmhm«, machte Lin und wirkte dabei wenig überzeugt.

Ryan sortierte weiter Hähnchenteile ein.

»Sie können doch eigentlich nicht viel von Schwarzen halten«, vermutete Lin.

»Frag sie doch einfach mal.«

»Du meinst so – ›Hallo, ich bin Lin, ich bin schwarz, habe Sie etwas gegen Schwarze?‹«

»Du verstehst was vom Reden. Du bekommst das raffinierter hin.«

»Was du nicht sagst!«

Die Grillkammer war wieder voll. Lin sah auf seine Uhr und zeigte so, dass er die Garzeit im Griff behielt. Ryan setzte seinen »Kontrollgang« fort. Er fand Milo Santini wieder. Und der unterhielt sich natürlich angeregt mit Dick Helms. Interessant daran war, dass Dick gerade mit seiner Gabel ein Hähnchenstück aufspießte, in die weiße Soße tunkte und zum Munde führte. Und dies war der Moment, der alles änderte. Der Finanzbuchhalter riss die bebrillten Augen auf und kaute genüsslich. Milo lächelte und nickte, augenscheinlich im Sinne von: »Habe ich dir ja gesagt!« Dann sah Dick, wie Ryan sich näherte, zeigte mit der Gabel auf den Teller und nickte, mit einem erstaunten und beeindruckten Ausdruck im Gesicht. Das war der Ritterschlag! Ryan lächelte zurück, überlegte sich im selben Moment, ob ihm diese Anerkennung wirklich wichtig gewesen war.

Sybil hatte jetzt ein anderes Publikum. Ryan registrierte verblüfft, dass sie mit Eberhard Rees sprach und noch von einigen anderen Ingenieuren umgeben war. Das Bild kannte er aus früheren Zeiten. Die allseits bewunderte Gastgeberin, die ihren Charme sprühen ließ, um die umstehenden Gäste für sich einzunehmen. Sogar einen Stich Eifersucht verspürte Ryan in diesem Moment, ein besonders unvertrautes Gefühl. Er selbst war schon lange nicht mehr Ziel von Sybils Charmeoffensiven gewesen. Die Herrenrunde lachte über einen Scherz, den sie offensichtlich gemacht hatte und den er wahrscheinlich nie zu schätzen wissen würde, wenn er ihn ohne den Kontext nacherzählt bekam. Der Abend lief bis jetzt gut für seine Frau.

Als Ryan zum Smoker zurückkehrte, stand Lin immer noch dort und verteilte Hähnchenstücke. Neben ihm stand Burkhard Krauss, einer der deutschen Ingenieure. Er staunte gerade über irgendetwas und verdeutlichte das durch die Nachfrage: »Wirklich?«

»Wenn ich es Ihnen sage!«, gab Lin zurück. »Lake Underwood hat ihn 1957 in Sebring gefahren und dann verkauft. Ich habe ein Zertifikat darüber. Ich war dann Käufer Nummer zwei. Der erste hat ihn nur ungern abgegeben. Er hatte wohl Steuerprobleme.«

Ryan verstand jetzt, wovon die Rede war. Es ging um Lins Porsche 356, den er manchmal am Wochenende spazieren fuhr, meistens aber in der Doppelgarage seines Hauses verbarg. Heute hatte er ihn vor seinem Haus geparkt, um ihn vor der Party zu polieren. Oder stand er dort, weil es jetzt Publikum gab, das ihn bewundern konnte? Die bewegte Geschichte des Fahrzeugs war Ryan bisher jedenfalls verborgen geblieben.

»Ich habe Underwood in Sebring fahren sehen«, erklärte Krauss begeistert, »in dem Jahr, als sie dort den Unfall hatten.«

Lin zog die Stirn kraus. »Das war 66, die Rangelei zwischen Wester und Andretti. Schlimme Sache. Die vier Zuschauer hatten allerdings selbst Schuld. Sie hätten nicht auf die Strecke laufen sollen.«

Krauss quittierte das mit einem ungefähren Nicken. Wahrscheinlich kannte er die Geschichte nicht ganz genau. Dann verzog er genießerisch das Gesicht. »Meine Frau und ich haben uns einen Käfer geholt, sobald er hier erhältlich war.«

Lin quittierte das mit einem toleranten Nicken und einem milden Lächeln, das wahrscheinlich viele Amerikaner für den skurrilen, kugelartigen Kleinwagen erübrigen konnten.

»Das Geräusch eines Boxermotors ist einzigartig. Ich würde nie etwas anderes fahren wollen. Wenn es irgendwann doch noch mal ein Sportwagen sein soll, dann jedenfalls ein Porsche. Ich rede immer wieder mal mit meiner Frau darüber.«

»Kommen Sie uns mal besuchen«, schlug Lin zu Ryans Überraschung vor. »Dann machen Sie mal mit dem Wagen«, er verwies mit der Grillzange in die Richtung seines Hauses, »eine Spritztour und sehen, was sie anschließend dazu sagt. Sie müssen ja nicht gleich Gas geben wie Underwood.«

Krauss lachte abwehrend. Gleichzeitig ließ er in seinem Lächeln Faszination für die Idee erkennen.

»Geht's dem Fleisch gut?«, ging Ryan dazwischen.

»Klar, großer Grillmeister«, gab Lin spöttisch zurück. »Ich rede mit deinen Gästen und habe trotzdem das Timing im Blick. Ich denke, Mr. Krauss hier kann jetzt mal ein Hähnchenstück vertragen.«

»Nennen Sie mich Burkhard!«

Lin versuchte sofort, den fremdartigen Vornamen zu artikulieren, und war dabei leidlich erfolgreich. »Okay ... Burkhard, hier kommt Ihr Fleisch!«

Deutsche Ingenieure und ihre Liebe zum Verbrennungsmotor, schoss es Ryan durch den Kopf. Konnten die vielfach bewunderten Experten aus dem Mutterland des Autos sich überhaupt ein Fahrzeug mit Atomantrieb vorstellen? Im nächsten Moment stutzte Ryan darüber, dass ihm so etwas Abwegiges überhaupt einfiel. Wie sollte so etwas denn überhaupt aussehen? Ein Elektroauto mit einem eingebauten kleinen Atomreaktor? Einer Maschine aus Harold Fingers Team? Hatte Ford dazu vor Jahren nicht mal eine Studie herausgebracht?

»Hey, Ryan!«, brachte Lin ihn in die Realität zurück. »Steh da nicht die ganze Zeit so verträumt rum. Mach mal hier weiter!«

Ryan übernahm die Zange, um an den frei gewordenen Plätzen frische Hähnchenteile aufzulegen.

»Ich schau mal nach dem Schweinefleisch. Das sollten wir auch langsam mal auflegen«, verkündete Lin und entschwand Richtung Küche.

Burkhard Krauss nickte und zog sich bestens verpflegt und unterhalten zu den anderen Partygästen zurück.

Ryan fand weitere Abnehmer für die Hähnchenstücke und setzte das Grillen nach bestem Wissen und Gewissen fort. Er begrüßte Kollegen, von denen es sich einige nicht nehmen ließen, sich ernsthaft besorgt nach seinen weiteren Karriereplänen zu erkundigen. Irgendwann, es kam ihm wie Stunden vor, sah das ganze Partyvolk ganz gut versorgt aus und er wagte es, von einer Gesprächstraube zur nächsten zu schlendern. Sybil wartete in der Nähe des Hauses auf ihn.

»Ich habe gerade mit Mr. Rees gesprochen«, verkündete sie mit einem bedeutungsschweren Blick und einem selbstbewussten Lächeln. »Er sagte, dass es bei einem anderen Projekt etwas für dich zu tun geben wird.«

Ryan spürte, wie die Welle des Widerwillens aus seinem Magen kommend aufstieg. »Das hast du nicht ...«, setzte er heftig an.

Da waren sie wieder, ihr stahlharter Blick und die zusammengepressten Lippen, die er aus so vielen Streitereien mit ihr kannte. Dass sie sich nicht einmischen sollte, hatte er so oft gesagt. Er musste jetzt nicht weiter erläutern, wie er dazu stand. Und der Schaden war schon angerichtet. Und dann waren da ja noch die Gäste ...

»Eberhard sagt ...«

»Eberhard«, echote Ryan ungläubig, der den Deutschen in dessen ganzer Zeit als Vizechef des Zentrums kein einziges Mal beim Vornamen genannt hatte.

Sybil ließ sich nicht beirren. »Eberhard sagt, dass es sich um Zusatzraketen für eine Raumfähre handeln soll, ein Flugzeug, mit dem man in den Weltraum fliegen kann.« Sie lächelte ermutigend, als wäre ihr Mann ein zwölfjähriger Pennäler, den man mit der Aussicht auf ein spannendes Schulprojekt motivieren könne.

»Davon habe ich gehört«, verteidigte Ryan seine berufliche Domäne kühl. Das hatte er tatsächlich. Es sollte sich um Feststoffraketen handeln. Die hohe Verbrennungsenergie und der starke Schub machten sie für das Starten großer Lasten interessant. Gleichzeitig führte der hohe Druck zu Belastungen des Materials. Vielleicht würde es notwendig werden, die Hüllen aus Stahl herstellen zu lassen ... Er riss sich zusammen, um sich nicht in der Erkundung von Konstruktionsideen zu verlieren. »Ich rede mal mit ihm.«

»Ganz beiläufig«, riet Sybil. »Er kommt bestimmt selbst auf das Thema.«

»Hmhm«, machte Ryan und erduldete so eine weitere Einmischung. Im Stillen malte er sich aus, wie Rees mit ihm über Grillgerichte und europäischen Fußball plauderte, ohne auch nur entfernt ein berufliches Thema anzuschneiden, einfach damit Sybil mit ihrer Einflussnahme keinen Erfolg hatte. Gut allerdings wäre das nicht. »Ich rede mal mit ihm« war allerdings keine Ankündigung, die er gleich umzusetzen gedachte. Einen Rest männlicher Souveränität wollte sich Ryan doch noch erhalten. Also kam er weiter seinen Gastgeberpflichten nach, schaute hier nach der Getränkeversorgung, tischte da an der Salatbar frisches Gemüse auf.

»Es könnten zum Beispiel Staudämme sein, wie der, den sie jetzt in Ägypten fertig bauen, der Assuan-Damm. Das ist gut für die Wasserversorgung. Und die Leute haben Strom, ohne dafür Öl verbrennen zu müssen.«

Ryan erkannte die Stimme seines Sohnes. Paul erläuterte Masson, mit welchen Projekten er sich offenbar beschäftigen wollte. Der Ingenieur nickte freundlich, anscheinend ein bisschen beeindruckt, von der Ernsthaftigkeit des jungen Mannes.

»Manche machen sich auch Sorgen wegen des fruchtbaren Nilschlamms, der dann nicht mehr auf die Felder gespült wird. Vielleicht lässt sich das aber mit Kunstdünger ausgleichen. Ich finde, man muss machen, was für das Land unterm Strich am besten ist«, ging Paul weiter ins Detail.

Sein Vater stand jetzt nur einen Schritt weit entfernt. Und er entschloss sich, nicht in dieses Gespräch einzusteigen. Paul genoss es bestimmt, seine Ideen vor anderen Erwachsenen auszubreiten als seinen Eltern. Ihm selbst wäre es bestimmt so gegangen.

Eberhard Rees winkte ihm zu. Ryan sah es und reagierte mit jener Diensteifrigkeit, die er im Büro eher an den Tag legte als bei sich zu Hause. Rees stand mit Hendriks und drei anderen Ingenieuren zusammen. Er lächelte, als der Gastgeber hinzueilte. »Wir haben uns gerade gefragt, ob Sie uns bei einem bestimmten Detail helfen können, Thommy!«, moderierte der Zentrumsleiter. »Sie wissen ja, dass das Spaceshuttle Feststoffzusatzraketen bekommen wird, um die hohe Nutzlast starten zu können. Es gibt einen Vorschlag, die Raketen in ringförmige Segmente aufzuteilen, mit festem Treibstoff zu befüllen und dann zusammenzusetzen. Und das nach jedem Start, immer wieder, nachdem sie aus dem Atlantik geborgen worden sind. Die Raketen würden deshalb also nicht aus einer einheitlich gefertigten Hülle bestehen. Was halten Sie davon?«

Ryan sog die Luft an und registrierte die gespannten Blicke der umstehenden Männer. Es war eine jener Herausforderungen, die man nicht ohne ein gewisses Ausmaß von Nervosität im Magen annehmen konnte. Und dennoch, ihm fiel etwas ein.

»Da müssen Dichtungen zwischen die Segmente gesetzt werden, oder?«

Rees nickte.

»Solche Dichtungen machen öfter Ärger in der Motorentechnik. Habe ich das richtig im Kopf, dass das Shuttle hundert Starts pro Jahr machen soll?«

Wieder ein Nicken von Rees.

»Diese Dichtungsringe können spröde werden. Was haben wir im Winter für Temperaturen in Florida?«

»Ich habe hier in Alabama schon manchmal ganz schön gefroren«, erwiderte Hendriks launig. »Wenn wir hier nachts unter den Gefrierpunkt kommen, wird das in Florida auch so sein.«

»Wenn Sie 100 Starts im Jahr machen, ist das Letzte, was Sie brauchen, eine Verschiebung wegen Kälte. Sobald Sie sich im Januar Sorgen wegen spröder Dichtungsringe machen und einen Kalender mit 99 weiteren Starts im Nacken haben, wie werden Sie sich entscheiden? Werden Sie für den Start sein und das Leben der Besatzung riskieren?« Nach dieser dramatischen Einleitung holte Ryan Luft. »Die Zusatzraketen brauchen eine durchgezogene Metallhülle, durch die nichts entweichen kann. Ich sehe ein, dass die Ringsegmente sich leichter mit festem Treibstoff befüllen lassen. Dann nehmen sie eben die Segmente und schieben sie nacheinander in die feste Hülle hinein, wie Batterien in eine Stabtaschenlampe. Am hinteren Ende wird ein Ring drauf befestigt und die Düse angesetzt, fertig.«

Fünf Augenpaare musterten ihn mit einer Mischung aus Verblüffung und Faszination.

»Was ist, wenn die Ringsegmente in der Hülle unkontrolliert rotieren sollten?«, wandte Hendriks ein. Die Meinungsverschiedenheit, auf die er und Ryan vorher gestoßen waren, schien ihn nicht mehr zu beschäftigen.

»Keine Ahnung«, gab Ryan zurück. »Man kann das vorher ausschließen. Sie können Profile an der Innenseite der Hülle anbringen, auf denen die Segmente entlangfahren können wie auf Schienen. Oder die Hülle bekommt innen eine fast kreisrunde, mehreckige Form, vielleicht zwölfeckig, und die Segmente außen auch, sodass sie genau hineinpassen. Das hängt wohl davon ab, für welche Lösung man weniger Material braucht und deshalb ein niedrigeres Gewicht erzielt.«

»Wenn ich Ihnen jetzt sage, dass Sie als Gastgeber der Party morgen *nicht* ins Büro gehen und einen entsprechenden Entwurf anfertigen müssen, hätte das keinerlei Wirkung, oder?« Rees schmunzelte. »Ich finde den Ansatz interessant. Bringen Sie es zu Papier.«

»Das werde ich machen«, versicherte Ryan. Und dann war es da, dieses Gefühl der Erleichterung darüber, dass er gebraucht wurde, dass er seinen Wert als Ingenieur unter Beweis stellen konnte. Sybil hatte das eingefädelt, gestand er sich ein. Sie hatte ihm den Ball zugeworfen und er den Homerun geschafft.

»Na, gut«, moderierte Rees weiter. »Wir wollen jetzt mal nicht weiter von der Arbeit reden. Ist noch etwas von diesem hervorragenden Fleisch da?«

Die Party durchlief weitere Phasen. Ryan ließ sich auf das ein, was für alle das vorherrschende Gefühl war. Apollo lief, die aktuelle Mission lief. Den Menschen, die sich an diesem Abend in seinem Garten versammelt hatten, war der Bau der größten Rakete aller Zeiten gelungen, die Astronauten zum Mond gebracht hatte, schon zweimal. Sie waren begeistert von dem, was sie geschafft hatten, immer noch. Sie machten Scherze, holten seinen Plattenspieler aus dem Wohnzimmer, um draußen Musik abzuspielen, tanzten zu Sinatra, Perry Como und Lena Horne. Der Alkohol aus der Hausbar, den Ryan gar nicht weiter aufgestockt hatte, wirkte sich aus. Als Masson eine ausschweifende Tanzbewegung machte, warf er ein paar Klappstühle um. Es war wie immer. Nach neun Uhr, als es schon langsam dunkel geworden war, setzen die ersten Absetzbewegungen ein, in der Art und Weise, die Ryan schon kannte. Die Ingenieure, die als Erste den Rückzug antraten, hofften wahrscheinlich, den Abend mit einer beruhigenden und gewohnten Prise Fernsehen ausklingen lassen zu können. Eberhard Rees war unter ihnen und versicherte Ryan nachdrücklich, dass er später ins Büro kommen könne, »wie es Ihnen passt.« Was sich jetzt stabilisierte, war die Anwesenheit angeheiterter Kollegen nebst Ehefrauen, die im Traum nicht an den nächsten Morgen dachten. Lin machte sich auf den kurzen Weg zu seinem Haus und nahm dabei Ryans überschwänglichen Dank lachend entgegen. Lauren zog sich zurück und winkte ihrem Dad dabei zu. Paul und Sybil gingen weiter ihren Gastgeberpflichten nach. Je mehr es gegen zehn Uhr ging, desto häufiger brachte Ryan die Arbeit ins Spiel, auch wenn es gar nicht passte. »Ausprobieren, wie weit ein Papierflieger fliegt, wenn er brennt? Machst du morgen vom Dach eures Bürogebäudes aus!«, beschied er einem Buchhalter, dessen Bewunderung für die Ingenieure seltsame Blüten trieb. Diese Strategie war erprobt und sorgte tatsächlich dafür, dass sich immer mehr Gäste auf den Weg nach Hause machten. Irgendwann sah Ryan sich um und merkte, dass er allein im Garten stand. Er besah sich die Bescherung rund um Smoker und Buffettisch. Das Chaos war immer noch beträchtlich. Geleerte Schüsseln, ungespülte Gläser, halbwegs in den, draußen aufgestellten, Mülleimer gestopftes Plastikgeschirr – alles lag und stand herum und versprach, für stundenlange Aufräumarbeit zu sorgen. Ryan seufzte und taumelte durch die Gartentür ins Wohnzimmer. Sybil saß auf dem Boden, mit dem Rücken an den unteren Teil des Sofas gelehnt. Sie hatte die Beine unter dem Couchtisch ausgestreckt und sah auf den Fernseher, der gerade einen Werbesport für Dash darbot.

Ihre Hände umklammerten das Kleid, dessen repräsentative Wirkung ihr inzwischen offenbar reichlich egal geworden war. In der lässigen Sitzposition ließ sie sich normalerweise nie erwischen, wenn noch andere Familienmitglieder im Haus waren. Dass Sybil gerne auf dem Boden saß, war etwas, was Ryan noch aus ihrer gemeinsamen Jugendzeit kannte. Er hatte es nur dann wieder gesehen, wenn er überraschend früh von der Arbeit zurückkam – was selten geschah. Er schob sich an ihre linke Seite, streckte seine Beine ebenfalls unter den Tisch aus. Sie drehte ihren Kopf zu ihm, mit einem müden, erschöpften Lächeln.

»War gar nicht so schlecht, oder?«, sagte er einfach so, während er ihr seinen Arm um die Schultern legte.

»Hmhm«, entgegnete Sybil, »fast wie in alten Zeiten.«

»Paul und ich haben uns kurz unterhalten. Er will jetzt Ingenieur werden, wie sein Dad.«

»Hmhm«, quittierte Sybil diese Äußerung. Mit Nachrichten über ihre Kinder konnte er seine Frau noch nie überraschen.

»Wir haben sie gar nicht so schlecht hinbekommen.«

»Hmhm«, machte Sybil erneut, legte ihren Kopf erst an seine Schulter, nahm ihn dann wieder hoch, schaute ihren Mann an.

Ryan sah das schalkhafte Lächeln in ihrem Gesicht, das Blitzen in den stahlblauen Augen, den fragenden Ausdruck in ihren Zügen und küsste sie.

»Hallo!«, grüßte sie spöttisch und küsste ihn zurück, so als hätte es nie einen Moment des Zweifelns zwischen ihnen gegeben, als wäre seit der Highschool in Montana keine Zeit vergangen.

Das Telefon klingelte.

»Wer ist das denn jetzt?«, beschwerte sich Ryan.

»Du hast das nächste Projekt noch nicht angefangen und wirst schon mitten in der Nacht vermisst«, vermutete Sybil mit einer Mischung aus Stolz und Resignation. Als ihr Mann aufstand, öffnete sie tatsächlich die Arme. Er ging zum Beistelltisch, auf dem der Apparat weiter schrillte, nahm den Hörer ab, meldete sich, hörte zehn Sekunden lang zu und rief dann: »Was?«

* * *

Donnerstag, 16. April 1970, 21:28:43 Central Standard Time, Zwischen Mond und Erde

T minus 2130/09:28:17 [Tage/Std:Min:Sek]

Jim Lovell wusste, dass er starb. Und es war ihm peinlich, wie das geschah. Er taumelte im an sich befreienden Zustand der Schwerelosigkeit mit zwei anderen Männern in einem mit Alufolie umwickelten Blechgestell durchs All und hatte die Ausdünstungen ihrer Schweißdrüsen in der Nase. Dass Fred, Jack und er während der Mission ständig in kürzester Entfernung aufeinanderhockten, war er durch die Simulatorübungen gewohnt. Und dennoch, seine Nerven schlugen sich immer mit diesem Eindruck zu großer Nähe herum. Er machte sich klar, dass er sich auf die EVA auf dem Mond schon allein deshalb gefreut hatte, weil sie mehr Bewegungsfreiheit und mehr Distanz von seinen Kameraden versprochen hatte. Und er ertappte sich bei dem Gedanken, dass sein Tod jetzt auch egal war, nun, da die Landung nicht hatte stattfinden können. Dann dachte er an Marilyn und die Kinder und bekam ein schlechtes Gewissen. Sie waren nicht darauf vorbereitet, auf ihn zu verzichten. Sie konnten es nicht sein. Sie mussten damit zurechtkommen, dass er nicht zurückkehren würde, und daran wachsen. Jim besah sich zum wiederholten Male seinen rechten Handrücken. Die blaue Verfärbung der Haut war nicht zu übersehen und sprach eine deutliche Sprache. Der Kohlendioxidgehalt in ihrer Atemluft war zu hoch. Sie hatten sich zu dritt in die AQUARIUS, ihre Mondlandefähre, zurückziehen müssen, als der Defekt im Apollo-Raumschiff ODYSSEY ein Ausharren dort unmöglich machte. In der Fähre aber waren nur CO_2-Absorber installiert, die mit der Atemluft von zwei Piloten fertigwerden konnten, nicht von dreien. Einen der Absorber aus der ODYSSEY mit denen der AQUARIUS zu koppeln, war eine naheliegende Idee gewesen. Die einen allerdings waren quadratisch, die anderen rund. Sie passten nicht zusammen. Jim musste schwach grinsen, als er über diese wenig konsequente Konstruktion nachdachte, die sie jetzt das Leben kosten würde. Irgendeinem Ingenieur hatte eckig oder rund gefallen, seinem Kollegen bei der anderen Herstellerfirma andersherum. Und schon war die Besatzung tot. Er merkte, wie sein Zwerchfell vibrierte, um ein freudloses Lachen zu produzieren. Er unterdrückte es sofort, weil er es seinen beiden Kameraden gegenüber kaum hätte erklären können. Noch war er Kommandant und ein Vorbild. Er würde aufrecht mit seinem Schiff untergehen. Es war eine verdammte Schande, dass sie draufgehen sollten. Fred hatte wie viele Kinder? Ein weiteres war unterwegs, so viel war klar, der Bauch seiner Frau war schon ziemlich rund. Wie war ihr Name noch gleich? Jim konnte sich nicht erinnern und hatte eine Ahnung, warum das so war. Der hohe CO_2-Gehalt im Blut benebelte sein Hirn. Sie taumelten an Bord der Fähre durchs All und würden verrecken, ohne dabei noch klar denken zu können. Es war einfach jämmerlich.

»AQUARIUS, hier Houston!«

Jim versuchte, sich an den Namen von Freds Frau zu erinnern. Wenn ihm wieder einfiel, wie Fred mit Nachnamen hieß, könnte das helfen.

»AQUARIUS, Houston hier, hört ihr uns?«

Jack stieß ihn mit dem Ellenbogen an. Jim begriff.

»Wir hören euch, Houston!«

»Klar machen für EVA.«

»Was?«

»Zieht euch die Raumanzüge an und bereitet euch auf einen Ausstieg vor.«

Jim hatte sich darauf vorbereitet, in stiller, taumelnder Melancholie aus dem Leben zu scheiden, auch wenn ihm das nicht gefiel. Warum wurde er jetzt dabei gestört?

»Wozu?«

»Schnell in die Anzüge steigen! Anweisungen folgen.«

Das war keine Antwort auf seine Frage. Jim versuchte zu begreifen, was Mission Control vorhatte, scheiterte daran, nur einen Gedanken zu fassen, und reagierte innerlich trotzig darauf. Fred ließ ein Schnauben seiner verschnupften Nase hören. Er hatte bereits angefangen, sich in das Hosenteil des Raumanzugs zu schieben, und sah Jim angespannt an. Jack suchte hinter ihm die Teile seines Exemplars zusammen. Jim kapitulierte. Es war bequem, jetzt einfach zu tun, was man ihm sagte, auch wenn er seinem älteren Sohn immer von einer solchen Handlungsweise abgeraten hatte. Wie war sein Name? Er hatte schon das Oberteil seines Raumanzugs in der Hand, als diese Frage anfing, ihn zu beunruhigen. Fiel ihm tatsächlich der Name seines älteren Sohnes nicht mehr ein? Barbara, Susan, Jeffrey – welches war der vierte Name? Er zwängte sich in die druckfeste Kluft, ohne auf Details zu achten. Während er den

Snoopy-Helm über den Kopf zog, griff Jack nach dem herabhängenden Sauerstoffschlauch am Anzug seines Kommandanten und schloss ihn an.

»Mal sehen, was sie für Sehenswürdigkeiten für uns gefunden haben«, scherzte Jim.

Fred grinste so schwach, wie das einem Menschen nur möglich war. Dann setzte er den Helm mit dem verspiegelten Visier auf. Jack war auch so weit. Jim platzierte die »Dunsthaube« auf dem Kragen seines Anzugs und ließ den Verschluss einrasten. Dann lächelte er. James – der Name seines Sohnes war James. Er hatte ihm seinen eigenen Namen gegeben. Er war sich da jetzt ganz sicher. Er schaltete das Funkgerät ein.

»Wir lassen das jetzt mit der Checkliste«, entschied er. »Am Anzug wird es schon nicht liegen.«

»Fertig für EVA«, verkündete Fred am Instrumentenpult der Fähre.

Jim zögerte einen Moment. Er hatte nicht mehr damit gerechnet, den Öffnungshebel jener Luke zu betätigen, durch die er auf die Mondoberfläche hinaussteigen sollte. Jetzt kam es doch noch dazu und er musste sich die Trümmerstücke seines geplatzten Traums erneut vergegenwärtigen. Es half nichts. Er drehte am Hebel. Die Luke öffnete sich und gab den Blick nicht auf das Fra-Mauro-Hochland frei, sondern auf die Sterne.

»Steige aus, Houston«, meldete Jim. »Vielleicht sagt ihr mir gleich mal, was ich da draußen machen soll.«

»Roger, AQUARIUS!«

Jim seufzte. Dann schob er sich mit den Füßen nach vorn hinaus und führte dabei die Drehbewegung durch, die er so oft geübt hatte. Sein Stiefel berührte die Plattform, von der aus die Leiter nach unten führte, wenn es ein Unten gab. Das lunare Sechstel der Erdgravitation war nicht da, um ihn bei der Stabilisierung seiner Position zu helfen. Er griff an den Rand der Luke, schob sich ins All und schwebte.

»Ich bin jetzt draußen, Houston.«

»Roger, AQUARIUS! Beweg dich nach steuerbord um die Fähre herum.«

Jim musste sich erst an der Sicherungsleine zurück Richtung Luke ziehen, um etwas zum Abstoßen zu haben. Er griff den Holm der Leiter und schob sich wie geheißen nach rechts. Einer der Ausleger, an denen die Steuerdüsen befestigt waren, diente ihm dazu, weiter um die Fähre herumzugelangen. Dann hielt er inne. Da war eine weiße Gestalt. Lovell sah tatsächlich zurück zur Fähre, um sich zu vergewissern, dass Jack und

Fred sich immer noch in ihr aufhielten. Er sah sie zwar nicht, zweifelte aber nicht daran, dass diese Gestalt jemand anders sein musste. Aber wie konnte das sein? Sie waren völlig allein hier draußen. Die Russen? Hatte Houston Russen zu ihnen geschickt? Wie in diesem Film mit Gregory Peck, der Marilyn ihre Albträume beschert hatte? Wie hieß der noch gleich? Marilyn und ihre bange Frage, warum ihre Mission denn unbedingt die Nummer 13 tragen musste. Egal, das gehörte jetzt alles nicht hierher. Die Gestalt drehte sich leicht entlang der Hochachse. Nicht nur, dass Jim der Anzug vertraut erschien. Er konnte auch ein winziges Eckchen der Flagge erkennen, die auf dem linken Ärmel abgebildet war, ein Quadratzentimeter in Marineblau. Hinter dem Astronauten, Jim erkannte die Gestalt jetzt als einen solchen an, zog sich quer eine riesige Struktur durch das Bild, etwa zehnmal so groß wie ihre Kombination aus Apollo-Raumschiff und Mondfähre. Es war ein zylindrischer Aufbau von erheblichem Durchmesser und mit silberner Beplankung, der sich an der Spitze links von Jim radikal verjüngte. Dort war eine kegelförmige schwarze Kapsel angebracht, die ihm vertraut erschien. Die ganze Konstruktion erinnerte ihn an irgendetwas. Sein benebeltes Gehirn schaffte es aber nicht, die letztendliche Verbindung zu dieser Erinnerung herzustellen. Das trug weiter zu seiner Verwirrung bei. Als er nach rechts zum entfernten Ende der unförmigen Konstruktion schaute, sah er eine große, runde Platte. Er blickte zurück zu dem mutmaßlichen Piloten. Der Astronaut hielt Schläuche oder Seile in der linken Hand. Jim sah genauer hin und erkannte drei mit Sauerstoffleitungen verbundene Sicherheitsleinen, die aus der offenen Luke der Kapsel zu der Gestalt liefen. Der Raumfahrer stellte mit der rechten Hand etwas an den Kontrollen des Anzugs ein, die sich in der Bedieneinheit vor der Brust befanden. Es knackte in Jims Kopfhörern. Eine Stimme sagte: »Colonel David Weiss, United States Air Force. Ich hörte, Sie brauchen ein Taxi?«

Donnerstag, 17. März 1977, 09:58:28 Eastern Standard Time, Baffin-Insel, Nordwest-Territorien, Kanada T 396/00:01:28 [Tage/Std:Min:Sek]

George konnte die Robben riechen. Das redete er sich jedenfalls ein. Der Wind blies ihnen ins Gesicht. Ihm war eigentlich klar, dass es nicht vernünftig war anzunehmen, seine Nase könne in der kalten Brise wirklich den Duft der Tiere wahrnehmen, die er jagte. Die Vorstellung gefiel ihm aber. Es war eine unter jungen Inuit-Männern verbreitete Angeberei. Er vermutete, dass Robben in ein paar Hundert Yards Entfernung auf die Scholle kletterten, wo er sie schon oft gesehen hatte. Deshalb hatte er den Motorschlitten angehalten, damit das laute Geräusch die Tiere nicht vertrieb, das Gewehr genommen und seinen Kindern bedeutet, ihm zu folgen. Ben war sieben und hatte seinen Vater schon mehrmals auf der Jagd begleitet. Für die fünfjährige Sue war es das erste Mal. George hoffte, dass sie es schaffte, leise zu sein. Also rückten sie vor, bis sie hinter einem Hügel jene Bucht erreichten, die George als gewöhnlichen Anlandungsplatz der Robben kannte. Noch waren sie nicht da. Er konnte aber die Bewegungen im Wasser vor der Eiskante sehen, die ankündigten, dass sie sich bald blicken lassen würden. Er ging in die Hocke und seine Kinder taten dasselbe.

»Wir müssen warten«, erklärte er.

Er sah Sue an. Sie nickte. Ben schaute nach vorn, offenbar voller Vorfreude auf die Jagd. Warten hieß frieren, hieß, die Kälte so lange auszuhalten. Für nichts anderes waren sie hergekommen. Für Sue musste dieser Teil noch schwer sein. George hatte seine eigenen Strategien entwickelt, um in der Zeit des Wartens nicht zu viel an die Kälte zu denken. Seine Frau würde sich über das Fleisch, das Fell und die Knochen freuen. So viel stand fest. Für ihn würde sie immer »Inusiq« sein, ganz gleich welchen Namen die Weißen ihr gegeben hatten. »Annie E1-346« – das war sie für die Weißen. Sie hatte von der Regierung das kleine runde lederne Etikett bekommen, auf dem die Nummer aufgestempelt war und das sie ständig an einem Halsband trug, so wie sie alle. Erst vor ein paar Monaten hatte George herausgefunden, dass die kanadischen Weißen durchaus keine Namen hatten, die irgendwelche Zahlen enthielten. Sie vergaben die Nummern nur an die Inuit. Es war dieser Moment, in dem George verstand, dass die Weißen niemals vorhatten, die Inuit als ihnen gleichgestellte Menschen zu betrachten. Dann erfuhr er von der Arbeit von Abe Okpik, dem Project Surname, das darauf abzielte, jeder Inuit-Familie einen Nachnamen zu verleihen, der dem von weißen Familien entsprach. Okpik war schon in anderen weit entfernten Inuit-Siedlungen gewesen, um die Menschen dort nach den von ihnen bevorzugten Familiennamen zu befragen. Er würde auch nach Iqaluit kommen. Er und Inusiq konnten schon anfangen, sich etwas zu überlegen. Sie würden sich wohl einen verbreiteten englischen Namen aussuchen. Und die Hundemarke, wie das Lederetikett oft genannt wurde, würde verschwinden.

»Was ist das?« Sue zeigte auf eine Reihe dunkler Flecken im Schnee.

»Steine«, gab George flüsternd zurück.

Sue nahm einen der Brocken auf, die sie entdeckt hatte. Tatsächlich hatte George einen solchen Stein noch nie gesehen. Er war anthrazitfarben und sah bröckelig aus, so als würde er gleich in seine Einzelteile zerbröseln. Ben schenkte seiner Schwester einen irritierten Seitenblick und sah dann wieder nach vorne, in Richtung der Robben, die sich bis jetzt nach wie vor im Wasser tummelten.

George fragte sich, ob es für diese Art von Steinen einen Namen gab. Irgendwann hatten Weiße George erzählt, dass es in der Inuit-Sprache angeblich eine große Zahl von Wörtern für verschiedene Sorten von Schnee geben sollte, und er hatte gelacht. Dann hatte er sie mit den Wörtern Quanniq und Aput vertraut gemacht und ihnen versichert, dass sie damit alleine auskommen würden. Für die bröckeligen Steine fiel ihm kein Begriff ein. Er hatte auch noch niemanden von ihnen erzählen hören, soweit er sich erinnern konnte.

Sue tat das, was sie immer tat, wenn sie einen Gegenstand genauer untersuchen wollte. Sie leckte daran, George konnte sehen, wie sich ein kleines Bröckchen vom Stein löste und von seiner Tochter verschluckt wurde.

»Nicht!«, befahl er Sue mit einem zischenden Flüstern. »Wir essen keine Steine.«

Sue machte große Augen, überrascht von der Heftigkeit seiner Reaktion.

George nahm den Stein auf, den sie hatte fallen lassen. Wenn man ihn im fahlen Sonnenlicht drehte, glitzerten die kleine dunklen Flächen. Vielleicht konnte man ein Schmuckstück daraus machen. Er steckte ihn ein. Inusiq würde sich vielleicht über so ein seltenes Mineral freuen. Sie würde wissen, ob man ihn schleifen oder irgendwie in eine metallene Fassung einpassen konnte. Vor ihnen kam eine Robbe an Land, mit ruckartigen, unbeholfenen

Bewegungen. George ließ die kurze Schrotflinte von der linken in die rechte Hand wechseln und ging wortlos voran.

* * *

ORION-RAUMSCHIFF EXPLODIERT BEI START

Das nukleargetriebene Raumschiff HOYT S. VANDENBERG der U.S. Air Force ist gestern durch ein Unglück zerstört worden. Beim Start zum geplanten Jungfernflug des Raumfahrzeugs kam es nach bisherigen Erkenntnissen zu einem Schaden an der Prallplatte des Schiffes, was letztlich zu seiner Zerstörung durch einen der Nukleartreibsätze führte. Die aus drei Astronauten bestehende Crew hat das Unglück unverletzt überlebt. Der Startversuch ist am gestrigen Vormittag um 11:21 Uhr von einer schwimmenden Plattform aus erfolgt, die sich in der Nähe der kanadischen Labrador-Halbinsel in internationalen Gewässern befunden hat. Wie das Pressebüro der Air Force mitteilte, lösten sich etwa 12 Sekunden nach dem Abheben Teile vom Rand der Prallplatte und trafen dort auf den Rumpf der VANDENBERG, wo sich das Magazin für die Nukleartreibsätze befindet. Zu diesem Zeitpunkt flog das Raumschiff bereits in einer Höhe von mehreren Meilen über der arktischen See. Die Explosion des nächsten Treibsatzes fand noch planmäßig statt, führte aber dazu, dass die beschädigte Prallplatte vollständig zerstört wurde und ihre Trümmer in das Heck des Schiffes geschleudert wurden. In diesem Moment wurde die Rettungsrakete der Protector-Raumkapsel an der Spitze des Orion-Raumschiffes automatisch ausgelöst, um die Astronauten Henry Gordon, Pete Knight und Russel Rogers in Sicherheit zu bringen. Sie wurden etwa eine Viertelstunde später von einem Hubschrauber der U.S. Navy geborgen. Die Trümmer des Raumschiffs sind in die arktische See gestürzt und sollen nach Angaben der Air Force geborgen werden. Man gehe nicht davon aus, dass durch den Fehlstart eine erhöhte Strahlungsbelastung entstanden sei, so der Pressesprecher der Air Force, Captain Walter Cummings. »Es sind keine weiteren Nukleartreibsätze explodiert. Dadurch ist weniger Strahlung frei geworden als bei einem normalen Start.« Als problematisch wird allerdings angesehen, dass spaltbares radioaktives Plutonium durch die Zerstörung von Nukleartreibsätzen über mehrere Meilen hinweg rund um den Startplatz verstreut worden sein könnte. Es soll auf den umliegenden Inseln von speziellen Einsatztrupps der Streitkräfte mit Geigerzählern gesucht und entfernt werden, so die Air Force. »Wir hoffen, dass es bis dahin nicht von der Bevölkerung aufgesammelt wird«, teilte Cummings bei der Pressekonferenz weiter mit. »Wir haben entsprechende Warnungen über Radio veröffentlicht. Insbesondere Kinder sollten sich dem Material nicht nähern.«

New York Times, Mittwoch, 2. März 1977

XII

Freitag, 4. März 1977, 07:47:37 Central Standard Time, zwischen Jupiter und Pluto
T 383/00:50:37 [Tage/Std:Min:Sek]

Dave schrie. Das war ihm schon lange nicht mehr passiert. Georgina, die ihre eigene Kette von Lauten von sich gegeben hatte, sah spöttisch zu ihm hoch und grinste zwischen den schweren Atemzügen. Er gab ihrer Flanke einen Klaps und verließ das Bett, ohne ihr weitere Zuwendung zu schenken. Dann saß er, unbekleidet, wie er war, auf dem Boden der schmalen Kabine, den Rücken an die Tür gelehnt. Er kam zu Atem.

»Jetzt fang nicht wieder an mit den Schuldgefühlen, Dave«, appellierte Georgina wenig sensibel. »Deine Frau erfährt hiervon eh nichts.«

»Ja, ja.« Dave winkte schwach ab. Denken und Reden war in diesen ersten Momenten danach ohnehin eine schwierige Sache. Georgina konnte nichts daran ändern, dass das, was er tat, sich falsch anfühlte. So viel war ihm klar. Das Gefühl hatte nicht ausgereicht, um etwas gegen seinen Drang zu unternehmen. Und für Georgina schien es einfach praktisch zu sein, mit ihm etwas anzufangen, um irgendwie über McKenzies Tod hinwegzukommen. Aus dem Wirrwarr der Hormone in seinem Schädel schälte sich ein sarkastischer Satz heraus, den er nur dachte. *Ich war doch gerne behilflich.*

Sie erhob sich vom Bett. Er konnte nochmals ihre ganze Figur würdigen, die nicht aufhörte, ihm zu gefallen. Ja, vielleicht sollte er einfach ein bisschen gewissenloser sein. Dann fiel ihm seine Frau wieder ein. *Du bist ein ganz gewöhnliches Durchschnittsarschloch mit geologischer Ausbildung*, machte Dave sich selber klar. Was sollte er daraus ableiten?

»Komm schon«, forderte ihn Georgina auf, während sie in Unterwäsche und Overall schlüpfte. »Kester will gleich alles durchchecken.«

»Ja, klar.« Dave versuchte, sich zusammenzureißen. Wie konnte sie nur so schnell zur Tagesordnung übergehen? Frauen waren wirklich anders in der Hinsicht. Er überwand den Widerstand der geringen Bordschwerkraft und erhob sich. Er kam sich reichlich vertrottelt vor, während er die ach so leidenschaftlich irgendwohin geschleuderten Kleidungsstücke wieder zusammensuchte. Sie hastig anzuziehen, machte es nicht besser. Sie kamen gemeinsam aus der Kabine und der Skipper stand draußen auf dem Gang, die Arme verschränkt, die Brauen zusammengezogen, den Kopf leicht in den Nacken gelegt. Von Georgina bekam er ein überhaupt nicht entspanntes Lächeln geboten, das sie sonst so nie zeigte, nicht, wenn sie sich so schnoddrig verhielt wie eigentlich immer. Dave wusste, dass er schuldig und reichlich angestrengt aus der Wäsche schaute. *Der Captain weiß jetzt also Bescheid*, war seine Schlussfolgerung.

»Bereit für den Check?«, fragte Kester gedehnt, so als ob er sich auf eine ablehnende Antwort einstellen müsse.

»Klar, Skipper«, gab Georgina fröhlich zurück und wirkte dabei auf Dave immer noch nicht überzeugend. Er selbst nickte nur.

Kester presste die Kiefer zusammen und wandte sich Richtung Kontrollzentrum. Seine Besatzung folgte ihm.

Sie gingen alles durch, sämtliche Funktionen des Schiffes, hakten die Checklisten ab, fanden keine auffälligen Abweichungen, ertrugen die Absurdität einer Aufgabe, die durch ihre Abarbeitung immer überflüssiger erschien. Irgendwann war der letzte Haken gemacht. Die Systeme des Schiffes funktionierten einwandfrei.

»Gut«, resümierte Kester. Es klang wie ein Seufzen. Er ließ sich in seinen Sitz am Kontrollpult zusammensinken.

»Ich habe Nachrichten mit Mr. Thomasson ausgetauscht«, verkündete er schließlich. »Wegen des Fehlstarts und der ENDEAVOUR werden sie das Programm einstellen. Wenn wir nach Hause kommen, wird es keine Mannschaft geben, die diesen Eimer hier übernimmt, um damit nach Uranus oder Neptun zu fliegen.«

Georgina sah schnell zu Boden. Der Name des anderen Schiffes war gefallen und erinnerte sie daran, was sie verloren hatten.

»Es ist wirklich ein Jammer«, fuhr Kester fort. »Thomasson und ich haben uns ab und zu gegenseitig Sprachnachrichten zukommen lassen, in denen es auch darum ging, was man mit diesem Antrieb alles anstellen kann.«

»Davon haben Sie nie etwas erzählt«, stellte Dave neugierig fest.

»Stimmt«, gab der Kommandant zu, »das war mein Privatvergnügen.« Er streifte Georgina und Dave kurz mit einem Blick. »Er hat seinen nächsten Plan Odyssey Heavy Lift Program genannt. Je ein Schiff startet, um alles zu transportieren, was für eine riesige Raumstation, eine Mondbasis oder eine Marsbasis nötig ist.« Kester schüttelte leicht den Kopf, um sein Bedauern über die entgangenen Möglichkeiten auszudrücken. »Es gibt ja auch diesen verrückten Plan eines Aufzugs in den Weltraum, ein Seil, das aus Kohlenstoff besteht und bei der Länge natürlich trotzdem Tausende Tonnen wiegt. Auch das könnte man auf einen Schlag mit einem Schiff starten, das ähnlich ist wie unseres. Und dann hat Thomasson noch an die Abwehr von Asteroiden gedacht, ein Orion-Raumschiff, das ständig bereitsteht, um einen wild gewordenen Asteroiden oder Kometen abzufangen und zur Seite zu schieben, wenn er sich auf Kollisionskurs mit der Erde befindet. Das ist wahrscheinlich der einzige Teil des Programms, der noch umgesetzt wird, weil mit einem Start so bald nicht zu rechnen ist.«

»Was werden wir überhaupt noch tun, wenn wir den Antrieb nicht mehr verwenden?«, fragte Georgina, die jetzt anscheinend im Thema angekommen war. »Werden sie die NASA auflösen?«

Kester machte eine abwehrende Handbewegung. »Davon redet jetzt niemand. Aber wer weiß? Es gibt auch eine Menge Aufregung wegen einer Notiz von Kennedy, die in seinem Nachlass gefunden worden ist. Offenbar hatte er sich am Tag seiner Ermordung vorgenommen, das Orion-Programm zu streichen. In jedem Fall werden sie sich, denke ich mal, auf chemische Raketen zurückziehen, unbemannte Sonden, die alle paar Jahre hier rauskommen und Ergebnisse vertiefen sollen, die wir gesammelt haben. So als hätte man das Düsenflugzeug erfunden und sich entschlossen, trotzdem nur noch mit dem Segelschiff über den Atlantik zu fahren. Man wird sehen. Vielleicht machen ja die Sowjets weiter. Wir können wahrscheinlich froh sein, dass wir an dieser Expedition teilnehmen konnten, wenn es so etwas nie wieder geben wird.«

»Wir müssen nur noch heil wieder nach Hause kommen«, warf Dave ein.

Kester reagierte mit einem Kopfrucken in seine Richtung. »Ja«, antwortete er dann langsam, »am besten jeder Einzelne von uns.«

Dave spürte selbst, wie er auf diesen Satz reagierte, der sich wie eine Drohung anhörte. Er hatte unwillkürlich die Brauen zusammengezogen. Dann bemerkte er die Bitterkeit im Blick und im Tonfall des Kommandanten. Die Bemerkung hatte einen anderen Hintergrund. Da war er sich sicher.

»Sei's drum«, erklärte Kester abschließend, »dann genießen wir eben weiter die Fahrt, bis wir beim Pluto sind.« Er nickte. »Sie können sich weiter auf die Landung vorbereiten.« Dann stand er auf und verschwand ungewohnt schnell in Richtung der Quartiere.

»Da stimmt was nicht«, grummelte Dave vor sich hin. »Es gibt da was, das er uns nicht sagt.«

»Und wenn schon!«, erwiderte Georgina. »Der Boss darf auch mal schlechte Laune haben.«

Sie standen auf und Dave fuhr damit fort, sich auf die Landung vorzubereiten. Er ging in sein Quartier und studierte Fotos, die die VOYAGER von der Oberfläche des Pluto gemacht hatte. Er hatte sie sich schon Gott weiß wie oft angesehen. Er sah sich den vorgesehenen Landeplatz an und ging durch, wo welche Gesteinsproben am wahrscheinlichsten eingesammelt werden konnten, überdachte, welche Änderungen der Suchstrategien anstanden, je nachdem, was sie am Boden über die Beschaffenheit des Pluto herausfanden. Er konnte sich den halben Tag lang damit beschäftigen. Dann gab er sich einen Ruck und trottete widerwillig zum Landesimulator.

Das Gerät innerhalb des Raumschiffs herumstehen zu haben und nutzen zu können, war eines der ganz auffälligen Details, die die Größe und Frachtkapazität des Orion-Raumschiffs deutlich machten. Bei keiner Raumexpedition bisher konnten die Astronauten auf einen mitgeführten Landesimulator zurückgreifen, mit dem sie verschiedene Szenarien üben konnten. Durch den Austausch des Armaturenbretts und weiterer Elemente ließ es sich auf die Darstellung von OEM- oder TEM-Missionen umrüsten. Die Titan Excursion Modules hatten ihre Schuldigkeit allerdings schon getan. Es ging jetzt um den letzten Einsatz der vielseitig verwendbaren OEM. Als dauerhaft eingesetzter Kopilot musste Dave alle Landemanöver üben. Er war jetzt schon der

Mensch der »mehr Welten betreten hatte als irgendjemand sonst«. Er lachte innerlich über die Bezeichnung, die zu Hause im Fernsehen wohl oft vorkam. So hatte man es ihm jedenfalls in Sprachnachrichten beschrieben. Die geologische Arbeit war alles, wovon er je geträumt hatte. Die Arbeit, die er leisten musste, um vor Ort zu kommen, fand er dagegen überhaupt nicht glamourös. Wer hatte ihm in einer Nachricht mitgeteilt, wie über ihn berichtet wurde? Seine Frau. Nach einem ordentlichen Fußmarsch erreichte er den Simulator. Und Georgina stand schon davor.

»Hallo, Kopilot!«, grüßte sie entspannt.

Dave versuchte ihren Körper mit seinen Blicken unter ihrem Overall zu erahnen, obwohl er kein Geheimnis mehr für ihn war. Das passierte völlig automatisch, wie er sich eingestand. Es würde wohl nie anders sein. Er grüßte nicht zurück, sondern nickte bloß.

Georgina öffnete die Tür der engen, runden Kabine und schlüpfte mit eingezogenem Kopf hinein.

Dave seufzte und folgte ihr.

»Computer ist an«, leitete Georgina ihre Übung ein. »Ich würde sagen, wir machen noch einmal die Standardprozedur.«

Dave stellte sich neben sie. In der OEM-Variante hatte der Simulator keine Sitze. »Denkst du, er landet?«

»Was?« Georgina stutzte tatsächlich.

»Kester. Er ist hierfür vorgesehen. Du bist Reservepilotin, für den Fall, dass er am Tag der Landung Durchfall bekommt.«

»Vielen Dank, dass du mich daran erinnerst, Dave! Auch Reservepiloten müssen üben.«

»Ich sehe ihn selten hier drinnen. Die in Houston sehen sich die Telemetrie aus dem Simulator auch an und können ihn für die Landung streichen, wenn sie wollen.«

»Ach!«

»Klar«, reagierte Dave ironisch, »wir können einfach auf das pfeifen, was Houston sagt. Das tun wir sowieso die meiste Zeit. Es wird für ihn keine weitere Expedition geben. Aber denkst du nicht, dass ein Pilot, der landet, dafür trainieren sollte?«

»Das ist der Skipper, Dave.« Georgina sah ihn eindringlich an. »Der bringt dich schon heil runter und wieder rauf.«

Dave wiegte den Kopf. Er hatte jetzt nicht vor, Kesters vielfach bewiesene Kompetenz als Pilot infrage zu stellen. Er sah auf die Instrumente. Wenn er schon die Landungen üben sollte, könnte er es jetzt gründlich tun, für den Fall, dass seine Zweifel berechtigt waren.

Dave schlief in der darauffolgenden »Nacht« schlecht. Äußere Gründe konnte das kaum haben. Das Schiff war leise. Laute Ventilatoren, die in der Schwerelosigkeit konstant die Belüftung zu gewährleisten hatten, wie auf Skylab, gab es nicht. Die Rotation der Kabine sorgte schon dafür. Seine kleine Kajüte war längst sein Zuhause geworden, vollgepackt mit geologischen Büchern in den Regalen. An der Wand klebten Fotos seiner Frau und von ihren Kindern. Er hatte hier seinen Kokon, in dem er einsam war, aber auch ungestört. Er konnte es hier aushalten. Er schlief nicht, weil er nachdachte. Er konnte über so vieles nachdenken. War das geologische Forschungsprogramm für Pluto ausgefeilt genug? Würde er mit den Ergebnissen vor der wissenschaftlichen Gemeinde bestehen oder würde man sagen, dass er völlig umsonst auf die milliardenteure Reise geschickt worden war? Interessierte sich wirklich jemand für die Wissenschaft, die sie hier veranstalteten? War die Technik sicher? Würden Sie wohlbehalten wieder aufsteigen und zur Erde zurückkehren? Über alles das hatte er schon so oft nachgedacht. Die Gedankenfetzen dazu zogen an ihm vorbei. Und er merkte, dass er mit diesen Standardthemen nur die eine Frage umhüllen, relativieren, in ihrer Dringlichkeit herabsetzen wollte, die ihn wirklich wach hielt.

Er gab auf, erhob sich in seinem T-Shirt und den Shorts, die ihm auf dem Schiff als Pyjama dienten. Seine Füße fanden die Pantoffeln am Boden, ohne dass er das Licht einschalten musste. Die ganz gewöhnlich eingerichtete Küche und der angrenzende Speiseraum waren die Räume, die den drei Kajüten am nächsten lagen. Es brannte Licht, wenn auch nur wenig. Nur die kleine Neonröhre über der Mikrowelle war eingeschaltet, die Deckenlampen nicht. Der Skipper stand mit verschränkten Armen vor dem Gerät, trug ein anderes T-Shirt und andere Shorts und sah einem Klumpen nahrhafter Masse beim Heißwerden zu, soweit das innen mit getrockneten Speiseresten verklebte Fenster des Geräts dies zuließ. Die Mikro surrte vor sich hin und verbreitete den typischen, elektrischen Geruch. Der Folienbeutel, aus dem das Essen stammte, lag geöffnet und leer auf der Anrichte. Der Skipper hatte einen Brei ins Gerät gestellt, der aus Weizenmehl, Vitaminpräparaten, Mineralien und anderen Zusätzen bestand, sofern man der Beschreibung auf dem Beutel trauen konnte. Die aufgedruckte Geschmacksrichtung »Cheddar/Walnuss« gab in Wirklichkeit keinen Hinweis auf die Zusammensetzung. Nahrung, die noch die Form und den frischen Geschmack von geernteten Lebensmitteln hatte, war ihnen längst ausgegangen. Die Gefriertrocknung normaler Gerichte verlängerte deren Genießbarkeit für 12 Monate, nicht mehr. Der für Jahrzehnte haltbar gemachte Brei war alles, was ihnen jetzt noch blieb. Kester schaute sich konzentriert an, wie die auf ihrem Teller rotierende Masse anfing, erste Blasen zu werfen. In Daves übermüdetem Gehirn breitete sich der vertraute, sensationslose Geschmack aus, ohne dass er etwas dagegen hätte tun können.

»Können Sie nicht schlafen?«, fragte der Skipper endlich nach einer quälend langen Minute, in der die beiden Männer schweigend nebeneinandergestanden hatten.

»Und Sie?«

Kester gab ein Grunzen von sich.

»Wie geht es Ihnen Skipper?«, traute sich Dave schließlich zu fragen. »Schlafen Sie nur diese Nacht schlecht? Fühlen Sie sich fit?«

Da war er, dieser längere Blick aus den Augen des Kommandanten, der sich direkt in Daves Gesicht bohren wollte. Er war weit genug gegangen.

»Jetzt fangen Sie mal nicht an zu reden, als wären Sie ein Arzt!«

Der Vorwurf hätte kaum schwerer wiegen können. Ärzte waren schließlich der natürliche Feind eines jeden Piloten, die Instanz, die ihnen die Fluglizenz wegnehmen konnte.

»Ich bin kein Arzt«, gab Dave störrisch zurück. »Niemand hier ist Ihr Arzt, nicht im Umkreis von Gott weiß wie viel Millionen Meilen. Fühlen Sie sich fit?«

»Ich kriege Sie schon sicher zum Pluto und wieder rauf!«

Mit dieser typischen Pilotenantwort war zu rechnen gewesen. So weit kannte sich Dave inzwischen mit seinen NASA-Kollegen aus.

»Georgina kann noch mal landen«, schlug er vor.

»Warum? Weil Sie sich jetzt so gut verstehen?«, bellte Kester zurück.

Die Mikro würzte die angespannte Situation mit einem albernen *Ping*. Kester griff sich einen der Topflappen mit NASA-Logo, die eine

Controllerin in Houston für die Mission gehäkelt hatte, ein einstmals nachtblaues Stück, das inzwischen die braune Farbe von verbrutzeltem Nährstoffbrei angenommen hatte. Er öffnete die Klappe und schob den Teller auf die mit dem Lappen geschützte linke Hand. Dann wandte er sich dem türlosen Ausgang zu und schob sich brüsk an Dave vorbei. Der taperte müde, wie er war, dem Kommandanten hinterher. Der Tisch in der Essecke, an dessen Kanten die Stühle eingehängt werden konnten, war tatsächlich mal der Ort für Mahlzeiten gewesen, die sie zu dritt eingenommen hatten. Das letzte gemeinsame Essen dieser Art musste schon Monate her sein. Die gedämpfte Beleuchtung über dem Tisch schaltete sich automatisch ein.

»Ich glaube Ihnen sogar, dass Sie uns sicher rauf und wieder runter bringen«, erklärte Dave, nachdem sie sich beide gesetzt hatten.

»Es ist so schön, dass Sie mir Gesellschaft leisten möchten«, protestierte Kester säuerlich und fruchtlos.

»Ich meine«, fuhr Dave ungerührt fort, »Sie werden es wahrscheinlich hinkriegen. Es geht nicht darum, dass Sie es gar nicht schaffen, sondern – Sie wissen schon …«

Kester schaute den Geologen nicht nur indigniert, sondern auch verständnislos an.

»Es geht darum, wie groß die Sicherheit ist, dass Sie es schaffen. Wie hoch liegt der Prozentwert? Und wenn er nicht bei 99,9 liegt, warum nicht?«

»Sie werden sich schon mit ›wahrscheinlich hinkriegen‹ begnügen müssen, Mr. Gronowitsch«, giftete Kester. »Vielleicht befassen Sie sich mal besser mit Ihren Steinen. Davon verstehen Sie mehr als vom Fliegen.«

Jetzt hätte der geordnete Rückzug angestanden. Dave wusste das und folgte diesem Wissen nicht.

»Was ist los mit Ihnen?«

»Mein Gott, jetzt lassen Sie mich in Ruhe!«

»Seit Tagen schauen Sie jetzt schon betreten aus der Wäsche, schlafen schlecht und sind noch schlechter gelaunt als sonst. Sie verkriechen sich mehr in der Kabine und haben so ziemlich jede Pflichtroutine schleifen lassen. Morgenappell, täglicher Check der Systeme – interessiert Sie alles nicht mehr. Und jetzt sagen Sie mir, dass alles so ist wie immer und ich mich als Passagier auf Ihre Künste völlig verlassen kann? Ernsthaft?«

Der Skipper nahm das alles mit einem leicht beeindruckten Nicken hin, schaute zur Seite. Er wand sich. Dave wusste, dass er auf dem richtigen Weg war. Er fragte sich, wie er weiter nachsetzen konnte. So leicht gab Kester bestimmt nicht auf.

»Sie haben mir die Strahlungswerte geschickt.«

Dave blinzelte. Damit hatte er nicht gerechnet.

»Das, was ich abbekommen habe, als ich raus bin, um die Strebe zu reparieren.«

»Und?«

»Es sieht nach Krebs aus, mit hoher Wahrscheinlichkeit in den nächsten fünf Jahren.«

»Scheiße!« Der Fluch kam nach der unvermeidlichen Verzögerung von mehreren Sekunden, die die Betroffenheit über die Diagnose von Dave forderte.

»Jetzt merke ich natürlich nichts davon. Ich kann ganz normal fliegen.« Die Ironie in Kesters Worten war überdeutlich.

Dave fühlte Reue in sich aufsteigen. Und er wusste, dass er nicht das Herz hatte, seinem Kommandanten Vorschriften über die nächsten Schritte zu machen, selbst wenn er dafür jetzt einen echten Grund kannte.

»Weiß Georgina davon?«, traute er sich zu fragen.

»Warum sollte sie?« Kester stach endlich mit dem Löffel in den Nährstoffbrei. »Davon wird ihre eigene Arbeit auch nicht besser.« Er führte den Löffel zum Munde und fing an, die Masse zu kauen.

›Sie müssen mit jemandem reden‹, war der Ratschlag, der Dave durch den Kopf ging, wohl wissend, dass er dabei nie sich selbst gemeint hatte. Er war nicht gut im Reden. Mit Menschen außerhalb des Schiffes war kein Reden möglich, nur das Senden und Empfangen von geschriebenen Nachrichten.

»Es tut mir leid …«, stammelte er.

»Lassen Sie das«, reagierte Kester sofort. »Wir machen weiter wie bisher. Sie kümmern sich um ihre Steine und ich bringe Sie heil runter und wieder rauf.«

Der Kommandant nahm seinen Teller, stand vom Tisch auf und ging in Richtung Kabine, offenbar fest entschlossen, das Mahl in der simulierten Nacht allein zu beenden. Dave raufte sich die Haare und beschloss, seine eigene Schlaflosigkeit in der Koje weiter zu zelebrieren. Auf dem Flur vor der Küche konnte er die Eingänge zu allen drei Kabinen der Mannschaftsmitglieder sehen. Georgina stand neben ihrer offenen Tür, in Shorts und T-Shirt.

»Schläft hier überhaupt irgendjemand?«, kommentierte Dave den Anblick.

Georgina antwortete nicht. Sie lehnte sich lässig an den Türrahmen, lächelte entspannt und zog die Brauen hoch. Dave erkannte die Einladung. Dafür waren sie nun schon lange genug gemeinsam an Bord.

Er ging zu ihr, blieb auf Armeslänge vor ihr stehen.

»Ich denke, wir sollten das nicht mehr machen.«

»Sei kein Spielverderber!«, war die zu erwartende, fordernde Antwort.

»Tut mir leid George«, gab er zurück. »Wir sind nur zu dritt.« Er dachte kurz nach. Es wäre so viel über die Situation zu sagen. Er fragte sich, ob es einen einfachen Satz gab, um zu übermitteln, was er dachte. »Wir sollten irgendwie das Gleichgewicht wahren«, brachte er schließlich zustande. Damit ließ er sie stehen und verschwand in seine Kabine.

20. Juli 1974, 13:54:11 Eastern Standard Time, Johnson-Space Center, Houston, Texas
T minus 574/17:02:49 [Tage/Std:Min:Sek]

Als er den Flur betrat, war Buzz schon da. Er blickte unbeschäftigt hinaus auf die Grünanlagen, die sich direkt vor dem Parterre-Fenster erstreckten. Er bemerkte sein Eintreten und wandte sich nach links zu ihm um. Seine ganze Reaktion war so, wie zu erwarten gewesen war – das Erkennen, der aufbrandende Zorn, die erzwungene Selbstbeherrschung, das abschätzige Hinauf-und-wieder-hinab-Sehen an der Erscheinung eines Mannes, der unverschämterweise von anderen als bedeutender angesehen wurde als Buzz Aldrin selbst. Das künstliche Lächeln und die scheinbar freundliche Begrüßung. »Hallo, Neil!«

»Hi, Buzz!« Armstrong hatte sich vorgenommen, es seinem früheren Kameraden so leicht wie möglich zu machen. So, wie er das immer hatte tun wollen. »Ich habe gehört, es geht hier weiter gut voran für dich. Du kümmerst dich immer noch um Umlaufbahnen.«

Buzz straffte sich, wie um die Wichtigkeit des lapidar betitelten Themas zu unterstreichen. »Wir berechnen gerade Möglichkeiten, Raumfahrzeuge auf solaren Orbits regelmäßig zwischen Erde und Mars hin- und herfliegen zu lassen, sodass ein ständiger Pendelverkehr entstehen kann. Wir nennen die Umlaufbahnen ›Cycler-Orbits‹. Der nukleare Pulsantrieb wäre geeignet, ein solches Raumschiff zu starten. Immer, wenn es Mars und Erde passiert, können kleinere Fahrzeuge mit der Nutzlast quasi auf und ab springen. Wir rechnen mit kurzen Transitzeiten und wollen die Ergebnisse bald publizieren.«

Armstrong nickte bedächtig. Das unspezifizierte »wir«, das zahlreiche Personen andeutete, die unter Aldrins Leitung standen, ließ er lieber unhinterfragt. »Nuklearer Pulsantrieb«, echote er stattdessen skeptisch. »So etwas hatte wir nicht nötig. In Korea habe ich ja auch nur sehr ungern Bomben irgendwohin geworfen.«

»Wenn man bei einer Sache wie dieser eine Rolle spielen will, muss man mit der Zeit gehen«, erwiderte Buzz. Sein Blick wurde leicht mitleidig.

»Das nehme ich an«, bestätigte Neil obenhin.

»Hallo, da seid ihr ja schon!« Mike kam rein. Mike, mit seiner Halbglatze und seiner unbekümmerten Art. Mike, der das Kommando einer späteren

Apollo-Mission abgelehnt hatte. »Na, haben die da drinnen schon angefangen?«

»Nicht ohne uns«, antwortete Buzz, dessen Rolle der eines Hausherrn noch am nächsten kam.

»Sie haben gesagt, dass nur wenig Presse kommt, nicht ganz so viel Wirbel«, gab Armstrong seiner Hoffnung Ausdruck.

»Es haben nur lokale Medien zugesagt.« Buzz nickte und machte durch seinen Gesichtsausdruck klar, dass er diesen Umstand geradezu beleidigend fand.

Kirsten vom Pressebüro öffnete die Doppeltür zum Saal, vor dem sie standen, von innen. Armstrong kannte sie bisher nur vom Telefon und erblickte jetzt eine brünette junge Frau in adrett sitzendem Kostüm mit Namensschild und einem NASA-PR-Kugelschreiber in der rechten Hand, ungefähr so, wie er sie sich vorgestellt hatte. Ein kurzer Blick in die Runde reichte ihr. »Schön, dass Sie alle da sind. Es geht gleich los. Direktor Fletcher wird ein paar Worte sagen und dann Fragen zulassen. Das Ganze wird nicht lange dauern.«

»Wunderbar«, gab Armstrong lächelnd zurück, weil er dachte, das dies von ihm erwartet wurde.

»Okay«, sagte Mike.

Als derjenige, der in die Abläufe eingeweiht war, nickte Buzz einfach nur.

»Gut«, lächelte Kirsten, »dann gehen wir.«

Von der Doppeltür führte im Innern des Saales ein frei gelassener Weg zur eigens aufgebauten Bühne, die von eigens aufgebauten Scheinwerfern angestrahlt wurde. Überall sonst standen Stühle, die auch alle besetzt waren. Armstrong sah hauptsächlich Kollegen, die er als solche erkannte, und weitere, die sich durch NASA-Anstecker als solche kenntlich gemacht hatten. In der Mitte des Raumes, von der Bühne aus erreichbar, stand ein runder Tisch mit einem großen Kuchen, der mit einer bunten Couverture überzogen war. »Zum Mond und zurück in acht Tagen« lasen sich die roten, weiß umrandeten Buchstaben auf blauem Grund. Es steckten Wunderkerzen im Kuchen, die noch niemand angezündet hatte. Auf einem niedrigen Tisch dahinter, der mit einer weißen Plastik-Tischdecke belegt war, standen Flaschen und Gläser. Kirsten führte sie die zwei Stufen zur Bühne hinauf.

»Wir sind heute hier«, sprach Fletcher in das auf einem Stativ angebrachte Mikrofon der Lautsprecheranlage, »um die Männer zu feiern, die heute vor

fünf Jahren als erste Menschen auf einer anderen Welt gelandet sind. Ladys und Gentlemen, begrüßen Sie mit mir Neil Armstrong, Buzz Aldrin und Michael Collins!«

Der aufbrandende Applaus hörte sich nach echter Begeisterung an. Die Journalisten hatte man nach vorne gesetzt, rechts und links neben dem zentralen Tisch. Es konnten nicht mehr als ein Dutzend sein. Es waren zwei Fernsehkameras zu sehen. Die Reporter klemmten sich tatsächlich die Notizbücher unter den Ellenbogen, um applaudieren zu können. Die drei Piloten stellten sich in einer Reihe neben Fletcher auf.

»Wir sind immer noch stolz darauf, diesen historischen Schritt geschafft zu haben, und darauf, dass unsere Astronauten sich bereitgefunden haben, dies heute mit uns zu feiern. Ihre Fragen bitte.«

Fletcher zog sich mit einer einladenden Geste in Richtung Armstrong vom Mikro zurück. Kirsten reagierte auf Handzeichen der Reporter und vergab mit einem Wink ihres Kugelschreibers das Wort. Ein junger Lokaljournalist, der ein kariertes Hemd trug, fragte: »Glauben Sie, dass die Ares-Astronauten es durch die längere Flugzeit nicht so einfach haben wie Sie damals?«

Armstrong schritt zum Mikro, weil er dachte, dass man das von ihm erwartete. Buzz sah ihn zweifelnd von der Seite an. Wahrscheinlich befürchtete er, dass Armstrongs schon sprichwörtliche Menschenscheu alles verdarb, dass er wieder eine seiner berüchtigten »Computerpausen« produzierte, die Dutzende von Sekunden dauern konnten, ehe er eine Antwort gab. Diesmal dauerte es nicht so lange.

Wissen Sie, wir hatten damals keine rotierende Kabine für künstliche Schwerkraft, keine Schlafkajüten, keine Duschen oder WCs. Lassen Sie sich mal zeigen, wie wenig Platz wir in der Blechbüchse hatten und wie man hinter den Sitzen auf die Toilette gegangen ist. Dann muss ich das nicht vorführen.«

Es gab gedämpfte Lacher im Publikum.

»Eine Gesamtflugzeit von vier Wochen ist einer der großen Vorteile des Orion-Antriebs bei einer Mars-Mission«, fuhr Armstrong fort. »So hat man es mir erklärt. Das ist mehr, als die gute Woche, die wir gebraucht haben, es liegt aber im Rahmen von Missionen, die schon geflogen worden sind – letztes Jahr an Bord des Skylab zum Beispiel.«

Eine dunkelhäutige Reporterin erhielt das Wort. »Halten Sie es für richtig, dass nur drei Astronauten zum Mars fliegen und mit einer chemisch angetriebenen Fähre landen und wieder starten werden? Wenn die DISCOVERY *selbst mit Orion-Antrieb landen würde, könnten es mehr Personen sein, auch mehr Wissenschaftler.«*

»Ich halte es für keine gute Idee, Atombomben auf den Mars zu werfen.«

Wieder ein leichtes Lachen. Armstrong sah sich zu beiden Seiten um. Fletchers Lächeln wirkte etwas gequält. Buzz und Mike sahen befremdet aus. Geht das jetzt die ganze Zeit so weiter?

»Halten Sie es für riskant, dass alle drei Astronauten auf dem Mars landen sollen, während bei Apollo ein Astronaut in der Mondumlaufbahn verblieben ist?« Die Frage kam von einem schmalen, dunkelhaarigen Journalisten, der sich auf der linken Seite in der Nähe einer der Kameras aufhielt.

Mike kam ans Mikrofon und Armstrong ließ ihn mit einem Nicken gewähren. »Ich fühle mich ja immer freundlich mit eingeladen, wenn gesagt wird, dass wir alle drei auf den Mond geflogen sind.« Er zwinkerte Fletcher zu. »Wenn alle drei Besatzungsmitglieder zusammen vom Mars starten, können sie etwaige aufkommende Probleme beim Wiederandocken an die DISCOVERY *gemeinsam lösen. Auf jeden Fall ist es sehr langweilig, allein in der Kapsel zu sitzen, während die beiden anderen unten ihren Spaß haben. Ich kann das echt nicht empfehlen.«*

Wieder leichtes Lachen. Fletcher lehnte sich zum Mikro heran. »Stellen sich ruhig mehr Fragen zum Mond!«, schlug er vor.

Im Folgenden mussten die drei Apollo-Veteranen noch zugestehen, dass Gesteinsproben wegen der jeweiligen Schwerkraft auf dem Mond leichter sind als auf dem Mars. Buzz bestand darauf, dass das Laufen bei geringer Schwerkraft seine Tücken hatte, weil man sich bei Sprüngen verschätzen und im Falle eines Sturzes den Anzug aufreißen konnte. Armstrong musste noch mal ans Mikro, weil er nach seiner Empfehlung für die Ares-Mannschaft gefragt wurde. »Am schwierigsten ist die Landung«, gab er zur Antwort. »Schaut genau nach, ob der Landeplatz geeignet ist. Sucht euch sonst schnell einen anderen.«

Fletcher gab den Kuchen mit dem Hinweis frei, dass weitere Fragen sicher im persönlichen Gespräch beantwortet werden könnten. Die entzündeten Wunderkerzen verursachten wenig Verwunderung. Der Kuchen schmeckte besser, als er aussah.

Später befand sich Armstrong auf dem Flur auf dem Rückweg von der Toilette, als die kleine Feierlichkeit schon fortgeschritten war und die ersten

NASA-Mitarbeiter bereits wieder gegangen waren. Mike kam heraus, um in Ruhe eine Zigarette zu rauchen. Drinnen war Buzz zu hören, wie er die Pressebetreuung übernommen hatte, indem er verschiedenen Reportern Zukunftspläne der NASA beschrieb.

»Ich war neulich am Kap«, eröffnete ihm Mike. »Du weißt schon, zu einem ähnlichen Termin. Sie lassen die Rampe verfallen, die 39A. Sie hat schaurig ausgesehen, rot vom Rost statt vom Lack. Klar …« Er machte eine ausholende Geste mit der Zigarette in der Hand. »Sie starten noch Satelliten vom Kap, die Air Force sowieso, aber etwas Großes, Bemanntes? Seit Skylab geht es nur noch um die Startplattformen im Nordpolarmeer. Ich habe Dutzende von Lokalen und Motels gesehen, in denen wir früher waren, und die jetzt dichtmachen, weil es keinen Raumfahrttourismus mehr gibt.«

Armstrong ließ sich zu einem verständnisvollen Brummen herab. »Die Dinge ändern sich. Ein Gutes hat es, wenn sie mit Ares Erfolg haben sollten. In fünf Jahren laden sie uns dann nicht noch mal ein.«

Sie lachten beide.

»Bald werden sie sich fragen, ob das, was wir getan haben, überhaupt jemals stattgefunden hat«, ergänzte Mike.

»Wir wissen es ja und das ist die Hauptsache«, erwiderte Armstrong. »Ich habe meine Kamera noch.«

»Die Hasselblad?«

»Ja, habe sie einfach mitgenommen, statt sie wegzuwerfen. Manchmal sehe ich sie mir an und erinnere mich an alles.«

Kirsten kam heraus und schlug vor, dass sie wieder hineingehen sollten, »um noch mehr faszinierende Eindrücke zu schildern.«

»Junge Frau«, antwortete Armstrong, nachdem er kurz über die drangvolle Enge im Festsaal nachgedacht hatte. »Ich werde jetzt den nächsten Flieger nehmen, der mich zurück nach Cincinnati bringt, selbst wenn ich ihn nicht selbst steuern darf. Und wissen Sie, was ich morgen Abend mit meiner Gattin tun werde?«

Kirsten schüttelte den Kopf.

»Ich zeige ihr noch mal den Mond, auch wenn sie das schon oft von mir geboten bekommen hat.« Damit verneigte er sich artig, nickte Mike zu und zog von dannen.

XIII

Montag, 12. Januar 1976, 07:12:22 Eastern Standard Time, Norfolk, Virginia
T minus 37/00:44:38 [Tage/Std:Min:Sek]

Ryan ließ sich mit dem Taxi vom Hotel in den Hafen chauffieren. Die Navy-Anlagen waren die größten Ihrer Art in der Welt, ausgelegt für mehrere Flugzeugträger und ihre Begleitschiffe. Man konnte sich hier verlaufen. Und dennoch war der Weg zum Ziel ganz einfach. Alles hier war darauf ausgerichtet, sich flach über die Wasseroberfläche zu bewegen, nicht umzufallen, gefährliche Wellen über sich hinwegziehen zu lassen. Zwischen den schon riesigen horizontgrauen Leviathanen ragte eine Konstruktion hervor, die für eine andere Bewegungsrichtung geschaffen war, mehr als 200 Fuß in die Höhe. *Ein himmelstürmendes Gerät*, dachte Ryan und verspürte dabei sowohl Stolz als auch einen Schuss spöttischer Selbstironie. Die Plattform, auf der das Raumschiff stand, war quadratisch und halb so breit wie das Schiff hoch. Nachdem er die Gangway vom Kai aus heruntergestiegen war, hatte Ryan noch einen gewissen Fußweg vor sich. Er zeigte dem Marineinfanteristen am Wachposten seinen NASA-Ausweis und wunderte sich einmal mehr darüber, wie die verschiedenen Teilstreitkräfte sich im Programm breitgemacht hatten. Den Transport der Orion-Raumschiffe zur Startposition im Nordpolarmeer hatte die Navy an eine lange Liste von Bedingungen geknüpft, durch die sie gut mit ins Spiel kam. Im zivilen Teil des Schiffs, dem Missionsmodul der NASA, das aus Michoud herangeschippert worden war, befand sich der Kernreaktor, der zur Energieversorgung diente – ein Beitrag der Navy. Zum Ärger von Frederick de Hoffmann war dabei nicht General Atomics zum Zuge gekommen, sondern ausgerechnet der Erzkonkurrent Westinghouse, der immer mehr U-Boote und Flugzeugträger mit Reaktoren ausstattete. Die zeitweilige Bewachung der Nukleartreibsätze während ihrer komplizierten Reise vom Pantex-Standort in Amarillo bis hierher brachte der Army und dem Marine Corps zusätzliches Prestige ein. Ryan sollte es recht sein.

Er stand vor dem Monster, das er erschaffen hatte, und legte den Kopf in den Nacken. Er ging alles durch, alle Konstruktionszeichnungen, die er gesehen hatte. Prallplatte, Stoßdämpfer, Treibsatzmagazine, Frachtdeck, die Hülle des Missionsmoduls, Steuerdüsen: Alles sah in Ordnung aus. Für die Protector-Rückkehrkapsel konnte McDonnell-Douglas den dreisitzigen Konkurrenzentwurf für die Apollo-Ausschreibung nachträglich platzieren. Auch sie sah von außen völlig intakt aus. Er bewegte sich auf das Schiff zu und fand den Lift, der dem Wartungspersonal den Zugang zur Unterseite der Bombenmagazine ermöglichte. Er zögerte, als er den Rand der Prallplatte erreichte, und ging in die Knie. Was er von der Seite sah, war die Matte aus konventionellem Sprengstoff, etwa neun Zoll stark, mit gelber Kunststofffolie umhüllt. Und darauf ruhend die dünnere Prallplatte aus massivem Stahl. Er konnte keine Risse oder sonstige Schäden an der Platte erkennen, die ihn nervös gemacht hätten. Er betrat die Platte in dem Bewusstsein, dass er der massiven Konstruktion nicht einmal oberflächliche Schäden zufügen würde. Es dauerte einige Minuten, bis er den transportablen Lift erreicht hatte. Er entschied sich, ganz unten mit der Inspektion anzufangen. Er stieg ein und drückte auf den Knopf. Der mit Maschendraht verkleidete, zylinderförmige Fahrkorb bewegte sich langsam in Richtung der Luke, die eigens für das Einsteigen aus dem Lift heraus eingebaut worden war. Ryans Augen konnten ganz allmählich über die Federbeine streichen und taten dies doch kritisch genug. Auch hier gab es keine sichtbaren Unregelmäßigkeiten. Der Fahrkorb stoppte ruckelnd. Die Luke war offen. Die Leiter im Korb und die im Innern des Raumschiffs waren in einer Linie übereinander angebracht. Ryan konnte einfach hochklettern und dann den mit Blech beplankten Boden betreten. Er stand zwischen zwei Röhren, die mit Nukleartreibsätzen befüllt waren. Es waren nicht wirklich Röhren, sondern kreisrund angebrachte, senkrechte Schienen, an denen sich die Treibsätze entlangbewegen konnten. Sein Blick auf die übereinandergestapelten, gedrungenen Zylinder, deren Explosionsenergie das Schiff vorantreiben würde, war unverstellt. Die Farbe ihrer grauen Ummantelungen wirkte so stumpf wie ihre Form. Von hier aus würden sie nach oben und zur

Mittelachse geführt, um dann vom Dampfkatapult hinausgeschleudert zu werden, einem weiteren Beitrag der Navy, die solche Gerätschaften auf Flugzeugträgern verwendete. Ryan legte den Kopf in den Nacken. Über Leitern waren weitere Zwischenböden erreichbar, die aus Gittern bestanden. Es wirkte alles wie die ganz normale Umgebung in einer Fabrik. Kaum vorstellbar, dass dieser Bereich dem Vakuum ausgesetzt sein würde. Zwei Stockwerke über ihm waren zwei Menschen erkennbar. Wortfetzen drangen zu ihm. Er entschloss sich, die Leitern zu erklimmen, und spürte sofort nach den ersten zwei Sprossen, dass ihm das nicht mehr so leichtfiel wie früher. Immerhin, er kam voran und konnte nach Erreichen des ersten Zwischenbodens Donald Mixsons Stimme erkennen. Der Colonel trug seine blaue Air-Force-Kluft. Die Herkunft seines Gesprächspartners war für Ryan schnell erkennbar. Die khakifarbene Uniform, die dennoch kein Sommerdress war, und der viel zu groß aussehende Mützenteller ließen keine Zweifel zu. Er merkte, wie er sich innerlich anspannte.

»Sehen Sie sich das gut an, Dimitri«, sagte Mixson gerade, als Ryan nahe genug herangekommen war, um mehr als Wortfetzen zu verstehen. »Jeder dieser Treibsätze hat vor dem eigentlichen Explosionskörper eine Ladung aus Wolfram, die durch die Explosion als Plasma auf die Prallplatte geschleudert wird. Daran können Sie sehen, dass wir mit diesen Bomben keine finsteren Dinge vorhaben. Sie dienen dem Antrieb des Raumschiffs.« Ryan konnte sehen, wie Mixson den Kopf kurz ruckartig in beide Richtungen wendete, als müsse er etwas lösen, das ihm im Hals stecken geblieben war. »Genau so, wie das bei Ihrem Schiff auch der Fall war«, fügte er schließlich an. »Wie Sie erkennen können, haben die Treibsätze keine Steuerelemente, Dimitri. Wir können sie nicht präzise in ein Ziel leiten. Auch daran können Sie sehen, dass sie nur zum Antrieb gedacht sind. Andere nukleare Explosionskörper werden Sie hier nicht finden. Haben Sie irgendwelche Fragen, Dimitri?«

Ryan war näher gekommen. Der sowjetische Inspektor war ein großer, hagerer Mann mit dem dunklen Teint und den schwarzen Haaren, die er von vornherein bei einem Russen voraussetzte. Er begutachtete die aufeinandergestapelten grauen Zylinder mit einem skeptischen Blick.

»Viele Bomben«, kommentierte er schließlich. »Brauchen Sie Bomben so viele für Flug?«

»Aber ja, Dimitri«, reagierte Mixson sofort auf die in fehlerhaftem Englisch gestellte Frage. »Wir haben so einige Manöver geplant für diese Mission. Der Start, den ersten Planeten ansteuern, in die Umlaufbahn einbremsen, von dort aus zum nächsten Planeten, und das alles mit einer gewissen Reserve. Mehr als 2000 Treibsätze müssen da schon sein. Oder was meinen Sie, Dimitri?«

Die häufige, rhetorische Verwendung seines Vornamens schien den Inspektor nicht zu stören. Sein Blick wanderte vom Treibsatzmagazin zu Mixson und wieder zurück. Er lächelte tatsächlich. Zu seiner großen Befriedigung erkannte Ryan in seinem Ausdruck Bewunderung und ein gewisses Bedauern. Jetzt war er sich völlig sicher, dass der Albtraum zahlloser Nächte nicht wahr werden würde. Die Sowjets hatten kein vergleichbares Projekt am Start.

Ryan ließ Mixson seine Arbeit machen. Auf dem ersten Zwischenboden angelangt, umlief er die Bombenmagazine auf dem äußeren ringförmigen Gang, stieg noch die übrigen Stockwerke hinauf und nahm das Dampfkatapult in Augenschein. Die Förderanlagen, deren Konstruktionsdetails sie sich von den Abfüllstraßen der Coca-Cola Company abgeschaut hatten, schienen alle in Ordnung zu sein. Sie würden die Treibsätze sicher transportieren. Am Dampfkatapult konnte er auch keine Probleme erkennen. Es sah so aus wie die Anlagen, die er aus seiner Zeit als Marineflieger kannte. Wieder auf dem untersten Boden angelangt, lief er durch die Magazine zur Mitte. Die im Dreieck angeordneten Schienen, an denen die Treibsätze entlangkatapultiert werden würden, endeten rund um die Luke, die sich öffnen würde, um sie ins Weltall zu entlassen. Auch an dieser Stelle sah alles einwandfrei aus. In der Prallplatte gab es einen ähnlichen Mechanismus, den er sich auch noch anschauen würde. Ryan stieg in den Fahrkorb und ließ sich selbst zur Prallplatte hinab. Zwei Gestalten in schlichten Mänteln näherten sich. Ted Taylor erkannte er schon am Gang. Bei seinem Begleiter musste er genau hinschauen und fühlte dann, wie irgendetwas in seinem Magen anfing, vor Aufregung zu flattern, als wäre er noch ein Kind und stünde vor dem Weihnachtsbaum. Sie hatten sich nur wenige Male getroffen. Dennoch war er sich sicher. Der Mann war größer als Ted, hatte ein hageres Gesicht mit einer weit herausstehenden Nase. Die blanke Schädeldecke war von der Tonsur der verbliebenen Haarpracht umkränzt. Der Besucher zog an einer Pfeife.

Abgesehen davon, tat er das, was jeder tat, der diesen Teil des Hafens erreicht hatte. Er ließ die Augen an der mächtigen Konstruktion hinauf und hinab schweifen. Sie trafen sich auf halbem Wege zwischen Lift und Kaimauer.

»Guten Morgen, Stan!«

»Guten Morgen!«, erwiderte der Angesprochene den Gruß, mit einer Mischung aus Staunen und Vergnügtheit in der Stimme.

Ted und Ryan schenkten sich ein von einem Lächeln und Winken begleitetes: »Hi!«

»Das ist also das große Ding«, stellte Stanislaw Ulam fest. Ryan erinnerte sich, dass der Mathematiker bei allen Starts der bisherigen Orion-Raumschiffe dabei gewesen war. Er selbst hatte nur leider selten Zeit gehabt, sich mit dem prominenten Gast auszutauschen. Das hatte immer Ted übernommen.

»Es wird wohl kaum noch ein größeres Raumschiff dieser Art geben, oder?«, vermutete Ulam als Nächstes.

»Es gibt derzeit keinen derartigen Plan«, gestand Ryan zu. »Aber man soll ja nie ›nie‹ sagen.«

»Du weißt, dass Freeman ein größeres Potenzial errechnet hat«, wandte Ted ein.

»Ulam nickte und nahm die Pfeife aus dem Mund. Acht Millionen Tonnen, das Gewicht einer ganzen Stadt. Kaum vorstellbar.«

»Du konntest es dir vorstellen«, erwiderte Ted. »Wir würden jetzt nicht hier stehen, wenn deine Fantasie nicht so weit gereicht hätte.«

Ulam blickte nachdenklich nach oben, zum höchsten Punkt der Konstruktion, an dem die Protector-Raumkapsel angebracht war. Die jeweils von einem verkniffenen Lächeln begleitete Bewunderung der beiden Männer um ihn herum schien er nicht wahrzunehmen. »Ich glaube manchmal noch immer nicht, dass es so weit gekommen ist. Es war doch nur eine Spielerei!« Sein Blick wanderte hinunter, auf die Höhe der Treibsatz-Magazine. »Ich glaube …«, setzte er an und ließ ein paar Sekunden verstreichen, bevor er den Satz beendete, »es ist eine sehr sinnvolle Verwendung.«

Ryan hatte eine Vorstellung davon, was der Vater der Wasserstoffbombe damit meinte.

»Hast du dir schon alles angesehen?«, fragte Ted.

»Im Antriebsteil – ja«, gab Ryan zurück. »Soweit ich sehen kann, ist alles okay. Das Missionsmodul habe ich in Michoud oft genug überprüft. Da sollte auch alles in Ordnung sein.« Dann sichtete er drei Gestalten auf der Gangway, die verräterisches Equipment bei sich trugen. »Das Fernsehen ist da«, meldete er.

»Ja«, reagierte Ted. »Die haben ja heute was Längeres mit uns vor. Haben eigens in der Nähe ein Studio nur für die Interviews gemietet. Wann bist du dran, Thommy?«

»Vielleicht wollen die mich ja gleich hier in den Schwitzkasten nehmen.«

Ted wiegte den Kopf, war aber auch schon damit beschäftigt, sich dem heranrückenden Aufnahmeteam zuzuwenden. »Guten Morgen, Miss Kellerman!«

»Hunstedt, Mrs.«, erwiderte die Reporterin den Gruß, während sie versuchte, sich die gelockten brünetten Strähnen aus der Stirn zu halten. Der Wind auf der Plattform zerrte an ihrem weiten Mantel und an den Trenchcoats der drei Männer. »Ich habe geheiratet, seit wir uns das letzte Mal gesehen haben.«

»Glückwunsch!«, nickte Ted.

Sie lachte. »Ist auch schon ein paar Jahre her.«

»Sie kennen ja Dr. Thomasson von der NASA«, moderierte Ted weiter.

»Aber ja«, bestätigte die Reporterin. »Vielleicht werden Sie mir ja heute ein bisschen mehr erzählen als letztes Mal.«

Ryan ließ sich nur zu einem zögerlichen, bestätigenden Lächeln hinreißen und der Andeutung eines Kopfnickens. Ihm war egal, ob er gerade höflich wirkte oder nicht.

»Und dann haben wir hier Professor Ulam …«, Ted holte Luft, ehe er den Satz weiterführte, »den …«

»Urheber der Idee«, ergänzte Patricia. »Mir ist das an dem Tag klar geworden, an dem die Aurora gestartet worden ist. Die Zeitungsmeldungen darüber gingen auf meine Recherchen zurück.«

Ted und Ryan reagierten mit verwunderten Grimassen auf diese Eröffnung. Ulam selbst zog an seiner Pfeife lächelte amüsiert. »Was Sie nicht sagen.«

»Wir machen jetzt hier die Außenaufnahmen«, fuhr Patricia geschäftsmäßig fort. »Das dauert aber nicht lange.« Sie wandte sich zu dem

Kameramann hinter ihr um, der es fertigbrachte, bestätigend zu nicken, ohne sein schräg nach oben gerichtetes Arbeitsgerät zu verreißen. Der Tonmann hielt das mit flusigem grauen Stoff umkleidete Mikro an einem Galgen in die Luft, offenbar um atmosphärische Geräusche aufzunehmen. »Das heißt, wir fangen das Interview mit Ihnen an, wie besprochen, Dr. Thomasson. Im Studio ist alles bereit.«

»Okay, wenn Sie sagen, ›wie geplant‹, dann starten wir ja ...«, Ryan sah auf seine Armbanduhr, »in einer Dreiviertelstunde.«

»Ich freue mich schon«, bestätigte Patricia. »Auf Sie auch, meine Herren.«

»Was haltet ihr von Frühstück?«, fragte Ulam. »Es muss in diesem Hafen doch irgendwo eine Matrosenkneipe geben, in der wir ein paar beidseitig gebratene Spiegeleier bekommen können.«

»Ich glaube, ja«, bestätigte Ted. »Ich denke, ich habe so etwas eben im Vorbeifahren gesehen. Willst du dir nicht vielleicht doch das Innenleben noch mal ansehen? Ich glaube, das kennst du noch gar nicht. Du könntest dir auch dafür Zeit nehmen, während Thommy und ich in den Interviews sind.«

Ulam nahm mit Bedauern zur Kenntnis, dass die Pfeife ausgegangen war. Er drehte sie um und zögerte dann, als er den Kopf ausklopfen wollte. Er blickte mit hochgezogenen Brauen zu Ryan, der einfach nickte. Es bestand keine Gefahr, dass die Tabakasche durch die dicke Prallplatte den Plastiksprengstoff erreichen konnte, auf dem sie alle standen.

»Nein«, antwortete Ulam schließlich, während er die Pfeife ausklopfte, »ich denke, ich komme mit euch mit, zum Frühstück und wenn ihr im Studio seid. Es ist immer gut, wenn ich mit euch reden kann.« Er grinste verkniffen. »Ich könnte sonst anfangen nachzudenken.«

Patricia hatte sich zu ihrem Aufnahmeteam umgewandt, registrierte dann aber Ulams kryptische Bemerkung.

»Sie haben mein Leben verändert, Mr. Ulam«, sagte sie nach einem Augenblick der Stille.

»Ach, ja?«, reagierte der Mathematiker. »Nun ich denke, das können viele von sich behaupten.«

»Ich sage Ihnen aber nicht, wie«, gab die Reporterin verschmitzt lächelnd zurück. »Wir sehen uns.« Damit wandte sie sich endgültig ab, um das Aufnahmeteam um das Raumschiff herumzudirigieren.

»Interessante junge Dame«, meinte Ulam.

Ted zuckte mit den Achseln. »Auf zu den Spiegeleiern!«

Nach dem Frühstück hatte Ted Ulam doch noch dazu überreden können, sich das Innere der ENDEAVOUR anzusehen, solange Ryan im Interview war. Sie würden also an seiner Stelle noch mal durchchecken, ob alles in Ordnung war. Ryan vertraute sowohl Ted als auch den Kontrollen, die er selbst durchgeführt hatte, und war damit einverstanden. Die in der Tat beidseitig gebratenen Spiegeleier waren in einem Diner am Hafen in ranzig riechendem Fett gewendet worden, von einem schwergewichtigen Koch, der so aussah, als hätte er schon im Ersten Weltkrieg die Kombüse eines Schlachtschiffs nach ganz eigenen Prinzipien geführt. Das von den Fernsehleuten angemietete Studio kam Ryan im Vergleich geradezu heimelig vor. Es wurde normalerweise von einem regionalen Sender genutzt, der an das Network angeschlossen war, für das Patricia Hunstedt arbeitete. Er ertrug die unvermeidliche Sitzung in der Maske und setzte sich auf der Studiobühne in einen Sessel, der in Wirklichkeit ein eigens zurechtgezimmertes mintgrün bezogenes Konstrukt war und kein echtes Möbelstück. Er sah bequem aus, ohne es wirklich zu sein. Die Reporterin bezog gegenüber Posten, auf der zweiten derartigen Sitzgelegenheit. Die Mikros schwebten über ihnen. Zwei teuer aussehende Kameras wirkten, als würden sie sie beide gleich ins Kreuzfeuer nehmen. Patricia lächelte, ein bisschen gezwungen.

»Das ist ja nicht live«, erklärte sie beruhigend. »Wenn wir für irgendetwas mehrere Takes brauchen, machen wir das einfach. Später wird geschnitten.«

Ryan nickte. Ihm fiel auf, dass die Reporterin nicht mehr die schüchterne Zeitungsanfängerin war, als die er sie kennengelernt hatte. Die Erfahrung beim Fernsehen hatte ihr offenbar zu wesentlich mehr Selbstbewusstsein verholfen. Der Aufnahmeleiter ging sein Prozedere durch, das Ryan so vorkam wie eine radikal verkürzte Fassung der »Fertig für den Start«-Meldungen im Mission-Control-Zentrum in Houston. Am Ende kam vom Kameramann: »Kamera läuft.« Patricia wechselte innerhalb einer Sekunde in ihre öffentliche Rolle und begrüßte das Publikum in die Kamera hinein mit einem wesentlich breiteren Lächeln. Bezug nehmend auf einen Einspielfilm, der dem Interview vorangestellt werden sollte, moderierte sie: »Bei mir ist jetzt der Mann, der das Odyssey-Programm für die NASA auf die Beine gestellt hat – Dr. Ryan Thomasson. Schön, dass Sie hier sind.«

»Ich freue mich, hier zu sein.«

»Lassen Sie mich vorneweg eine Frage stellen, die viele beschäftigt«, stieg Patricia in das Gespräch ein.

Ryan erkannte ihre Technik, der eigenen Frage Bedeutung zu verleihen, aus zahllosen Interviews wieder, die er bereits gegeben hatte.

»Ist es richtig, dass das gesamte Orion-Programm sehr von der Notlage der Apollo-13-Astronauten profitiert hat?«

Ryan konnte eine Standardantwort zücken. »Die Astronauten Lovell, Haise und Swigert haben zweifellos von der Verfügbarkeit des Orion-Antriebs profitiert. Sie konnten gerettet werden. Sie denken aber, glaube ich, an den Umstand, dass die Forschung dazu vor dem Rettungsflug eingestellt werden sollte. Das ist richtig. Bevor die drei lebend wieder nach Hause gebracht werden konnten, haben sich wahrscheinlich nur sehr wenig Menschen in den USA vorgestellt, dass man mit Nukleartreibsätzen regelmäßig Raumfahrt betreiben kann. Erst durch diesen Erfolg ist das anders geworden.«

»Und seitdem ist der Satz ›Haben Sie ein Taxi gerufen?‹ zum geflügelten Wort geworden.«

Ryan spürte, wie sich sein Gesicht zu einer Grimasse strapazierter Duldsamkeit verzog, eine Reaktion, die bei ihm immer aufkam, wenn es um jenes Zitat ging, das wie kein anderes mit der Apollo-13-Krise in Verbindung gebracht wurde. »Dabei hat David Weiss das gar nicht gesagt.« Er bemühte sich, um ein vermittelndes Lächeln. »Der genaue Wortlaut war: ›Ich hörte, Sie brauchen ein Taxi?‹«

Patricia schmunzelte. »Sie und Ihr Team hatten bisher als Verfechter einer gefährlichen, militärischen Technologie dagestanden. Nach Apollo 13 galten Sie als Retter. Das muss doch bei allen weiteren Plänen, die Sie verfolgt haben, günstig für Sie gewesen sein?«

»Sicher«, gab Ryan zu. »Ich glaube aber, dass Sie mich im Weiteren nach anderen Faktoren fragen werden, die für das Programm noch günstiger waren.«

Patricia zog die Stirn kraus. Sie schätzte es offenbar nicht, dass ihre Interviewstrategie zum Thema gemacht wurde. »Vor Odyssey gab es

Ares, den Plan, vor der Sowjetunion bemannt auf dem Mars zu landen. Sie sagen immer wieder, dass das Ares-Programm kein Selbstläufer war.«

»War es ja auch nicht«, bestätigte Ryan. Er spürte jetzt langsam mehr Verve in sich, während er die Frage beantwortete. »Wir sind immer wieder auf verschiedene Instanzen zugegangen – den Wissenschaftsberater des Präsidenten, den es damals noch gab, den Vizepräsidenten, das Weiße Haus –, um klarzumachen, dass der Mars in greifbarer Nähe lag. Ein Raumschiff, das für den Flug leistungsfähig genug war, konnte mit 2000 Tonnen Startgewicht auskommen statt der 4000, die wir ursprünglich mal geplant hatten. Für uns war das eine großartige Erkenntnis. Politikern und anderen Laien müssen Sie das erst mal vermitteln. Der Antrieb war erstmals im All erprobt worden. Uns trennten nur wenige Jahre vom Start einer Marsmission. Es musste nur jemand sagen: ›Los geht's!‹ Wenn wir es früher geschafft hätten, die Politik zu begeistern, vielleicht …« Ryan ließ den Satz unvollendet und schüttelte bekümmert den Kopf.

»Zunächst sah ja alles gut aus«, reagierte Patricia in einem Versuch, die Dramaturgie der Erzählung zu lenken. »Letztlich bekamen Sie grünes Licht für den Bau des ersten Ares-Schiffs, der DISCOVERY. Was ich an Ihrem Beruf so faszinierend finde, ist ihr enges Verhältnis zu den Astronauten.«

Ryan seufzte innerlich, als Patricia dies erklärte. Es war einer dieser populären Aspekte, nach denen er von den Journalisten immer wieder gefragt wurde. Er straffte sich und beschloss, das Beste daraus zu machen.

»Sie waren an der Auswahl der Crews beteiligt und haben sie in der Trainingszeit begleitet.«

»Stimmt, ja«, bestätigte er. »Besonders, seitdem ich das Orion-Gesamtprogramm von Houston aus leite. Zuvor hatte ich die Entwicklung des Antriebs ja von Huntsville/Alabama aus überwacht.«

»Was, würden Sie sagen, macht die Astronauten hauptsächlich aus?«

Das sie manchmal tun, was man Ihnen sagt. Ryan verkniff sich die spöttische Antwort. »Das große Selbstvertrauen.« Er konnte sofort an Patricias Lächeln sehen, dass diese Antwort tatsächlich gut ankam. »Schauen Sie sich Ralph Gershon an, unseren«, er zögerte vor dem nächsten Wort, »farbigen Piloten an Bord der Marslandefähre. Er war zunächst nicht die erste Wahl für die Mission. Dann hat er mehr Stunden im Simulator verbracht als irgendjemand sonst, hat sich bei Flügen mit dem

Landetrainer selbst zu Höchstleistungen angetrieben, immer in der Annahme, dass er es letztlich schaffen wird. Das Auswahlkomitee war am Ende so beeindruckt, dass er die Mission bekommen hat.«

Ryan kramte weiter in Erinnerungen. Die kleinen Sitzungsräume, in denen die Kandidaten dem mächtigen Komitee gegenübergesessen hatten. Der Auftritt einer jungen Frau, die ihre brünetten Haare zu einem schlichten Pferdeschwanz zusammengebunden trug. Athletisch, wachsam, stets in der Lage, schnell zu antworten. So war sie ihm erschienen. Er dachte an das beifällige Nicken von Buzz Aldrin, mit dem der Apollo-11-Veteran ihre Bewerbung als berechtigt einstufte.

»Und dann haben wir da natürlich noch Nathalie York, die Geologin, die es mit Beharrlichkeit bis zum Mars geschafft hat. Niemand hat den Planeten vor den bemannten Missionen so gut gekannt wie sie. Niemand kennt ihn heute besser. Irgendwann war uns allen klar, dass wir sie gleich selbst hinfliegen lassen sollten, anstatt ihr die wissenschaftliche Ausbildung der Crews zu überlassen. Bis es so weit war, hat sie ein ums andere Mal ihre Kompetenz unter Beweis gestellt, egal ob wir ihr zuhören wollten oder nicht.« Er schmunzelte. »Sie ist zu Recht die Erste gewesen, die die Landefähre verlassen hat.«

Patricia stellte ihre nächste Frage in vorsichtigem Ton. »Wie erinnern Sie sich an den Tag, an dem Ares 6 aus der Erdumlaufbahn gestartet ist?«

»Ganz gut«, gab Ryan zurück und grinste jovial. Das Lächeln erstarb jedoch sofort. »Ich war in Mission Control und wollte gerade eine Pause einlegen. Die Discovery war gerade in den elliptischen Orbit eingetreten, aus dem heraus sie Stunden später in die Übergangsbahn zum Mars beschleunigen sollte. Stone, Gershon und York ging es gut. Es war ein Moment zum Durchatmen. Ich weiß noch, dass ich am Platz des Flugdirektors vorbeigegangen bin und Gene Kranz auf die Schulter geklopft habe für den reibungslosen Ablauf bis zu diesem Punkt. Und dann war da dieses Fiepen.« Er lächelte erneut, diesmal reichlich freudlos. »Die Daten zu fremden Flugkörpern, die sich schnell bewegen und bis in den Weltraum vordringen, werden von NORAD zu Mission Control übertragen. Und dieses Objekt war reichlich schnell. Ich habe die schriftliche Meldung auf Genes Monitor selber gesehen. Da stand die Position, von der aus es gestartet worden ist.« Er machte eine kleine dramatische Pause. »Und dann wusste ich schon Bescheid.«

»Warum?«, befolgte Patricia seine Einladung zu einer Frage.

»Weil der Ort Semipalatinsk war, das Atomtestgelände. Ich habe mir den Flugvektor, Geschwindigkeit und Beschleunigungsrate geben lassen und dann in Huntsville bei meinen Kollegen dort angerufen.« Er hatte tatsächlich lebhafte Erinnerungen an die Situation, die ihm in diesem Moment durch den Kopf gingen. Die aufgeregten Dialoge mit Masson, der nur bestätigen konnte, was Ryan selbst mit Stift und Papier schon ermittelt hatte. Die Unabweisbarkeit dessen, was nicht hätte sein dürfen. Die leise hingeworfenen Flüche. »Und dann hat mir jemand einen anderen Telefonhörer hingehalten und mir gesagt, dass Präsident Nixon mit mir sprechen möchte.«

»Was wissen Sie heute über die Situation, was Ihnen damals noch nicht bewusst war?«

»Ich hatte vor Kurzem Gelegenheit, mit Vladimir Schmelev zu sprechen, einem sowjetischen Physiker. Interessanter Mann.« Ryan lächelte kurz. »Seine Aufgabe war es, alle Informationen, die der KGB offenbar über das Orion-Projekt sammeln konnte, auszuwerten.« Sein Tonfall wurde in diesem Satz etwas grimmiger. Dann sprach er wieder neutral. »Er hat vor allem die Machbarkeit des Programms erkannt. Wir wissen, dass Andrei Sacharow schon 1961 dieselbe Idee hatte wie Stanislaw Ulam, offenbar völlig unabhängig von der Spionage. Einige Geheimdienst- und Regierungskreise haben das wohl sehr früh gewusst.« Ryan versuchte, an dieser Stelle nicht wieder grimmig zu klingen, ziemlich erfolglos, wie er sich selber sagte. »Sacharow war dann für kurze Zeit für die Weiterentwicklung des Plans zuständig, bis er sich gegen die Sowjetregierung gewandt hat. Die UdSSR hatte also einen gewissen Vorlauf. Sie konnte ihr Programm anfangen, lange bevor unsere Pläne für Ares öffentlich geworden sind.«

»Wie beurteilen Sie die Qualität des sowjetischen Programms heute?«

»Es war alles auf einen einzigen Start ausgelegt. Das Material wurde offenbar überhaupt nicht getestet, weil uns das dann aufgefallen wäre. Bis heute war die Sowjetunion nicht in der Lage, einen solchen Start zu wiederholen oder das Raumschiff Aelita in der Erdumlaufbahn für einen weiteren Flug neu auszurüsten. Es macht alles den Eindruck einer Verzweiflungstat, die nicht Teil eines längerfristigen Konzepts ist. Nichtsdestotrotz konnte sie stattfinden.«

»Es wird immer wieder behauptet, es wäre möglich gewesen, die Discovery früh genug aus der Erdumlaufbahn zu starten, um die Aelita noch rechtzeitig auf ihrem Direktflug abzufangen. Manchmal ist sogar von einer Verschwörung die Rede, die verhindert haben soll, das dies geschieht.«

Ryan prustete verächtlich. »Gegen die Regeln der Physik kommt keiner an. Ich habe die Berechnungen dazu selbst angestellt. Es ist manchmal nicht leicht hinzunehmen, wenn man nicht gewinnt. Verfolgungswahn bringt einen dann aber auch nicht weiter.«

»Waleri Bykowski ist der erste Mensch geworden, der den Mars betreten hat, zwei Tage vor Nathalie York, nach einer zweiwöchigen Reise, in der ein Einholen der Aelita nicht mehr möglich war. Was haben Sie gedacht, als er die sowjetische Flagge auf dem Boden unseres Nachbarplaneten aufgestellt hat?«

»Dass sie sich farblich nicht sehr von der Umgebung abhebt.« Wieder das freudlose Schmunzeln. »Für mich war der Tag so schlimm wie alle anderen. Ich kann mich noch erinnern, wie Nathalie direkt nach Aufsetzen des sowjetischen Landers gescherzt hat: ›Vielleicht haben Sie ja auch was fürs Picknick mitgebracht.‹« Ryan straffte sich. »Durch Nathalie ist Ares eine wissenschaftliche Mission geworden. Sie hat immer im Auge gehabt, was wir durch Forschung auf der Oberfläche alles über den Mars und das Sonnensystem erfahren können. Sie hat den Scherz gemacht und ich fing in diesem Moment an, darüber nachzudenken, was wir über das äußere Sonnensystem erfahren können, wenn wir weitermachen, wenn es noch mehr Picknicks gibt.«

»Sie haben sich mit einem entsprechenden Vorschlag an den Präsidenten gewandt.«

»Ich hatte ja noch seine Telefonnummer. Aber im Ernst: Die Idee, einige Schlachtschiffe der Air Force für einen anderen Zweck zu verwenden, war anfangs auch nicht einfach zu vermitteln. Nach Apollo 13 hatte der Bau sowohl der Discovery wie auch der fünf vom Kongress genehmigten Schlachtschiffe gleichzeitig begonnen. Die nukleare Abschreckung war der Regierung bei der Weiterverfolgung von Orion mindestens genauso wichtig wie der Mars.«

»Eine mit Atomwaffen ausgerüstete Raumschiff-Flotte haben die USA jetzt immer noch nicht, dank Ihnen.«

Ryan hatte sich nie gefragt, ob Patricia für oder gegen die Aufrüstungspläne der Air Force war. So, wie sie ihre Aussage, die gar keine Frage war, lächelnd in den Raum stellte, vermutete er Letzteres.

»Wenn es nach der Air Force geht, ist das nur eine vorläufige Entscheidung. Das erste echte Schlachtschiff soll ja schon einsatzbereit sein, bevor die erste Odyssey-Mission beendet ist.«

Patricia nickte zu seiner Erwiderung. »Es kann, wie Sie sagen, trotzdem nicht einfach gewesen sein, dem Militär sein Spielzeug wegzunehmen.«

»Vielleicht haben ja die Proteste gegen die Bewaffnungspläne tatsächlich geholfen, weil die Auseinandersetzung darum jetzt aufgeschoben ist. Für mich war das Kalkül aber ganz einfach: Die Schiffe werden schon gebaut. Warum also sollen wir sie nicht verwenden, um Ziele jenseits des Mars anzufliegen? Nach dem Erfolg der AELITA war das genau das, was die Öffentlichkeit und die Regierung wollten.«

»Was hat es mit dem Zeitplan auf sich, für dessen Einhaltung Sie sich so eingesetzt haben?«

Ryan begrüßte das Stichwort mit einem Nicken. »Die äußeren Planeten stehen zurzeit in einer Reihe, was in den nächsten 176 Jahren nicht wieder passieren wird. An sich sind die Orion-Raumschiffe auf diese Konstellation nicht angewiesen. Sie können mit den Nukleartreibsätzen jeden Planeten innerhalb von höchstens 12 Monaten ansteuern, egal wo er sich befindet. Worauf wir jetzt aber Wert gelegt haben, ist, dass die Schiffe notfalls auch ohne Antrieb wieder nach Hause kommen können. Für den Fall, dass es einen technischen Defekt geben sollte, wird jeder Planet immer so angeflogen, dass seine Schwerkraft das Schiff Richtung Erde zurückschleudern würde, ohne dass es dafür beschleunigen muss – durch ein sogenanntes Swing-by-Manöver. Erst im letzten Moment wird mit den Treibsätzen abgebremst, um stattdessen in eine Umlaufbahn um den Zielplaneten oder Zielmond einzutreten. Wird ein Schiff durch Swing-by vom Saturn oder Pluto aus zur Erde zurückgeschleudert, beschleunigt die Schwerkraft des Jupiters es im Vorbeiflug weiter zur Erde. Vom Neptun aus gesehen würden Uranus, Saturn und Jupiter das antriebslose Schiff jeweils weiter beschleunigen. Die unglückliche Crew wäre dann zwar für etwa zehn Jahre unterwegs. Dafür sind aber genug Notvorräte an Bord. Das ist der Vorteil eines Orion-Raumschiffs. Es kann unglaublich viel Fracht befördern. Dieser Notfallplan war es, für den wir die jetzige

Planetenkonstellation nutzen wollten, für jede der beiden geplanten Missionen.«

»Der Zeitplan ist ja auch dadurch eng geworden, dass Sie auf einer unbemannten Erkundungsmission vorab bestanden haben.«

Ryan nickte erneut. »Den für die DISCOVERY vorgesehenen zweiten Antriebsteil umzubauen, war das Beste, was wir in dem Moment tun konnten. Keine Kabine, keine schwere Fracht, keine Treibsätze für eine Rückkehr, nur ein paar wissenschaftliche Sensoren.« Er hielt sich mit Mühe selbst davon ab, mehr über die technischen Einzelheiten zu sagen. »Vor ein paar Jahren waren wir nicht mal sicher, ob es möglich ist, den Meteoritengürtel zwischen Mars und Jupiter zu durchfliegen. Also haben wir die VOYAGER auf die Reise geschickt und so auch genug über die Monde erfahren, auf denen gelandet werden soll. Dadurch konnten wir die Landefähren entsprechend konstruieren. Das Hubble-Weltraumteleskop, das vor ein paar Jahren mit einer der verbliebenen Saturn-5-Raketen gestartet worden ist, hat auch dabei geholfen.«

»Dass Sie genug Vorräte für eine lange Rückreise an Bord nehmen können, hat ja auch damit zu tun, dass die Besatzung so klein ist. Ursprünglich hatten sie einmal mit einer viel größeren Crew gerechnet.«

Ryan hob eine Hand und schüttelte leicht den Kopf. »Wissen Sie, Patricia, Anforderungen ändern sich. Es ist wahr, Ende der Fünfziger sind Ted Taylor und ich noch von mehreren Hundert Mann Besatzung ausgegangen. Und Ted war sich sicher, dass er dabei sein würde.« Er schmunzelte. Patricia reagierte mit einem leichten Lächeln auf diese Eröffnung. Eine Erinnerung schob sich vor Ryans inneres Auge. Es war Ted, wie er das Wort *drei* überrascht mit seinen Lippen formte. *Wirklich nur drei? Du hast das größte Raumschiff der Welt und willst nur drei Mann auf die Reise schicken?* Es waren lange Gespräche in La Jolla gewesen. Immer wieder hatte er dem Ziehvater des Projekts seine Argumente dargelegt.

»Sie haben vielleicht einmal die kleinen Modelle von den schwarzen Raumgleitern gesehen, mit denen die Besatzungen der Schlachtschiffe zur Erde zurückkehren sollten.« Ryan breitete die Hände aus. »Wo sind die heute? Die NASA hat so einige Pläne für Raumfähren gemacht, die wie Segelflugzeuge zur Erde zurückkehren. Sie lassen sich aber nicht so schnell entwickeln. Boeing und Lockheed arbeiten jetzt an einem Entwurf auf Basis der X-20, um später tatsächlich große Besatzungen auswechseln zu können. Für die jetzigen Missionen hatten wir aber nur Raumkapseln mit drei Mann Besatzung zur Verfügung.«

»Sie hätten mehrere davon auf den Orion-Schiff mitführen können«, wandte Patrica ein.

»Das ist richtig«, gestand Ryan zu. »Wir haben aber während der Apollo-Missionen gute Erfahrungen mit kleinen Teams gesammelt, die auf der Oberfläche Proben sammeln und das Gelände erkunden. Wir haben uns das Für und Wider mehrfach angeschaut, was wir mitnehmen können, wie die Astronauten ausgebildet werden können. Letztlich haben wir uns für eine kleine Crew entschieden, weil sie alle Erkundungen zufriedenstellend durchführen wird.«

»Was hat es eigentlich mit dem Friseursessel auf sich?«

Ryan blinzelte mit beiden Augen, lächelte dann leicht. Es war nur ein abrupter Themenwechsel, versicherte er sich. Andere Hintergedanken hatte die Journalistin sicher nicht. »Sie haben Ted ja noch selbst im Interview da«, antwortete er schließlich. »Wie schon erwähnt: Es war immer sein Traum, selbst an Bord eines Orion-Raumschiffs zum Saturn zu reisen. Und zu diesem Traum gehörte die Idee, einen komfortablen Friseursessel an Bord zu haben, in dem er sich von einem anderen Besatzungsmitglied regelmäßig die Haare schneiden lassen kann. Es war für ihn wohl ein Symbol für den relativen Luxus, den ein solches Schiff im Vergleich zu den kleinen Kapseln bieten kann. Auf der ENDEAVOUR hatten wir dafür noch keine besondere Sitzgelegenheit vorgesehen.« Ryan grinste. »Ted hat aber so vielen Leuten davon erzählt, dass wir auf der BEAGLE schließlich ein solches Exemplar eingebaut haben. Wenn sie also der ENDEAVOUR in ein paar Tagen folgt, wird dieser Teil seines Traums wahr werden.«

»Wie wird man das, was Sie heute sind, Mr. Thomasson?«, fragte Patricia mit einem Respekt in der Stimme, den er so nicht erwartet hatte. »Was hat Sie dazu gebracht, eine Karriere einzuschlagen, durch die Sie heute das Odyssey-Programm managen?«

Für einen Augenblick machte Ryan einen ratlosen Eindruck. »Ich habe früher auf dem Dach gesessen«, gab er schließlich zurück.

Patricia stutzte.

»Auf der Farm meiner Eltern, in Montana«, setzte er hinzu. »Von da aus habe ich Papierflugzeuge geworfen, die ich selbst gefaltet hatte. Ich habe Stunden damit zugebracht, ihre Aerodynamik zu verbessern, immer neue Faltungen auszuprobieren, sie mit Büroklammern als Gewicht zu trimmen. Schließlich hatte ich durch die zahlreichen Versuche zweifelsfrei das Design und die Trimmung ermittelt, mit denen die Papierflieger die längste Strecke zurücklegen konnten. Ich habe das den Jungs an der Schule gezeigt. Sie haben mit dem Flieger rumgealbert. Und in null Komma nichts war er zerrissen. Ich konnte überhaupt nicht verstehen, warum irgendjemand die Tatsache, dass man durch die Versuche konkrete Ergebnisse erzielen konnte, nicht so faszinierend fand wie ich. Dann habe ich in der Baseballmannschaft weiter gemacht, Schiffsmodelle gebastelt, Amateurfunk betrieben und natürlich Science-Fiction gelesen. Die Idee, Flugzeuge selber zu bauen, hat mich aber nicht losgelassen. Erst wollte ich sie testen. Die Pilotenkarriere ging aber nach dem Krieg erst mal nicht weiter. Tja.« Er lächelte verkniffen. »Dann habe ich in Princeton Freeman Dyson getroffen. Und der Rest ist Geschichte.«

»Lassen Sie uns zu einem Aspekt des Orion-Antriebs zurückkehren, der vielen Menschen Sorgen macht«, leitete Patricia völlig unbeeindruckt die nächste Frage ein, »die Strahlung.«

Also doch, dachte Ryan bei sich. Sein Gegenüber war so eine raffinierte Reporterin, die sich darauf verstand, ihren Interviewpartner durch freundliche, interessierte Fragen weich zu kochen, um dann zu den kritischen Aspekten nachzuhaken, sobald der sich in Sicherheit wog.

»Aber ja«, gab er mit gespielter Lässigkeit zurück.

»Wie gefährlich ist sie wirklich?«

»Wie Sie ja wissen, haben wir die Stahlkabel, die Fallout aus der Atmosphäre in den äußeren Weltraum ableiten, wie geplant im Orbit platziert. Wir starten von den Plattformen im Nordpolarmeer. Das Magnetfeld berührt dort ja den Boden und leitet den Fallout ab. Das Meer schützen wir, indem wir für den Start einen konventionellen Sprengsatz auf der Plattform verwenden. Für Odyssey haben wir neue Nukleartreibsätze entwickelt, die eine sehr geringe Strahlung verursachen. Das wird erreicht, indem die mittlere Schicht des Sprengkörpers, die Druck und Hitze an die äußere Schicht weitergibt, nicht aus spaltbarem Material gefertigt wird, wie es sonst der Fall ist. Das inaktive Material gibt die Energie bei der Detonation nur nach außen weiter, ohne selbst gespalten zu werden. Wir verwenden diese schwach strahlenden Treibsätze für den Start in der Erdatmosphäre. Die Astronauten sind hinter zweieinhalb Zoll Stahl geschützt. Wir können also sagen, dass wir alle überhaupt machbaren Maßnahmen gegen die Ausbreitung von Strahlung getroffen haben.«

»Freeman Dyson und andere Physiker geben aber an, dass mit jedem einzelnen Start eines Orion-Raumschiffs das Risiko besteht, dass ein Mensch tödlich an Krebs erkrankt.«

»Statistisch gesehen war das mal richtig«, gab Ryan routiniert zurück. »Das neue Design der Treibsätze hat diesen Wert inzwischen verringert. Aber selbst wenn: Das Risiko wäre damit viel geringer, als durch Rauchen krank zu werden, sei es durch eigene Zigaretten oder Rauch von anderen, der in der Luft ist, oder durch Auto- und Industrieabgase. Es ist auch viel wahrscheinlicher, durch einen Verkehrsunfall zu sterben. Das hält uns aber nicht vom Autofahren ab. Orion-Flüge sind eindeutig nicht schädlicher als die anderen Dinge, die zur menschlichen Zivilisation gehören.«

Das Projekt unter die Dinge zu fassen, ›die zur menschlichen Zivilisation gehören‹, war ein Kniff, den sich Ryan schon vor Jahren hatte einfallen lassen. Patricias hochgezogene Brauen ließen ihn erkennen, dass sie ihn durchschaut hatte.

»Wer auch immer durch einen Start Krebs bekommt, hat sich das nicht ausgesucht und dem Risiko nicht zugestimmt«, hakte sie nach. »Und, schlimmer noch, der Zusammenhang ist nicht feststellbar. Er oder sie können, wie Sie sagen, die Krankheit auch durch irgendeine andere Ursache bekommen haben. Die Betroffenen werden nie wissen können, ob es nicht doch die Strahlung vom Start des Orion-Raumschiffs war. Denken Sie darüber manchmal nach?«

Ryan dachte jetzt einen Moment lang nach, lange genug, um verunsichert zu erscheinen, wie er schließlich selbst erkannte. Dann sagte er: »Nein.«

»Vom wissenschaftlichen Standpunkt aus gesehen: Werden die Odyssey-Missionen den Aufwand am Ende wert gewesen sein?«

»Ich bin Ingenieur«, leitete Ryan seine Antwort ein. »Fragen Sie dazu mal unsere Planetologen oder Nathalie York!« Er musste leicht grinsen, ehe ihm auffiel, dass diese Antwort allein zu desinteressiert erscheinen konnte. »Die freuen sich schon darauf, von allen äußeren Planeten und zahlreichen Monden Boden- und Atmosphärenproben zu bekommen. Wir werden viel mehr über das Sonnensystem erfahren. Aber stellen Sie sich doch mal vor, dass es Menschen geben wird, die all das mit ihren eigenen Augen gesehen haben, weil wir sie dorthin bringen konnten! Ist das nicht bereits ein Wert an sich?«

»Man könnte ja sagen, dass ein Funktionsträger wie Sie immer öffentlich zu dem einmal eingeschlagen Weg stehen muss. Ist das Projekt auch die Opfer wert, die Sie persönlich gebracht haben?«

»Welche Opfer meinen Sie?«, fragte Ryan irritiert zurück und hatte dabei erstmals das Gefühl, nicht zu wissen, wohin sich das Gespräch bewegte.

»Die viele Zeit, die Sie nicht mit ihrer Familie verbringen konnten. Ihre Kollegen haben mir ja schon berichtet, dass Sie quasi rund um die Uhr arbeiten, manchmal im Büro auf einem Klappbett schlafen und kaum Zeit für irgendwelche Kontakte oder Aktivitäten außerhalb der NASA haben.«

Ryan schloss kurz die Augen. Loren – er sah Lorens Gesicht und den Blick voller Enttäuschung, den sie ihm bei der Tauffeier zugeworfen hatte. Dann Sybils Gesichtsausdruck, während sie neben ihrer Tochter stand und ihn musterte wie einen seltsamen Fremden, dessen Verhalten sie nie verstehen würde. Er dachte an die Streitgespräche mit ihr und die Zeit der Stille danach, die nichts anderes bedeutete als die Tatsache, dass sie vom jeweils anderen nichts mehr erwarteten. Was ihn in diesem Moment beschlich, war das Gefühl eines Verlusts, den er einkalkuliert hatte, schmerzhaft, aber unter den von ihm selbst geschaffenen Umständen letztlich unvermeidlich.

»Meine Arbeit macht mir Freude«, erwiderte er schließlich nach einer weiteren Sekunde des Schweigens todernst. »Meine Familie versteht das. Ich bin sehr froh über ihre Unterstützung.«

Patricia nickte, ohne dabei besonders überzeugt auszusehen. »Vielen Dank, dass Sie sich die Zeit genommen haben, Dr. Thomasson. Ich wünsche Ihnen und den Astronauten an Bord der Odyssey-Schiffe viel Glück und gutes Gelingen!«

»Das ist der Anfang der Reise.« Ted stand links neben Ryan, als das Auslaufen begann. Er machte diese Bemerkung und Ryan spürte sofort seinen inneren Widerstand dagegen. Der Moment, in dem die ENDEAVOUR auf ihrer Plattform den Hafen verlassen würde, war ein größeres Ereignis als ihre kurzen Inspektionen. Ulam, Ted und er hatten am Vorabend die Bars rund um den Hafen näher in Augenschein genommen, ohne über die Stränge zu schlagen, ohne dargebotene Unterhaltung wirklich zu genießen. Sie hatten viel gefachsimpelt, so lange, bis ihnen das auch langsam langweilig wurde. Dann hatten sie eine Nacht im Hotel verbracht und schließlich ausgeschlafen, um an der Zeremonie teilnehmen zu können. Es gab für Ryan bei dieser Sache nicht viel zu tun oder zu beachten. Die Experten von der Navy hatten für den sicheren Transport des Schiffs zu sorgen. Und das Schiff war sehr robust. Stan Ulam hatte seine weitere Anwesenheit für nicht erforderlich gehalten und war bereits ins heimische Santa Fe zurückgefahren. Hunderte von Menschen standen jetzt am Kai. Fernsehteams hatten ihre Kameras in Anschlag gebracht. Zivile Zuschauer waren überhaupt nicht vorgesehen. Wer sich aber an diesem Tag berechtigterweise im Militärhafen aufhalten durfte, hatte sich zum Spektakel eingefunden. Und da standen sie also tief gestaffelt, überwiegend mittelalte Männer, einige wenige Frauen, um im richtigen Moment zu klatschen und zu jubeln, um sich ihren Anteil an der großen Geschichte der amerikanischen Weltraumeroberung zu sichern, etwas, das sie ihren Enkeln erzählen könnten. US-Flaggen unterschiedlicher Größe wurden von vielen in Hüfthöhe parat gehalten, an Stäben oder lose, als wären sie Handtücher. Ryan glich seine Eindrücke mit seinen Erinnerungen ab.

»Das kannst du so nicht sagen«, gab er zurück. »Wir bringen es nur in Stellung, damit es starten kann, so wie die Saturn V aus der Halle an die Startrampe gerollt werden musste.«

»Das war damals auch der Anfang ihrer Reise«, beharrte Ted.

»Die Besatzung ist nicht an Bord.« Ryan malte sich aus, wie es für Peterson, Perreira und McKenzie sein würde, mit einem C-2A-Transporter auf dem Flugzeugträger zu landen und dann per Hubschrauber auf die Startplattform gebracht zu werden, vor dem großen Moment.

»Du sprichst von der Besatzung, ich vom Schiff. Das Schiff tritt seine Reise jetzt an. Es ist der erste Schritt.«

»Ist mir neu, dass du das so siehst. Ich kann mich erinnern, wie du in Jackass Flats beim Start der PROMETHEUS dabei warst. Du hast mir früher immer schon davon vorgeschwärmt, wie der Start eines Orion-Raumschiffs aussehen wird. Die hellen Blitze, die Feuerbälle, das Donnern, eine ganze Kette von Explosionen, die das Schiff aufsteigen lässt. Damals haben wir das gesehen – ein einziges Mal.«

Ted nickte grinsend. »Und gesehen haben wir in Wirklichkeit ...«

»Nichts!« Sie sprachen das Wort tatsächlich gleichzeitig lachend aus.

Ryan erinnerte sich daran, wie sie sich im geschützten Kommandostand vom Startplatz abgewandt hatten, die Hände auf die Schutzbrillen gepresst, auf deren Wirkung sie allein nicht vertrauen wollten. Mehrere Lichtblitze hatten sie abgewartet und das infernalische Grollen ausgehalten, ehe sie sich trauten, durch das Bleiglas dem entschwindenden Schiff hinterherzublicken. Die Blitze, die sie dann noch gesehen hatten, waren so weit entfernt entstanden, dass sie nicht stärker aussahen als bei einem gewöhnlichen Gewitter. Damit hatten sie mehr gesehen als David Weiss, der an der Spitze des Raumschiffs in seiner in diesem Moment völlig abgedunkelten Kapsel saß.

»Aber«, beharrte er, »der Start war der Anfang der Reise!«

Ted grinste und hob die Hände, machte deutlich, dass sie keinen ernsthaften Streit führten. »Wir werden nicht dabei sein, wenn sie von der Plattform abhebt. Sie wird vor der kanadischen Nordmeerküste aufsteigen, weit weg von hier.«

»Und die Kanadier werden auf äußerst höfliche Weise dagegen protestieren, wie bei Ares«, fügte Ryan ironisch hinzu.

»Genau. Und wenn ich nicht dabei sein kann, dann ist das hier für mich der Anfang der Reise«, erklärte Ted.

Ryan nickte und machte dabei ein tolerantes Gesicht. Einige Yards von ihnen entfernt wurden Befehle geschrien. Matrosen im traditionellen weißen Dress der Navy machten sich daran, die armdicken Taue, mit denen die Plattform festgemacht war, von den Pollern zu lösen. Der große Moment nahte. Er konnte hören, wie Fernsehreporter ihren Kommentar anpassten. Einer erklärte seinem geneigten Publikum gerade, dass der Beginn der Fahrt für die ENDEAVOUR mit dem Auslaufen Columbus' an Bord der SANTA MARIA zu vergleichen sei oder mit dem des namensgebenden Vorbilds, das James Cook kommandiert hatte.

Es ist nur eine Plattform, dachte Ryan. *Beruhigt euch mal! Alle schwierigen Dinge kommen erst noch.*

Zwischen ihm und der Plattform war noch so viel Platz, dass die Matrosen nach verrichteter Arbeit im Gleichschritt an ihm vorbeisprinten konnten. Er spürte eine Vibration, die durch den Boden hindurch seine Füße erreichte. Die drei Hochseeschlepper der Navy, deren Schleppseile an der Plattform verankert waren, machten einen ersten Versuch, die riesige Masse in Bewegung zu setzen. Es würde gleich losgehen.

»Hat es sich gelohnt?«

Ryan quittierte Teds Frage mit einem verwirrten: »Hm?« Obwohl er dem Moment eine besondere Bedeutung absprach, hatte die allgemeine Aufregung um ihn herum auch ihn erfasst und seine Konzentration geschwächt. Er verstand die Frage wirklich nicht.

»All das, was wir getan haben, in den letzten 20 Jahren, hat es sich gelohnt?«

Ryan dachte an seine Familie, an Dyson, der die Strahlenbelastung für zu hoch hielt, an die Mutter, die Ted im Flugzeug vor vielen, vielen Jahren nach Strontium in der Muttermilch gefragt hatte, an die Boden- und Atmosphärenproben, die die Astronauten von den verschiedenen Planeten und Monden sammeln sollten.

»Wir werden sehen, dass es sich gelohnt hat, wenn sie mit den wissenschaftlichen Ergebnissen zurückkommen.«

Ted sah ihn an und nickte, versuchte ganz offenbar, sich selbst davon zu überzeugen, dass Ryans Antwort richtig war. Er wiegte den Kopf und sah dabei beschämt aus, so als sei ihm der so spät geäußerte Zweifel an einem Projekt, das er zuerst vorangetrieben hatte, peinlich.

Ryan wusste, dass er kein Geologe war. Seine Einschätzung der zu erwartenden, wissenschaftlichen Ergebnisse war die eines Laien. Würde es sich lohnen? Er war sich sicher, dass die ebenfalls laienhafte Einschätzung seiner Frau und seiner Tochter anders ausfallen würde.

»Jetzt!«, schrie irgendjemand, nicht weit entfernt von ihm. Ryan sah nicht zum Himmel, er sah nach unten. Der graue Rand der Plattform löste sich im Zeitlupentempo vom Kai. Dunkelgrünes Wasser wurde durch den entstandenen Spalt sichtbar. Zoll für Zoll folgte die Plattform dem Zug der vorausstampfenden Schlepper. Die Reise hatte begonnen.

Montag, 31. Mai 1976, 16:00:11 Eastern Standard Time, National Public Radio, »All Things Considered« T 106/08:03:11 [Tage/Std:Min:Sek]

Heute ist in den Buchläden erstmals ein Werk erhältlich, das das Ares-Programm aus einem sehr speziellen Blickwinkel betrachtet. Sein Titel: »Wir sind nie zum Mars geflogen – Amerikas 100-Milliarden-Dollar-Schwindel«. Der Autor, Bill Kaysing, behauptet, die Landung amerikanischer Astronauten auf dem Mars habe es nie gegeben. Sie sei stattdessen in einem Filmstudio nachgestellt und gefilmt worden, um die Öffentlichkeit zu täuschen. Die NASA soll sich dazu wegen finanzieller und technischer Engpässe entschieden haben. Kaysing weist auf Unstimmigkeiten in den Aufnahmen hin. So flattere die amerikanische Flagge nie, obwohl auf dem Mars ein ständiger Wind weht. Auch seien bei Nacht die Sterne nicht zu sehen. Die Schatten von Landefähre und Astronauten würden nicht immer in eine Richtung weisen, was der Autor auf den Einsatz von Studioscheinwerfern zurückführt.

Eine Vorabveröffentlichung für das Fachpublikum hat bereits viel Widerspruch ausgelöst. Die NASA dementiert Kaysings Darstellung, was natürlich nicht überraschend ist. Der Wind wehe auf dem Mars durchaus nicht konstant, hat die NASA-Pressestelle auch heute wieder erklärt. Die fehlenden Sterne gingen auf die Blendenöffnung der Kamera, die Schattenverläufe auf Bodenwellen zurück. Kaysings Behauptung, die Sterberate unter NASA-Mitarbeitern sei besonders hoch, was auf eine Vertuschung hinweisen würde, ließe sich durch tatsächliche Statistiken nicht bestätigen.

In unserer gestrigen Sendung haben wir den damaligen Leiter des Ares-Programms, interviewt. Dr. Ryan Thomasson ist auch für das laufende Odyssey-Programm verantwortlich. Er äußerte persönliche Zweifel an Kaysing, der als Ingenieur für eine Zulieferfirma der NASA gearbeitet hat, entlassen wurde und heute ein Katzen-Asyl leitet. Er habe das Buch nur geschrieben, um Rache zu üben. Wäre die Landung von Ares 6 auf dem Mars eine Täuschung gewesen, hätte die Sowjetunion dies bemerkt und öffentlich gemacht. Bei 400 000 am Programm beteiligten Mitarbeitern hätte ein solches Geheimnis generell nie so lange gewahrt bleiben können, so Dr. Thomasson weiter.

Die vorausgegangene sowjetische Landung auf dem Mars schätzt Bill Kaysing im Übrigen als authentisch ein, was ihm schon den Vorwurf eingebracht hat, prosowjetische Propaganda betreiben zu wollen. Auch die Apollo-Landungen auf dem Mond seien zweifellos authentisch, hat der Autor während der Buchpremiere in Chicago auf Nachfrage erklärt. Jeder Zweifel daran sei unwissenschaftlich.

Und nun zu einem weiteren Thema des Tages: Präsident Ford hat heute Howard Jenkins zum neuen CIA-Direktor ernannt …

XIV

Donnerstag, 10. März 1977, 18:19:39 Central Standard Time, Pluto
T 388/11:22:39 [Tage/Std:Min:Sek]

Das Eis spritzte in die Höhe. Dave konnte sein Glück kaum fassen. Er nahm das elektronische Fernglas, dessen Umrandung an seinen Helmvisier angepasst war, nur kurz herunter. »Er bricht tatsächlich aus, hier in unserem Landegebiet«, teilte er Kester begeistert mit. »Ich kann den Auswurf sehen. Der Vulkan muss etwa drei Meilen hoch sein. Das Eis wird Hunderte von Yards weit in die Höhe geschleudert.«

Kester gab ein Grunzen von sich, das wahrscheinlich anerkennend sein sollte. »Hm, ja, so etwas hatten wir noch nicht dabei. Glückwunsch, Mr. Gronowitsch! Sie haben das entdeckt.«

Dave spürte, wie sich der Kommandant die Würdigung der wissenschaftlichen Einzelheiten regelrecht abrang. Es störte ihn aber kaum. Er presste das Fernglas wieder auf das Visier. Niemand hatte jemals mit Eisvulkanen auf dem Pluto gerechnet! Er konnte sich an keine Vorlesung, an keinen Zeitschriftenartikel erinnern, in dem eine solche Möglichkeit je erwähnt worden war. Sie hatten eine Sensation entdeckt! Überhaupt entsprach Pluto in keiner Weise dem, was er als Geologe erwartet hatte. Der gefrorene Stickstoff, auf dem sie jetzt standen, war glatt. In dieser Gegend, die von der NASA großzügigst den Namen »Sputnik Planitia« erhalten hatte, gab es keine Krater. Dave hatte fest damit gerechnet, dass der Planet gleichmäßig mit den Pockennarben vergangener Einschläge übersät wäre, so wie alle Experten auf der Erde auch. Die glatte Oberfläche an ihrem Landeplatz sprach aber dafür, dass das Eis in verschiedenen Regionen des Pluto unterschiedlich alt war. In den älteren Regionen waren Krater zu sehen. In den jüngeren überdeckte das Eis die Spuren früherer Einschläge. Schuld daran waren die Kryovulkane. Wo kam nur die Wärme im Inneren des Planeten her, die für die geologische Aktivität sorgte?

Dave sah nach rechts. Kester hatte freundlicherweise damit begonnen, die Filmkamera an Bord des Rovers auf das Spektakel auszurichten. Die Restlichtverstärkung der Kamera war mit der des Fernglases zu vergleichen. Sie würden ordentliche Bilder von dem Eisauswurf bekommen. Allein das war die Reise wert. Auf die Übertragung von Fernsehbildern zur BEAGLE allein wollte er sich nicht verlassen. Die dafür vorgesehene, ebenfalls am Rover befestigte Kamera lieferte keine besonders gute Bildqualität. Er sah hinab in den Lichtschacht seiner Hasselblad HDC und ließ es sich nicht nehmen, mehrere Aufnahmen vom Ausbruch zu machen.

»Denkt ihr an den Sauerstoff für die Rückfahrt?«, ließ sich Georgina durch ihre Kopfhörer vernehmen.

»Roger, BEAGLE!«, gab Kester zurück. »Die Begeisterung unseres Geologen hindert mich nicht daran, auf die Uhr zu schauen.«

Dave tat dies nun selbst. Das schweizerische Chronometer zeigte ihm, wie weit sie die Grenze für die sichere Rückfahrt schon ausgereizt hatten. Das Walk-back-Limit würde bald überschritten sein, der Zeitpunkt, von dem an sie es zur Not auch noch zu Fuß zurück zur Fähre schaffen würden. Eine Wiederholung seiner Erfahrung auf Callisto kam für ihn keinesfalls infrage. Er machte eine letzte Aufnahme vom aktiven Eisvulkan. Dann sah er sich um, merkte, dass er nichts am Boden liegen gelassen hatte, und stieg bereitwillig auf den Beifahrersitz des Rovers.

Während der Fahrt waren sie wieder weitgehend auf die Scheinwerfer des Fahrzeugs angewiesen, eines jener Details, die die weiterentwickelten Odyssey-Rover von den Mondautos des Apollo-Programms unterschied. Kester beschleunigte. Der Horizont tanzte vor ihren Augen auf und ab, während sie über die Bodenwellen fuhren. Die JASON kam in Sicht und neben ihr die unbemannte SIRIUS. Die Landung ohne den Anteil der ENDEAVOUR durchzuführen, mit zwei Fähren und zwei Mann, war unstrittig gewesen. Dave hatte sich ganz darauf verlassen und war nicht überrascht, als die Zustimmung der NASA in einer Nachricht eingegangen war. Ihre drei Tage Landezeit an der »Sputnik Base« waren fast um. Er würde nach Hause zurückkehren, für den Rest seines Lebens Vorträge halten und nie wieder eine Welt betreten, auf der Menschen nur zu Gast sein konnten. Es wurde Zeit, alles einzusammeln, was auf keinen Fall zurückgelassen werden sollte. Er musste sich darauf konzentrieren, ganz gleich wie sehr ihn der Eisgeysir auch weiter innerlich beschäftigte. Sie fuhren an der aufgestellten US-Flagge vorbei und machten zwischen den beiden Landefähren halt.

»Bauen Sie doch schon mal das SWC ab«, befahl Kester mit jener zurückhaltenden Sprechweise, die er seit seinem Ausstiegsmanöver die meiste Zeit über an den Tag legte.

Dave tat wie ihm geheißen und näherte sich dem Schweizer Experiment. Er stellte sich frontal vor die Jason und das SWC. Das rechteckige und längliche Stück Platinfolie hing aufrecht an seiner Haltevorrichtung und erinnerte ihn nicht zum ersten Mal an ein heruntergelassenes Rollo. Wie der Name Solar Wind Composition Experiment besagte, sammelte die Folie Teilchen des Sonnenwindes ein. Andere Exemplare hatten dies schon bei den Apollo-Landungen auf dem Mond getan. Odyssey bot den Experimentatoren von der Universität Bern die Chance, Daten darüber zu gewinnen, wie die Intensität des Sonnenwindes abnahm, je weiter man sich von der Sonne entfernte. Vorsichtig löste er die Folie aus ihrer Halterung und wickelte sie auf. Links neben ihm brach die Sirius zusammen. Er nahm es aus dem Augenwinkel wahr. Eine Erschütterung des Bodens erreichte seine Füße.

»Skipper«, meldete er sofort. »Hier stimmt was nicht.«

»Wiederholen Sie«, gab Kester verständnislos zurück.

»Ein Landebein von Sirius ist weggebrochen«, formulierte Dave jetzt mit größerer Geistesgegenwart. Dann nahm er bereits am rechten Rand seines vom Helm beschränkten Sichtfelds die Bewegung eines weißen Schemens wahr. Kester hatte die vom Rover gelösten Kästen mit belichteten Filmen in den Händen. Anstatt sie in die Jason zu bringen, stellte er sie ab. Sie näherten sich beide der automatischen Landefähre. Dave ärgerte sich ein weiteres Mal darüber, dass sein technisches Verständnis Grenzen hatte. Würde man ihn fragen, was passiert war, würde er die nunmehr als Wrack zu bezeichnende Sirius nur als einen Haufen Blech beschreiben können, der mit Gold- und Silberfolie umwickelt war. *Gott sei Dank ist es nicht unsere Fähre*, war der nächste Gedanke, der ihm durch den Kopf schoss. *Wir können trotzdem mit der Jason starten.*

Kester umlief das defekte Fahrzeug hüpfend in einem Viertelkreis und breitete dabei die Arme aus, um die Balance zu halten. »Sie ist getroffen worden«, analysierte er sofort.

Dave starrte weiter auf den silber-gold-farbenen Schrotthaufen, der eben noch ein Raumfahrzeug gewesen war, und gestand sich seine Hilflosigkeit erneut ein. Er konnte gar nichts erkennen.

»Warum?«, fragte er schließlich.

Kesters Kopf war schon in seine Richtung geruckt, so schnell, wie das mit aufgesetztem Helm eben ging – in seine Richtung, in die der JASON.

»Sehen Sie das Teil hier.« Kester deutete auf eine übergroße Scherbe, die nicht aus Glas, sondern dunkelgrauem Metall bestand. »Das kommt von da.« Jetzt deutete der Skipper auf die JASON. Daves Kopf ruckte ebenfalls schnell herum, so weit, wie es der Anzug zuließ. In der JASON klaffte ein Loch, so groß, dass man einen Putzeimer hätte hindurchwerfen können. Es klaffte nicht in der Goldfolie, die die Landestufe umhüllte, sondern im silberfarbenen Oberteil, das für den Rückstart gedacht war. Er fluchte, so wie Georgina es auch getan hätte. Soweit er es jetzt schon sagen konnte, saßen sie auf Pluto fest.

»BEAGLE, hier Sputnik-Base«, meldete sich Kester bei Georgina. Dave kam es so vor, als spucke er den von der NASA verliehenen Namen der Basis förmlich aus. »An der Oberstufe der JASON ist einer der RCS-Tanks explodiert. Trümmerstücke haben die SIRIUS getroffen. Ich schätze mal, dass das Aerozin jetzt hier überall in gefrorener Form auf der Oberfläche herumliegt.«

Dave hörte den Skipper tief einatmen. Dann sah er, wie er an den von silbernen Fetzen umrahmten Rand des Loches herantrat, um hineinsehen zu können. In sich kämpfte Dave all jene Gefühle nieder, die immer in ihm aufgestiegen waren, wenn ein wichtiges Gerät nicht mehr funktionierte. *Warum kann es jetzt nicht ganz sein? Warum kann es nicht so sein, wie es immer war? Warum muss es gerade jetzt kaputtgehen?* Sie saßen auf dem Pluto fest, dem am weitesten von der Erde entfernten Planeten. Es gab nichts, was sie dagegen tun konnten. Sein Leben würde hier enden und das Lächeln seiner Frau würde sich in seinem Kopf von einer Verheißung in eine ferne Erinnerung an frühere Zeiten verwandeln.

»Roger, Sputnik!«, kam es von Georgina zurück. Dave hatte immer noch genug Muße, um sich über die Namensgebung der Ebene und ihrer Landebasis zu wundern und zu ärgern. Wieso Sputnik Base? Hatte sich das jemand in Washington ausgedacht? War auf der Erde gerade Tauwetter-Periode? Derartig eigensinnige Gedanken konnten ihn für wenige Momente von der Situation ablenken, in der sie jetzt waren. Wie lange würde ihr Sauerstoff wohl reichen?

»Ich schau mir mal an, ob wir die Haupttanks mit dem RCS verbinden können, um den Vogel so wieder steuerbar zu machen«, referierte Kester weiter.

Dave schämte sich im selben Augenblick für seine Angst. Der Skipper hatte einen Plan. Dann würde schon alles gut gehen.

Kester tänzelte zur Leiter, die über das vordere Landebein ins Innere der Fähre führte. »Packen Sie weiter zusammen, Dave«, befahl er. »... für den Fall, dass es klappt.«

Schweizerische Platinfolie verstauen. Sollte er das vor der Verkündung des möglichen Todesurteils tatsächlich tun? *Warum nicht?*, entschied er schließlich. Warum mussten es auch so viele Monde sein, die die Expedition ansteuern sollte? Hatte er jemals selbst geglaubt, dass es möglich sei, so viele Landungen durchzuführen und heil wieder nach Hause zu kommen?

»BEAGLE, Ventile und Leitungen am RCS-Tank sind durch die Explosion abgerissen worden. Er lässt sich nicht mehr auffüllen.«

Wenn das mal kein schnelles Urteil war.

»Roger, Sputnik! Ich lasse die ARTEMIS zu euch runter.«

Mit einem Satz hatte Georgina Daves Defätismus hinweggefegt. Eine noch nicht benutzte Landefähre hatte die BEAGLE noch übrig, tatsächlich genau für Situationen wie diese.

»Sie kommt im nächsten Umlauf, ETA 90 Minuten.«

»Kommen Sie an Bord, Dave!«, entschied Kester sofort.

Dave hockte sich hin, was im Anzug und mit dem Tornister auf dem Rücken ein kleines Kunststück war, und nahm die schweizerische Platinfolie dort auf, wo er sie fallen gelassen hatte. Er schaffte es, mit dem länglichen Paket in der Hand die Leiter hinaufzusteigen. Auf der kleinen Plattform am Einstieg angekommen, schob er die Folie durch die offene Einstiegsluke und ließ sie von der schwachen Schwerkraft des Pluto sachte zu Boden ziehen. Im Anzug durch die Luke hindurchzusteigen, war eine Kunst, die er immer weiter perfektioniert hatte. Er hielt sich am

Geländer der Plattform fest, schob die Füße voran und drehte sich, um bäuchlings in der Kabine anzukommen, fast ohne an den Rahmen der Luke anzustoßen. Er ließ die Tür zuschwingen und schloss sie mit sieben Drehungen des Hebels. Kester ließ die Stickstoff-Sauerstoff-Mischung in die Kabine einströmen und beobachtete dabei die Instrumente am Steuerstand. Offenbar deutete nichts auf eine Undichtigkeit hin. Er nahm seine Dunsthaube ab und Dave tat es ihm gleich. Er war froh, dass sich sein Kopf in diesem Moment nicht weiter unter dem Helm aufheizen würde. *Aber frische Luft ist das nicht*, dachte er. Frische Luft hatten sie alle nicht mehr geatmet, seit über einem Jahr nicht. Was gehörte dazu? Meersalz? Der Geruch nach verbranntem Schiffsdiesel und Möwenkot? Die Wärme einer nahen Sonne auf der Haut?

»Gesetzt den Fall, Camden bekommt es nicht hin, direkt vor unserer Tür zu parken«, Dave entschloss sich, den angedeuteten Macho-Spott zu überhören, »müssen wir überlegen, welche Proben und Experimente mit auf den Rover kommen.«

»Die Folie liegt schon da.«

Kester nahm das brummend zur Kenntnis und offenbarte damit, wie unspannend er das schweizerische Experiment tatsächlich fand. »Schauen Sie, welche Eis- und Atmosphärenproben Sie mitnehmen wollen.« Er deutete auf die Fächer ringsherum an den Wänden, der Kabine, in denen der Geologe alles gesammelt hatte, was er vom Pluto hatte entnehmen können. Gab es überhaupt irgendein Kriterium, nach dem er eine solche Entscheidung treffen konnte? Wie viel Pfund würde er auf dem Rover verladen können? Die Filme mussten mit, aus allen drei Kameras. Blieben dann noch 20 Pfund oder 40? Im Zweifel mussten sie einfach versuchen, mit der Fracht zurechtzukommen. Noch so eine Katastrophe wie auf Callisto wollte er allerdings nicht verursachen. Der ganze wissenschaftliche Gesamtüberblick, den die Eisproben liefern sollten, beruhte darauf, dass sie aus unterschiedlichen Tiefen stammten. Dave fluchte innerlich und reduzierte die Anzahl der zu transportierenden Bohrkerne von 15 auf drei. Er machte sich daran, die Proben in den passenden Fächern ausfindig zu machen.

Schon wenige Minuten später tankten sie ihre Tornister mit einem Teil der letzten Sauerstoff- und Wasserreserven auf, die die Fähre noch zu bieten hatte.

»Müssen Sie noch?«, fragte Kester rücksichtsvoll. Raus aus dem Anzug, wieder rein in den Anzug, Zeitverlust bei zu Ende gehenden Sauerstoffreserven. Dave schüttelte den Kopf. Bisher hatte er es noch immer vermeiden können, im Anzug seine Notdurft zu verrichten.

»Dann los!«

Helme aufsetzen, Luke öffnen. Kester ließ es sich nicht nehmen, als Erster die Fähre zu verlassen. Dave warf die Probenbeutel und die Platinfolie sachte hinterher auf die Oberfläche des Pluto, zu der sie nicht schnell genug hinabsinken konnten, um irgendwelchen Schaden zu nehmen. Als er sich vorsichtig die Leiter hinabbewegt hatte, war Kester mit dem Verladen der Fracht auf dem Rover schon fertig. Ganz selbstverständlich nahm er hinter dem Steuer Platz.

»Haben Sie schon eine Flugbahn, Camden?« Der Kommandant schnarrte die Frage einfach so hin, ohne die Beagle förmlich zu rufen, ein Indiz für seine Ungeduld.

»Noch nicht eindeutig, Sputnik.«

Kester ließ die Finger seiner dick behandschuhten Hand hinter dem Hebel, der die Stromzufuhr für die Motoren regelte, auf die Oberfläche des Gehäuses trommeln. Dave nahm neben ihm Platz und reduzierte seine Aktivität auf das Atmen. Er schaute stur geradeaus. Die Wartezeit, die er von diesem Moment an zu bewältigen hatte, bewegte sich für ihn anfangs in dem Zeitrahmen, der ihm zumutbar erschien, wenn es darum ging, Unbeschäftigtsein zu ertragen. Die Zeit bis zum Check-in für einen Airliner am Flughafen bis zum Eintreffen von Speis und Trank nach der Bestellung im Restaurant, das Sitzen im Wartezimmer des Arztes. Eine Ansammlung von Minuten, die auch völlig Fremde durch bedeutungslose Konversation überwinden konnten. Er und Kester hatten das nur einfach nicht versucht. Dann wurde diese zeitliche Grenze überschritten, so kam es Dave jedenfalls vor. Hinter dieser Grenze begann für gewöhnlich die Empörung über das als ungerechtfertigt empfundene Wartengelassenwerden, ganz gleich, ob das den Tatsachen entsprach oder nicht. Wartende fragten nie danach, ob sie überhaupt das Recht hatten, sich zu beschweren. In der Enge des geschlossenen Anzugs konnte er kein Nickerchen machen. Das hatte er schon auf der Erde während des Trainings erfolglos versucht. Worüber sollte er sich Gedanken machen, wenn Zeit scheinbar nicht voranschritt? Darüber, was seine Frau auf der Erde gerade tat? War es dort Tag oder Nacht? Er scheiterte bei dem Versuch, sich irgendeine Aktivität für sie vorzustellen, die seine Gedanken fesseln könnte. Wie immer diese Sache jetzt auch ausgehen mochte, dies war das letzte Mal, dass er als erster und einziger Geologe der Menschheit auf dieser Welt unterwegs war. Er dachte an den Eisgeysir und lächelte. Das gesehen zu haben, konnte ihm niemand wegnehmen. Natürlich war der Titan geologisch viel interessanter gewesen als Pluto.

»Sputnik, der Landeplatz liegt von Ihnen aus gesehen in nördlicher Richtung, bei etwa 358 Grad.«

»Verstanden, Beagle.« Kester schob den Hebel nach vorn. Der Wagen fuhr an. Dave schaute auf den Kompass und konnte bestätigen, dass der Skipper den angesagten Kurs einschlug. Die Scheinwerferkegel tanzten auf und nieder. Die Gletscher reflektierten die Strahlen des fremdartigen terrestrischen Fahrzeugs genauso chaotisch in die verschiedensten Richtungen.

»Haben Sie unseren Kurs im Auge, Camden?«, fragte Kester ächzend nach, als der Rover eine weitere Bodenwelle überquerte. Es bedurfte einer automatischen Peilung durch die Beagle und die Landefähren, um die Position des Rovers genau zu ermitteln. Sie alle konnten das Signal seines Peilsenders empfangen.

»Sie sind auf Kurs, Skipper.« Wenigstens verzichtete Georgina darauf, den Namen »Sputnik Base« zu verwenden, jetzt, wo sie sich bereits deutlich von ihrem Landeplatz entfernt hatten.

Der Rover rollte weiter. Dave machte sich erneut klar, dass dies seine letzte derartige Fahrt war. Was immer er an den Landschaften fremder Weltkörper als spannend, langweilig oder bedrohlich empfunden hatte, es würde ihm nie wieder begegnen. Jetzt war die Zeit, um vorgezogenes, idealistisches Fernweh zu entwickeln – oder auch nicht. Er fühlte sich völlig leer.

»Ziehen Sie etwa zwei Grad nach steuerbord, Skipper!« Georginas Anweisung kam unvermutet und völlig rechtzeitig. Kester ließ den Rover leicht nach rechts schwenken und behielt dabei den Kompass im Blick.

»Ihr seid gleich da!«

Zuerst bemerkte Dave ein schwaches Schimmern. Er versuchte, das Objekt, von dem es ausging, zu fixieren. Dann schälte sich langsam eine

Form aus der Dunkelheit, immer ein Stückchen weiter, während das auf und ab tanzende Scheinwerferlicht die Stelle erneut traf. Und jedes Mal langte eine Klaue nach seinem Herzen, um es immer fester zusammenzudrücken. Er konnte sich einmal sagen, dass er einer Täuschung erlag, dass er bloß noch nicht weit genug herangekommen war, um die Einzelheiten richtig zu erkennen, auch zweimal oder fünfmal. Am Ende musste er sich eingestehen, dass der erste Eindruck nicht getrogen hatte. Das in silberner Folie umkleidete Oberteil der Fähre berührte den Boden. Sie hielten an.

»BEAGLE, die ARTEMIS liegt in einer Position auf der Oberfläche, aus der die Oberstufe nicht starten kann«, fasste Kester die Bescherung zusammen. »Entweder ist beim Landen eines der Beine abgebrochen oder sie ist wegen einer Unebenheit gekippt.«

»Fuck!«

Der vertraute Fluch Georginas enthielt alle Gedanken, die Dave in diesem Moment durch den Kopf gingen. Sie würden nicht nach Hause kommen, niemals.

»Verdammter Scheiß!« Georgina verlegte sich auf harmloseres Fluchen. Das war nie ein gutes Zeichen. Dave war klar, worüber sie jetzt wohl nachdachte. Sie würde mit der BEAGLE sicher nach Hause fliegen und musste sie beide tot zurücklassen, weil sie die Landung der Fähre verbockt hatte. Das war alles andere als einfach. Sie würde damit leben müssen, Kester und er selbst hatten es dagegen bald hinter sich.

»Ein Umlauf!«, verkündete sie über Funk.

Einen Augenblick lang war es still auf der Frequenz. Kester war von seinem Platz aufgestanden.

»Camden, das können Sie nicht machen!«, reagierte er. »Sie machen die BEAGLE klar für den Rückstart zur Erde. Das ist ein Befehl!«

Schweigen auf der Frequenz.

»BEAGLE von Sputnik Base!« Auch die förmliche Ansprache änderte nichts an dem Schweigen des Empfängers. »BEAGLE, Sie melden sich jetzt!«, wütete der Kommandant. Dann seufzte er in das erneut geöffnete Mikro, so als hätte er zu einem weiteren Ruf angesetzt und dann resigniert.

Dave ließ einige Augenblicke vergehen. »Was hat sie vor?«, wollte er endlich wissen, da anscheinend niemand bereit war, ihm von allein eine Erläuterung des Geschehens anzubieten.

»Wir versuchen, reinzugehen und die PLSS wieder aufzufüllen.«, äußerte Kester anstelle einer Erklärung.

»Sie wollen die Tornister wieder auffüllen?«, hakte Dave nach.

»Korrekt«, bestätigte Kester und ließ damit keine Zweifel an der Ausführung seines Befehls aufkommen.

»Zögert das das Unvermeidliche nicht bloß hinaus?« Wenn der Skipper schon nicht über Georginas Plan reden wollte, dann vielleicht ja über ihren bevorstehenden Tod.

»Dann können Sie noch ein bisschen länger die Landschaft bewundern.« Kester stieg vom Rover hinunter und bewegte sich in Richtung Fähre. »Auf geht's! Wenn wir Glück haben, ist das Ding nicht auf der Luke zu liegen gekommen.«

Dave sah sich schon stundenlang Beschreibungen der Oberfläche und Details zu den Proben über Funk absetzen. Heldenhaft fortgesetzte Wissenschaft bis zum letzten Atemzug. Wollte er tatsächlich die Kapelle an Bord der TITANIC sein? So langsam war ihm alles egal. Er würde nicht zur Erde zurückgelangen. Stattdessen würde jetzt der Pluto ihn für immer beherbergen, ein Gedanke, an dem er einen Augenblick lang hängen blieb.

Sie schafften es tatsächlich, von schräg oben in den Innenraum der Fähre zu gelangen. Der Einstieg war ein akrobatischer Akt, wie er ihn noch nie zuvor vollführt hatte. Er hatte auch noch nie eine Toilette benutzt, die sich dabei in einem derartig ungünstigen Winkel befunden hatte. Lauter neue Rekorde für das Weltraumprogramm! Als sie beide damit fertig waren, zog Kester seinen Raumanzug wieder an und bedeutete dem Geologen, dasselbe zu tun. Dave seufzte apathisch. Dann begann er mit dem komplizierten Ankleideprozess.

»Was hat Georgina vor?«, versuchte er es erneut.

Der Kommandant schwieg.

Mit wieder aufgefüllten Tornistern kletterten sie auf die Oberfläche hinaus. Dort setzte sich der Skipper wieder hinter das Steuer des Rovers, nicht um damit irgendwohin zu fahren, sondern anscheinend, weil er die bequemste Sitzgelegenheit im Umkreis von mehreren Tausend Meilen darstellte. Er schaltete die Scheinwerfer wieder ein. Dave selbst hievte sich resigniert auf den Beifahrersitz. Offenbar würde er bis zu seinem bald einsetzenden Tod nicht erfahren, was Georgina mit ihrem kryptischen Funkspruch gemeint hatte.

Kester sah auf seine Armbanduhr. Dann stand er auf. »Legen Sie sich hin«, befahl er. Der Kommandant machte selbst ein paar Schritte und legte sich quer vor den Rover ins Licht der Scheinwerfer. »Kommen Sie!«

Zögerlich legte Dave sich dazu. Die Temperatur des Gletschereises war auf keinen Fall lange zu ertragen. Da konnte das PLSS des Anzugs noch so tapfer gegen anheizen. *Wir sind ohnehin bald tot.*

»Drehen Sie sich zum Boden und machen Sie die Augen zu.«

Was wird das jetzt?, fragte sich Dave, *Duck and cov...*

Eine Reihe von Blitzen, die immer heller wurden, schleuderten ihr Licht bis hinter seine geschlossenen Lider. Eine riesige Faust schlug nach ihm und traf ihn auf seiner gesamten Rückseite. Seine Wirbelsäule drückte sich durch. Die »Hand« war tatsächlich eine feuchte Masse, von der er jetzt vollständig umgeben war. Sein Helmvisier knirschte.

»Scheiße!« Er konnte hören, wie der Akustomat seinen Sender auslöste. Es kam keine Entgegnung. Ein Teil des Lichts aus den Scheinwerfern des Rovers drang noch zu ihm, aus einer einzelnen Lampe, wie er glaubte. Er konnte sich nicht bewegen. Scheiße! Er hatte sich seine letzten Lebensminuten ganz friedlich vorgestellt. So konnte er nicht mal an die Kontrollen gelangen, um sich selbst den Sauerstoff abzudrehen. Eigentlich musste er bald erfrieren. Dabei so verschüttet und bewegungsunfähig zu sein, entsprach aber nicht seinem Geschmack. Wütend und hektisch bewegte er den linken Arm und merkte, dass sich etwas lockerte. Er war nicht weit weg von der Oberfläche. Er spannte seinen ganzen Körper an und drückte sich nach oben. Sofort fiel er wieder zurück, aber nicht ohne eine Lücke über sich hinterlassen zu haben. Er versuchte es erneut und fing sich mit den Armen auf der nassen Oberfläche ab. Mühsam wandte er sich aus der Umklammerung des feuchten Eises, das er jetzt als solches erkannte. Die Visierplatte hielt. Er konnte immer noch das Scheinwerferlicht sehen. Der Rover allerdings war nicht mehr da. Er musste auch verschüttet worden sein. Dave sah sich um. Er befand sich in einer neuen Landschaft auf einer leichten Steigung, die vom Landeplatz der verunglückten ARTEMIS wegführte. Auch die Fähre war nirgends zu sehen. Ein bis zwei Schritte hangaufwärts musste der Skipper sein. Er drehte sich nach links und fing hektisch an, mit den Händen zu graben. Er fand seinen Kommandanten sofort. Kester drückte die letzte Eisschicht selbst weg und stand auf. Mit einer Handbewegung zog er ein rotes Spiralkabel aus einer Tasche des Anzugs hervor und stöpselte es in Daves Kontrollgerät ein. Es war die Notfallkommunikationsleitung für Funkausfall. Mit einem Blick registrierte Dave, dass die Antenne an Kesters Tornister abgebrochen war. Bei ihm selbst konnte es kaum anders sein.

»Das war dann ja wieder mal bedingt präzise«, hörte er den Kommandanten sagen, in einem lakonischen Tonfall, den er kaum nachvollziehen konnte. »Kommen Sie«, forderte Kester ihn sofort ungebremst auf, »wir müssen uns wieder eingraben, so schnell wie möglich. Das Zeug ist jetzt warm genug«, behauptete er.

Dave stellte seine Fragen wieder zurück und half beim Graben. Sie konnten sich in das Loch, zu dem sie die Stellen, an denen sie gelegen hatten, erweiterten, am Ende hineinkauern, ohne über die Oberfläche hinauszuragen. Kester bestand darauf, dass sie sich auch mit Eis zudeckten, und damit sich fast wieder verschüttet vorkamen.

»Und?«, setzte Dave erneut an. »Wollen Sie mir vielleicht mal langsam sagen, wie es jetzt weitergeht, wenn überhaupt?«

Unglücklicherweise gefiel sich der Skipper weiter in unklaren Andeutungen. »Keine Ahnung, ob wir hier rauskommen, Mr. Gronowitsch! Haben Sie eigentlich mal darüber nachgedacht, warum der Nuklearbohrer, den wir auf Europa eingesetzt haben, so groß ist, wie er es ist?«

»Nein«, gab Dave ebenso ratlos wie gelangweilt zurück.

»Er ist im Durchmesser größer als die Nukleartreibsätze, aber kleiner als die Öffnung in der Prallplatte, durch die wir sie auswerfen. Darüber können Sie mal nachdenken. Wir bleiben so lange hier, wie die Sauerstoffvorräte es erlauben. Dann gehen wir. Ich sage Ihnen Bescheid.«

Dave dachte über gar nichts nach. Die Erlebnisse der letzten Stunden hatten ihn bis an den Rand des Erträglichen gefordert. Er beschloss, einfach zu schlafen.

Kester rüttelte später an seinem Arm. »Kommen Sie schon, Dave! Wir brechen auf!«

Sie wühlten sich umständlich aus dem Eis, dass sich bereits wieder erheblich abgekühlt hatte. Dave war froh, der kalten Umarmung entkommen zu können.

»Ich gehe genau vor Ihnen«, beschloss der Kommandant. »Bleiben Sie schön hinter mir. Bei mir ist das mit der Strahlung inzwischen auch egal.«

Dave wollte schon ganz automatisch widersprechen, merkte aber, dass ihm dafür die Kraft fehlte. Er trottete hinter Kester her. Sehen konnten sie fast nichts. Der Skipper richtete sich nach dem Kompass an seinem Handgelenk. Sie konnten nicht besonders lange gelaufen sein, als sie die Lichter sahen, die Scheinwerfer eines weiteren Rovers, der ferngesteuert die leichte Steigung hinunterfuhr, so langsam, dass Kester, nach Lösen des Sprechkabels zwischen ihnen, mit ein paar Hüpfern an seine Seite gelangen und den Hebel für die Stromzufuhr auf null stellen konnte. Der Rover hatte Sauerstoff an Bord. Er hatte Funk. Er war mit der Bleidecke überzogen, die sie beim Einsatz des Nuklearbohrers oder anderer strahlenden Gerätschaften verwandten. Dadurch konnten sie allerdings nichts sehen, wenn sie drinnen saßen.

»Beagle, Kester hier«, rief der Kommandant ihr Schiff, nachdem sie eingestiegen waren und sich eingestöpselt hatten.

»Schön, Sie zu hören, Skipper!«, reagierte Georgina mit seltener Freundlichkeit. »Sind Sie beide da?«

»Roger! Mr. Gronowitsch ist bei mir.«

»Ich fahre Sie mit der Fernsteuerung.«

»Hoffentlich genauer als bisher«, gab der Skipper zurück.

Der Wagen setzte sich in Bewegung. Dave akzeptierte, dass sie seinen Weg nicht selber bestimmen konnten. Er spürte, wie sie den Kamm, der neuen Anhöhe überfuhren. Der Weg ins Tal dahinter war steil und rutschig für den Rover. Georgina musste mehrmals korrigieren, wenn er zur Seite auszubrechen drohte. Der Boden wurde flacher. Schließlich schrubbten die Räder aus Drahtgeflecht über eine Oberfläche, die ihnen glich. Sie konnten das Knirschen von Metall auf Metall durch das Chassis spüren. Dave konnte sich nicht mehr zurückhalten. Er spähte durch die Abdeckung des Einstiegs hinaus auf die stählerne Ebene. Er sah eines der Federbeine. Der Rumpf der Beagle erhob sich titanenhaft über das Gletschereis. Georgina hatte die Positionslampen eingeschaltet. Wahrscheinlich hatte sie auch längst den letzten noch an Bord befindlichen Nuklearbohrer durch die Öffnung in der Prallplatte in das Eis des Pluto hinabgelassen, damit er einen Schacht schuf, in den als Nächstes ein Nukleartreibsatz abgelegt werden konnte. Er würde als Erster explodieren, wenn das Raumschiff wieder zurück zur Erde startete. So viel hatte er sich aus Kesters Andeutungen inzwischen zusammenreimen können.

»Warum haben Sie nichts gesagt?«, fragte er jetzt.

»Ich wusste ja nicht, ob es klappt«, lautete Kesters Antwort.

»Endstation!«, verkündete Georgina.

Sie stiegen aus, und Dave konnte ein letztes Mal versuchen, sich umzusehen. Die Explosion der Treibsätze bei der Landung hatte das Eis allerdings in so einem weiten Umkreis verdampfen lassen, dass er den Wall am Rande des Kraters, über den sie gefahren waren, nicht erkennen konnte. Er lag zu weit weg, um in der Dunkelheit erkannt werden zu können. Sie mussten sich beeilen. Durch die Wartezeit im selbst gegrabenen Loch war die Strahlung schon abgeklungen. Gefährlich war sie immer noch. Georgina hatte den Fahrkorb bereits von der Luke bis zum Boden hinunterfahren lassen. Sie stiegen ein und verbanden die Kabel aus ihren Anzügen diesmal mit der Gegensprechanlage des Lifts. Kester startete die Fahrt nach oben.

»Sie haben das so weit ja wiedergutgemacht, Camden«, bemerkte er.

»Danke auch, Skipper«, kam es prompt zurück. »Wäre zu langweilig gewesen, allein nach Hause zu fliegen.«

»Wenn Sie umgestürzt wären ...« Kester nickte und ließ den Satz unvollendet.

Dave sah sich die Ebene an, von der er durch das Licht der Positionslampen etwas mehr erkennen konnte. Natürlich war der Boden auch jenseits der Prallplatte völlig flach. Dieser Anblick bot sich ihm, bevor sie die Luke erreichten. Bevor sie zurückflogen. Bevor Kester seine Memoiren schrieb, rechtzeitig vor dem unabwendbaren Ende. Bevor Georgina Gordon Andrews heiratete. Bevor Dave sich scheiden ließ, Vortragsreisen startete und Erdkundelehrer in einer Kleinstadt wurde. Bevor sich die NASA andere, völlig neue Ziele setzte.

Der Korb bewegte sich langsam.

»Es geht in die Heimat!«, freute sich Kester in einem seiner seltenen leutseligen Momente.

»Ich weiß nicht«, gab Dave zurück. »Ich weiß nicht, ob das stimmt.«

»Wie meinen Sie das?«, hakte der Skipper nach,

»Ich meine …« Der Fahrkorb hielt vor der Luke, Dave machte eine vage Handbewegung zum Himmel über Pluto, in dessen Schwärze das samten schimmernde Band der Milchstraße schwach zu erkennen war. »Ich meine, das alles ist unsere Heimat.«

Dann stiegen sie nacheinander in das Schiff und Kester schloss die Luke.

Nachwort des Autors

»Vieles von dem, was Sie in diesem Film sehen, ist tatsächlich passiert«, lautet ein vorsichtig formulierter Hinweis, der sich heutzutage im Vorspann mancher Filme findet. In Zusammenhang mit diesem Roman würde er wohl Unglauben auslösen. Tatsächlich aber hat es das Orion-Projekt gegeben. Die Wissenschaftler Theodore »Ted« Taylor, Freeman Dyson, Jaromir »Jerry« Astl, Edward Creutz and Kedar »Bud« Pyatt haben wirklich daran gearbeitet, so wie etwa 50 weitere, auf Grundlage einer Idee des Mathematikers Stanislaw Ulam. Frederick de Hoffmann hat das Projekt als Leiter von General Atomics beaufsichtigt, Captain Donald Mixson von der U.S. Air Force war der Verbindungsmann zum Militär. Neben Ulam hat auch ein anderer Vater der Wasserstoffbombe dieselbe Idee verfolgt. In der realen Welt haben die Gedankenspiele von Andrei Sacharow allerdings nicht zur Entwicklung eines sowjetischen Programms geführt. Die Erkenntnisse über das Orion-Projekt sind allerdings tatsächlich von Wladimir Schmelev am Kurtschatow-Institut ausgewertet worden.

So gut wie alles, was wir über das Projekt erfahren haben, ist durch George Dyson allgemein bekannt geworden. Als Sohn eines der beteiligten Wissenschaftler standen ihm sowohl lebendige Erinnerungen als auch die nötigen Kontakte zur Verfügung. Im Jahr 2002 erschien sein Buch *Project Orion – The True Story of the Atomic Spaceship*. Dieser Publikation ist es zu verdanken, dass der interessierte Laie sich nicht durch Patentschriften und Akten wühlen muss, um das Vorhaben zu verstehen. Unschätzbar sind auch die persönlichen Einblicke, die Dyson in Interviews erlangen konnte. Freeman Dysons Feststellung, dass ein Kotflügel ein Produkt der Sonne ist; Ted Taylors Trauer über seine militärische Beschäftigung am Tag, an dem seine Tochter geboren wurde; seine Idee mit dem Friseurstuhl; Jerry Astls Englischunterricht im Kino; und Ulams Erleichterung darüber, dass die Anwesenheit seiner Kollegen ihm am

Denken hindert – all das hat es gegeben. In diesem Roman äußern sich allerdings jeweils dieselben Personen zu einem anderen Zeitpunkt und zum Teil gegenüber anderen Gesprächspartnern dazu. Und: Ted Taylor hatte wirklich die Angewohnheit, ungefragt Vorträge vor den Passagieren von Verkehrsflugzeugen zu halten.

Bereits im Jahr 1958 stand fest, dass ein Raumschiffsantrieb, der mit explodierenden Atombomben funktioniert, technisch realisierbar ist. Angaben zur Leistungsfähigkeit beziehen sich auf die Verwendung von Materialien, die damals zur Verfügung standen. Mit der heutigen Technik ließen sich Orion-Raumschiffe bauen, die noch schneller mehr Nutzlast befördern könnten. Und dabei lesen sich ja schon die damals ermittelten Werte mehr als beeindruckend! Jeder Ort im Sonnensystem ließe sich mit einem Orion-Raumschiff spätestens innerhalb eines Jahres erreichen. Die gesamte Flugzeit zum Mars und zurück würde vier Wochen betragen. Die größtmögliche Variante eines solchen Raumfahrzeugs könnte eine Nutzlast von acht Millionen Tonnen in den Weltraum starten, so viel Masse wie eine ganze Stadt.

Die von der Strahlung ausgehende Gefahr erschien vielen am Anfang des Projekts weniger bedeutsam zu sein als bei seinem Ende. Man macht sich heute kaum klar, dass Atombomben nicht nur in Hiroshima und Nagasaki auf der Erdoberfläche explodiert sind. Die USA allein haben bis 1963 210 oberirdische Kernwaffentests durchgeführt, 100 davon auf der Nevada Test Site, teilweise in Sichtweite zu Las Vegas. Es wird angenommen, dass durch die von allen Atommächten durchgeführten Tests weltweit ca. 300 000 Menschen aufgrund der freigesetzten Radioaktivität gestorben sind, eine Zahl, die sich damals anscheinend niemand ausgemalt hat. Den Wissenschaftlern kam die Idee, pro Start bis zu 1000 Bomben in der Atmosphäre explodieren zu lassen, in ihrer Zeit ganz normal vor. Da es sich um schwache Sprengsätze handeln sollte, hätte die dabei frei werdende Strahlung für ein mittelgroßes Raumschiff einem einzigen Nuklearwaffentest von 10 Megatonnen entsprochen. Das Orion-Projekt hatte seine praktische Reife zu einem Zeitpunkt erreicht, an dem der Schutz der Bevölkerung gegen die gerade bekannt werdenden Folgen der Strahlung Vorrang erhielt. Also fiel der Antrieb dem vertraglichen Verbot von Kernwaffenversuchen in der Atmosphäre, im Weltraum und unter Wasser zum Opfer. Die abweichende Linie der Ereignisse in diesem

Roman kommt zustande, weil die amerikanischen Geheimdienste erfahren, dass Andrei Sacharow dieselbe Idee verfolgt. In unserer Realität ist davon nichts bekannt geworden. John F. Kennedy beweist durch die Freigabe von etlichen Millionen seine Eigenständigkeit gegenüber einem Vater, der glaubt, er könne durch seinen Sohn das Land selbst regieren. Als erfundene Figur setzt sich Ryan Thomasson dafür ein, dass sich die NASA mit dem Orion-Projekt befasst. Die Unterstützung, die Wernher von Braun gewährt hat, nachdem er die Versuche mit dem Raumschiffsmodell und konventionellem Sprengstoff gesehen hatte, ist real. Was jedoch gefehlt hat, war jemand, der nah am Projekt ist und sich so konsequent damit befassen kann wie John Houbolt mit der passenden Landemethode für das Apollo-Programm.

Anders als in dieser Geschichte ist Freeman Dyson nach seinem Ausscheiden aus dem Orion-Projekt nicht später wieder zurückgekehrt. Über dessen Einstellung schrieb er 1965 Worte, die nahelegen, er habe diese Entscheidung bedauert. Tatsächlich hat er aber selbst darauf hingewirkt. Dyson war im Sommer 1962 tatsächlich Berater des US-Außenministeriums, als es um die Aushandlung des Teststopp-Vertrages ging. Er ist tatsächlich gefragt worden, ob die US-Seite auf Ausnahmen für Zwecke der zivilen Raumfahrt bestehen sollte, und hat dies verneint. Damit hat er selbst dem Orion-Projekt das Grab geschaufelt. In der Realität hatte er nicht kurz vorher einen Anruf von Ryan Thomasson erhalten, der ihn in Bezug auf die Erkundung des Sonnensystems in eine nostalgische Stimmung versetzt hätte. Die Apollo-13-Katastrophe stellt den letzten Schritt in einer Reihe von Entwicklungen dar, die das Projekt am Ende möglich machen. Die Menschen glauben fälschlicherweise, dass die Astronauten nur durch das Orion-Raumschiff PROMETHEUS gerettet werden konnten und auf keinen Fall auf andere Weise. Damit wird der Weg zum Bau weiterer Raumschiffe frei. Der zwischenzeitliche Erfolg der Sowjetunion auf dem Mars stachelt die USA zu einer »Grand Tour« an. Zwei Missionen sollen alle äußeren Planeten erreichen.

Dieser Roman hat ein Vorbild in Stephen Baxters *Voyage*. Aus ihm stammt die Idee, die Vorbereitung und die Durchführung der Mission abwechselnd in zwei Erzählebenen zu schildern. Die Astronauten Nathalie York, Phil Stone und Ralph Gershon stammen aus diesem Buch. Ihr kurzes Auftreten ist als Hommage gemeint.

Seit Entstehung des Cyberpunks sind in der Science-Fiction zahlreiche neue Subgenres ausgerufen worden, die sich vor allem mit verschiedenen Epochen in retrofuturistischer Weise befassen. Bruce Sterling hat den »Atompunk« als Spielart für die 50er-, 60er- und 70er-Jahre des 20. Jahrhunderts definiert und Kernenergie, Antikommunismus, die Spionage im Kalten Krieg und den Wettlauf ins All unter dessen Teilelementen mit aufgezählt. Ist dieser Roman also ein Beispiel dafür? Vielleicht. Andere haben das zu entscheiden. Auf ein pittoreskes Design einzelner Personen muss der geneigte Leser jedenfalls verzichten. Die NASA-Ingenieure und Physiker in diesem Buch kommen doch zu bieder daher, um jemals als Punks durchzugehen.

Wie gefährlich die von Orion-Raumschiffen ausgehende Strahlung gewesen wäre, hat Freeman Dyson genau berechnet, was ihn ja zum Ausstieg aus dem Projekt bewegt hat. Statistisch wären bei jedem Start zehn Personen vom erhöhten Risiko einer Krebserkrankung betroffen gewesen. Durch die Starts in der Nähe des magnetischen Nordpols und die Aufnahme des Fallouts im Erdmagnetfeld wäre das Risiko um den Faktor zehn verringert worden. Der Plan zur endgültigen Ableitung des Fallouts über orbitale Kabel war damals schon entwickelt worden. Sogenannte »saubere Wasserstoffbomben«, Sprengsätze mit zum Teil inaktiven Materialien, deren Energie zu 5 % aus der Kernspaltung und zu 95 % aus der Kernfusion gewonnen worden wäre, gab es zum Zeitpunkt von Dysons Ausstieg noch nicht. Sie hätten die Strahlenbelastung entscheidend senken können. Er hatte beim Lawrence-Livermore-Laboratorium nach dem Entwicklungsstand dazu angefragt und wäre womöglich beim Projekt geblieben, wären derartige Sprengsätze schon verfügbar gewesen. Wie hoch die Belastung tatsächlich ausgefallen wäre, ist Gegenstand einer Debatte, die nicht entschieden werden kann, da sich praktische Tests an Menschen selbstverständlich verbieten. Es gibt Theorien, denen zufolge die Schwellenwerte für eine Schädigung der Gesundheit durch Radioaktivität zu niedrig angenommen werden. Aufreizend an dieser Frage ist vor allem, dass die Menschheit wesentlich größere Risiken leichten Herzens in Kauf nimmt, auch dann, wenn der erhoffte Nutzen deutlich kleiner ausfällt als die Möglichkeit, das Sonnensystem mit schnellen, bemannten Raumschiffen vollständig zu erkunden. Den eventuellen Opfern eines Orion-Starts stehen Hunderte von Millionen gegenüber, die durch

Industrie- und Autoabgase tödlich erkrankt sind. Wenn es um die Kosten-Nutzen-Abwägung geht, schlägt besonders zu Buche, dass weitere Millionen ihre Gesundheit durch das Rauchen von Nikotin zugrunde richten, sich dabei selbst viel stärker und tödlicher schädigen, als dies ein Orion-Start am Nordpolarmeer jemals könnte, und davon gar keinen Nutzen haben. Eine schlechte Angewohnheit, die für 15 % aller Todesfälle verantwortlich ist.

Sollte man das Orion-Projekt nach rationaler Abwägung all dieser Gegebenheiten also durchführen und das Sonnensystem dadurch für die Menschheit in kurzer Zeit erschließen? Ich denke, nein. Die Entscheidung gegen die Strahlenbelastung war eine richtige Entscheidung. Dass andere Aktivitäten der Menschheit wesentlich schädlicher sind und trotzdem weiter umgesetzt werden, ist kein Argument dafür, noch mehr Schädliches zu tun, sondern eine Art gesundheitspolitischer Whataboutism. Die Gefahr, im Falle eines Fehlstarts radioaktives Material rund um den Startplatz zu verstreuen, war gegeben und für die Bewohner des polaren Nordens lebensgefährlich.

Der Orion-Antrieb wird uns in der Science Fiction wahrscheinlich immer so begegnen wie bisher, als Werkzeug anderer, räumlich oder zeitlich weit entfernter, Zivilisationen oder als letztes Mittel in der Not. Larry Niven und Jerry Pournelle lassen sich in *Footfall* selbst auftreten, um den Antrieb für den Kampf gegen eine außerirdische Invasion zu empfehlen. Ähnlich verwendet ihn Marko Kloos in seiner *Frontlines*-Serie. Stephen Baxter startet mit seiner Hilfe in *Ark* ein Raumschiff, mit dem Menschen von einer überfluteten Erde flüchten. Interessant ist auch, wer die Möglichkeiten des Antriebs übersehen hat. In Christopher Nolans Film *Interstellar* wäre der Orion-Antrieb eine schon zur Verfügung stehende, leistungsfähige Methode gewesen, um die Menschheit von der Erde zu evakuieren. Mal abgesehen davon, dass man sich fragen muss, warum die gewaltige O'Neill-Kolonie im Film eigentlich nur Durchgangsstation auf dem Weg zu einem ungemütlichen Planeten sein soll und nicht Endziel, ist die Hoffnung, nach Erforschung einer Hoch-G-Welt irgendwie einen Anti-Schwerkraft-Antrieb entwickeln zu können, viel zu vage. In der Miniserie *Ascension* spielt der Orion-Antrieb auch eine Rolle. Kennedy wird, abweichend von der Realität, als Fan der Methode dargestellt. Es stellt sich aber heraus, dass es in der Geschichte nicht wirklich um Raumfahrt im üblichen Sinne geht.

In der Realität sind zwei offizielle Atommächte theoretisch in der Lage, ein Raumschiff mit dieser Antriebstechnik zu bauen und zu starten, ohne dabei gegen völkerrechtliche Verträge zu verstoßen: Frankreich und die Volksrepublik China. Vor allem im Hinblick auf das zweite Land kann nicht ausgeschlossen werden, dass doch noch Schritte hin zur Verwirklichung der Idee unternommen werden. Der nukleare Pulsantrieb, wie er heute heißt, wird weiter erforscht. Das für die NASA entwickelte »Mini-Mag Orion«-Konzept sieht bei kleineren Nutzlasten unterkritische nukleare Reaktionen vor, die durch magnetische Kompression des Materials ausgelöst werden. Auf Bomben müsste dafür nicht zurückgegriffen werden. Noch mehr Chancen wird die kontrollierte Kernfusion eröffnen, sobald sie zur Verfügung steht.

Das Orion-Projekt kann uns heute vor allem dazu dienen, die Möglichkeiten, über die die Menschheit verfügt, besser einzuschätzen. Mit der berechtigten Kritik an der Umweltzerstörung durch die moderne Zivilisation hat sich auch ein potenziell tödlicher Kleinmut breitgemacht, ein Pessimismus, der in Tausenden dystopischen Science-Fiction-Geschichten seinen Ausdruck findet. Machen Sie einmal die Probe aufs Exempel! Fragen Sie einmal irgendeinen Ihnen fremden Menschen: »Wussten Sie eigentlich, dass wir in der Lage sind, eine Nutzlast von acht Millionen Tonnen in den Weltraum zu bringen?« Machen Sie sich darauf gefasst, so angesehen zu werden, als seien Sie verrückt. Dass der Mensch ein Opfer der Geister wird, die er einst rief, und dies fatalistisch zu ertragen habe, ist heute die Grundeinstellung der meisten Menschen, insbesondere in Hinblick auf den Klimawandel. Alle notwendigen technischen Mittel, um dieses Problem zu lösen, sind vorhanden. Das Geld, das dafür benötigt wird, ist vorhanden. Während der Corona-Pandemie haben die nationalen Regierungen auf einmal sehr schnell ein Vielfaches der Beträge ausgegeben, die für die Rettung der Menschheit vor dem Klimakollaps erforderlich sind. Das typischerweise jeder darauf wartet, dass jemand anderes etwas tut, ist ein Problem, das kleiner wird, wenn alle Beteiligten stärker von der Machbarkeit der Dinge ausgehen, die getan werden müssen. Wir sind eine Spezies, die jederzeit den Pluto erreichen kann, wenn sie will. Wir müssen an uns selbst glauben. Die Science-Fiction von heute muss nicht nur die Probleme darstellen, die der Mensch selbst geschaffen hat, sondern auch seine nahezu unbegrenzte Fähigkeit, Probleme zu lösen.

Düsseldorf, Juni 2023

Dirk van den Boom
GRABEN
WELT
ATLANTIS

Printed in Poland
by Amazon Fulfillment
Poland Sp. z o.o., Wrocław

51757348R00213